KB129524

인물과 서사

중국 화본소설의
인물 관계와 인물 변화

인물과 서사

중국 화본소설의
인물 관계와 인물 변화

김명구 저

學古房

惡則無往不惡, 美則無一不美, 何不近情理之如是耶！
악인惡人은 줄곧 악하지 않은 이가 없고, 미인美人은 아름답지 않은
이가 없는데, 정리情理에 가깝지 않은 것이 어찌 이와 같은가！

　중국 고전소설에서의 '인물'은 배경, 주제와 더불어 작품을 구성하고
이야기를 이끌어 가는 중요한 구성요소이다. 소설 작품의 다른 구성요소
보다 더 중요한 의미를 가지고 있다고 할 수 있는 이유는 '인물'이 작품에
서 사건과 줄거리, 배경과 서사, 상징과 주제를 주도적으로 이끌어 가기
때문이다. 소설 연구에 있어서 '인물'에 대한 연구는 작품의 주제와 사상
을 폭넓게 이해시키고, 줄거리 전개와 내용을 더욱 더 심도 있게 고찰할
수 있도록 하며, 또한 그 속에 내재된 다양한 심리현상과 작품과의 관계
를 살펴보는 데 핵심적인 작용을 한다. 이렇듯 작품 속의 인물 연구는
작품을 이해하는데 있어서 매우 중요하여, 소설작품에 대한 연구는 주제
와 의미 연구 일부를 제외하고 대부분 이러한 '인물'의 특징을 어떻게
이해할 것인가, 그리고 인물의 특징을 이해하기 위해서 서사기술과 수사
기교를 어떻게 운용할 것인가에 집중되었다. 그러나 이러한 연구를 진행
함에 있어서 나타나는 한계는 등장인물을 사건을 이끌어 가거나, 주제를
부각시키기 위한 일부로만 여기거나, 서술과 묘사가 어떤 한 인물(주로
주요인물)에만 집중되어 인물의 특징을 단정 짓는다는 것이다. 또한 인
물을 사건과 줄거리에만 지나치게 결부시켜, 등장인물을 '선인善人' 혹은
'악인惡人'의 한 부류로만 귀속시키면서 이원적 대립의 특징만을 드러내
는 데 있다. 나아가 이러한 이원적 대립 관계를 통해서 '권선징악勸善懲惡'
에 대한 당위성을 선양하고, '인과응보因果應報'라는 교화적 훈시를 부각

시키는 데에만 주력하고 있다는 점이다. 비록 이러한 과정은 사건의 전개 과정에서 나타나는 인물의 다양하고 복잡한 특징보다는 인물의 특성을 단순하게 이분법으로 구분 짓는 데는 용이할 수 있겠지만, 인물을 심도 있게 이해하는 데는 상당히 미흡하다. 이러한 연구는 인물을 단면적으로 관찰하게 하고, 인물의 특징을 획일적으로 구분 짓게 만들기 때문에, 인물 간의 관계 속에서 드러나는 다양한 특징을 보여주는 데는 여전히 한계점을 가진다. 비록 고전소설 속의 인물이 현대 소설 속의 인물처럼 복잡하고 다면적인 형상을 가지고 있지 않고 비교적 정형화된 인물 형상으로 구현되고 있다고 할지라도, 주요인물이든 그렇지 못한 인물이든 각기 개성화된 특징을 가지고 있다. 인물의 특징을 고찰하는 데에 있어서 비교적 획일적이고 단순하게 규정하는 개념, 즉 '신의信義'와 '부의負義', '시선施善'과 '행악行惡', '우아優雅'와 '비속卑俗' 등의 이분법적인 구분은 인물의 특수한 성격과 다양성을 제대로 드러내지 못한다. 뿐만 아니라, 작품 속의 인물은 대부분 '권선勸善'과 징악懲惡'의 대상으로만 서술을 진행하기 때문에, '권선勸善'을 강조하기 위하여 주요인물에 대해서만 묘사를 집중하므로 보조인물에 대해서는 주요인물의 그림자쯤으로만 여기고 그 특징을 자세히 고찰하지 못하고 있다.

이 뿐만 아니라, 주요인물 위주의 단편적인 연구는 바로 주요인물 간의 대립에만 국한되어 있다는 것이다. 이러한 현상은 작품 속에 등장하는 수많은 보조인물과의 관계와 보조인물만의 특징을 홀시하게 되는데, 이러한 경우는 그 인물을 획일적인 특징에서 다양하고 복잡한 개성을 살펴볼 수 있는 기회를 상대적으로 줄어들게 만든다. 예를 들면, 주요인물이 악인惡人과의 대립에서는 강경하고 단호한 면을 보여주지만, 오히려 자신의 주변에서 자신의 결정을 도와주는 조력자, 혹은 자신의 행동을 관찰하는 방관자와의 관계 속에서는 상당히 유약하거나 소극적인 면을 보여 주기도 한다. 이러한 행동은 신분이나 직위, 사회적 환경 속에서의 역할, 사건의 중요도와 기여도뿐만 아니라, 타인과의 이해와 반응, 수용과 거부의 태도에 따라서 다르게 나타난다. 그러므로 이러한 관계는 단순히 서로 존재하는 상태거나, 간단한 접촉(대화)을 가지거나, 주요인물의 행동을 직·간접적으로 설명하는 것에서 벗어나, 이웃하거나 관계를 맺으면서 인물의 생각과 행동에 어느 정도 영향을 미치고 반응하는 다른 인물을 통해서만 인물의 다면적인 특징을 파악할 수 있는 것이다. 이렇듯 어떤 형태로든 서로의 관계를 통해서 인물의 다양하고 복잡한 특징을 드러낼 수 있는데, 이러한 인물 간의 관계는 주로 대우對偶, 대립對立, 보완補完, 병렬竝列 등의 특징을 갖는다. 이처럼 인물 연구에서 '밖'의 영역이라고 상정想定할 수 있는 인물 간의 관계와 '안'의 영역으로 구분區分할 수 있는 인물의 내재적 특징에 대한 연구는 단면적이고 평면적인 분석에만 머물러 있는 인물 연구에서 탈피하여, 보다 다양하고 입체적인 관점으로 살펴볼 수 있는 중요한 자료를 제공하고 있다.

이러한 인물 간의 복잡하고 다양한 관계망과 유기적으로 연동하며 인물 형상의 다채로운 개성을 드러내기도 하는데, 인물 연구에서 결코 지나칠 수 없는 부분이 바로 인물의 성격 변화이다. 사실 소설 작품 속에 등장하는 인물은 다양한 배경아래 복잡한 성격과 행동 방식을 가진다. 중국 고전소설에 있어서도 이러한 현상은 예외가 아니다. 비록 고전소설 속의 인물의 형상이 다양한 모습을 보이기는 하지만, 일반적으로 어떤 일률적이고 고정적인 형태를 가지고 있는 것이 사실이다. 이러한 인물의 특징은 화본소설話本小說에서 더욱 분명하게 나타나는데, 독자의 문학적 수요와 소비 심리에 부응하고, 오락적 요구와 흥미를 고취시키기 위하여 내용과 인물의 안배에서 이러한 조정이 필요하기 때문이다. 작품의 재미를 배가시키기 위해서는 굴곡진 줄거리에 복잡한 이야기 전개 및 인물 간의 미묘한 갈등 관계뿐만 아니라 이러한 구조를 주도적으로 이끌어가는 다층적 인물의 출현이 필수적이라고 할 수 있다. 이러한 역할은 주로 작품의 주요인물이 담당하게 되는데, 고전소설에 자주 등장하는 인물은 상당히 전형적인 특색을 가지고 있다. 명청明淸 장편소설에서는 일반적으로 인물형상의 창조에 있어서 처음부터 안정적이고 변화가 극히 적은 특징(동재성同在性)을 부각시키거나, 도입부분에 제시하였던 인물의 성격을 서사의 전개에 따라 점진적으로 강화되어 나중에는 상당히 분명해지는 특징(연속성連續性)을 보여주고 있다.[1] 이러한 경향은 비록 서술자의 관점에 따라 다르게 표현되기는 하지만, 인물의 형상이 여전히 '선善'과 '악惡'의 어느 한쪽으로만 치우치는 일관성을 유지하고 있다고 볼 수 있다.

만약 전통적인 소설 작품에서 인물의 성격을 이분법, 즉 '선善'과 '악惡'이라는 두 가지 측면으로 나눈다면, 작품 속의 대표적인 인물은 대부분이 두 가지 성격 중의 어느 하나에 귀속된다고 할 수 있다. 하지만 소설 작품의 창작과정에서 인물을 '선인善人'과 '악인惡人'의 어느 하나로 명확하게 구분 짓기란 결코 쉽지 않다. 소위 '선善'과 '악惡'은 선인善人이나 선행善行 혹은 악인惡人이나 악행惡行보다 훨씬 추상적인 개념이고,[2] 단지 '타자他者'에 의해서 정의되고 구분되는 가치판단이기 때문이다.[3] '타자他者'는 구체적으로 한정되는 사회와 집단일 수도 있고, 혹은 개인일 수도 있으며, 또한 어떤 이념과 체제일 수도 있다. 작품 속의 인물은 대체로 '고립'과 '불변'의 원칙에서 벗어나서, 상호 관계와 반응에 따라 '변화變化'와 '유동流動'의 특징을 가지고 있다. 특히 서사성敍事性을 강조하여 줄거리의 전개에 치중하는 경우가 아니라, 인물 간의 대립과 갈등이

1) 李樹民, 〈從"同在性"到"連續性"—試論明淸長篇小說人物性格呈現方式的嬗變〉, ≪甘肅社會科學≫, 2012年 第6期, 127-129쪽.
2) 박경열, 〈가정소설에 나타난 악인의 유형과 악의 의미〉, ≪문학치료연구≫제5집, 2006년 8월, 101쪽.
3) 師林, 〈"好人變壞"與"壞人變好"—對中國現當代小說中情節模式的一種考察〉, ≪名作欣賞≫, 2010年 6月, 122쪽.

작품 전개의 중요한 얼개인 경우는 인물의 특징이 더욱 복잡하게 나타날 수 있다. 그렇다고 하더라도 기본적으로 '선善'과 '악惡', 혹은 이것과 유사한 대응의 관념이 소설 속 인물의 특징을 드러내고 인물 간의 관계를 조밀하게 구성하는 것은 분명해 보인다. 만약 일반적인 개념을 적용하여 작품 속의 인물을 '선善'과 '악惡'의 영역으로 구분해야 한다면, 대중들이 사랑하고 존경해야하며 모범적인 행동의 표본으로 삼아야 할 '선한 사람(선인善人)'이거나, 아니면 비난과 배척해야하고 자신의 행동에 타산지석他山之石으로 삼아야하는 '악한 사람(악인惡人)'으로 양분된다고 할 수 있다. 고전소설의 큰 줄거리에서는 언제나 이러한 '선인善人'과 '악인惡人'이라는 양대 축이 존재하며, 서로를 견제하고 대립하면서 갈등을 조성하고, 이야기를 복잡하게 이어가고 있다. 이야기의 끝에는 대부분 '선인善人'이 그 동안 베푼 선행을 인정받고 행복한 삶을 누리는 '해피 엔드happy end' 혹은 '해피 엔드happy end'에 근접한 내용으로 마무리를 짓고 있다.

그러나 단순하고 고정적 시각으로 인물 성격의 유동성과 변화를 인정하지 않고, 어떤 획일적인 특징으로만 귀속시키는 것은 인물의 다양성을 간과하는 것이기도 하다. 이러한 태도는 단지 작품의 전개 과정에서 응축되어 있는 인물의 복잡한 특징을 지나치기 쉽고, 결말의 내용에만 치중하여 인물 간의 관계망 속에 억지로 대입하거나 끼워 맞추는 관점에서 벗어나기 힘들다. 그러므로 이러한 경직된 시각은 작품의 줄거리 서사과정에서 희석되어 불투명하고 혹은 확산되어, 인물의 다양한 성격이 상황에 따라 어떻게 변화하는지 자세하게 살펴보는 데에는 여전히 한계를 가진다. 본 저서에서 살펴보고자 하는 것은 이러한 '선善'과 '악惡'의 어느 하나에 고정되어 있거나, 적어도 그러한 경향을 보여주는 전형적 성격의 인물을 살피는 것이 아니라, 인물 연구에 있어서 '선善'과 '악惡'의 특성이 상황에 따라 유기적으로 변하는 '안'의 속성과 그러한 경향이 인물의 인식과 행동에 어떻게 영향을 미치고 '밖'으로 표출되는 지의 외부적 특징을 함께 살펴보는 것이다.

　이처럼 작품 속 인물 간의 다양한 상호 관계와 인물의 성격 변화 과정은 작품에 있어서 줄거리를 전개하거나 사건 발생의 단서를 제공할 뿐만 아니라, 획일적인 특징을 가진 인물 속에서 복잡하고 다채로운 측면을 보여준다고 할 수 있다. 이것은 다른 인물과 다양한 관계를 형성하고 윤리 도덕관과 가치관 혹은 보편적 인간성으로 무장한 인물이 어떤 상황에서 어떻게 이러한 유기적 관계망을 작동시키고 또한 어떻게 성격의 변화를 이끌어 낼 수 있는지를 구체적으로 보여주고 있다. 동시에 이러한 모습을 통해서 작품 속 다른 인물들의 특징을 동시에 고찰하면서 그 세부적 특징을 주목하게 하는 기능을 수행하고 있다. 비록 이들의 관계와 성격 변화가 그들이 주요인물이든 그렇지 않든 간에 작품에서 시종일관 강조되거나 혹은 모두 분명하게 드러나지는 않지만, 줄거리 전개를 이끌고 사건 전개의 발단을 제시하는데 중요한 역할을 담당하고 있다. 인물 간의 관계와 인물의 성격 변화는 획일적이고 고정적인 인물 형상에서 벗어나 인물의 다양한 측면을 보여주고 있어 독자들의 공감과 흥미를 유발하고 있다. 인물 간의 관계와 성격의 변화는 작품 속의 인물을 더욱 생동하고 적극적으로 활동하는 인물로 재창조하고 있는데, 이들의 전체 줄거리에 대한 간섭과 참여는 줄거리의 진행 속도의 완급을 조절하고 고정적 이야기 구조에 반전과 변화를 부여하면서 서술적 리듬감을 이끌어 낼뿐만 아니라, 전체적으로 작품의 서사적 예술성을 한껏 제고시키고 있다. 이와 같은 과정은 작품의 인물과 배경, 주제와 의의, 형식과 내용이 어떻게 조화를 이루며 인물의 내면과 외적인 특징을 어떻게 다양하고 복합적으로 드러내는지 분명하게 보여주고 있다. 또한 현실 속 사람들 사이에서 복잡하게 얽혀 있는 개인과 집단 관계망과 인간의 다층적이고 다면적인 내면의 세계와 더불어 실제로 드러난 행동의 양상을 종합적으로 이해하는데 도움이 될 것이다.

목 차

머리말

제1부 밖과 안
송원화본소설宋元話本小說 인물 관계와 내적 구조

제2부 안과 밖
명화본소설明話本小說 인물의 내성內性과 외성外性

제1부

밖과 안

송원화본소설宋元話本小說
인물 관계와 내적 구조

제1장 단면單面과 다면多面: 인물의 '대립對立' 관계

1. 들어가는 말入話: '인물대우人物對偶'와 '인물대립人物對立'

송원화본소설宋元話本小說에 등장하는 인물 간의 관계는 대부분 대우對偶, 대비對比, 유사類比, 보완正襯, 구별對照, 부각反襯 등의 특징을 갖는다. 이 중에서 인물의 관계와 인물의 특징을 단면적이고 평면적인 시각에서 머물러 있지 않고, 보다 다양하고 입체적인 관점으로 살펴볼 수 있는 것이 '대우對偶'이다.

'대우對偶'는 '대비對比', '대장對仗', '대조對照'라고도 하며, 서로 다른 사물 혹은 동일한 사물의 서로 다른 부분을 서로 비교하거나 구별하는 것인데,[1] 소설 작품에서 나타나는 '인물대우人物對偶'는 두 명의 인물 혹은 동일한 한 인물이 서로 다른 사건이나 부분에서 서로 대비되는 현상이다.[2] 주로 소설 작품에서는 서로 다른 두 인물이 대구를 이루는 '쌍체식

---

[1] 李光, 陳宗榮, 〈論《聊齋志異》人物塑造中的對照意識〉, 《蒲松齡研究》, 1999年 第3期, 58쪽을 참조.

[2] '대우對偶'는 수사학 관련 저서마다 그 분류기준과 내용이 조금씩 다르지만, 공통적으로 '서로 대구'를 이룬다는 견해에는 변함이 없다. '대우對偶'는 언어 형식의 수사적 특징(사격辭格)뿐만 아니라, 소설 속의 인물, 배경, 사건, 서술, 의론議論 등 서사적

雙體式' 대우가 보편적이다.3) '대우對偶'가 포함하는 범위는 선인善人과 악인惡人, 남자와 여자, 아이와 노인, 주인과 하인, 장군과 부하 등 다양한 신분과 계층을 포함할 뿐만 아니라, 인물과 환경, 인물과 집단, 인물과 정경情景 등 여러 영역을 포함할 수도 있다. 인물의 대우 관계를 연구함에 있어서 이러한 모든 경우를 포함한다면, 소설 속 인물 간의 관계가 상당히 복잡해질 뿐만 아니라, 인물 간의 관계망에서 벗어나 다른 여러 영역으로 확대되어 인물 간의 대우 관계를 직접적으로 고찰하기 힘들다. 특히 인물 간의 상호관계에 있어서는 보다 집중적인 시각이 필요한데, 만약 일정한 조건 없이 여러 인물들과의 대립을 모두 아우른다면, 한

특징(사식辭式)에까지 적용된다. 또한 '대비對比', '대장對仗', '유비類比', '대조對照', '친필襯筆(정친正襯, 반친反襯)', '합전合傳' 등 유사한 용어들이 대량으로 등장하였는데, 이러한 용어들은 비록 그것을 포함하는 범위와 수사적 특징은 조금씩 다르지만, 모두 '서로 대구'를 이룬다는 점은 같다. 소설작품 속에서 서사적 수사기교로 운용되는 '대우對偶'는 우리말로 바꾸면 '대우對偶', '대구對句', '대립對立', '충돌衝突', '대비對比', '비교比較' 등으로 나타낼 수 있을 것이다. 그러나 '대우對偶'를 제외한 용어들은 그 의미가 상당히 제한적이거나, 혹은 너무 포괄적이어서 인물 간의 관계를 구체적으로 나타내는 데에는 적합하지 않다. 이에 본 글에서는 인물 간의 '대우對偶' 관계를 '인물대우人物對偶'라는 용어를 사용하고자 한다. '대우對偶'에 관련된 수사적 특징과 이칭異稱을 포함한 다양한 정의와 내용은 다음 자료를 참고하기 바란다. 黃慶萱, ≪修辭學≫, 臺北: 三民書局, 2000年, 591-628쪽 ; 成偉鈞, 唐仲揚, 向宏業 主編,≪修辭通鑑≫, 臺北: 建宏出版社, 1996年, 527-531쪽, 812-827쪽, 817-818쪽, 829-838쪽, 1146-1153쪽 ; 周啟志, 羊列容, 謝昕,≪中國通俗小說理論綱要≫, 臺北: 文津出版社有限公司, 1992年, 130-139쪽 ; 李光, 陳宗榮, 〈論≪聊齋志異≫人物塑造中的對照意識〉, ≪蒲松齡研究≫, 1999年 第3期, 58쪽 ; 王平, ≪中國古代小說敍事研究≫, 河北人民出版社, 2003年, 274-309쪽, 387-414쪽.

3) 李光, 陳宗榮은 〈論≪聊齋志異≫人物塑造中的對照意識〉에서 ≪요재지이聊齋志異≫를 대상으로 인물 대조 방식을 세 가지로 정의한 바 있다. 먼저 한 인물의 언어, 행동의 표리부동表裏不同을 비교한 '독체식獨體式' 대조, 다음으로 두 명의 인물이 서로 대비를 이루는 '쌍체식雙體式' 대조, 마지막으로 여러 인물이 복잡하게 얽혀서 서로 대조를 이루는 '다중식多重式' 대조가 있다. 보다 자세한 내용은 李光, 陳宗榮, 〈論≪聊齋志異≫人物塑造中的對照意識〉, ≪蒲松齡研究≫, 1999年 第3期를 참조.

인물이 작품 속 수 많은 다른 인물과 직·간접적으로 관계를 맺게 되어 인물의 대우 관계가 중복적으로 나타나며, 작품의 배경이나 사건의 진행 정도에 따라 대우의 긴밀함도 각기 다르게 나타난다. 뿐만 아니라, 소설 속 인물 간의 대우 관계가 한 부분에 집중되지 않고, 여러 인물과의 관계로 산만하게 흩어지고, 인물 관계의 긴밀성에 있어서도 일정한 밀도를 가지지 못한다. 이것은 작품에는 '선善'과 '악惡', '남男'과 '여女', '의義'와 '불의不義', '긍정肯定'과 '부정否定' 등 다양한 관념이 혼재하고, 등장인물은 각각 다른 인물과 복잡한 관계를 가지고 있을 뿐만 아니라, 남녀의 성별에 따라서도 서로 무수히 많은 관계를 형성하기 때문이다. 만약 인물대우人物對偶 연구의 범위를 동일한 성별의 인물로 제한하지 않고, 모든 인물로 확대한다면 상당히 복잡한 구조가 된다. 이렇게 된다면, 주요인물들 사이나 보조인물들 사이 혹은 주요인물과 보조인물 간의 관계가 복잡해지고 모호해져서, 이들 간의 관계를 보다 집중적이고 세밀하게 고찰하기가 어렵게 된다. 이에 본 글에서는 외형적인 신분이나 직위, 계층의 차이를 떠나 작품 속에 등장하는 동일한 성별의 인물로 대상을 제한하며,4) 실질적 관계에 있어서도 직·간접적으로 인물이 서로 연계를 이루는 경우로 한정하여 인물 간의 대우 관계를 살펴보고자 한다.5)

한 작품 속에서는 많은 인물 대우군을 볼 수 있는데, 예를 들면, '상반적대우相反的對偶'의 경우에는 '악인惡人'과 '선인善人', '선인仙人'과 '속인俗人', '귀신鬼神'과 '사람' 등이 있고, '상보적대우相補的對偶'에는 '악인惡人'과

---

4) 작품 속에 등장하는 인물 가운데 성별 특징이 분명하지 않은 부류, 즉 도인道人, 선인仙人, 승려僧侶, 선사禪師 등은 이러한 범위에 제약을 받지 않는다.
5) 인물의 대우 관계를 동일한 성별로 제한하는 것은 인물 간의 '대립對立', '보완補完', '병렬竝列' 관계 구조에서도 모두 동일하게 적용된다. 인물의 대우 관계를 동일한 성별 내에서의 연관성에 집중하여 고찰한다면, 모호하거나 혹은 복잡하게 얽혀 있는 인물 관계 구조와 그 속에 포함되어 있는 다양한 특징을 보다 명확하게 구분해 낼 수 있을 것이다.

'악인惡人', '선인善人'과 '선인善人', '귀신鬼神'과 '귀신鬼神' 등이 있다. 본
글에서는 동일한 성별 혹은 특징적인 인물을 중심으로 주변의 대우를
이루는 인물과의 관계를 통해서 인물의 다양한 특징을 살펴보고자 한다.
작품 속에서 인물의 대우를 주요인물 간의 대립뿐만 아니라, 다른 보조
인물과의 관계를 통해서 대상의 행동과 언어, 태도에 따라 서로 어떻게
다르게 반응하고 연계되는지 구체적으로 살펴볼 수 있다.6) '인물대우人
物對偶'는 단순히 비교의 관계가 아니라, 서로 대우를 이루는 관계 속에서
인물의 특징을 다양하고 폭넓게 살펴보는 것이다. 이러한 '인물대우人物
對偶'는 송원화본소설宋元話本小說에서 '대립對立', '보완補完', '병렬竝列'의
구조로 보다 구체화된다. 본 글은 이 세 가지 관계형식 중에서 '대립對立'
현상을 중심으로 인물의 다면성을 살펴보고자 한다.

송원화본소설宋元話本小說7)은 민간소설로서 다양한 인물들이 생동적
으로 그려져 있다. 다른 소설작품에서 볼 수 있는 지식인의 형상뿐만

---

6) 주요인물 간의 대우가 아닌 주요인물과 보조인물 간의 관계에 있어서는 주요인물처럼
   대우 관계가 분명하게 나타나지 않는다. 비록 작품 속에서 주요인물은 아닐지라도,
   보조인물은 주요인물에서의 극단적인 대립과의 비교에서 볼 수 없는 다양하고 개성적
   인 특징을 보여주고 있다. 그러므로 보조인물이 주요인물과 대우를 이루거나, 혹은
   보조인물과 보조인물이 대우를 이루는 구조에서도 인물의 특징과 관계를 분명하게
   드러내므로 '인물대우人物對偶'의 범위에 포함시켜 고찰하고자 한다.

7) 본 저서 〈제1부 밖과 안: 송원화본소설宋元話本小說 인물 관계와 내적 구조〉에서 고찰
   하고자 하는 송원화본소설宋元話本小說 범위는 胡士瑩의 ≪話本小說槪論≫, 歐陽代
   發의 ≪話本小說史≫, 程毅中의 ≪宋元小說研究≫와 ≪宋元小說家話本集≫의 목
   록을 참고하여 공통적으로 인정하는 작품을 연구 대상으로 삼았다. 이 이외에도 孫楷
   第, 鄭振鐸, 譚正璧, 樂衡軍, 韓南, 王定璋 등의 견해를 참고하여, 宋元話本小說
   범위를 46편으로 정하였다. 본 저서에서 인용하는 송원화본소설宋元話本小說 작품
   은 ≪청평산당화본淸平山堂話本≫, ≪웅용봉간행소설사종熊龍峰刊行小說四種≫, ≪삼언三
   言≫에 수록된 작품을 근거로 하였다. 송원화본소설宋元話本小說 범위와 고증에 대한
   보다 자세한 내용은 金明求, ≪虛實空間的移轉與流動-宋元話本小說的空間探討≫,
   臺北: 大安出版社, 2002年, 36쪽을 참조.

아니라, 상인, 평민, 하층민들의 다양하고 폭넓은 삶을 구체적으로 조명하고 있다. 그러므로 다양한 인간 군상을 고찰할 수 있으며, 평범하고 일반적이거나, 개성이 강한 특정한 인물을 통해서 상호간에 걸쳐 있는 다각적인 관계를 탐구할 수 있다. 다른 어느 시대의 소설 작품보다 생활의 단면을 입체적으로 그려내었고, 그 속에서 살아가는 인물들을 생동감 있게 묘사하고 있기 때문에, 본 연구의 핵심인 인물 간의 대우 관계를 고찰함에 있어서 다양한 인물 형상과 관계 구조를 폭넓게 제시하고 있다.

2. 인물의 역할을 따른 '대립對立' 관계

소설 작품 속에서 인물의 '대립對立' 방식에는 동일한 인물의 내·외부적으로 대조를 이루는 경우도 있고, 다른 인물 간의 관계에서 대우를 이루는 경우도 있다.[8] 인물 간의 대우對偶 관계를 중심으로 살펴본다면, 인물 간의 관계에서 가장 보편적으로 나타나는 현상이 인물 간의 '대립對立'일 것이다. 인물 간의 '대립對立'은 주로 인물의 의견이나 행동, 상황 및 태도가 서로 충돌을 일으키거나 갈등, 불화, 심지어 투쟁에까지 이르게 되는 상태를 말하는데,[9] 소설 작품에서는 '선인善人'과 '악인惡人'의 대립이 가장 일반적이다. 하지만 대립 관계는 이러한 양극의 극단적 인물

---

8) 辛穎은 그의 논문 〈論文學作品中的人物性格對照的三種方式及其作用〉에서는 인물성격의 대조방식을 크게 두 가지로 나누고 있다. 하나는 '양자(자신과 타자)의 대조'이고, 다른 하나는 '동일한 인물(자신의 내·외부)의 대조'이다. '양자의 대조'는 자신과 타자의 외부적 대조를 말하고, '동일한 인물의 대조'는 '인물의 표리表裏 대조對照'와 '내적으로 양립되는 성격'으로 나누어 설명하고 있다. 이에 관련된 자세한 내용은 辛穎, 〈論文學作品中的人物性格對照的三種方式及其作用〉, 《職大學報》, 2010年 第1期를 참조.

9) 肖燕憐, 〈人物隨世運 無日不趨新--〈快嘴李翠蓮記〉言語衝突淺析〉, 《新疆財經學院學報》, 2005年 第3期, 69쪽 참조.

의 대결에서만 나타나지는 않는다. 의견이나 태도, 성격과 상황의 갈등 과 충돌이라는 폭넓은 관념에서 살펴보면, 인물의 대립은 '선인善人' 사이 에서 이루어질 수도 있고 '악인惡人' 사이에서도 이루어질 수 있다. 또는 중요인물 사이, 혹은 보조인물 사이에서 이루어지기도 한다.10) 그러므 로 대립의 범위를 일률적인 관계로만 한정할 필요는 없다. 비록 인물의 대립 중에서 '선인善人'과 '악인惡人'의 이원적 대립이 가장 빈번하게 나타 나고 보편적인 현상이기는 하나, 이러한 구조에서는 인물 간의 다양한 관계를 자세히 연구하기가 어렵다. 왜냐하면 이들의 관계는 '선善'과 '악 惡'이라는 분명하고 획일적인 '대립항'이 존재하므로, 이 관계망을 떠나 서 다른 이념이나 시각으로 살펴볼 수 없기 때문이다. 비록 이들의 대립 관계가 분명하기는 하지만, 모두 절대적인 '긍정'과 '부정'이라는 이분화 된 관계로만 한정하고 있기 때문에 그 이면에 숨어있는 다양하고 복잡한 인물의 특징과 인물 간의 유동적 관계를 고찰하기가 상당히 제한적이다.

또한 '선善'과 '악惡'의 대립은 주로 줄거리의 진행과 깊은 관계를 맺고 있으며, 큰 사건 위주로 진행되는 중요한 서사를 떠나서는 그 대립 과정 이 분명하게 드러나지 않는다. 그러나 인물 간의 다양한 관계는 중요한 사건의 대립적 입장에서뿐만 아니라, 큰 대립 구조아래 얽혀 있는 수많 은 작은 사건들과 그것에 연관된 인물, 관계의 과정에 상세히 드러난다.

---

10) 常輔相은 그의 논문〈淺談≪紅樓夢≫人物性格的對照方式〉에서 인물 간의 '대립對 立' 현상을 '대조對照'라고 정의하고, ≪홍루몽紅樓夢≫을 구체적으로 예를 들어 세 가 지 대조 방식을 언급하고 있다. 먼저, 인물의 외부적 대조 방식인데, 인물의 성격에 치중하여 구성 인물을 구별하고 서로의 특징을 부각시키는 역할을 한다. 두 번째로 인물의 내부적 대조방식인데, '영靈'과 '육肉', '사회社會'와 '개인個人', '선善'과 '악惡' 등 집단, 이념, 가치관의 특징을 서로 대조하여 드러내는 방식이다. 세 번째로 인물의 심화적 대조 방식인데, 이것은 인물의 외부 대조와 내부 대조가 혼합되어 있는 방식이 다. 인물의 대조 방식에 대해서는 常輔相,〈淺談≪紅樓夢≫人物性格的對照方式〉, ≪學術交流≫, 1996年 第4期를 참조.

단지 몇 몇 주요인물의 획일적 대립은 큰 사건과 굵직한 대립 구조를
갖고 있으며, 큰 사건의 진행에 따라 개략적으로 이루어지고 있다. 하지
만 다른 수많은 인물과 인물의 관계는 오히려 작고 미미한 사건을 통해
서 복잡하고 미묘한 관계를 더욱 구체적이고 분명하게 드러낸다. 그러므
로 '선善'과 '악惡'의 관계로만 제한하였던 단편적이고 일률적인 인물 관
계에서 벗어나, 다양한 층위의 인물과 그 대립 과정을 통해서 복잡하게
구성되어 있는 여러 인물 간의 관계를 입체적이고 다면적으로 고찰할
필요가 있다.

인물대우人物對偶의 대립 관계는 '선善'과 '악惡'의 갈등을 제외하고 여
러 가지 유형으로 나누어지는데, 먼저, 대립 인물의 성격에 따라 '선인善
人'과 '선인善人'의 대립, '악인惡人'과 '악인惡人'의 대립이 있고, 또는 선인
善人도 악인惡人도 아닌 중간적 인물이 각각 '선인善人'과 '악인惡人'과 대
립하는 경우도 있다. 다음으로, 인물의 역할을 중심으로 나누어 보면,
주요인물 사이(주주主主)의 대립(이후 '주주主主인물의 대립'으로 칭함),
주요인물(주主)과 보조인물(종從)의 대립(이후 '주종主從인물의 대립'으로
칭함), 보조인물(종從) 사이의 대립(이후 '종종從從인물의 대립'으로 칭
함)으로 나눌 수 있다.[11] 인물의 내부적 특징에 따른 분류(선인善人 혹은

---

11) 인물의 분류는 중국소설 작품의 서술환경과 구조에 따라 다르지만, 일반적으로 몇
가지로 구분되고 있다. 첫째, 인물형상의 체계에서 인물의 직위와 작용에 따라 '주각主
角'과 '배각配角' 혹은 '주요인물主要人物과 '차요인물次要人物로 나눌 수 있다. 둘째,
인물의 본성과 작가의 인물에 대한 태도를 근거로 '정면인물正面人物', '중간인물中間人
物', '반면인물反面人物로 나눌 수 있다. 셋째, 인물의 의식과 특징에 의해 '편형인물扁
形人物', '첨형인물尖形人物', '원형인물圓形人物로 나눌 수 있다. 넷째, 스토리 전개에
따라 달라지는 인물의 성격에 근거하여 '정적인물靜的人物과 '동적인물動的人物'로 나
눌 수 있다. 다섯째, 소설 속에서 인물의 존재 상태에 따라 '허상인물虛像人物'과 '실상
인물實像人物로 나눌 수 있다. 이 이외에도 작품 속의 인물 관계를 중심으로 '주각主角
(주인공主人公)'과 '대상對象', '지사자支使者'와 '승수자承受者', '조수助手'와 '대두對頭',
인물의 전체적인 상황을 고려하여 '입체인물立體人物과 '평면인물平面人物' 등으로 나

악인惡人은 역할에 따른 분류(주요인물 혹은 보조인물)와는 달리, 그 구분 기준이 모호하고, 선인善人에서 악인惡人으로의 변화 혹은 그 반대의 현상이 수시로 나타나고 있어서 '선성善性'과 '악성惡性'을 명확하게 규정짓기가 힘들다. 그러므로 인물의 성격에만 근거하여 인물의 특징을 정하는 것은 상당히 추상적이거나 광범위하여 인물사이의 구체적인 관계와 대립 구조가 희석되어 그 독특한 형상을 살펴보기가 어렵다. 비록 분류의 관점과 태도에 따라 다양한 인물 유형으로 분류되기는 하지만, 작품 속에서 인물의 대립 관계를 살펴보는 데에 있어서는 인물의 역할에 따라 분류한 '주요인물'과 '보조인물'이 적절할 것이다.

인물 관계에서 말하는 '대립對立'은 극단적인 대결구도를 조성하고 어느 한 쪽이 승리와 이득을 획득하고 다른 한쪽이 징계, 파멸을 당하는 관계가 아니라, 작품 속에서 서로 대우를 이루는 것을 의미한다. 그러므로 '선善'과 '악惡'의 대립과 같은 극단적인 대항이 아니라, 인물의 역할이나 성격, 혹은 처지나 상황이 서로 대우를 이루어, 상대 인물과 상황에 따라 다각적으로 변화하는 특징을 드러내는 것을 말한다고 볼 수 있다.

소설작품 속 인물의 대립에는 '선인善人'과 '악인惡人'의 대립을 제외하고 많은 대립 관계가 나타난다. 이들의 대립 관계는 주로 주요인물 간

누기도 한다. 중국소설이론에 관련된 저작에서는 인물의 유형을 다양하게 나누고 있지만, 우리말로 옮겼을 때에는 대게 '주요인물'과 '보조인물', '중심인물'과 '부차적 인물' 정도로만 구분하고 있다. 또한 인물의 유형을 일컫는 우리말에 '주동인물'과 '반동인물'이 있으나, '반동인물'도 '주요인물'이 될 수 있으므로, '주각主角'과 '배각配角'의 관계와는 다르다고 할 수 있다. 또한 '주요인물'과 유사한 용어로는 '중심인물', '중추인물' 등이 있으나, 용어의 통일성과 서술의 편리를 위해 '주각主角'은 '주요인물', '배각配角'은 '보조인물'로 하고자 한다. 소설 작품 속 인물의 분류에 대해서는 佛斯特著, 李文彬譯, 《小說面面觀》, 臺北: 志文出版社, 1995年, 92-104쪽 ; 劉世劍, 《小說敍事藝術》, 吉林大學出版社, 1999年, 100-111쪽 ; 馬振方, 《小說藝術論》, 北京大學出版社, 2000年, 27-43쪽 ; 王平, 《中國古代小說敍事研究》, 河北人民出版社, 2003年, 274쪽을 참고.

혹은 보조인물 간의 대립 양상을 보여주고 있는데,[12] 이러한 대립 형태
는 크게 '주주主主인물의 대립', '주종主從인물의 대립', '종종從從인물의 대
립'으로 나타난다.[13] 이 세 가지 대립 유형에서 중요한 사항은 대립을

---

12) 常輔相, 〈淺談《紅樓夢》人物性格的對照方式〉, 《學術交流》, 1996年 第4期,
    109쪽 참조.
13) 작품 속의 주요인물과 보조인물 간의 대립 관계를 전체적으로 살펴보면 다음과 같다.
    '주주主主인물의 대립'은 주요인물 사이의 대립을 말하며, '주종主從인물의 대립'은 주
    요인물과 보조인물의 대립을 말하고, '종종從從인물의 대립'은 보조인물 사이의 대립을
    말한다.

편명		대립對立 관계			비고
		주주主主 인물	주종主從 인물	종종從從 인물	
清平山 堂話本 (16/27)	〈柳耆卿詩酒翫江樓記〉				
	〈簡帖和尚〉				
	〈西湖三塔記〉			◎	
	〈合同文字記〉				
	〈風月瑞仙亭〉				
	〈藍橋記〉				
	〈快嘴李翠蓮記〉		○		
	〈洛陽三怪記〉			○	
	〈陰騭積善〉				
	〈陳巡檢梅嶺失妻記〉				
	〈五戒禪師私紅蓮記〉				
	〈刎頸鴛鴦會〉				
	〈楊溫攔路虎傳〉				
	〈花燈轎蓮女成佛記〉				
	〈曹伯明錯勘贓記〉				
	〈錯認屍〉				
熊龍峰刊 小說四種 (2/4)	〈張生彩鸞燈傳〉				
	〈蘇長公章臺柳傳〉				

조성하는 주체(지사자支使者)와 당하는 대상(승수자承受者)이 대부분 '선

喻世明言 (8/40)	〈新橋市韓五賣春情〉3				
	〈趙伯昇茶肆遇仁宗〉11	○			
	〈史弘肇龍虎君臣會〉15				
	〈楊思溫燕山逢故人〉24				
	〈張古老種瓜娶文女〉33	△	○		
	〈宋四公大鬧禁魂張〉36				
	〈任孝子烈性爲神〉38				
	〈汪信之一死救全家〉39		○		
醒世恒言 (6/40)	〈小水灣天狐貽書〉6	○			
	〈勘皮靴單證二郎神〉13				
	〈鬧樊樓多情周勝仙〉14				
	〈張孝基陳留認舅〉17	○			
	〈鄭節使立功神臂弓〉31			○	○
	〈十五貫戲言成巧禍〉33			○	○
警世通言 (14/40)	〈拗相公飲恨半山堂〉4				
	〈陳可常端陽仙化〉7				
	〈崔待詔生死冤家〉8				
	〈錢舍人題詩燕子樓〉10				
	〈范鰍兒雙鏡重圓〉12				
	〈三現身包龍圖斷冤〉13				
	〈一窟鬼癩道人除怪〉14				
	〈小夫人金錢贈年少〉16				
	〈崔衙內白鷂招妖〉19				
	〈計押番金鰻産禍〉20				
	〈金明池吳清逢愛愛〉30				
	〈皂角林大王假形〉36				
	〈萬秀娘仇報山亭兒〉37				
	〈福祿壽三星度世〉39				
《清平山堂話本》: 16篇 《熊龍峰刊小說四種》: 2篇 《喻世明言》: 8篇 《醒世恆言》: 6篇 《警世通言》: 14篇	宋元話本小說 46篇				

* ◎: 인물 대립 관계가 2건, ○: 인물 대립 관계가 1건, △: 인물 대립 관계가 미약

善'과 '악惡'의 어느 한 쪽에 속하는 경우가 많다는 것인데, 그렇지만 '생生'과 '사死', '정의正義'와 '불의不義', '인간'과 '이물' 등의 일률적이고 이원적인 대립 관계에서 벗어나 다양한 시각으로 조망해 볼 필요가 있다. 인물의 대립을 살펴보는 데에 있어서 '자신'과 '타자', '인물과 '대상', '주동자'와 '조력자' 등의 대립에 근거하여 '주主'와 '종從'의 관계로 살펴본다면, 단순히 '선善'과 '악惡'의 관계에서 발생하는 모호하거나 혹은 극단적인 대조에서 볼 수 없었던 보다 다양한 인물의 특징을 도출해 낼 수 있을 뿐만 아니라, 그 속에 내재된 독특한 개성과 관계 구조를 자세히 살펴볼 수 있다.

1) 주주主主인물의 대립對立

'주주主主인물의 대립'은 작품 속 주요인물 간의 대립을 말한다. 먼저, 〈장효기진류인구張孝基陳留認舅〉(《성세항언醒世恒言》제17권第十七卷)을 살펴보면, '과천過遷'과 '장효기張孝基'가 등장하는데,[14] 이 두 인물은 상호 보완적 대립 관계를 유지하면서, 작품 속에서 줄거리를 이끌어 가고 주제를 부각시키는데 있어서 중요한 역할을 담당하고 있다. 작품의 줄거리를 간략하게 살펴보자면, 과천過遷은 도박과 낭비로 방탕한 생활을 하며, 집안의 재산을 탕진한다. 그를 집으로 데려가기 위해서 쫓아온 하인을

---

14) 작품 속에 등장하는 인물의 이름을 살펴보면, 작가의 선명한 주제의식이 감추어져 있다. 먼저 '과선過善'은 평상시 남을 돕기 좋아하며, 항상 선행을 베푸는 인물이다. 그러나 아들인 '과천過遷'의 잘못에 대해서는 엄격하고 단호한 태도를 가지고 있다. 타인에 대해서는 지나친(과過) 선행을 행하지만, 정작 자신의 아들에게는 그릇된(과過) 이해와 태도를 가지고 있다. '과천過遷'은 이름에서는 나타나는 바와 같이 잘못을 고쳐 선한 사람으로 탈바꿈하는 '개과천선改過遷善'의 의미를 가지고 있다. '과선過善'의 사위인 '장효기張孝基'는 효성(효孝)과 의리(의義)의 기본(기基)이 충실한 인물임을 이름을 통해서 알 수 있다. 인물의 이름과 작품 속 성격이 일치하도록 저자는 의도적으로 인물을 명명하고 있음을 알 수 있다.

때려 쓰러뜨린 후 실수로 죽인 줄로만 알고 다른 곳으로 도망간다. 그는 사람을 때려죽인 죄로 고향으로 돌아가지 못하고 여기저기를 떠돌며 구걸로써 겨우 목숨을 부지한다. 장효기張孝基는 과천過遷의 매부妹夫로 과천過遷이 타향에서 방랑하고 있을 때, 과선過善의 딸과 결혼한다. 과선過善은 임종 직전에도 과천過遷의 잘못을 용서하지 않고 모든 재산을 사위인 장효기張孝基에게 물려준다. 장효기張孝基는 장인이 물려준 재산과 사업을 관리하면서도 사적인 욕심을 채우지 않고, 유업遺業을 잘 이끌어 나가도록 노력한다. 어느 날 장효기張孝基는 하인과 함께 지방을 순회하다가 우연히 과천過遷을 만나게 된다. 그는 자신의 신분을 숨긴 채 그에게 대대로 내려온 유업遺業의 새 주인이라고 소개한 후, 과천過遷에게 일을 혹독하게 시킨다. 과천過遷이 그의 밑에서 일하는 동안 진정으로 과거의 잘못을 뉘우치고 모든 일에 열심히 노력하는 모습을 보이자, 비로소 그간의 사정을 말하고 부인 방씨方氏와 재회하게 한다. 이때 그는 과선過善의 재산을 물려받았음에도 불구하고 모두 과천過遷에게 돌려준다.

　　다시 작은 상자에서 문서 하나를 꺼내어 과천過遷에게 건네주며 말하였다. "이 문서는 이전에 장인어른께서 물려주신 것이니, 모두 돌려드립니다. 마침 이 술잔을 들어 형님께 권하오니, 이제부터 조심하고 주의하며, 능히 절약하고 근면하여 황천에 계신 장인어른의 뜻에 부합하도록 하십시오. 자만하고 만족해하지 마시고, 다른 생각을 품지 않도록, 경계하고 또 경계하십시오!" 사람들이 이르러, 비로소 이전에 장효기張孝基가 유산을 사양하며 받지 않으려고 했던 것이 진심이었음을 알고 감탄해 마지않았다. 과천過遷은 이 이야기를 듣고서 땅에 엎드려 울면서 말하였다. "…… 하물며 불초한 내가 평생 동안 아버지의 명을 어겼으니, 그 죄가 막중하여 속죄할 방도가 없다네. 지금 이 재산이 선친께서 자네에게 물려주고자 한 것이니, 만약 불초한 나에게 돌아온다면, 다시 아버지의 의지를 어기는 것이니, 나의 죄가 더욱 가중되지 않겠는가!" 장효기張孝基는 과천過遷을 일으켜 세우며 말하였다. "형님께서 잘못 생각하셨습니다. 장인어른께서 평생 힘들게 고생하여 모은 재산은 사실 자손에게 물려주어 세세토록 보존하고자 하셨습니다.

뜻밖에 형님이 타향에서 떠돌아다니고, 또 가업을 계승할 아들이 없어서 저에게 기탁한 것뿐입니다. 이것 역시 부득이한 것이지 이것이 어찌 선친의 본마음이었겠습니까?" …… 과천過遷 역시 사양하고자 하였다. 두 사람은 서로 양보하려고 옥신각신하며 받으려하지 않았다. 주위에 있는 사람들조차 어찌할 방도가 없었다.[15]

이 장면은 작품의 마지막 부분에 해당하는 것으로 장효기張孝基가 물려받은 재산을 과천過遷에게 주려고 하고, 과천過遷은 받지 않으려고 하는 상양(相讓)의 태도를 보여주고 있다. 과천過遷은 이전의 잘못을 반성하고 후회하며 성실하고 정직한 태도로 자신의 처지를 감내하려 한다. 장효기張孝基는 과천過遷의 신분을 알았지만, 임기응변으로 자신을 새 주인으로 소개하는 '기민함'을 지녔다. 또한 과천過遷을 바른 길로 이끌기 위해 자신의 의도를 숨기는 '현명함'과 자신이 물려받은 재산을 도리어 환원하는 '의로움'도 함께 가지고 있다. 장효기張孝基의 '독취獨取'에서 '양보讓步'로 이어지는 과정을 묘사한 이 단락은 두 인물이 서로 대우를 이루면서 마침내 원만한 화합을 이끌어 내는 과정을 보여 주고 있다.

비록 과천過遷과 장효기張孝基는 서로 대비되는 성격의 인물이지만, 그렇다고 절대적인 선성善性과 악성惡性을 지닌 인물은 아니다. 작품의 줄거리가 중, 후반으로 갈수록 이들의 성격과 특징이 어느 정도 비슷해지기는 하지만, 처음에는 사뭇 달랐다. 작품에는 과천過遷의 잘못만을 일방

---

15) 又在篋中取出一紙文書, 也奉與過遷道: "這幅紙乃昔年岳父遺囑, 一發奉還。適來這杯酒, 乃勸大舅, 自今以後, 兢兢業業, 克儉克勤, 以副岳父泉臺之望。勿得意盈志滿, 又生別念。戒之, 戒之!"眾人到此, 方知昔年張孝基苦辭不受, 乃是真情, 稱嘆不已。過遷見說, 哭拜於地道: "……況不肖一生違逆父命, 罪惡深重, 無門可贖。今此產乃先人主張授君, 如歸不肖, 卻不又逆父志, 益增我罪!"張孝基扶起道: "大舅差矣!岳父一世辛苦, 實欲傳之子孫世守, 不意大舅飄零於外, 又無他子可承, 付之於我, 此乃萬不得已, 豈是他之本念。"……過遷又將言語推辭, 兩下你讓我卻, 各不肯收受, 連眾人都沒主意。(≪醒世恒言≫第十七卷〈張孝基陳留認舅〉)

적으로 그려내고 있지만, 과천過遷의 몰락을 전적으로 부각시키지는 않고, 이후 개과천선改過遷善하는 과정에 좀 더 치중하여 묘사하고 있다. 과천過遷과 대립되는 인물은 장효기張孝基인데, 장효기張孝基는 처음부터 과선過善의 재산에는 욕심이 없었고, 인간의 도리에 어긋난 일에 대해서는 강한 거부감을 가지고 있었다. 과선過善이 임종하면서 모든 재산을 사위인 장효기張孝基에게 물려주었음에도 불구하고, 장효기張孝基는 자신의 것으로 소유하려하지 않고, 단지 그것을 잘 관리하여 과천過遷이 돌아오면 그에게 돌려주려고 하였다.

이 두 인물은 서로 상대적인 특징을 가질 뿐만 아니라, 작품의 서술과정에서도 약간의 차이를 보인다. 과천過遷이 이전의 잘못을 깨닫고 다시 인성을 회복하는 과정에 치중했다면, 장효기張孝基는 처음부터 성실과 도덕을 겸비한 겸허한 인물로 그려지고 있다. 이렇듯 두 사람은 '인성의 극적인 변화'와 '도덕정신의 지속'이라는 각기 다른 과정을 보여 주고 있고, 그 '변화'와 '지속'이라는 과정의 묘사가 서로 다르게 나타난다. 비록 두 인물은 서로 직접적으로 대면하여 충돌을 일으키거나 첨예한 갈등을 일으키지는 않는다. 이들은 서로 대립을 이루며 다른 방향으로 나아가고 있는 듯해도, 결국 마지막에는 가치관은 하나로 일치하게 되면서 조화를 이루게 된다. 만약 과천過遷이 없었다면 장효기張孝基의 도덕적 인성은 빛을 발할 수 없을 것이고, 반대로 장효기張孝基가 없었다면 과천過遷은 어쩌면 평생 동안 남의 집에서 구걸하며 타향을 떠돌았을 것이다. 이 두 사람은 각기 다른 인생 역정과 성격을 가지고 있지만, 모두 원만한 인성회복을 통해 모범적인 인간형상을 그려내고 있다. 이들은 비록 작품 속에서는 서로 대립적인 인물로 작용하고 있지만, 언제나 일정한 관계를 유지하고 서로 대응하고 있다. 이러한 대립 관계를 통해서 어느 한 쪽의 인물뿐만 아니라, 양쪽 모두의 존재와 가치를 더욱 잘 구현해 내고 있는 것이다.

〈장효기진류인구(張孝基陳留認舅)〉(≪성세항언(醒世恒言)≫제17권第十七卷)에서 과천過遷과 장효기張孝基의 관계가 '상호보완적' 대립 관계였다면, 〈소수만천호이서小水灣天狐貽書〉(≪성세항언醒世恒言≫제6권第六卷)에서의 '왕신王臣'과 '천호天狐(요물)'는 시종일관 '적대적' 대립 관계를 유지하고 있다. 작품의 도입부에서는 천호天狐가 두 마리가 등장하였지만, 왕신王臣과 직접적으로 대립하면서 작품의 줄거리를 이끌어 가는 것은 한 마리이다. 물론 다른 천호天狐도 이후 여러 인물로 변신하여 왕신王臣을 혼란에 빠뜨리지만, 서술 시각은 한 천호天狐에 집중되어 있다. 두 마리의 천호天狐중에서 비교적 중심적인 역할을 하는 천호天狐는 왕신王臣의 돌팔매에 눈이 맞아 한쪽 눈이 다쳤다는 것만 알 수 있을 뿐 구체적인 이름과 형상은 알 수 없다. 비록 작품에서 등장하는 인물이 여럿이지만, 왕신王臣과 눈을 다친 천호天狐이외의 인물은 작품에서의 역할이 그리 중요하지 않다. 물론 다른 한 마리 천호天狐도 이 천호天狐(눈을 다친)를 도와 변신하여 천서天書를 되찾는데 일조를 하지만, 왕신王臣과 대립하는 인물은 여전히 한쪽 눈을 다친 천호天狐라고 할 수 있다.

작품의 줄거리는 왕신王臣과 천호天狐의 조우와 대결, 그리고 천호天狐가 왕신王臣을 농락하는 과정을 긴박하면서도 생동감 있게 전개하고 있다. 왕신王臣과 눈을 다친 천호天狐는 모두 네 번의 조우를 가졌지만,[16] 모두 다른 공간에서 다른 형상으로 만나게 된다. 양자의 구체적인 조우와 대립의 과정을 살펴보면, 왕신王臣이 전란을 피해 항주杭州 소수만小水灣으로 피난을 갔다가, 난리가 평정되고 난 후 다시 가업을 정리하기 위하여 고향으로 돌아간다. 그는 도중에 숲속에서 두 마리의 여우가 천

---

16) 이 천호天狐가 한쪽 눈을 다친 천호天狐인지 아니면 다른 천호天狐인지 작품에서는 분명하게 드러나지 않는다. 그러나 내용의 전개와 서술 과정을 자세히 살펴보면 한쪽 눈을 다친 천호天狐일 가능성이 높다.

서天書를 보고 있는 것을 보고서 새총을 쏘아 내쫓고 천서天書를 얻는다. 후에 여관에서 머물게 되는데, 한 나그네가 천서天書를 보여 달라고 하자, 천호天狐가 사람(한 쪽 눈을 다침)으로 변신한 것을 알고 다시 내쫓는다. 다음으로 왕신王臣은 장안長安으로 돌아가 가업을 정리하던 중, 급히 항주杭州로 돌아오라는 왕류王留의 급보를 받고 가산을 정리하는데, 이미 재산이 절반으로 줄어버렸다. 항주杭州에 있던 가족도 서둘러 장안長安으로 돌아오라는 왕신王臣의 급보를 받고 가산을 정리하여 돌아가는 도중에 만나게 된다. 이 모든 것이 천호天狐가 꾸민 것임을 알고 분개한다. 왕신王臣 가족은 장안長安으로 가는 길을 멈추고 다시 항주杭州로 돌아오게 된다. 얼마 지나지 않아 왕신王臣의 동생 왕재王宰가 항주杭州로 찾아오고 그에게 그간의 자초지정을 이야기하는데, 왕재王宰이 천서天書를 보여 달라고 하여, 천서天書를 보여주자 왕재王宰는 순식간에 천서天書를 가지고 도망간다. 왕재王宰가 바로 이 천호天狐가 변신한 것을 알고, 왕신王臣은 억울함에 화가 나서 어찌할 줄 모른다.

'왕신王臣'과 '천호天狐(요물)'가 처음 만났을 때에는 왕신王臣이 사건의 상황이나 과정에서 비교적 우위를 차지하였지만, 후반부로 갈수록 오히려 천호天狐가 사건을 주도하면서 왕신王臣을 자기마음대로 농락하고 있다. 이렇게 서로의 갈등은 점차적으로 고조되어 가다가 작품의 후반부에 이르러 '적대적' 대립 관계는 최고조에 달한다. 이 과정에서 왕신王臣과 천호天狐의 서로 다른 성격과 태도를 엿볼 수 있다.

> 왕재王宰은 그 책을 전해 받고서는 앞에서부터 뒤에 까지 바로 펼쳐서 한 번 훑어보더니, "이 글자는 과연 특이하군요!" 바로 몸을 일으켜서 대청 한가운데로 걸어가서 왕신王臣에게 말하였다. "지난 날 왕류王留가 바로 나라네. 지금 천서天書가 돌아왔으니, 다시는 당신을 귀찮게 하지 않겠소. 안심하시오!" 왕재王宰는 이 말을 하면서 곧장 바깥으로 도망갔다. 왕신王臣은 크게 화가 나서 급하게 앞으로 뒤쫓아 가면서 크게 소리쳤다. "이 요망한

것이 간도 크게 어디로 도망가느냐?" 그러면서 한손으로 옷을 잡았다. 도망가는 기세는 순식간이고, 잡아당기는 힘이 맹렬하더니, 단지 펄럭거리는 소리만 들리면서 한쪽 옷이 찢겨졌다. 그 여우는 아예 몸을 한 번 떨더니, 옷을 벗어버리고 본모습을 드러내었다. 요물은 문 밖으로 도망가더니만 마치 바람처럼 쏜살같이 사라졌다. 왕신王臣은 가족과 함께 거리로 쫓아 나와 사방을 둘러보았지만, 그림자조차 없었다. 왕신王臣은 한편으로는 그 요물 때문에 가산을 크게 손해 보았고, 또 한편으로는 요물 때문에 여러 번 골탕을 먹었으며, 또한 이 천서天書를 빼앗겨 분이 가라앉지 않아서, 이를 갈면서 사방으로 눈을 부릅뜨고 찾았다.17)

왕신王臣은 침착하게 일의 전후를 살피거나 논리적 판단을 하지 않는 고집스럽고 공격적인 성격을 가지고 있다. 승부욕이 강한 이러한 성격은 천호天狐와 대립하는 과정에서뿐만 아니라, 천호天狐에게 천서天書를 빼앗기고 난 다음에 자신의 감정을 다스리지 못하는 행동에서도 잘 나타나 있다. 심지어는 천호天狐에게 다시 농락당한 것을 알고 분한 마음에 병을 얻어 침상에서 일어나지 못하였고, 心中轉想轉惱, 氣出一場病來, 臥床不起. 이어서 진짜 동생 왕재王宰이 어머니가 임종하셨다고 해서 집으로 돌아오게 되고, 이것 역시 천호天狐의 농간임을 알게 되자 더욱 화가 치밀어 거의 혼절할 지경에 이르렀다. 又氣得個發昏. 이처럼 천호天狐는 자신의 목적을 두고 긴장의 완급과 태도의 강약을 조절하며, 주도면밀하게 왕신王臣을 골탕 먹이다가, 마침내 자신의 목적을 달성하고 만다. 이렇게 시간을 들여 사건을 꾸미고, 상황을 조심해서 안배하는 성격은 왕신王臣과

---

17) 王宰接過手, 從前直揭至後, 看了一看, 乃道: "這字果然稀見！"便立起身, 走在堂中, 向王臣道: "前日王留兒就是我。今日天書已還, 不來纏你了。請放心！"一頭說, 一頭往外就奔。王臣大怒, 急趕上前, 大喝道: "孽畜大膽, 哪裡走?"一把扯住衣裳, 走的勢發, 扯的力猛, 只聽得聒喇一響, 扯下一幅衣裳。那妖狐索性把身一抖, 卸下衣服, 見出本相, 向門外亂跑, 風團也似去了。王臣同家人一齊趕到街上, 四顧觀看, 並無蹤影。王臣一來被他破蕩了家業, 二來又被他數落這場, 三來不忿得這書, 咬牙切齒, 東張西望尋覓。(《醒世恆言》第六卷〈小水灣天狐詒書〉)

분명한 대조를 이룬다.

다른 측면에서 살펴보면, 천호天狐는 왕신王臣과 끊임없이 타협의 접점을 찾고자 하였고, 또한 그에게 이러한 의도를 충분히 보여 주었다고 할 수 있다. 그러나 왕신王臣은 천호天狐의 존재를 하찮게 여기고, 그와의 타협을 거부한 채, 그를 제거하고자 하는 태도로만 일관했다. 왕신王臣이 천호天狐에 대한 적대적 감정과 천호天狐가 왕신王臣에 대해 유희적 감정이 서로 상반적 시각을 형성하고 있는 것이다. 이러한 태도의 차이는 '인간'과 '요물'이라는 주체에서 오는 행동의 차이일 수도 있고, 자신의 목적 추구에 필요 없는 부분까지 적대적인 관계를 조성할 필요가 없다고 생각하는 천호天狐와 그것에 반해서 자신의 감정을 거스른 천호天狐에 대해서 반드시 응징하고자 하는 가치관의 차이에서 비롯된 것일 수도 있다. 비록 이들은 서로 상대적으로 대립의 관계를 가지고 있지만, 어느 한 쪽이 부재하면 다른 한쪽이 존재할 수 없는 관계이다. 이러한 대립은 한쪽이 승리할 때까지 다른 한쪽을 파별시키는 극과 극의 관계가 아니라, 서로의 행동과 목적에 따라 반응하면서 태도의 수위를 조절하는 관계이다. 이러한 관계의 층위 조절은 주로 천호天狐가 주도적으로 담당하고 있다.

이 작품에서 왕신王臣과 천호天狐는 천서天書를 지키려는 의지와 되가져 가려는 의도를 분명하게 보여주면서 그것에 수반된 생각과 행동이 갈등을 일으키며 서로 극한의 대립 관계를 가지지만, 일반적으로 중국 고전소설에서 보이는 어느 한 쪽의 철저한 파괴, 소멸을 종용하지는 않는다. 천호天狐는 왕신王臣을 대상으로 마치 한바탕 '희롱戱弄'과 같은 태도를 보여주고 있는데, 비록 이러한 '유희'가 왕신王臣의 생명과 안전을 위협하는 지경에까지는 이르지 않지만, 왕신王臣에게 있어서는 자존심을 상하게 하고 천호天狐에 대한 분노를 증폭시키는 매개체가 되었다.[18] 두 인물(왕신王臣과 그와 직접적으로 관계를 맺는 천호天狐)은 작품에서 이

야기를 이끌어가는 데 중요한 역할을 담당하고 있는데, 작품에서는 왕신
王臣의 어머니, 왕복王福, 왕류王留, 왕재王宰, 나그네, 도사 등 수많은 인
물이 등장하지만, 이들 만큼이나 선명하고 분명한 개성을 보여주지는
못한다. 비록 왕신王臣과 천호天狐는 마치 물과 기름과 같아서 서로 섞이
지 못하고 각각의 생각만을 고수하고 있지만, 사실 극단적인 대립 관계
는 어느 한 쪽이 존재하지 않고서는 불가능하다. 이러한 갈등은 서로의

---

18) 천호天狐에게 천서天書를 다시 빼앗기고 난 이후의 사건에서도 천호天狐의 유희적 태
도와 왕신王臣의 분노의 감정을 엿볼 수 있다. 왕신王臣은 천호天狐에게 천서天書를
빼앗기고서 쫓아 나가지만 결국 행방을 놓치고 분한 마음을 진정시키지 못한다. 그때
담벼락에 서 있던 눈먼 도사에게 천호天狐의 행방을 묻는다. 도사는 다른 방향을 가리
쳐 주고, 그 쪽으로 달려간 王臣은 뒤에서 도사로 변신했던 천호天狐가 하인 왕류王留
와 동생 왕재王宰가 자신들이었다며 말하고 도망간다. 이후 진짜 왕재王宰가 찾아오자,
집안의 하인들이 동생을 가짜라고 여기고 매질을 하는데, 왕재王宰는 어머니가 임종하
셨다고 해서 집으로 돌아온 것이라고 말하고, 이것 역시 천호天狐의 농간임을 알게
되어 왕신王臣은 더욱 분노한다. 이와 관련된 원문 내용을 살펴보면 다음과 같다. 只見
一個瞎道人, 站在對面簷下。王臣問道: "可見一個野狐從那裡去了?"瞎道人把手指
道: "向東邊去了。"王臣同家人急望東而趕。行不上五六家門面, 背後瞎道人叫道:
"王臣, 前日王福便是我, 令弟也在這裡。"衆人聞得, 復轉身來。兩個野狐執著書兒
在前戲躍。衆人奮勇前來追捕。二狐放下四蹄, 飛也似去了。王臣剛奔到自己門首,
王媽媽叫道: "去了這敗家禍胎, 已是安穩了, 又趕他則甚！還不進來?"王臣忍著一
肚子氣, 只得依了母親, 喚轉家人進來。逐件撿起衣服觀看, 俱隨手而變。/ 過了數
日, 家人們正在堂中, 只見走進一個人來, 看時, 卻是王宰, 也是紗巾羅服, 與那妖
狐一般打扮。衆家人只道又是假的, 一齊亂喊道: "妖狐又來了！"……王宰問其緣
故。王媽媽乃將妖狐前後事細說, 又道: "汝兄爲此氣成病症, 尚未能癒。"王宰聞言,
亦甚驚駭道: "怎樣說起來, 兒在蜀中, 王福曾齎書至, 也是這狐假的了！"王媽媽
道: "你且說書上怎寫?"王宰道: "……兩月前, 忽見王福齎哥哥書來, 說: '向避難江
東, 不幸母親有變, 敎兒速來計議, 扶柩歸鄕。'"王福說: "要至京打掃塋墓, 次日先
行。"兒爲此辭了本官, 把許多東西都棄下了, 輕裝兼程趕來。纔訪至舊居, 鄰家指
引至此。知母親無恙, 復到舟中易帽來見。正要問哥哥爲甚把這樣凶信哄我, 不想卻
有此異事！"即去行李中開出那封書來看時, 也是一幅白紙。合家又好笑, 又好惱。
王宰同母至內見過嫂子, 省視王臣, 道其所以。王臣又氣得個發昏。(≪醒世恆言≫
第六卷〈小水灣天狐貽書〉)

존재를 확인시켜주는 장치일 뿐 아니라, 두 사람의 개별적 특징을 더욱 부각시키는 작용을 하고 있다. 이렇듯 작품 속에서 단독적으로 주요인물의 특성을 드러내는 것보다, 상대적인 대립 관계를 통해서 인물의 특징을 살펴볼 때, 인물 각각의 개성과 성격뿐만 아니라, 큰 줄거리 안에 모호하게 묘사되어 있던 인물의 특징이 더욱 두드러진다.

만약 〈장효기진류인구張孝基陳留認舅〉(《성세항언醒世恒言》제17권第十七卷)에서 '과천過遷'과 '장효기張孝基'가 '상호보완적' 대립 관계이고, 〈소수만천호이서小水灣天狐貽書〉(《성세항언醒世恒言》제6권第6卷)에서 '왕신王臣'과 '천호天狐'가 '적대적' 대립 관계였다면, 〈조백승다사우인종趙伯昇茶肆遇仁宗〉(《유세명언喩世明言》제11권第十一卷)의 '조백승趙伯昇'과 '인종仁宗'은 '조화적' 대립 관계라고 말할 수 있다. 먼저 줄거리를 살펴보면, 조백승趙伯昇은 과거에 응시하여 우수한 성적으로 합격하였고, 인종仁宗은 합격자의 답안지를 보던 중, 조백승趙伯昇의 답안지가 눈에 띄어 직접 그를 부른다. 인종仁宗이 조백승趙伯昇 답안지의 글자가 잘못 쓰였음을 지적하자, 그는 자신이 글자를 잘못 썼음에 대해 해명을 했지만, 인종仁宗은 그가 학문적인 성숙함에 이르지 않았다고 생각하여 낙방시켰다. 잘못 쓴 글자 때문에 과거에서 떨어진 조백승趙伯昇은 동경東京을 떠돌며 힘들게 생활하였다. 그 후 인종仁宗은 꿈속에서 계시를 받고서 묘태감苗太監과 더불어 꿈속에서 나타난 선비를 찾으러 나간다. 인종仁宗은 여러 번의 우여곡절 끝에 다시 조백승趙伯昇을 만나게 되고 그의 반성과 재능에 감화되어 그에게 높은 벼슬을 내린다.

조백승趙伯昇과 인종仁宗의 대립은 인종仁宗이 조백승趙伯昇의 답안지를 보고서 그에게 오류를 지적하는 장면에서 시작된다. 조백승趙伯昇은 글자 하나를 씀에 있어서 '정확성'을 강조하는 인종仁宗의 의견에 '편리성'과 '융통성'을 강조한다. 결국 두 사람은 글자를 씀에 있어서 관점의 차이를 보이고, 이러한 관점의 차이는 서로 보이지 않는 대립 관계를 형성하게 된다. 이러한 대립 관계에서 우열의 정도를 살펴보면, 인종仁宗은 관직을 내리는 결정자(지사자支使者)의 역할을 하고, 조백승趙伯昇은 오로지 벼슬을 제수 받는 피동자(승수자承受者)의 위치에 있어서 인종仁宗이 조백승趙伯昇을 이끌어 가는 일방적인 관계처럼 보이지만,[19] 나중에는 인종仁宗이 꿈속의 계시를 통해 조백승趙伯昇을 주동적으로 찾고, 조백승趙伯昇의 행동과 재능에 감동을 받는 장면을 비추어 보면, 인종仁宗과 조백승趙伯昇은 어느 한 쪽이 우세하고 다른 한쪽이 열등한 관계가 아니라, 서로 결정적인 영향을 주고받으며 적절하게 반응하는 관계를 형성한다고 할 수 있다. 결국 처음 만남에서 대립하였던 두 인물은 우여곡절 끝에 서로의 입장을 더 잘 이해할 수 있게 된 셈이다. 비록 글자의 사용에 있어서 인종仁宗은 작은 것을 살피는 것에서 출발하여 나아가 큰 것을 꿰뚫어 보는 시각을 가지고 있었고, 조백승趙伯昇은 큰 흐름을 먼저 살피고 작은 것은 이후 보완할 수 있다는 대립된 시각을 가지고 있었지만, 이러한 관점의 차이는 인종仁宗이 인재를 찾던 중에 몇 번의 어긋남과, 마지막에는 부채를 잃어버리고 되찾는 우연의 과정을 통하여 조백승趙伯

19) 王平은 그의 저서 ≪中國古代小說敍事硏究≫(河北人民出版社, 2003年)에서 이렇게 서로 영향을 주고받는 관계를 '지사자支使者'와 '승수자承受者'의 관계로 파악하고 있다. '지사자支使者'는 상대의 행동과 목표에 영향을 주는 인물이고, '승수자承受者'는 상대로부터 어떤 영향을 받는 대상을 말한다. 그는 '지사자支使者'와 '승수자承受者'가 일종의 '수용'의 관계를 가진다고 말한다. 인물 체계에 대한 이러한 관념을 가지고 〈조백승다사우인종趙伯昇茶肆遇仁宗〉을 살펴보면, 인종仁宗과 조백승趙伯昇을 '지사자支使者'이면서 '승수자承受者'이다. 작품의 도입부에서는 조백승趙伯昇이 과거시험에 합격하여 인종仁宗에 의해서 합격자 명단에 올랐지만, 조백승趙伯昇의 잘못으로 인해 인종仁宗은 '합격불가'를 내리게 되는데, 이 때 인종仁宗은 '지사자支使者'의 역할을 한다. 반대로 조백승趙伯昇은 인종仁宗의 결정을 그대로 받아들이는 '승수자承受者'이다. 그러나 후반부에 이르러서는 인종仁宗이 趙伯昇을 찾아가 그의 재능에 감탄하게 되는데, 이때의 '지사자支使者'는 '조백승趙伯昇'이고, '승수자承受者'는 '인종仁宗'이 된다. '지사자支使者'와 '승수자承受者'의 관계에 대한 자세한 설명은 王平, ≪中國古代小說敍事硏究≫, 河北人民出版社, 2003年, 285-297쪽을 참고.

昇과 협력과 조화의 관계를 이루고 있다. 단지 임금과 선비의 신분적 차이에서 오는 일방적 관점에서 볼 수 없었던 상대적 반응을 통해서 인물 개개인의 특징과 관점뿐만 아니라, 이러한 양자 사이에 조성된 긴장과 대립의 관계를 어떻게 원만한 협조와 이해의 관계로 이끌어내는지 구체적으로 보여주고 있다.

〈장효기진류인구張孝基陳留認舅〉의 '과천過遷'과 '장효기張孝基', 〈소수만천호이서小水灣天狐貽書〉의 '왕신王臣'과 '천호天狐', 〈조백승다사우인종趙伯昇茶肆遇仁宗〉의 '인종仁宗'과 '조백승趙伯昇'은 작품의 줄거리를 구성하고 이끌어 가는 주요인물이다. 이들 사이의 대립 관계를 통해서 각각의 인물 특징과 다양한 행동을 종합적으로 살펴볼 수 있다. 이러한 것은 인물의 대결구조에만 국한되었던 전통적인 인물연구의 시각에서 벗어나, 보다 다양한 시각으로 살펴볼 수 있는 기회를 제공한다. '과천過遷'은 '장효기張孝基'와 대비되어 '개과천선改過遷善'하는 인성을 가지고 있었고, '천호天狐'는 자신의 목적을 위하여 인간인 '왕신王臣'을 농락하지만 치명적인 해를 가하지는 않았다. '인종仁宗'은 '조백승趙伯昇'의 문장에 대한 불만으로 인하여 그의 재능을 폄하하였다. 인물 간의 관계는 '대상對象'을 마땅히 제거하여야 할 '악惡' 혹은 '적敵'으로 '대립항'을 확정하고 인물 간의 대결 구도에 치중하여 인물의 특징을 살펴보는 것보다, 양자가 긴밀하게 반응하는 관계 구도를 가지고 살펴야 하는 필요성을 가진다. 비록 이 양자는 표면적으로 대립의 구조를 가지고 있지만, 사실은 내부적으로 긴밀하게 연계하고 있다. 즉, 어느 한 쪽이 부재하면, 나머지 한쪽도 존재할 수 없는 필연적인 보완의 구조를 가지고 있는 것이다.

만약 단독적으로 '선善'과 '악惡' 혹은 '인간人間'과 '요물妖物', '징벌懲罰'과 '수벌受罰'의 '대극對極'의 상황에서 인물의 관계와 특징을 살펴보면, 이들은 영원히 조화를 이룰 수 없으며, 언제나 적대적인 관계를 형성할 뿐이다. 그러나 이러한 편향적이고 이원론적인 대결 구도는 작품의 인물

뿐만 아니라 주제도 단편적이고 획일적으로 인식하게 만든다. 인물의 대립 관계에서 대결과 선악의 관점에서 벗어나 인물의 특징을 살펴본다면, 일방적으로 어느 한 쪽을 긍정하고 다른 한쪽을 부정하는 편향적 가치관에서 탈피할 수 있으며, 양쪽을 동일 선상에서 균형적으로 살펴볼 수 있는 시각을 가지게 할 수 있을 것이다. 그러므로 인물의 관계와 인물의 특징을 단면적이고 평면적인 시각에서 살펴보는 것에 제한되지 않고, 복잡한 대립 관계를 통해서 보다 다양하고 입체적인 관점으로 이들의 관계와 특징을 살펴볼 수 있다.

2) 주종主從인물의 대립對立

주요인물과 보조인물의 대립은 주요인물 간의 대립이 작품의 줄거리를 이끌어가는 것에 비해서 직접적으로 작품의 줄거리 전개에 관여하지 않는다. 그러나 주요인물 간의 대립보다 주요인물과 보조인물과의 대립을 통해서 주요인물의 특징이 더욱 구체적으로 드러날 수 있으며, 보조인물이 주요인물에 비해서 어떠한 개성을 가지고 있는지 분명하게 밝힐 수 있다. 하지만 이러한 대립 관계는 적대적인 대결 구도를 이끌어내는 데에 집중하지 않고, 서로의 특징을 보완하거나 부각시키는 기능에 초점이 맞추어져 있다. 즉, 서로간의 연관성과 관계성을 통해서 상대의 개성과 특징을 구체화할 수 있기 때문에 인물의 세부적인 특징을 보다 자세히 살펴볼 수 있다.

일반적으로 주요인물은 전체 줄거리를 이끌어 가는 주체이므로 이들을 중심으로 이야기가 전개된다. 또한 중요한 사건위주로 이야기가 전개되기 때문에 자연적으로 사건에 따른 '선善'과 '악惡'의 측면이 분명하게 드러난다. 이러한 '선善'과 '악惡'의 갈등과 대립은 인물 간의 적대적인 대결이나 충돌을 부각시킨다. 이때 주요인물은 작품 서술의 중심축이 되며, 작품의 전반적인 서술방향도 주요인물 위주로 진행된다. 그러나 이러한 과정은 굵직한 서술 구조, 즉 중요한 사건과 주요인물의 행동과 태도가 줄거리의 전개에 관건을 이루게 되므로, 주요인물의 미묘하고 세밀한 개인적 관계와 특징은 잘 드러내지 못한다. 이것은 보조인물의 경우에도 마찬가지이다. 하지만 소설 작품에서 인물의 역할에만 치중하지 않고, 주요인물과 보조인물의 대립 관계를 통한 서술구조 속에서 인물 간의 관계를 살펴본다면, 사건위주로 진행되는 형식적 구조 속에서 간과했던 다양한 특징을 고찰할 수 있다.

주요인물과 보조인물의 관계를 살펴보는 과정에는 인물 간의 '대우對偶'가 중요한데, 이 경우에는 반드시 한쪽의 인물이 주가 되고, 다른 한쪽은 보조 역할을 하면서 대구를 이룬다. 이러한 대우 현상을 '상반상생相伴相生', '반생대우伴生對偶' 혹은 '대조상우對照相偶'라고도 한다.[20] '인물대우人物對偶'는 인물이 존재하는 그 자체에만 국한되지 않고, 서로가 어떻게 호응하며, 어떻게 상호 관계를 지속하는가에 주목해야 한다. 양자가 지속적인 관계를 유지하면서 대립을 이루는 경우는 성별이 다른 경우보다는 주로 동일한 성별의 경우에서 많이 나타난다. 이것은 동일한 성별에서의 인간관계가 이성異性 간의 관계에서 보다 자유롭게 관계를 유지, 지속할 수 있기 때문이다. 동일한 성별에서의 인물 관계에는 남성과 남성과의 관계가 비교적 많이 나타난다. 그 이유는 작품의 인물군에서 비록 여성이 등장하지만 남성에 비해서 그 수가 많지 않고, 주로 남성에 의해서 전체 줄거리를 이어가는 경우가 많기 때문이다. 이러한 특징은 송원화본소설宋元話本小說에서도 예외는 아닌데, 작품의 인물 대립 구조에서 주요인물과 보조인물의 관계는 주로 남성과 남성사이에서 일어난다. 송원화본소설宋元話本小說에서 이에 해당되는 대표적인 작품은 〈장고

---

20) '반생대우伴生對偶' 개념에 대한 기원과 정의에 대해서는 丁謙, 〈西方文學中的伴生對偶原型〉, 《內蒙古大學學報(人文社會科學版)》, 1998年 第5期를 참조.

로종과취문녀張古老種瓜娶文女〉(《유세명언喩世明言》제33권第三十三卷),
〈정절사립공신비궁鄭節使立功神臂弓〉(《성세항언醒世恒言》제31권第三十
一卷),〈왕신지일사구전가汪信之一死救全家〉(《유세명언喩世明言》제39권第
三十九卷),〈쾌취이취련기快嘴李翠蓮記〉(《청평산당화본淸平山堂話本》),〈십
오관희언성교화十五貫戱言成巧禍〉(《성세항언醒世恒言》제33권第三十三卷)
등이 있다.

먼저 〈장고로종과취문녀張古老種瓜娶文女〉의 '장공張公'과 '위서韋恕'의
관계를 살펴보면, 이들은 사위와 장인의 관계로 작품 속에서 주요인물과
보조인물의 역할을 담당하고 있다. 위서韋恕는 황제에게 직간한 죄로 진
주眞州 육합현六合縣 자생사마감판원滋生駙馬監判院으로 폄직 당한다. 그는
이곳에서 말을 관리하였는데, 옥사자玉獅子라고 불리는 백마가 실종되었
으나 장공張公이 데리고 돌아온다. 위서韋恕는 부인과 딸 문녀文女와 함께
장공張公에게 감사의 인사를 전하러 갔는데, 나이가 여든인 장공張公이
문녀文女를 아내로 맞이하고자 하였다. 위서韋恕는 매파를 통해서 고의로
10만관貫의 돈을 요구하여 결혼이 불가능하도록 나름대로 조치를 취했
지만, 장공張公은 오히려 쉽게 10만관貫을 준비하였고, 문녀文女도 하늘
의 뜻이라 여기고 장공張公과 혼인하게 된다. 이후에 장공張公과 문녀文女
의 결혼 소식을 안 문녀文女의 오빠인 의방義方이 나타나 문녀文女를 데려
오려고 도화장桃花莊을 찾게 되고 그들이 신선이 되었음을 알게 된다.

이 작품에서 인물 간의 중요한 대립을 조성하는 인물은 바로 위서韋恕
의 아들 위의방韋義方이다. 위의방韋義方은 작품의 주요인물로서 장공張公
과 이후에 등장하는 신공申公과도 대립을 이루는데, 이 중에서 장공張公
과의 대립이 비교적 강렬하고 직접적이다. 그러나 이 두 인물은 작품을
구성하는 두 가지 측면, 즉 신선神仙과 속인俗人의 대표적인 특징을 가지
고 있으며, 작품에서의 극적인 대립과 긴장감을 형성하고 있다. 또한
인물의 역할과 대립 관계에 있어서는 '주주主主인물의 대립'에 속한다.

이와는 다르게 주요인물과 보조인물의 대립(주종主從인물의 대립)은 장공張公과 그와 장인丈人인 위서韋恕와의 대립이 보다 구체적이라고 할 수 있다. 위서韋恕는 장공張公과 작품의 도입부에서 대립을 조성하고 있지만, 작품에서는 단지 보조인물에 지나지 않는다. 위서韋恕의 등장과 퇴장의 과정은 작품의 전반부와 후반부에 나타나는데, 전반부에서는 장공張公과의 불편한 관계를 형성하는 과정을 서술하고 있지만, 후반부에서는 위서韋恕 부부가 신선이 되었다는 것으로 간단하게 끝맺는다. 위서韋恕는 비록 작품의 전반부를 제외하고는 그다지 두각을 나타내지 않지만, 전반부에서는 장공張公과 미묘한 대립 관계를 형성하고 긴장감을 조성하며, 이후 전개되는 일련의 줄거리에 어느 정도 영향을 미치고 있다.

작품 속에서 인물의 성격을 살펴보면, 위서韋恕는 부패를 일삼고 자신의 욕심만을 탐하는 무리들과 다르다. 그는 정직하고 기개가 있으며, 불의를 물리치고 사악함을 멀리하는 강직한 성격의 소유자이다.中心正直, 秉氣剛强. 有回天轉日之言, 懷逐佞去邪之見. 또한 그는 의리와 예의를 지킬 줄 알고, 신의와 겸손을 겸비한 인물이다. 그러나 이러한 인품을 갖춘 그에게도 장공張公의 비정상적인 제의는 그를 화나게 만들었다. 장공張公이 문녀文女를 아내로 취하고 싶다고 말하자, 그는 그 자리에서 장공張公을 응징하려고 하였으나, 여러 사람들이 말리는 바람에 그만두었다. 이후 집으로 돌아온 그는 문녀文女의 결혼문제로 찾아온 매파에게 일부러 장공張公이 준비할 수 없는 만큼의 금전을 요구하며, 그 돈을 마련한다면 문녀文女와 혼인을 시키겠다고 약속한다. 그는 장공張公에게 단숨에 제의를 거절하고 화를 내며 매파를 내쫓아 버려도 되었지만, 그러한 행위는 자신의 체면을 깎고, 매파에 대한 예의에도 어긋난다고 여기고, 매파를 통해 張公에게 자신의 요구를 전달하게 한다.

술이 세잔이나 돌자, 부인은 장공張公에게 물었다. "어르신께서는 올해 연

세가 어떻게 되시는지요?" "노부老父는 올해 여든이 되었다오." 부인은 다시
물었다. "어르신께서는 식구가 몇인지요?" "혈혈단신이라오." 부인은 말하
였다. "어르신, 좋은 할멈을 만나 여생을 보내셔야겠네요." "그렇게 생각하
는데, 꼭 맞는 사람이 없구려!" 부인이 물었다. "그렇군요. 일흔 살 정도의
할멈은 어떠신지요?" …… 부인은 물었다. "어르신, 지금 몇 살 된 배필을
말씀하시는 건가요?" 노인은 몸을 일으켜 세우면서 열여덟 남짓한 낭자를
가리키며 말하였다. "만약 이 여인을 배필로 삼는다면 만족합니다." 위간의
韋諫議(위서韋恕)는 당시 이 말을 듣고 화가 머리끝까지 치밀어 올라 어떤
것도 할 기세였다. 그가 한 말을 듣지도 않을뿐더러 수하를 모두 불러 노인
을 때리려고 하였다. 부인은 말리면서, "그렇게 하시면 안 됩니다. 노인에게
고마움을 전하려고 특별히 찾아왔는데, 오히려 때리려고 하시다니요! 이
노인이 연로하여 말이 허황되고 분별이 없으니, 상관하지 마십시오." 그들
은 술그릇을 거두어서 돌아갔다. …… 위간의韋諫議는 물었다. "무슨 일이
오?" 장張노파는 "박을 기르는 장張노인이 분수도 모르고 오늘 사람을 시켜
서 우리 두 사람을 불러서 아가씨를 배필로 맞이하고 싶다고 말했습니다.
그가 사례로 여섯 냥 은자는 주었는데, 여기에 있습니다."라고 말하면서,
품속에서 은자를 꺼내어 대부(간의대부諫議大夫)에게 보여주면서 말하였다.
"대부께서 승낙하신다면, 이 은자를 받을 것이고, 만약 받아들이지 않는다
면, 이 은자를 장張노인에게 돌려주겠습니다." 위간의韋諫議는 말하였다. "그
노인이 미친 것이 아니오? 내 딸이 이제 겨우 열여덟이고 일찍이 중매가
들어온 적도 없소이다. 지금 어떻게 당신이 여섯 냥 은자를 받도록 이 혼사
를 승낙한단 말이오?" 장張노파가 말하였다. "단지 대부께 묻고서 회답을
가지고 온다면, 여섯 냥 은자를 가지라고 장張노인이 말하였습니다요." 위간
의韋諫議는 이 말을 듣고, 손가락 끝으로 매파를 가리키며 말하였다. "자기
분수도 모르는 그 늙은이에게 내말을 전하시오. 혼사를 성사시키려면, 내일
까지 10만관貫을 마련하여 납례納禮로 보내시오. 오로지 돈(쇠천)으로만 받
을 것이고, 돈 대신 다른 물품으로 일절 받지 않겠소." 술을 가져오게 해서
매파에게 몇 잔을 권한 다음, 그들을 떠나보내었다.[21]

---

21) 酒至三杯, 恭人問張公道: "公公貴壽?"大伯言: "老拙年已八十歲."恭人又問: "公公
幾口?"大伯道: "孑然一身."恭人說: "公公也少不得個婆婆相伴."大伯應道: "便是
沒恁 麽巧頭腦."恭人道: "也是說個七十來歲的婆婆." ……恭人說: "公公, 如今要
說幾歲的?"大伯攙起身來, 指定十八歲小娘子道: "若得此女以爲匹配, 足矣."韋諫

위서韋恕는 문녀文女를 장공張公에게 시집보내는 조건으로 10만관貫을 요구한다. 이만한 돈은 장공張公이 꽃을 재배하며 생계를 이어가는 처지에서는 도저히 준비할 수 없으리라 생각하고, 장공張公의 요구를 거절하는 의미로 제시했던 것이다. 그러나 張公은 이 돈을 마련하고 위서韋恕는 하는 수 없이 자신이 약속한 바대로 장공張公을 사위로 맞아들인다. 장공張公의 기인한 행동과 생각은 현실적 논리에 충실한 위서韋恕와 첨예한 갈등을 조성한다. 이러한 대립은 단지 장공張公의 감정적인 '괴팍함'만을 부각시키고, 반대로 위서韋恕의 '이성적'인 행동을 상대적으로 강조하는 것이 아니라, 이러한 대립을 통해서 장공張公과 위서韋恕의 각각의 특징을 분명하게 보여주고자 하는 것이다. 이렇게 구체적인 행동과 생각으로 서로 '맞서는 구도'는 단순히 장공張公과 위서韋恕의 인물을 개별적으로 형상화하는 것보다 보다 구체적이고 생동적으로 그려내고 있다. 또한 대립 관계를 통해서 형상화된 개성도 단독으로 서술된 인물묘사보다 훨씬 핍진하고 세밀하다. 단순히 등장인물의 선함과 악함의 대립구도로만 인물의 특성을 살펴보는 구도에서는 볼 수 없었던 보조인물의 관계를 통해서 보다 입체적이고 다각적인 인물형상을 살펴볼 수 있다.

위서韋恕와 장공張公의 대립은 작품의 줄거리 진행에 있어서 사건의

議當時聽得說, 怒從心上起, 惡向膽邊生, 卻不聽他說話, 叫那當直的都來要打那大伯。恭人道: "使不得, 特地來謝他, 卻如何打他?這大伯年紀老, 說話顛狂, 只莫管他。"收拾了酒器自歸去。……韋諫議問如何。張媒道: "種瓜的張老, 沒來歷, 今日使人來叫老媳婦兩人, 要說諫議的小娘子。得他六兩銀子, 見在這裡。"懷中取出那銀子, 教諫議看, 道: "諫議周全時, 得這銀; 若不周全, 只得還他。"諫議道: "大伯子莫是風?我女兒纔十八歲, 不曾要說親。如今要我如何周全你這六兩銀子?"張媒道: "他說來, 只問諫議覓得回報, 便得六兩銀子。"諫議聽得說, 用指頭指著媒人婆道: "做我傳話那沒見識的老子:要得成親, 來日辦十萬貫見錢為定禮, 並要一色小錢, 不要金錢准折。"教討酒來勸了媒人, 發付他去。(《喻世明言》第三十三卷〈張古老種瓜娶文女〉)

발단과 전개를 이어가도록 중요하게 작용하고 있다. 장공張公의 청혼이 현실적인 면에서 무리한 요구이기는 하지만, 이 사건으로 인해서 위서韋恕의 인물됨을 알 수 있고, 나아가 위의방韋義方의 선경仙境 방문, 위서韋恕 부부의 등선登仙 등에 영향을 미친다. 장공張公과 위서韋恕의 대립 관계를 통해서 사건을 전개하고 발전시키며, 나아가 이후의 사건과 작품의 주제에 큰 영향을 미친다. 이들의 대립이 없었다면 작품의 전개가 상당히 단조롭고 지루한 구조가 되었을 것이다. 또한 장공張公의 기이하면서도 진실한 면과 위서韋恕의 예의와 체면을 중시하는 특징을 분명하게 드러내는 데에 있어서도 무리일 것이다. 이처럼 주요인물과 보조인물의 대립은 작품을 구성하고 줄거리를 이끌어 가는데 중요한 역할을 하고 있고, 또한 양자의 인물 특징을 드러내는 데에 있어서도 구체적인 요소로 작용하고 있다. 이러한 예는 〈정절사립공신비궁鄭節使立功神臂弓〉(≪성세항언醒世恒言≫제31권第三十一卷)의 '정신鄭信'과 '하덕夏德'의 관계에서도 잘 나타나 있다.

전체적인 줄거리를 살펴보면, 정신鄭信은 장원외張員外의 도움으로 가난에서 벗어나지만, 무례한인 하덕夏德의 계략으로 자신을 보살펴준 장원외張員外가 강제로 많은 돈을 지불하게 되자, 이것을 참지 못하고 하덕夏德와 겨루어서 결국 그를 죽이고 만다. 이어서 그는 감옥에 수감되고, 당시 옛 우물에서 검은 연기가 나오는 기이한 사건이 생기자, 현령은 죄인들을 하나 둘씩 옛 우물에 들어가게 하지만 모두 살아서 나오지 못한다. 그의 차례가 되어 우물 안으로 들어가고, 얼마 지나지 않아 사람들이 두레박을 건졌으나 그의 모습이 보이지 않는다. 그는 지하에서 일하선자日霞仙子와 부부의 인연을 맺고서 신비궁神臂弓을 가지고 다시 지상으로 나온다. 나중에 장원외張員外가 그와 일하선자日霞仙子에서 태어난 아이들을 거두어들이고 정신鄭信과 아들과 딸은 마침내 상봉하게 된다.

이 작품에서의 주인공은 정신鄭信이다. 그에 대한 행동과 태도에 대한

묘사를 통해서 정신鄭信의 용맹함과 불의를 참지 못하는 성격을 잘 드러
내고 있다. 특히 정신鄭信의 정의로움은 하덕夏德과의 대립에서 더욱 두
드러진다. 정신鄭信은 장원외張員外의 배려로 주관主管으로 임명되었는
데, 무례한인 하덕夏德은 소고기를 대접한다는 핑계로 많은 돈을 요구하
고, 장원외張員外는 어쩔 수 없이 증서를 주어 정신鄭信에게 가서 돈을
타 가라고 한다. 그러나 정신鄭信은 하덕夏德이 장원외張員外를 협박하여
돈을 뜯어가려고 하는 것을 알고 주지 않고 그와 대결한다. 그와 겨루는
과정에서 서로의 풍채와 기용을 비교 서술하면서, 정신鄭信의 용맹함을
간접적으로 드러내고 있다.22)

> 정신鄭信은 어찌 쉽게 그에게 주겠는가! 바로 하차려夏扯驢에게 말하였다.
> "은자는 여기에 있소. 원외員外께서 당신에게 주라고 분부하였으나, 나는 그
> 렇게 못하겠소. 당신이 동경東京의 무뢰한이라는 것을 빌미로 공연히 사람들
> 을 속여서 돈을 뜯어내려고 하는데, 다른 사람들은 당신을 무서워하지만,
> 나 정신鄭信은 당신이 두렵지 않소. 지금 여러 원외員外 앞에서 당신과 한번
> 겨루어보겠소. 당신이 나를 이기면, 이 은자를 당신에게 주겠소. 나를 이기지
> 못하면, 당신이 오랫동안 쌓아 온 명성이 하루아침에 물거품이 될 것이오."
> 하차려夏扯驢는 이 말을 듣고서, "정말 재수가 없군. 이런 뜨내기에게 무시를
> 당하다니."라고 말하였다. 정신鄭信은 말하였다. "당신이 강하다느니, 내가
> 세다느니 말하지 마시오. 이곳이 마침 넓으니, 당신과 승부를 내겠소." 정신
> 鄭信이 웃통을 벗자, 사람들이 보고서 감탄해 마지않았다. 먼저 인재가 출중
> 하고, 게다가 온몸에 문신이 가득하구나. 왼쪽 팔에는 세 신선이 검술을
> 겨루고, 오른쪽 팔에는 다섯 귀신이 용을 포위하네. 가슴에는 어병풍御屛風이
> 펼쳐져 있고, 등에는 파산룡巴山龍이 물에서 나온 듯하네. 하차려夏扯驢도 웃

---

22) 정신鄭信과 하덕夏德의 대립은 정신鄭信이 하덕夏德에게 돈을 주어도 된다는 확인을
받으러 장원외張員外를 찾아갈 때부터 시작해서 다시 장원외張員外의 명령을 거부하고
하덕夏德와 싸움을 벌일 때까지 정신鄭信의 성격을 자세하게 드러내고 있다. 하덕夏德
은 정신鄭信의 곧은 성격과 용맹스러움을 구체적으로 부각시키는 역할을 하고 있다.
하덕夏德은 정신鄭信의 성격을 돋보이게 하고 그의 성격을 입체적으로 구성하기 위해
서 존재하는 인물인 셈이다.

통을 벗었다. 사람들이 보니, 사내의 몸에는 몽둥이와 사다리 문신이 새겨져
있었고, 누런 살덩이에 '인忍'자字가 가득했다. 두 사내가 화원에서 서로 싸우
며, 승부를 걸었다. 정신鄭信은 주먹을 단단하게 쥐고서 태양혈을 정면으로
가격하였다. 하차려夏扯驢은 푹하고 땅에 고꾸라져서, 그 자리에서 숨을 거두
었다. 놀란 원외員外들과 기녀들이 모두 달아났다. 바로 아전들이 에워쌌다.
정신鄭信은 손뼉을 치면서, "나는 정주鄭州 태녕군泰寧軍 사람이오. 지금 장원
외張員外 댁에서 주무主務를 맡고 있소. 하차려夏扯驢이 나의 주인을 속였는데,
나의 주먹이 단단하여 그를 때려죽이고 말았소. 이 일은 다른 사람들과 관계
없는 일이니, 나를 밧줄로 묶어서 데려가시오."23)

정신鄭信과 하덕夏德의 비교는 먼저 '취전取錢'과 '증전贈錢'의 입장에서
의 대화, 그리고 이어지는 몸의 문신에 대한 묘사에서 나타난다. 두 인물
의 대화에는 불의를 용납하지 못하는 정신鄭信의 성격과 협박으로 한탕
을 벌어 보려는 하덕夏德간의 강한 긴장과 대립을 볼 수 있다. 이렇게
성격이 서로 다른 인물이 어떤 일정한 묘사환경 중에서 대비를 이루는
'반친反襯'의 수법을 활용하여, 선명한 개성을 드러내고 있다.24) 특히 이
러한 수사 기교는 구체적인 대결묘사에서 강하게 부각되는데, 대결하기

---

23) 鄭信那肯與他, 便對夏扯驢道: "銀子在這裡, 員外敎把與你, 我卻不肯。你倚著東
京破落戶, 要平白地騙人錢財, 別的怕你, 我鄭信不怕你。就眾員外面前, 與你比
試。你打得我過, 便把銀子與你；我不過, 敎你許多時聲名, 一旦都休。"夏扯驢聽
得說: "我好沒興, 喫這客作欺負！鄭信道: "莫說你強我會, 這裡且是寬, 和你賭個
勝負。"鄭信脫膊下來, 眾人看了喝采。先自人才出眾, 那堪滿體雕青。左臂上三仙仗
劍, 右臂上五鬼擒龍。胸前一搭御屏風, 脊背上巴山龍出水。夏扯驢也脫膊下來, 眾
人打一看時, 那廝身上刺著的是木拐梯子(一種古時紋身刺青花紋), 黃胖兒忍字。
當下兩個在花園中廝打, 賭個輸贏。這鄭信拳到手起, 去太陽上打個正著。夏扯驢
撲的倒地, 登時身死。嚇得眾員外和妓弟都走了。即時便有做公的圍住。鄭信拍著
手道: "我是鄭州泰寧軍人, 見今在張員外宅中做主管, 夏扯驢來騙我主人, 我拳手
重, 打殺了他, 不干他人之事。便把條索子縛我去。"(《醒世恒言》第三十一卷〈鄭
節使立功神臂弓〉)
24) 周啟志, 羊列容, 謝昕,《中國通俗小說理論綱要》, 臺北: 文津出版社有限公司,
1992年, 135쪽 참조.

전에 각자 몸에 새겨진 문신과 풍채 그리고 분위기에 대한 편폭을 어느
정도 할애하지만, 막상 실제 대결에 있어서는 승패가 의외로 쉽게 결정
되어서 사전에 보여주었던 긴박한 분위기는 순식간에 사라진다. 이것은
서술묘사의 기법으로 상대의 약한 면과 허점을 강조하면서 주요인물의
대범함을 제고시키지만, 실제 대결에 생략과 절제의 수법을 이용하면서
주요인물의 용맹성을 부각시키는 수법이라고 할 수 있다. 정신鄭信에 대
해서는 오른쪽 어깨, 왼쪽 어깨, 가슴과 등에 새긴 문신을 자세하게 묘사
하고 그것을 보고 감탄하는 여러 사람들의 반응을 그려냄으로써 그의
비범함을 간접적으로 서술하고 있다.[25] 그에 비해서 하덕夏德의 몸에 새
겨진 문신은 도안이 단순하고 간단하여 정신鄭信의 그것과 비교할 바가
못 된다.

정신鄭信과 하덕夏德은 작품 속에서 서로 대립하는 인물들이다. 정신鄭
信은 이야기를 이끌어 가는 중요 인물이지만, 하덕夏德은 정신鄭信의 불
의에 참지 못하는 강한 성격을 부각시키기 위한 보조인물에 불가하다.
정신鄭信은 하덕夏德을 죽임으로써 오래된 우물로 들어가고, 그곳에서 두
여인을 만나면서 지속적으로 이야기를 전개해 나간다. 그러나 하덕夏德
은 정신鄭信을 '의로움'에 대적하는 '부정함'을 보여주는 데에만 치중한
인물이다. 하덕夏德은 자신의 무례함과 난폭함을 수단으로 단지 장원외
張員外를 위협하여 돈이나 좀 더 뜯어낼 궁리를 한다. 그러므로 다른 작
품에서 흔히 보이는 '영웅英雄'과 대결을 벌이는 절대적인 '악한惡漢'의 정

---

25) 인물의 외모나 형상, 태도, 복식 등 외부적인 특징을 객관적으로 묘사하는 수법을
   '초상묘사肖像描寫'라고 하는데, 이것은 '간접적 서술법'에 속한다. 그러나 이러한 '초
   상묘사肖像描寫'에도 서술자의 주관적인 감정이 녹아 있는 경우가 많다. 비록 표면적으
   로는 외모와 태도를 객관적으로 묘사하는 듯하지만, 그 이면에는 주관적인 감정이
   포함된 객관적 묘사이다. 인물묘사에 있어서 '간접적 서술법'에 대한 설명은 劉世劍,
   ≪小說敍事藝術≫, 吉林大學出版社, 1999年, 117-121쪽을 참고.

도에는 미치지 못한다. 그리고 하덕夏德은 극악무도한 인물로 정신鄭信과 긴장된 국면을 지속적으로 조성하지는 않는다. 작품 속에서는 주로 정신鄭信의 성격을 구체적으로 부각시키고 다음 이야기를 전개해 나가는데 단서를 제공하는 정도에만 그치고 있다. 정신鄭信과 하덕夏德은 비록 주종主從인물의 대립 관계에 있지만, 정신鄭信은 하덕夏德의 등장으로 인해 인물의 성격과 행동이 더욱 분명해지며,[26] 정신鄭信의 '긍정적인 측면'이 더욱 부각된다. 하덕夏德의 경우에는 정신鄭信과의 비교를 통해서악폐惡弊의 행동과 형상이 확연하게 드러나면서, '부정적인 측면'이 강조된다. 이처럼 정신鄭信과 하덕夏德은 서로 주종主從인물의 관계에 있으면서 '외부적 대립'과 '내부적 대립'을 통해서 서로의 성격과 행동을 보다 구체적으로 형상화하고 있다.[27]

〈왕신지일사구전가汪信之一死救全家〉(≪유세명언喩世明言≫제39권第三十九卷)에서도 주종主從인물의 대립 관계는 분명하게 나타난다. 이 작품에서 주요인물은 '왕신지汪信之'인데, 왕신지汪信之와 대립을 이루는 인물

---

26) 정신鄭信이 하덕夏德을 때려죽이고 곧바로 자수하자, 마을 사람들은 그를 호한好漢이라고 치켜세운다. 眾人見說道: "好漢子. 與我東京除了一害, 也不到得償命." 정신鄭信의 등장과 하덕夏德과의 대결로 인해 마을 사람들이 하덕夏德에 대한 두려움과 공포 그리고 해악에 대한 불만을 간접적으로 나타내고 있다. 단지 하덕夏德만 등장했을 때는 張員外 대인에 대한 분노와 해악만을 드러낼 수밖에 없는데, 정신鄭信과 대결, 그리고 죽임을 통해서 장원外張員外 개인만이 아니라, 마을 전체의 해악임을 다시 한 번 확인하게 만들었다. 단순히 마을의 무뢰한이 돈을 뜯어내는 사건에만 그칠 수 있는 것을 정신鄭信의 등장으로 인해 사건화되고, 하덕夏德의 악폐를 응징하는 정의로운 영웅으로 미화되어 정신鄭信의 대범함을 더욱 강조하고 있는 것이다. 이러한 대립방식은 주로 양자의 '내부적 대립 방식'에 치중하고 있는데, 이때 사회적 요구와 가치 이념에 따라 인물의 '긍정성'과 '부정성'을 의도적으로 대비시키고 있다고 할 수 있다.
27) '외부적 대립'과 '내부적 대립'이 종합적으로 일어나는 방식을 '심화적 대립' 방식이라고 한다. 정신鄭信과 하덕夏德의 대립에 있어서도 이러한 '심화적 대립'이 나타나고 있는데, 자세한 내용은 常輔相, 〈淺談≪紅樓夢≫人物性格的對照方式〉, ≪學術交流≫, 1996年 第4期, 110쪽을 참조.

은 '정표程彪'와 '정호程虎' 형제이다. 왕신지汪信之는 이정二程(정표程彪와 정호程虎) 형제에 의해서 역적으로 몰리게 되지만, 나중에는 자신을 희생함으로써 가족을 구하고 모반의 의혹을 푼다. 먼저 전체적인 줄거리를 살펴보면, 왕신지汪信之는 형과의 말다툼으로 인해 고향을 등지고 홀로 숙송현宿松縣 마지파麻地坡로 와서 부富를 이룬다. 그는 영웅을 좋아하여 많은 빈객賓客들을 후하게 대접하였다. 이정二程 형제는 홍공洪恭의 추천으로 왕신지汪信之를 찾아간다. 왕신지汪信之는 이정二程 형제에게 아들 세웅世雄의 교육을 맡기며 임안臨按으로 떠나는데, 오랫동안 임안臨按을 머물면서 고향으로 돌아오지 못하게 되었다. 이정二程 형제는 왕가汪家에 머무른 지 오래되어 떠나려고 하였다. 왕세웅汪世雄은 아버지 왕신지汪信之가 타지에서 오랫동안 돌아오지 않아, 아버지 허락 없이 함부로 재물을 내어주기가 힘들어 이정二程 형제에게 선물을 적게 주었다. 이정二程 형제는 불만을 가졌지만, 어쩔 수 없이 떠났고, 다시 홍공洪恭에게 의탁하기로 한다. 그러나 홍공洪恭의 아내가 노골적으로 이정二程 형제에게 불만을 표시하고, 이를 안 二程 형제는 홍공洪恭과 왕신지汪信之를 조정에 모반했다는 누명을 씌운다. 결국 왕신지汪信之는 어쩔 수 없이 모반의 길을 가게 되고, 조정의 군대와 대적하게 되지만, 가족들의 안위를 위해서 자수한다.

이 작품에서 이정二程 형제는 원래 악인惡人의 축에 서 있는 인물들은 아니다. 단지 그들은 자신을 의탁할 재력가를 찾고 있었을 뿐이다. 그러나 왕신지汪信之가 없는 틈에 떠나려 할 때, 왕세웅汪世雄이 준 선물은 턱없이 빈약하였고, 자신을 추천해 준 홍공洪恭에게 다시 기탁하려고 하였지만, 오히려 홍공洪恭이 부인에게 닦달 받는 신세가 된 것을 보고 의지할 곳이 없음을 알게 된다. 이어서 홍공洪恭의 부인이 노골적으로 자신들을 욕하자 그들은 왕신지汪信之와 홍공洪恭을 함께 엮어서 모함할 계략을 세운다.

정표_{程彪}와 정호_{程虎}는 처음에는 홍교두_{洪敎頭}를 만나서 이전에 머무를 수 있도록 도와줬던 것처럼 이번에도 기대하였다. 그들은 마음속의 생각을 자세히 털어놓고, 그에게 다시 한 번 좋은 곳으로 추천해 달라고 부탁하는 것도 한 방법이라고 생각했다. 그러나 생각지도 않게 한차례 모욕을 당하고 나서는 화를 풀 방법이 없었다. 가지고 온 왕혁_{汪革}의 회신을 아직 전해주지 않고서 속으로 생각하였다. '서신의 내용 가운데 서늘한 가을까지 기다려 그 약속을 실천하자는 등의 말이 있는데, 무슨 일을 의미하는지 모르겠군? 마음속으로 마침 왕혁_{汪革}을 원망하고 있으니, 그를 모반의 죄로 모함한다면, 두 군데서 받은 화를 모두 풀 수 있지 않을까? 좋은 계책이야! 좋은 계책이야! 단지 한 가지 일이 걸리는데, 이 서신에는 그런 물증이 없어서 고발하기가 힘들단 말이야. 만약 여차 여차 한다면 몰라도.' 두 사람은 태호현_{太湖縣}을 떠나서 강주_{江州}로 향하였다. 성 밖에 여관을 잡아서 행장을 잘 챙겨 두었다. …… 장광두_{張光頭}가 말하였다. "들리는 말에 의하면, 두 분이 안경_{安慶}의 왕_汪씨 댁에서 교련선생으로 있었다하던데, 마침 좋은 기회를 만났군요!" 정표_{程彪}가 말하였다. "좋은 기회는 무슨! 거의 큰 일이 일어날 뻔 하였소!" 바로 귀에 가까이 대고 낮은 소리로 말하였다. "왕혁_{汪革}는 오랫동안 그 지역을 장악했으므로, 점차 모반의 생각이 일어나게 되었소. 나에게 궁술_{弓術}, 마술_{馬術}, 전술_{戰術}을 배운 식객이 수천이오. 배운 것이 모두 정통하고 능숙하다오. 태호현_{太湖縣}의 홍교두_{洪敎頭}와 모의하여 가을에 함께 거사를 일으키려는 것이오. 우리 두 사람에게 옛 충의군_{忠義軍}을 규합하여 남몰래 내통하라고 하였지만, 우리들이 따르지 않고 여기까지 도망 온 것이오." 장광두_{張光頭}은 "무슨 증거가 있소?"라고 물었다. 정호_{程虎}는 말하였다. "서신을 나더러 홍교두_{洪敎頭}에게 전해 주라고 하였소. 나는 서신을 전해 주지 않았소." 장광두_{張光頭}는 물었다. "서신은 어디에 있소? 내게 보여 주시오?" 정호_{程虎}는 말하였다. "여관에 있소이다." 세 사람은 술을 한 차례 마시고, 술값을 치렀다. 장광두_{張光頭}는 바로 두 사람을 따라서 여관으로 가서, 서신을 보고나서 말하였다. "이 일은 기밀을 요하는 중요한 사안이니, 절대로 누설하지 마시오."[28]

---

28) 再說程彪, 程虎二人, 初意來見洪敎頭, 指望照前款留, 他便細訴心腹, 再求他薦到 個好去處, 又作道理。不期反受了一場辱罵, 思量沒處出氣。所帶汪革回書未投, 想 起: '書中有別諭候秋涼踐約等話, 不知何事?心裏正恨汪革, 何不陷他謀叛之情, 兩 處气都出了?好計, 好計!只一件, 這書上原無實證, 難以出首, 除非如此如此。'二

　　왕신지汪信之는 호방하고 거칠 줄 모르는 성격을 가지고 있으며, 자신
과 가족의 안전과 더불어 나라의 안위를 위해서 걱정하는 충정忠情과
의리義理를 소유한 인물이다. 그는 조정의 안정에 대해서 걱정하고 그것
에 따른 자신의 의견을 피력한다. 그의 의견이 어느 정도 받아들일 수
있는 여지가 있자, 자신은 더욱 더 자신의 의견이 수용될 수 있을 것이라
고 생각한다. 반면에 이정二程 형제는 나라와 대중의 안위보다는 현재
자신의 안전과 행복을 더 염두에 두는 인물이다. 그렇기 때문에 빈객賓客
을 잘 대해준다는 소문을 듣고서 왕신지汪信之를 찾아왔건만, 정작 그들
이 떠날 때는 선물이 적어서 왕신지汪信之를 비난하고, 홍공洪恭의 부인
이 자신을 욕하는 것을 보고는 더 이상 참지 못한다. 왕신지汪信之와 이
정二程 형제는 서로 각기 다른 이상을 쫓고 있다. 왕신지汪信之는 이미
'부富'에 대해서는 더 이상 강한 집착을 보이지 않는다. 물론 그것에 따른
명예와 권세도 있지만, 그것은 숙송현宿松縣 마지파麻地坡이라는 공간에
한정되었을 뿐이다. 그는 조정에 쓰임을 받고 싶어 하고, 조정의 일원으
로 소속되기를 바란다. 이에 반해서 이정二程 형제는 명예보다는 자신들
이 어떻게 하면 부유하고 편안한 삶을 누릴 수 있을까하는 것에 더욱
관심을 가진다. 그러므로 각처를 떠돌아다니며, 자신을 경제적으로 지원
해 줄 권세가를 찾고 있는 것이다.
　　이 두 인물들은 추구하는 가치관이 각기 다르고 행동하는 양태도 다

人离了太湖縣, 行至江州, 在城外覓個旅店, 安放行李。……張光頭道: "聞知二位在
安慶汪家做敎師, 甚好際遇!"程彪道: "甚麽際遇! 几乎弄出大事來!"便附耳低言
道: "汪革久霸一鄕, 漸有謀叛之意。從我學弓馬戰陣, 莊客數千, 都敎演精熟了, 約
太湖洪敎頭洪恭, 秋涼一同擧事。敎我二人糾合忠義軍舊人爲內應, 我二人不從,
逃走至此。"張光頭道: "有甚證驗?"程虎道: "見有書札托我回覆洪恭, 我不曾替他投
遞。"張光頭道: "書在何處?借來一看。"程彪道: "在下處。"三人飮了一回, 還了酒錢。
張光頭直跟二程到下處, 取書看了道: "這是机密重情, 不可泄漏。"(≪喩世明言≫
第三十九卷〈汪信之一死救全家〉)

르다. 왕신지汪信之는 거리낌 없이 자신의 견해를 조정에 말하고, 군대와 대적할 때에도 자신이 나서서 자수하는 정정당당함을 가지고 있는 반면에, 이정二程 형제는 왕신지汪信之와 홍공洪恭가 자신들에게 소홀히 대접한 것에 대해서 불만을 품고 둘이 결탁하여 모반한다고 거짓을 꾸며내면서 몰래 그들에게 앙갚음을 하고 있다. 이처럼 이 두 인물들은 서로 다른 가치관과 성격, 그것에 따른 양극화된 행동과 이상을 가지고 있다. 이 두 인물의 비교를 통해서 주요인물인 왕신지汪信之의 성격이 보다 분명하게 드러나고 있으며, 마찬가지로 왕신지汪信之와 이정二程 형제의 대립을 통해서 이정二程 형제의 옹졸함과 재물을 탐하는 이기적인 성격을 부각시키기도 한다. 이정二程 형제는 보조인물로서 왕신지汪信之의 성격을 간접적으로 드러내고 있으며, 작품 속의 사건이 지속적으로 전개되고 극적인 전환을 맞이하는 계기를 만들고 있다.

그러나 작품에서는 이 두 인물이 직접적으로 나서서 대결하지는 않는다. 왕신지汪信之가 자수하면서 자신이 역적으로 몰리게 되는 이유를 알고자 했을 때, 비로소 이정二程 형제와 대면하게 되는데, 이 장면은 양자의 대립 구도보다는 진위를 판별하는 장면으로 작용하는 기능이 크다. 비록 이 두 인물은 작품 속에서 직접적으로 대립하는 장면은 보여주지는 않지만, 서신의 왜곡, 시기의 어긋남, 선물의 적음 등 간접적인 활동과 맞물려 작지만 큰 파동을 일으키고 있다. 왕신지汪信之와 이정二程의 대립 관계는 주요인물인 왕신지汪信之의 성격과 형상을 보다 구체적으로 드러내며, 또한 이정二程의 심리와 특징에 대해서도 분명하게 보여주는 데 중요한 역할을 하고 있다.

이러한 특징은 〈쾌취이취련기快嘴李翠蓮記〉(≪청평산당화본淸平山堂話本≫)에서 '이취련李翠蓮'과 그녀의 가족, 친척들과의 대립하는 과정에서도 분명히 나타난다. 그러나 이 작품은 앞에서 살펴본 〈장고로종과취문녀張古老種瓜娶文女〉(≪유세명언喩世明言≫제33권第三十三卷),〈정절사립공

신비궁鄭節使立功神臂弓〉(≪성세항언醒世恒言≫제31권第三十一卷), 〈왕신지
일사구전가汪信之一死救全家〉(≪유세명언喩世明言≫제39권第三十九卷)에서
처럼 주요인물과 보조인물의 일대일 대립 관계를 보이지 않고, 주요인물
인 이취련李翠蓮은 작품 속의 모든 보조인물과 갈등을 형성하고 대립 관
계를 조성하고 있다. 다양한 부류와 계층, 신분, 성격의 소유자들과 이취
련李翠蓮은 매번 충돌을 일으키는데, 그것은 그녀의 '다언선변多言善辯(말
이 많고 말대꾸를 잘하는)'의 성격에 기인한다고 할 수 있다.29) 이 작품에서
는 이취련李翠蓮을 제외하고 등장하는 대부분의 인물은 그녀의 성격을
드러내기 위하여 존재하고 있다고 해도 과언이 아니다. 이러한 현상은
'운문'과 '산문'이 섞여 있는 작품 속 서술 중에서 대사의 주체가 확연하
게 나뉜다는 점에서 분명하게 알 수 있는데, 주인공 이취련李翠蓮의 언어
는 모두 운문식 대사로 처리되어 있고, 모든 보조인물과 서술부분은 산
문식을 운용하였다.30) 이취련李翠蓮은 시집가기 전 부모 형제들과의 갈
등을 보여주었고, 시집가는 날은 장張씨네 선생과 매파, 가마꾼과 갈등
을 일으키고, 시집을 간 후에는 시부모와 백모, 시누이와 갈등을 일으킨
다. 결국 남편은 그녀의 든든한 버팀목이 되지 못하고 그녀를 내쫓게
된다. 그녀는 친정으로 돌아가려고 하지만, 친정에서도 그녀를 달가워하
지 않는다. 마지막으로 그녀는 세상 누구도 자신을 이해하지 못하는 것
을 알자 결국 출가하여 비구니가 된다. 작품에서 등장하는 많은 보조인
물은 입심 좋은 이취련李翠蓮과 대립하면서 그녀의 비친화적 성격은 더
욱 확고하게 드러내었고, 그녀는 스스로 이러한 자아방어기제를 강화하
여, 자신을 더욱 더 다른 인물로부터 고립되게 만들었다.31) 그녀는 다른

29) 肖燕憐, 〈人物隨世運 無日不趨新--〈快嘴李翠蓮記〉言語衝突淺析〉, ≪新疆財經
學院學報≫, 2005年 第3期, 71-72쪽 참조.
30) 張國風 지음, 이등연, 정영호 옮김, ≪중국고전소설사의 이해≫, 전남대학교출판부,
2011년, 121쪽 참조.

인물과 갈등을 일으킬수록 대립 관계를 조성하고, 그렇게 할수록 독특한 성격은 보다 분명하게 드러난다. 또한 많은 보조인물의 개개인의 특징과 이취련李翠蓮과 관계 속에서 서로 어떻게 반응하고 대응하는지도 다방면에 걸쳐서 보여주고 있다.

〈십오관희언성교화十五貫戲言成巧禍〉(《성세항언醒世恒言》제33권第三十三卷)의 '유대낭자劉大娘子'와 '정산대왕靜山大王'의 관계에서도 주종主從 인물의 대립 관계를 구체적으로 보여주고 있다. 〈십오관희언성교화十五貫戲言成巧禍〉에서의 주요인물은 줄거리 매단계마다 조금씩 다르다. 다른 작품에서의 주요인물처럼 일방적으로 강조되지 않을 뿐만 아니라, 어느 인물을 주요인물이라고 규정하기도 상당히 모호하다. 물론 송본宋本에는 《착참최녕錯斬崔寧》으로 되어 있어서 최녕崔寧이 주요인물일 것 같지만, 최녕崔寧은 전반부에 잠깐 등장해서 사라지는 인물일 뿐이다. 최녕崔寧의 억울하게 죽은 사건을 두고서 다양한 인물이 나타나 사건을 이어가므로 어느 특정한 인물을 주요인물로 보기에는 무리가 따른다. 그러나 매 단락마다 등장하여 중요한 역할을 담당하고, 작품 전체의 줄거리를 이끌어 가면서, 사건을 일으키고 해결하는 데 있어서 특수한 역할을 담당하는 인물로 말하자면, '유대낭자劉大娘子'라고 할 수 있다.32) 유대낭자

---

31) 보조인물의 일반적인 특징 중의 하나는 주요인물의 성격을 분명하게 드러내게 하고 이야기의 진행을 흥미롭게 한다는 것이다. 이러한 특징은 〈쾌취이취련기快嘴李翠蓮記〉에서도 예외는 아니다. 이취련李翠蓮의 부모, 오빠, 장張선생, 매파, 가마꾼, 시부모, 백모, 시누이가 등장하여 이취련李翠蓮과 첨예한 갈등을 일으키고 있는데, 이들은 다양한 행동과 대화를 통해서 이취련李翠蓮과 다른 가치관과 성격을 보여주고 있고, 이러한 과정은 이야기의 진행을 더욱 흥미롭게 하고 있다. 고전소설에서 보조인물에 대한 특징은 김귀석, 〈古小說에 登場한 補助人物 硏究-門客, 侍婢 等을 중심으로-〉, 《人文科學硏究》 第19輯, 1997年, 110쪽을 참조.

32) 작품의 도입부에서 주요인물은 최녕崔寧과 소낭자小娘子이며, 중후반부에서는 유대낭자劉大娘子이다. 비록 최녕崔寧, 소낭자小娘子, 유대낭자劉大娘子 등이 주요인물이라고 할지라도 작품에서 담당하는 중요도는 여러 인물로 분산되어 있는데, 전체적으로

劉大娘子은 작품에서 주요인물이라고 볼 수 있지만, 다른 작품에서의 주요인물에 비해서는 그 강도가 상당히 미약하다. 〈십오관희언성교화十五貫戲言成巧禍〉(《성세항언醒世恒言》제33권第三十三卷)에서 나타나는 주종主從인물의 대립 관계는 '유대낭자劉大娘子'와 '정산대왕靜山大王'의 관계에서 나타난다. 이들의 관계는 작품 전체에서 대치→협조→대결의 구조로 이어지는데, 이러한 대립 관계를 통해서 정산대왕靜山大王이 악행을 행하는 데에서 선행으로 바뀌는 과정과 유대낭자劉大娘子의 정의를 밝혀내려는 의지를 자세하게 보여주고 있다.

이처럼 인물의 관계 속에서 주종主從인물의 대립은 주로 주요인물의 성격과 특징을 부각시키는 것과 동시에 작품 속에서 주목받지 못한 보조인물의 특징을 보여주고 있다. 주요인물과 보조인물은 서로 상호 반응하고 관계를 맺으며 자신의 개성을 드러내고 있다. 그러므로 선인善人과 악인惡人의 이중적인 대립에서 나타나는 편향적이고 일률적인 모습을 그려내는 방식에서 벗어나, 주요인물과 보조인물 간의 대립과정에서 주요인물 뿐만 아니라 보조인물의 특징을 부각시키고 그 과정에서 나타나는 서로의 형상과 성격은 인물의 특성을 보다 더 잘 이해하는 데에 큰 도움을 주고 있다.

3) 종종從從인물의 대립對立

'주주主主인물의 대립'과 '주종主從인물의 대립'과는 다르게 '종종從從인물의 대립'은 작품 속 인물 관계 중에서 두드러지게 나타나지는 않는다. 앞의 두 경우는 모두 주요인물과 밀접한 관련이 있지만, 종종從從인물의 대립은 주요인물과의 관계가 밀접하지 않기 때문에 인물의 특징을 부각시키는데 있어서는 미약하다. 인물의 특징을 보여주는 것과 깊은 관련이

작품에서 중요한 역할을 담당하는 인물은 유대낭자劉大娘子라고 볼 수 있다.

있는 중요한 사건과 서술은 대부분 주요인물과 그와 대립하는 인물의 관계 속에서 갈무리되고 있기 때문이다. 비록 여러 작품에서 주요인물을 중심으로 인물 간의 대립이 전개된다고 하더라도, 그 이면에는 주요인물을 보조하고 다른 인물 간의 특징을 부각시키며, 무엇보다도 줄거리 진행에 있어서 보이지 않게 영향을 미치는 보조인물이 존재한다. 보조인물 간의 대립은 비록 주요인물과의 대립 관계의 정도에는 미치지 못하지만, 작품의 분위기를 이끌고 줄거리를 생동감 있게 전개하며, 주제를 부각시키는 데에 있어서 중요한 역할을 담당하고 있다. 특히 인물의 특징들을 부각시키는데 있어서는 적극적인 작용을 하고 있는데, 무엇보다도 이러한 보조인물 개개인의 특징은 작품 속에 등장하는 전체 인물을 응집시키거나 작품의 분위기를 바꾸는 것처럼 직접적인 영향을 미치지는 않지만, 인물 간의 특징과 미묘한 관계를 탐색하는 데에 있어서는 효과적으로 작용하고 있다.

송원화본소설宋元話本小說에서 종종從從인물의 대립이 나타난 작품으로는 〈낙양삼괴기洛陽三怪記〉(≪청평산당화본淸平山堂話本≫), 〈서호삼탑기西湖三塔記〉(≪청평산당화본淸平山堂話本≫), 〈정절사립공신비궁鄭節使立功神臂弓〉(≪성세항언醒世恒言≫제31권第三十一卷), 〈십오관희언성교화十五貫戲言成巧禍〉(≪성세항언醒世恒言≫제33권第三十三卷) 등이 있다. 대립 관계에 있어서는 '간접적인 대립'과 '직접적인 대결'로 나눌 수 있는데, 간접적인 대립에는 〈낙양삼괴기洛陽三怪記〉(≪청평산당화본淸平山堂話本≫)가 있고, 그 외의 작품은 직접적인 대결을 보여주고 있다. 먼저 간접적인 대립 형태를 나타내고 있는 〈낙양삼괴기洛陽三怪記〉(≪청평산당화본淸平山堂話本≫)를 살펴보면, 하남부河南府 장대가章臺街에 금은방을 하는 반송潘松은 청명절淸明節에 교외로 상춘賞春하러 갔다가 한 할멈(백성모白聖母)을 만나게 된다. 그 할멈을 따라 오래된 정원에 들어가는데, 여기서 왕춘춘王春春을 만난다. 그녀는 이웃집에 살고 있었는데, 수일 전에 병사하였다. 그녀는 반송潘松을 재촉하여 정원을 떠나게 하지만, 나중에 할멈이 다시 돌아와 반송潘松을 잡아간다. 반송潘松은 오래된 정원에서 적토대왕赤土大王과 옥예낭낭玉蕊娘娘을 만나는데, 이들이 사람들을 잡아다가 해치는 것을 알게 된다. 왕춘춘王春春의 도움으로 겨우 그곳에서 도망쳐 나오는데, 이후 할멈은 다시 나타나 그를 잡아가고 그때 또다시 왕춘춘王春春의 도움으로 탈출한다. 나중에는 장진인蔣眞人의 도움으로 그들의 실체가 밝혀지고 반송潘松은 요물의 구속에서 풀려난다.

〈낙양삼괴기洛陽三怪記〉(《청평산당화본淸平山堂話本》)는 〈서호삼탑기西湖三塔記〉(《청평산당화본淸平山堂話本》)와 유사한 서사 구조와 줄거리를 가지고 있으며, 등장인물 또한 유사하고 보조인물 간의 대립 또한 상당히 비슷하다.33) 이 작품에서 주요인물은 '반송潘松'이다. 그리고 반송潘松과 여러 번 충돌하고 갈등을 일으키는 대표적인 인물은 '할멈(백성모白聖母)'이다. 하지만 작품에서 악인惡人의 역할을 담당하고 있는 할멈의 비중은 다른 작품에서 악인惡人이 주요인물과 대등한 관계를 가지고 있는 것과 달리 그 정도가 미약하다. 할멈은 작품 속에 등장하는 악의 무리 즉 적토대왕赤土大王, 옥예낭낭玉蕊娘娘, 왕춘춘王春春 중에서 비교적 중요하고 대표적인 특징을 가지고 있지만, 주요인물인 반송潘松에 비해서 작품 속에서 차지하는 비중은 여전히 낮다. 작품에서는 전체적으로 선인善人(혹은 인간)의 비중이 비교적 높고 악인惡人(혹은 요물妖物)의 비중은 비교적 낮은데, 악인惡人의 비중도 한 인물에게만 집중되는 것이 아니라, 여러 인물로 분산되었다. 악의 무리 중에서 사람을 끌어들이고, 잡아오는 중요한 역할을 담당하는 것은 할멈이다. 할멈은 사내를 잡아와

---

33) 〈낙양삼괴기洛陽三怪記〉와 〈서호삼탑기西湖三塔記〉는 세 요물이 한 서생을 홀려서 위험에 처하게 하고 세 요물 중 조력자가 나타나 탈출하게 하지만 다시 붙잡히고, 나중에는 도사의 도움으로 세 요물을 처치한다는 비슷한 구조를 가지고 있다.

서 옥예낭낭玉蕊娘娘과 동침하게 한 후 그의 간을 빼내어 옥예낭낭玉蕊娘娘와 나누어 먹는다. 할멈은 주로 사람을 잡아오는 역할을 하고, 옥예낭낭玉蕊娘娘은 사내를 유혹하여 죽이는 역할을 하면서, 서로 보완의 관계를 유지하고 있다.

이 작품에서는 주요인물인 반송潘松을 제외하고 대부분의 등장인물은 보조인물이다. 이들은 크게 인간과 요물(귀혼鬼魂)의 집단으로 나뉘는데, 인간의 부류에 있어서도 반송潘松의 부모와 같이 속인俗人과 서수진徐守眞, 장진인蔣眞人와 같은 도인道人까지 다양하다. 요물의 집단에 있어서도 사람을 잡아와서 노리개로 삼고 난 후 간을 빼서 먹는 옥예낭낭玉蕊娘娘가 있는가 하면, 그녀를 보좌하여 인간을 해치는 적토대왕赤土大王도 있다. 또한 요물의 소굴에서 반송潘松을 탈출할 수 있도록 여러 번 도와주는 왕춘춘王春春도 있다. 이러한 보조인물 중에서 종종從從인물의 대립을 구체적으로 보여주는 것은 바로 세 요괴(옥예낭낭玉蕊娘娘, 적토대왕赤土大王, 백성모白聖母)34) 와 왕춘춘王春春과의 대립이다. 요물의 신분에서 가장 최상위 있는 인물은 옥예낭낭玉蕊娘娘이고 가장 하층의 인물은 왕춘춘王春春이다. 왕춘춘王春春은 이 세 요괴가 이물이나 해골의 형상을 가지고 있는 것과는 달리 귀신의 형태이다. 왕춘춘王春春은 죽은 지 얼마 되지 않았고, 그리하여 그 특징(신사귀新死鬼)이 속세와 가장 근접하게 거리를 유지하게 만드는 이유이기도 하다. 그녀는 이들의 만행을 잘 알고 있지만, 스스로 그곳을 탈출하거나 그들의 손아귀에서 벗어날 수 없다. 그러다가 그녀의 이웃인 반송潘松이 끌려오게 되는데, 그녀는 용기를 내어 그를 두 번이나 구해준다. 이러한 구명救命 행위는 요물의 집단에서는 보기 드문 현상이다. 아마도 세 요괴가 이물의 변신임에 반해, 왕춘춘

---

34) 옥예낭낭玉蕊娘娘은 흰 고양이 요물(백묘정白貓精)이고, 적토대왕赤土大王은 능구렁이 요물(적반사赤斑蛇)이고, 백성모白聖母는 흰 닭 요물(백계정白雞精)이다.

王春春만은 귀신이기 때문에 사람에게 좀 더 근접한 감정을 유지하고 있었는지도 모른다. 그렇기 때문에 세 요괴가 철저히 수성獸性을 가지고 반송潘松을 대하지만, 왕춘춘王春春은 얼마 전까지만 하여도 사람이었기에 어느 정도 인성人性이 남아 있어 반송潘松을 구하려고 한다. 이렇게 인성人性을 가진 왕춘춘王春春이 수성獸性을 가진 옥예낭낭玉蕊娘娘과 할멈과의 관계에서 보이지는 않지만 서로 첨예한 갈등을 보이고 있다.

앞에 있던 푸른 옷을 입은 여자 아이가 반송潘松을 알아보고는 놀라며 말하였다. "나으리, 어째서 여기에 계시는 거죠?" 반송潘松도 그 푸른 옷을 입은 여자 아이를 알아보았는데, 그 아이는 이웃집 왕王씨네 여식이고, 이름이 춘춘春春이라고 하며, 수일 전에 전염병으로 죽었다. 반송潘松이 말하였다. "춘춘春春, 너는 어째서 여기에 있는 거지?" 춘춘春春이 말하였다. "한마디로 다 설명하기 힘들어요, 나으리, 빨리 떠나세요. 여기는 산 사람이 올 곳이 아니에요. 빨리 가세요. 만약 지체한다면, 목숨을 부지하기가 힘들 거예요!"35)

춘춘春春은 가볍게 침상 앞으로 걸어와 반송潘松을 깨우고는 말하였다. "오직 한 가지 길이 있는데, 제가 나으리에게 알려주겠어요. 만약 나가게 된다면, 우리 어머니에게 공덕을 많이 쌓아서 저를 제도해 달라고 말해주세요. 이 화원花園은 '유평사화원劉平事花園'이라고도 불리는데, 아무도 여기에 오지 않는다는 점을 기억하세요. 흰 옷을 입은 마님은 옥예낭낭玉蕊娘娘이라고 하고, 그날 찾아 온 붉은색 두루마기를 걸친 사내는 적토대왕赤土大王이라고 합니다. 이 할멈은 백성모白聖母라고 합니다. 이 세 명이 얼마나 많은 생명을 앗아갔는지 몰라요. 제가 나으리를 구해서 내보내줄게요. 나으리가 방안의 침상 끝에 가면 큰 구멍이 있는 것이 보입니다. 무서워하지 마시고, 그 구멍 아래로 내려가시고, 길을 따라 가시다가, 끝까지 간 다음부터는 예전 길을 찾아서 집으로 돌아가시면 됩니다. 마님이 깨어나려고 하니, 빨리 서둘러 떠나세요!"36)

---

35) 只見上首一個青衣女童認得這潘松, 失驚道: "小員外, 如何在這裡?"潘松也認得青衣女童是都舍王家女兒, 叫做王春春, 數日前, 時病死了。潘松道: "春春, 你如何在這裡?"春春道: "一言難盡! 小員外, 你可急急走去, 這裡不是人的去處。你快去休! 走得遲, 便壞你性命!"(≪清平山堂話本≫〈洛陽三怪記〉)

왕춘춘王春春은 반송潘松을 구하기 위해 두 번이나 위험을 무릅쓰는데, 면대면Face-to-Face으로 그녀와 할멈, 옥예낭낭玉蕊娘娘과의 대립은 나타나 있지 않다. 하지만 작품 속에서 이들의 대립 구도는 분명히 드러난다. 옥예낭낭玉蕊娘娘과 할멈은 반송潘松을 잡아먹으려고 하고, 반면에 왕춘춘王春春은 반송潘松을 몰래 구하려고 하는데, 이렇게 한 무리에 속한 이들은 반송潘松에 대해서 서로 다른 태도를 보인다. 그렇다고 왕춘춘王春春은 처음 등장할 때부터 인간의 편에 서 있지는 않았다. 그녀는 요물들이 이미 많은 사내가 잡아와 해치는 것을 목격하면서도 그들을 구하려고 하지 않았다. 그러나 이웃인 반송潘松이 잡혀오자 그녀의 人性이 발화하면서 그를 구하기 위해 적극적인 행동에 나선 것이다.

옥예낭낭玉蕊娘娘, 백성모白聖母, 적토대왕赤土大王과 왕춘춘王春春과의 대립은 작품 속에서 구체적으로 드러나지 않지만, 긴장된 장면을 조성하고 인물을 복잡하고 다양하게 만든다. 또한 왕춘춘王春春의 등장으로 인해 자칫 단조로울 수 있는 서사구조를 좀 더 곡절하고 리듬감 있는 구조로 변화시키고 있다. 왕춘춘王春春의 등장으로 인해 세 요물의 수성獸性이 더욱 부각되며, 왕춘춘王春春의 인성人性을 긍정적으로 돋보이게 하는 역할도 동시에 하고 있다. 이들 간의 대립과 갈등은 직접적인 상황에 처하여 구체적 행동이나 대화를 통해서 드러나는 것이 아니라, 사건의 전개 속에서 간접적으로 드러나 있다.[37] 왕춘춘王春春이 구체적으로 반

---

36) 只見春春躡腳來床前, 招起潘松來, 道: "只有一條路, 我交你走。若出得去時, 對與我娘說聽: 多做些功德救度我。你記這座花園, 喚做劉平事花園, 無人到此。那著白的娘娘, 喚做玉蕊娘娘; 那日間來的紅袍大漢, 喚做赤土大王; 這婆子, 喚做白聖母, 這三個不知壞了多少人性命。我如今救你出去, 你便去房裡床頭邊, 有個大窟窿, 你且不得怕, 便下那窟窿裡去, 有路只管行, 行盡處卻尋路歸去。娘娘將次覺來, 你急急走!"(《清平山堂話本》〈洛陽三怪記〉)

37) 〈낙양삼괴기洛陽三怪記〉의 왕춘춘王春春과는 달리, 〈서호삼탑기西湖三塔記〉의 묘노卯奴는 세 요물에게 해선찬奚宣贊을 탈출시키고, 다시 잡혀 온 그를 살려 달라고 하는

송潘松을 구해주고 난 뒤 이들과 어떻게 대립하며 그 과정이 어떠한지는 작품 속에서는 구체적으로 묘사되어 있지는 않다. 다만 왕춘춘王春春이 반송潘松에게 재차 이곳을 탈출하라고 종용하는 것과 직접 그를 이끌어 탈출하게 하는 행동을 볼 때 이미 이들과 왕춘춘王春春의 대립 정도를 가늠할 수 있다. 비록 작품 속에서는 직접적으로 인물 간의 대립이 어떻게 진행되고 있는 지에 대해서는 자세히 보여주고 있지 않지만, 반송潘松의 구출과정과 결과를 통해서 이미 충분히 제시하고 있는 셈이다.

왕춘춘王春春과 세 요물의 대립을 통해서 비록 같은 무리 내에서도 서로 다른 특징을 가지고 있고, 어떤 대상에 대한 구체적인 행동 역시 다름을 알 수 있다. 이러한 과정은 주요인물 위주의 고찰에서 살펴볼 수 없는 다양한 면모를 보여주는 것이며, 비록 같은 부류라고 하더라도 각기 다른 특징을 가지고 있음을 제시하고 있다. 이처럼 보조인물 간의 대립은 주요인물 위주의 대립 관계에서 보다 다양한 인물 관계를 살펴볼 수 있으며, 그 관계를 통해서 밝혀지지 않았거나 지나쳐 버린 인물의 특징을 밝혀냄으로써 인물의 다양한 개성과 관계를 자세히 고찰할 수 있다. 이러한 고찰은 작품의 구조를 더욱 잘 이해하고 탐색하는데 일조할 수 있으며, 또한 인물의 특징을 부각시키고 그 특징을 다른 인물과 연관 지음으로써 복잡하고 다채로운 인물 특징을 더욱 입체적으로 재현하고 있다.

〈낙양삼괴기洛陽三怪記〉(≪청평산당화본淸平山堂話本≫)에서는 세 요물(옥예낭낭玉蕊娘娘, 적토대왕赤土大王, 백성모白聖母)과 왕춘춘王春春(귀신鬼神)의 갈등 관계가 구체적인 대화나 마찰로 나타나 있지 않고 서술과정 중의 간접묘사와 암시로 드러난 반면, 〈서호삼탑기西湖三塔記〉(≪청평산당화본淸平山堂話本≫)의 요물(백의낭자白衣娘子, 파파婆婆)와 묘노卯奴의 갈등은 상당히 구체적이고 직접적으로 나타난다. 특히 묘노卯奴가 두 차

등 보다 직접적이고 구체적인 대립 관계를 보여주고 있다.

례나 백의낭자白衣娘子에게 해선찬奚宣贊의 목숨을 살려달라고 부탁하는 장면에서는 백의낭자白衣娘子와 묘노卯奴의 대립이 보다 선명하게 드러나고 있다.

먼저 작품의 전체적인 줄거리를 살펴보면, 항주杭州의 해선찬奚宣贊은 청명절淸明節에 길을 잃고 헤매는 묘노卯奴를 데려와 10여 일을 집에 머물게 한다. 이후에 한 할멈이 찾아와 묘노卯奴를 보호해주었던 것에 감사하며 자신의 집으로 초대한다. 해선찬奚宣贊은 아내와 어머니와 잠시 이별하고 할멈을 따라 사성관四聖觀 옆의 외딴 집으로 가게 된다. 그곳에서 백의낭자白衣娘子를 만나서 운우雲雨의 정을 나누는데, 그녀는 해선찬奚宣贊을 맞이하자, 이전의 사내를 죽이고 심장을 꺼내어 해선찬奚宣贊에게 같이 먹자고 권한다. 해선찬奚宣贊은 너무나 놀라서 거절하자, 백의낭자白衣娘子와 할멈은 사내의 간을 술안주 삼아 함께 먹는다. 이후 새로운 사내를 유혹해서 잡아오자, 더 이상 쓸모가 없어진 해선찬奚宣贊를 묶어놓고 심장을 꺼내먹으려고 한다. 이때 해선찬奚宣贊은 묘노卯奴에서 살려달라고 애걸하고, 묘노卯奴는 백의낭자白衣娘子에게 부탁하여 목숨은 부지하지만, 백의낭자白衣娘子는 그를 철조롱에 가두어 버린다. 묘노卯奴는 해선찬奚宣贊를 몰래 등에 태워서 집으로 보내준다. 1년이 지난 후 해선찬奚宣贊은 다시 할멈에 의해서 잡혀오고, 또다시 백의낭자白衣娘子와 부부가 되어 보름을 머물다, 백의낭자白衣娘子에게 집으로 돌아가고 싶다고 하자 바로 해선찬奚宣贊의 심장을 꺼내 먹으려고 한다. 해선찬奚宣贊는 다시 묘노卯奴에게 도움을 청하고, 그녀는 백의낭자白衣娘子에게 해선찬奚宣贊의 목숨을 구해 달라고 한다. 백의낭자白衣娘子는 해선찬奚宣贊을 다시 철조롱에 가두게 하고, 묘노卯奴는 해선찬奚宣贊를 집으로 돌려보내준다. 후에 해선찬奚宣贊의 숙부인 도사道士 해진인奚眞人이 나타나 법술로 세 요괴를 잡아들이고 서호西湖에 세 탑을 만들어 요괴들을 가두어 버린다.

작품 속에서는 해선찬奚宣贊이 주요인물이며, 사성관四聖觀의 요물들

(백의낭자白衣娘子, 파파婆婆, 묘노卯奴, 귀사鬼使 등)은 그와 대립하고 있지만, 그와 비등할 정도로 중요성을 가지지는 않는다. 만약 사성관四聖觀의 요물 중에서 해선찬奚宣贊과 직접적인 대립을 하는 인물을 찾는다고 한다면, 해선찬奚宣贊을 끌어들이고 잡아들이는 '할멈'이 될 것이다. 그러나 할멈도 작품의 전체적인 중요도에 있어서는 해선찬宣贊과 대등한 위치에 있지는 않다. 작품에서 종종從從인물의 대립은 인간과 요물에서가 아니라, 사성관四聖觀의 세 요물 내에서 일어나고 있다. 종종從從인물의 대립은 크게 두 부분으로 나뉘는데, 백의낭자白衣娘子와 묘노卯奴, 그리고 할멈과 묘노卯奴이다. 할멈의 역할은 사내를 잡아오는 것이고, 이 사내를 홀려서 생명을 해하는 것은 백의낭자白衣娘子의 몫이다. 나중에 이들은 사내의 심장을 꺼내서 나누어 먹는다. 이들은 철저히 자기의 임무가 정해져 있고, 상호 공생을 하고 있다. 사내를 홀리고 심장을 꺼내서 먹는 등 사성관四聖觀내에서의 일어나는 일련의 행위들은 모두 백의낭자白衣娘子에 의해서 결정되기 때문에, 이 세 요물 중에서 가장 최상위에 있는 인물이라고 할 수 있다. 작품에서는 백의낭자白衣娘子와 할멈은 비록 서열의 구분이 있는 것처럼 보이지만, 항상 같은 목적을 가지고 행동하므로 서열이 명확하게 드러나지는 않는다. 그러나 묘노卯奴의 경우에는 이들과 사뭇 다르다. 묘노卯奴는 이들에 비해서 서열이 낮으며, 언제나 이들의 시중을 들고 있다. 만약 백의낭자白衣娘子와 할멈을 하나의 부류로 보고 묘노卯奴를 이들과 다른 생각을 가진 부류로 본다면, 집단 내에서의 확연한 대립은 백의낭자白衣娘子와 묘노卯奴에서 일어난다고 할 수 있을 것이다. 묘노卯奴는 할멈에 의해서 잡혀온 해선찬奚宣贊을 위해서 백의낭자白衣娘子 앞에서 두 차례나 그의 목숨을 구해 달라고 부탁한다. 그러나 백의낭자白衣娘子는 순순히 해선찬奚宣贊을 놓아주지는 않는다. 단지 지금 당장 목숨을 해치지는 않을 뿐, 언제든지 목숨을 가져갈 수 있도록 가두어 버린다.

　　낭낭娘娘은 (새로 잡아 온)그 사내를 불러다가 함께 술을 마시고, 해선찬奚宣贊의 간을 꺼내려고 하였다. 해선찬奚宣贊은 그때 혼비백산하여 묘노卯奴에게 가서 애걸할 뿐이었다. "낭자, 내가 자네의 생명을 구해주었으니, 나를 살려주시오 ! " 묘노卯奴는 낭낭娘娘앞에 가서 말하였다. "마님, 그는 저를 구해주었습니다. 살려주세요 ! " 낭낭娘娘이 말하였다. "그 놈을 가리로 덮어 씌워 버려라." 역사力士 한 명이 철조롱을 가져와서 해선찬奚宣贊에게 덮어 씌워버렸는데, 마치 큰 산이 누르는 것처럼 꿈적도 하지 않았다. 낭낭娘娘은 (잡혀 온)그 사내와 부부가 되었다.[38]

　　할멈은 바로 전각 앞에다 해선찬奚宣贊을 끌어다 놓았다. 전각에서 흰 옷 입은 여인이 내려오면서 말하였다. "선찬宣贊, 네가 빨리도 도망갔구나 ! " 해선찬奚宣贊은 "마님, 용서해주세요 ! "라고 애걸하였다. 낭낭娘娘은 다시 해선찬奚宣贊을 머물게 하고 부부가 되었다. 반달이 지났을 무렵, 해선찬奚宣贊이 말하였다. "마님께 고합니다. 저에게는 노모가 계시는데, (제가 오랫동안 떠나 있어서) 심히 근심하실까봐 걱정입니다. 갔다가 바로 돌아오겠습니다." 낭낭娘娘은 이 말을 듣고, 눈썹이 일그러지더니 두 눈을 크게 부릅뜨며 말하였다. "네가 돌아가고 싶다고 ! " 이어서 소리쳤다. "귀졸들은 어디 있느냐? 당장 저 놈의 간을 빼오너라 ! " 불쌍하게도 해선찬奚宣贊은 장군주將軍柱에 묶였다. 해선찬奚宣贊은 묘노卯奴를 부르며 이리저리 소리쳤다. "내가 일찍이 당신을 구해주었는데, 당신은 왜 나를 구해주지 않는 게요?" 묘노卯奴는 낭낭娘娘 앞에 나아가 고하였다. "저 사람은 저를 구해준 적이 있습니다. 그 명을 거두어주십시오." 낭낭娘娘이 말하였다. "이 못된 것 ! 네가 또다시 나를 말리는 구나 ! 바구니로 저 놈을 덮어 버려라 ! 저 놈 목숨을 끝장내 버려라 ! " 귀졸들은 포박을 풀고 철조롱으로 덮어 씌웠다.[39]

---

38) 娘娘請那人共座飲酒, 交取宣贊心肝。宣贊當時三魂蕩散, 只得去告卯奴道: "娘子, 我救你命, 你可救我 ! "卯奴去娘娘面前, 道: "娘娘, 他曾救了卯奴, 可饒他 ! "娘娘道: "且將那件東西與我罩了。"只見一個力士取出個鐵籠來, 把宣贊罩了, 卻似一座山壓住。娘娘自和那後生去做大妻。(≪淸平山堂話本≫〈西湖三塔記〉)

39) 婆婆直引宣贊到殿前, 只見殿上走下著白衣底婦人來, 道: "宣贊, 你走得好快 ! "宣贊道: "望娘娘恕罪 ! "又留住宣贊做夫妻。過了半月餘, 宣贊道: "告娘娘, 宣贊有老母在家, 恐怕憂念, 去了還來。"娘娘聽了, 柳眉倒豎, 星眼圓睜道: "你猶自思歸 ! "叫: "鬼使那裡?與我取心肝 ! "可憐把宣贊縛在將軍柱上。宣贊任叫卯奴道: "我也曾救你, 你何不救我?"卯奴向前告娘娘道: "他曾救奴, 且莫下手 ! "娘娘道: "小賤人,

　　백의낭자白衣娘子와 묘노卯奴의 대립을 통해서 볼 때, 이들은 신분적으로 주종主從의 관계에 있고, 백의낭자白衣娘子는 사성관四聖觀의 요괴 중에서 강한 권력을 가진 것처럼 보인다. 그러나 인간사회의 경우처럼 신분과 서열, 그리고 그것에 적합한 역할이 고정된 것은 아니며, 어느 정도 유동적이고 탄력적인 관계를 보이고 있다. 그렇기 때문에 하위계층인 묘노卯奴가 백의낭자白衣娘子에게 과감하게 자신의 의견을 말할 수 있으며, 백의낭자白衣娘子도 그 부탁을 단호하게 거절하거나 무시하지 않고 어느 정도의 유보적인 태도를 취할 수 있는 것이다. 이들의 권력질서 체계는 인간사회와 비슷하지만, 근본적으로 어느 한 쪽을 강압하거나 위협하는 것이 아니라, 상호 보완, 혹은 서로 어느 정도 수용의 여지를 보이고 있다. 할멈이나 묘노卯奴, 다른 요괴의 도움과 협조 없이는 백의낭자白衣娘子도 결코 자신의 욕정을 채울 수가 없다는 것을 잘 알기 때문에 다른 이의 협조를 기대하고 그것을 의지하는 것이다. 그러므로 이들의 관계가 선善과 악惡, 혹은 이쪽과 저쪽 등 어떤 극단적으로 구분되는 이원론적 대립이 아니라, 서로가 인정하고 수용하면서 그 속에서 갈등과 대립의 관계를 형성하는 것이다. 그렇기 때문에 이들은 처음부터 충돌을 일으키고 대립하는 것이 아니라, 해선찬奚宣贊이 등장하면서부터 내부적 갈등이 표면적으로 나타나게 된다.

　　사성관四聖觀의 요괴 중에서 묘노卯奴는 백의낭자白衣娘子와 할멈에 비해서 어느 정도 '인성人性'을 가지고 있다. 그러므로 자신을 구해준 해선찬奚宣贊을 위해서 두 차례나 백의낭자白衣娘子 앞에서 부탁하는데, 비록 이러한 청원의 행위가 위계질서가 분명하고 상위계층의 관계가 엄숙하고 경직된 인간사회에서 만큼 위협적이고 긴장된 국면은 조성하지는 않

　　你又來勸我！且將雞籠罩了, 卻結果他性命。"鬼使解了索, 卻把鐵籠罩了。(≪清平山堂話本≫〈西湖三塔記〉)

는다. 하지만 묘노卯奴는 자신의 안위를 포기하고 백의낭자白衣娘子에게 해선찬奚宣贊을 위해서 부탁하는 일은 결코 쉬운 일이 아니다. 이에 반해서 백의낭자白衣娘子는 '인성人性'보다는 '수성獸性'이 더 강하다. 그녀에게 해선찬奚宣贊은 지금까지 그녀가 해친 수많은 사람들처럼 자신의 욕정을 채우는 대상에 불가할 뿐이다. 그녀는 해선찬奚宣贊을 그녀와 동질의 관계로 보는 것이 아니라, 그녀가 사육하고 언제든지 필요에 따라 죽일 수 있는 대상으로만 여기고 있는 것이다.

결국 종종從從인물의 대립은 백의낭자白衣娘子와 묘노卯奴의 대립으로 요약할 수 있는데, 이 두 인물의 대립을 통해서 이들의 관계와 각각의 특성을 상세하게 엿볼 수 있다. 묘노卯奴은 그의 실체(오계烏雞: 가축)가 다른 두 요괴(백사白蛇, 수달水獺: 동물)에 비해서 인간과 근접한 특징을 가지고 있는 점에서 볼 때 묘노卯奴는 비록 요물이지만, 다른 두 요물과는 다른 특징을 가지고 있음을 추측할 수 있다. 물론 이것은 해선찬奚宣贊이 묘노卯奴를 구해주었기 때문이기도 하지만, 무엇보다도 인간과 비교적 친밀한 본성本性에 보다 더 깊이 기인하고 있는 것 같다. 백의낭자白衣娘子는 묘노卯奴의 부탁을 듣고서 바로 거절하여 해선찬奚宣贊을 잡아먹거나, 혹은 부탁을 들어주어서 그를 풀어주는 행동을 취하지는 않고 절충의 방안을 선택한다. 이것은 당장 잡아먹겠다는 생각을 잠시 보류한 것이지 완전히 해선찬奚宣贊을 풀어주고자 하는 것은 아니다. 하지만 그녀가 비록 묘노卯奴에 비해서 인성人性은 부족하지만, 묘노卯奴의 부탁을 완전히 거절하지 않고 어느 정도 생각할 여지를 가지고 있을지라도 근본적으로 해선찬奚宣贊을 풀어주고자 하는 마음은 없고, 오히려 그를 잡아먹으려는 본능이 보다 더 강하게 작용하고 있다. 이처럼 백의낭자白衣娘子와 묘노卯奴의 인물 특징과 관계를 비교함으로써 단순히 요물의 집단에서는 동일한 성격과 특징만을 가지는 것이 아니라, 다양하고 복잡한 특징이 있음을 보여주고 있다.

〈서호삼탑기西湖三塔記〉(《청평산당화본清平山堂話本》)에서　종종從從 인물의 대립에는 백의낭자白衣娘子와 묘노卯奴의 갈등이외에도 해진인奚真 人과 요물의 갈등도 나타난다. 해진인奚真人은 해선찬奚宣贊를 홀린 요물 들이 끈질기게 찾아와 목숨을 위태롭게 하는 것을 알고, 신장神將을 불러 내어 요물을 잡아들이라고 명령한다. 이에 잡혀온 세 요물은 해진인奚真人 에게 해선찬奚宣贊을 해치려고 했던 이유를 설명하고 자신의 목숨을 살려 달라고 한다. 이것은 자신의 잘못을 이야기하고 용서를 비는 행위가 아니 라, 자신의 행동은 정당하며, 해선찬奚宣贊의 잘못으로 이런 일을 저질렀 다는 변명으로 여겨진다. 해진인奚真人은 이러한 세 요물을 용서하지 않 고, 본래 모습을 드러내라고 호통을 친다. 묘노卯奴는 여러 차례 해선찬奚 宣贊의 목숨을 구해주었는데, 그녀는 다시 해선찬奚宣贊에게 부탁을 해보 지만 그도 어쩔 수 없는 일이라 그냥 보고만 있을 뿐이었다. 그녀가 다른 두 요물(백의낭자白衣娘子, 파파婆婆)과 달리 끝까지 본 모습을 드러내지 않자, 신장神將이 그녀를 때려서 본모습을 드러내게 한다. 본모습을 드러 낸 그들은 요력妖力을 잃고 해진인奚真人에게 제압당한다.[40] 〈서호삼탑기 西湖三塔記〉에서의 해진인奚真人과 요물의 갈등은 다른 작품의 경우와는 달리, 요물의 저항이 상당히 대범하다. 요물들은 해선찬奚宣贊에게 자신 들의 행동에 있어 정당성을 강변하고, 어느 정도 인성人性을 보여준 묘노 卯奴는 해선찬奚宣贊에게 적극적으로 자신의 변호를 부탁한다. 이미 실체 가 드러난 요물은 인간과 같은 공간에 존재할 수가 없으므로 이들은 소멸

---

40) 神將唱喏: "告我師父, 有何法旨?"真人道: "與吾湖中捉那三個怪物來！"神將唱喏。 去不多時, 則見婆子、卯奴、白衣婦人, 都捉拿到真人面前。真人道: "汝爲怪物, 焉 敢纏害命官之子?"三個道: "他不合沖塞了我水門。告我師, 可饒恕, 不曾損他性 命。"真人道: "與吾現形！"卯奴道: "告哥哥, 我不曾奈何哥哥, 可莫現形！"真人叫 天將打。不打萬事皆休, 那裡打了幾下, 只見卯奴變成了烏雞, 婆子是個獺, 白衣娘 子是條白蛇。奚真人道: "取鐵罐來, 捉此三個怪物, 盛在裡面。"封了, 把符壓住, 安 在湖中心。(《清平山堂話本》〈西湖三塔記〉)

되거나 제압당한다. 해진인奚真人이 일방적으로 요물을 처벌하는 상황에서 요물의 정황과 변명을 드러냄으로써 자신의 존재와 행위를 인정받으려고 한다. 해진인奚真人과 요물의 이러한 대립은 단지 진인真人이 한순간에 요물을 제압하고 소멸시키는 구조보다, 보조인물들간에 상황에 따라 서로 어떻게 반응하고 행동하는지를 보여주고 있다.

〈낙양삼괴기洛陽三怪記〉(《청평산당화본清平山堂話本》)에서는 보조인물인 백성모白聖母, 옥예낭낭玉蕊娘娘과 왕춘춘王春春의 대립이 인물 간의 구체적인 대화나 행동이 아니라, 서술과 묘사의 과정에서 드러나고 있다면, 〈서호삼탑기西湖三塔記〉(《청평산당화본清平山堂話本》)의 묘노卯奴는 백의낭자白衣娘子와 할멈, 해진인奚真人과 요물의 갈등은 실질적인 대화와 행동을 통해서 인물 간의 대립을 보여 주고 있다. 이와 다르게 〈정절사립공신비궁鄭節使立功神臂弓〉(《성세항언醒世恒言》제31권第三十一卷)에서 '일하선자日霞仙子'와 '월화선자月華仙子'는 구체적인 대화뿐만 아니라, 실질적인 무력 대결을 통해서 인물 간의 대립을 보여주고 있다.

일하선자日霞仙子와 월화선자月華仙子의 대결은 정신鄭信의 등장에서 비롯된다. 정신鄭信은 장원외張員外의 도움으로 가난함에서 벗어나지만, 장원외張員外을 협박했던 하덕夏德을 때려 죽여 감옥에 갇히게 된다. 그는 죄인을 억지로 옛 우물에 들어가라는 관부官府의 명령에 어쩔 수 없이 그곳으로 들어가게 되고 지하에서 일하선자日霞仙子와 월화선자月華仙子를 만난다. 정신鄭信이 처음 만난 여인은 일하선자日霞仙子이다. 그녀가 잠든 사이 정신鄭信은 그녀의 신물神物을 빼앗고, 신물神物을 빼앗긴 그녀는 어쩔 수 없이 요염한 자태로 정신鄭信을 유혹하고 그와 부부의 연을 맺는다. 어느 날 그녀가 출타하기 전에 한 가지 부탁을 하는데, 후궁後宮으로 가지 말라는 것이었다. 정신鄭信은 한가로이 지내다가 지루해져 그만 후궁後宮으로 가게 되고 그곳에서 월화선자月華仙子를 만난다. 월화선자月華仙子는 정신鄭信을 적극적으로 유혹하고 결국 그와 환락을 나눈다.

나중에 이 사실을 안 일하선자日霞仙子가 후궁後宮으로 달려와 정신鄭信을 데려가려 하면서 월화선자月華仙子와 다툼이 일어난다.

> 푸른 옷을 입은 시녀가 와서 고하였다. "전전前殿의 일하낭낭日霞娘娘께서 오셨습니다."이 여인은 허둥지둥하며 정신鄭信을 감추려고 했으나, 숨기지 못하였다. 일하선자日霞仙子가 앞으로 나아와 말하였다. "서방님, 여기에 와서 뭐하시는지요?" 바로 정신鄭信의 팔을 잡아서 전전前殿으로 돌아가려고 하였 다. 월화선자月華仙子는 그것을 보고서, 눈썹을 치켜세우고, 두 눈을 부릅뜨며 말하였다. "언니가 그에게 시집간다면, 나는 어쩌란 말이에요?" 그녀는 수십 명의 시녀들을 데려와서 곧바로 전殿으로 달려와 말하였다. "언니, 내 서방님 을 어째서 뺏으려고 하는 건가요?" 일하선자日霞仙子가 말하였다. "동생, 내 서방님인데, 무슨 말을 하는 거야."두 사람이 서로 언성을 높였다. 일하선자 日霞仙子는 정신鄭信을 숨겨 버리자, 월화선자月華仙子는 어쩔 수가 없었다. 두 사람이 함께 엉겨 붙어 서로 싸웠다. 한참을 싸우자, 월화선자月華仙子는 언니 를 이기지 못할 것으로 판단되자, 크게 소리치며 공중으로 뛰어 올라 본래 형상으로 변하였다. 일하선자日霞仙子도 변하려고 하였다. 원래 정신鄭信이 그녀의 신물神物을 감추었기 때문에, 변할 수가 없어서 월화선자月華仙子에게 지고 말았다. …… 월화선자月華仙子가 다시 쳐들어와서, 두 사람은 구름위에 서 본래 모습으로 변하여 싸웠다. 정신鄭信이 아래에서 살펴보니, 어찌 아름 다운 선녀들을 찾아볼 수 있겠는가? 하나는 흰색, 하나는 붉은 색, 두 마리의 거미가 공중에서 싸웠다. 정신鄭信이 말하였다. "원래 저것이 본모습이었구 나!" 붉은 거미가 져서 도망가고, 흰 거미가 뒤쫓아 가는 것을 보고, 정신鄭信 은 활을 당겨 정확하게 겨누고는 화살을 쏘았다. 소리를 지르면서 그 흰 거미가 화살에 맞아 떨어졌다. 월화선자月華仙子는 너무나 고통스러워 소리조 차 지를 수도 없었고, 바로 "정신鄭信, 이 배신자! 몰래 나를 해치려고 하다 니."하고 욕을 퍼붓고는 스스로 후전後殿으로 갔다.41)

---

41) 只見青衣來報: "前殿日霞娘娘來見。"這女子慌忙藏鄭信不及, 日霞仙子走至面前 道: "丈夫, 你卻走來這裡則甚。"便拖住鄭信臂膊, 將歸前殿。月華仙子見了, 柳眉剔 豎, 星眼圓睜道: "你卻將身嫁他, 我卻如何?"便帶數十個青衣奔來, 直至殿上道: "姐姐, 我的丈夫, 你卻如何奪了?"日霞仙子道: "妹妹, 是我丈夫, 你卻說甚麼話!" 兩個一聲高似一聲。這鄭信被日霞仙子把來藏了。月華仙子無計奈何, 兩個打做一 團, 紐做一塊。鬪了多時, 月華仙子覺道鬪姐姐不下, 喝聲起, 跳至虛空, 變出本相。

두 여인은 서로 정신鄭信을 차지하려고 싸우는데, 일하선자日霞仙子는 월화선자月華仙子에게 그만 패하고 만다. 그 이유는 정신鄭信이 그녀의 신물神物을 감추었기 때문이다. 그녀는 정신鄭信에게 사정하여 신물神物을 얻지만 임신을 한 상태였기 때문에 제대로 싸울 수가 없어서 싸움에서 다시 패하고 만다. 그녀는 정신鄭信에게 신비궁神臂弓을 가지고 월화선자月華仙子에게 활을 쏘도록 부탁함으로써 승리하게 된다. 월화선자月華仙子와 일하선자日霞仙子는 모두 정신鄭信을 차지하려고 하는 집념은 강하지만, 일하선자日霞仙子에 비해서 월화선자月華仙子는 간악하고 자신의 욕정만을 채우고자 하는 이기적인 모습을 볼 수 있다. 정신鄭信이 후궁後宮으로 우연히 들어오자, 그녀는 정신鄭信을 처음 만났음에도 불구하고, 그의 방문을 오랫동안 기다렸다는 듯이 정신鄭信을 맞이한다.[42] 이에 정신鄭信은 처가 있다고 말하고 그녀와 거리를 두려고 하지만,[43] 월화선자月華仙子는 바로 주연을 베풀어 그와 부부의 예를 올린다. 이어서 일하선자日霞仙子가 정신鄭信을 찾으러 왔을 때, 그녀는 재빨리 정신鄭信을 감추어 일하선자日霞仙子를 속이려고 한다. 그녀는 정신鄭信을 단지 자신의 욕구충족의 한 대상으로만 여기는데, 이것은 정신鄭信과의 사랑보다는 그와의 욕정을 보다 더 중요하게 생각하고 있기 때문이다.

那日霞仙子, 也待要變, 元來被鄭信埋了他的神通, 便變不得, 卻輸了……月華仙子又來。兩個上雲中變出本相相鬪。鄭信在下看時, 那裡見兩個如花似玉的仙子?只見一個白, 一個紅, 兩個蜘蛛在空中相鬪。鄭信道: "元來如此!"只見紅的輸了便走, 後面白的趕來, 被鄭信彎弓, 覰得親, 一箭射去, 喝聲著, 把那白蜘蛛射了下來。月華仙子大痛無聲, 便罵: "鄭信, 負心賊!暗算了我也!"自往後殿去。(≪醒世恒言≫第三十一卷〈鄭節使立功神臂弓〉)

42) 那女子便道: "好也!何處不尋, 甚處不覓, 元來我丈夫只在此間。"不問事繇, 便把鄭信簇擁將去, 叫道: "丈夫, 你來也!妾守空房, 等你久矣!"(≪醒世恒言≫第三十一卷〈鄭節使立功神臂弓〉)

43) "娘娘錯認了!我自有渾家在前殿。"(≪醒世恒言≫第三十一卷〈鄭節使立功神臂弓〉)

적극적이고 대담한 월화선자月華仙子에 비해서 일하선자日霞仙子는 비록 처음에는 자신의 신물神物이 빼앗긴 상태에서 정신鄭信을 유혹하여 자신의 신물神物을 되찾고 목숨을 건지려 하였지만, 그와 부부의 연을 맺으면서 정신鄭信을 신뢰하게 되고 그와 진정으로 사랑을 나누게 되었다. 그래서 그녀는 자신의 의지를 정신鄭信에게 강압하지 않고 부탁과 청원을 통해서 정신鄭信의 도움을 이끌어 낸다. 이것은 정신鄭信과의 관계에서 육체적인 욕망을 넘어서, 정신적인 신뢰와 사랑이 바탕이 되었기 때문인데, 이처럼 일하선자日霞仙子와 월화선자月華仙子가 비록 겉모습은 아름다운 여인(본래는 거미요괴)으로 비슷한 형상을 가지고 있지만, 정신鄭信에 대한 진심은 각각 다르다.

이 작품에서 두 여인은 다른 작품과는 달리 직접적인 대화와 무력 충돌을 보이고 있다. 이러한 대립은 어느 한 쪽을 부각시키고 다른 한쪽을 소멸시키는 대립 관계가 아니라, 양쪽 모두의 특징을 드러내는 것이라고 할 수 있다. 이러한 관계를 통해서 두 여인들의 심리적 갈등과 대결, 그 가운데 나타나는 개성과 특징, 정신鄭信과는 또 어떻게 연관 짓고 있는가를 구체적으로 살펴볼 수 있다. 이러한 경우는 〈십오관희언성교화十五貫戱言成巧禍〉(《성세항언醒世恒言》제33권第三十三卷)에서도 살펴볼 수 있는데, 〈십오관희언성교화十五貫戱言成巧禍〉 중에서 '정산대왕靜山大王(산적山賊)'과 '노왕老王(노인老人)'은 〈정절사립공신비궁鄭節使立功神臂弓〉(《성세항언醒世恒言》제31권第三十一卷)에서의 일하선자日霞仙子와 월화선자月華仙子와의 대립과 상당히 유사하다. 노왕老王(하인)은 여주인인 유대낭자劉大娘子를 모시고 집으로 돌아가는 길에 산적인 정산대왕靜山大王을 만나자, 그에게 유대낭자劉大娘子(여주인)을 살리기 위해 애원하는 것이 아니라, 오히려 호통을 치며 맞선다. 그냥 봇짐이나 털려고 했던 정산대왕靜山大王은 노왕老王이 의외로 강경하게 나오고 심지어 그에게 달려들자, 힘으로 그를 제압하고 목숨을 앗아간다.44) 이와 같이 보조인물인 정산대왕靜山大王과 노왕老王의 직접적인 대화와 무력적 대결을 통해서 이들의 심리적 갈등과 그것에 수반된 행동을 살펴볼 수 있고, 양자의 대립 관계와 각각의 특징을 보다 자세히 고찰할 수 있다.

작품에 등장하는 인물 중에서 주요인물을 제외한 인물은 대부분 보조인물이다. 이들은 주요인물의 주변에 머물면서 그들의 특징을 부각시키거나, 사건의 곡절함을 유도하거나, 사건의 단서를 제공하여, 이후 스토리 전개를 유도하기도 한다. 보조인물들의 관계 중에서 가장 두드러지는 특징은 종종從從인물의 대립이다. 종종從從인물의 대립은 주요인물과의 관계에서 직·간접적인 영향을 미칠 수가 있다. 비록 작품에서는 주목받지 못했지만, 오히려 이들은 작품에서 상당히 중요한 역할을 담당하고 있다. 그러므로 종종從從인물의 관계를 통해서 그동안 간과했던 보조인물들의 특징과 관계를 세밀하게 살펴볼 수 있는데, 이러한 과정은 작품 속에서 나타나는 다양한 인물 관계를 이해하고 그 속에서 드러나는 인물들의 특징과 개성을 분석하는데 중요하게 작용하고 있다. 무엇보다도 간과하지 말아야 할 점은 이러한 대립 관계가 일방적인 것이 아니라 상

---

44) 卻說那劉大娘子到得家中, 設個靈位, 守孝過日。父親王老員外勸他轉身, 大娘子說道: "不要說起三年之久, 也須到小祥之後。"父親應允自去。光陰迅速, 大娘子在家, 巴巴結結, 將近一年, 父親見他守不過, 便叫家裡老王去接他來, 說: "叫大娘子收拾回家, 與劉官人做了週年, 轉了身去罷。"大娘子沒計奈何, 細思: "父言亦是有理。"收拾了包裹, 與老王背了, 與鄰舍家作別, 暫去再來。一路出城, 正值秋天, 一陣烏風猛雨, 只得落路, 往一所林子去躲, 不想走錯了路。……走入林子裡來, 只聽他林子背後, 大喝一聲: "我乃靜山大王在此! 行人住腳, 須把買路錢與我。"大娘子和那老王喫那一驚那小, 只見跳出一個人來: 頭帶乾紅凹面巾, 身穿一領舊戰袍, 腰間紅絹搭膊裹肚, 腳下蹬一雙烏皮皂靴, 手執一把朴刀。舞刀前來。那老王該死, 便道: "你這窮徑的毛團。我須是認得你, 做這老性命著, 與你兌了罷。"一頭撞去, 被他閃過空。老人家用力猛了, 撲地便倒, 那人大怒道: "這牛子好生無禮!"連搠一兩刀, 血流在地, 眼見得老王養不大了。(≪醒世恒言≫第三十三卷〈十五貫戱言成巧禍〉)

호적이어서 인물 각각의 특징을 서로 반영하고 있기 때문에, 종종從從인 물의 대립은 보조인물의 성격과 인물의 특징 및 다른 인물 간의 관계를 구체적이고 자세하게 살펴볼 수 있도록 다양한 시각을 제시하고 있다.

3. 나오는 말篇尾

송원화본소설宋元話本小說 속의 인물 대립 관계를 '선善'과 '악惡' 혹은 '인간人間'과 '요물妖物', '징벌자懲罰者'과 '수벌자受罰者'의 극단적 대립 관 계로 설정하거나, '대상對象'을 마땅히 제거하여야 할 '악惡' 혹은 '적敵'으 로 확정하기 보다는 서로 긴밀하게 반응하는 관계를 가지고 있다는 시각 으로 살펴볼 필요가 있다. 비록 양자는 표면적으로 대립의 구조를 가지 고 있지만, 사실은 내적으로 긴밀하게 연계하고 있다. 즉, 어느 한 쪽이 부재하면, 나머지 한쪽도 존재할 수 없는 필연적인 '상보相補' 구조를 가 지고 있는 것이다.

만약 상호보완적 시각으로 인물 대립 관계를 살펴본다면, '선善'과 '악 惡'의 이원론적 갈등을 제외하고 여러 가지 유형으로 나눌 수 있는데, 인물의 역할을 중심으로 살펴보면, 크게 '주주主主인물의 대립', '주종主從 인물의 대립', '종종從從인물의 대립'으로 나뉠 수 있다. '주주主主인물의 대립'은 작품 속 주요인물 간의 대립을 말한다. 송원화본소설宋元話本小說 에서 구체적인 작품과 인물 대립 관계로는 〈장효기진류인구張孝基陳留認 舅〉의 '과천過遷'과 '장효기張孝基', 〈소수만천호이서小水灣天狐貽書〉의 '왕 신王臣'과 '천호天狐', 〈조백승다사우인종趙伯昇茶肆遇仁宗〉의 '인종仁宗'과 '조백승趙伯昇' 등이 있다. '과천過遷'은 '장효기張孝基'와 대비되어 '개과천 선改過遷善'하는 인성을 가지고 있었고, '천호天狐'는 자신의 목적을 위하 여 인간인 '왕신王臣'을 농락하지만 치명적인 해를 가하지는 않았다. '인 종仁宗'은 '조백승趙伯昇'의 문장에 대한 불만으로 인하여 그의 재능에 대한 평가를 폄하하였다. 이들 사이의 대립 관계를 통해서 각각의 인물 특징과 다양한 행동을 종합적으로 살펴볼 수 있다. 이러한 것은 인물의 대결 구조에만 국한되었던 전통적인 시각에서 벗어나, 보다 다양한 시각으로 살펴볼 수 있는 기회를 제공한다.

송원화본소설宋元話本小說에서 '주종主從인물의 대립'에 해당하는 대표적인 예는 〈장고로종과취문녀張古老種瓜娶文女〉의 '장공張公'과 '위서韋恕', 〈정절사립공신비궁鄭節使立功神臂弓〉의 '정신鄭信'과 '하덕夏德', 〈왕신지일사구전가汪信之一死救全家〉의 '왕신지汪信之'와 '정표程彪', '정호程虎', 〈쾌취이취련기快嘴李翠蓮記〉의 '이취련李翠蓮'과 가족, 이웃, 〈십오관희언성교화十五貫戲言成巧禍〉의 '유대낭자劉大娘子'와 '정산대왕靜山大王' 등이 있다. '주종主從인물의 대립'은 주로 주요인물의 성격과 특징을 부각시키는 특징을 가지는 것과 동시에 작품 속에서 주목받지 못한 보조인물의 특징을 보여주고 있다. 주요인물과 보조인물은 서로 상호 반응하며 자신의 특징을 드러내고 있다. 그러므로 '선인善人'과 '악인惡人'의 이중적인 대립에서 나타나는 편향적이고 일률적인 특징을 그려내는 방식에서 벗어나, 주요인물과 보조인물 간의 대립과정에서 주요인물 뿐만 아니라 보조인물의 특징을 다각적으로 부각시키고 그 과정에서 나타나는 서로의 형상과 성격은 인물의 특성을 보다 더 잘 이해하는 데에 도움을 주고 있다.

'종종從從인물의 대립'은 주요인물과의 관계가 밀접하지 않기 때문에 인물의 특징을 부각시키는데 있어서는 주요인물에 비해서는 상당히 미약하다. 보조인물 간의 대립은 비록 주요인물과의 대립 관계의 정도에는 훨씬 미치지 못하지만, 작품의 분위기를 이끌어 나가고 줄거리를 생동감 있게 전개하며, 주제를 강조하는 데에 있어서 중요한 역할을 담당하고 있다. '종종從從인물의 대립'은 '간접적인 대립'과 '직접적인 대결'로 나눌 수 있는데, '간접적인 대립'에는 〈낙양삼괴기洛陽三怪記〉의 '세 요물(옥예낭낭玉蕊娘娘, 적토대왕赤土大王, 백성모白聖母)'와 '왕춘춘王春春'이 있고,

'직접적인 대결'에는 〈서호삼탑기西湖三塔記〉의 '요물(백의낭자白衣娘子, 파파婆婆)'와 '묘노卯奴', 〈정절사립공신비궁鄭節使立功神臂弓〉의 '일하선자日霞仙子'와 '월화선자月華仙子', 〈십오관희언성교화十五貫戲言成巧禍〉의 '정산대왕靜山大王(산적山賊)'과 '노왕老王(노인老人)' 등이 있다. 보조인물 간의 대립은 인물의 특징들을 부각시키는데 있어서는 적극적인 작용을 하고 있는데, 무엇보다도 이러한 보조인물 개개인의 특징은 작품 속에서 등장하는 전체 인물을 응집시키거나 작품의 분위기를 바꾸는 것처럼 중요한 영향을 미치지는 않지만, 인물 간의 특징과 미묘한 관계를 탐색하는 데에 있어서는 효과적으로 작용하고 있다.

이처럼 '주주主主인물의 대립', '주종主從인물의 대립', '종종從從인물의 대립' 관계를 통해서 편향적이고 일률적인 인물 간의 관계에서 벗어나 인물 간의 복합적인 연관성을 세밀하게 살펴볼 수 있다. 특히 보조인물 간의 관계와 특징을 통해서 인물들이 서로 어떻게 관계를 맺으며, 서로 갈등하면서 어떻게 자신의 본성을 드러내는지 잘 보여주고 있다. 보조인물 간의 대립을 통해서도 다양한 인물 특성을 고찰할 수 있으며, 나아가 작품의 인물 구성과 배치 관계에 있어서도 구체적으로 작용하고 있어서 인물의 특성을 보다 더 잘 이해하고 인물 간의 관계를 폭넓게 살펴보는 데 중요한 관점을 제공한다. 이렇듯 작품 속 인물 간의 관계와 인물 각각의 특징을 살펴보는데 있어서 단면적이고 평면적인 방식에만 머물러 있지 않고, 복잡하고 다각적인 대립 관계를 통해서 보다 다양하고 입체적인 시각으로 이들의 관계와 특징을 밝혀낼 수 있다. 이러한 대립 관계는 인물을 배치하고 사건을 구성하고 배경을 조정하며 주제를 부각시키는 데 있어서 중요한 역할을 담당하고 있다.

제2장

공존共存과 상존相存: 인물의 '병렬竝列' 관계

인물과 서사 중국 화본소설의 인물 관계와 인물 변화

1. 들어가는 말入話: 인물 관계에서의 '병렬竝列' 관계

소설 작품 속의 인물은 작가의 경험이나 상상에 의해서 만들어진 허구의 존재이다. 또한 이들은 독자의 상상세계에서 움직이는 이미지의 결합체이기도 하다. 소설 작품에서 인물을 구체적으로 형상화하고 구현하기 위해서 작가가 직접 묘사하고 기술하는 것 이외에 의도적으로 다양한 요소와 자료를 배치하여 인물을 이해할 수 있도록 단서를 제공하기도 한다. 정교하게 안배된 요소는 가지런하게 나열되어 독자에게 제시되는 것이 아니라, 복잡하게 흩트려 놓기 일쑤이다. 이렇게 분산된 단서와 묘사, 이미지 편린들의 종합적인 결합이 작품 속 인물을 입체적으로 그려낸다. 작품 속에서 인물을 묘사하기 위해서는 크게 구체적으로 인물을 기술하는 직접적인 묘사 방식과 인물 간의 대화나 상황에 따른 실제적인 행동 및 반응을 통해서 인물을 형상화하는 간접적인 묘사 방식이 있다.[1]

---

1) 인물 묘사 방식에는 직접적인 묘사와 간접적인 묘사 방식 이외에도 '정면 묘사', '측면 묘사', '이미지 서술 묘사' 등으로 나눌 수 있다. '정면 묘사'는 줄거리 전개 과정에서 인물의 표현, 성정, 활동의 궤적을 쫓아 인물의 성격을 묘사하는 방식인데, 가장 기본적인 서사 방식이다. '측면 묘사'는 일부 생동감 있는 세부 줄거리나 특정 상황에서

간접적인 인물 묘사 방식은 앞서 언급한 인물 간의 대화와 행동, 상황에 다른 반응 이외에도 세부적이고 미시적으로 인물의 형상을 구현하는 방식이 있는데, 바로 인물 간의 관계를 통해서 인물의 복잡하고 다양한 특징을 그려내는 것이다.

인물 간의 관계는 마치 거미줄과 같아서 서로 간에 매우 복잡하게 얽혀 있다. 비록 이러한 연계 구조에서 관계망이 어떤 대상에서 다른 한 대상으로 직접적으로 이어져 있지 않다고 하더라도 어떠한 방식으로든 서로가 유기적인 관계를 형성하고 있다. 인물의 관계 연구에 있어서 작품 속에 등장하는 인물의 다양한 특징을 이해하기 위해서는 '저자 혹은 서술자가 제공하고 있는 직접적 묘사 방식에만 의존할 것인가?' 혹은 '인물 간의 대화나 행동, 환경에 대한 묘사를 통하여 살펴볼 것인가?' 아니면 '작품 전체에 내포된 세밀한 단서와 폭넓게 펼쳐져 있는 다양한 인물 관계망을 활용할 것인가?'라는 방식의 선택에 직면할 수 있을 것이다. 첫 번째 방식은 직접적인 묘사방식이고, 두 번째와 세 번째 방식은 간접적인 묘사 방식이다. 인물의 다면적인 특징을 살펴보는데 있어서 앞서 제기한 첫 번째와 두 번째 방식이 인물을 이해하고 분석하는 데에 상당히 효율적이고 전면적인 방식이기는 하나, 모든 작품에서 이 두 가지에 관련된 단서가 적절하게 제공되는 것은 아니다. 또한 비록 이러한 자료들이 밖으로 드러난다고 하더라도 상당히 제한적이고 일부 인물에만 국한되기도 하며, 어떤 상황이나 역할에만 치중해서 드러나기 때문에 대상에 대한 전면적인 부분이 아니라 일부분의 반응만을 보여주기도 한다. 그러므로 줄거리의 전개와 진행에 따라 다각적으로 변하는 인물의

_____

드러나는 인물의 언행을 통해 형상을 그려내는 방식이다. '이미지 서술 묘사'는 인물의 명칭과 별호別號를 통해서 특정적인 이미지를 구현하여 인물을 묘사하는 방식이다. 이와 관련된 자세한 내용은 閔虹, 〈中國古典小說塑造人物的運作方法〉, ≪殷都學刊≫, 2001年을 참조.

특징을 구체적으로 구현해내지 못할 때가 많다. 밖으로 드러나지 않는 인물의 특징을 다양하게 살펴보는 데에 있어서는 이와 같이 전자의 두 가지 방식 보다는 후자의 방식이 비교적 적합할 수 있다.

그렇다면 '어떠한 방식으로 여러 부분에 분산되어 있고 감추어져 있는 단서와 관계망을 가지고 인물을 연구할 것인가?'라는 문제에 직면하게 된다. 이 문제를 파악하기 전에 간과하지 말아야할 것은 모든 작품 중의 인물은 어떤 식으로든 서로가 관계를 가지고 있다는 것을 전제로 해야 한다. 그러므로 직접적으로 인물의 성격과 행동을 서술하는 것 이외에 다른 인물, 혹은 그 인물로 인해 일어나는 사건의 처리 및 반응을 통해서 인물의 특징을 보다 세밀하게 살펴볼 수 있다는 것이다. 물론 작품 속에 나타나 있는 다양한 단서를 통해서 인물의 특징을 구체적으로 살펴볼 필요는 있지만, 이러한 단서는 인물의 성격과 긴밀하게 연관되어 있거나, 혹은 적절하게 그 특성을 드러나게 하는데 있어서는 일정하지 않다. 어떤 단서는 작품 속에 깊이 감추어져 있고, 또한 지나치게 함축적이거나 모호하여 구체적으로 인물의 성격을 드러내는 데에 있어서 상당한 어려움을 수반한다. 그러므로 인물의 특징을 인물 간의 관계를 통해서 살펴보는 것만큼이나 폭넓고 전면적인 방식은 없다고 할 것이다.

인물의 관계를 통해서 인물의 특징을 살펴보는 것에는 '대립對立'이나 '충돌衝突', '보완補完'이나 '협력協力' 등 서로 간의 구체적으로 관계하고 영향을 미치는 방식이 있는데, 이것은 경직되고 긴장된 관계망을 형성하며 직접적으로 인물의 특징을 드러내는 데에 지나치게 치중한다. 이 이외에도 서로 극렬한 대립을 형성하거나 의도적으로 보완하는 것이 아닌 구체적인 어떤 관계를 가지지 않는 '병렬並列'의 형식이 있다. 이것은 인물의 관계 방식 중에서 인물의 '대립對立'이나, '보완補完'의 경우와는 달리 직접적인 관계를 형성하고 있지 않기 때문에 인물 간의 관계가 비교적 모호하다고 할 수 있다. 하지만 이것은 인물의 겉으로 드러난 면을 제외한 다른 측면을 살펴보는데 중요한 의미를 가진다.

　작품 속의 어떤 인물이 다른 인물과 '대립對立'이나 '보완補完' 같은 직접적인 관계를 가질 때에는 어떤 목적이나 의도를 가지기도 하고, 혹은 내면적 심리의 양보와 협조의 발현 상태를 보여주기도 하면서 서로 간의 이해와 수용, 반응을 드러낸다. 다시 말하면, '대립對立'과 '보완補完' 관계에 있어서의 양자는 긴밀함의 정도에는 차이가 있지만 서로 어느 정도 연관 관계를 가지고 있으며 이러한 관계를 일정정도 지속하면서 서로 반응한다.2) 하지만 '병렬竝列' 관계는 '대립對立'과 '보완補完' 관계와는 달리 인물 간의 있는 그대로의 관계 상태를 보여주고, 어떤 목적이나 상황에 의해서 과장되거나 지속적으로 재현되는 모습을 보여주지 않기 때문에 가장 자연스러운 관계를 나타낸다고 할 수 있다. 인물의 복잡하고 미묘한 특징은 다양한 인물 간의 다채로운 관계에서 보다 구체적으로 드러난다. 만약 단순히 저자(서술자)의 제한된 서술과 묘사에만 의지한다면, 인물의 다양한 성격을 살펴보기가 힘들다. 또한 인물의 관계 속에서 어떤 목적과 실현, 이해의 반응, 의지의 구현 등을 중심으로 서로 대립하거나 보완하는 특징에만 치우친다면 인물의 본래적인 특징을 제대로 파악하지 못한다. 그러므로 인물의 본연의 모습을 살펴보기 위해서는 의도적인 대립이나 이해관계를 떠나서 단순히 존재하는 것에 가치를 두고, 인물 사이의 관계를 고찰하는 시각이 필요하다. 이러한 시각이 바로 '병렬竝列' 관계의 핵심이라고 말할 수 있다. 병렬 관계에서 존재의 가치에 중요성을 두는 것은 당연하지만, 그렇다고 존재하는 그것만을 의미하지 않는다. 실제로 병렬 관계에서는 양자가 전혀 관계를 형성하지

---

2) '대립對立'이나 '보완補完'의 관계는 인물의 관계와 특징을 살펴보는데 중요한 정보를 제공하지만, 어떤 사건으로 인해 야기된 상황이나 의도적인 반응의 제약을 많이 받는다. 만약 이러한 이해와 반응의 제한에서 벗어나면 이들의 관계는 대부분 관계망의 구심점을 잃게 되며, 더 이상 긴밀한 관계를 유지하지 못하는 경향이 나타난다.

않은 것이 아니라, 그 강도가 어떠하든, 어떠한 방식을 견지하든 간에 일정한 관계를 보여주고 있다.

인물 간의 관계 가운데 '병렬竝列' 관계는 인물 간의 관계 구조를 구체적으로 도식화한 것으로, '대립對立' 관계와 '보완補完' 관계와 더불어 인물 간의 다양한 관계와 특징을 살펴볼 수 있는 방식이다. 이러한 '병렬竝列' 관계는 '공존共存'과 '상존相存'의 특징을 가진다. '공존共存'은 어떤 사물과 다른 사물이 공통 혹은 동시에 존재하는 것, 또는 서로 다른 이질적인 혹은 동질적인 객체가 동시에 존재하는 것을 말한다. '공존共存'의 개념을 인물의 병렬 관계에 적용한다면, 병렬 관계의 주체, 즉 존재의 구성 방식에 해당되는데, 예를 들면, 주요인물 간, 주요인물과 보조인물, 보조인물 간의 병렬 관계에 해당된다고 볼 수 있다. '상존相存'은 '상의상존相依相存', '상제상생相濟相生'의 의미를 내포하고 있으며, 어떤 사물과 다른 사물이 동시에 존재하거나 관계를 맺어야지만 그 존재의 의미를 가지는 것을 말한다. 즉 동질적인 객체, 혹은 이질적인 객체가 상대가 있어야지만 존재의 의미를 가진다는 말이다. 조조曹操의 〈단가행短歌行〉의 '논둑길과 밭둑길 넘고 건너, 굴곡과 바름이 서로 어긋나 있다네.越陌度阡, 枉用相存.'에서도 이러한 개념은 등장하는데, '왕枉'은 '불직不直', '곡절曲折', '만곡弯曲'의 의미를 가지고 있고, '용用'은 '평직平直', '정학正確', '정준定準'의 함축적 의미를 가진다. 굴곡(왕枉)은 바름(용用)이 있기에 그 뜻이 명확해지고, 바름 역시 이와 같다. 이들은 서로가 존재해야지만 그 의미가 더욱 분명해지고 바르게 된다. 이와 같은 '상존相存'의 개념을 인물의 병렬 관계에 적용한다면, 병렬 관계의 특징, 즉 존재의 구성 내용에 해당되는데, 예를 들면, 보완적, 병렬적, 독립적, 양립적 병렬 관계 등이다. 이러한 '공존共存'과 '상존相存'의 특징을 가지고 있는 병렬 관계는 작품 속의 인물 사이에 존재하면서 서로 미묘한 관계를 형성하고 있다. 인물 간의 관계망에 위치해 있는 인물은 서로 반응을 보이고 있지만, 이것은 전적으로 상대방에 대한 반응이다. 비록 '대립對立'이나 '보완補完'의 형태와 같이 의도적이고 인위적으로 관계를 맺는 방식은 아니지만, 나름대로 일정한 연관관계를 가지고 있다고 할 수 있다.[3)]

인물 간의 병렬 관계는 인물 간의 이면에 숨겨져 있는 복잡하고 다양한 관계를 살펴볼 수 있게 하며, 의도적인 목적이나 이해를 떠나서 자신이 가지고 있는 본연의 모습을 보다 충실하게 구현하고 있으며, 그러한 과정을 자세하게 살펴볼 수 있게 만든다. 이것은 외향적 목적이 두드러지는 '대립對立'과 '보완補完' 관계와는 달리, 내향적 관계를 다양하게 구현하는 방식이라고 할 수 있다. 작품 속의 인물 관계 연구에 있어서 내향적 관계를 통해서 보다 입체적이고 다층적인 인물의 특징과 인물 간의 관계를 그려낼 수 있다. 이러한 고찰 과정을 통해서 인물을 다각적이고 심도 있게 이해할 수 있을 뿐만 아니라, 작품의 주요한 부분인 주제와 내용 및 내포된 의미와 상징적 이미지의 연계를 통해서 작품을 전면적이고 세밀한 분석이 가능하게 한다. 그런 의미에서 인물 간의 병렬 관계는 이전의 중국소설연구에서 인물의 개별적이고 독립적인 고찰이나, 주요 인물을 중심으로 작품의 내용과 연결 짓거나, 혹은 인물이 주제 연구의 부차적인 부분으로 전락해버린 것에서 벗어나, 인물 간의 관계를 통해서

---

3) 소설작품에서는 인물 간의 '대립對立', '보완補完', '병렬並列' 관계가 각각 독립적으로 일어나지 않고, 동시에 나타나거나 혹은 교차적으로 보여 지는 경우가 종종 보인다. 비록 이 세 가지 인물 관계 중 일부를 서로 공유하기는 하지만, 인물 간의 관계를 구분하는 기준은 인물 간의 특징이 어느 쪽에 보다 치우쳤는가에 따라 나눠진다. 예를 들면 작품 속에서 자주 등장하는 '인물 간의 대화'는 정도에 따라 다르지만 상대에게 일정 정도 영향을 미치고 있는데, 이러한 특징으로 본다면 '인물 간의 대화'가 구체적으로 드러나 있는 작품에서는 보완적인 관계뿐만 아니라, 병렬적인 관계를 형성한다고 할 수 있다. 하지만 서로에게 영향을 미치는 정도가 직접적으로 상대를 보완하는 정도에 이르는가, 아니면 단지 존재하는 정도에 불가한가에 따라 '보완補完'과 '병렬並列'의 관계가 결정된다고 할 수 있다.

인물의 특징을 새롭게 구현하는 방식이라는 점에서 상당히 중요한 의미를 가진다. 이러한 연구는 인물 관계를 천편일률적인 상대적 관계를 구성하고 의도적으로 적용하고자 했던 대결 방식에서 벗어나, 보다 다양한 관계의 방식을 제시함으로써 다채로운 인물의 특징을 보여 줄 수 있게 만든다. 이와 같이 '공존共存'과 '상존相存'의 특징에 기인하여 관계를 형성하고 있는 병렬 관계는 작품 속 인물을 이해하는 첫걸음일 뿐만 아니라, 나아가 작품을 보다 세밀하게 관찰하고 작품 속에 함축되어 있는 폭넓은 의미를 다각적으로 이해하는 토대를 제공하고 있다. 이에 본 글은 '공존共存'과 '상존相存'의 관념을 기저로 하여 인물 간의 병렬 관계가 비교적 분명하게 나타나고 있는 송원화본소설宋元話本小說 7편의 작품을 중심으로, 주요인물 사이의 병렬 관계, 주요인물과 보조인물 사이의 병렬 관계로 나누어 살펴보고자 한다.[4]

---

4) 송원화본소설宋元話本小說 속에 나타난 인물 간의 병렬 관계는 주요인물 사이, 주요인물과 보조인물 사이, 보조인물 사이로 나누어진다. 본 글에서는 주요인물 사이의 병렬 관계, 주요인물과 보조인물 사이의 병렬 관계를 중심으로 살펴보고자 한다. 보조인물 사이의 병렬 관계는 인물 간의 관계가 상당히 모호하거나 복잡하게 얽혀 있어 분석이 용이하지 않으며, 또한 편폭의 제한으로 인해 다음 기회로 미루고자 한다. 본 글에서 연구 대상으로 삼는 인물은 동일한 성별(男/男, 女/女)로 제한하고자 한다. 인물 간의 병렬 관계 형태와 구체적인 작품명은 다음과 같다.

편명		병렬竝列 관계		비고 (성별)
		주주主主 인물	주종主從 인물	
淸平山堂話本	〈五戒禪師私紅蓮記〉	○		男/男
	〈楊溫攔路虎傳〉		○	男/男
喻世明言	〈史弘肇龍虎君臣會〉15	○		男/男
	〈宋四公大鬧禁魂張〉36	○		男/男
警世通言	〈錢舍人題詩燕子樓〉10		○	女/女
	〈三現身包龍圖斷冤〉13		○	男/男
	〈一窟鬼癩道人除怪〉14		○	男/男
宋元話本小說 46篇		3	4	男/男: 6 女/女: 1

2. 주요인물 사이의 '병렬竝列' 관계

작품 속의 주요인물은 대부분 '대립對立'이나 '보완補完'의 관계를 형성하는 경우가 많다. 그 이유는 주요인물이 작품 속에서 중요한 사건을 일으키거나 줄거리를 이끌어 가고 있기 때문이다. 그러므로 줄거리 진행에 있어서 작가는 중요인물에게만 비교적 중대한 사건이나, 줄거리 전개의 책임을 부여하게 되는데, 이러한 의도는 주로 주요인물 간의 대립이나 보완의 관계에 초점을 맞추는 과정에서 구체화된다. 그래서 작품 속의 주요인물 사이에는 병렬 관계보다는 대립과 보완의 관계가 빈번하게 출현하게 되며, 또한 중요하게 작용한다. 비록 작품에서 주요인물 간에 대립하거나, 보완하는 관계가 자주 나타난다고 하더라도 작품의 도입부에서 종결부에 이르기까지 작품 전체에 일관적으로 이러한 상태를 유지하는 것은 아니다. 어떤 경우에는 '병렬竝列'→'보완補完'→'대립對立'의 과정을 순차적으로 보여주기도 하고, 또 어떤 경우에는 이러한 과정의 순서가 뒤바뀌기도 한다. 병렬 관계가 인물 관계에 있어서 어느 정도 영향을 미치거나 중점적으로 관여하는 작품의 경우에는 이러한 현상이 더욱 두드러진다.

사실 주요인물이 처음부터 끝까지 병렬의 관계를 지속하는 경우도 매우 드물다. 대부분 일부 단락, 혹은 어떤 상황에 한정되어 관계의 양상을 보여주고 있다. 비록 주요인물이 작품의 일부 단락에서만 병렬의 관계를 보여준다고 할지라도 이들의 관계가 각각 독립적인 관계를 가지는 것은 아니다. 인물 관계의 밀도와 농도에 있어서는 '대립對立'이나 '보완補完'의 관계보다 미약하고, 인물 간의 연계와 강도에 있어서 정도의 차이는 있

---

* 주요인물 사이의 병렬 관계: 주주主主인물의 병렬 관계
　주요인물과 보조인물 사이의 병렬 관계: 주종主從인물의 병렬 관계

을지언정 모두 어느 정도의 연관관계를 가지고 있다. 그러므로 이러한 병렬 관계는 단독적으로 존재하는 '독립獨立' 관계와는 다른 형태를 가진다. 하지만 인물 간의 병렬 관계와 독립 관계는 그 내포된 의미가 포괄적이고 유사한 것으로 인하여 그 차이를 구분하기가 쉽지 않다. 이 두 관계는 모두 존재적 가치를 긍정한다는 점에 있어서는 공통적인 특징을 가지고 있지만, 인물과 인물이 서로 상관하는 정도의 차이, 긴밀하게 연계하고 호응하는 지의 여부, 그리고 이러한 과정의 지속성 유무에 따라서 구별된다고 할 수 있다.

'병렬竝列' 관계와 '독립獨立' 관계는 일반적으로 작품 속의 인물 관계를 살펴보는 것으로부터 시작하는데, 인물 서로 간의 연관 관계가 병렬의 정도에 속하는가, 아니면 독립의 정도에 속하는가에 따라 결정된다. 그렇다면 '인물 관계가 어느 정도가 되어야 병렬의 관계를 가진다고 하고, 또는 독립의 관계를 가진다고 하는가?' '독립獨立' 관계는 인물 사이에 외부적으로 서로 접촉한 적이 없고, 어떤 이해적 관념과 인식의 차이로 인하여 직접적인 관련이 없는 경우를 말한다. 그래서 독립 관계는 작품에서 실제로 존재하다고 할지라도 서로 연결고리가 없거나, 있다고 하더라도 그 연관성이 상당히 미약하여 쉽게 인식하기 힘들다. 또한 작품 속에서 독립 관계를 형성하는 경우는 처음부터 끝까지 거의 변화가 없이 이러한 상태를 유지하는 경향을 보여주는데, 보통 두 가지 서술관점으로 서술을 진행하고 있거나, 각각 독립된 하나의 스토리를 형성하기도 한다. 독립 관계를 가지는 인물은 비록 한 작품 안에 존재하지만, 서로가 거의 관여하지 않으며, 마치 독립된 개별 이야기와 같은 특징을 가지고 있다. 이러한 관계는 송원화본소설宋元話本小說의 '입화入話'와 '정화正話'에 나타나는 주요인물을 통해서 더욱 구체적으로 확인할 수 있다.[5]

---

5) 입화入話와 정화正話의 형식은 화본소설話本小說의 주요한 특징 중의 하나로 한 작품

　'병렬竝列' 관계는 일시적이지만 서로 접촉한 적이 있고, 간접적으로 서로가 관계를 가지는 것을 말한다. 비록 서로가 긴밀하게 연결되어 있지는 않지만, 어느 정도의 관계는 가지고 있다. 하지만 전체적으로 줄거리를 전환하거나, 새로운 사건을 발생시키고 이끄는 정도에는 이르지 못한다. 병렬 관계는 독립 관계와는 다르게 처음부터 끝까지 이러한 관계를 유지하지는 않는다는 점이 특징인데, 인물이 서로 연계하는 과정에서 대립, 보완의 관계에 앞서 일어나거나, 혹은 그 이후에 일시적으로 나타나는 경우가 많다. 그러므로 병렬 관계가 어떤 단계, 혹은 어떤 상황에 있어서 주로 나타나지만, 양자의 관계는 대립이나 보완의 관계와는 다르게 밀접한 연관성을 가지지는 않는다. 인물 간의 관계에서는 약간의 '방관적' 시각을 가지고 있으며, 적극적으로 인간관계에 관여하지 않으며, 의도적으로 양자 간의 유기성과 긴밀성을 이끌어 내지는 않는다. 특히 주요인물 간의 병렬 관계는 스토리 전개상 주로 일시적인 나타나는 경우가 많으며, 이러한 과정 전후에는 대립이나 보완의 관계가 나타나곤 한다. 다시 말하면, 작품에서 조성된 인물 관계는 전체 작품의 구조에서 상당히 중요한 부분을 차지하고, 어떤 식으로든지 양자는 서로 연관관계를 유지하려고 한다. 이때 인물들 사이에는 대립이나, 보완의 관계를 유지하는 경향이 강한데, 병렬의 관계는 이러한 관계를 지속하거나 변화하기 위한 과도기나 시발점, 혹은 종착점이 되는 경우가 많다. 주요인물

안에서 앞뒤로 실려 있다. 입화入話는 당시의 설화인들의 현장에서 구술 경험과 독자(청자聽者)의 반응과정을 반영한 것으로 본 이야기인 정화正話와는 유사하거나 상반되거나 혹은 전혀 상관없는 내용을 담고 있다. 인물, 사건, 배경 등이 정화正話와는 전혀 다른데, 다만 주제나 스토리 구조에 있어서는 전혀 연관성이 없다고 할 수는 없다. 입화入話를 본 이야기의 연장선상으로 볼 수 있는가에 대해 문제는 아직도 학자들마다 의견이 달라서 추후 지속적인 논의가 필요하지만, 한 작품 안에 실려 있고, 주제나 사상적 내용이 유사하다는 점을 든다면 한 작품안의 존재하는 두 이야기로 봐도 무방하다.

간의 병렬 관계는 인물 간의 밀접한 관계 형성 과정에서 나타나는 일종의 '바라보기(상조相照)'의 상태라고도 할 수 있다.[6] 그러므로 병렬 관계를 단순히 독립적인 인물 관계로 인식하고 개별적으로 고찰할 것이 아니라, 전체적 인물 관계와 인물대우人物對偶 과정 속에서 어떻게 그 특징을 드러내고, 지속성과 연관성을 유지하고 있는지 살펴보아야 할 것이다.

송원화본소설宋元話本小說에서 주요인물 간의 병렬 관계가 구체적으로 나타난 작품은 〈오계선사사홍련기五戒禪師私紅蓮記〉(《청평산당화본淸平山堂話本》), 〈사홍조용호군신회史弘肇龍虎君臣會〉(《유세명언喩世明言》제15권第十五卷), 〈송사공대뇨금혼장宋四公大鬧禁魂張〉(《유세명언喩世明言》제36권第三十六卷) 등이다. 먼저 〈오계선사사홍련기五戒禪師私紅蓮記〉를 살펴보면, 작품의 내용은 크게 두 부분으로 나뉜다. 첫 번째 부분은 오계선사五戒禪師와 명오선사明悟禪師가 수도하고 있는 정자효광선사淨慈孝光禪寺을 중심으로 오계선사五戒禪師가 홍련紅蓮을 탐하면서 색계를 범하고 입적하게 되는데, 명오선사明悟禪師가 오계선사五戒禪師를 쫓아서 입적하는 이야기이다. 두 번째 부분은 오계선사五戒禪師와 명오선사明悟禪師가 '소식蘇軾'과 '불인佛印'으로 환생하고, '불인佛印'이 '소식蘇軾'을 불법에 귀의歸依하도록 하기위하여 노력한다는 이야기가 전개되고 있다. 두 번째 부분은 오계선사五戒禪師(소식蘇軾)와 명오선사明悟禪師(불인佛印)의 '대립對立'과 '보완補完'의 관계가 순차적으로 나타난다. 이와는 다르게 첫 번째 부분은 오계선사五戒禪師와 명오선사明悟禪師의 사이에 '병렬並列' 관계가 분명하게 나타나고 있다.

오계선사五戒禪師와 명오선사明悟禪師 사이의 관계와 특징을 자세히 살

---

6) '바라보기(상조相照)'의 상태는 서로 적극적으로 영향을 미치지 않고, 단지 바라보는 것에 머무르는 상태, 상호 관조적 시각을 유지하는 상태를 말하는데, 휴지休止, 멈춤의 상태라고도 할 수 있다.

펴보면, 이들은 정자효광선사淨慈孝光禪寺에서 두 선방禪房을 관장하는 책임을 맡고 있으며 그 선방禪房을 이끄는 영수이다. 이 둘은 서로 동일한 공간(정자효광선사淨慈孝光禪寺)에서 생활하고 있지만, 서로 다른 장소(두 선방禪房)에서 수도하고 있다. 수련의 과정에서 서로에게 영향을 주거나 일체의 간섭을 하지 않기 때문에 독립성을 유지하기도 하지만, 또한 동일한 공간에 거주하면서 수도를 하고 있으므로 서로가 어느 정도 일정한 관계를 가지고 있다고 할 수 있다. 하지만 작품에서는 단지 그들이 정자효광선사淨慈孝光禪寺라는 공간에서 머무른다고만 할 뿐, 구체적인 접촉이나 정기적인 교제는 드러내지 않고 있다. 서로가 각자의 참선과 수양 방식을 인정하고 그 의미를 존중해준다는 것을 알 수 있으며, 이들이 각자의 공간에 한정되어 머무르고 있으면서 외부와의 왕래나 관계가 거의 없음을 가늠할 수 있다. 이러한 점은 청일淸一에 의해서 길러진 홍련紅蓮이 16년 동안이나 정자효광선사淨慈孝光禪寺에 기거하면서도 오계선사五戒禪師와 명오선사明悟禪師가 몰랐다는 점에서 더욱 분명해지는데, 이것은 정자효광선사淨慈孝光禪寺의 규모나 크기를 간접적으로 알려주는 것에 앞서서 이들이 중생구제와 설법강론, 수도의 과정을 제외하고는 서로에 대해서 일체의 관심을 가지지 않았다는 태도를 보여주는 것이라고 할 수 있다. 이렇게 서로 간의 수련방식을 인정하고 직접적으로 관여하지 않는 관계는 오래전에 절 문 앞에 버려졌던 홍련紅蓮을 거두었던 것을 기억해 낸 오계선사五戒禪師가 그녀를 탐하면서 파란을 일으키게 된다. 오계선사五戒禪師는 홍련紅蓮을 자신의 방에 가두어 놓고 밖으로 나오지 못하게 하고 몰래 홍련紅蓮과 간음하였다. 이러한 소문이 은연중에 정자효광선사淨慈孝光禪寺 안에 퍼지게 되고, 명오선사明悟禪師가 이 사실을 알게 된다. 어느 날 '홍련紅蓮'을 빗대어 시를 지어 이 일을 질책하자, 오계선사五戒禪師는 사세송辭世頌을 짓고서 바로 입적한다. 명오선사明悟禪師는 오계선사五戒禪師를 위해서 자신도 바로 좌화坐化하여 입적하게 된다.

작품에서 오계선사五戒禪師와 명오선사明悟禪師의 구체적인 접촉은 명오선사明悟禪師가 오계선사五戒禪師가 이미 색계를 범한 것을 알고서 행자를 시켜서 그를 초청하면서 이루어진다. 그 전에 일어날 수도 있는 양자의 대면은 작품에서는 묘사되지 않았고, 서로 만나서 대화를 나누고 시를 짓는 장면은 이 부분이 처음이다. 작품의 첫 번째 부분에서는 이 장면을 제외하고 이 이전과 이후에는 어떠한 직접적인 접촉은 보이지 않는다. 이러한 접촉도 홍련紅蓮이 등장하였기 때문에 비로소 서로가 마주하게 되는 것인데, 이러한 현상은 이들의 관계가 상당히 병렬적인 구조를 가지고 있음을 간접적으로 증명하는 것이기도 하다.[7]

> 명오선사明悟禪師는 말하였다. "사형, 오늘 보니 연꽃이 성대하게 피었습니다. 이러한 아름다운 풍경을 대하니 마음이 동하여 한 송이를 꺾어다가 화병에 꽂아 두고서 특별히 사형을 청하여 시나 읊고 청담淸談이나 나눌까 합니다." 명오선사明悟禪師가 말하였다. "모두 사제의 애정 덕분입니다." 행자行者가 차를 받들어 가져왔다. 차를 놓자, 명오선사明悟禪師가 말하였다. "행자行者야, 가서 문방사우文房四友를 가지고 오너라." 행자行者는 그것을 가져와서 앞에 놓았다. 오계선사五戒禪師가 말하였다. "어떤 사물을 가지고 시제詩題를 정할 것인가?" 명오선사明悟禪師가 말하였다. "연화蓮花를 가지고 시제詩題로 삼으려고 합니다." 오계선사五戒禪師는 붓을 집어 바로 네 구의 시를 써내려 갔다. …… 명오선사明悟禪師가 말하였다. "사형께서 시를 지으셨으니, 소승이 어찌 가만히 있겠습니까?" 붓을 떨구어 네 구를 완성하였다. "봄이 와서 복사꽃과 살구나무, 버드나무가 활짝 피었고, 온갖 꽃들이 향기를 다투네. 여름날 마름과 연꽃을 감상하니 진정 어여쁘구나. 홍련紅蓮이 마치 백련白蓮과 향기를 다투는 듯하네." 명오선사明悟禪師는 운에 따라 시를 짓고

---

7) 첫 번째 부분에서 이들이 비록 서로가 병렬적인 구조를 가지고 있지만, 줄거리의 진행과 구성, 서사 내용과 구조에 있어서는 완전히 대등하거나 서로 비슷하지는 않는다. 첫 번째 부분에서는 대부분 오계선사五戒禪師가 서사 내용의 주체가 되고, 명오선사明悟禪師는 오계선사五戒禪師를 보조하는 구조로 되어 있다.

서 소리 내어 크게 웃었다. 오계선사五戒禪師는 이 말을 듣고, 마음속으로 일시에 깨달음이 있어서 얼굴이 한 차례 붉어지고 또한 푸르러지더니, 바로 몸을 돌려 인사를 하고 침실로 돌아갔다. 바로 행자行者에게 말하였다. "내가 목욕할 수 있도록 빨리 물을 데우어라!"[8]

이 부분은 오계선사五戒禪師와 명오선사明悟禪師가 종전까지의 병렬의 관계에서 벗어나, '연화蓮花'를 계기로 대면하면서 대화를 나누는 장면이다. 이 장면은 이전의 병렬 관계의 정점을 찍으면서 앞으로 새로운 관계를 예고하는 중요한 부분이기도 하다. 또한 이 이후부터 서로가 방관적 태도나 수련과정을 인정하기보다는 적극적으로 만남을 기도하고 그것에 대해서 거부와 수용의 과정을 거쳐서 나중에는 하나로 동화되는 관계로 발전하는 전환점이기도 하다. 이 순간은 이들이 직접 대면하고 있지만, 이들이 병렬 관계의 정도를 넘어서서 극명한 대립과 갈등을 보이거나 적극적 보완과 순종의 관계를 보여주고 있지는 않다. 그렇다고 하더라도 완전히 독립적이고 개별적인 특징을 가지는 것이 아니라, 어느 정도 협력의 관계를 비치고 있다. 특히 오계선사五戒禪師가 홍련紅蓮을 탐한 것을 명오선사明悟禪師가 알게 되어 돌연히 입적하게 되고, 명오선사明悟禪師가 오계선사五戒禪師를 따라서 갑자기 입적하게 과정을 '반상법反常法'으로 표현하고 있는데,[9] 이 과정에서 이들의 관계가 어느 정도 협조적인 관계

---

8) 明悟道: "師兄, 我今日見蓮花盛開, 對此美景, 折一朵在瓶中, 特請吾兄吟詩淸話。" 五戒道: "多蒙淸愛。" 行者捧茶至。茶罷, 明悟禪師道: "行者, 取文房四寶來。" 行者取至面前。五戒道: "將何物爲題?" 明悟道: "便將蓮花爲題。" 長老捻起筆來, 便寫四句詩道……明悟道: "師兄有詩, 小僧豈得無言語乎?" 落筆便寫四句。詩曰: 春來桃杏柳舒張, 千花萬蕊鬥芬芳。夏賞芰荷眞可愛, 紅蓮爭似白蓮香? 明悟長老依韻詩罷, 呵呵大笑。五戒聽了此言, 心中一時解悟, 面皮紅一回, 靑一回, 便轉身辭回臥房, 對行者道: "快與我燒桶湯來洗浴!"(≪淸平山堂話本≫〈五戒禪師私紅蓮記〉)
9) 오계선사五戒禪師와 명오선사明悟禪師의 입적은 중국 고전소설의 인물 형상을 창조 방식 중에서 사용되는 '반상법反常法'을 응용한 것이다. '반상법反常法'은 의도적으로 인

를 가지고 있음을 알 수 있다. 이것은 그 동안에 쌓은 우정과 연민에 의한 것으로 미루어 볼 수 있어서 둘의 관계가 완전히 무관하다고 말할 수는 없다. 하지만 '진실眞實에 대한 폭로'와 '죄과罪過에 대한 견책'이라는 측면에서 오계선사五戒禪師는 피고자의 역할을 맡고 있고, 명오선사明悟禪師는 폭로자의 역할을 하고 있어서 서로가 미미한 대립 관계도 보여주고 있다. 이처럼 이들은 서로가 어느 정도 관계를 맺고 있으면서 협조와 대립의 성격을 보이고 있지만, 대립과 보완의 관계처럼 직접적이면서도 밀접하게 연관관계를 가지는 것은 아니다. 이들은 나름대로 연관성은 가지고 있으나, 작품에서 밀접하게 연결되어 있지는 않으며, 전체적으로 병렬 관계의 특징을 보다 분명하게 보여주고 있다.

작품의 첫 번째 부분에서의 서술 시각은 오계선사五戒禪師가 색계를 범하는 것에 집중되어 있다. 그러므로 등장인물의 관계 또한 자연스럽게 오계선사五戒禪師와 홍련紅蓮에게 치중되어 있어서 명오선사明悟禪師에 대한 서술은 비교적 드물다. 비록 명오선사明悟禪師에 대한 서술은 상당히 미미할지라도 이들 사이의 관계가 전혀 없는 것은 아니며, 첫 번째 부분의 후반부에서 오계선사五戒禪師의 입적을 보고, 그를 따라가는 장면에서는 이미 내부적으로 밀접하게 연결되어 있음을 보여주고 있다. 그렇지만 표면적으로는 여전히 '병렬並列'과 '평행平行'의 관계를 유지하고 있는데, 간혹 서로 간의 약소한 접촉과 관계망을 형성한다고 할지라도 전체적으로는 여전히 소원한 상태를 드러내고 있다. 이들은 비록 관계가 내·외적으로 모두 긴밀하게 연결되어 있지 않지만, 서로 간의 병렬 관계를 통해서 확고한 가치관의 차이를 보여주고 있다. 또한 이러한 관계와 이

물이 어떤 특정한 상황에서 '이상異常'과 '비상非常'의 심리 상태와 행동을 보이는 것을 나타낸 것인데, 이것을 통해서 인물의 내적 세계를 깊이 살펴볼 수 있고, 인물의 성격을 구체적으로 드러낼 수 있다. 梅斌, 〈略論中國古典小說人物形象的塑造〉, 《學術交流》, 2001年 11月, 137-138쪽 참조.

념의 차이가 이후 이들이 환생한 후의 관계를 생성하고 지속하는데 일말의 단서를 제공하면서 줄거리 전개에 있어서 '전조前兆'의 역할을 하고 있다. 이들의 병렬 관계에서 양자가 서로 입장의 차이와 다른 견해를 엿볼 수 있는데, 이것은 직접 대화하고 대면하는 과정에서 나타나는 직접적인 관계에서는 드러나지 않는다. 실제로 명오선사明悟禪師는 '연화蓮花'를 소재로 오계선사五戒禪師의 욕정을 풍자한 것이 오히려 직접적으로 오계선사五戒禪師를 꾸짖는 것보다 더욱 더 강력한 파괴력을 발휘한다. 오계선사五戒禪師는 이러한 질책에 한편으로는 수치스럽고 한편으로는 자신의 행동에 죄책감이 들면서 깨달음을 얻게 된다. 이들은 겉으로 보기에는 아주 미미한 관계만 유지하는 것처럼 보이지만, 사실은 무관심과 방관적 관계에서 오히려 가장 진솔하고 정직한 면을 보여주고 있는 것이다. 명오선사明悟禪師는 오계선사五戒禪師를 강하게 꾸짖은 것도 아니고, 직접적으로 그 일을 성토한 것도 아님에도 불구하고 심각하게 영향을 주고 있고, 명오선사明悟禪師도 직접적으로 홍련紅蓮의 일을 이야기하지는 않았지만 오계선사五戒禪師를 위하는 마음이 동하여 바로 같이 입적하게 된다.

이들은 비록 병렬 관계를 지속하고 있지만, 이러한 관계는 오히려 적극적으로 대화하고 반응하는 관계보다도 더 강력하게 서로에게 영향을 미치고 있다. 그렇기 때문에 직접적인 대립이나 보완의 관계와는 다르게 '외표外表'와 '내면內面'이 서로 다른 방식으로 나타나는 현상을 볼 수 있다. '외표外表'와 '내면內面'이 다르게 나타나는 현상은 병렬 관계에서 살펴볼 수 있는 여러 특징 중의 하나이며, 평면적이면서도 이분화된 관계인 것 같지만, 사실 이들이 내부적으로는 어떤 사건을 계기로 구체적이고 확고하게 서로 반응하는 것을 보여주고 있다. 병렬 관계를 통해서 밖으로 드러나지 않는 미묘하고 소극적인 관계를 이해하는 것은 두 사람의 상호관계를 인식하고 그 성향을 고찰하는데 도움을 줄 수 있을 뿐만 아니라, 이후 줄거리 변화와 서술구조를 입체적으로 조망하면서, '소식蘇軾'과 '불인佛印'으로 환생한 양자의 관계를 다각적으로 살펴보는 데에 있어서도 중요한 역할을 한다.

〈오계선사사홍련기五戒禪師私紅蓮記〉(≪청평산당화본淸平山堂話本≫)에서 '오계선사五戒禪師'와 '명오선사明悟禪師'가 '외표外表'와 '내면內面'이 다른 병렬 관계를 가지고 있다면, 〈사홍조용호군신회史弘肇龍虎君臣會〉(≪유세명언喩世明言≫제15권第十五卷)에서 '사홍조史弘肇'와 '곽위郭威'는 '외표外表'와 '내면內面'이 동일한 병렬 관계를 가지고 있다. 만약 〈오계선사사홍련기五戒禪師私紅蓮記〉의 '오계선사五戒禪師'와 '명오선사明悟禪師'가 충돌적인 병렬 관계에서 보완적인 병렬 관계로 바뀌는 과정을 그려내고 있다면, 〈사홍조용호군신회史弘肇龍虎君臣會〉의 '사홍조史弘肇'와 '곽위郭威'는 보완적인 병렬 관계를 시종일관 유지하고 있다고 할 수 있다. 그러므로 이 작품에서는 어떠한 대립적 요소나 충돌적인 경향을 보이지 않고 대등과 평행의 관계를 지속적으로 지향하고 있다. 작품 내용을 살펴보면, 사홍조史弘肇와 곽위郭威는 쉽게 의기투합해서 같이 행동하는데, 이러한 행동의 기저에는 서로를 경쟁의 대상으로 여기고 견제하는 것이 아니라, 서로를 상생의 조력자로 여기고 협력하려는 상보의 관계가 형성되어 있다. 하지만 이러한 협력과 보완의 관계가 인물 간의 보완 관계처럼 직접적이거나 긴밀하지 않고, 미미한 정도에 그치고 있을 뿐이다. 작품의 내용에 있어서는 이러한 관념이 보완, 협력, 조화 등과 같이 구체적으로 상대방을 도와주는 형태로 나타나지 않고, 단지 상호 공존하는 형태를 통하여 드러나는 것에 그치고 있는데, 서술적 특징에 있어서는 이들이 서로 병렬 관계를 가지고 있음을 분명하게 알 수 있다.

이야기의 전체적인 구성에서 살펴보면, 첫 번째 부분은 염초량閻招亮이 꿈에서 동봉동대악東峰東岱嶽으로 끌려가서 사홍조史弘肇의 재판을 엿보다가 꿈에서 깨어나는 이야기이고, 두 번째 부분은 현실세계에서 염초량閻招亮이 사홍조史弘肇를 직접 만나게 되고 여동생을 그에게 시집보내면서 가족의 인연을 맺는 과정이며, 세 번째 부분은 곽위郭威가 등장하여 그에게 의탁하고 후에 같이 공을 세우는 과정을 그리고 있다. 이 중에서 첫 번째 부분인 염초량閻招亮의 몽유夢遊를 제외하고 두 번째와 세 번째 부분에서 주요인물은 사홍조史弘肇이다. 하지만 이야기의 후반부로 갈수록 사홍조史弘肇에 대한 묘사보다는 곽위郭威에 보다 집중되고 있으며, 이들의 협력 과정을 통해서 이들의 특징과 역할이 더욱 강조되고 있다. 이야기의 후반부에 와서는 곽위郭威가 작품의 중심인물로 강화되면서 사홍조史弘肇의 역할과 차이가 없을 정도로 주요인물로 자리매김한다. 작품의 구체적인 내용을 살펴보면 다음과 같다.

정주鄭州의 염초량閻招亮은 피리를 잘 만들었는데, 꿈속에서 강康・장이성張二聖에 의해서 동봉동대악東峰東岱嶽으로 끌려가 병령공炳靈公을 위하여 피리를 만든다. 이때 성제聖帝가 성지聖旨를 내려 한 사내를 사진령공四鎭令公으로 명하고 인간세상으로 돌려보내는 판결을 목격하게 된다. 귀리鬼吏에 의해서 속인俗人은 함부로 신전神殿을 엿볼 수 없다는 호통을 듣고 난 뒤 쫓겨난다. 병령공炳靈公은 그가 만든 피리를 좋아하고 장수長壽할 수 있도록 은혜를 내리려고 하는데, 그는 여동생인 염월영閻越英의 배필을 부탁한다. 이에 병령공炳靈公은 사진령공四鎭令公을 그녀의 남편으로 정해준다. 이후 강康・장이성張二聖에 의해 배웅을 받고서 꿈에서 깨어난다. 어느 날 큰 눈이 내렸는데, 염초량閻招亮은 길을 가는 사홍조史弘肇(사진령공四鎭令公)를 발견하고 그를 불러 대접한다. 염초량閻招亮은 염월영閻越英에게 사홍조史弘肇를 만났고 자신을 그에게 시집보낸다고 하였으나, 염월영閻越英는 황당한 말이라고 거절한다. 그러다가 어느 날 솥을 훔치다 들켜서 담장 안으로 넘어 들어 온 한 사내와 맞닥뜨리게 되는데, 그가 바로 사홍조史弘肇이다. 염월영閻越英을 그가 남다르다는 것을 알아보고 그를 곤경에서 구해주는 것은 물론 그와 결혼한다. 곽위郭威는 살인을 저질러 도망 다니던 중 몰래 사홍조史弘肇에게 기탁한다. 이들은 날마다 도박과 투전을 일삼으며 허송세월을 보낸다. 곽위郭威는 귀한 인상을 가지고 있어 후에 궁인宮人이었던 시부인柴夫人과 결혼한다. 시부인柴夫人은 남편인 곽위郭威를 외숙인 서경하남부西京河南府의 부령공符令公에게 의탁하게 한다. 곽위郭威는 부령공符令公의 무관武官인 이패우李霸遇의 저지를 당하고, 후에 물고기를 잡는 일에 대해서 서로 언쟁이 붙어서 이패우李霸遇와 겨루어 그를 이긴다. 부령공符令公은 그를 대부서大部署으로 임명한다. 상아내尙衙內는 강제로 민간의 부녀자를 팔아넘겼는데, 곽위郭威는 불의에 참지 못하고 상아내尙衙內를 죽이고 관가에 자수한다. 사리원司理院의 왕수王琇는 그를 석방해서 개봉부開封府의 유태위劉太尉에게 의탁하게 한다. 유태위劉太尉는 승상 상유한桑維翰과 사이가 매우 좋지 않아, 태원부太原府로 방출 당하였는데, 이때 곽위郭威와 사홍조史弘肇는 그를 쫓아가서 보필한다. 후에 유태위劉太尉(유지원劉知遠)가 군대를 일으켜 계단契丹을 격퇴하고 진晉을 대신하여 황제가 되어 국호를 후한後漢으로 바꾼다. 사홍조史弘肇와 곽위郭威는 모두 높은 관직에 올라 부귀영화를 누린다.

이 작품에서 등장하는 '사홍조史弘肇'와 '곽위郭威'는 모두 중요한 역할을 담당하는 인물이며, 서로가 어느 정도 '협조'의 관계를 가지고 있다. 하지만 서로를 적극적으로 '보완補完'하는 정도에 이르지는 않는다. 작품의 서술 시각은 전·중반부에는 사홍조史弘肇에게 집중되었다가, 후반부에는 곽위郭威에게 옮겨가는데, 곽위郭威에 집중하여 서술하는 부분이 사홍조史弘肇보다 훨씬 많으며, 편폭에 있어서도 더 길다. 작품에서 이들의 역할을 살펴보면, 서로가 상당히 보완하는 관계인 것처럼 보인다. 그러나 이들이 실질적으로 같이 활동한 상황을 언급하고 그러한 경향이 작품에 반영된 것은 일부분에 불과하다. 즉 실제로 이들이 서술자에 의해서 동시에 강조되거나 상호 보완하는 관계에 대한 집중적인 서술은 그다지 두드러지지 않다는 것이다. 단지 이들이 함께 행동하고 서로 의리를 지키며 협동하는 것은 서술의 전개 과정에서만 드러날 뿐, 이들이 어떠한 직접적이고 적극적인 관계를 가지고 있음을 구체적으로 드러내고 있는 것은 아니다. 이야기의 전개상 이들은 상당히 밀접하게 연관되어 있고 언제나 함께 행동하는 것처럼 보이지만, 실제 작품의 서술과 묘사 과정에서는 분명하게 나타나지는 않는다. 비록 이들이 뜻을 같이한 친우親友의 막역한 관계를 가지고 있다고 하지만, 작품의 서술 과정에서는 독립적이고 개별적으로 이야기가 진행되고 있다.

> 이 사내의 성은 사史씨 이고 이름이 홍조弘肇이다. 자는 화원化元이고 어릴 때의 이름은 감아憨兒이다. 선발대의 전령군인이다. ≪오대사五代史≫ 본전本傳에 따르면 "그는 정주鄭州 영택인榮澤人이고, 용감하고 힘이 세며 달리는 것이 빠른 말과 같다."고 하였다.10)

> 약 두 달이 지나서, 갑자기 상사 지휘관이 그를 효의점孝義店으로 보내어 군사서류를 전달하게 했다. 사홍조史弘肇는 그 효의점孝義店에 도달하여 한 달이 채 되기 전에 스스로 순찰반 숙소(순포巡舖)의 우두머리를 아래에 두었고, 그의 무례함을 겪어보지 않은 이가 없었다(모두 그에게 험한 꼴을 당하였다). 단지 그에게는 약간의 돈이 있어 기꺼이 쓰면서 돈을 아끼지 않고 사람들에게 술을 대접하므로 사람들은 모두 그냥 넘어가면서 내버려 두었다.11)

> 어느 날 사홍조史弘肇는 순찰반 숙소에서 자고 있었다. 순찰반 우두머리가 말하였다. "재수 없게도 이놈이 굴러 들어와서는 나를 더욱 골치 아프게

---

10) 這個大漢, 姓史雙名弘肇, 表字化元, 小字憨兒。開道營長行軍兵。按≪五代史≫本傳上載道: "鄭州榮澤人也。爲人蹻勇, 走及奔馬。"(≪喻世明言≫第十五卷〈史弘肇龍虎君臣會〉)

11) 約過了兩個月, 忽上司指揮差往孝義店, 轉遞軍期文字。史弘肇到那孝義店, 過未得一個月, 自押鋪已下, 皆被他無禮過。只是他身邊有這錢肯使, 捨得買酒請人, 因此人都讓他。(≪喻世明言≫第十五卷〈史弘肇龍虎君臣會〉)

하는 구나."마침 원망하고 있을 때 한 사람이 동쪽을 바라보고 서쪽을 등에
지고 와서는 우두머리 앞으로 다가와서 인사를 하며 물었다. "사홍조史弘肇
가 여기에 있습니까?"우두머리는 손가락으로 가리키며 말했다. "저쪽에서
자고 있는 것이 보일게요." 이 사람이 그를 찾아온 것으로 인해, 후에 사홍
조史弘肇가 크게 성공하게 된다. 도대체 이 사람의 성과 이름은 무엇인가?
'두 다리로 온 세상에 의지할 바가 없다 할지라도, 옛 친구는 어디에 있더라
도 만나지 못하겠는가?'라는 말이 있다. 사홍조史弘肇를 찾으러 온 이는 성이
곽郭이고 이름은 위威이며, 자는 중문仲文이고 형주邢州의 요산현堯山縣 사람
이다. 항렬이 첫째이므로 곽대랑郭大郎이라고 불린다.[12]

　　위의 세 인용문은 사홍조史弘肇의 출신과 행태, 사홍조史弘肇와 곽위郭
威의 만남을 묘사하고 있다. 자세히 살펴보면 사홍조史弘肇가 먼저 등장
하고 후에 곽위郭威가 나타나면서 이들이 이후에 지속적으로 같이 행동
하는 것 같지만, 실제로 이러한 부분은 아주 일부에 불과하다. 위의 인용
문을 중심으로 이후에 전개되는 이야기의 대부분은 사홍조史弘肇와 곽위
郭威 두 인물을 중심으로 각각의 단락으로 구분되어 묘사되고 있다. 전체
적으로 작품의 전개는 '사홍조史弘肇'에 관한 사건으로 시작하지만, 이야
기를 이끌어 가고 결말을 짓는 것은 '곽위郭威'라고 할 수 있다. 이들이
이야기의 전개 과정에서 친한 우정을 과시하고 있기 때문에 서로가 친한
사이임을 어렵지 않게 추측할 수 있을지라도, 작품에서 구체적으로 묘사
되어 있는 내용과 구조는 각각 독립적이다. 이들이 교제하는 내용은 작
품의 전반부에서 중반부로 넘어가는 과정에서 구체적으로 언급되고 있

---

12) 忽一日, 史弘肇去鋪屋裡睡。押鋪道: "我沒興添這厮來蒿惱人。"正埋冤哩, 只見一
　　個人面東背西而來, 向前與押鋪唱個喏, 問道: "有個史弘肇可在這裡?"押鋪指著
　　道: "見在那裡睡。"只因這個人來尋他, 有分教: 史弘肇發跡變泰。這來底人姓甚名
　　誰?正是: 兩腳無憑實海內, 故人何處不相逢。這個來尋史弘肇的人, 姓郭名威, 表
　　字仲文, 邢州堯山縣人。排行第一, 喚做郭大郎。(≪喻世明言≫第十五卷〈史弘肇龍
　　虎君臣會〉)

고, 후반부에 이르러서는 이들에 대한 성공과 발전에 대한 총괄적 평가를 담고 있다. 특히 후반부는 이들의 성공담에 대한 평가와 인식을 개별적으로 언급한 것이기 때문에 이들의 친밀성과 밀접성의 여부를 구체적으로 설명하기에는 상당히 부족하다. 비록 중반부와 후반부에서 서술자는 비록 이들을 같이 언급하며 기술하고 있지만, 여전히 독립적인 서술 특징을 강하게 내포하고 있다. 작품의 중반부에서 일부 서로 관계하고 있는 것을 묘사하고는 있지만, 다른 작품에서 흔히 보이는 '대립對立'이나 '보완補完' 관계와 같이 양자가 상당히 긴밀하게 연계하고 있음을 드러내지는 못한다. 비록 중반부에 이들이 동시에 등장하고 일부 관계를 맺고 있지만, 이들은 단지 형식적으로 만나는 것뿐이며 관계의 강도는 여전히 미약하다.

전체적인 서술에 있어서 양자는 서로 병렬의 관계를 이루면서 상대방의 성격을 특징 있게 부각시키고 있다. 예를 들어, 사홍조史弘肇의 방탕하고 유유자적한 성격은 단독적인 행동보다는 곽위郭威의 행동을 통해서 더욱 강조되고 있다. 사홍조史弘肇의 행동을 직접적으로 그려내는 것보다 그와 비슷한 성격의 소유자(곽위郭威)와 같이 묘사하는 것을 통해서 그들의 성격과 역할이 더욱 분명해지고 구체화된다. 하지만 서로 간의 직접적이고 밀접한 관계를 구체적으로 서술하면서 이러한 특징을 비교하고 부각시키는 것이 아니라, 단지 양자가 병렬적 성격을 가지고 있음을 그려내고 있는 데에 보다 치중하고 있다. 이들은 같이 공존하면서 서로 관계를 맺고 있지만, 서로의 역할에 밀접하게 영향을 미치고 직접 관여하는 것이 아니라, 일종의 동질의 행동과 유사한 성격을 통해서 이들이 이미 관계를 맺고 있음을 간접적으로 강조하고 있는 것이다. 그러므로 단순히 이들이 행동을 같이하고 생각이 비슷한 점을 들어서 서로가 상당히 밀접한 관계를 가지고 있다고 단정하기에는 무리이며, 실제로 작품에서 이것과 관련된 부분은 극히 간략하게 언급되어 있어서 관계의 긴밀성을 구체적으로 밝혀내기가 상당히 어렵다. 이들은 각각 비슷한 개성과 관계망을 가지고 있으며, 서로가 미묘하게 연관을 맺고 있지만, 이러한 관계가 서로 교차하면서 긴밀하게 맺어져 있는 것이 아니라, 독립적이고 평행한 관계를 가지고 있다는 것이다. 이들의 '접촉' 혹은 '관계 맺기'는 서술 구조 속에서 각각의 독립적인 구조가 접촉하게 되는 일종의 접점을 보여주는 것이지, 이들이 처음부터 매우 밀접한 관련을 맺고 있고, 서로가 긴밀하게 반응하면서 자신들의 스토리 구조를 이끌어 가는 것은 아니다. 이들이 의기투합하는 장면도 상당히 형식적으로 그려내고 있기 때문에, 단순히 개별적이고 병렬적 구조를 더욱 강조시키고 부각시키는 장치라고 할 수 있다. 작품의 후반부에 가서 모두 성공했다는 언급과 서술은 역시 느슨하고 개별적인 병렬적 구조를 다시 한 번 긴밀하게 이어보고자 하는 수사기교로 보이지만, 이들의 관계가 상당히 긴밀하고 지속적으로 조화를 이루고 있음을 보여주는 것은 아니다. 비록 이들이 작품의 중·후반부에서 서로 접촉을 가지지만, 이미 각각의 독립적인 스토리 구조가 확고하게 형성되어 있으므로 이들의 만남과 연계는 두 가지의 독립적 구조를 병렬적으로 연결하는 접속 상태를 보여주는 것에 불과하다. 이들이 일정부분 직접 접촉하고 연계하여 스토리를 이끌어 가더라도 이들은 이미 존재하고 있으며, 존재하는 것 자체로 인해 서로를 투영하면서 상대방과의 관계를 부각시킨다. 그러므로 비록 이들이 실제로 직접적인 관계를 가지고 있는 것은 아니지만, 서로의 존재를 통해서 상대를 인식하고 있고, 독립적인 스토리 라인을 구성하고 있으며, 각각의 존재와 가치를 이해하고 있다.

〈사홍조용호군신회史弘肇龍虎君臣會〉(≪유세명언喩世明言≫제15권第十五卷)에서의 '사홍조史弘肇'와 '곽위郭威'가 비교적 직접적인 연관관계를 가지지 않고 독립적인 병렬 관계를 유지하고 있다면, 〈송사공대뇨금혼장宋四公大鬧禁魂張〉(≪유세명언喩世明言≫제36권第三十六卷)에서 '송사공宋四公'

과 '조정趙正'은 이와는 다르게 지속적인 병렬 관계를 유지하고 있다. 하지만 이러한 관계가 직접적으로 서로의 행동에 중요하게 작용하는 것은 아니며, 비록 약간의 반응은 보일지라도 적극적으로 상대방의 행동을 조절하지는 않는다. 이 작품은 송사공宋四公과 조정趙正이라는 두 주요인물을 중심으로 이야기가 진행되고 있는데, 이들은 서로 미묘한 경쟁관계를 가지고 있다. 상대방의 행동과 생각이 자신에게 어느 정도 영향을 미치고 있지만, 이러한 영향 관계는 서로에게 있어서 결코 우호적이지 않다. 스승으로부터 인정을 받으려고 하는 조정趙正과 제자의 능력을 인정하지 않으려고 하는 송사공宋四公 사이에서 벌어지는 무모한 경쟁과 시기는 서로 대응하는 관계를 더욱 부각시키고 있다. 이러한 경쟁적 관계는 심지어 생명을 위협하는 지경에까지 이른다. 이들은 서로 어느 정도 지속적인 관계를 유지하고 있지만, 남의 재물을 훔치는 일에 있어서는 '누가 더 우세한가?', '누가 더 능력을 잘 발휘하는가?'에 관심을 가지고 있다. 이들이 비록 지속적인 대면을 하고 있지만, 이러한 접촉이 진정한 소통과 이해를 드러내는 것이 아니라, 단지 서술의 전개 과정상에서 벌어지는 다양한 활동을 보여주기 위함이며, 관계를 유지한다고 하더라도 서로의 연관성을 부각시키는 것이 아니라, 단지 서술의 진행 과정에서 사건의 전개와 줄거리 진행의 일부 요소로써 형식적 관계를 유지하고 있는 것이다. 줄거리 전개에 있어서도 서로의 관계에 기초하여 중요하게 작용하지 않고, 거의 독립적으로 구성되어 있으며, 송사공宋四公과 조정趙正으로 분화된 서술 체계를 가지고 있다.

　작품의 내용은 전·중·후반부로 나뉘어져 있는데, 전반부는 송사공宋四公이 벌인 사건을 중심으로 전개되고 있고, 중반부는 송사공宋四公과 조정趙正의 갈등과 경쟁을 나타내고 있으며, 후반부는 송사공宋四公과 조정趙正 그리고 다른 이들과의 개별적인 협력 과정을 그려내고 있다. 각 부분에서의 서술적 시각도 다르게 작용하고 있는데, 전반부에서는 송사공宋四公에 집중되어 있고, 중반부는 조정趙正, 후반부는 여러 인물로 분산되어 있다. 작품의 내용을 자세히 살펴보면, 동경東京 개봉부開封府의 부자인 장부張富는 돈을 쓰는 것에 대해서 특별히 인색하였다. 어느 날 장원외張員外 가게에서 일하던 두 주관主管이 거지가 동냥하러 온 것을 보고, 마침 장원외張員外가 자리에 없자 양문兩文을 거지의 조리笊籬에 던져 주었다. 장원외張員外는 이것을 보고 준 돈을 빼앗은 것은 물론이고 집문 앞에서 사람을 시켜 거지를 심하게 때렸는데, 아무도 말리는 사람이 없었다. 마침 지나가던 한량인 송사공宋四公이 보고서 의협심을 발휘하여 이 거지를 도와주었다. 송사공宋四公은 밤에 몰래 장원외張員外의 창고로 들어가 5만관貫의 재물을 훔치고 벽에다가 시를 적어 두었다. 그리고는 고향인 정주鄭州로 돌아갔다. 한편 장원외張員外는 바로 다음날 돈이 사라진 것을 관가에 알리고, 개봉부開封府는 벽에 쓰인 시를 보고 이 일이 송사공宋四公의 소행임을 알게 되었다. 즉시 범인을 잡는 포교인 주선周宣을 정주鄭州로 파견하여 잡아들이도록 하였다. 그러나 송사공宋四公은 계략을 써서 교묘하게 도망쳤다. 송사공宋四公은 모현謨縣에 있는 제자인 조정趙正에게 의탁하기로 하였는데, 가는 길에 주점에서 조정趙正을 만났다. 조정趙正은 마침 동경東京으로 가서 견문이나 넓혀보고자 하는 생각을 가지고 있었다. 송사공宋四公과 조정趙正은 서로 내기를 걸어 조정趙正이 송사공宋四公이 장원외張員外에게서 가져온 보물을 훔칠 수만 있다면, 동경東京에 가도 된다고 하였다. 조정趙正은 계책計策을 써서 두 차례나 송사공宋四公의 재물을 훔쳤다. 송사공宋四公은 내기에 졌음을 승복하고 조정趙正에게 동경東京으로 가서 다른 제자인 후흥侯興에게 의탁하게 하였다. 조정趙正은 도중에 송사공宋四公이 후흥侯興에게 전해주라고 한 서신을 몰래 뜯어보고서 송사공宋四公이 후흥侯興을 통해 자신을 없애려고 하는 것을 알게 되었다. 후에 그는 후흥侯興이 연 가게에 도착하였고, 후흥侯興은 조정趙正을 해치려하였으나, 오히려 조정趙正에게 골

탕을 먹는다. 후흥侯興은 재빨리 조정趙正을 쫓아가다가 마침 송사공宋四
公과 만나게 되면서 서로 화해하게 된다. 조정趙正은 송사공宋四公의 또
다른 제자인 왕수王秀를 농락하고, 자신의 기예를 드러내었다. 그 후에
조정趙正은 전대왕부錢大王府에서 3만관貫의 돈을 훔쳤고, 범인을 잡으려
고 온 포교인 마한馬翰과 개봉부開封府의 등대윤滕大尹을 농락하였으므로,
개봉부開封府는 현상금을 걸고 그를 잡아들이도록 하였다. 조정趙正 등은
다시 계책計策을 내어 전대왕부錢大王府에서 훔친 물건들을 장원외張員外
에게 옮겨 재물을 훔친 죄를 뒤집어씌우고, 또한 장원외부張員外府에서
훔친 물건을 마한馬翰, 왕준王遵의 거처에 옮겨 누명을 씌웠다. 장원외張
員外는 집안의 재산을 팔아 속죄하였고, 화가 나고 분통이 터져 결국 목
을 매어 자살하였다. 마한馬翰과 왕준王遵도 모두 감옥에서 죽었다.

　이 작품에서 중요한 인물은 '송사공宋四公'과 그의 제자인 '조정趙正'이
다. 송사공宋四公과 조정趙正은 때로는 의협심을 발휘하여 약자를 도와주
기는 하지만, 대부분 남의 재물을 훔치고 자신의 이익을 위해서는 살인
도 쉽게 저지르는 부류이다. 작품에서는 이 둘의 경쟁競爭과 인정認定,
내기와 시기, 그리고 협력과 누명 등 서로가 일정 정도 관계를 지속하면
서 스토리 라인을 구성하고 있다. 송사공宋四公은 그의 제자인 조정趙正
의 재능과 기예를 인정하려 하지 않고, 동경東京으로 가고 싶어 하는 그
에게 여러 가지 이유로 불가하다고 한다.[13] 그가 제기한 이유는 조정趙
正을 떠나지 못하도록 잡아두고자 하는 이유에 불과하다. 사실 조정趙正
의 능력 정도이면 그냥 동경東京으로 가서 활동해도 괜찮을 터인데, 조정

---

13) 宋四公道: "二哥, 你去不得。"趙正道: "我如何上東京不得?"宋四公道: "有三件事,
　　你去不得. 第一, 你是浙右人, 不知東京事, 行院少有認得你的, 你去投奔阿誰?第
　　二, 東京百八十里羅城, 喚做'臥牛城'.我們只是草寇, 常言: '草入牛口, 其命不久.'
　　第三, 是東京有五千個眼明手快做公的人, 有三都捉事使臣。"(≪喻世明言≫第三
　　十六卷〈宋四公大鬧禁魂張〉)

趙正은 스승인 송사공宋四公의 인정을 받고서 동경東京으로 가고자 한다. 조정趙正에게 동경東京은 낯선 곳이고 자신이 활동하던 곳과는 판이하게 다른 '타향他鄕'이다. 더군다나 남의 재물을 훔치며 삶을 영위하는 이들에게는 자신의 터전을 옮긴다는 것은 상당한 신중과 검토가 필요하다. 그래서 그는 동경東京에서 활동하고 있는 스승인 송사공宋四公의 '허가'와 더불어 그의 도움을 얻고자 한 것이다. 한편 송사공宋四公은 동경東京을 주 무대로 생활하고 있지만, 자신의 영역을 조정趙正과 나누고 싶어 하지 않을뿐더러, 자칫하면 자신도 위험에 처할 수도 있다고 생각했다. 그래서 조정趙正에게 내기를 걸고, 그 내기에 이긴다면 그를 동경東京으로 가서 다른 제자에게 의탁하도록 해준다고 조건을 제안한다. 그에게 있어서 조정趙正은 자신이 지금까지 닦아온 터전을 순식간에 허물 수도 있는 존재이다. 왜냐하면 이러한 일(도둑질)은 여러 조직(행원行院)과 연계되어 있고, 항상 관부官府의 추적과 주시를 받고 있어서 만약 한 쪽에서 일을 그르치면, 다른 한쪽도 위험해질 뿐만 아니라, 모든 터전을 잃을 수 있기 때문이다. 이들은 서로의 영역과 능력, 기술을 인정하면서도 견제하고, 자신의 영역으로 끌어들이지는 않는다. 송사공宋四公의 예상과는 다르게 조정趙正은 그를 속이고 재물을 훔쳐오면서 그가 낸 내기에서 이긴다. 비록 송사공宋四公은 내기에 져서 그의 능력을 인정하지만, 그의 속마음은 여전히 조정趙正을 인정하지 않을뿐더러 심지어 그를 없애고자 하였다. 그 이유는 일단 자신도 감탄할 만한 능력을 가진 그가 두려워서이고, 또 다른 하나는 자신을 보기 좋게 농락한 그에 대한 불편한 심정을 표출한 것이다. 그리하여 그는 겉으로는 편지(추천서)를 써주지만, 그 편지의 내용은 그를 부탁한다는 내용이 아니라 오히려 그를 없애달라고 하는 것이었다. 하지만 조정趙正은 송사공宋四公의 이러한 심리를 진즉 꿰뚫고 있었다. 이런 일에 잔뼈가 굵은 조정趙正이 송사공宋四公이 순순히 자신을 위해 편지를 써주지 않을 것이라는 것을 너무나 잘 알고 있다. 이런 일에 있어서는 서로 간의 배신과 절교는 비일비재한 것이고, 자신의 생존을 위해서는 남을 해치는 정도는 아무렇지도 않게 여기는 것은 당연한 것이었다. 조정趙正은 동경으로 가는 길에 송사공宋四公의 서신을 살펴보고서 자신을 없애달라고 내용임을 알고 당황해하지 않는다. 그는 그길로 도망을 치거나, 아니면 송사공宋四公의 추천과는 별개로 자신의 힘으로 동경東京을 활보하지 않고 바로 송사공宋四公이 추천해준 후흥侯興에게 간다. 그곳으로 가서 오히려 후흥侯興을 농락한다. 그는 자신의 능력에 대한 어느 정도 확신과 믿음이 있었기에 설령 후흥侯興이 자신을 해치려 한다고 해도 두렵지 않았다. 그러다가 송사공宋四公의 중재로 모두 화해하게 되고, 이들은 동경東京을 떠들썩하게 만들며, 무고한 사람에게 누명을 씌워 죽게 만든다.

작품의 전・중・후반부를 막론하고 줄거리의 전개과정에서 중요한 전환점을 맞이하는 것이 송사공宋四公과 조정趙正의 첫 대면이다. 송사공宋四公이 모현謨縣으로 가서 조정趙正과 처음 맞닥뜨리게 되는데, 이러한 우연한 만남 이후에 송사공宋四公과 조정趙正은 작품의 후반부에 이르기까지 지속적인 관계를 가지게 된다. 하지만 이들이 서로 협력하거나 보완하는 관계가 아니라, 조정趙正의 능력을 송사공宋四公의 일방적인 실패를 통해서 강조하고 있는 정도일 뿐이다. 이후 후반부로 가면서 이들의 관계가 보다 협조적으로 바뀌기도 하지만, 그렇다고 이들이 서로 긴밀하게 반응하는 것은 아니다. 전반부의 서술 시각은 송사공宋四公의 활약상에 있고, 중반부에는 조정趙正의 능력을 부각시키는 것에 집중되어 있다. 중반부에 이르러서는 이들이 동시에 등장하지만, 이것은 조정趙正의 능력을 드러내고 그것으로 인해 조정趙正의 존재성을 각인시키는 역할을 할 뿐이다. 작품의 전・중반부에서 이들이 연계함에 있어서 비록 강약의 차이를 보이고 있지만, 일관적으로 병렬적 관계를 유지하고 있다.

　　주점 심부름꾼이 술을 내어 왔다. 송사공宋四公은 두 세잔을 마시고 나니, 잘 차려입고 외모가 훤칠한 청년이 주점 안으로 들어오는 것이 보였다. 이 사람을 살펴보면, 어떻게 치장하였는가? …… 소리치며 말하였다. "어르신께 인사드리옵니다." 송사공宋四公이 고개를 들어 쳐다보니, 다른 사람이 아니라 바로 그의 제자인 조정趙正이었다. 송사공宋四公 면전에서 감히 스승과 제자로 서로 부를 수 없기에, 단지 "관인官人, 잠시 앉으시오."라고 말하였다. 조정趙正은 송사공宋四公에게 안부를 묻고 바로 앉았다. 심부름꾼에게 술잔을 더 가져오게 하여 술을 따랐다. 한 잔을 마시고 나서 조정趙正은 갑자기 낮은 소리로 물었다. "사부님, 그동안 소식이 뜸했습니다." 송사공宋四公은 말하였다. "자네, 언제 그 짓(도적질)을 하고, 안 하였는가?" 조정趙正이 대답하였다. "그 짓거리는 했었지요. 그 짓으로 얻은 것은 모두 주색에 빠져 방탕하게 놀고먹는데 다 써버렸지요. 들리는 소문에 의하면 사부님께서 동경東京으로 들어가서 한탕 크게 하셨다고 하더군요." 송사공宋四公은 "아무것도 아닐세, 단지 4, 5만전錢 정도 손에 쥐었을 뿐일세." 동시에 조정趙正에게 물었다. "자네는 지금 어디에 가려는가?" 조정趙正이 대답하였다. "사부님, 저는 동경東京에 한번 가서 구경해보려고 합니다. 한 차례 즐기고 난 뒤에 평강부平江府로 돌아와서 하던 일을 하려고 합니다."[14]

　　이 장면에서 처음으로 동시에 등장하고 있는 조정趙正은 송사공宋四公을 경쟁 상대와 마딱하지 않은 대상으로만 보고 있다. 조정趙正은 비록 송사공宋四公이 스승이기는 하지만, 그에 대해서 존경과 감사보다는 또 한 명의 경쟁자로 생각하고 있는 것이다. 이들의 관계는 이들의 성격과 반응이 일반적으로 사제지간에 나타날 수 있는 관계와 사뭇 다르다는

---

14) 酒保安排將酒來, 宋四公喫了三兩杯酒. 只見一個精精緻緻的後生, 走入酒店來. 看那人時, 卻是如何打扮? ……叫道: "公公拜揖." 宋四公擡頭看時, 不是別人, 便是他師弟趙正. 宋四公人面前, 不敢師父師弟廝叫, 只道: "官人少坐." 趙正和宋四公敘了間闊就坐, 教酒保添隻盞來篩酒, 喫了一杯. 趙正卻低低地問道: "師父一向疏闊." 宋四公道: "二哥, 幾時有道路也沒?" 趙正道: "是道路卻也自有, 都只把來風花雪月使了. 聞知師父入東京去, 得拳道路." 宋四公道: "也沒甚麼, 只有得個四五萬錢." 又問趙正道: "二哥, 你如今那裏去?" 趙正道: "師父, 我要上東京閑走一遭, 一道賞翫則個, 歸平江府去做話說." (≪喻世明言≫第三十六卷〈宋四公大鬧禁魂張〉)

것을 보여준다. 이들은 서로의 능력을 비하하며 인정하려 들지 않고, 자신의 능력을 앞세우고 상대에 대해서 폄하와 비난의 시각을 가지고 있다. 그러므로 자연히 이들이 원만하게 서로의 단점을 보완하거나 서로 협조의 역할을 수행하는 것은 불가하고, 형식적인 협력관계를 구축할 뿐, 서로가 견제하는 경쟁과 대치의 특징이 강하게 나타난다.

비록 송사공宋四公은 일에 대한 노련하지만, 다른 이의 재능에 대해서는 질투심이 심하고, 조정趙正은 자신의 능력을 앞세우고, 교활하며 의리가 없다. 송사공宋四公이 본래 장원외張員外의 보물을 훔친 동기는 불평등한 사람을 도와주기위해서이며, 자신의 능력으로 부자를 골탕 먹이고자 하였다. 비록 행동의 처음은 '의義'로 시작했지만, 이것은 올바른 가치관과 이념에 의한 것이 아니라 즉흥적이고 순간적인 기분으로 행동했기 때문에, 그에게 다른 영웅적 인물에서 흔히 보이는 공명정대함과 의로움은 나타나지 않는다. 조정趙正 역시 이러한 의로움과는 거리가 멀고, 동경東京으로 가서 자신의 능력을 발휘하고, 많은 재물을 훔쳐서 부富를 누리고자하는 자만과 치기를 가지고 있다. 양자는 자신의 일에 대한 재능은 모두 갖추고 있지만, 이러한 재능을 운용하는 노련함과 치기어린 행동에서 묘한 대조를 이루고 있다. 다만 이들의 심리 상태나 성격에 기본적으로 자리 잡고 있는 행동 양식은 동일하다. 그러므로 이들이 서로가 긴밀하게 보완적 관계를 유지할 수 있음에도 불구하고 병렬의 관계를 가지는 것은 이들이 자기중심주의적이고, 타인을 인정하지 않는 가치관에서 비롯되었다고 할 수 있다. 작품의 후반부에 이르러서는 이들의 병렬 관계가 약간의 협조와 인정을 보이고 있지만, 전적으로 보완의 관계를 드러내는 것은 아니며, 그렇다고 서로가 상당히 적극적으로 대립하는 경향을 보이는 것도 아니다.

비록 이들은 약간의 연결 관계를 맺고 있지만, 그 강도가 강하지 못하다. 송사공宋四公은 조정趙正과의 내기에서 지고, 조정趙正은 송사공宋四公

에게 자신의 능력을 인정받고자 하는 갈등을 겪으면서 나중에는 협력의 가능성을 보이지만, 작품의 전·중반부에서는 이들은 철저하게 병렬의 관계를 가진다. 병렬 관계는 두 인물이 소설속의 공간에서 각자의 '서클circle'을 가지며, 그 경계 안에서의 각자의 능력과 가치관을 가지고 활동하는 것을 주요 특징으로 한다. 송사공宋四公은 조정趙正과 별개로 자신의 공간에서 자신의 능력을 중심으로 사건을 이끌어 가고, 조정趙正도 비록 송사공宋四公과의 접촉과 대면의 장면은 있지만, 여전히 그와는 별도로 자신만의 방식으로 자신의 스토리 구조와 틀을 구성하고 있다. 이들은 비록 서로가 미약하게 연결되어 있는 것 같지만, 전체적으로 각자 독립적으로 움직인다. 거사(도둑질)에 대한 모의에 대해서는 약간의 협력 관계를 보이기도 하지만, 여전히 각자의 인식 반경 안에서 움직이고자 하며, 독립적으로 행동하고 반응한다. 그리하여 이 작품은 마치 '송사공宋四公'과 '조정趙正'로 양분화된 서술 체계를 가지고 있는 듯하다. 앞에서 살펴본 〈오계선사사홍련기五戒禪師私紅蓮記〉(《청평산당화본清平山堂話本》)와 〈사홍조용호군신회史弘肇龍虎君臣會〉(《유세명언喩世明言》제15권第十五卷)보다는 주요인물 간의 관계가 다소 밀접하게 연결되어 있는 것처럼 보이지만, 사실은 다소 밋밋하고 소원한 관계를 가지고 있다. 이러한 것은 이들이 비록 협력의 가능성은 보이고 있지만, 거의 개별적으로 서술되고 있기 때문이다.

이처럼 이들의 병렬 관계를 통해서 서로 간의 심리에 내재해 있는 가치관과 행동 양식을 보다 명확하게 알 수 있다. 단지 이들이 남의 재물을 훔치는 행동과 심리의 기저에 있는 성정性情과 그것을 구성하고 있는 의식을 보다 면밀히 살펴봄으로써 이들의 관계를 좀 더 다양하고 폭넓게 관찰할 수 있다. 예를 들면, 조정趙正은 송사공宋四公과의 경쟁 심리와 능력을 과시하고자 하는 욕구가 강하고, 이에 반해서 송사공宋四公은 어느 정도 노련미가 있지만, 자신의 능력을 위협하는 조정趙正에 대해서는 견제와 제거를 염두에 두는 인물이다. 이들의 미묘하고 복잡한 심리 관계 및 행동 방식을 인물 간의 병렬 관계를 통해서 보다 명확하게 드러나고 있다.

이상으로 주요인물 간의 병렬 관계가 구체적으로 나타난 작품을 살펴보았는데, 전반부의 병렬 관계가 나중에 화합으로 나아가는 정도에 따라 살펴보면, 〈오계선사사홍련기五戒禪師私紅蓮記〉(≪청평산당화본淸平山堂話本≫)의 '명오선사明悟禪師'는 '불인佛印'으로 환생하여 '소식蘇軾'의 불교 귀의歸依를 종용하여, 결국 불법을 수호하게 만들고 동일한 날에 같이 입적하게 된다. 〈사홍조용호군신회史弘肇龍虎君臣會〉(≪유세명언喩世明言≫제15권第十五卷)에서의 '사홍조史弘肇'와 '곽위郭威'는 나중에 같이 공을 세워 큰 성공을 거둔다. 이에 반해서 〈송사공대뇨금혼장宋四公大鬧禁魂張〉(≪유세명언喩世明言≫제36권第三十六卷)의 '송사공宋四公'과 '조정趙正'은 작품의 후반부에 가서는 어느 정도 서로 협력하는 태도를 보이기는 하지만, 여전히 서로를 견제하는 상태를 유지하고 있다. 비록 이들의 관계가 병렬적이고 서로에게 미치는 영향 정도가 각기 다르지만, 모두 상대방의 특징과 행동 양식에 따라 다양하게 반응하고 있다.

병렬 관계의 특정적 시각에서 등장인물을 살펴보면, '오계선사五戒禪師'와 '명오선사明悟禪師'는 서로가 무관심한 것 같지만, '명오선사明悟禪師'는 '오계선사五戒禪師'가 윤회의 업보에 떨어지는 것을 막기 위해 자신의 희생을 아랑곳하지 않는데, 환생한 후에도 끊임없이 오계선사五戒禪師를 감화시킨다. 이들은 환생하기 전의 신분과 직위가 비슷하지만 각기 성격과 특징은 매우 다르고, 작품의 중·후반부에 이르러서는 이렇게 다른 개성과 특징이 오히려 '대화합'을 이루는 매개체가 되고 있다.

'사홍조史弘肇'과 '곽위郭威'는 처음부터 서로가 같이 행동하지만, 작품에서는 별개의 서술로 구성되어 있다. 이들은 서로의 존재성으로 인해 자신들의 특징을 보다 더 부각시키고 있는데, 이러한 과정에서 보완 관계의 특징을 일부 가지게 되지만, 전체적인 구성과 서술 방식에 있어서 병렬 관계를 가진다. 이들은 자신의 특징을 상대방의 서술과 스토리를 통해서 보다 더 단련시키기 때문에 상대방의 존재는 단지 자신의 성격이나 행동을 부각시키는 조건이 될 뿐이며, 인물 간의 대화합을 강조하거나 혹은 이것을 전제로 작품의 서술구조를 구성한 것은 아니다. 그러므로 작품에서 이들에 대한 서술은 철저하게 이분화된 구조로 되어 있고, 양자가 동시에 언급되는 경우가 드물며, 서술에 있어서의 접점은 중반부의 만나는 장면과 후반부의 결론 부분에 일부 보인다. 이들은 비록 스토리 전개에 있어서 서로가 직접적으로 연결되어 있는 것 같지만, 거의 개별적으로 묘사되어 있고, 작품에서는 이들의 연계 고리가 상당히 미약하여 두 영웅의 각기 다른 이야기의 구성을 가지고 있는 듯하다. 그러므로 이들이 서술적 관계에서 일정 정도의 연관 관계를 가지고 있다고 하더라도 전체적으로 서로가 독립적이고 분화되어 묘사되고 있고, 이러한 관계가 오히려 서로 간의 동질성과 유사성을 드러내어 상대방의 특징을 더욱 부각시키는 역할을 하고 있다.

'송사공宋四公'과 '조정趙正'은 서로 관계를 맺고 있지만, 긴밀하고 협조적인 태도를 가지는 것은 아니며, 서로 견제하며 시기와 질투의 관계를 지속적으로 유지하고 있는데, 이들의 병렬 관계를 통해서 이러한 특징은 더욱 두드러진다. 비록 작품의 후반부에서 어느 정도 협력의 태도를 가지지만, 그 협조의 정도가 약하고 형식적인 상태에만 머무르고 있다. 그러므로 작품의 후반부에 나타나는 이들의 '협조'는 사실상 협력이라기보다는 상대방의 능력을 일정 부분 인정하고 수용하는 것에 지나지 않는다. 이들은 상대방의 성격과 태도, 행동 양식을 통해서 긴밀하게 반응하기보다는 서로를 견제하면서 상대방의 태도에 따라 다르게 반응하는데, 결코 '대립對立'이나 '보완補完'의 관계처럼 긴밀하고 직접적인 관계망을 형성하지 못한다.

3. 주요인물과 보조인물 사이의 '병렬竝列' 관계

주요인물과 보조인물은 작품에서 서로 '보완補完'이나 '대립對立'의 역할을 하는 경우가 많은데, 보완 관계는 주로 보조인물이 주요인물을 보조하고 협력하는 경우가 대부분이고, 대립 관계는 서로가 첨예한 경쟁 구도와 긴장된 국면을 형성하는 경우가 대부분이다. 특히 주요인물과 보조인물이 서로의 행동과 태도에 어느 정도 영향을 미치거나, 줄거리 전개에 적극적으로 관여하는 경우가 많기 때문에 주요인물과 보조인물은 작품에서 보완 관계를 많이 가지는 것이 사실이다. 주요인물과 보조인물 사이에서 대립이나 보완 관계 이외에 병렬 관계가 나타나는데, 이것은 서로 대등하고 독립적인 관계를 유지하는 경우를 말한다. 병렬 관계는 서로 어느 정도 보완적 특징을 가지지만, 주요인물의 행동과 의지에 중점적으로 작용하지 않고, 주제나 이야기의 전개에 있어서도 깊이 작용하고 있지 않다. 병렬 관계는 주로 어떤 장면이나 어떤 단계에서 상황에 대한 설명이나 이해를 돕기 위해 보조인물이 등장하는 경우에 주로 나타나고, 이때의 주요인물과 보조인물은 서로 긴밀하게 관련되어 있기보다는 작품의 서술 전개를 위해 관계를 드러내고 지속하려고 하는 경향을 띤다. 그러므로 이때의 병렬 관계는 작품 전체에 직접적으로 영향을 미치지 않고, 어떤 장면에서 분위기를 조성하거나 주인공의 생각이나 행동을 강조하거나, 혹은 그 외의 특징을 보충하는 정도로 작용하고 있다.

비록 보조인물은 부분적으로 주요인물의 성격을 보조하거나 보완하는 기능이 있는 것은 사실이지만,[15] 전체적인 인물 관계망을 통해서 살

---

15) 張國風, 〈古代小說, 戱曲對輔助人物的利用〉, ≪文史知識≫, 2009年 第12期, 84쪽을 참고.

펴본다면, 이들은 비교적 분명한 병렬 관계의 특징을 가지고 있다. 보조
인물의 보완 관계는 동일한 사건에서 주인공의 행동을 부연하고 강조하
기 위하여 보조인물의 성격이나 행동이 추가로 작용하는 것을 말한다면,
병렬 관계는 서로가 일정 정도의 관계를 가지고 있지만, 각기 독립적으
로 존재하기 때문에 어느 한쪽을 일방적으로 보충한다기보다는 서로 대
등한 입장을 취한다는 것이 다르다. 이들 사이의 보완 관계는 동일한
목적에 의해서 이루어지는 연관 관계이고, 이것은 철저하게 '주主'와 '종
從'의 관계를 유지하고 있기 때문에 인물들에 내재된 다양한 성격을 찾아
보기에는 상당히 제한적이다. 그러나 병렬 관계는 서로가 대등하거나
비슷한 관계에서 행동하는 관점을 제공하고, 이러한 관점은 작품 속 다
른 인물을 이해하고 작품의 서술 구조와 형식을 분석하는 데에도 도움이
될 뿐만 아니라, 인물의 내면에 감추어져 있는 다양한 성격과 특징을
자세히 살펴보는데 있어서도 중요하게 작용하고 있다.

송원화본소설宋元話本小說에서 주요인물과 보조인물이 병렬 관계를 맺
고 있는 작품은 〈일굴귀라도인제괴一窟鬼癩道人除怪〉(≪경세통언警世通言≫
제14권第十四卷), 〈양온란로호전楊溫攔路虎傳〉(≪청평산당화본淸平山堂話本≫),
〈삼현신포룡도단원三現身包龍圖斷冤〉(≪경세통언警世通言≫제13권第十三
卷), 〈전사인제시연자루錢舍人題詩燕子樓〉(≪경세통언警世通言≫제10권第十
卷) 등이다. 이러한 작품에서 등장하는 주요인물과 보조인물은 서로 직
접적인 이해관계를 갖고 있지 않으며, 단지 위험한 상황을 공통으로 겪
게 되는 경우가 많은데, 어떤 목적에 의해서 다양한 견해가 삽입되어
서로 대립을 이루거나, 혹은 서로의 목적을 위해 협력의 체제를 가지는
것은 아니고, 작품의 분위기와 그 당시 상황을 강조하고 부각시키기 위
해서 '중심인'과 '주변인'의 대조군으로서 존재할 뿐이다. 그러므로 작품
에서 보조인물은 비록 주요인물과 병렬의 관계를 가지고 있지만, 주요인
물 위주로 진행되는 이야기 구조에서 획기적인 장면 전환이나, 신이한

사건 해결, 곡절한 이야기의 전개를 가져오지는 않는다. 병렬 관계를 통해서 주인공의 심리 상태를 드러내는 데에 간접적으로 관여하고 있으며, 이야기의 상황을 부각시키면서 인물의 특징을 다각적으로 조망할 수 있도록 보충하고 있다. 이것은 작품의 내용전개와 서술적 표현, 인물의 개성과 특징을 다각적으로 이해하는데 중요한 영향을 끼친다. 비록 병렬 관계와 그에 따라 조성된 상황은 표면적으로 별다른 의미가 존재하지 않는 것처럼 보이지만, 그 이면에는 인물의 특징을 층차적으로 구현하고, 작품의 분위기를 직접적으로 조성하며, 서술적 환경과 인물 간의 관계를 다양하게 조정하여 인물을 입체적이고 생동적으로 그려낼 수 있게 만든다. 비록 주요인물과 보조인물의 병렬 관계는 작품의 전개에 있어서 중요하게 작용하고 있지는 않지만, 서로의 관계를 살피고 작품 속에서의 역할과 환경을 조성하는 과정에서 인물의 특징을 이해하고, 나아가 작품의 전개와 주제의 의미를 부각시키는 데에 깊이 관여하고 있다.

먼저 〈일굴귀라도인제괴一窟鬼癩道人除怪〉(≪경세통언警世通言≫제14권第十四卷)를 살펴보면, '오홍吳洪'과 친구인 '왕칠삼관인王七三官人'이 등장하는데, 이들은 산속에서 귀신을 만나는 위기를 겪는다. 이러한 경험은 주인공인 오홍吳洪만 등장했을 때 자칫 주관적이면서 허상적인 일처럼 느껴지는 것을 동반자인 왕칠삼관인王七三官人을 통해서 오홍吳洪이 겪은 일이 허망한 사건이 아니라, 눈앞에서 실제로 일어난 사건임을 강조하고자 하는 의도가 다분히 깔려 있다. 단지 혼자만의 상상이나 경험으로만 여기지 않고, 동행자인 친구도 똑같이 위기에 직면하고 함께 어려움을 모면하는 과정에서 이러한 괴이한 사건이 직접 현실에서 일어날 수 있는 가능성을 강하게 일깨워주는 셈이다. 오홍吳洪과 왕칠삼관인王七三官人이 함께 여러 차례 귀신을 만난 경험을 중심으로 작품의 줄거리를 살펴보면 다음과 같다.

복주福州의 선비인 오홍吳洪은 과거에 응시했으나 낙방하여 임안臨安

의 학당學堂에게 학생들을 가르치고 있었다. 어느 날 매파인 왕王노파가 와서 혼사를 중매하여 이악낭李樂娘을 부인으로 맞아들인다. 이악낭李樂娘은 진태사부秦太師府 출신이고, 태사부太師府에서 나온 지가 두 달이 지났고, 현재 진건낭陳乾娘의 집에서 머무르고 있었다. 결혼할 때 몸종인 금아錦兒도 같이 따라왔는데, 이악낭李樂娘과 금아錦兒 모두 대단히 아름다웠다. 오홍吳洪은 어느 날 아침에 일어나 금아錦兒가 귀신으로 변한 모습을 우연히 보고 매우 놀랐다. 금아錦兒가 사람인지 귀신인지 의심이 들기 시작하였지만 여전히 내색하지 않았다. 청명절淸明節에 오홍吳洪은 집을 나서서 한가하게 여기저기 노닐다가 친구인 왕칠삼관인王七三官人을 만난다. 왕칠삼관인王七三官人은 함께 집안의 분묘墳墓에 가자고 제의한다. 왕칠삼관인王七三官人 집안의 묘자리는 서산치헌령西山馳獻嶺 아래에 있었는데, 길이 매우 험준하였다. 집안의 분묘墳墓에 도착하자 묘지기인 장안張安에게 간단한 술상을 차리게 하여 둘은 술이 거나하도록 마셨다. 술자리를 끝내고 집으로 돌아가다가 날이 어두워져서 잠시 머무를 곳을 찾았다. 그때 마침 비를 만나 허름한 묘원墓園으로 피신하였다. 한 옥졸 같은 사람이 묘원墓園으로 들어와서 무덤 쪽으로 걸어가더니 무덤을 향해 크게 소리치자, 무덤에서 주소구朱小口(귀신)가 튀어 나왔다. 두 사람은 혼비백산하여 근처에 있는 산신을 모시는 사당으로 숨었다. 그때 갑자기 이악낭李樂娘과 금아錦兒가 문을 두드리며 두 사람에게 문을 열어달라고 하였다. 두 사람은 끝내 문을 열어주지 않자, 얼마 지나지 않아 그들은 그냥 가버렸다. 두 사람은 황급히 묘원墓園을 나와 고개를 넘어서 도망갔다. 길을 가다가 진건낭陳乾娘과 왕王노파가 천천히 걸어오는 것을 보고 두 사람은 놀라서 고개 아래에 있는 주점에 숨었다. 주점에 있는 사람도 귀신이었는데, 한 차례 바람이 불더니만 모두 사라져 버렸다. 두 사람은 무사히 성안으로 돌아왔고, 오홍吳洪은 왕王노파와 진건낭陳乾娘을 찾아갔지만, 이들은 이미 죽은 지 1년이 넘었다. 다시 집으로 돌아왔으나, 이악낭李樂娘과 금아錦兒는 보이지 않았다. 두렵고 무서워서 어찌할 바를 모르고 있는데, 마침 문둥병 도사가 나타나 신장神將을 불러들여 여러 귀신들을 호리병에 잡아들인다. 원래 문둥병 도사는 선계仙界의 감진인甘真人이고, 오홍吳洪은 그의 제자이다. 오홍吳洪은 이로부터 출가하여 12년 후에 종남산終南山에서 우연히 스승을 다시 만나고, 그를 따라 떠났다.

이 작품에서 오홍吳洪의 친구인 왕칠삼관인王七三官人은 보조인물로 등장한다. 그는 작품에서 등장하는 인물 가운데, 오홍吳洪을 제외하고는 유일한 사람이다. 왕칠삼관인王七三官人을 중심으로 이야기의 전개 구조를 살펴보면, 청명절淸明節 분묘墳墓에서의 술자리→귀가歸家 도중의 묘원墓園에 만난 옥졸과 주소구朱小口→이악낭李樂娘과 금아錦兒의 방문→왕王노파와 진건낭陳乾娘과의 조우遭遇→주점酒店에서의 귀신 등, 오홍吳洪이 산속에서 귀신을 만날 때 마다 그 옆에는 왕칠삼관인王七三官人이 있었다. 왕칠삼관인王七三官人은 오홍吳洪이 가장 힘들고 두려워할 때 같이 어려움을 극복하고 견딜 수 있도록 조력을 다하는 사람이다. 작품에서 왕칠삼관인王七三官人은 오홍吳洪의 친구로서 비록 보조인물에 불과하지만, 오홍吳洪과 귀신의 조우라는 사건에 있어서 직접적으로 '객관성'을 부여하는 인물이다. 왕칠삼관인王七三官人은 작품의 중반부에 등장하여 작품 전체의 이야기의 흐름에 있어서 중요하게 작용하지 않고, 인물 관계에 있어서 오홍吳洪과 병렬적 관계를 유지하고 있을 뿐이다. 물론 오홍吳洪과 어떤 연관성을 보이고는 있지만, 그렇다고 해서 오홍吳洪이 왕칠삼관인王七三官人에게 전적으로 의지하거나, 왕칠삼관인王七三官人과 관계를 처음부터 끝까지 지속적으로 유지하지는 않는다. 단지 친구로서 같이 술자리를 했다가 함께 고난을 겪고 난 뒤, 각자 자신의 일상으로 돌아가는 과정을 보이고 있을 뿐이다.

작품에서 왕칠삼관인王七三官人은 오홍吳洪과 같이 귀신과 대면하는 데에 있어서 서로 관계를 맺고 있지만, 이러한 관계가 줄거리의 전개에 있어서 중요하게 작용하지는 않는다. 그렇기 때문에 이들이 비록 서로 대화를 나누고 함께 술을 마시면서 함께 동행하고는 있지만, 서로에게 있어서 구체적이고 직접적으로 반응하지는 않는다. 그러므로 이들의 관계는 병렬적 관계를 가지고 있다고 할 수 있는데, 왕칠삼관인王七三官人의 역할은 단지 줄거리 전개에서 분위기를 바꾸거나 장면에 생동감을 부여하고, 또한 오홍吳洪의 상상적 경험에 현실적 가능성을 드러내고 있어서 다소 밋밋해질 수 있는 인물의 등장에 새로운 활력소를 제공하고 있다. 이들이 함께 겪은 상황으로 미루어보자면 이들이 어느 정도 연관 관계를 가지고 있지만, 이야기의 전체적인 서술과정에서 본다면 각각 독립적으로 기술되고 있는데, 단지 보조인물인 왕칠삼관인王七三官人을 등장시킴으로써 이야기 전개의 다양성과 곡절함을 좀 더 부각시키고 있을 따름이다. 비록 왕칠삼관인王七三官人을 통해서 오홍吳洪의 성격과 심리 상태, 사건에 대처하는 행동, 문제를 해결하는 능력을 구체적으로 보여주고 있지만, 그것으로 이들의 관계가 직접적인 '보완補完' 관계나 '대립對立' 관계를 형성하는 것은 아니다.

　왕칠삼관인王七三官人은 오홍吳洪을 만날 때부터 오홍吳洪의 결혼한 지 얼마 되지 않아서 잠시도 부인과 떨어져 있지 않을 거라고 여겼다. 마침 바깥의 경치를 구경하러 혼자 길을 나선 것을 보고 약간의 장난기가 발동하여 복사꽃과 술이 훌륭하다고 꾀어 산속의 분묘墳墓에 데리고 간 것이었다.16) 그런데 산속에서 귀신을 만나면서 왕칠삼관인王七三官人이 의도했던 '유흥遊興'과 '주흥酒興'은 깨어지고 경계와 공포의 분위기가 조

---

16) 王七三官人口裡不說, 肚裡思量: '吳敎授新娶一個老婆在家不多時。你看我消遣他則個。'道: "我如今要同敎授去家裡墳頭走一遭, 早間看墳的人來說道: "桃花發, 杜醞又熟。"我們去那裡喫三盃。"(≪警世通言≫第十四卷〈一窟鬼癩道人除怪〉)

성되어 버렸다. 그들이 이미 황폐해진 사당 안으로 숨었지만, 이악낭李樂娘과 금아錦兒가 나타나 문을 두드리면서 열어달라고 하고, 만약 열지 않는다면 문을 뚫고 들어간다는 일촉즉발의 위기상황에 처한다. 오홍吳洪과 왕칠삼관인王七三官人은 이 깊은 산속, 어둡고 음침한 밤에 여인이 올 일은 만무하며, 설령 그녀들이 인간으로서 찾아왔다고 해도 조금 전에 묘원墓園에서 본 옥졸이나 주소구朱小口가 귀신임을 분명히 목격했으므로 그녀들을 더 이상 인간이라고 믿지 않았다.

아직 말이 끝나기도 전에 바깥에서 어떤 이가 문을 두드리는 소리가 들렸다. "문을 열어 주세요!" 두 사람은 물었다. "당신은 누구시오?" 자세히 들어보니 바로 아녀자의 목소리였다. 그녀가 말하였다. "왕칠삼관인王七三官人 안녕하시지요! 당신이 뜻밖에도 저의 서방님을 이곳에서 하룻밤을 보내도록 하려는 것 같아 바로 내가 여기까지 찾아왔습니다! 금아錦兒, 나와 함께 문을 밀고 들어가 서방님을 찾아보자." 오홍吳洪은 바깥에서 말하는 목소리를 들어보니, 다른 사람이 아니라 바로 부인과 금아錦兒인데, '어떻게 나와 왕칠삼관인王七三官人이 여기에 있는 것을 알았을까? 역시 귀신이 아닐까?'하는 생각이 들었다. 두 사람은 감히 소리도 낼 수 없었다. 바깥에서 말하는 소리가 들렸다. "당신이 사당문을 열지 않으면, 내가 사당 문틈으로 뚫고 들어갈 것이오!" 두 사람은 이와 같은 말을 듣자, 낮에 마셨던 술이 모두 식은땀으로 흘러 나왔다. 바깥에서 또 말하기를, "마님께 아룁니다. 제가 주제넘게 말하는 것을 탓하지 마시옵소서. 일단 마님께서 집으로 돌아가시면 내일 어르신께서 집으로 돌아오실 것입니다." 부인이 말하였다. "면아棉兒야, 네 말도 일리가 있구나, 나는 일단 집으로 돌아가고 그가 어떻게 나오는지 한번 두고 보자." "왕칠삼관王七三官, 나는 일단 돌아갈 테니, 당신은 내일 아침 내 남편을 집으로 돌려보내주기만 하면 되오." 두 사람은 어찌 감히 그녀에게 대답을 하겠는가. 부인과 면아棉兒는 이 말을 남기고 가버렸다. 왕칠삼관王七三官은 말하였다. "오홍吳洪, 당신 집에 있는 부인과 몸종인 면아棉兒는 모두 귀신이 분명하네. 이곳 또한 사람이 있을 곳이 못되니, 우리 빨리 떠나세."[17]

---

17) 兀自說言未了, 只聽得外面有人敲門, 道: "開門則個!"兩個問道: "你是誰?"仔細聽

　이 부분은 오홍吳洪과 왕칠삼관인王七三官人이 이악낭李樂娘과 금아錦兒
과 맞닥뜨리게 되는 장면인데, 이들의 외면적 성격뿐만 아니라, 내면적
심리도 동시에 파악할 수 있는 부분이다. 왕칠삼관인王七三官人은 오홍吳
洪보다 비교적 이성적이고 논리적인 관점으로 사태를 파악하고 있기 때
문에 문을 열어주려고 하지 않을뿐더러 오홍吳洪에게 이악낭李樂娘과 금
아錦兒가 귀신임을 강조한다. 하지만 오홍吳洪은 비록 이전에 금아錦兒가
귀신으로 변한 모습을 우연히 보고 그녀와 이악낭李樂娘의 존재에 대해
서 의심이 들기 시작하였지만, 여전히 이악낭李樂娘이 귀신임을 인정하
려고 하지 않는 심리가 어느 정도 존재한다. 이러한 사실은 자신이 믿고
관계를 맺고 있는 이들을 귀신으로 인정하고 싶지 않은 마음이 강하게
작용하고 있기 때문이다. 이들은 무사히 묘원墓園을 탈출하여 산에서 내
려오지만, 주점酒店에 오기 전에 두 노파(진건낭陳乾娘과 왕王노파)를 만
나면서 그들이 귀신임을 의심하고, 이어서 주점酒店의 심부름꾼도 귀신
임을 알아차리게 된다. 비록 왕칠삼관인王七三官人과 오홍吳洪은 오홍吳洪
의 아내를 비롯한 그의 주변에 있는 인물은 모두 사람이 아니고 귀신이
라고 여기고 있지만, 오홍吳洪은 왕칠삼관인王七三官人에 비해서 이러한
사실을 인정하는 데에 있어서는 상당히 소극적이다. 이것은 그가 집으로
돌아와서도 악낭樂娘과 금아錦兒를 비롯한 진건낭陳乾娘과 왕王노파를 찾

時, 卻是婦女聲音, 道: "王七三官人好也！你卻將我丈夫在這裡一夜, 直教我尋到
這裡！錦兒, 我和你推開門兒, 叫你爹爹。"吳教授聽得外面聲音, 不是別人, 是我
渾家和錦兒, "怎知道我和王七三官人在這裡?莫敎也是鬼?"兩個都不敢則聲。只聽
得外面說道: "你不開廟門, 我卻從廟門縫裡鑽入來！"兩個聽得恁地說, 日裡喫的
酒, 都變做冷汗出來。只聽得外面又道: "告媽媽, 不是錦兒多口, 不如媽媽且歸, 明
日爹爹自歸來。"渾家道: "錦兒, 你也說得是, 我且歸去了, 卻理會。"卻叫道: "王七
三官人, 我且歸去, 你明朝卻送我丈夫歸來則個。"兩個那裡敢應他。婦女和棉兒說
了自去。王七三官人說: "吳教授, 你家裡老婆和從嫁棉兒, 都是鬼。這裡也不是人去
處, 我們走休。"(≪警世通言≫第十四卷〈一窟鬼癩道人除怪〉)

아서 존재를 확인하는 과정을 보아도 분명하게 알 수 있다. 이 부분은 그가 어떤 상황을 직접 확인하고도 단호하게 결정하지 못하는 우유부단한 성격의 소유자이며, 그가 이지적인 판단보다는 감정적인 이해가 앞선다는 것을 잘 보여주고 있는 장면이기도 하다. 물론 이러한 현상은 이악낭李樂娘, 금아錦兒, 진건낭陳乾娘, 왕王노파가 그의 결혼과 같은 실제 생활과 직접적으로 맞닿아 있어서 이들이 귀신이라는 현실을 쉽게 인정하기 힘든 부분도 있지만, 그의 성격과 사고가 이미 이성적이고 논리적인 왕칠삼관인王七三官人과는 상당히 다르다는 것을 보여주고 있는 것이기도 하다. 이점은 다른 한편으로는 오홍吳洪이 의식하지 못했던 자신의 결점이나 약점을 타자, 즉 왕칠삼관인王七三官人을 통해서 투사한 것으로도 볼 수 있는데, 정작 오홍吳洪은 이것이 자기 본성의 일부분임을 인식하지 못했을 수도 있다.[18]

이 장면에서 우리가 주의 깊게 살펴보아야할 점은 바로 이악낭李樂娘과 금아錦兒이 사당으로 찾아왔을 때 문을 열어달라고 하는 부분이다. 사실 이들은 귀신이므로 폐허가 된 사당의 문쯤이야 얼마든지 박차고 들어갈 수 있다. 그래서 이들은 문을 열어주지 않는다면 뚫고 들어갈 것이라고 협박까지 한다. 그러나 그들은 오홍吳洪이 문을 열어주기를 기다렸고, 이러한 행동은 그들이 오홍吳洪에게 받아들여지기를 바라는 것이라고 할 수 있다. 그들은 오홍吳洪이 자신들을 받아들일 때 비로소 다가갈 수 있는 것이라고 여겼기에 물리적인 힘으로 문을 열고 들어가지

18) 丁謙은 〈西方文學中的伴生對偶原型〉(≪內蒙古大學學報(人文社會科學版)≫, 1998年 第5期)에서 칼 구스타프 융Carl Gustav Jung 1875~1961의 분석심리학을 활용하여 주요 인물과 보조인물의 대우對偶와 반응을 설명하고 있다. 그는 융 심리학의 일부인 '투사(투사投射)' 개념을 활용하고 있는데, 인물 간의 관계에 적용하면, 한 인물은 자신이 인정하는 부정적 측면을 다른 인물을 통해서 드러낸다는 것이다. 이에 관련된 자세한 내용은 丁謙, 〈西方文學中的伴生對偶原型〉, ≪內蒙古大學學報(人文社會科學版)≫, 1998年 第5期, 101-102쪽을 참조.

않고 끊임없이 그가 문을 열어주기를 종용한다. 오홍吳洪이 끝까지 문을 열어주지 않자 그녀들은 왕칠삼관인王七三官人에게 오홍吳洪을 부탁하고 사라진다. 사당 안에는 오홍吳洪과 왕칠삼관인王七三官人이 있지만, 실제로 문의 개폐는 오로지 오홍吳洪에 의해서 통제된다. 오홍吳洪이 문을 열지 않을 수 있었던 것은 왕칠삼관인王七三官人이 옆에 있었기 때문이다. 결국 오홍吳洪은 왕칠삼관인王七三官人에 의해서 이성적인 판단이 가능하게 되는데, 오홍吳洪이 가지고 있는 감상적인 성격의 약점은 논리적인 이성으로 무장한 왕칠삼관인王七三官人과 상대적으로 대비를 이루지만, 그로 인해 자신의 약점을 극복하고 이성적 판단(문을 열어주지 않는 것)을 하게 만든다. 비록 귀신의 위협을 공동으로 대처하는 과정에서 이들의 관계가 약간의 보완적 특징을 보이기는 하지만, 전체적으로는 오홍吳洪과 왕칠삼관인王七三官人의 관계는 여전히 병렬적 특징을 가진다. 사실 이들이 서로가 밀접하게 연계되어 있는 것처럼 보이지만, 이것은 작품의 서술과정에서는 서로 긴밀하게 반응하고 있는 것을 보여 주는 것은 아니며, 단지 장면의 급박한 전개와 줄거리의 다양한 전개에 있어서 리듬감을 주기 위해 조성해 놓은 듯하다. 이들은 나름대로 관계를 맺고 있고 있지만, 이것은 병렬 관계를 구성하는 기본적 특징에 불과하며 이러한 관계를 통해서 상황에 따라 같으면서도 다른 태도와 심리 상태를 구체적으로 보여주고 있다.

오홍吳洪이 왕칠삼관인王七三官人과 같이 겪은 경험을 통해서 오홍吳洪이 현실의 결혼생활에 집착하는 바람에 사람과 귀신을 분명하게 인식하지 못하고, 귀신과의 조우에 대한 판단에 있어서 이성적인 관점이 아니라 모호하게 대처하는 자신의 한계를 드러내고 있다. 이러한 한계는 오홍吳洪이 이악낭李樂娘과 금아錦兒에 대한 인식에 있어서도 분명하게 나타나고 있다. 오홍吳洪은 이악낭李樂娘과 금아錦兒에 대해서 어느 정도 의심과 의혹을 가지고 있지만, 구체적으로 그것을 증명하려고 하거나 깊이 생각하지 않는다. 그러나 왕칠삼관인王七三官人과의 경험을 통해서 그녀들의 존재에 대해서 어느 정도 알게 되었는데, 특히 왕칠삼관인王七三官人이 그에게 "당신 집에 살고 있는 부인과 몸종 면아棉兒는 모두 귀신일세! 你家裡老婆和從嫁棉兒, 都是鬼!"라는 말로 인해 그가 회피하고자 하였던 사실에 대해서 정면으로 마주하게 되면서 그 실체를 적확하게 바라보려고 한다. 이러한 인식의 변화와 사고의 전환은 현실과 허상, 속세와 선계를 꿰뚫고 그 관계를 조망하고자하는 시각으로 이어져 이후 오홍吳洪이 출가하는 과정에서도 크게 작용한다.

왕칠삼관인王七三官人은 비록 작품에서 보조인물로서 줄거리의 전개에 중요하게 작용하고 있지 못하고, 오홍吳洪과 긴밀하게 연관 관계를 가지고 있지는 못하나, 吳洪의 감성적인 사고의 관점을 이성적인 관점으로 전환하는데 일조하고 그가 인간과 귀신, 인계人界와 귀계鬼界를 분명하게 구분할 수 있도록 도와주고 있다. 하지만 이러한 것은 왕칠삼관인王七三官人이 구체적으로 어떤 행동과 태도로 오홍吳洪에게 영향을 주는 것이 아니라, 서로 같은 경험을 공유하고 사태의 심각성을 공동으로 인식함으로서 드러난다. 그러므로 어떤 직접적인 사건이나 이야기의 전개보다는 작품의 묘사와 서술과정에서 나타나는 병렬적인 인물 관계를 통해서 인물의 특징과 변화과정을 다양하고 곡절하게 그려내고 있는 것이다.

〈일굴귀라도인제괴一窟鬼癩道人除怪〉(≪경세통언警世通言≫제14권第十四卷)에서 오홍吳洪과 왕칠삼관인王七三官人은 작품의 서술과정에 있어서 밀접한 연관 관계를 가지고 있지 않으며, 서로의 행동에 적극적으로 영향을 미치거나 직접적으로 관여하지 않는다. 또한 이들이 사당 안에서 함께 기괴한 경험을 한 이후로 다시 만나지 않는다. 이러한 과정에서 살펴볼 때 이들이 겪은 공동의 경험을 제외하고 이들이 두 번 다시 연계되지 않으며, 공동의 경험 역시 줄거리의 전개에 중요하게 작용하지 않고 있다. 이들은 비교적 우호적인 병렬 관계를 유지하고 있는데, 감성적

이고 비현실적인 성격을 가지고 있는 오홍吳洪에 비해서 왕칠삼관인王七
三官人은 이성적이고 논리적인 특징을 가지고 있으므로 오홍吳洪의 소심
함과 우유부단함을 상대적으로 부각시키고 있다. 이들이 비록 구체적인
화합의 태도를 보여주지 않는다고 하더라도 서로의 존재를 인정하는 것
만으로도 이미 상대에게 중요한 의미를 제공한다.

〈양온란로호전楊溫攔路虎傳〉(≪청평산당화본淸平山堂話本≫)에서 '양삼
관인楊三官人'과 '이귀李貴'는 〈일굴귀라도인제괴一窟鬼癩道人除怪〉의 '오홍
吳洪'과 '왕칠삼관인王七三官人'과 같이 서로 우호적 병렬 관계를 가지고
있지는 않다. 이들이 처음 만났을 때, '누가 무예가 더 출중한가?'를 두고
경쟁하는데, 이러한 대결 방식은 이들의 관계가 처음부터 대립적인 관계
를 가지는 것처럼 보이기는 하지만, 이러한 대립이 작품의 처음부터 마
지막까지 지속적으로 유지되거나, 어떤 새로운 국면을 형성하면서 첨예
한 갈등을 조성하는 정도에는 이르지 않는다. 이들은 단지 무력적 대결
(비무比武)을 통해서 상대방에 대한 탐색과 견제를 보이는데, 비록 이들
이 서로 대립적인 상태를 드러내고 있지만 나중에는 서로에 대한 형식적
인 화해를 한다. 그렇지만 이러한 화해가 진정한 협력의 마음에서 우러
나온 것이 아니라, 표면적인 관계를 유지하기 위한 일종의 갈등 해소방
식으로 작용하기 때문에 이들은 여전히 대립적 병렬 관계를 가지고 있다
고 할 수 있다.

먼저 작품의 줄거리를 살펴보면, '양삼관인楊三官人(楊溫)'은 양령공楊令
公의 손자이고, 양중립楊重立의 셋째 아들인데 별명은 '란로호攔路虎'이다.
그는 무공이 높고 지모智謀가 출중하였다. 후에 냉태위冷太尉(냉진冷鎭)의
딸을 아내로 맞았다. 부부는 금슬이 좋아 어디에 가든지 같이 다녔다.
어느 날 양삼관인楊三官人은 길을 걷다가 점을 보게 되었는데, 앞으로 큰
흉사가 있으니 100리 밖으로 떠나야 재난을 면할 수 있다는 점괘를 듣는
다. 집으로 돌아와 부인 냉씨冷氏와 상의하고, 동악東嶽으로 가서 재난을

막아달라고 기도하고 소원을 빌려고 하였다. 동악東嶽으로 가는 도중에 선거시仙居市의 한 여관에 머물게 되었다. 그날 밤 도적들이 쳐들어왔는데 그는 얼떨결에 손도 제대로 못쓰고 도적들에게 맞아 쓰러지고, 부인 냉씨冷氏와 보물은 강탈당한다. 그는 정신을 차렸지만 분함을 이기지 못해 반달 가까이 병으로 누워서 지냈다. 그는 저자거리를 헤매다가 어느 찻집에 들어가게 되고 그곳에서 양원외楊員外의 도움을 받게 된다. 마침 악제嶽帝의 생신이라 악묘嶽廟에서 봉술시합이 있고 많은 상금이 걸려 있음을 알게 된다. 양삼관인楊三官人은 양원외楊員外와 마도두馬都頭의 검증을 거쳐서 이귀李貴와 봉술 대결을 벌여 그를 제압한다. 상금을 얻고 양원외楊員外의 집에서 머무르고 있던 사이 양원외楊員外가 어디론가 급하게 가게 되고, 이를 이상하게 여긴 양삼관인楊三官人은 그를 뒤쫓아 어느 장원莊園(북간구장北侃舊莊)에 도착하게 된다. 그곳에서 이들이 지난날 자신을 습격하고 부인을 잡아간 산적 무리들과 내통하고 있었음을 알게 된다. 그는 몰래 장원莊園 근처에 숨어 있다가 또 한 무리의 사내들과 맞닥뜨리게 되는데, 이 사내들은 양삼관인楊三官人을 잡아 어느 장원莊園으로 데려간다. 그곳에는 또 다른 우두머리(진천陳千)가 있었는데, 그는 일전에 아버지의 휘하에 있던 사람이었고, 산에 들어가 산적이 되었다고 하였다. 양삼관인楊三官人은 이들 중에서 100여 명을 이끌고 양달楊達의 장원莊園으로 쳐들어가는데, 그 수에 밀려서 이길 수가 없었다. 양삼관인楊三官人은 부인을 데리고 도망치다가 마침 그 지역을 순찰하고 있었던 마도두馬都頭와 만나게 되고 그의 도움으로 일당들을 일망타진하게 된다. 양삼관인楊三官人은 아내를 되찾고, 서경西京으로 돌아갔으며 이후 큰 공을 세웠다.

이 작품에 등장하는 인물은 양삼관인楊三官人의 부인 냉씨冷氏를 제외하고는 대부분 남성이다. 인물에 대한 묘사는 주요인물인 양삼관인楊三官人과 그의 주변에 등장하는 여러 인물들에 초점이 맞추어져 있다. 이들은 양삼관인楊三官人을 습격하거나, 조언을 해 주거나 혹은 그와 무력적 대결을 벌이는 인물들인데, 저마다 개성이 뚜렷하다. 작품에서 등장하는 인물 간의 관계는 보완, 혹은 대립, 혹은 이 두 관계가 서로 혼합되어 나타나는 경우가 많다. 양원외楊員外를 제외하고는 보완이나, 대립 중 어느 한 가지에 속하는데, 양원외楊員外는 처음에는 양삼관인楊三官人과 보완의 관계였다가, 나중에 산적과 내통한 사실을 양삼관인楊三官人이 알게 되자 대립의 관계로 변하게 된다. 이렇게 인물 관계가 변화는 것에는 좀 더 복잡한 의미를 가지고 있다. 단순히 서로 대화를 나누고 협조를 한다고 해서 보완의 관계로 확정 지을 수 없고, 대결과 갈등을 보여준다고 해서 무조건 대립의 경향을 가지는 것은 아니다.[19] 비록 작품에서는 대립 관계 혹은 보완에서 대립으로 전환되는 관계가 다수 나타나지만, 무엇보다도 주목해야할 관계는 바로 병렬 관계이다.

작품에서는 주요인물인 양삼관인楊三官人을 중심으로 여러 보조인물이 등장하는데, 대부분 대립이나, 보완, 혹은 보완에서 대립의 관계를 가지고 있다. 그러나 이귀李貴는 다른 인물의 경우와는 사뭇 다르다. 그는 양삼관인楊三官人과 봉술을 겨루면서 그와 대적하지만, 양삼관인楊三官人에게 패하고 난 다음, 그를 찾아가서 패배를 인정한다.[20] 그는 겉으

---

19) 적대감을 가지고 대결을 벌이면서 상대에게 치명적인 해를 가하지 않는 이상, 이들은 무조건적인 적대적 대립 관계를 형성하는 것은 아니다. 반대로 상대방에게 단순히 조언을 하는 정도의 평범한 관계를 가진다고 해서 이들의 관계가 보완의 관계를 가지는 것도 아니다. 표면적으로 나타난 대화나 행동이외에 그 안에 함축되어 있는 의미와 특징을 살펴보아야 인물 관계의 적확한 특징을 알 수 있다. 인물 관계에서 대립이나 보완의 관계는 중요하게 작용하지만, 단지 이 두 가지의 인물 관계만을 가지고 살펴보았을 경우 다양한 인물의 특징이 드러나지 않는다.

20) 不多時, 李貴入茶坊來, 唱了一個喏, 道是: "李貴幾年沒對, 自是一個使棒的魁手, 今日卻被官人贏了。官人想不是一樣人, 必是將門之子。眞個恁的好手段！李貴情願下拜。" 楊官人道: "不消恁的。" 卻把些利物送與李貴, 李貴謝了自去。(≪淸平山堂話本≫〈楊溫攔路虎傳〉)

로는 양삼관인楊三官人과 봉술 대결이라는 대립 관계에 있는 듯하지만, 사실 그들은 대립 관계에 있지 않다. 그는 생명을 담보로 하고서 자신의 이익을 위해 상대방에게 해를 가하는 것이 아니라, 동악성제東嶽聖帝의 생신을 축하하기 위한 마련된 무예시합에서 상금을 가져가고, 그 지역에서의 명성을 얻어 향후 자신의 봉술을 전파하고자하는 것이 주된 목적이다. 이 시합은 순전히 우호적이며, 적이 패배를 인정하는 순간 모든 승패는 결정된다. 그렇기 때문에 양삼관인楊三官人과 이귀李貴가 봉술 대결을 벌였지만, 이들은 상대방에게 치명적인 해를 가하는 단계에까지 이르지 않으며, 승패가 결정되는 순간 이들에게 놓여 있는 긴장감과 갈등은 순식간에 사라진다. 이 사건을 통해서 양삼관인楊三官人은 상금을 얻게 되며, 양원외楊員外와 의형제를 맺게 되고 드디어 그들의 소굴로 들어 갈 수 있는 기회를 얻게 된다.

양삼관인楊三官人과 이귀李貴의 병렬 관계는 전체적으로 사건을 이끌어 가거나, 사건의 중대한 전환점을 야기하는 정도의 중요성은 가지고 있지 않다. 비록 비무比武 시합의 승패가 이후 전개되는 이야기에 있어서 주요한 단서를 제공하고 있으며 사건을 해결하는 계기가 되기는 하지만, 그렇다고 스토리 전개를 확고하게 하면서 어떤 일정한 방향으로 이끌어 가기에는 그 정도가 미약하다. 그렇기 때문에 작품에서 이귀李貴의 등장은 사실 양삼관인楊三官人 무예의 고하高下 정도를 검증하고 이 사건으로 인해 새로운 인간관계를 형성하면서 앞으로 사건을 해결할 수 있는 단서를 제공할 뿐이다.

이들의 대결은 무예가 뛰어나고 그렇지 아님을 떠나서 서로 다른 성격을 드러내고 있다. 양삼관인楊三官人과 이귀李貴의 처음 접촉은 양삼관인楊三官人이 양원외楊員外에게 돈을 받고서 작별인사를 하고 나오려는 순간 마침 화려하게 행차하던 이귀李貴를 보게 된다. 당시 이귀李貴와 직접적인 만남은 없었지만, 양삼관인楊三官人은 그에 대해서 의구심을 가

지게 되고 바로 그의 출신내력을 묻는다. 이귀李貴는 연이어 봉술대회에
서 승리하여 자신만만하였고, 그의 봉술 실력이 널리 알려져 고관대작의
자제들이 다투어 그를 스승으로 삼고자 하였다. 이러한 형세여서 그는
더욱 교만하여 스스로 대단한 사람인 것처럼 여기며 자신의 능력을 맘껏
뽐내었다. 반면에 이미 도적들에게 습격을 받고서 손 한번 못쓴 양삼관
인楊三官人은 의기소침하여 대담하게 나서지 못하고 뒤에서 주의 깊게
살펴볼 뿐이었다. 이들의 비교는 이귀李貴의 행차를 묘사한 장면에서도
분명하게 드러난다.21) 이귀李貴는 이미 여러 해 봉술대회의 우승자로서
많은 문하생들을 거느리고 화려하게 치장하고서 그 위세를 드러낸다.
반면에 양삼관인楊三官人은 이제 막 병석에서 일어나 행상이 초라하고
볼품이 없다. 이런 그가 자신의 능력을 숨기고 이귀李貴와 겨루겠다고
하자, 양원외楊員外는 그의 봉술을 시험하고 싶어 하고 1차로 그와 겨룬
다. 이어서 찾아온 마도두馬都頭와 2차 봉술 시합을 벌이고 그를 이긴다.
그가 도적에게 상실한 자존심은 이들과의 대결에서 승리를 거둠으로서
어느 정도 회복 된 셈이다. 드디어 악제嶽帝 생신 묘제廟祭때 이귀李貴와
겨루게 되는데, 이귀李貴는 여전히 자신만만하며, 자신과 겨룰 사람이
있으면 나와 보라고 큰소리친다. 한참을 머뭇거리다 양삼관인楊三官人은
자신의 신분을 숨긴 채 이귀李貴와 대결한다. 양삼관인楊三官人과 이귀李
貴의 대결은 비교적 간결하게 묘사되었는데, 대결 중간에 서술자의 봉술
대결의 기교와 과정이 기술되어 있다. 이들이 비록 대결의 양상을 가지

---

21) 那楊三官人得員外三貫錢, 將梨花袋子袋著了這錢, 卻待要辭了楊員外與茶博士,
忽然遠遠地望見一夥人, 簇著一個十分長大漢子。那漢子生得得人怕, 真個是: '身
長丈二, 腰闊數圍。青紗巾, 四結帶垂 ; 金帽環, 兩邊耀日。紵絲袍, 束腰襯體 ; 鼠
腰兜, 奈口漫襠。錦搭膊上盡藏雪雁, 玉腰帶柳串金魚。有如五通菩薩下天堂, 好似
那灌口二郎離寶殿。'這漢子坐下騎著一匹高頭大馬, 前面一個拿著一條齊眉木俸,
棒頭挑著一個銀絲笠兒, 滴滴答答走到茶坊前過, 一直奔上嶽廟中去, 朝嶽帝生
辰。(≪清平山堂話本≫〈楊溫攔路虎傳〉)

고 있지만, 이것은 표면적으로 대립의 형태를 취하고 있을 뿐이지, 실제
로는 대립을 목적으로 하거나 그것을 중요하게 묘사하고 있지는 않다.
오히려 이들은 대결을 통해서 상대방의 특징을 부각시키고 작품의 긴장
감과 리듬감을 부여한다. 서술적인 특징에 있어서도 서로를 연계하여
묘사하는 것이 아니라, 독립적인 서술 체계를 가지고 있다.

> 제단 위의 사람들 무리 속에서 한 사람이 소리치며 말하였다. "잠깐 멈추
> 시오. 멈추시오. 이 상금은 당신 것이 아니오！" 이귀李貴는 놀라서 고개를
> 들어 살펴보니, 한 승국承局(송대宋代의 하급군인) 복장을 한 사람이 나와서 말
> 하기를, "나는 서경西京의 양승국楊承局이고, 이곳에 향을 사르러 와서, 특별
> 히 봉술시합을 보러 왔소이다. 당신이 사관社官과 더불어 말하기를 이 상금
> 을 거저 가져간다고 하였소. 만약 당신이 나를 이기면, 이 상금은 당신 것이
> 고, 당신이 나에게 진다면, 내가 이 상금을 가져가겠소. 내가 당신과 상대를
> 이루어 합을 겨루고자 하는데, 당신이 응대할 자신이 있소, 없소?" 이귀李貴
> 가 말하였다. "봉술로 제각기 이름을 날리는 사람 중에 서경西京의 무슨 양
> 승국楊承局이 봉술을 할 줄 안다는 말은 들어보지 못했소?" 부서部署(군대 내의
> 무관, 여기서는 마도두馬都頭를 가리킴)가 말하였다. "자네가 시합을 하고자 하지
> 만, 아무도 자네와 대적하려고 하지 않네. 쓸데없는 말은 그만두게, 그만두
> 게나." 제사관祭司官이 제문을 다 읽고 나서 부서部署가 중간에서 승패를 감
> 독하였다. 이 승국承局이 누군가 하면 바로 양삼관인楊三官人이다. 부서部署
> 마도두馬都頭와 함께 봉술을 겨루었지만, 이 사실을 이귀李貴에게는 숨겼다.
> 이귀李貴는 말하였다. "그를 나오게 하여라！" 양삼관楊三官은 봉을 하나 잡
> 았고, 이귀李貴도 봉을 하나 잡았다. 두 사람은 대적하여 일합을 겨루었다.
> 양삼관楊三官은 이런 일에는 정통한데, 봉술을 하는 사람들은 이것을 등도騰
> 倒(또는 접등摺騰, 일종의 봉술 기교, 엎치락뒤치락하는 기교)라고 하는데, 빈틈이 보이
> 자 다시 일합을 겨루었다. 양승국楊承局은 정면으로 한방에 가격했는데, 이
> 것을 대첩大捷이라고 부른다. 이귀李貴는 간격을 두고 봉을 맞들고, 양삼관楊
> 三官의 봉은 기다렸다가 빠지고는 상대의 머리를 공격하지 않고, 한 걸음
> 앞으로 들어가자마자 반걸음 정도로 봉을 휘둘러 상대의 종아리를 가격하
> 였다. 이귀李貴는 소리를 지르며, 갑자기 땅에 꼬꾸라졌다.[22]

이 장면은 양삼관인楊三官人과 이귀李貴의 대결을 직접적으로 묘사한

부분이다. 이 장면을 외형적으로 나타난 봉술시합 자체에만 주목한다면, 이들은 심각한 대립의 관계를 형성하고 있는 셈이다. 그러나 작품의 전후 줄거리 전개와 인물 간의 내부적인 관련성을 중심으로 살펴본다면, 이것은 그냥 단순히 봉술시합일 뿐이지, 이것으로 인해 서로가 밀접하게 관계를 맺고 있다고는 할 수 없다. 오히려 이 시합을 통해서 그들의 관계가 직접적인 대립의 관계가 아닌, 병렬적인 관계임을 보여주고 있다. 사실 이귀李貴는 작품에서 우연히 등장하는 보조인물에 불과하다. 그러나 양삼관인楊三官人은 이귀李貴와의 대결을 통해서 그의 심리 상태와 내면적 형상을 보다 분명하게 드러내고 있다. 이귀李貴는 이미 여러 해 봉술 시합에서 그를 이기는 자가 없었으니 많은 사람들이 그를 봉술의 일인자로서 인정하게 되고, 그는 그것을 밖으로 드러내고 자랑하는 사람이다. 양삼관인楊三官人은 자신의 능력을 드러내기를 좋아하는 이귀李貴와는 다르게 끊임없이 내면적으로 기다리고 살피는 성격의 소유자이다. 이러한 특징은 산적에게 대항할 사이도 없이 아내와 재산을 빼앗긴 것에 대한 강한 수취심과 무력감을 기저로 하고 있지만, 이미 그의 내재적 성격이 이러한 행동으로 나타나고 있다고 할 수 있다. 그는 이귀李貴와의 대결에서 계속해서 혼자서 속으로 이야기 하고 있으며 스스로 자신의

---

22) 那獻臺上, 人叢裡, 喝一聲道: "且住！且住！這利物不屬你！"李貴吃了一驚, 抬起頭一看, 卻是一個承局出來道: "我是西京楊承局, 來這裡燒香, 特地來看使棒。你卻共社官廝說要白拿這利物。你若贏與我, 這利物屬你；你輸與我, 我便拿這利物去。我要和你放對, 使一合棒, 你敢也不敢?"李貴道: "使棒各自聞名, 西京那有楊承局會使棒?"部署道: "你要使棒, 沒人央著你, 休絮！休絮！"社司讀畢, 部署在中間間棒。這承局便是楊三官人, 共部署馬都頭曾使棒, 則瞞了李貴。李貴道: "教他出來！"楊三官把一條棒, 李貴把一條棒, 兩個放對使一合。楊三是行家, 使棒的叫做騰倒, 見了冷破, 再使一合。那楊承局一棒劈頭便打下來, 喚做大捷。李貴使一扛隔, 楊官人棒待落, 卻不打頭, 入一步則半步一棒, 望小腿上打著, 李貴叫一聲, 辟然倒地。(≪清平山堂話本≫〈楊溫攔路虎傳〉)

출신과 능력을 부지불식간에 강조하고 있다. 이것은 그가 간직해온 심리 적 압박감과 그것을 드러내지 못한 옹졸함, 그리고 환경에 따라 자신의 능력을 발휘하지 못하고 오히려 당하고만 말았던 내적인 분노와 깊은 불만이 응집되어 나타난 것이다.

이귀李貴와의 대결 관계는 양삼관인楊三官人과 다른 인물과의 대립이 나, 보완 관계와는 다르게 병렬적 관계를 유지하고 있지만, 이러한 관계 를 통해서 양삼관인楊三官人의 상당히 복잡한 내적 심리 상태를 그려내고 있다. 그러므로 이귀李貴와의 조우와 대결을 통해서 양삼관인楊三官人이 다른 인물과의 적대적 대립이나, 상대적 보완의 관계에서 볼 수 없는 내면적 심리 상태를 적절하게 구현하고, 심리기제를 다양한 측면에서 이해할 수 있도록 단서를 제공하고 있다. 양삼관인楊三官人과 이귀李貴의 관계를 통해서 그동안 직접적이고 대립적인 사건을 중심으로 진행돼왔 던 이야기나 그것에 의지하여 이들의 특징을 살펴보는 것이 아니라, 병 렬 관계를 통해서 이전의 표면적 관계에서 살펴볼 수 없었던 보다 세밀 하고 지속적이고 깊이 있는 내면적 관계와 그것에 수반된 감정의 변화, 복잡하고 미묘한 심리 상태 등을 폭넓게 살펴볼 수 있다. 인물 간의 평행 적 관계망에서 인물들의 특징을 살펴보는 것은 인물의 내면적인 심리를 진술하고 구체적으로 드러내는 데 일조하는데, 이것은 의도적이거나 일 정한 목적의식을 가지는 것이 아니기 때문에 인물의 특징을 세밀하고 다각적으로 드러내고 인물을 보다 입체적이고 생동적으로 구성하는 원 동력이 되기도 한다.

앞에서 살펴보았던 〈일굴귀라도인제괴一窟鬼癩道人除怪〉(≪경세통언警 世通言≫제14권第十四卷)의 '오홍吳洪'과 '왕칠삼관인王七三官人'은 '우호적 병렬 관계'를 가지고 있고, 〈양온란로호호전楊溫攔路虎傳〉(≪청평산당화본 淸平山堂話本≫)의 '양삼관인楊三官人'과 '이귀李貴'는 '대립적 병렬 관계'를 가지고 있다. 이 두 작품에서의 인물 관계는 서로가 직접적인 접촉을 하고 있다는 점인데, 〈삼현신포용도단원三現身包龍圖斷寃〉(《경세통언警世通言》제13권第十三卷)에서 등장하는 '대손압사大孫押司'와 '소손압사小孫押司'는 줄거리의 전개상 서로 접촉하거나 만난 적이 없는 '간접적 병렬 관계'를 취하고 있다. 이들은 작품의 전개 과정에서 스토리 진행 범위 내에 존재하고 있으며, 비록 직접적인 대면의 과정은 없다하더라도 전체적인 줄거리 구조 안에서 병렬 관계를 유지한다.23)

〈삼현신포용도단원三現身包龍圖斷寃〉(《경세통언警世通言》제13권第十三卷)은 기이한 사건이 발생하고 그 사건을 해결해 나가는 '정탐소설偵探小說'의 형식을 가지고 있다. 작품의 도입부는 〈양온란로호전楊溫攔路虎傳〉(《청평산당화본清平山堂話本》)의 시작 부분과 마찬가지로 매괘선생賣卦先生의 점괘가 사건의 발단으로 작용한다. 구체적인 줄거리를 살펴보면, 충주부充州府 봉부현奉符縣의 손압사孫押司(손문孫文)는 길을 가다가 이걸李傑(매괘선생賣卦先生)에게 점을 본다. 이걸李傑은 당일 삼경三更 삼점三點 자시子時에 손압사孫押司가 죽는다고 하였다. 손압사孫押司는 매우 화가 나서 점판을 다 엎어버리고 이걸李傑을 잡아 내동댕이치는 등 저잣거리에서 한바탕 소란을 일으킨다. 집으로 돌아와서 부인(압사낭押司娘)에게 이 일을 이야기 한다. 압사낭押司娘은 오늘 밤에 하녀 영아迎兒와 함께 남편

23) 많은 작품에서 인물 간의 관계는 직접적인 만남이나 접촉에 의해서 구체적으로 조성된다. 실제로 어떤 인물 간의 관계는 직접 만나든, 그렇지 않던 간에 어떤 식으로든 직접적인 관계를 가져야지만 서로의 관계를 확정지을 수가 있다. 그러나 가공의 인물이 등장하고 허상의 공간이 존재하는 소설 작품에서는 반드시 그렇지 않다. 서로가 직접 만난 적이 없지만, 소설 작품의 큰 구조 속에서 하나의 유기체처럼 움직이고 있기 때문에 이들이 서로 접촉하지 않았다고 하더라도 이들은 작품 속에서 보이지 않는 관계를 형성하고 있다. 그러므로 이들이 반드시 직접 대화를 나누거나 대면해야만 한다는 원칙을 벗어날 필요가 있다. 송원화본소설宋元話本小說에서도 이러한 경우가 많이 등장하는데, 이들이 동일한 장소에서 서로 접촉하기도 하고 혹은 시·공간의 제약과 변화로 인해 서로 만나지 못하기도 하지만, 여전히 인물 간의 관계에서는 병렬적 특징을 보여주고 있다.

곁을 지킨다고 하면서 손압사孫押司를 안심시킨다. 그날 밤 과연 이걸李傑이 예언한 그 시각이 되자 손압사孫押司가 벌떡 일어나 얼굴을 가린 채 밖으로 뛰어나가서 강물에 뛰어들어 자살하고 만다. 이웃 사람들이 놀라서 관가에 알린다. 손압사孫押司가 죽은 지 100일 후에 압사낭押司娘은 매파를 통해 성이 손씨孫氏인 또 다른 압사押司를 맞아들인다. 사람들은 그를 작은 손압사孫押司(소손압사小孫押司)라고 하였다. 하루는 영아迎兒가 부엌에서 불을 지피고 있는데, 대손압사大孫押司의 혼령이 나타난다. 압사낭押司娘은 영아迎兒가 죽은 손압사孫押司의 귀신을 보았다고 말하자, 그녀가 허황된 말만 지껄인다고 한바탕 야단을 치고는 그녀를 술주정꾼에다가 도박꾼인 왕흥王興에게 시집보낸다. 이후에 대손압사大孫押司의 귀신은 두 차례나 영아迎兒 앞에 나타난다. 그 이듬해 포상공包相公(포증包拯)이 봉부현奉符縣의 현령으로 부임해왔는데, 꿈속에서 한 폭의 대련對聯을 보게 된다. 이것은 마침 영아迎兒가 귀신으로부터 얻은 구절과 같았다. 이것을 단서로 압사낭押司娘과 소손압사小孫押司를 포박하여 심문하니 모든 것을 실토하였다. 원래 압사낭押司娘과 소손압사小孫押司는 내연의 관계였는데, 대손압사大孫押司에게 흉한 괘가 나온 것을 기회로 삼아 소손압사大孫押司를 살해하고 부뚜막 화덕 아래에 묻고서 거짓으로 손압사孫押司가 강에 빠져 죽은 것처럼 위장하였다. 이리하여 사건은 해결되었고, 죄인들은 법에 따라 처벌을 받았다.

이 작품에서 등장하는 두 인물인 '대손압사大孫押司'와 '소손압사小孫押司'는 작품 속에서 각각 주요인물과 보조인물의 역할을 하고 있다. 대손압사大孫押司는 처음 부분에 등장할 때는 사람으로 등장하고, 중·후반부에 세 차례 나타날 때는 모두 귀신의 형상으로 나타난다. 소손압사小孫押司는 작품 속에서 나타나는 비중과 활동에 있어서 그리 두각을 나타내지 못한다. 주로 압사낭押司娘과 내연의 관계를 서술할 때만 잠깐 묘사되는데, 대손압사大孫押司와 직접적인 관계를 가진 인물은 아니다. 소손압사

小孫押司는 주로 압사낭押司娘과 같이 등장하지만, 압사낭押司娘의 정부情 夫 역할을 하고 있어서 작품 속에서의 묘사는 압사낭押司娘이나 대손압사 大孫押司에 비해서 상당히 미약하다. 그러나 소손압사小孫押司는 이미 작 품의 도입 부분부터 등장하고 있으며, 특히 대손압사大孫押司를 대신하여 강에 뛰어드는 장면과 소손압사小孫押司와 압사낭押司娘이 같이 술을 마 시다가 영아迎兒에게 술국을 끓여오게 하는 장면은 사건을 미궁으로 빠 뜨리면서 한편으로는 사건 해결에 대한 단서를 제공하는 데 중요한 역할 을 한다. 대손압사大孫押司와 소손압사小孫押司은 서로 성이 같고 외모가 비슷하지만 이들은 서로 다른 인물이며, 이후 작품에서의 역할도 각기 다르다. 작품에서 이들의 관계는 대손압사大孫押司와 압사낭押司娘, 혹은 대손압사大孫押司와 다른 인물과의 관계와는 다르게 병렬 관계를 가지고 있다. 이들은 살이 있을 때 서로 접촉한 적이 없고, 대손압사大孫押司가 죽고 나서도 혼령으로서도 소손압사小孫押司 앞에 나타난 적이 없다.[24] 이들 간의 직접적인 접촉이 없으므로 어떠한 관계도 가지고 있지 않는 것처럼 보이지만, 사실은 이들은 작품의 전체적인 스토리 구조 안에서 일정 정도의 관련성을 갖고 있다. 서술적 측면에서 보면, 독립과 병렬의 관계를 가지면서 사건을 이끌어가고 있는데, 이러한 특수한 관계는 오히 려 이들의 다양한 성격과 심리 상태 및 반응을 구체적으로 보여준다.

대손압사大孫押司는 이걸李傑의 점괘에 화가 나서 난동을 부리는 폭력 적이고 과격한 성격을 가지고 있지만, 한편으로는 부인에게 사실을 이야 기하고 위로를 받고자 하며 그것에 대한 방안을 구하는 조심성을 보이기 도 한다. 그가 밤늦도록 잠을 자지 못하고 걱정하는 모습을 통해서도

---

24) 압사낭押司娘이 소손압사小孫押司와 모의하여 대손압사大孫押司를 죽이는 과정에서는 대손압사大孫押司와 소손압사小孫押司가 어느 정도 접촉했을 가능성은 있지만, 작품에 서는 이것에 관한 언급이 전혀 없으므로 대손압사大孫押司가 죽기 전에 소손압사小孫 押司와 대면했을지는 알 수가 없다.

이러한 불안한 심리를 엿볼 수 있다. 그의 이러한 면은 외적 표현과 내적 심리가 다르며, 인물의 내면적 심리 역시 서로 상충하는 모순된 면을 가지고 있음을 여실히 보여준다.25) 이러한 성격상의 '양립성兩立性'은 그가 죽고 나서 혼령이 되어 영아迎兒앞에 나타나서도 자신을 죽인 사람은 누구인지 분명하게 말하지 않고, 단 지 억울하다는 말만 되풀이 하는 점만 보아도 마음속의 심리가 겉으로의 행동으로 이행과정에서의 모순됨과 복잡한 상태를 드러내고 있다. 이러한 반응은 이후 두 차례나 영아迎兒앞에 나타날 때도 동일하게 보이는데, 나중에 영아迎兒에게 사건을 해결할 중요한 단서인 문구를 줄때도 어떠한 설명도 하지 않는다. 대손압사大孫押司는 사건의 과정을 이야기 하거나 직접적으로 범인을 지목하지 않고, 끊임없이 단서를 제공하면서 그들이 스스로 그 단서를 찾아서 사건을 해결하도록 종용한다. 이것은 정탐소설偵探小說에서 흔히 보이는 독자의 궁금증과 흥미를 야기하기 위하여 조성하는 구조와 형식일 수도 있지만, 인물의 성격 측면에서 살펴보면, 대손압사大孫押司의 사건해결에 대한 부정확한 지시와 모호한 암시, 또한 자신이 겪은 일에 대한 불분명한 언급과 불확실한 행동 등 복잡한 성격을 반영하는 것일 수도 있다. 이렇게 작품 속에서 다양한 심리 상태와 성격을 보여주고 있는 대손압사

---

25) 辛穎은 〈論文學作品中的人物性格對照的三種方式及其作用〉에서 인물 성격의 대조를 '인물(자신)과 타자', '인물의 내부와 외부', '인물 내부의 양면성'으로 나누어 설명하고 있다. 이 중에서 '인물의 내부와 외부'는 외적 표현과 내적 심리가 다른 형태를 말하고, '인물 내부의 양면성'은 인물의 내부에서 일어나는 모순되고 상반되는 특징을 말한다. 常輔相도 〈淺談≪紅樓夢≫人物性格的對照方式〉에서 ≪홍루몽紅樓夢≫의 인물을 분석하면서 '인물의 내부적 양극 현상'을 설명하고 있다. 〈삼현신포용도단원三現身包龍圖斷寃〉(≪경세통언警世通言≫第13卷)의 대손압사大孫押司는 바로 상반된 특징을 적절하게 드러내고 있는 인물이라고 할 수 있다. 인물 성격의 대조 방식과 이에 관련된 자세한 내용은 辛穎, 〈論文學作品中的人物性格對照的三種方式及其作用〉, ≪職大學報≫, 2010年 第1期, 72-73쪽 ; 常輔相, 〈淺談≪紅樓夢≫人物性格的對照方式〉, ≪學術交流≫, 1996年 第4期, 109-110쪽을 참조.

大孫押司와는 다르게 소손압사小孫押司의 특징은 작품 속에서 자세하게 드러나지 않는다.

소손압사小孫押司에 대한 개별적 묘사는 전무한 상태이며, 상황이나 다른 인물과의 연동된 행동과 그것에 대한 묘사를 통해서 가늠할 수 있을 뿐이다. 그는 자신의 사랑을 위해서 압사낭押司娘과 함께 과감하게 살인을 저지를 수 있는 행동의 소유자인데, 이성적 판단보다는 감성적 판단이 앞서는 인물이다. 그는 압사낭押司娘과 같이 살고 싶은 생각이 강렬했고, 일단 욕망을 달성하기 위해서 그것에만 집중하고 다른 것은 살피지 못한다. 그렇기 때문에 압사낭押司娘과 결혼하자마자, 주위의 시선은 아랑곳하지 않고 그녀와 밤새도록 즐긴다. 또한 영아迎兒가 부엌에서 술국을 끓일 때 대손압사大孫押司의 혼령을 보았다고 했을 때도 압사낭押司娘은 과도하게 반응하는 것에 반해 소손압사小孫押司는 별다른 반응이 없다. 대손압사大孫押司가 죽고 난 뒤 그를 대신한 역할에서만 집중했을 뿐, 살인에 대한 책임이나 두려움은 없었다. 그는 자신의 사랑을 위하여 살인쯤은 아무렇지도 않게 감행하는 대담하고 저돌적인 인물이다. 한편 완벽한 은폐를 위해서 얼굴을 가린 채 강물에 뛰어들면서 마을 사람들이 대손압사大孫押司로 착각하게 만드는 세심함도 함께 가지고 있다. 압사낭押司娘의 주도면밀함과 소손압사小孫押司의 무모함과 충복심은 대손압사大孫押司와도 상당한 대조를 이룬다.

대손압사大孫押司와 소손압사小孫押司는 비록 서로 다른 성격과 행동 방식을 가지고 있지만, 이들은 한 작품 안에서 서로 팽팽한 긴장감을 조성하고 있다. 작품에서는 대손압사大孫押司와 소손압사小孫押司가 대등한 장력으로 서로에게 작용하지는 않지만 어느 정도 관계를 맺고 있으며, 이러한 관계 구도에서 대손압사大孫押司가 주동적이고 소손압사小孫押司는 수동적인 면을 보인다. 대손압사大孫押司와 소손압사小孫押司는 서로의 성격과 특징이 사뭇 다르고, 사건에 대한 태도와 반응조차도 상이하다.

그럼에도 불구하고 이들은 여전히 병렬적인 관계를 맺고 있는데, 비록 대손압사大孫押司가 혼령이고 특정한 한 사람, 즉 영아迎兒에게만 나타나기 때문에 소손압사小孫押司가 그를 인식할 수 없지만, 이들 사이에는 여전히 일정 정도의 관계가 조성되어 있고, 이것은 서술과정에서 독립적이고 개별적인 구조를 형성하고 있다.

〈일굴귀라도인제괴一窟鬼癩道人除怪〉(≪경세통언警世通言≫第14권第十四卷)와 〈양온란로호전楊溫攔路虎傳〉(≪청평산당화본淸平山堂話本≫)의 작품에서는 서로를 인식하는 방식이 '우호적 병렬 관계'와 '대립적 병렬 관계'라고 한다면, 〈삼현신포용도단원三現身包龍圖斷冤〉(≪경세통언警世通言≫ 第13권第十三卷)에서는 '간접적 병렬 관계'라고 할 수 있다. 이것은 서로가 동일하게 인식하는 것이 아니라, 어느 한쪽이 주동적으로 인식하고 그에 의해서 관계를 엮어가는 상황을 말한다. 비록 앞에서 제시한 작품들과는 달리, 양자가 직접적으로 대면하고 있지는 않지만, 이들의 비가시적 관계를 통해서 사건을 더욱 완전하게 구성하고, 작품의 줄거리에 단서를 제공하고 의문점을 상기시켜 독자의 흥미를 유발하는 데에는 효과를 거두고 있다.

소손압사小孫押司의 출현과 대손압사大孫押司와의 비교는 작품의 구성 성분의 핵심적인 요소로 작용할 뿐 아니라, 작품의 내용을 이끌어 나가는데 중요한 역할을 하고 있다. 비록 양자 간의 관계가 사건 해결에 단서를 제공하는 정도에 그치고 있기 때문에 양자 간의 관계를 이해하는 데는 한계점을 가지고 있지만, 이들은 서로가 존재해야만 작품의 줄거리가 성립된다는 특징에서 본다면, 이들의 관계는 인물 간의 접촉 여부와 긴밀함의 정도를 떠나서 이미 상당한 연관성을 가지고 있는 셈이다. 성격의 특징을 고찰하는 데에 있어서도 직접적으로 인물의 성격을 묘사하지는 않지만 상대방의 존재와 행동을 통해서 어느 정도 가늠할 수 있으며, 다른 인물의 언급과 서술을 통해서도 살펴볼 수 있다. 특히 영아迎兒

가 소손압사小孫押司와 압사낭押司娘을 위해 술국을 끓여오면서 대손압사大孫押司와 소손압사小孫押司를 비교하는 장면이 나오는데, 이 장면에서 대손압사大孫押司의 고지식하고 폭력적인 면, 신중하고 규칙적인 면이 부각되고, 소손압사小孫押司의 대범하고 향락적이며, 개방적이고 활동적인 면을 알 수 있다. 비록 직접적으로 인물을 비교하는 데에 있어서는 다소 제한적이지만, 이 부문을 제외하고서라도 이들은 서로가 존재하고 그 존재를 묘사하는 것만 가지고도 충분히 비교될 수 있다.

〈삼현신포용도단원三現身包龍圖斷冤〉(≪경세통언警世通言≫제13권第十三卷)의 '대손압사大孫押司'와 '소손압사小孫押司'는 성과 신분은 같지만, 서로 다른 인물이다. 〈전사인제시연자루錢舍人題詩燕子樓〉(≪경세통언警世通言≫제10권第十卷)의 '관반반關盼盼'과 '여인(수원로리지녀守園老吏之女)'은 이름과 외모는 완전히 다르지만 사실은 동일한 인물이다. 한 명은 사람이고 또 다른 한 명은 혼령이어서 마치 다른 인물처럼 여겨지지만, 관반반關盼盼이 죽어서 혼령이 되어 다른 모습으로 나타났다고 볼 수 있다. 〈전사인제시연자루錢舍人題詩燕子樓〉(≪경세통언警世通言≫제10권第十卷)의 '관반반關盼盼'과 '여인(수원로리지녀守園老吏之女)'은 〈삼현신포용도단원三現身包龍圖斷冤〉에서 '대손압사大孫押司'와 '소손압사小孫押司'와 많은 부분에서 공통점을 지닌다. 이들이 각각 같은 시간과 공간에 동시에 출현하지 않는 것은 물론이고, 대손압사大孫押司는 혼령(작품에서 인간으로는 잠깐 등장할 뿐이고, 대부분 혼령으로 등장함)이고 소손압사小孫押司는 사람이라는 것과 관반반關盼盼은 사람이고 여인은 혼령이라는 점도 상당히 유사하다. 대손압사大孫押司와 소손압사小孫押司는 마을 사람들이 잘 구별하지 못할 정도로 이들은 외형이나 모습 등이 상당히 비슷하지만, 오히려 성격이나 구체적인 행동에 있어서 차이를 보이고 있다. 〈전사인제시연자루錢舍人題詩燕子樓〉의 관반반關盼盼과 여인은 이름, 신분과 외모가 전혀 다르지만,[26] 이들의 행동과 성격, 심리는 상당히 유사하다. 관반반關盼盼은 사람이고 여인은 혼령인 점만 다를 뿐 모두 동일한 인물인 셈이다. 이들이 작품에서 동시에 나타나 대면하거나 접촉하지 않는다는 사실은 〈삼현신포용도단원三現身包龍圖斷冤〉의 대손압사大孫押司와 소손 압사小孫押司의 경우와 같다. 이들은 줄거리의 큰 구조 안에서 서로 존재 하면서 지속적으로 스토리 라인을 형성하고 있다. 특히 여인(혼령)은 관 반반關盼盼(사람)의 내면적 모습을 구체적으로 형상화한 것으로 볼 수 있으며, 그녀의 원한과 애증을 직접적으로 그려내고 있다고 할 수 있다.

일반적으로 인물 비교에 있어서 내·외향적 성격이 확연하게 구분되 거나, 행동과 태도가 분명히 다를 때 각자의 성격과 특징을 밝혀내기가 용이하다. 그러나 성격이나 태도가 비슷한 경우에 양자의 특징을 변별해 내기는 상당히 힘들다. 특히 작품에서 등장하는 여성인 경우에는 차이점 보다는 유사점이 많으며, 심리와 감정에 있어서도 아주 비슷한 경향을 보이고 있다. 그렇다면 '이들의 성격을 어떻게 구별할 것인가?'라는 문제 에 직면하게 되는데, 비록 이들이 어떤 생각과 어떤 심리 상태는 같을 지라도, 그것을 표출하고 극복하기 위해서 구체적으로 '어떤 행동을 하 였는지'는 다르다.[27] 관반반關盼盼은 자신의 울분과 애환을 어느 누구도

---

26) 〈전사인제시연자루錢舍人題詩燕子樓〉(《警世通言》第10卷)에서 관반반關盼盼과 여인 (守園老吏之女)은 외모가 같을 수도 있지만, 작품에서는 이러한 내용이 구체적으로 드 러나지 않는다. 중서사인中書舍人 전희백錢希白이 직접 이 여인과 대면하지만, 관반반 關盼盼이 죽은 지 이미 100여 년이 흘러서 이 여인이 과거의 관반반關盼盼과 동일한 외모를 가졌는지는 증명할 수가 없다. 작품에서의 제한된 인물묘사만으로는 동일한 형상을 가졌는지는 알 수가 없다.

27) 李光, 陳宗榮은 〈論《聊齋志異》人物塑造中的對照意識〉에서 《요재지이聊齋志異》 의 〈연향蓮香〉에 나타난 연향蓮香(狐)과 이씨李氏(鬼)가 모두 상생桑生을 사랑하는 과정 을 구체적인 예로 삼아 두 여인의 심리 상태做甚麼는 기본적으로 같지만, 사랑을 얻고 자 하는 구체적인 행동怎樣做에 있어서는 다름을 심도 있게 분석하고 있는데, 〈錢舍人 題詩燕子樓〉의 관반반關盼盼과 여인의 심리와 행동도 이와 다르지 않다. 李光, 陳宗 榮, 〈論《聊齋志異》人物塑造中的對照意識(續)〉, 《蒲松齡研究》, 2000年 第3

알아주는 이가 없어서 격한 감정과 비장함을 가진 채 '죽음'으로 마무리
하고 있고, 여인은 자신의 처지를 동정하고 감정을 이해해 주는 전희백
錢希白에게 마음 속 울분을 드러내고 자신을 인식시키면서 슬픔에서 벗
어나는 과정을 밟고 있다. 이러한 방식은 사실 관반반關盼盼에서 '미해결'
된 과제(고통)를 여인을 통해서 '해결(해소)'하고 있는 것이다. 관반반關
盼盼과 여인은 정서와 성격, 심리기저가 서로 비슷하다고 할지라도 그것
을 표현하고 반응하는 과정은 다르다고 할 수 있다.

비록 여인이 관반반關盼盼을 심리 상태와 정서를 사실적으로 드러내고
있다고 할지라도 양자의 관계가 상당히 근접하게 연결되어 있거나 서로
가 보완의 관계를 가지는 것은 아니다. 작품에서는 연관 관계가 없는
다른 인물처럼 묘사되어 있으며, 인물에 대한 장면과 묘사도 단독으로
진행되고 있어서 '독립적' 병렬 관계의 특징이 농후하다. 후대의 전희백
錢希白의 독백[28]을 통해서 살펴볼 때, 관반반關盼盼은 이 여인의 등장(꿈
과 현실)과 전희백錢希白과 대화로써 자신의 심리를 일정정도 투영하고
있으며, 이러한 사실을 후대의 사람이 알아주기를 바라는 간절한 소망을
담고 있다. 하지만 그렇다고 해서 이 장면이 작품의 전체에서 중요한
부분을 차지하거나, 이 여인의 출현과 언동이 관반반關盼盼의 특징을 드
러내는데 주도적으로 작용하지는 않는다. 단지 그녀의 심리를 이해하고
동정심을 불러일으키고, 인물의 특징을 상대적으로 부각시키면서 내면
적인 특징을 드러내는데 어느 정도 도움을 주고 있을 뿐이다. 하지만
이러한 과정은 인물에 대한 직접적인 묘사에서는 드러나지 않는 부분인
데, 이들 간의 관계를 통해서 다른 묘사에서 볼 수 없었던 세밀하고 다채

期, 21-22쪽을 참조.

28) 希白推枕而起, 兀坐沉思: '夢中所見者, 必關盼盼也。何顯然如是?千古所無, 誠爲
佳夢。'反覆再三歎曰: "此事當作一詞以記之。"(《警世通言》第十卷〈錢舍人題詩燕
子樓〉)

로운 인물의 특징을 자세히 살펴볼 수 있다. 이러한 모습은 표면적인 것이 아닌 다양한 측면을 반영하고 있기 때문에 해당 인물에 대한 복잡한 성격과 특징을 이해하는 데 도움을 줄 수 있다.

4. 나오는 말篇尾

이상으로 작품 속 주요인물 사이의 병렬 관계와 주요인물과 보조인물 사이의 병렬 관계를 통해서 인물의 특징에 대한 다양한 관점을 살펴볼 수 있었다. 다양한 서술 시각을 통해서 구현된 인물의 형상과 가치관은 '병렬並列' 관계를 통해서 보다 분명하고 세밀하게 드러난다. 이들은 비록 관념과 의식, 관계와 대응, 인식과 수용 등 다양한 속성과 특징을 보여주고 있지만, 그 안에 내재해 있는 이념과 행동, 그리고 태도로 구체화된 과정은 상당히 다르다. 이에 이러한 병렬 관계를 통해서 표면적으로 획일화된 직선식, 대응식 관계가 아닌 보다 세밀하고 다각적인 관계망을 통하여 인물 관계를 살펴볼 수 있는데, 비록 인물의 성격이나 태도가 동일하고 유사하다고 할지라도 그 안에 잠재되어 있는 심리 상태와 행동은 각기 다르다고 볼 수 있다.

인물 간의 다양한 병렬 관계를 통해서 인물의 특성에 대해서 보다 더 포괄적이고 세밀하게 살펴보기 위해서는 단순히 작품 속에서 묘사되어진, 혹은 서술되어진 내용만을 가지고 살펴보는 방식에서 벗어날 필요가 있다. 비슷하지만 다른 인물의 시각과 작품의 전체 줄거리 진행과정을 통해서 포괄적으로 고찰하여야 한다. 또한 이들은 서로 연계되어 있고, 이러한 시각과 관계가 서로의 특징을 부각시키고, 상대의 인물을 이해하는데 도움을 주고 있음을 인식할 필요가 있다. 비록 '대립對立'이나 '보완補完'의 관계처럼 직접적이고 구체적인 관계를 통해서 상대의 특징을 적극적으로 부각시키는 것은 아니지만, 작품마다 직접 접촉과 인식을 통해서 나타나는 '외표外表'와 '내면內面'이 같거나 혹은 다르게 나타나는 병렬 관계, 지속적인 병렬 관계, 또는 우호적, 대립적 병렬 관계, 무접촉을 통해서 드러나는 간접적, 독립적 병렬 관계 등, 줄거리 전개라는 큰 틀 안에서 서로의 관계를 형성하고 지속적으로 유지하는데 중요하게 작용하고 있다. 이러한 관계를 이해하고 인식한다면 인물의 특징을 살펴볼 때 균등하고 경직된 시각에서 벗어나 작품 속에 다양한 모습을 고찰할 수 있으며, 그 안에 내포되어 있는 복잡하고 다면적인 모습을 보다 세밀하게 관찰할 수 있다.

인물 간의 병렬 관계는 '병렬並列'이라는 단어가 가지고 있는 의미에만 한정하여 단지 서로가 독립적으로만 서술되어지고, 직접적인 관계가 형성되지 않기 때문에 인물 상호간의 다양한 특징을 살펴볼 수 없는 것이 아니라, 오히려 서로를 객관적이면서 상대적으로 작용하는 '반응反應'과 '투영投影'의 시각으로 살펴볼 수 있게 만든다. 또한 직접적인 관계에서 볼 수 없었던 자아와 타자, 개인과 집단, 현실과 허상 사이에서 어떻게 반응하고 행동하는지, 인물의 사고가 어떻게 유연하게 적응하며 혹은 변화하는지 등의 복잡한 과정을 매우 세밀하게 살펴볼 수 있다. 이것은 인물뿐만 아니라, 나아가 작품을 이해하는 데에 있어서 중요하게 작용한다.

제3장

반응反應과 호응呼應: 인물의 '보완補完' 관계

1. 들어가는 말入話: '인물대우人物對偶'에서의 인물 '보완補完' 관계

소설 작품 속에서 '인물대우人物對偶'는 인물 관계를 다양하고 구체적으로 보여 주는 현상 중의 하나이다.1) 송원화본소설宋元話本小說에서 '인

---

1) '대우對偶'는 수사기교의 한 부류로 '상대相對', '상반相反', '상종相從', '상사相似', '상분相分' 등의 특징을 가지고 있다. 대우는 수사학修辭學 관련 저서마다 그 분류기준과 내용이 조금씩 다르지만, 공통적으로 '서로 대구'를 이룬다는 점은 변함이 없다. '대우對偶'의 본의本義는 주로 어의語義, 형식形式, 활용活用 등 언어적 특징에 있어서의 수사특징으로 이해되었지만, 이후 확대되어 언어 형식의 수사적 특징(사격辭格)뿐만 아니라, 소설속의 인물, 배경, 사건, 서술, 의론議論 등 서사적 특징(사식辭式)에까지 적용되었다. 또한 유사한 용어들이 대량으로 등장하였는데, 예를 들면, '대비對比', '대장對仗', '유비類比', '대조對照', '친필襯筆(정친正襯, 반친反襯)', '합전合傳' 등이다. 이러한 용어들은 그 포함하는 범위와 수사적 특징은 조금씩 다르지만, 모두 '서로 대구'를 이룬다는 점은 공통적이다. 소설작품 속에서 서사적 수사기교로 운용되는 '대우對偶'는 우리말로 고치면 '대우對偶', '대구對句', '대립對立', '충돌衝突', '대비對比', '비교比較' 등으로 나타낼 수 있을 것이다. 그러나 '대구對句'는 그 용어에서 이미 드러나듯이 형식적인 문구의 '대조對照' 혹은 '상대相對'의 의미가 강하므로 본 글에서 다루고자 하는 인물 간의 관계에서는 적합하지 않다. '대립對立'과 '충돌衝突'은 어떤 특정한 사건과 상황, 이념의 특징만을 부각시키고, '상대相對'와 '비교比較'는 이와는 반대로 상당히 모호하고 포괄적인 의미를 가지고 있으므로, 인물 간의 관계를 나타내는 데에는 적합하지

물대우人物對偶'는 '대립對立', '보완補完', '병렬竝列'의 관계로 세분화 될 수 있는데, 이 중에서 '보완補完' 관계는 '대립對立'에서 부각되는 '갈등'과 '긴장', '병렬竝列'에서 나타나는 '균등', '평행'과는 다르게 인물 간 서로 긴밀히 반응하고 보완하는 현상을 보여주고 있으므로, '대립對立'과 '병렬竝列' 관계에서 볼 수 없었던 인물 간의 유기성과 연관성을 구체적으로 드러내고 있다. 인물의 보완 관계의 주체와 대상에는 주요인물과 보조인물이 등장하는데, 이들의 관계는 작품의 전개에 따라 서로 다양한 역할을 수행하면서 복잡하고 개성 있는 특징을 나타낸다. 일반적으로 대립항을 가지고 있는 주요인물 간의 '갈등'과 '대결' 구도에 관한 부분은 이미 많은 연구가 진행되었다.[2] 이렇게 많은 연구가 나올 수 있었던 이유를

않다. 이에 본 글에서는 인물 간의 '대우對偶' 관계를 '인물대우人物對偶'라는 용어를 사용하고자 한다. '대우對偶'에 관련된 수사적 특징과 이칭異稱을 포함한 다양한 정의와 내용은 다음 자료를 참고하기 바란다. 黃慶萱, ≪修辭學≫, 臺北: 三民書局, 2000年, 591-628쪽 ; 成偉鈞, 唐仲揚, 向宏業 主編, ≪修辭通鑑≫, 臺北: 建宏出版社, 1996年, 527-531쪽, 812-827쪽, 817-818쪽, 829-838쪽, 1146-1153쪽 ; 周啟志, 羊列容, 謝昕, ≪中國通俗小說理論綱要≫, 臺北: 文津出版社有限公司, 1992年, 130-139쪽 ; 李光, 陳宗榮, 〈論≪聊齋志異≫人物塑造中的對照意識〉, ≪蒲松齡研究≫, 1999年 第3期, 58쪽 ; 王平, ≪中國古代小說敍事研究≫, 河北人民出版社, 2003年, 274-309쪽, 387-414쪽.

2) 중국소설 연구에 있어서 '주제', '형식', '서사', '언어' 등을 제외하고는 대부분 '인물'의 특징과 비교에 집중되어 있는데, 인물의 특징과 비교 연구에 있어서는 주요인물의 '대립對立'과 '충돌衝突'에 비교적 편중되어 있다. 간혹 '인물'과 작품의 '주제', '언어', '사회'와 연계하여 고찰하기도 하지만, 인물 간의 대조와 갈등의 범위를 크게 벗어나지 않는다. 중국문학 작품 연구에서 인물의 대립과 충돌에 대한 연구 논문과 저작의 수는 매우 많아서 하나하나 열거하기 힘들지만, 본 글과 비교적 직접적인 관련이 있거나 참고할만한 연구 논문을 살펴보면 다음과 같다. 劍鋒, 〈從矛盾衝突中刻畫人物性格--再論≪三國演義≫的藝術成就〉, ≪海南大學學報(社會科學版)≫, 1983年 第1期 ; 陳茹, 〈〈孔雀東南飛〉人物性格衝突及劉蘭芝性格二重性〉, ≪蕪湖職業技術學院學報≫, 2003年 第2期 ; 肖燕憐, 〈人物隨世運 無日不趨新--〈快嘴李翠蓮記〉言語衝突淺析〉, ≪新疆財經學院學報≫, 2005年 第3期 ; 蔡維芳, 〈矛盾衝突與人物性格〉, ≪文學教育≫, 2008年 第10期 ; 孫桂平, 〈論≪牡丹亭≫的人物格局和矛

외부적 연구 환경이나 연구 경향, 자료의 발굴이나 수용과 해석의 차이 등의 요인을 떠나서 작품의 내부적 요소로 살펴보면, 대부분의 소설 작품에서 서사의 중심은 바로 주요인물이라고 할 수 있으며, '남男/녀女', '인人/요妖', '인人/귀鬼', '인人/선仙' 등 이원적 인물 간의 충돌이나 갈등의 조합을 통해서 지속적으로 이야기가 전개되고 있기 때문이다. 소설 작품에서 비록 주요인물 간의 관계가 중심이 되어 작품의 중심축을 형성하고, 이러한 중심축을 위주로 다양한 인물과 관계를 맺고 있지만, 작품에서는 반드시 주요인물 간의 상대적 대립 관계만 존재하거나, 그것만이 작품 속 인물 간의 관계 전체를 대표하지는 않는다. 대조군을 가지고 있는 주요인물 간의 관계이외에도 주요인물 사이의 보완 관계나, 혹은 주요인물과 보조인물 사이에서도 '보조', '반응', '부각' 등 보다 다양한 인물 관계가 존재하기도 한다. 그러므로 기존의 연구에서 주요인물 간의 '대결' 관계에만 편중했던 시각에서 벗어나, 주요인물뿐만 아니라, 주요인물과 보조인물이 어떻게 보완의 관계를 맺고 서로 유기적으로 반응하는지 살펴볼 필요가 있다. 이러한 연구는 주요인물 간의 연구에서 간과하였던 보조인물 및 다른 인물들과의 관계, 이후 이러한 과정이 작품의 전개와 주제의 부각에 어떻게 영향을 미치는지를 구체적이고 세부적으로 고찰할 수 있게 한다. 인물의 '보완補完' 관계는 단순히 주요인물과 보조인물의 중요성이나 작품에서의 역할을 비교하는 것이 아니라, 두 부류의 인물들이 어떻게 관계를 맺고 서로의 특징을 교류하는지 살펴보는 것이다. 또한 주요인물 간의 고정적인 '대결' 관계에만 치우친 연구 경향에서 탈피하여 보조인물 간의 관계를 통해 보다 다양하고 복잡하게

盾衝突設置〉, ≪溫州大學學報(社會科學版)≫, 2010年 第2期 ; 張華, 〈在矛盾衝突中展示人物性格〉, ≪文學敎育≫, 2010年 第3期 ; 弓衛紅, 〈淺論關漢卿劇作的戲劇衝突與人物性格〉, ≪大舞台≫, 2011年 第6期 등.

얽혀있는 인물 간의 관계를 종합적으로 살펴볼 수 있게 하는 것이다. 이러한 연구는 편협하고 일방적인 인물 특징 연구에서 벗어나, 복잡하면서도 다양한 측면에서 보여지는 인물의 특징을 집중적으로 연구할 수 있을 뿐만 아니라, 다른 인물과의 관계를 기층으로 평면적인 인물을 다면적 방식으로 고찰하는 데에도 큰 도움이 된다.

인물의 '보완補完' 관계는 기본적으로 주요인물 간의 관계를 포함한 주요인물과 보조인물 간의 유기성을 살펴보는 것이다.[3] '보완補完'이라는 인물 관계의 특징에서 드러나듯이, 어느 한 쪽이 다른 한 쪽을 보조하거나, 상호 보조하는 특징이 주를 이룬다. 이러한 특징은 주요인물과 보조인물뿐만 아니라, 주요인물 사이에서도 나타난다. 비록 주요인물 사이에서 주로 서로 '대립對立'하거나 혹은 '병렬竝列'하는 특징이 많이 나타나기 때문에, 주요인물 사이의 '보완補完' 관계는 주요인물과 보조인물 간의 관계에 비해서 빈번하게 출현하지는 않는다. 그렇다고 주요인물 사이의 '보완補完' 관계가 작품에서 전혀 보이지 않는 것은 아니며, 일부이지만 여전히 나타나고 있다.

인물 간의 보완 관계에서는 '상호보완相互補完', '종주보완從主補完', '주종보완主從補完'의 현상이 두드러지는데, '상호보완相互補完'은 주요인물 사이, 혹은 보조인물 사이에서 일어나는데, 송원화본소설宋元話本小說에서는 작품 속 인물의 역할이 비슷한 경우에 자주 나타난다. 구체적으로

---

3) 만약 인물의 보완 관계 범위를 동일한 성별의 인물로 국한하지 않고 이성 인물로까지 확대한다면 상당히 복잡한 구조가 된다. 이렇게 된다면, 주요인물 사이나 보조인물 사이 혹은 주요인물과 보조인물 간의 관계가 모호해져서, 이들 간의 관계를 보다 집중적이고 세밀하게 고찰하기가 어렵다. 그러므로 본 글에서는 외형적인 신분이나 직위, 계층의 차이를 떠나 작품 속에 등장하는 동일한 성적 속성을 가진 인물로 대상을 제한하며, 실질적 관계에 있어서도 작간접적으로 인물이 서로 연계를 이루는 경우로 한정하고자 한다. 작품 속에 등장하는 인물 가운데 성별 특징이 분명하지 않은 부류, 즉 승려僧侶, 선사禪師, 신선神仙 등은 이러한 범위에 제약을 받지 않는다.

'주주主主인물의 보완補完'과 '주종主從인물의 보완補完'으로 나뉜다. '종주
보완從主補完'과 '주종보완主從補完'에는 보완의 주체와 대상에 따라 달라
진다. '주종보완主從補完'과 '종주보완從主補完'은 모두 '지사자支使者'와 '승
수자承受者'의 역할에 따른 것인데, '지사자支使者'는 상대의 행동과 목표
에 영향을 주는 인물이고, '승수자承受者'는 상대로부터 어떤 영향을 받는
대상을 말한다.4) '주종보완主從補完'은 주요인물(지사자支使者)이 보조인물
(승수자承受者)을 보완하는 것이다. '종주보완從主補完'은 보조인물(지사자支使
者)이 주요인물(승수자承受者)을 보완하는 것이다. 이때의 주요인물은 작품
의 주인공과 대등하거나 혹은 버금가는 특징을 가지고 있는 인물을 말하
며, 사건을 구성하고, 줄거리를 전환하거나 새로운 장면을 유도하는 등
이야기의 진행에 있어서 빠져서는 안 되는 역할을 수행하고 있다.5) 이

---

4) 王平은 그의 저서 ≪中國古代小說敍事硏究≫(河北人民出版社, 2003年)에서 이렇
게 서로 영향을 주고받는 관계를 '지사자支使者'와 '승수자承受者'의 관계로 파악하고
있다. '지사자支使者'는 상대의 행동과 목표에 영향을 주는 인물이고, '승수자承受者'는
상대로부터 어떤 영향을 받는 대상을 말한다. 그는 '지사자支使者'와 '승수자承受者'가
일종의 '수용'의 관계를 가진다고 말한다. '지사자支使者'와 '승수자承受者'의 관계에 대
한 자세한 설명은 王平, ≪中國古代小說敍事硏究≫, 河北人民出版社, 2003年,
285- 297쪽을 참고.

5) 작품 속의 인물과 인물 간의 보완 관계를 살펴보면 다음과 같다. '상호보완相互補完'은
주요인물 사이, 혹은 보조인물 사이에서 일어나는데, 송원화본소설宋元話本小說에서는
주로 인물의 역할이 비슷한 작품에서 나타난다. 대체로 주요인물 간의 상호보완相互補
完과 보조인물 간의 상호보완相互補完으로 나뉜다. '주종보완主從補完'은 주요인물이
보조인물을 보완하는 것이다. '종주보완從主補完'은 보조인물이 주요인물을 보완하는
것이다. 이때의 주요인물은 인물 관계에 있어서 시종일관 보완 관계만 나타나는 것이
아니고, 대립→보완→병렬의 순으로 나타나거나 혹은 이러한 순서가 뒤바뀌거나, 일
부 특징만 두드러지게 나타나기도 한다. 그러나 이렇게 혼재된 관계 속에서도 인물의
관계는 모두 동일한 정도로 작용하지 않고, 작품에서의 그 강도도 각기 다르기 때문에,
비록 이 세 가지 관계가 모두 나타난다고 하더라도 비교적 구체적으로 나타나는 인물
관계를 중심으로 그 특징을 살펴보고자 한다. 아래의 표는 송원화본소설宋元話本小說
의 범위와 보완 관계의 구분, 그리고 각각의 보완 관계 현상이 구체적으로 나타나

있는 작품을 표시한 것이다.

편명		보완補完 관계			비고
		상호보완 相互補完	종주보완 從主補完	주종보완 主從補完	
清平山 堂話本 (16/27)	〈柳耆卿詩酒翫江樓記〉				
	〈簡帖和尚〉				
	〈西湖三塔記〉				
	〈合同文字記〉			○	
	〈風月瑞仙亭〉				
	〈藍橋記〉				
	〈快嘴李翠蓮記〉				
	〈洛陽三怪記〉				
	〈陰騭積善〉	○			
	〈陳巡檢梅嶺失妻記〉				
	〈五戒禪師私紅蓮記〉	○			
	〈刎頸鴛鴦會〉				
	〈楊溫攔路虎傳〉				
	〈花燈轎蓮女成佛記〉			○	
	〈曹伯明錯勘贓記〉				
	〈錯認屍〉	○			
熊龍峰刊 小說四種 (2/4)	〈張生彩鸞燈傳〉				
	〈蘇長公章臺柳傳〉				
喩世明言 (8/40)	〈新橋市韓五賣春情〉3				
	〈趙伯昇茶肆遇仁宗〉11				
	〈史弘肇龍虎君臣會〉15				
	〈楊思溫燕山逢故人〉24			○	
	〈張古老種瓜娶文女〉33				
	〈宋四公大鬧禁魂張〉36				
	〈任孝子烈性爲神〉38				
	〈汪信之一死救全家〉39				

러한 세 가지 유형은 모두 서로 인물의 특징을 보조하는 관계를 지니는
데, 이것은 인물 간의 관계와 특징을 살펴보는데 있어서 중요한 의미를
가진다. 보조인물은 단순히 사건의 단서를 제공하고, 서사 분위기를 이
끌고 스토리 배경을 전환시키며, 이야기를 곡절하게 조절할 뿐만 아니
라, 주요인물을 묘사하는 데에 있어서 직·간접적으로 관여하여 그 특징

醒世恆言 (6/40)	〈小水灣天狐貽書〉6				
	〈勘皮靴單證二郎神〉13				
	〈鬧樊樓多情周勝仙〉14				
	〈張孝基陳留認舅〉17				
	〈鄭節使立功神臂弓〉31				
	〈十五貫戲言成巧禍〉33				
警世通言 (14/40)	〈拗相公飲恨半山堂〉4				
	〈陳可常端陽仙化〉7				
	〈崔待詔生死冤家〉8		○		
	〈錢舍人題詩燕子樓〉10				
	〈范鰍兒雙鏡重圓〉12				
	〈三現身包龍圖斷冤〉13				
	〈一窟鬼癩道人除怪〉14				
	〈小夫人金錢贈年少〉16		○		
	〈崔衙內白鷂招妖〉19				
	〈計押番金鰻產禍〉20				
	〈金明池吳清逢愛愛〉30				
	〈皂角林大王假形〉36				
	〈萬秀娘仇報山亭兒〉37				
	〈福祿壽三星度世〉39	○			
≪清平山堂話本≫: 16篇 ≪熊龍峰刊小說四種≫: 2篇 ≪喻世明言≫: 8篇 ≪醒世恆言≫: 6篇 ≪警世通言≫: 14篇		宋元話本小說 46篇			

을 부각시킨다. 이들은 비록 작품 속에서 주요인물과 비슷한 중요성과 관심을 가지지는 못했지만, 이들을 통해서 작품 속에 존재하는 다양하고 복잡한 인물들의 개성을 입체적으로 드러낼 수 있다. 이들은 주요인물과 더불어 작품의 줄거리를 이끌어 가고, 주제를 부각시키며, 평이하고 단조로운 서사를 굴곡지고 리듬감 있게 구성하도록 조정하고 있다.

　작품 속에서 중요인물과는 다른 방식으로 서사의 진행을 이끌고 있는 보조인물에 대한 연구는 사실 전무하다. 이것은 보조인물이 작품의 서사에 관여하는 정도와 주요인물에 미치는 영향 여부에 따라 결정되기는 하지만, 보조인물의 자체 역할에만 제한하여 살펴본 것이 대부분이고, 다른 인물 간의 관계를 통해서 고찰한 경우는 드물었다. 지금까지 서사와 인물에 대한 연구는 주로 주요인물 위주로 진행되어 왔고, 전체적인 줄거리 위주와 주제의 구현 과정에서 주목 받지 못했거나, 설령 서사 진행에 있어서 주요한 역할을 부여받았다고 하더라도 대부분 간략하게 언급되는 보조인물에 대해서는 편향적으로 기술하거나 단편적으로 언급하는 정도에 그치고 있다. 이것은 보조인물뿐만 아니라, 주요인물 및 연계된 다른 인물의 속성을 살펴보는 데에 있어서도 한계를 가진다. 인물 간의 보완 관계는 단지 작품 속에서의 중요도에 의해서 결정된 인물을 중심으로 살펴보는 것이 아니고, 인물을 작품 전체의 구성요소로 파악하고, 복잡한 여러 인물 관계를 통해서 그 속에 내재하고 있는 다양한 인물의 특징을 상호 비교 고찰하는 것이다. 이것은 작품 속의 인물을 다양하게 조망할 수 있는 계기를 제공한다. 그러므로 인물의 특징에 대한 일방적이고 단면적 고찰에서 벗어나, 입체적이고 충차적 고찰은 바로 인물의 다양한 보완 관계 연구에서 비롯되어야 할 것이다.

　인물의 보완 관계는 작품 속에서 주요인물과 보조인물이 단순히 서로 관계를 맺는다는 것에만 국한되지 않는다. 상대방을 통해서 자신들의 특징을 드러내거나 강화하고, 상대방과의 소통을 통해서 자신의 존재감을 확인하는 데까지 확대할 수 있다. 그러므로 단순히 만나서 이야기를 나누고, 어떠한 사건에 대해 견해를 서로 교환하거나, 혹은 그것에 대한 자신의 의지와 행동을 강조하거나, 어떤 의도나 목적을 가지고 관계를 맺으려고 하는 것만을 말하지 않는다. 서로간의 관계와 소통을 통해서 자신의 본 모습을 드러내고, 또 그것에 대해서 상대방이 어떻게 반응하는지를 통해서 미묘하고 복잡한 심리와 상황에 따라 변화하는 행동, 내면과 외면의 다양한 표징들을 다각적으로 살펴볼 수 있다. 또한 인물간의 관계는 일직선으로 대립하는 평면적 시각이 아닌, 입체적으로 교차하는 다중적 시각으로 살펴보아야만 각 인물들의 특징을 복합적으로 도출할 수 있다. 이러한 과정을 통해서 살펴본 인물은 고정적이고 일방적인 성격을 가지는 것이 아니라 상황에 따라 언제든지 변화할 수 있고, 대상에 따라 다양하게 반응할 수 있는 복잡한 개성을 드러낸다. 그러므로 인물에 대한 연구는 다양하고 복잡한 인물 간의 관계를 통해서만 생동하는 특징을 알 수 있으며, 그러한 인물들이 서로 복잡하게 얽혀 있는 구조를 통해서만 보다 직접적이고 구체적으로 인물의 특징을 조망할 수 있다.

이에 인물을 연구함에 있어서 작품의 주제와 줄거리, 형식과 구성에서 작용하는 부분적 요소에서 살펴보는 시각에서 벗어나, 인물과 인물의 관계를 통해서 그 특징을 파악하는 관점이 필요하다. 이러한 관점은 단순히 인물 간의 대결과 승패로 특징을 규정짓는 이분법적 한계를 넘어서, 어떻게 인물들이 서로 관계를 맺고, 다양한 생각과 행동들을 조율하고, 서로의 의견과 생각을 반영하고 있는지 자세히 살펴볼 수 있게 한다. 인물의 보완 관계 연구는 결국 작품 전체의 연구와 결부되어, 주제와 의미, 내용과 구조의 탐색에도 영향을 미쳐 보다 세밀하고 폭넓은 고찰을 진행하는데 도움을 줄 수 있다. 나아가 인물연구에만 한정되지 않고, 작품의 전체적인 이해와 특징에까지 확대되어, 다른 주제에 의해서 부각되지 못했거나 왜곡되었던 다양한 관념을 자세하게 관찰할 수 있게 한다. 결국 인물 간의 보완 연구는 작품의 전체적인 연구에서 고찰하기 힘들었거나, 개괄로만 그쳤던 인물 간의 미묘한 관계와 심리 활동을 동시에 살펴볼 수 있는 기회를 제공한다. 인물의 보완 관계를 통해서 작품 속 인물이 고정적인 인물이 아니라, 생동하고 있음을 보여주며, 무엇보다도 인물 간의 관계를 통해서 지속적으로 그 특징을 유지 혹은 변화시키면서 자신의 다양한 모습을 그려내고 있음을 분명하게 제시하고 있다. 이러한 시각은 보다 직접적으로 작품 주제에 대해 보다 근접한 고찰과 미시적 검토를 가능하게 만들며, 작품 속 인물을 더욱 입체적이고 다각적으로 관조할 수 있게 만든다.

2. '상호보완相互補完'의 인물 관계

송원화본소설宋元話本小說 인물 대우 관계에서 '상호보완相互補完'은 크게 두 부분으로 나뉜다. 주요인물사이의 보완 관계(이후 '주주主主인물의 보완補完'으로 칭함)와 주요인물과 보조인물 사이의 보완 관계(이후 '주종主從인물의 보완補完'으로 칭함)이다. 인물의 보완 관계는 어느 한 쪽이 다른 한쪽만을 보조하면서 자신은 존재성을 거의 상실하는 것이 아니고, 서로의 특징을 부각시키고 그 성격을 드러내는 것이다. '주주主主인물의 보완補完'은 '주종主從인물의 보완補完'에 비해서 작품 속에서 자주 나타나지는 않는다. 그 이유는 소설 작품은 주로 주요인물 간의 대립 구도로 구성되어 있어서, 비록 보편적으로 나타나는 '선인善人'과 '악인惡人'의 대립이 나타나지 않는다고 하더라도, 가해자와 피해자와의 갈등, 남자와 여자의 모순, 관리와 평민의 충돌 등, 어떤 식으로든지 '갈등'과 '충돌'을 중심으로 진행되기 때문이다. 더구나 다양한 인물 군상이 폭넓게 묘사되어 있는 송원화본소설宋元話本小說에서는 더욱 그러하다. 비록 송원화본소설宋元

話本小說 작품의 서사 구조가 다른 작품에서 보이는 주요인물 위주의 경직된 구조보다 많이 완화되었고, 서사 시점도 '이원대립二元對立'의 고정적 형식에서 비교적 탈피하였다고는 하나, 주주主主인물의 보완補完 관계 작품은 여전히 많지 않다. 비록 '대립對立'이나 '대조對照', '모순矛盾' 등이 위주가 되는 작품보다 수에 있어서는 상대적으로 적지만, 여전히 그 특징을 명확하게 드러내고 있다. 대표적인 작품으로는 〈오계선사사홍련기五戒禪師私紅蓮記〉(《청평산당화본清平山堂話本》)와 〈음즐적선陰騭積善〉(《청평산당화본清平山堂話本》)이 있다.

1) 주주主主인물의 보완補完

주주主主인물의 보완補完 관계를 구체적으로 나타낸 작품 중에서 〈오계선사사홍련기五戒禪師私紅蓮記〉(《청평산당화본清平山堂話本》)가 있다. 이 작품은 두 주인공을 중심으로 이야기가 진행되고 있는데, 전체적으로 두 부분으로 나누어져 있다. 전반부는 '오계선사五戒禪師'와 '명오선사明悟禪師'에 관한 내용이고, 후반부는 오계선사五戒禪師와 명오선사明悟禪師가 환생한 '소식蘇軾'과 '불인佛印'에 관한 내용이다. 먼저 전반부의 줄거리를 살펴보면, 남산 정자효광선사南山 淨慈孝光禪寺에는 오계선사五戒禪師와 명오선사明悟禪師가 있다. 오계선사五戒禪師는 우연히 엄동설한 아침에 절문 앞에 버려진 여아를 거두게 된다. 홍련紅蓮이라 부르게 된 이 여아는 청일清一 승려의 방에서 열여섯 살까지 자란다. 훗날 오계선사五戒禪師가 갑자기 지난 날 절에서 거두었던 홍련紅蓮의 행방을 묻게 되고, 청일清一은 하는 수 없이 오계선사五戒禪師에게 홍련紅蓮을 데려간다. 오계선사五戒禪師는 홍련紅蓮을 보자 감정이 동하여 그만 색계色戒를 범하고 만다. 명오선사明悟禪師가 이를 알고, 은근히 이 일을 질책하자, 오계선사五戒禪師는 사세송辭世頌을 짓고서 입적한다. 명오선사明悟禪師는 오계선사五戒禪師를 위해서 자신도 좌화坐化하여 그를 따라 간다.

후반부의 줄거리는 오계선사五戒禪師가 '소식蘇軾'으로 환생하고, 명오선사明悟禪師는 '사서경謝瑞卿'으로 환생한다. 사서경謝瑞卿은 출가하여 '불인佛印'이라는 법명을 하사받는데, 소식蘇軾은 승려와 불법을 싫어하여 가까이 하려 하지 않는다. 소식蘇軾은 이후 명성을 얻어 높은 관직에 올랐으나, 폄직당하여 항주杭州, 서주徐州, 호주湖州로 떠도는데, 이때 불인佛印도 그를 따라 간다. 소식蘇軾은 황주黃州에 이르게 되고 꿈속에서 효광선사孝光禪寺에 들러 전생前生의 업보를 깨닫게 된다. 후에 불인佛印은 소식蘇軾에게 불법을 강론하고, 소식蘇軾은 깨달은 바가 있어 불법佛法을 수호하는 태도로 돌아선다. 그 후에 불인佛印과 함께 같은 날 세상을 떠난다.

이 작품의 첫 번째 이야기에서 오계선사五戒禪師와 명오선사明悟禪師와의 관계는 '병렬並列'의 관계를 가지고 있다. 물론 이후에는 명오선사明悟禪師가 오계선사五戒禪師를 위해서 입적하게 되지만, 그 부분을 제외하면 처음부터 마지막까지 오계선사五戒禪師와 명오선사明悟禪師가 긴밀하게 관계를 유지하고 있지는 못하다. 서술적 시각은 주로 오계선사五戒禪師와 홍련紅蓮과의 이야기에 집중되었고, 오계선사五戒禪師가 색계를 범하게 되는 과정을 중점적으로 기술하고 있다. 그러므로 서사 내용에서 명오선사明悟禪師는 마지막 부분에 잠깐 등장하고, 오계선사五戒禪師와 함께 좌화坐化하는 장면을 제외하고는 거의 나타나지 않는다. 이들의 관계가 비록 '병렬並列'의 특징을 가지고 있지만, 줄거리의 진행과 구성, 서사 내용과 구조에 있어서는 결코 '병렬並列'에서 보이는 것처럼 대등하거나 비슷하지 않다. 즉, 오계선사五戒禪師가 서사 내용의 주체가 되고, 명오선사明悟禪師는 서사 내용에 있어서 오계선사五戒禪師를 보조하는 구조로 되어 있다.

그러나 두 인물이 소식蘇軾과 불인佛印로 환생한 이후의 후반부 구조는 전반부와 사뭇 다르다. 인물 관계에 있어서도 소식蘇軾과 불인佛印은 전반부의 '병렬竝列'과는 다르게, 상당히 긴밀하게 '보완補完' 관계를 유지하고 있다. 소식蘇軾과 불인佛印은 불교와 불법에 대해서 상이한 견해차이를 보이고 있다. 그렇지만 불인佛印은 소식蘇軾의 불법에 대한 폄훼貶毁를 아랑곳하지 않고 끝까지 소식蘇軾을 설득시키며, 심지어 그의 유배지까지 쫓아가면서 불교로 귀의歸依할 것을 권면하고 있다. 이 둘은 '상호보완相互補完'의 관계를 가지고 있지만, 불인佛印이 소식蘇軾을 보완하는 특징이 비교적 두드러진다. 비록 어느 한 쪽이 다른 한쪽을 보완하는 경향이 강하게 나타나지만, 양자 간의 관계는 여전히 서로 긴밀한 보완 관계를 유지하고 있다.

　　학사學士(소식蘇軾)는 이 스님이 쓴 문장과 작법이 모두 뛰어난 것을 보고서 필히 시를 짓고 즐기는 문객이라고 여기고 집으로 청하여 들어오게 하였다. 불인佛印이 대청 앞에서 인사를 하자 학사學士는 일어나서 예를 갖추었다. 자리에 앉게 하고 차를 대접하였다. 학사學士가 물었다. "스님, 계신 절이 어디인가요?" 불인佛印은 대답하였다. "소승은 대상국사大相國寺에서 방장을 맡고 있습니다. 오래 전부터 상공相公의 명성을 익히 들어 한번 찾아뵈려고 하였습니다. 오늘에야 만나 뵙게 되니, 바라는 바를 이루게 되어 큰 위안이 됩니다." 학사學士는 불인佛印이 말에 막힘이 없고 묻고 답하는 것이 유창한 것을 보고 집에서 음식을 대접하게 하였다. 불인佛印이 식사를 마치고 난 다음, 헤어져 절로 돌아갔다. 이때부터 학사學士와 불인佛印은 시詩를 읊고 부賦를 지으며 서로 교류하였다. 어느 날 재상 왕형공王荊公에 의해서 풍류風流를 즐겼던 과오過誤가 발견되어 조정에 알려지자, 학사學士를 황주黃州로 귀양을 보내버렸다. 불인佛印은 상국사相國寺를 떠나 바로 황주黃州로 가서 감로사甘露寺의 방장이 되었다. 다시 소학사蘇學士와 두터운 우정을 쌓았다. 이후 철종哲宗이 등극하고 학사學士가 다시 조정으로 돌아가서, 임안부臨安府 태수太守로 제수받자, 불인佛印은 다시 감로사甘露寺를 떠나서 바로 임안부臨安府의 영은사靈隱寺로 가서 방장이 되었다. 다시 소동파蘇東坡와 시를 짓고 즐기는 벗이 되었다.[6]

---

6) 學士見此僧寫, 作二者俱好, 必是個詩客, 遂請入。佛印到廳前問訊, 學士起身敍禮,

소식蘇軾과 불인佛印의 관계가 이처럼 밀접하게 연관을 맺고 있는 것은 이들이 전생前生에서부터 서로 인연을 가지고 있었기 때문이다. 전생前生에서 명오선사明悟禪師는 오계선사五戒禪師가 환생해서 불교에 귀의歸依하지 않는다면, 나락으로 빠질 것임을 분명히 알았기에 자신을 희생하여 오계선사五戒禪師를 쫓아간다. 그래서 명오선사明悟禪師는 불인佛印으로 환생한 후에 자신이 먼저 불교에 귀의歸依하고, 이어서 불교에 반감을 가진 소식蘇軾을 설득시키며 그가 불법에 순응할 수 있도록 노력한다. 소식蘇軾이 불교로 귀의歸依하는 것은 색계色戒를 범한 오계선사五戒禪師가 색욕에서 벗어나 불성을 회복하고 자신의 원성原性을 되찾는 것을 의미한다. 이것은 불인佛印에게는 한편으로는 자신의 미완未完의 업보(오계선사五戒禪師를 윤회의 굴레에서 벗어나게 것)를 해결하는 것과 동시에 자신이 환생한 목적을 이루게 되는 것이고, 소식蘇軾은 불인佛印의 영향을 받아서 정도正道로 돌아오게 되는 것이다. 이러한 과정은 소식蘇軾이 불교로 귀의歸依하기 위한 불인佛印의 무조건적 희생에만 집중적으로 드러나는 것이 아니라, 소식蘇軾이 불교로의 귀의歸依하는 내재적 동기도 동시에 강조하고 있다. 소식蘇軾과 불인佛印은 상호보완相互補完의 관계를 형성하고 그 관계를 지속하면서 양자 모두가 자신의 숙원과 과제를 원만하게 해결하고자 한다.

〈오계선사사홍련기五戒禪師私紅蓮記〉(≪청평산당화본清平山堂話本≫)에서 '소식蘇軾'과 '불인佛印'의 관계와 마찬가지로 〈음즐적선陰騭積善〉(≪청

邀坐待茶。學士問: "和尚, 上刹何處?" 佛印道: "小僧大相國寺住持。久聞相公譽, 欲求參拜。今日得見, 大愜所望!" 學士見佛印如此言語, 問答如流, 令院子備齋。佛印齋罷, 相別回寺。自此, 學士與佛印吟詩作賦交往。忽一日, 學士被宰相王荊公尋件風流罪過, 把學士奏貶黃州安置去了。佛印退了相國寺, 逕去黃州住持甘露寺, 又與蘇學士相友至厚。後哲宗登基, 取學士回朝, 除做臨安府太守。佛印又退了甘露寺, 直到臨安府靈隱寺住持, 又與蘇東坡為詩友。(≪清平山堂話本≫〈五戒禪師私紅蓮記〉)

평산당화본淸平山堂話本≫)에서 '임선보林善甫'와 '장객張客'의 관계 역시 주요인물 간 상호보완의 대표적인 관계라고 할 수 있다. 〈오계선사사홍련기五戒禪師私紅蓮記〉에서 '소식蘇軾'과 '불인佛印'의 관계는 전생前生의 인연으로 인하여 이승으로 이어지는 형식으로 되어있고, 명오선사明悟禪師가 환생한 불인佛印이 오계선사五戒禪師가 환생한 소식蘇軾을 감화시켜 불교에 귀의歸依하도록 하기위해 끊임없이 노력하는 구조로 되어 있다. 이에 반해서 〈음즐적선陰騭積善〉에서 임선보林善甫와 장객張客의 관계는 어느 한쪽이 다른 한쪽을 일방적으로 보완하는 것이 아니라, 서로 비등한 자격과 영향을 가지고 보완하면서 상대의 특징을 드러내고 있다.

먼저 작품의 줄거리를 살펴보면, 남검주南劍州의 임선보林善甫는 장안長安의 상양관도재上養貫道齋에서 공부하고 있다. 그는 어머니의 병수발을 위해 고향으로 갔다가 어머니의 병이 낫자, 장안長安으로 다시 돌아가는 중이었다. 그가 돌아가는 도중 한 여관에 머물렀는데, 잠을 청하려고 침상에 눕는 순간 등에 걸리는 것이 있어서 자리를 들어 올려보니, 주머니가 하나 있었다. 그 안에는 진주가 가득했다. 그는 아무 말 없이 잠을 청하고 다음날 일어나자마자 여관주인에게 친구가 자신을 찾아오기로 했는데, 만나지 못하였으니, 친구가 오게 되면 자신의 행방을 알려주라고 부탁했다. 혹시나 여관주인이 잊어버릴까 다시 하인 왕길王吉을 시켜서 가는 길에 표식을 남겼다. 장객張客은 상인이었는데 평생을 벌어 모은 진주를 잃어버리고 깊이 한탄하였다. 그는 왔던 길을 더듬어 이전에 머물렀던 여관까지 오게 되고 여관 주인의 말을 듣고 속으로 생각되는 바가 있어서 장안長安으로 가게 되었다. 가는 도중에 임선보林善甫이 남긴 표식을 따라서 상양관도재上養貫道齋까지 오게 되었고 임선보林善甫에게서 보화를 되찾게 되었다. 그는 임선보林善甫에게 진주의 반을 사례로 주려고 하였으나, 임선보林善甫는 한사코 받지 않으려고 하였다. 장객張客은 하는 수 없이 진주의 반을 현금으로 바꾸어 절에 보시하면서 임선보林善甫의 출세를 빌었다. 이후에 임선보林善甫는 과연 과거에 급제하였다.

이 작품에서는 임선보林善甫와 장객張客이 베푼 선행을 통해서 인물의 성격과 특징이 구체적으로 나타나고 있다. 임선보林善甫가 장객張客이 잃어버린 진주를 그대로 자신의 것으로 할 수 있었음에도 불구하고, 그는 세 차례의 확인과 검증과정을 통해서 결국 원래 주인에게 돌려준다. 이러한 선행에 비견될 만한 행동은 장객張客을 통해서도 나타난다. 장객張客도 자신이 잃어버렸다고 생각한 진주를 되찾게 되자, 바로 임선보林善甫에게 반을 떼어 주려고 한다. 그러나 임선보林善甫는 이것은 도리에 어긋난다고 하여 그대로 되돌려준다. 張客은 진주의 절반을 팔아서 그의 출세를 빌도록 절에 공양한다. 장객張客이 진주를 찾아 준 보답으로 임선보林善甫에게 지속적으로 사례를 하려고 해도 임선보林善甫가 거절하자, 포기하지 않고 끝까지 보은하려는 행동에서 그가 받은 은혜를 반드시 갚으려는 선함과 자신이 지켜야 할 도리를 다하고자 하는 의로움을 엿볼 수 있다.

> 임선보林善甫가 대답하였다. "말한 것이 모두 맞습니다." 그를 데리고 자신의 거처로 가서는 물건을 꺼내어 장객張客에게 주었다. 그는 이 물건을 보고서는 말하였다. "바로 이것입니다. 생각지도 못하게 모두 찾았습니다. 보화의 절반만 가지고 고향으로 돌아가, 가족을 보살피고자 합니다. 제가 입은 은덕이 너무나 깊습니다!" 임선보林善甫가 말하였다. "무슨 당치도 않은 소리입니까! 제가 만약 당신의 재물 절반을 가지려고 마음먹었다면, 오는 길에 손수 방문을 붙여서 당신을 찾아오게 하지도 않았을 겁니다. 이 물건을 처리하는 일이 가벼운 일이 아닙니다. 무릇 관청은 문서에 의거하고, 개인은 약속에 따른다고 합니다. 만약 당신에게 바로 돌려준다면, 아마도 후에 근거가 될 만한 것이 없게 됩니다. 당신이 친히 수령장을 써주시고 가져가십시오." 장객張客은 거듭 모두 다 가져가려 하지 않았고 절반만 가져가기를 원했다. 임선보林善甫는 기필코 사양하였다. 이와 같이 여러 차례 서로 사양하였다. 장객張客은 임선보林善甫가 거듭 받지 않으려고 하자, 어쩔 수 없이 수령장을 써서 임선보林善甫에게 주었다. 임선보林善甫는 읽어 보고서 수령장을 받아두고서 두 손으로 진주를 (들어) 장객張客에게 돌려주었다. 장객張客에게 건네주면서, "자세히 잘 살펴보십시오. 저는 이 물건에 조금이

라도 손대지 않았습니다." 장객張客은 후은厚恩에 감격해 하며 감사의 인사를
전하고 갔다. 장객張客은 진주의 절반을 시장에서 팔아서 금전으로 바꾸었
다. 이 금전을 유명한 절에 희사하여 승려를 공양하게 하였고, 임선보林善甫
를 생사生祠(살아서 지내는 제사) 공양을 하게 하였는데, 진주를 찾아준 은
혜에 보답하는 것이었다.[7]

위의 인용문에서도 알 수 있듯이 임선보林善甫와 장객張客은 서로 진주
의 절반을 양보하고 있는데, 모두 선함과 의로움으로 대하면서 보완의
관계를 조성하고 있다. 만약 임선보林善甫가 진주를 장객張客에게 돌려주
지 않았다면, 이들의 상호보완 관계는 형성되지 못했을 것이고, 또한 장
객張客이 진주를 찾은 것에만 그치고, 절반을 절에 희사하지 않았더라면,
역시 어느 상인이 잃어버린 보화를 찾는 과정에 은인恩人을 만난 이야기
로 전락하게 되었을 것이다. 그렇게 된다면 장객張客은 임선보林善甫의
선행을 보조하는 동기 제공자나 임선보林善甫의 선행을 부각시키는 보조
인물 정도로만 작용하였을 것이다. 임선보林善甫의 '시은施恩'과 장객張客
의 '보은報恩'으로 맺어진 이들의 관계는 두 사람의 선의와 덕행을 충분히
보여주고 있는데, 이들은 자신의 선성善性에 충실하며, 개인적인 욕심이
나 탐욕에 치우치지 않고 타인을 생각하면서 인간으로서의 도리를 다하
고 있다. 작품 속에서 임선보林善甫와 장객張客에 대한 묘사는 '정친正襯'

---

7) 林上舍道:"都說得是。"帶他去安歇處, 取物交張客。看見了道:"這個便是。不願都
得, 但只覺得一半歸家, 養贍老小, 感戴恩德不淺!"林善甫道:"豈有此說!我若要
你一半時, 須不沿路黏貼千榜, 交你來尋。只是此物非是小可事, 官憑文引, 私憑要
約。若便還你, 恐後無以為憑。你可親書寫一幅領狀, 來領去。"張客再三不肯都領,
情願只領一半。林善甫堅執不受。如此數次相推, 張客見林上舍再三再四不受, 免
不得去寫一張領狀來與林上舍。上舍看畢, 收了領狀, 雙手付那珠子還那張客, 交
張客:"你自看仔細, 我不曾動你些個。"張客感戴洪恩不已, 拜謝而去。張客將珠子
一半於市貨賣, 賣得那錢, 捨在有名佛寺齋僧, 就與林上舍建立生祠供養, 報達還
珠之恩。(≪清平山堂話本≫〈陰騭積善〉)

의 수법을 사용하고 있는데, 이것은 묘사가 어느 한 인물에만 편향 되지 않고, 서로의 관계와 서술을 통해서 각자의 성격과 특징을 더욱 구체적으로 드러내는 것이다.[8] 이들은 상호보완의 관계를 통해서 서로 대등하게 반응하고 또한 그 과정을 직접적으로 투영하고 있는데, 이것은 보다 다각적으로 작품 속의 인물을 살펴볼 수 있는 시각을 제공한다고 할 수 있다.

2) 종종從從인물의 보완補完

〈오계선사사홍련기五戒禪師私紅蓮記〉의 '소식蘇軾'과 '불인佛印', 〈음즐적선陰騭積善〉의 '임선보林善甫'와 '장객張客'의 관계는 주요인물 간의 '상호보완相互補完'에 해당된다. 이와는 다르게 보조인물 간의 '상호보완相互補完' 관계도 나타나는데, 대표적인 작품은 〈복록수삼성도세福祿壽三星度世〉(《경세통언警世通言》제39권第三十九卷)와 〈착인시錯認屍〉(《청평산당화본清平山堂話本》) 이다. 이들 작품에서는 어떤 한 인물이 등장하여 다른 인물과 일대일의 보완 관계를 형성하기보다는 다수의 인물들이 서로 교차하며 보완하는 것이 특징이다. 이것은 여러 보조인물이 작품 속에서 다양하게 등장하기 때문이며, 이들은 소수의 일대일 관계보다는 비교적 상호 복수의 다중관계를 형성하고 있기 때문이다.

먼저 〈복록수삼성도세福祿壽三星度世〉(《성세항언醒世恆言》제39권第三十九卷)를 살펴보면, 강주 심양강江州 潯陽江의 어부 유본도劉本道는 연일 밤에 누군가 자신을 부르는 소리가 들려서 그 소리의 출처를 찾으려고

---

8) 인물의 특징을 부각시키는 묘사 방법에는 '친탁襯托'이 있는데, '친탁襯托'은 다시 '반친反襯'과 '정친正襯'으로 나뉜다. '반친反襯'은 대립되는 인물의 특징을 드러내어 비교하는 방법이고, '정친正襯'은 비슷한 특징을 가지고 서로 비교하는 방식을 말한다. '정친正襯'에 대한 자세한 설명은 楊彩翔, 〈古典小說塑造人物的幾種方法〉, 《語文學刊》, 2001年 第2期, 19쪽을 참고.

했지만 찾을 수 없었다. 이후 황금잉어를 잡게 되었는데, 배를 정박시키
고 객잔에 가서 술을 한 잔 걸치고 돌아오니 배 옆에 녹색 도포를 쓴
키 작은 사내가 있었다. 그는 놀라 장대를 들어 그 키 작은 사내를 내리
쳤다. 그 사내는 물에 빠졌는데 종적을 찾을 수 없었고 이후 배도 보이지
않았다. 그는 배를 찾아 강을 거슬러 올라갔다가 어떤 장원莊園에서 하룻
밤을 묵게 되었고, 어떤 여인이 그의 처소로 들어오는데, 그녀 뒤로 일전
에 그가 내리쳤던 키 작은 사내도 같이 들어왔다. 그는 놀라 도망쳤으나,
그 여인이 뒤쫓아 와서 결국 그녀와 결혼하게 되었다. 그녀는 가게를
열어 생계를 꾸렸는데, 그녀의 이름을 '백의여사白衣女士'라고 하였다. 어
느 날 유본도劉本道가 길에서 한 도사를 만났고, 그는 유본도劉本道에게
요기妖氣가 있다고 하면서 부적을 건네주고서 요물을 물리치도록 하였
다. 백의여사白衣女士는 이 사실을 알고 나서 크게 화를 내면서 도사를
찾아가 법술로 싸워서 이겼다. 이로부터 백의여사白衣女士의 명성이 널리
퍼지게 되었다. 조안무趙安撫는 요물을 숭상하였는데, 백의여사白衣女士
가 요물을 제압하였다는 것을 알고 그녀의 법술이 강하다고 여겨서 '황
의여자黃衣女子'를 내쫓아버렸다. 황의여자黃衣女子는 바로 날아가 유본도
劉本道를 납치한다. 백의여사白衣女士가 유본도劉本道를 구하기 위하여 황
의여자黃衣女子와 싸우고, 유본도劉本道는 마침 그때 키 작은 사내를 다시
만나게 된다. 절에서 한 노인이 나오면서 이들에게 본모습을 보이라고
외치자, 백의여사白衣女士와 황의여자黃衣女子, 키 작은 사내가 모두 본
모습을 드러내었다. 이들은 본래 모두 신선과 선계仙界의 이물이었다.
　이 작품에서 세 요물이 등장하여 인간과 교류하고 나중에 노인(도사)
에 의해서 진상을 밝히는 장면은 〈서호삼탑기西湖三塔記〉(≪청평산당화
본淸平山堂話本≫)의 세 요괴(백의낭자白衣娘子는 백사정白蛇精, 파파婆婆는
수달정水獺精, 묘노卯奴는 오계정烏雞精)와 〈낙양삼괴기洛陽三怪記〉(≪청
평산당화본淸平山堂話本≫)의 세 요괴(백성모白聖母는 백계정白雞精, 적토

대왕赤土大王은 조적반사條赤斑蛇, 옥예낭낭玉蕊娘娘은 백묘정白貓精가 본 모습이 밝혀지는 장면과 유사하다. 또한 한 남자를 두고 두 여인이 서로 결투를 벌이는 장면은 〈정절사립공신비궁鄭節使立功神臂弓〉(≪성세항언醒世恒言≫제31권第三十一卷)의 '일하선자日霞仙子'와 '월화선자月華仙子'의 대결 구도와 비슷하다. 어부가 물고기를 잡고 그것으로 인해 사건이 전개되는 방식은 〈문경원앙회刎頸鴛鴦會〉(≪청평산당화본淸平山堂話本≫)와 〈계압번금만산화計押番金鰻産禍〉(≪경세통언警世通言≫제20권第二十卷)가 비슷하다. 이처럼 이 작품은 다른 여러 작품과 구조와 내용에서 공통적인 부분이 많다. 단지 요물(이물)과 대립하면서 긴장된 분위기를 연출하는 다른 작품에 비해서, 비교적 긍정적이고 우호적인 관계를 가진다는 것이 다른 점이라고 할 수 있다. 이전의 작품에서 요물은 대부분 인간에게 해를 가하는 주체로 묘사되었지만, 이 작품에서 등장하는 요물은 귀신이나 요괴가 변한 것이 아니라, 선계仙界의 동물이 인간세상으로 내려왔으므로(적선謫仙) 자칫 인간과 요물이 극적인 대결로 치달을 수 있는 긴장된 국면을 완화시키고, 인간과 요물의 관계를 미화시켰다고 볼 수 있다. 그러므로 이 작품에서 인물 간의 갈등이나 대립이 극명하게 나타나지 않는다.

〈복록수삼성도세福祿壽三星度世〉에는 주요인물인 '유본도劉本道(선관仙官)'와 '백의여사白衣女士(백학白鶴)'를 제외하고 여러 인물이 등장한다. 이들 중에서 비교적 특징이 뚜렷한 인물은 녹색 옷을 입은 키 작은 사내, 황의여자黃衣女子 그리고 노인이다. 녹색 옷을 입은 키 작은 사내는 유본도劉本道가 현실에서 어떤 사건을 접할 때 마다 출현한다. 작품에서 모두 세 차례 등장하는데, 작품의 도입부와 중간부분, 그리고 마지막 부분에 잠깐 나타나지만, 유본도劉本道의 주의를 환기시키고, 유본도劉本道를 당황하게 만드는 역할 말고는 구체적으로 작품에 관여하지는 않는다. 이것은 다른 작품에서 보이는 요물이 실제로 주인공의 생명을 위협하는 적극

적인 행동을 한다든지, 직·간접적으로 생명의 존폐에 가담하는 것과는
사뭇 다르다. 물론 작품의 후반부에 이르러서 유본도劉本道를 붙잡고는
협박을 하지만, 그러한 것이 단지 구두로 위협하는 것일 뿐이지 직접적
인 행동으로 연결되지는 않는다.9) 황의여자黃衣女子는 백의여사白衣女士
의 법술을 시기해서 그녀를 제압하기 위하여 유본도劉本道를 잡아가면서
작품에 정면으로 등장한다. 유본도劉本道에 대한 애정보다는 백의여사白
衣女士와 대적하려는 의도가 강하다. 노인은 백의여사白衣女士와 황의여
자黃衣女子가 대결하는 과정에서 출현하는데, 이들의 싸움을 해결하고 본
래의 모습으로 돌아가게 만드는 중요한 역할을 맡고 있다. 이 작품의
보조인물이라고 할 수 있는 녹색 옷을 입은 키 작은 사내와 황의여자黃衣
女子, 그리고 노인은 서로 밀접하게 관련되어 있다.

유본도劉本道는 막 위급한 상황에 처했을 때, 백의여사白衣女士가 절 앞으로
달려 나와 그 사내를 보고서는 소리쳤다. "오라버니, 그이를 탓하지 마세
요! 그 사람은 저의 남편입니다." 말이 미처 끝나기 전에 황의여자黃衣女子
또한 나왔다. 그 사내에게 크게 소리치며 말하였다. "오라버니, 그 말을 듣
지 마세요! 그가 무슨 진짜 남편입니까? 오라버니를 때린 사람입니다. 우
리 자매 모두에게도 원수입니다." 서로 끌고 잡아당기면서 네 명이 한꺼번
에 뒤섞여서 엉겨 붙었다. 서로 다투며 싸움이 해결되지 않을 때, 절 안에서
한 노인이 나오면서 크게 소리쳤다. "요물들이 무례하구나!" "모습을 드러
내라!"라고 외쳤다. 황의여자黃衣女子는 누런 사슴으로 변하였고, 녹색 옷을
입은 사람은 녹색 털이 난 신령스러운 거북으로 변하였다. 백의여자白衣女子
는 한 마리의 백학白鶴으로 변하였다. 노인은 바로 수성壽星(수명을 관장하는
별)이었는데, 백학白鶴을 타고 위로 날아갔고, 유본도劉本道도 누런 사슴을
타고 수성壽星을 따라 갔다. 신령스러운 거북이는 (모두를) 이끌며 하늘로
날아갔다. 유본도劉本道는 원래 연수사延壽司에서 서기를 관장하는 선관仙官
이었다. 학, 사슴, 거북과 장난치는 것을 좋아하여, 본연의 일에 태만하여

9) 你便是打我一棹竿的人！今番落於吾手, 我正要取你的心肝, 來做下酒。(《醒世恆
言》第三十九卷〈福祿壽三星度世〉)

인간세상으로 쫓겨 내려와 가난한 선비가 되었다. 쫓겨 온 기한이 다 되어 남극수성南極壽星의 인도로 천상세계로 돌아갔다.[10]

　위의 인용된 부분을 자세히 살펴보면, 본상本像을 숨기려는 부류(요물)와 본상本像을 밝히려는 자(노인)의 대결관계가 주를 이룰 것으로 보이지만, 사실 이들은 서로 극단적으로 대적하거나 갈등을 조성하지는 않는다. 단지 본래의 모습으로 돌아가도록 '회원回原'를 종용하는 노인과 인간세상에서 '임성任性'하고자 하는 요물간의 조율을 나타낸 것이라고 할 수 있다. 그러므로 요물은 노인의 본 모습을 드러내라는 요구에 강력한 저항이나 거부를 보이지 않고, 노인 역시 다른 작품에서 흔히 보이는 '신장神將'이나 '역사力士'를 등장시켜 강제로 제압하거나 굴복시키려고 하지 않는다. 이들은 모두 신선세계에 속하는 인물과 동물이기 때문에 다른 작품에서 보이는 숨기고자 하는 자(승수자承受者)와 그것을 밝히려는 자(지사자支使者) 사이에 일어나는 첨예한 대립은 나타나지 않는 것이다. 오히려 이들 사이에는 서로의 특징을 밝혀내고 보완하고자하는 경향이 짙다. 작품에서 요물은 이해하기 힘든 기이한 행적을 보이지만, 그것이 요물의 성격을 규정하거나 인간과의 대립을 조장하는 어떤 관건적인 역할을 하는 것은 아니다. 노인은 요물의 본 모습을 드러내게 함과 동시에 자신의 본 모습도 드러낸다. 요물의 본성을 밝히는 과정은 바로 자신

---

10) 本道正在危急, 卻得白衣女士趕來寺前。見了那人, 叫道：“哥哥莫怪！他是我丈夫。”說猶未畢, 黃衣女子也來了, 對那人高叫道：“哥哥, 莫聽他, 那裡是他真丈夫？既是打哥哥的, 姊妹們都是仇人了。”一扯一拽, 四個攪做一團, 正爭不開。只見寺中走出一個老人來, 大喝一聲：“畜生不得無禮！”叫：“變！”黃衣女子變做一隻黃鹿；綠袍的人, 變做綠毛靈龜；白衣女子, 變做一隻白鶴。老人乃是壽星, 騎白鶴上升, 本道也跨上黃鹿, 跟隨壽星；靈龜導引, 上昇霄漢。那劉本道原是延壽司掌書記的一位仙官, 因好與鶴鹿龜三物頑耍, 懶惰正事, 故此謫下凡世為貧儒。謫限完滿, 南極壽星引歸天上。(《醒世恆言》第三十九卷〈福祿壽三星度世〉)

의 본 모습을 드러내는 과정을 수반하기 때문이다. 그러므로 이들은 서로의 존재 확인에 있어서 없어서는 안 될 중요한 역할을 담당하고 있으며, 서로의 존재를 확인하기 위해서 서로 관계를 맺고 그 속에서 자신의 본모습을 드러내며, 본성을 발현하고 있는 것이다.

작품에서 묘사된 요물의 형상과 속성은 이러한 본성을 발현하고 그 특징을 드러내는데 있어서 구체적으로 작용하고 있다. 녹색 옷을 입은 키 작은 사내의 본상本像은 외형의 모습을 묘사한 것과 깊은 관련이 있다. 그는 녹색 옷을 입고 있고, 키가 작은 형상을 하고 있는데, 이것은 본래 녹색 빛을 띤 '영귀靈龜'임을 적절하게 암시하고 있다. 또한 그가 물을 좋아하는 속성은 유본도劉本道가 장대로 그를 때려 물에 빠뜨렸지만 모습이 보이지 않는다는 점에서도 어느 정도 가늠할 수 있다. 황의여자黃衣女子는 백의여사白衣女士와 대결하기 위하여 등장하였는데, 유본도劉本道를 데리고 날렵하게 달려가는 모습과 입은 옷의 색상은 그녀가 '황록黃鹿'임을 쉽게 알게 한다. 노인 역시 인간세상의 속인俗人이 아니라, 수명을 관장하는 별(수성壽星)이다. 여기에 등장하는 백학白鶴, 황록黃鹿, 영귀靈龜 이 세 이물은 '장수長壽'와 '성성聖性'과 관계가 깊으며, 이들의 속성과 이미지는 모두 수명을 관장하는 신과 관련되어 있다. 그러므로 노인과 요물은 서로 상당히 긴밀하게 연관되어 있고 이들은 서로 존재의 특징과 속성의 부각에 있어서 상호보완의 관계를 가진다.

이렇듯 작품 속의 보조인물은 비록 주요인물 만큼 작품의 전개에 적극적으로 관여하고 직접 영향을 미치지는 않지만, 작품의 주제를 보완하고 각 인물의 특징을 부각시키며, 줄거리 전개에 있어서 리듬감을 부여하고 완급을 조율하는 역할을 담당하고 있다. 보조인물은 단순히 유본도劉本道를 보조하는 인물, 혹은 작품의 분위기를 환기시키는 정도가 아니라, 다른 인물의 상관관계를 구성하여 전체 작품에 기여하고 있으며, 작품의 줄거리와 전개에도 영향을 미치고 있다. 단지 주요인물의 주도에 의해서 보조인물이 홀시되는 것이 아니라, 그들 나름대로 중요성과 특징을 보여주고 있으며, 또한 이러한 보조인물 간의 상호 관계를 통해서 주요인물에 가려졌던 인물 각각의 특징을 구체적이고 분명하게 드러내고 있다. 그러나 간과하지 말아야 할 것은 단순히 보조인물 만으로 그 특징을 명확하게 밝혀낼 수 없다는 것인데, 이들이 작품 속에서 여러 갈래로 맺어져 있는 인물의 상관관계를 통해서 보다 입체적이고 전면적으로 살펴볼 수 있다는 것이다. 이들의 관계는 평면적이거나 일방적이지 않고 다각적이고 입체적이며, 획일적이거나 고정적인 것이 아니라, 상대적이고 다면적인 특징을 가지고 있다. 보조인물 간의 상호관계를 통해서 작품의 전개와 서사의 특징뿐만 아니라, 작품 속에서 등장하는 여러 인물의 특징과 영향관계를 자세히 살펴볼 수 있다. 이러한 과정을 통해서 작품의 인물 관계에서 소외되었던 보조인물의 중요성과 역할이 더욱 부각될 수 있다.

〈복록수삼성도세福祿壽三星度世〉에서 노인과 녹색 옷을 입은 키 작은 사내, 황의여자黃衣女子와의 관계 못지않게 보조인물 간의 보완 관계가 구체적으로 드러나는 작품은 〈착인시錯認屍〉(≪청평산당화본清平山堂話本≫)이다. 이 작품은 주요인물인 '교준喬俊'을 중심으로 이야기가 전개된다. 그는 절강로浙江路 영해군寧海軍의 상인이며, 어려서 부모님을 여의고 홀로 장성하였다. 본래부터 기골이 장대하고 여색을 좋아하였다. 부인 고씨高氏 사이에 옥수玉秀라는 딸을 두었다. 그는 타지에서 장사를 하다가 주춘춘周春春을 보고 마음에 들어 집으로 데려와 첩으로 삼는다. 부인 고씨高氏는 주춘춘周春春을 첩으로 삼는 것을 수락하는 조건으로 교준喬俊과 주춘춘周春春을 따로 나가 살도록 하였다. 후에 교준喬俊은 다시 타지로 행상을 나가게 되고, 오랫동안 집에 돌아오지 않았다. 주씨周氏는 동소이董小二를 고용하여 교준喬俊을 대신하여 마을의 부역에 나가게 하면서 주씨周氏 집에 머물게 하여 집안의 크고 작은 일을 돕도록 하였다.

주씨周氏는 동소이董小二를 유혹하여 간음하였다. 고씨高氏는 이 소문을 듣고 주씨周氏와 동소이董小二를 자신의 집으로 불러들여 같이 머무르게 하였다. 동소이董小二는 고씨高氏의 집에 머물면서 다시 옥수玉秀를 범하자, 고씨高氏는 화가 나서 주씨周氏와 함께 동소이董小二를 모살하였다. 그리고 홍삼洪三에게 시신을 강에 버리도록 하였다. 두 달 후에 강에 시체가 떠오르고, 왕주주王酒酒는 시체가 동소이董小二인 것을 알고 고씨高氏에게 협박하지만 통하지 않자 관가에 고발한다. 관가에 붙잡혀 온 고씨高氏, 주씨周氏, 옥수玉秀, 홍삼洪三은 모진 고문에 모든 사실을 실토하고 모두 감옥에서 죽는다. 이후 타지에서 생활하다 돈이 다 떨어진 교준喬俊은 집에 돌아와 보니 가족들은 이미 세상을 떠났고 가산家産은 관부官府로 모두 귀속되어 버렸다. 그는 자신의 신세를 한탄하면서 강물에 뛰어 들어 자살하고 만다.

이 작품에서 교준喬俊을 제외한 고씨高氏, 주씨周氏, 옥수玉秀, 동소이董小二 등은 모두 보조인물에 속한다. 작품에서는 교준喬俊이 처음부터 마지막까지 사건을 일관되게 이끌어 가지는 않고, 교준喬俊이 주춘춘周春春을 데려올 때, 그리고 가족들이 모두 죽고 가산이 없어진 것을 알고, 강물에 뛰어드는 장면에서만 비교적 부각된다. 작품에서 묘사되지 않은 부분, 즉 교준喬俊이 타지에서 행상하는 동안에 일어나는 이야기는 이들 보조인물에 의해서만 진행되고 있다. 보조인물의 관계에는 여성과 여성, 남성과 여성의 관계가 동시에 나타난다. 주씨周氏와 옥수玉秀, 그리고 그들과 간음한 동소이董小二, 충실한 심복인 홍삼洪三이 서로 복잡하게 얽혀 있다. 이들의 관계에서 이성 간의 관계를 제외하고 동성 간의 관계로 제한한다면, 고씨高氏←→주씨周氏/옥수玉秀와 동소이董小二←→홍삼洪三의 관계로 집약할 수 있을 것이다. 이중에서 고씨高氏 혹은 주씨周氏와 옥수玉秀의 관계와 반응은 구체적으로 드러나지 않는다. 동소이董小二와 홍삼洪三이 관계 역시 이와 같은데, 동소이董小二가 죽고 나서 시신을 수

습하는 과정에서 홍삼洪三이 등장하므로 양자 간의 관계와 반응이 분명하지 않다. 즉 옥수玉秀와 동소이董小二, 홍삼洪三이 비록 고씨高氏, 주씨周氏와 연결을 짓고 있지만, 구체적이고 중심적으로 관계를 형성하지는 않는다는 것이다. 단지 사건 구성의 인물로써 작동하고 있을 뿐이며, 인물 간의 관계에 있어서도 약간의 보완과 사건 진행의 보조적인 역할을 할 뿐이다. 그러므로 각각의 성격을 개별적으로 드러내지 않고, 또한 타인 (고씨高氏, 주씨周氏)과의 관계에서도 자신의 특징을 나타내지 않으므로 작품에서 고씨高氏와 주씨周氏와의 관계보다 중요하게 작용하지는 않는다.[11] 이야기 전개에 있어서 사건을 주도하는 비중이 비교적 높고 상호 보완의 관계가 분명하게 나타나는 것은 바로 고씨高氏와 주씨周氏의 관계이다.

교준喬俊이 다시 행상을 떠난 후, 주씨周氏가 동소이董小二와 간음하면서 고씨高氏와 주씨周氏는 초기에 서로 대립을 보이기도 하지만, 이후에는 대립보다는 상호 보완의 관계를 긴밀하게 유지하고 있다. 고씨高氏는 주씨周氏가 이미 동소이董小二와 간음한 것을 알고, 주씨周氏를 비난함과 동시에 교준喬俊이 돌아왔을 때 질책할 것을 두려워해서 그녀와 공모하여 동소이董小二를 살해한다. 주씨周氏는 처음에는 반대하였으나, 고씨高氏의 강압에 못 이겨 동참하게 된다. 이때부터 이들은 '대립對立'과 '갈등'의 관계에서 '협력協力'과 '보완補完'의 관계로 전환하게 된다.

당시에 고씨高氏는 딸을 들어가서 자도록 하고 나서 바로 주씨周氏에게 말하였다. "나는 집안일과 장사일에만 신경을 썼지, 네년과 이 버러지 같은

11) 옥수玉秀와 동소이董小二, 홍삼洪三은 전면적으로 자신의 성격과 특징 및 관계를 드러내는 것이 아니라, 주로 고씨高氏와 주씨周氏에 각각 연결 지어 나타내고 있다. 물론 이들 사이에 어느 정도의 상관관계는 가지고 있지만, 그 정도가 상당히 미약하고, 작품의 전개과정에 있어서도 분명하게 드러나지 않는다.

놈이 몰래 놀아난 것을 어떻게 알았단 말이냐? 네년과 그 놈이 한통속이
되어 고의로 그놈을 부추겨서 내 딸을 범하게 했는데, 서방님이 돌아온다면,
내가 서방님에게 무슨 면목으로 말할 수 있겠느냐? 나는 본래 청렴결백한
사람인데, 지금 네가 집으로 들어온 다음, 너 때문에 우리 가문을 더럽혔으
니 이일을 어찌하면 좋단 말인가? 내가 지금 너와 함께 쥐도 새도 모르게
이놈의 목숨을 끊어 버리게 하는 수밖에 없다. 만약 서방님이 돌아오시더라
도, 너와 내 딸 모두 수모를 당하지 않을 것이고, 각각 아무 일도 없을 것이
다. 너는 가서 밧줄을 가지고 오너라!" 주씨周氏는 처음에는 내켜지 않자,
고씨高氏에게 욕지거리를 들었다. "이 모든 것이 네년과 그 놈이 음탕하게
놀아나면서 애꿎은 내 딸을 망치게 한 것인데, 아직도 그놈에게 미련이 남
은 것이냐!" 주씨周氏는 한바탕 욕을 얻어먹고 하는 수없이 방으로 가서
밧줄을 가져와서 고씨高氏에게 건네주었다. 고씨高氏는 바로 받아 가서는 동
소이董小二의 목을 졸랐다.[12]

고씨高氏는 동소이董小二를 처치하기 위해서는 주씨周氏의 협조가 절대
적으로 필요하다. 또한 사건의 책임을 주씨周氏에게 일부 지우려는 의도
도 가지고 있다. 주씨周氏는 일단 동소이董小二를 모살한다는 것에 내키
지 않았으나, 고씨高氏에게 욕을 한차례 듣고, 또한 자신이 저지른 일이
교준喬俊이 알게 될 것을 두려워하면서 이 살인사건에 동참하게 된다.
이들의 대화와 주저하는 행동에서 동소이董小二를 모살하는데 있어서 서
로 다른 입장과 불안한 심정을 가지고 있음을 알 수 있다. 고씨高氏가
동소이董小二를 살해하고자 하는 것에는 주위의 소문에 의해서 주씨周氏
가 간음한 일이 외부로 알려져 자신의 명성이 더럽혀져 사회적인 지탄을

---

12) 當時, 高氏使女兒自去睡了, 便與周氏說: "我只管家事買賣, 我那知你與這蠻子通
姦。你兩個做一路, 故意交他姦了我的女兒, 丈夫回來, 交我怎的見他分說?我是個
淸淸白白的人, 如今討了你來, 被你玷辱我的門風, 如何是好?我今與你, 只得沒奈
何害了這蠻子性命, 神不知, 鬼不覺。倘丈夫回來, 你與我女兒俱各免得出醜, 各無
事了, 你可去將條索來!"周氏初時不肯, 被高氏罵道: "都是你這賤人與他通姦, 因
此壞了女兒, 你還戀著他!"周氏乞罵得沒奈何, 只得去房裏取了蔴索, 遞與大娘,
大娘接了, 將去小二脖項下一絞。(《淸平山堂話本》〈錯認屍〉)

받을 수 있고, 이 일이 있고 난 뒤 예상할 수 있는 교준喬俊의 질책, 그리고 옥수玉秀까지도 범한 동소이董小二에 대한 강한 응징의 심리가 모두 결합되어 있다. 비록 집안의 가장은 교준喬俊이지만, 그는 항상 타지로 장사하러 나가고 실제로 집안의 경제를 담당하고 문풍門風을 바로 잡는 일은 모두 고씨高氏의 몫이었다. 비록 집안의 이끌어나가는 중책을 맡고 있지만, 한 여인으로써의 행동은 비교적 제한적인데, 그녀는 집안의 책임자로써 일의 심각성을 깨닫게 되고 극단의 방법을 동원하여 사건을 무마시키려고 한다. 이렇듯 그녀가 집안에 대한 추문醜聞을 잠재울 수 있도록 살인을 감행할 수 있었던 것은 모두 주씨周氏의 동조를 이끌어 냈기 때문이다.

고씨高氏는 정숙하고 책임감이 강한 성격은 주씨周氏와의 비교를 통해서 더욱 구체적으로 나타난다. 그녀는 집안을 꾸려나가기 위해서 주막을 열고 생계를 이어가려고 애쓴다. 그녀는 이리 저리 떠돌아다니는 남편 교준喬俊에게 기대지 않고, 독립적으로 자신의 경제적 지위를 획득하려고 한다. 비록 경제적으로 생활을 유지하는 데에 있어서는 이미 교준喬俊에게서 독립하였지만, 집안의 대소사大小事를 책임지고 지탱해 나가는 정신적, 도덕적 책임까지 부담하기에는 상당히 힘들었을 것이다. 이와는 다르게 주씨周氏는 육욕肉慾에 대한 강렬한 욕망을 가진 여인인데, 교준喬俊이 행상을 떠나자, 바로 동소이董小二를 유혹하여 그와 간음한다. 그녀는 고씨高氏처럼 집안의 꾸려 나가야 하는 책임감과 경제적 지위를 획득하고자 하는 생각은 전혀 없고, 오로지 자신의 음욕淫慾을 해소하고 픈 생각뿐이다. 고씨高氏와 주씨周氏가 각기 다른 마음가짐을 가지고 있는 것은 처와 첩의 신분적 지위와 정신적 책임감의 경중에 따른 것이겠지만, 고씨高氏는 주씨周氏에 비해서 여전히 책임감이 투철하고 도덕적 기준이 엄정하다는 것은 보여주고 있다.

이렇게 서로 다른 입장과 성격을 가진 이 둘은 서로 보완의 관계를 형성하고 있다. 고씨高氏는 이성적 사고와 도덕적 책임감이 강하지만 반대로 교준喬俊에 대한 감정이 결여되어 있고, 주씨周氏는 이성異性에 대한 욕정은 충만하지만 그 행위에 따른 도덕적 판단과 이성적 책임은 부족하다. 이들은 동소이董小二를 살해하려고 공모하면서 극적으로 타협하는데, 이 과정에서 이들의 성격과 특징 그리고 미묘한 관계를 자세하게 보여주고 있다. 만약 이들이 처음에 가졌던 대립과 갈등의 관계를 끝까지 유지하였다면, 이 둘은 이원적 대립구도만을 형성하였을 것이다. 비록 작품의 전개에 있어서 양자가 보여 주는 행동은 도덕적 책임감과 음욕의 발산이라는 서로 다른 면모를 보여주고 있지만, 동소이董小二를 살해하는 점에서 협력하면서 보완의 관계를 이룬다. 고씨高氏는 동소이董小二에 대한 응분의 처벌을 통하여 책임감을 스스로 부각시키고, 주씨周氏에게는 자신의 불륜에 대한 죄책감을 더욱 가중시키고 있다. 이 둘이 존재함으로써 서로의 성격과 특징이 더욱 구체적으로 드러나게 되고, 그 사이에서 존재하는 복잡하고 미묘한 특징들이 대조적으로 나타난다. 이것은 단순히 단면적인 인물 연구에서는 살펴볼 수 없는 부분이며, 이러한 보완 관계를 통해서 두 인물이 어떻게 관계를 형성하고, 어떻게 상대방을 통해서 자신의 특징을 드러내면서 서로 간의 화합을 이끌어내는지 복잡한 심리적 특징을 잘 보여주고 있다.

3. '종주보완從主補完'의 인물 관계

작품 속의 인물 관계에서 주요인물 사이의 보완 관계와 보조인물 사이의 보완 관계와 마찬가지로 중요한 인물 관계를 보여주고 있는 것이 바로 보조인물과 주요인물 사이의 '종주보완從主補完' 관계이다. '종주보완從主補完'은 보조인물이 주요인물을 보완하는 것을 말하는데, 송원화본소설宋元話本小說에서 이러한 현상이 구체적으로 드러난 작품은 〈최대조

생사원가催待詔生死寃家〉(≪경세통언警世通言≫제8권第八卷)와〈소부인금
전증년소小夫人金錢贈年少〉(≪경세통언警世通言≫제16권第十六卷)이다.　이
작품에서 보조인물은 주요인물의 성격과 특징 그리고 다른 인물 사이의
관계를 보완하고 있으며, 아울러 자신의 특징과 성격을 주요인물을 통해
서 간접적으로 나타내기도 한다.　보조인물은 작품에서 주요인물 다음으
로 줄거리를 이끌어 가고 인물의 대립과 보완을 조정하며, 사건을 전개
및 결말을 이끌어 내고 있어 작품의 전개상 중요한 역할을 하고 있다.
또한 이러한 역할을 하는 보조인물은 주요인물에 비해서 현저하게 그
특성이 감추어져 있기 때문에, 단지 주요인물의 강조를 통해서만 드러날
뿐, 스스로 독자적으로 다른 인물과의 관계를 구성하거나 독립적으로
자신의 존재를 드러내지는 않는다.　비록 이러한 인물이 주요인물의 그림
자에 비유되기도 하지만, 작품에서는 주요인물 및 다른 인물과의 관계를
통해서 주요인물 못지않게 자신의 특색을 보여주고 있다.　보조인물은
타인(주로 주요인물)을 부각시키는 동시에 자신의 특징을 드러내면서
작품의 전체적인 서사구조와 줄거리 진행에 관여한다.　그러므로 보조인
물은 서사의 진행에 있어서 자신을 적극적으로 드러내지 않으면서 주요
인물을 보조하고 있는데, 이러한 특징을 '종주보완從主補完' 관계를 통해
서 구체적으로 살펴볼 수 있고, 작품의 줄거리를 이끌고 인물 간의 특색
을 밝혀내는데 있어서 중요한 부분으로 작용하고 있다.　이러한 인물 관
계가 잘 나타나 있는 것이 〈최대조생사원가催待詔生死寃家〉(≪경세통언警
世通言≫제8권第八卷)에서 '함안군왕咸安郡王(주주主主)'과 '곽립郭立(종종從從)'의 관
계이다.

　이 작품에서 주인공은 '거수수璩秀秀'와 '최녕崔寧' 그리고 '함안군왕咸安
郡王'이다.　작품에서 군왕郡王은 거수수璩秀秀와 최녕崔寧의 사랑을 직접적
으로 제약하는 인물로 그려지고 있다.　거수수璩秀秀는 자신이 사랑하는
사람과 함께 살고자 하는 신념이 강하여 죽어서도 혼령이 되어 최녕崔寧

을 따라가서 자신의 사랑을 이루려고 한다. 이때마다 곽립郭立이 나타나 방해하는데, 그는 거수수璩秀秀가 귀신임을 군왕郡王에게 고하면서, 최녕 崔寧과 거수수璩秀秀의 행복은 사라지게 된다. 이 작품에서 군왕郡王은 결혼을 비롯한 생사까지도 결정하는 강력한 권력을 행사한다. 곽립郭立은 보조인물로써 이러한 포악하고 오만한 군왕郡王을 충실히 보좌하면서, 군왕郡王에게 최녕崔寧과 거수수璩秀秀의 동거 사실을 일러바치고, 거수 수璩秀秀 혼령과 최녕崔寧이 함께 살고 있는 것도 그대로 고하는 등, 군왕 郡王이 거수수璩秀秀를 실질적으로 제압하도록 직접적인 정보를 제공하고 있다. 만약 이야기의 전개상 곽립郭立이 존재하지 않는다면, 사건이 일어나거나 더 이상 이야기가 진전되지 않으므로 곽립郭立은 줄거리 진행에 있어서 중요한 역할을 하고 있음을 알 수 있다.13) 이처럼 곽립郭立은 군왕郡王을 철저하게 보완하는 관계를 맺고 있는데, 작품에서는 비록 곽립郭立이 일방적으로 군왕郡王을 보좌하는 형태로 나타나고 있지만, 사실은 곽립郭立도 郡王의 신임과 총애를 받기 때문에 더욱 더 군왕郡王에게 충성하려고 하며, 군왕郡王은 곽립郭立에 대해서 두터운 신뢰를 보여주고 있다.

군왕郡王은 모든 일에 충동적이고 자신 마음대로 권력과 폭력을 휘두르는데, 만약 자신의 마음에 들면 총애하지만, 자신의 비위를 거스르거나 거부하는 자에 대해서는 집요하리만큼 철저하게 파괴하려고 한다. 그리하여 그는 거수수璩秀秀를 처음 본 순간 바로 군왕부郡王府로 불러들이고, 최녕崔寧의 옥관음玉觀音 조각솜씨를 보고 바로 군왕부郡王府에 머무르게 한다. 심지어는 즉흥적으로 말한 최녕崔寧과 거수수璩秀秀의 결혼 이야기라도, 반드시 그의 정식적인 승낙과 인정을 얻어야지만 가능하다.

---

13) 張國風, 〈古代小說, 戱曲对辅助人物的利用〉, ≪文史知识≫, 2009年 第12期, 85쪽 참조.

그러나 군왕부郡王府의 화재로 인하여 그가 아직 허락하지 않았는데도 최녕崔寧과 거수수璩秀秀가 같이 도망을 가버리자, 두 사람에 대한 총애는 바로 질투와 분노로 바뀐다. 하지만 그가 이전에 거수수璩秀秀를 군왕부郡王府에 불러들이고 난 다음, 그녀에 대해서 주의를 기울이지 못했듯이 그녀의 도망간 사실에 대해서도 어느 정도 시간이 지나자 쉽사리 잊어버린다. 그러나 곽립郭立이 다른 곳에 편지를 전달하고 돌아오고 난 뒤, 군왕郡王에게 최녕崔寧과 거수수璩秀秀를 만난 것을 고해바치자 그 일이 생각이 나서 바로 격분한다.

> 최녕崔寧 부부는 곽립郭立을 머물게 한 뒤 술을 가져와 그에게 대접하며 부탁하였다. "군왕부郡王府로 돌아가서는 절대로 군왕郡王께 말하지 마세요!" 곽립郭立은 말하였다. "나하고 상관없는 일인데, 뭘 말하겠소." 바로 감사의 인사를 하고 문을 나섰다. 군왕부郡王府로 돌아와 군왕郡王을 뵙고 회신을 올렸다. 군왕郡王을 보고서 말하였다. "소신이 일전에 서신을 전달하러 갔다가 돌아오는 길에 담주潭州를 지나게 되었는데, 두 사람이 그곳에서 살고 있는 것을 보았습니다." 군왕郡王이 물었다. "누구인가?" 곽립郭立이 말하였다. "수수秀秀낭자와 최대조崔待詔 두 사람이었습니다. 저에게 술과 음식을 대접하면서, 군왕부郡王府에 말하지 말아달라고 하였습니다." 군왕郡王은 이 일을 듣고서 바로 말하였다. "이런 일을 벌인 그것들을 용서할 수가 없다. 어떻게 해서 거기까지 곧바로 갔단 말이냐?" 곽립郭立이 말하였다. "소인도 자세한 사정은 모릅니다. 단지 최녕崔寧이 그곳에 살고 있었고, 예전대로 간판을 내걸고 장사를 하고 있었습니다."[14]

---

14) 當下夫妻請住郭排軍, 安排酒來請他。吩咐道: "你到府中千萬莫說與郡王知道!" 郭排軍道: "郡王怎知得你兩個在這裡。我沒事, 卻說甚麼。" 當下酬謝了出門, 回到府中, 參見郡王, 納了回書。看著郡王道: "郭立前日下書回, 打潭州過, 卻見兩個人在那裡住。" 郡王問: "是誰?" 郭立道: "見秀秀養娘並崔待詔兩個, 請郭立喫了酒食, 教休來府中說知。" 郡王聽說便道: "叵耐這兩個做出這事來, 卻如何直走到那裡?" 郭立道: "也不知他仔細, 只見他在那裡住地, 依舊掛招牌做生活。" (≪警世通言≫ 第八卷〈崔待詔生死冤家〉)

최녕崔寧은 바로 달려가 곽립郭立을 잡아당겼다. 곽립郭立은 단지 고개를 이리 저리 갸우뚱거리며, 입으로 중얼거렸다. "기이하구나, 기이하단 말이야!" 그는 어쩔 수 없이 최녕崔寧과 함께 돌아와서 집에 도착하여 앉았다. 부인은 그를 보고서 물었다. "곽배군郭排軍, 이전에 제가 좋은 뜻으로 당신을 머무르게 하여 술을 대접했는데, 오히려 당신은 돌아가자마자 군왕郡王에게 이야기해서 우리 두 사람의 행복을 망치게 했습니다. 지금 임금에게 재능을 인정받고 있으므로, 돌아가서 이 사실을 말한다고 해도 두렵지 않습니다." 곽립郭立은 그녀가 하는 말에 아무런 대답도 하지 못하고, 단지 "죄를 지었소!"란 말만 하고서 서로 헤어졌다. …… 군왕郡王은 초초해하며 말하였다. "또다시 말도 안 되는 소리를 지껄이는 구나! 수수秀秀가 맞아 죽어서 후원後園에 묻었거늘. 너 또한 반드시 보았는데, 어찌 다시 그 곳에 있단 말이냐? 나를 놀리는 것이냐?" 곽립郭立이 말하였다. "군왕郡王께 아뢰옵니다. 어찌 감히 군왕郡王을 우롱하겠습니까! (수수秀秀낭자가)바로 소신을 불러 세워 일체의 일을 물었습니다. 혹시 郡王께서 믿지 않으시면, 군령장軍令狀을 써서 가겠습니다." 군왕郡王이 말하였다. "진짜로 있다면, 네가 군령장軍令狀을 가지고 가거라!" 이 사내 역시 힘들게 정말로 군령장軍令狀을 써 가지고 왔다. 군왕郡王은 그것을 받고서는 당직인 가마꾼 두 명을 불러서 가마를 들게 하였다.15)

첫 번째 인용문은 최녕崔寧과 거수수璩秀秀가 군왕부郡王府에서 도망 나와 멀리 떨어진 곳에서 같이 살다가 곽립郭立에게 처음 발각되어 이 사실을 郡王에게 고하는 장면이고, 두 번째는 이미 죽은 거수수璩秀秀가 최녕

---

15) 崔待詔即時趕上扯住, 只見郭排軍把頭只管側來側去, 口裡喃喃地道: "作怪, 作怪!" 沒奈何, 只得與崔寧回來, 到家中坐地。渾家與他相見了, 便問: "郭排軍, 前者我好意留你喫酒, 你卻歸來說與郡王, 壞了我兩個的好事。今日遭際御前, 卻不怕你去說。"郭排軍喫他相問得無言可答, 只道得一聲, "得罪!"相別了。……郡王焦躁道: "又來胡說! 秀秀被我打殺了, 埋在後花園, 你須也看見, 如何又在那裡?卻不是取笑我?"郭立道: "告恩王, 怎敢取笑! 方纔叫住郭立, 相問了一回。怕恩王不信, 勒下軍令狀去。"郡王道: "真個在時, 你勒軍令狀來!"那漢也是合苦, 真個寫一紙軍令狀來。郡王收了, 叫兩個當直的轎番, 擡一頂轎子。(≪警世通言≫第八卷〈崔待詔生死冤家〉)

崔寧과 같이 있는 것을 보고 다시 군왕郡王에게 보고하는 장면이다. 두 인용문을 통해서 충동적이고 감정적인 군왕郡王에 비해서, 곽립郭立은 상당히 교활하고 영리하게 자신의 임무를 충실히 행하고 있으며, 일의 전후 사정을 판단하여 자신에게 유리하게 행동하고 있음을 알 수 있다. 그는 담주潭州에서 거수수璩秀秀과 처음 만났을 때는 그녀에게 郡王에게 알리지 않겠다고 약속하고서 거수수璩秀秀에게 후한 대접을 받는다. 거수수璩秀秀를 안심시키지만 군왕부郡王府로 돌아와서는 바로 군왕郡王에게 돌아가서 이 일을 고해바친다. 두 번째로 다시 최녕崔寧과 거수수璩秀秀와 함께 있는 것을 보자, 너무 놀라서 어찌할 바를 모른다. 곽립郭立은 최녕崔寧 부부에게 죄를 지었다고 말하면서 미안한 마음을 드러내지만, 다시 군왕郡王에게 돌아가서 모든 일을 일러바친다. 이러한 과정에서 곽립郭立은 쉽게 흥분하거나 즉흥적이지 않고, 나름대로 이성적 판단을 하고 있으며, 자신의 이익과 안위를 도모하는 인물임을 알 수 있다. 이와 같이 군왕郡王과 곽립郭立은 서로 '비이성非理性'과 '이성理性'이 명확하게 구분되는 상대적이고 대조적인 성격을 가지고 있다.16) 그러나 작품에서 곽립郭立은 줄곧 군왕郡王을 보좌해 주고 있고, 군왕郡王에게 끊임없이 사건에 대한 단서를 주면서 최녕崔寧과 거수수璩秀秀의 결합을 간접적으로 방해하고 있다. 그리하여 군왕郡王이 최녕崔寧과 거수수璩秀秀에게 분노하고 지속적으로 그들의 잘못을 추궁하도록 실마리를 제공한다.

　곽립郭立은 군왕郡王과 상당히 밀접한 관계를 유지하며, 충실한 심복의

---

16) 중국 고전소설에서 인물대우人物對偶를 이루는 과정 중에 '덕德'과 '역力', '비이성非理性'과 '이성理性'의 대조 방식이 비교적 보편적으로 나타난다. 〈최대조생사원가崔待詔生死冤家〉(≪경세통언警世通言≫第8卷)에서의 군왕郡王과 곽립郭立도 이러한 인물대우人物對偶 방식을 잘 보여주고 있다고 할 수 있다. 중국 고전소설에서의 인물대우人物對偶 방식에 대한 보다 자세한 논의는 褚燕, 〈中國古典通俗小說"人物對"現象文化心理分析〉, ≪荊門職業技術學院學報≫, 1999年 第1期, 61-63쪽을 참고.

역할을 수행하지만, 군왕郡王과는 다른 성격과 행동을 보여준다. 군왕郡王과 곽립郭立의 일정한 관계 속에서 군왕郡王은 곽립郭立을 통해서 더욱 폭력적이고 충동적인 성격을 드러내고, 곽립郭立은 군왕郡王과의 관계를 통해서 자신의 안위와 주인에 대한 충성심을 구체적으로 발휘하고 있다. 곽립郭立은 군왕郡王을 보좌하면서 자신의 성격을 더욱 분명하게 투영하고, 이야기를 진행하는데 있어서 큰 영향을 미치고 있다. 또한 군왕郡王과의 관계를 통해서 군왕郡王의 난폭하고 충동적이며 잔인한 성격을 더욱 구체적으로 부각시키고 있다. 이러한 역할은 작품 속에서 다른 어떠한 인물도 담당하고 있지 못하며, 오직 곽립郭立에 의해서만 주도적으로 이루어지고 있다. 곽립郭立은 철저하게 이야기를 이끌어 나갈 수 있도록 군왕郡王을 돕고 있으며, 또한 사건을 이끌어 가는 주요인물인 군왕郡王의 성격을 구체적이고 분명하게 드러내고 있다.

〈최대조생사원가崔待詔生死冤家〉에서 곽립郭立은 비록 보조인물에 불가하지만, 郡王과의 관계에서 상당히 중요한 역할을 담당하고 있다. 또한 군왕郡王과 곽립郭立은 서로의 성격과 특징을 보완하는 역할도 같이 하고 있지만, 곽립郭立이 군왕郡王의 성격을 부각시키고 보완하는 특징이 보다 분명하다. 이와 비슷한 특징을 가진 작품으로는 〈소부인금전증년소小夫人金錢贈年少〉(《경세통언警世通言》제16권第十六卷)가 있다. 〈최대조생사원가崔待詔生死冤家〉의 군왕郡王과 곽립郭立은 '주인'과 '하인'의 신분과 역할이 분명하고, 곽립郭立은 끊임없이 군왕郡王과 관계를 이어가려고 하고 있는데,[17] 이와는 달리 〈소부인금전증년소小夫人金錢贈年少〉의 '장승張勝(주主)'과 '이경李慶(종從)'의 관계는 신분과 역할에 있어서 종속적인 관계

---

17) 곽립郭立은 끊임없이 군왕郡王에게 거수수璩秀秀의 행방에 대해서 알려주고, 그 일에 대해서 군왕郡王은 바로 직접적인 행동을 보여준다. 이야기의 진행에 있어서 이 두 명은 상당히 밀접하게 연관되어 있고 지속적인 연관관계를 유지하고 있다.

가 아니라, 동등하면서 평등의 관계를 가지고 있다. 만약 군왕郡王과 곽립郭立이 직접적인 '연합' 관계를 가지면서 곽립郭立이 계속해서 군왕郡王을 보조하고 부각시키고 있다면, 장승張勝과 이경李慶은 한 공간 안에서 거주하면서 서로간의 직접적인 대화를 하거나 구체적인 행동을 하는 긴밀한 관련성은 보이지 않는다. 이들은 서로에게 뚜렷하게 영향을 미치지 못하는 '병렬竝列'의 관계에서 소부인小夫人이 등장하면서 서로가 상대의 존재를 인식하고 반응하는 '보완補完'의 관계로 바뀐다.

유모는 발 갈고리를 내리고 발을 내렸다. 문 앞에는 두 명의 주관(주관主管)이 있었는데, 한 명은 이경李慶이고, 50여 세이다. 다른 한 명은 장승張勝이고 나이가 30여 세이다. 두 사람은 발이 내려지는 것을 보고 물었다. "무슨 일이십니까?" 유모는 말했다. "마님이 나와서 거리를 보고자 하십니다." 두 주관主管은 발 앞에 몸을 굽히고 알현하였다. …… 소부인小夫人은 먼저 이주관李主管을 불러서 물었다. "원외員外댁에서 몇 해나 있었는가?" 이주관李主管은 말하였다. "소인은 여기서 일한지 30여 년이 됩니다." 부인이 말하였다. "원외員外께서 항상 자네를 돌보아 주셨는가?" 이주관李主管은 말하였다. "먹고 마시는 모든 것이 원외員外께서 주신 겁니다." 장주관張主管에게 물었다. 장주관張主管은 말하였다. "소인의 아버지가 원외員外댁에 일한지 20여 년이 되고, 소인이 돌아가신 아버지를 이어서 원외員外 나으리를 도와 일을 한지 지금 10여 년이 됩니다." 소부인小夫人이 물었다. "원외員外 나으리께서 자네에게 어떻게 돌보아 주셨는가?" 장승張勝이 말하였다. "온 집안의 옷과 음식이 모두 원외員外 나으리께서 내어 주신 겁니다." 소부인小夫人이 말하였다. "주관主管 잠시만 기다리게." 소부인小夫人은 몸을 굽혀 안으로 들어가서 얼마 지나지 않아 약간의 물건을 이주관李主管에게 주었다. 이주관李主管은 옷자락으로 손을 감싸서 받고서는 몸을 굽혀 감사의 인사를 하였다. 소부인小夫人은 장주관張主管을 불러서 말하였다. "이주관李主管에게 주었는데 어찌 자네에게 주지 않겠는가? 이 물건은 비록 그다지 가치가 있는 것은 아니지만, 나름 쓸모가 있을 걸세." 장주관張主管도 이주관李主管이 물건을 받는 것을 보고서 따라서 허리를 굽혀 감사의 인사를 했다. 부인은 다시 한 번 둘러보더니, 안으로 들어갔다. 두 사람은 각자 문 앞으로 나가서 장사를 주관主管하였다. 원래 이주관李主管이 받은 것은 10문文의 은전銀錢이었고, 장주관張主

管이 받은 것은 10문文의 금전金錢이었다. 당시에 장주관張主管은 이주관李主管이 받은 것이 은전銀錢인지 알지 못했고, 이주관李主管 또한 장주관張主管이 받은 것이 금전金錢임을 알지 못했다.[18]

    소부인小夫人은 가게에서 일하는 두 주관主管에게 똑 같은 관심을 주지는 않았다. 소부인小夫人이 이들에게 금전을 각기 다르게 주었는데, 이것은 그녀의 관심의 대상과 정도가 다르기 때문이다. 사실 소부인小夫人은 가게에서 오랫동안 충실히 일을 한 이경李慶에게는 전혀 관심이 없다. 그녀에게는 오로지 아직 결혼을 하지 않은 비교적 젊은 장승張勝이 마음에 들어올 뿐이다.[19] 그녀는 이후에도 장승張勝에게 물건을 하사하는데, 혹시라도 자신의 짝사랑이 들통날까봐 이경李慶에게도 장승張勝과 비슷한 대우를 해주려고 한다. 이경李慶은 장승張勝의 젊음과 생기를 능동적으로 부각시키기 위한 보조인물에 불과하다. 소부인小夫人이 관심을 가

---

18) 養娘放下簾鉤, 垂下簾子, 門前兩個主管, 一個李慶, 五十來歲 ; 一個張勝, 年紀三十來歲。二人見放了簾子, 問道 : "為甚麼?"養娘道 : "大人出來看街。"兩個主管躬身在簾子前參見。……小夫人先叫李上管問道 : "在員外宅裡多少年了?"李主管道 : "李慶在此三十餘年。"夫人道 : "員外尋常照管你也不曾?"李主管道 : "一飲一啄, 皆出員外。"卻問張主管。張主管道 : "張勝從先父在員外宅裡二十餘年, 張勝隨著先父便趨事員外, 如今也有十餘年。"小夫人問道 : "員外曾顧você麼?"張勝道 : "舉家衣食, 皆出員外所賜。"小夫人道 : "主管少待。"小夫人折身進去不多時, 遞些物與李主管, 把袖包手來接, 躬身謝了。小夫人卻叫張主管道 : "終不成與了他不與你?這物件雖不直錢。也有好處。"張主管也依李主管接取, 躬身謝了。小夫人又看了一回。自入去。兩個主管, 各自出門前支持買賣。原來李主管得的是十文銀錢, 張主管得的卻是十文金錢。當時張主管也不知道李主管得的是銀錢, 李主管也不知張主管得的是金錢。(≪警世通言≫第十六卷〈小夫人金錢贈年少〉)

19) 장승張勝은 작품에서 소부인小夫人과 마찬가지로 중요한 인물에 속한다. 장승張勝은 남녀 간의 사랑을 감성적으로 대하지 않고, 이성적으로만 생각하려는 인물이다. 그와는 반대로 소부인小夫人은 감성적이고 열정적이어서 끊임없이 장승張勝에게 자신의 감정을 보여준다. 이러한 과정에서 장승張勝에 대한 소부인小夫人의 열정과 사랑을 볼 수 있으며, 그와는 반대로 냉담하고 현실적인 장승張勝의 태도를 볼 수 있다.

지고 있는 장승張勝은 같은 공간에서 일을 하고 있는 이경李慶을 통해서 더욱 구체적으로 형상화되고 있다. 이경李慶은 50여 세이고, 가게에서 일한지 이미 30여 년이 지났다. 그에 비해서 장승張勝은 이경李慶보다 젊으며, 아버지의 뒤를 이어 가게에서 일하고 있다. 장승張勝에게 관심을 보이는 소부인小夫人도 나이가 많은 이경李慶보다 오히려 젊고 아직 결혼하지 않은 장승張勝에게 이성적 호감을 보이게 된다. 작품에서는 이경李慶에 대한 묘사를 진행할 때 장승張勝과 대조적인 면을 부각시키고 있다. 서술자는 소부인小夫人의 시각으로 이야기를 진행하고 있는데, 그녀의 남편인 장승張士廉은 이경李慶과 마찬가지로 나이가 많다. 그녀는 매파媒婆의 농간에 잘못 결혼하였기 때문에 남편에 대해서 강한 불만을 가지고 있으므로, 결코 남편과 비슷한 이경李慶에 대해서 어떤 이성적 감정과 호감은 가지고 있지 않다.[20] 그에 비해서 장승張勝은 준수하고 젊으므로 소부인小夫人은 남편에게서 얻지 못한 불만을 그를 통해서 대리만족을 얻으려고 한다. 만약 〈최대조생사원가崔待詔生死冤家〉에서 '군왕郡王'과 '곽립郭立'이 직접적으로 보완하는 관계에 있다고 한다면, 〈소부인금전증년소小夫人金錢贈年少〉에서 '이경李慶'은 존재하는 것만으로 '장승張勝'을 부각시킨다고 할 수 있다. 비록 이경李慶이 직접적으로 장승張勝을 보완하는 행동은 없다고 하더라도, 그가 한 공간에 장승張勝과 같이 머물면서 소부인小夫人에 의해 장승張勝과 비교되고, 그로 인해 장승張勝의 특징과 그와의 관계를 부각시키고 보완하는 특징을 보여주고 있다.

〈최대조생사원가崔待詔生死冤家〉(《경세통언警世通言》제8권第八卷)에서 '군왕郡王'과 '곽립郭立'은 직접적인 '종주보완從主補完'의 관계를 가지고

---

20) 一日, 員外對小夫人道: "出外薄幹, 夫人耐靜。"小夫人勉强應道: "員外早去早歸。" 說了, 員外自出去。小夫人自思量: "我恁地一個人, 許多房匳, 卻嫁一個白鬚老兒！"心下正煩惱。(《警世通言》第十六卷〈小夫人金錢贈年少〉)

있고, 〈소부인금전증년소小夫人金錢贈年少(《경세통언警世通言》제16권第十六卷)〉에서 '장승張勝'과 '이경李慶'은 간접적인 '종주보완從主補完'의 관계를 형성하고 있다. 곽립郭立은 군왕郡王과의 대화와 구체적인 행동을 통해서 군왕郡王의 성격과 특징을 부각시키고 있다. 이와는 다르게 장승張勝과 이경李慶은 구체적인 보완 관계는 보이지 않지만, 두 인물이 한 공간에 존재하면서 장승張勝이 이경李慶에 비해서 젊고 준수한 특징을 보여주고 있는데, 소부인小夫人이 등장하여 금전과 물건을 나누어줌으로써 두 인물의 비교가 더욱 두드러진다. '종주보완從主補完'의 관계는 보조인물이 주요인물을 일방적으로 보완하는 것뿐만 아니라, 서로의 특징과 관계, 역할과 반응도 동시에 드러낸다. 비록 전체적으로는 보조인물이 주요인물을 보좌하는 방식이 주를 이루지만, '종주보완從主補完'의 관계를 통해서 보조인물의 특징과 다른 인물과의 관계를 간접적으로 드러내기도 한다. 인물 간의 보완 관계에 있어서도 직접적이고 구체적으로 주요인물을 보완하는 경우도 있지만, 단지 존재하고 비교되는 상태만으로도 주요인물을 보완하는 경우도 있다. 이러한 '종주보완從主補完'의 관계는 이후 인물의 관계와 특징을 드러내면서 보다 다양한 인물 관계를 구성하고 있는데, 이러한 유동적이고 변화하는 인물 관계를 통해서 획일적이고 고정화된 인물대우人物對偶 방식에서 벗어나 보다 다각적이고 복잡한 인물 관계를 밝혀낼 수 있으며, 또한 그 속에서 주요인물 위주의 분석방식에서 홀시되었던 다양한 인물의 특징과 성격을 구체적으로 살펴볼 수 있다.

4. '주종보완主從補完'의 인물 관계

인물 간의 보완 관계에서 '주종보완主從補完'은 '상호보완相互補完', '종주보완從主補完'에 비해서 특별한 경우에 속한다. 작품의 줄거리 전개에 있어서 비록 보조인물이 중요하게 작용한다고 할지라도 대부분은 보조인물이 주요인물을 보조하는 경향을 가진다. 그러나 간혹 주요인물이 보조인물을 보완하는 경향이 나타나곤 하는데, 이러한 현상은 주요인물과 보조인물의 관계에서 상당히 보기 드문 현상이다. 이러한 경우 보조인물은 비록 작품의 전면에는 등장하지 않지만, 주요인물에 못지않은 주요한 역할을 하고 있는 경우가 대부분이다. 주요인물이 보조인물을 보완한다고 해서 작품의 전체적인 줄거리까지 보조인물의 주도로 진행되지는 않는다. 주요인물이 보조인물을 보완하는 과정은 작품의 전체에 걸쳐서 나타나지는 않고 어떤 단계, 어떤 상황에 한정되어 나타난다. 이때 보조인물은 주요인물뿐만 아니라 작품 전체에 영향을 미치는데, 주로 주요인물은 어떤 단계에서 부분적으로 보조인물의 특징을 부각시키는 역할을 하고 있다. 이러한 현상의 가장 대표적인 예는 〈양사온연산봉고인楊思溫燕山逢故人〉(≪유세명언喩世明言≫제24권第二十四卷)의 '한사후韓思厚(주主)'와 '양사온楊思溫(종從)'의 관계라고 할 수 있다.

이 작품의 줄거리를 살펴보면, 양사온楊思溫은 연산燕山에 머물 때, 의형인 한사후韓思厚의 부인인 정의낭鄭意娘(귀혼鬼魂)을 만나고, 금릉金陵에 있는 한사후韓思厚에게 정의낭鄭意娘의 소식을 전한다. 이후 두 달이 지난 후 양사온楊思溫은 한사후韓思厚를 만나서 燕山에서 정의낭鄭意娘을 만난 이야기를 하게 되고, 정의낭鄭意娘이 일찍이 정조를 지키기 위하여 자결하였음을 알게 된다. 양사온楊思溫은 한사후韓思厚에게 같이 연산燕山으로 가서 정의낭鄭意娘의 혼령을 위로하고 그녀의 유골을 고향으로 가져가서 안장하고자한다. 연산燕山에 도착한 그들은 정의낭鄭意娘을 만나게 되고, 정의낭鄭意娘은 고향으로 돌아가는 것을 거부한다. 그녀는 한사후韓思厚의 평상시 행동으로 미루어 보아 분명 다른 여인을 취할 것이라고 여겼기에 그냥 燕山에 머무르고자 한다. 양사온楊思溫의 설득과 한사후韓思厚가 다시 결혼하지 않겠다는 약속을 받고서 비로소 고향으로 돌아간다.

고향으로 돌아간 한사후韓思厚는 여도사 유금단劉金壇으로 하여금 정의낭
鄭意娘의 영혼을 추모하게 하는데, 한사후韓思厚는 바로 유금단劉金壇과
사랑에 빠져 그녀와 결혼한다. 이에 격분한 정의낭鄭意娘은 유금단劉金壇
에게 접신하여 한사후韓思厚를 나무라지만, 한사후韓思厚는 잘못을 뉘우
치기는커녕 오히려 주법관朱法官의 지시에 따라 그녀의 유골을 파내어서
강에 버린다. 이후 한사후韓思厚와 유금단劉金壇이 강을 건널 때에 풍랑이
일어나 둘 다 강물에 빠져 죽는다.

　이 작품의 서사 내용을 장면묘사와 인물등장을 중심으로 나눈다면,
먼저 양사온楊思溫이 연산燕山에서 정의낭鄭意娘을 만나고, 한사후韓思厚
와 정의낭鄭意娘은 고향으로 돌아가는 장면, 다음으로 한사후韓思厚가 정
의낭鄭意娘과의 약속을 어기고 유금단劉金壇과 결혼하고, 이어서 정의낭
鄭意娘의 유골을 버리는 장면, 마지막으로는 정의낭鄭意娘의 혼령이 한사
후韓思厚와 유금단劉金壇에게 복수하는 장면으로 구분할 수 있다. 세 부분
모두 주요인물은 '한사후韓思厚'와 '정의낭鄭意娘'이다. 세 부분의 주요인
물은 동일하지만, 보조인물은 각기 다르다. 첫 번째 단락에서는 양사온
楊思溫이 정의낭鄭意娘과 한사후韓思厚를 만나고 설득하는 장면이 주를 이
루는데, 이 부분에서의 주요인물은 정의낭鄭意娘과 한사후韓思厚이고, 보
조인물은 양사온楊思溫, 한국부인韓國夫人, 번관番官, 장이관張二官, 노아老
兒, 노구老嫗 등이다. 이 중에서 비교적 중요한 역할을 하는 사람은 바로
'양사온楊思溫'이다. 두 번째 단락에서 보조인물중 중요한 역할을 담당하
는 사람은 유금단劉金壇이고, 세 번째 단락에서는 유금단劉金壇과 유금단
劉金壇의 전남편이다. 이렇게 매 단계마다 작품의 전개에 주요하게 작용
하는 보조인물이 각기 다르고 그 역할과 중요도 역시 차이가 나는데,
이중에서 비록 보조인물에 속하지만, 작품에서 중요한 역할을 담당하는
인물이 바로 '양사온楊思溫'이다.

　양사온楊思溫은 첫 번째 단락에서 등장하는데, 한사후韓思厚와 정의낭

鄭意娘의 관계를 다시 연결시켜주는 중계자의 역할을 하고 있다. 양사온楊思溫은 비록 보조인물에 속하지만, 오히려 그에 의해서 사건이 발생하고 이야기가 전개된다. 양사온楊思溫의 특징은 주요인물인 한사후韓思厚에 의해서 더욱 부각된다. 한사후韓思厚는 양사온楊思溫을 만나서 정의낭鄭意娘에 대한 처지를 알게 되었지만, 적극적으로 정의낭鄭意娘의 유골을 가져와야한다는 의지는 보이지 않는다. 이것은 정의낭鄭意娘도 마찬가지인데, 양사온楊思溫의 설득에도 그녀는 고향으로 돌아가려고 하지 않는다. 그 이유는 한사후韓思厚의 평상시 행동에 대해서 잘 알고 있기 때문에 섣불리 결정하지 못하는 것이다. 그런데 이러한 '고수固守'하는 정의낭鄭意娘과 '회향回鄕'하고자 하는 한사후韓思厚의 갈등에서 양사온楊思溫의 설득이 중요하게 작용하면서, 그의 인성과 품성이 분명하게 드러난다. 한사후韓思厚는 소극적이고 주동적이지 못하며, 여색에 쉽게 빠져들고 의리를 지키지 않으며, 도리에 반하는 인물로 그려지고 있다. 반면에 양사온楊思溫은 동향인同鄕人에 대한 인정人情을 그리워하며, 의리를 중요시하며, 억울한 사람을 동정하면서 자신의 본분을 충실히 다하려고 한다. 이러한 점은 한사후韓思厚와 상당한 대조를 이룬다. 작품에서 이들에 대한 서술적 시각은 서로 비견되는데, 양사온楊思溫은 긍정적으로 묘사하고 있고, 그에 비해서 한사후韓思厚는 비교적 부정적 시각으로 일관하고 있다.

> 한사후韓思厚가 말하였다. "부인이 나를 위해 정조를 지키다가 목숨을 끊었으니, 나는 평생토록 아내를 다시 얻지 않는 것으로 부인의 은덕에 보답하겠소. 지금 부인의 유골을 옮기고자 하는데, 함께 금릉金陵으로 돌아가는 것이 어떻겠소?" 부인은 따르지 않으면서 말하였다. "할머니, 아저씨(양사온楊思溫)가 여기 계시니, 제 말 좀 들어보세요. 지금 서방님께서 소첩의 혼령이 여기에 홀로 남아있는 것을 걱정하시는데, 어찌 서방님을 따라서 돌아가고 싶지 않겠습니까? 그러나 항상 나를 보러 오셔야할 터인데, 모름지기 이러한 정성은 저승이라고 다르지 않습니다. 만약 새 부인을 얻으면 필히

저를 돌보지 않을 터이니, 그렇다면 돌아가지 않는 편이 나을 것입니다."
세 사람이 여러 차례 설득하였으나, 부인은 원하지 않았다. 그녀는 양사온楊
思溫에게 말하였다. "아저씨도 형님의 심성을 모르시지는 않지 않습니까?
제가 살아있을 때는 비록 서방님이 풍류를 즐기는 성격을 가졌다고 하더라
도 단속할 수 있었지만, 지금 첩은 이미 고인이 되어버렸고, 만약 서방님을
따라서 돌아간다고 하여도 옛 것을 버리고 새 것을 어여삐 여기는 것은
필연적일 것입니다." 양사온楊思溫은 다시 권하며 말하였다. "형수님, 제 말
좀 들어 보세요. 지금의 형님은 옛날과 비교할 수 없습니다. 형수님이 정절
을 지키다 돌아가신 것을 고맙게 여겨 결코 다시 새 부인을 들이지 않을
것입니다. 지금 형님께서 와서 유골을 모셔간다고 하오니, 어찌 홀로 견디
면서 같이 돌아가지 않으려 하십니까? 제 말을 들으십시오." 부인은 두 사람
을 향하여 말하였다. "아저씨께서 이렇게 간절하게 권고하시니 감사합니다.
만약 서방님이 과연 양심을 속이지 않는다고 한마디로 맹세하신다면 바로
명을 따르겠나이다." 말이 끝나자, 한사후韓思厚는 술을 땅에 뿌리며 맹세하
였다. "만약 약속을 저버리면, 길에서는 도적을 만나 살육을 면치 못할 것이
고, 물에서는 큰 풍랑을 만나 배가 뒤집힐 것이오." 부인은 한사후韓思厚를
만류하였다. "그만 두세요! 그만 두세요! 그러한 맹세는 할 필요가 없어
요! 서방님께서 이미 다시 부인을 들이지 않는다고 하시니, 아저씨께서
증인이 되어 주세요." 말을 마치자 갑자기 땅에서 향기로운 바람이 일더니,
바람이 지나가고 나서 부인은 보이지 않았다.[21]

위의 인용문에서는 주요인물인 한사후韓思厚보다 오히려 양사온楊思溫

---

[21] 思厚道: "賢妻爲吾守節而亡, 我當終身不娶, 以報賢妻之德。今願遷賢妻之香骨,
共歸金陵可乎?"夫人不從道: "婆婆與叔叔在此, 聽奴說。今蒙賢夫念妾孤魂在此,
豈不願歸從夫?然須得常常看我, 庶幾此情不隔冥漠。倘若再娶, 必不我顧, 則不如
不去爲强。"三人再三力勸, 夫人只是不肯, 向思溫道: "叔叔豈不知你哥哥心性, 我
在生之時, 他風流性格, 能以拘管。今妾已作故人, 若隨他去, 憐新棄舊, 必然之
理。"思溫再勸道: "嫂嫂聽思溫說, 哥哥今來不比往日, 感嫂嫂貞節而亡, 決不再娶。
今哥哥來取, 安忍不隨回去?願從思溫之言。"夫人向二人道: "謝叔叔如此苦苦相
勸。若我夫果不昧心, 願以一言爲誓, 即當從命。"說罷, 思厚以酒瀝地爲誓: "若負前
言, 在路盜賊殺戮, 在水巨浪覆舟。"夫人急止思厚: "且住, 且住!不必如此發誓。我
夫旣不重娶, 願叔叔爲證見。"道罷, 忽地又起一陣香風, 香過遂不見了夫人。(≪喩
世明言≫第二十四卷〈楊思溫燕山逢故人〉)

의 특징을 부각시키는 것에 서술의 초점이 맞추어져 있는 듯하다. 비록 양사온楊思溫은 자신의 특징을 일부러 밖으로 드러내려고 하지는 않았지만, 오히려 한사후韓思厚의 성격과 행동을 양사온楊思溫, 정의낭鄭意娘과의 대화를 통해서 자연스럽게 부각된 셈이다. 한사후韓思厚의 존재감이 제고될수록 그와 비교되는 양사온楊思溫의 특징이 더욱 두드러진다. 한사후韓思厚에 비해서 양사온楊思溫의 의로운 성격과 고상함이 강조되고 있다. 첫 번째 단락에서는 양사온楊思溫은 한사후韓思厚를 보완하는 인물이 아니라, 오히려 한사후韓思厚가 양사온楊思溫의 특징을 부각시키는 역할을 하고 있다. 양자는 비록 서로 보완의 관계를 유지하고 있지만, 동등한 입장과 유사한 행동으로 서로 보조하는 것은 아니다. 정의낭鄭意娘의 유골을 찾고, 정의낭鄭意娘을 설득하는 과정에서 한사후韓思厚보다 양사온楊思溫의 역할이 더욱 분명하게 드러난다. 양사온楊思溫은 비록 주요인물은 아니지만, 한사후韓思厚에 의해서 끊임없이 강조되어지고, 나아가 전체 줄거리 진행에 있어서 한사후韓思厚와 대비되는 성격을 나타내고 있는데, 이것은 한사후韓思厚의 '중욕重慾', '우유優柔', '무정無情', '부의負義'와 맞물려, 그와 반대되는 성격이 양사온楊思溫에게 있음을 간접적으로 보여 주고 있는 셈이다.

　의지가 군건하지 못하고 우유부단한 성격을 가지고 있는 한사후韓思厚는 정의낭鄭意娘과의 관계에서 결코 주동적이지 못하고, 언제나 양사온楊思溫에 의해서 수동적으로 움직이고 있다. 양사온楊思溫은 비록 작품의 첫 단락에 비교적 중요하게 나타나고는 이후에 그 등장이 미미하여 줄거리 전개에 미치는 영향이 한사후韓思厚과 정의낭鄭意娘에 비할 수는 없다. 하지만 첫 번째 단락에서 양사온楊思溫은 적극적으로 한사후韓思厚를 정의낭鄭意娘과 대면하도록 이끌고 있으며, 한사후韓思厚는 이러한 과정에서는 오히려 양사온楊思溫보다 소극적이다. 양사온楊思溫은 한사후韓思厚가 정의낭鄭意娘의 혼령을 찾아가서 만나도록 유도하고 있으며 또한 그녀의 유골을 고향으로 가지고 갈 수 있도록 돕고 있다.22) 작품에서는 양사온楊思溫이 등장하여 한사후韓思厚와 관계를 맺고, 이어서 한사후韓思厚의 성격과 행동을 통해서 양사온楊思溫의 품성을 강조하고 있다. 비록 양사온楊思溫이 작품의 전체적인 부분에서는 여전히 보조인물 측에 속하지만, 첫 번째 단락에서는 오히려 주요인물인 한사후韓思厚가 보조인물인 양사온楊思溫의 특징을 부각시키는 역할을 하고 있다. 이러한 '주종보완主從補完'의 과정은 이후의 사건과 줄거리 전개 및 주제의 부각에 있어서도 중요한 의미를 지닌다. 비록 한사후韓思厚는 양사온楊思溫의 특징과 인물 관계를 보완하는 역할을 함에 있어서 첫 번째 단락에만 한정되었지만, 여전히 작품 전체의 줄거리와 매 단락의 줄거리의 흐름과 진행에 있어서 일정 부분 영향을 미치고 있다.

〈양사온연산봉고인楊思溫燕山逢故人〉(≪유세명언喩世明言≫제24권第二十四卷)의 '양사온楊思溫'과 '한사후韓思厚'의 관계와 마찬가지로, 〈합동문자기合同文字記〉(≪청평산당화본淸平山堂話本≫)중 '유첨상劉添祥(주主)', '유안주劉安住(주主)'와 '이사장李社長(종從)'의 관계도 '주종보완主從補完'의 관계로 이루어져 있다. 〈합동문자기合同文字記〉의 내용을 살펴보면 크게 세 부분으로 나뉜다. 첫 번째 단락은 유첨서劉添瑞가 가족을 데리고 고향을 떠나면서, 형인 유첨상劉添祥과 문서를 작성하는 부분이다. 좀 더 자세히 살펴보면, 유첨상劉添祥와 유첨서劉添瑞 형제는 노아촌老兒村에서 농업으로 생계를 이어가고 있었는데, 유첨서劉添瑞은 아내와 어린 아들 유안주劉安住가 있었다. 그해 가뭄이 들어 살아갈 수 없게 되자, 유첨서劉添瑞 내외는 아들을 데리고 노주路州 고평현高平縣 하마촌下馬村에 있는 이모부

---

22) 실제로 양사온楊思溫이 한사후韓思厚를 찾아가 정의낭鄭意娘의 처지를 알렸고, 한사후韓思厚가 정의낭鄭意娘과 함께 고향으로 돌아가자고 말하였을 때에 정의낭鄭意娘은 반대했지만, 양사온楊思溫이 나서서 설득하여 그 말에 따르게 한다.

장학구張學究의 집으로 옮기게 된다. 이때 형인 유첨상劉添祥과 상의하여 이사장李社長을 증인으로 하고 문서를 작성한다. 또한 이사장李社長은 자신의 딸을 유첨서劉添瑞의 아들 유안주劉安住와 약혼시킨다. 장학구張學究의 집으로 옮긴 유첨서劉添瑞 부인은 병으로 죽고, 유첨서劉添瑞 역시 부인 생각에 시름시름 앓다가 죽게 된다.

두 번째 단락은 유안주劉安住의 성장기와 회향미鄕에 관한 부분이다. 유안주劉安住는 장학구張學究를 부모라고 여기고 18세 까지 지내다가, 장학구張學究 내외가 자신들이 친부모가 아니며, 친부모는 병사한 사실을 이야기해주자, 생부와 생모의 유해를 고향으로 가져가서 안장하려고 한다. 유안주劉安住는 부모의 유골을 가지고 백부인 유첨상劉添祥을 찾아 고향으로 돌아오지만, 백모(후처)와 유첨상劉添祥에 의해서 문전박대 당한다. 이어서 이사장李社長이 나타나 그의 처지를 알고 자신의 집으로 데려 간다.

세 번째 단락은 유안주劉安住가 개봉부開封府의 포상공包相公을 찾아가 그간의 자초지정을 이야기 하고 문서를 증거로 사건 해결을 부탁한다. 포상공包相公은 유안주劉安住가 가지고 있는 문서를 통해 그가 유첨상劉添祥의 친 조카임을 확인하고 劉添祥을 처벌하려고 한다. 하지만 유안주劉安住는 유첨상劉添祥의 처벌을 원하지 않고 선처를 부탁한다. 이에 포상공包相公은 유안주劉安住가 효성과 의리가 있음을 알고 벼슬을 추천하였고, 이후 이사장李社長의 딸과 결혼한다.

작품의 매 단락마다 나타나는 주요인물에는 약간의 차이는 있지만, 공통적으로 유안주劉安住를 중심으로 이야기가 전개되고 있다. 비록 주요인물은 아니지만, 유안주劉安住에게 큰 영향을 미치는 인물은 바로 '이사장李社長'이다. 첫 번째 단락은 유안주劉安住보다 '유첨상劉添祥'과 '유첨서劉添瑞'의 분가分家의 일이 중심이 되어 서술되고 있다. 유첨상劉添祥 형제들에 비해서 상대적으로 역할이 적은 인물은 이사장李社長인데, 그는 이야기의 진행에 있어서 전면에 등장하지는 않지만 여전히 주요인물과 관계를 맺고 있다. 세 번째 단락에서는 유안주劉安住에게 관심을 보이며, 유안주劉安住가 포상공包相公에게 사건의 해결을 부탁할 수 있도록 조언을 한다. 여기에서도 여전히 유안주劉安住가 비록 중심인물로 등장하지만, 이사장李社長은 주요인물을 보완하면서 자신의 특색을 드러낸다. 그러나 두 번째 단락에서는 첫 번째와 세 번째 단락에서의 평범하고 조용한 등장과는 다르게 이사장李社長이 작품의 전면에 출현하고 있으며, 그 역할이 극대화된다. 그는 가족으로써 인정받고자 하는 유안주劉安住와 그것에 대해서 부정하고 거부하는 유첨상劉添祥의 첨예한 충돌과정에서 양자가 극한대립으로 부터 벗어나도록 유도할 뿐만 아니라, 유안주劉安住에게 인정人情을 발휘하여 그를 안심시키고 포상공包相公에게 사건을 해결할 수 있도록 이끌어 준다.

이사장李社長은 물었다. "자네는 누구인가?" 유안주劉安住는 말하였다. "저는 유첨서劉添瑞의 아들입니다. 유안주劉安住가 바로 저입니다." 이사장李社長은 물었다. "자네는 오랜 기간 동안 어디에 가 있었는가?"유안주劉安住가 대답하였다. "저는 노주路州 고평현高平縣 하마촌下馬村 장학구張學究댁에서 보살핌을 받으며 장성하였습니다. 지금 부모님의 유골을 가지고 고향에 안장하려고 돌아왔습니다. 백부와 백모는 제가 거짓으로 꾸몄다고 말해서 제가 작성한 합의 문서를 보여 드리려고 해도 보고자 하지 않으시고, 오히려 저를 때리시니, 나으리 덕에 목숨을 구했습니다." 이사장李社長은 유안주劉安住에게 일렀다. "짐을 지고, 나와 함께 가세." 바로 유안주劉安住를 데리고 집으로 돌아갔다. 짐을 벗어 놓고서 이사장李社長에게 인사하였다. 이사장李社長이 말하였다. "할멈, 당신 사위 유안주劉安住가 부모의 유골을 가지고 고향으로 돌아왔소." 이사장李社長은 유안주劉安住를 시켜서 유골을 사당 앞에 두게 하였다. "안주安住, 내가 자네의 장인일세. 할멈은 자네의 장모라네." 금지옥엽 같은 딸아이를 불러내었다. "너의 시아버지, 시어머니 영구에 인사를 하여라." 제사 음식을 다 차려놓고, 제사를 지내고 지전을 사르는 것을 이미 끝낸 후에 술과 음식을 마련하여 대접하였다. "자네, 내일 개봉부開封府의 포부윤包府尹에게 가서 친백부와 계백모가 때려서 다치게 한 일을 고하게 나." 당일 하룻밤을 머무르고, 다음날 아침 되자, 유안주劉安住는 바로 개봉부開封府로 가서 포상공包相公에게 고하였다. 상공相公은 바로 관원을 보내어 유첨상劉添祥과 후처를 붙잡아, 합의 문서를 가지고 함께 관청으로 오도록 하였다. 이사장李社長을 데려와서 사실을 분명하게 밝히도록 하였다.[23)]

유첨상劉添祥과 유안주劉安住가 서로 대립하고 있을 때, 이사장李社長은 이러한 충돌의 중심에 서서 이들의 갈등을 완화시키고 있다. 이들의 대립과정은 양자의 갈등구조를 부각시키는 것뿐만 아니라, 중계자인 이사장李社長의 역할을 강조하고 있다. 작품의 서술적 시각은 양자가 첨예한 대립을 유지하는 상태를 강조하기보다는, 이사장李社長이 이러한 갈등을 해결하기 위하여 그의 지모智謀와 능력을 어떻게 발휘하는가에 보다 집중하고 있다. 이렇게 신의가 있고 정직한 성격을 가지고 있는 이사장李社長은 유첨상劉添祥과 분명한 대비를 이룬다. 유안주劉安住가 부모의 유골을 가지고 고향으로 돌아왔을 때 백부에게 멸시를 당하는 것을 보고서 유안주劉安住의 편에 서서 그를 보호한다. 이때 유첨상劉添祥과 그의 아내는 친 조카를 인정하지 않고, 재산이 분배될 것이 두려워 충동적으로 유안주劉安住를 거부한다. 유첨상劉添祥은 전후 사정을 살피지 않고, 그의 아내에 말에 쉽게 넘어가는 사리가 분명하지 못한 성격을 보여주고 있

---

23) 李社長問道: "你是誰?"安住云: "我是劉添瑞之子, 安住的便是。"社長問: "你許多年那裡去來?"安住云: "孩兒在路州高平縣下馬村張學究家撫養長成, 如今帶父母骨殖回鄉安葬, 伯父, 伯母言孩兒詐認, 我見將著合同文字, 又不肯看, 把我打倒, 又得爹爹救命。"社長教安住: "挑了擔兒, 且同我回去。"即時領安住回家中。歇下擔兒, 拜了李社長。社長道: "婆婆, 你的女婿劉安住將著父母骨殖回鄉。"李社長教安住將骨殖放在堂前, 乃言: "安住, 我是你丈人, 婆婆是你丈母。"交滿堂女孩兒出來: "參拜了你公公, 婆婆的靈柩。"安排祭物, 祭祀化紙已畢, 安排酒食相待, 乃言: "孩兒, 明日去開封府包府尹處, 告理被晚伯母, 親伯父打傷事。"當日歇了一夜, 至次早, 安住逕往開封府告包相公。相公隨即差人捉劉添祥並晚婆婆來, 就帶合同, 一併赴官。又拘李社長明正。(≪清平山堂話本≫〈合同文字記〉)

다. 나중에 유안주劉安住가 제출한 문서가 자신이 가지고 있는 문서와 동일한 것을 확인하고 나서야 비로소 자신의 잘못을 뉘우친다. 이처럼 부인의 말에 일의 전후사정을 살피지 않고 막무가내로 유안주劉安住를 밀치고 때리는 행동은 이사장李社長의 이성적이고 인정이 있는 행동과 상당히 구별된다. 물론 유첨상劉添祥이 당시에 술이 거나하게 취했기 때문에 이성적 분별이 어려웠다고 할지라도, 여전히 그의 비이성적이고 폭력적인 행동은 이사장李社長과 큰 차이를 보이고 있다.

유안주劉安住는 아무도 그를 믿어주지 않아 억울해하지만, 이사장李社長은 그가 진짜임을 파악하고는 그를 도와준다. 이사장李社長은 자신의 이성과 논리적인 성찰을 통해서 유안주劉安住에 대한 의리와 인정을 보여 주고 있다. 이것은 첫 번째 단락에서 유첨상劉添祥, 유첨서劉添瑞 형제의 문서의 증인으로 참석하고, 자신의 딸을 유안주劉安住와 결혼시키고자 하는 것, 두 번째 단락에서는 유안주劉安住와 유첨상劉添祥의 극단적인 대립을 보류하게 하고, 사건을 공정하게 처리하게 유도하는 것, 세 번째 단락에서는 약속대로 유안주劉安住와 자신의 딸을 결혼시키는 것을 통해서 잘 알 수 있다. 이사장李社長은 처음부터 마지막까지 신의와 인정을 지키는 인물인 것이다. 작품에서 유안주劉安住와 이사장李社長의 '주종보완主從補完'의 관계가 구체적이고 분명하게 나타나는 부분은 바로 두 번째 단락이다. 이사장李社長은 유안주劉安住를 통해서 자신의 공정함과 신뢰성을 더욱 공고히 하고, 유첨상劉添祥의 고집과 그릇된 판단을 통해서 자신의 정직하고 이성적인 성격을 강조하고 있다. 유안주劉安住가 비록 주요인물이지만, 오히려 두 번째 단락에서는 보조인물인 이사장李社長의 특징을 보완하는 역할을 하고 있다. 이러한 것은 유안주劉安住와 마찬가지로 주요인물로써 유안주劉安住와 극한 대립을 보여주고 있는 유첨상劉添祥도 예외가 아니다. 그의 행동은 오히려 이사장李社長의 공명정대하고 정직함을 더욱 직접적으로 드러내는데 일조하고 있다.

유안주劉安住와 유첨상劉添祥의 갈등을 통해서 이사장李社長의 정의로움과 공명정대함이 보다 분명하고 명확하게 드러나고 있으며, 이것은 유안주劉安住가 추구하는 혈육을 찾고 자신의 뿌리를 확인하고자 하는 신념과 유첨상劉添祥이 가지고 있는 잘못된 판단과 고집과도 분명한 차이를 보이고 있다. 두 번째 단락에서 서술적 시각은 이사장李社長의 특징에 초점이 맞추어져 있고, 이러한 중재의 능력은 이후 세 번째 단락에서 나타나는 유안주劉安住의 지극한 효성과 의리, 유첨상劉添祥의 후회와 반성으로 인하여 마침내 가족이 화합하는 데에 있어서 중요한 기능을 발휘한다. 이사장李社長과 유안주劉安住, 유첨상劉添祥의 관계는 비록 주요인물이 보조인물을 보완하는 관계가 주요하게 나타나고 있지만, 이것은 이사장李社長을 보완하는 것뿐만 아니라, 유안주劉安住와 유첨상劉添祥도 스스로의 성격을 드러내거나 특징을 부각시키는 데에 있어서도 중요하게 작용하고 있다.

〈화등교연녀성불기花燈轎蓮女成佛記〉(≪청평산당화본清平山堂話本≫)중 '연녀蓮女(주主)'와 '혜광선사惠光禪師(종從)'의 관계에서도 〈합동문자기合同文字記〉에서 '유첨상劉添祥'과 '유안주劉安住'가 '이사장李社長'을 보완하는 것과 마찬가지로 주요인물이 보조인물을 보완하는 '주종보완主從補完'의 특징을 보여주고 있다. 이 작품에서 혜광선사惠光禪師는 여성과 상대되는 남성의 속성을 가지고 있다기보다는 성별의 구분이 모호한 종교적 인물로 그려지고 있다. 연녀蓮女와의 관계에서 이성 간의 만남보다는 '속인俗人'과 '승인僧人'의 관계로 인식되고 있으므로, 본 글에서 제시하고 있는 동성 간의 인물 보완 관계에 포함된다고 할 수 있다.

〈화등교연녀성불기花燈轎蓮女成佛記〉는 연녀蓮女를 중심으로 연녀蓮女가 출생하기 전, 연녀蓮女가 7세가 되던 해, 연녀蓮女가 16세가 되었을 때, 연녀蓮女의 결혼과 좌화坐化했을 때 등 모두 네 부분으로 나눌 수 있다. 전체적인 줄거리를 살펴보면, 장대조張待詔 내외는 꽃가게를 하며 생계를 이어나갔는데, 평소 선행을 많이 하면서 불법佛法을 가까이하며, 스님에게 보시도 게을리 하지 않았다. 하지만 한 가지 이루지 못한 것이 있었는데, 바로 자식이 없다는 것이었다. 하루는 길을 가는 눈먼 노파를 집으로 불러 들여 음식을 대접하였는데, 따로 보살필 사람이 없는 것을 알고 장대조張待詔 부부는 노파를 친부모처럼 극진하게 모셨다. 3년이 흘러 노파는 입적하였고, 이때부터 부인은 태기가 느껴져 딸을 낳았다. 연녀蓮女가 7세 때에 능인사能仁寺 장로長老인 혜광선사惠光禪師가 친히 탁발을 나온 것을 보고 그의 옷자락을 붙잡고 질문을 하였다. 연녀蓮女는 혜광선사惠光禪師가 자신의 질문에 제대로 대답하지 않자, 다시 법문法問을 하고 있는 능인사能仁寺로 달려가 혜광선사惠光禪師에게 질문을 한다. 이후 연녀蓮女가 16세 되가 되었을 때 원소절元宵節에 능인사能仁寺로 등불 구경을 갔다가 혜광선사惠光禪師를 만나게 된다. 이후 이압록李押錄의 아들 이소관인李小官人이 연녀蓮女를 보고 첫 눈에 반하였지만, 스스로 어쩌지 못해 병이 난다. 이후 유모의 중계로 연녀蓮女와 결혼하게 되고, 당일 가마에게 나오지 않는 연녀蓮女 때문에 안을 살펴보니, 벌써 입적한 뒤였다. 혜광선사惠光禪師가 나타나 연녀蓮女를 화장하고 유골을 거둔다.

전체적인 줄거리에서 연녀蓮女가 혜광선사惠光禪師를 만나는 것은 첫 번째 단락(출생 전)을 제외하고 모든 단락에서 나타난다. 또한 마지막 단락에서는 연녀蓮女가 살아서 혜광선사惠光禪師를 만나는 것이 아니라, 죽어서 화장하게 되고, 혜광선사惠光禪師가 유골을 수습한다는 설정을 갖고 있다. 연녀蓮女와 혜광선사惠光禪師의 직접적인 만남은 두 번째와 세 번째 단락에 해당되는데, 이 두 단락은 작품의 줄거리 전개에 있어서 중요한 부분이라고 할 수 있다. 혜광선사惠光禪師는 첫 번째 단락을 제외하고 모든 단락에 등장하지만, 작품에서 전면적으로 위치하여 사건을 유도하거나 해결을 주재하지는 않는다. 그는 작품에서 연녀蓮女를 제외한 다른 사람들 즉, 연녀蓮女의 부모인 장대조張待詔 내외, 그리고 연녀蓮

女를 사랑한 리소관인李小官人, 시부모, 마을 사람들, 방장 등과 마찬가지로 보조인물에 속한다. 그러나 다른 보조인물과 다른 점은 그가 비록 작품의 매 단락마다 나타나 연녀蓮女의 '선문禪問'을 이해하고 그녀에게 적절하게 '선답禪答'을 주며, 연녀蓮女가 깨달음을 얻어 불교에 귀의歸依할 수 있도록 도움을 준다는 것이다. 혜광선사惠光禪師는 연녀蓮女의 행동과 생각에 큰 영향을 미친 인물이라고 할 수 있다.

> 연녀蓮女는 학당에서 책을 읽고 있었다. 북과 동발(동발銅鉢)소리가 들려 학당 밖으로 나가 보았다. 나가서 살펴보니, 능인사能仁寺의 장로長老 혜광선사惠光禪師가 가마 위에 앉아 있었고, 여러 중들과 함께 거리를 따라 흩어져서 탁발하였다. 연녀蓮女가 갑자기 앞으로 달려 나와 손으로 혜광선사惠光禪師를 붙잡았다. 연녀蓮女는 물었다. "주지인 큰스님, 저에게 전어轉語가 있어서 감히 스님에게 묻고자 합니다." "용녀龍女는 8세에 보주寶珠를 헌납해서 성불하였는데, 저는 지금 7세이고 보주寶珠가 없는데, 성불할 수 있습니까?" 연녀蓮女가 말을 마치자, 혜광선사惠光禪師는 당황해하지 않으며, "어찌하여 절 안으로 직접 찾아오지 않는가? 또한 여기에는 법좌法座가 없지 않는가?" 라고 말하였다. 연녀蓮女가 대답하였다. "저는 이해하지 못하겠습니다. 다시 저에게 선문禪問을 내려 주십시오." 장로의 옷자락을 손으로 잡아당겨서 가마에서 끌어 내려서 장로는 데굴데굴 굴렀다.[24]

> 그 스님은 연녀蓮女에게 맞고는 장로長老에게 가서 고하였다. 장로長老는 이 사실을 듣고서 말하였다. "너희들은 말할 필요가 없다. 내가 알겠구나. 이 골칫덩이가 또 와서 나를 귀찮게 하는구나!" 이어서 급하게 시자侍者를 불러 북을 치고 법좌法座에 올랐다. …… 혜광선사惠光禪師가 법좌法座에 앉고

---

24) 蓮女在學堂內讀書, 聽得鼓鈸響, 走出學堂看。一看, 見能仁寺長老惠光禪師坐在轎上, 與眾僧沿街抄化披疏, 只見蓮女猛然搶上前來, 用手扯住惠光禪師, 學人啟問: "堂頭大和尚, 我有一轉語, 敢問和尚則個。"道: "龍女八歲, 獻寶珠, 得成佛道; 奴今七歲, 無寶珠, 得成佛否?"蓮女道罷, 只見惠光禪師不慌不忙, 便道: "何不投院子裡來, 此處又無法座?"蓮女道: "我不理會得, 只還我問頭來。"以手扯住長老衣服, 扯下轎來, 扯得長老團團的轉。(《清平山堂話本》〈花燈轎蓮女成佛記〉)

서 혜안慧眼으로 한 번 살펴보았다. 연녀蓮女가 법좌法座 아래에까지 와서는 합장하고 묻고자 하였다. 장로長老는 그녀가 입을 열기도 전에 사납게 소리치며 말하였다. …… 장로長老가 대답하여 말하였다. "하늘과 땅을 비추니, 천지가 모두 환해졌구나." 연녀蓮女가 다시 물었다. "한 자리의 대중도 비출 수 없습니까? 대중도 밝아질 수(깨달을 수) 없습니까?" 장로長老가 답하였다. "분명하게 드러난다. 그러하다, 그러하다, 그러하다." 연녀蓮女가 다시 물었다. "몇 사람을 비춥니까?" 장로長老는 대답하였다. "한 사람을 비추거나, 반 사람을 비춘다." 연녀蓮女는 바로 물었다. "한 사람은 누구고, 반 사람은 누구입니까?" 장로長老는 말하였다. "한 사람은 나이고, 반 사람은 자네일세." 연녀蓮女가 말하였다. "스님께서 법좌法座에 앉으셨으니, 저에게 불법佛法을 강론해주십시오." 장로長老가 말하였다. "자네는 돌아가서 사내나 찾아서 지난 업보業報를 갚거나." 연녀蓮女는 얼굴이 온통 붉어졌다. 모든 사람들이 함께 일어났다. 생각이 깊지 못한 이는 바로 욕하였다. "이 스님은 연세도 있으시면서 이런 말을 하다니!" 깨달은 이는 바로 말하였다. "이것은 선문설법禪門說法의 기봉機鋒(교의敎義를 담은 예리한 말)이라네. 보통 사람들은 모르는 것이라네."[25]

위 인용문은 연녀蓮女와 혜광선사惠光禪師의 만남이 이루어지는 두 번째 단락과 세 번째 단락이다. 두 번째 단락에서는 연녀蓮女가 혜광선사惠光禪師를 일방적으로 보완하는 역할을 하는 것이 아니라, 서로가 관계를 맺고 있지만, 직접적이고 밀접하게 영향을 주고받는 단계는 아님을 알 수 있다. 그러나 세 번째 단락은 완전히 다른 양상을 띤다. 이때는 혜광

25) 和尙被打, 去告長老。長老聽得道: "不須你們說, 我自知了。這魔頭又來了惱我!" 連忙叫侍者擂鼓升法座。……惠光長老坐定, 用慧眼一觀, 見蓮女走到法座下, 合掌卻欲要問。長老不等他開口, 便厲聲叫曰: ……長老答曰: "照天照地, 天地俱明。" 蓮女又問曰: "照一席大衆也無?能令衆人明否?"長老答曰: "着!然, 然, 然!"蓮女又問道: "照見幾個?"長老答曰: "照見一個, 半個。"蓮女同曰: "一個是誰?半個是誰?" 長老道: "一個是我, 半個是你。"蓮女曰: "借吾師法座來, 與你講法。"長者曰: "且去尋個漢子來還債。"道罷, 蓮女通紅了臉。衆人都和起來。有等不省得的, 便罵道: "這和尙許大年紀, 說這等的話!"有一等曉得的, 便道: "是禪機, 人皆不知。"(≪淸平山堂話本≫〈花燈轎蓮女成佛記〉)

선사惠光禪師는 연녀蓮女에게 게언偈言, 선문답禪問答, 선기禪機를 통해 불법佛法과 불연佛緣을 성찰할 수 있도록 직접적이고 강력하게 영향을 미친다. 또한 연녀蓮女는 혜광선사惠光禪師와의 만남과 문답을 통해서 자신의 정체성과 존재의 의미를 깨닫게 되고, 불교에 귀의歸依하고자 확신하게 된다. 비록 혜광선사惠光禪師는 작품에서 보조인물에 불가하지만, 오히려 그가 연녀蓮女의 잠재적 불성을 계발하고, 이후 연녀蓮女가 입적하도록 이끄는데 있어서 중요한 역할을 담당하고 있다. 연녀蓮女는 그 자신으로써는 불성을 드러내거나 불교로의 귀의歸依를 결정하기 힘들다. 그녀는 혜광선사惠光禪師와의 대화와 행동을 통해서 자신의 불의佛意를 획득하게 되는데, 이러한 과정에서 혜광선사惠光禪師의 행동과 심리는 오히려 연녀蓮女의 엉뚱한 행동과 반문反問 그리고 선답禪答을 통해서 구체적으로 드러나고 있다. 만일 연녀蓮女가 혜광선사惠光禪師와 보완의 관계를 유지하지 않았다면, 혜광선사惠光禪師의 행동과 특징은 구체적으로 드러나지 않았을 것이다. 혜광선사惠光禪師는 연녀蓮女의 보완 관계를 통해서 그의 불성佛性과 품격品格, 그리고 인간관계를 구체적으로 보여주고 있다. 이 부분은 연녀蓮女의 득도得道 과정이 고스란히 나타나 있지만, 그에 못지않게 중요한 것은 혜광선사惠光禪師의 예지적 혜안慧眼과 관철觀徹의 능력을 보여 주는 것이다. 혜광선사惠光禪師는 주동적으로 자신의 특징과 인간관계를 드러내는 것이 아니라, 연녀蓮女의 질문에 답하고, 그녀의 행동을 이해하는 과정을 통해서 부각되고 있다. 그러므로 연녀蓮女와 혜광선사惠光禪師는 서로 밀접하게 관련되어 있으며, 서로 호응하면서 영향을 미치고 있다.

양사온楊思溫과 한사후韓思厚, 유안주劉安住, 유첨상劉添祥와 이사장李社長, 그리고 연녀蓮女와 혜광선사惠光禪師의 주종보완主從補完 관계에서는 주요인물이 보조인물을 보완하는 특징을 구체적으로 보여주고 있다. 그러나 작품 전체에는 관여하지 않고 작품의 일부분, 혹은 어떤 단계에서만 '주종보완主從補完'의 특징이 나타난다. 전체적인 줄거리 진행에는 주요인물이 작품의 줄거리를 이끌어 가는 경우가 많으므로 보조인물이 주요인물을 보완하는 경우가 대부분이다. 비록 작품의 어떤 부분, 어떤 상황에 주요인물이 오히려 보조인물을 보완하는 경향을 보이지만, 그렇다고 전적으로 보조인물 중심으로 이야기가 진행되지는 않는다. 주요인물도 보조인물의 행동과 특징을 통해서 자신의 특징과 성격을 드러내지만, 보조인물이 주요인물에 의해서 특징을 드러내는 현상이 보다 분명한데, 주요인물은 보조인물에 의해서 자신의 특징을 더욱 확고히 할 수 있는 것이다. 주요인물 역시 보조인물을 통해서 자신의 특징과 인물 간의 관계를 더욱 구체적으로 드러낼 수 있다. 단지 주요인물이 보조인물을 보완하는 경향이 위주인가 아니면 그렇지 않은가의 정도에 따라 '주종보완主從補完', 혹은 '종주보완從主補完'이 정해진다. 비록 작품에서 주요인물과 보조인물이 서로 관계를 맺는 것은 작품의 전개에서부터 지속적으로 작용하고 있고, 단계별로 다르게 작용하고 있지만, 주요인물의 특징이 모호하고 분명하지 않거나, 이야기의 어떤 단락에 있어서 그 존재성과 이야기를 이끌어 가는 데에 있어서 영향력이 미약할 때는 오히려 주요인물이 보조인물을 보완하는 현상이 빈번하게 일어난다.

5. 나오는 말篇尾

소설 작품 속에서 인물人物의 대우對偶는 인물 관계를 다양하고 구체적으로 보여 주는 현상 중의 하나이다. '인물대우人物對偶'는 송원화본소설宋元話本小說에서 '대립對立', '보완補完', '병렬竝列'의 관계로 세분화 되는데, 이 중에서 '보완補完' 관계는 대립對立'과 '병렬竝列' 관계에서 볼 수 없었던 인물 간의 유기성과 연관성을 구체적이고 자세하게 그려내고 있다. 인물의 보완 관계에는 주요인물과 보조인물이 등장하는데, 이들의 관계는 작품의 전개를 통해 서로 다양하게 반응하면서 복잡하고 개성적인 특징을 보여준다. 인물의 '보완補完' 관계는 기본적으로 주요인물 간의 관계를 포함한 주요인물과 보조인물 간의 관계를 말하는 것인데, 주로 어느 한 쪽이 다른 한쪽을 보조하거나, 상호 보조하는 특징이 주를 이룬다. 이러한 특징은 주요인물과 보조인물뿐만 아니라, 주요인물 사이에서도 나타나기는 한다. 인물 간의 보완 관계는 세부적으로 '상호보완相互補完', '종주보완從主補完', '주종보완主從補完'으로 나뉜다. 이러한 관계는 작품 속에서 단순히 서로 관계를 맺는다는 것에만 국한된 것이 아니라, 상대방을 통해서 자신들의 특징을 드러내거나 강조하고, 상대방과의 소통을 통해서 자신의 존재감을 확인하려는 특징을 가진다. 서로간의 관계와 소통을 통해서 자신의 본 모습을 드러내고, 또 그것에 대해서 상대방이 어떻게 반응하는지를 통해서 이분법적 대결 관계에서 보지 못했던 미묘하고 복잡한 심리와 상황에 따라 변하는 행동, 내면과 외면의 다양한 표징들을 다각적으로 보여준다고 할 수 있다.

인물 대우 관계에서 '상호보완相互補完'은 크게 '주주主主인물의 보완補完'과 '종종從從인물의 보완補完'으로 나뉜다. '주주主主인물의 보완補完'의 대표적인 작품으로는 〈오계선사사홍련기五戒禪師私紅蓮記〉(≪청평산당화본清平山堂話本≫)와 〈음즐적선陰騭積善〉(≪청평산당화본清平山堂話本≫)이 있고, '종종從從인물의 보완補完'의 대표적인 작품은 〈복록수삼성도세福祿壽三星度世〉(≪경세통언警世通言≫제39권第三十九卷)와 〈착인시錯認屍〉(≪청평산당화본清平山堂話本≫)가 있다. '주주主主인물의 보완補完'은 '종종從從인물의 보완補完'에 비해서 작품 속에서 다양하게 나타나지는 않는다. 그 이유는 소설 작품은 주로 주요인물 간의 대립구도로 구성되어 있어서, 가해자와 피해자와의 갈등, 남자와 여자의 모순, 관리와 평민의 충돌 등 어떤 식으로든지 '갈등'과 '충돌'을 중심으로 진행되기 때문에, 주요인물 사이에 서로 상대를 보조하는 보완 관계는 작품 속에서 자주 보이지

는 않는다. 전체적으로 작품 속 인물의 '상호보완相互補完' 관계를 통해서
서사 구조가 주요인물 대결 위주의 경직된 구조보다 많이 완화되었고,
서사 시각도 '이원대립二元對立'의 고정적 형식에서 비교적 탈피하였다.

　'종주보완從主補完'은 보조인물이 주요인물을 보완하는 것을 말하는데,
이러한 현상이 구체적으로 드러난 작품은 〈최대조생사원가崔待詔生死冤
家〉(《경세통언警世通言》제8권第八卷)와〈소부인금전증년소小夫人金錢贈
年少〉(《경세통언警世通言》제16권第十六卷)이다. 이 작품에서 보조인물
은 주요인물의 성격과 특징 그리고 다른 인물 사이의 관계를 보완하고
있으며, 아울러 자신의 특징과 성격을 주요인물을 통해서 간접적으로
나타내기도 한다. 보조인물은 타인(주로 주요인물)을 부각시키는 동시
에 자신의 특색을 드러내면서 작품의 전체적인 서사구조와 줄거리 진행
에 관계한다. 그러므로 보조인물은 서사의 진행에 있어서 자신을 적극적
으로 드러내지 않으면서 주요인물을 보조하고 있다.

　'주종보완主從補完'은 주요인물이 보조인물을 보완하는 것인데, 작품의
전체에 걸쳐서 나타나지는 않고 어떤 단계, 어떤 상황에 한정되어 나타
난다. 이때 보조인물은 주요인물뿐만 아니라 작품 전체에 영향을 미치는
데, 주로 주요인물은 어떤 단계에서 부분적으로 보조인물의 특징을 부각
시키는 역할을 하고 있다. 대표적인 작품으로는 〈양사온연산봉고인楊思
溫燕山逢故人〉(《유세명언喩世明言》제24권第二十四卷), 〈합동문자기合同文
字記〉(《청평산당화본清平山堂話本》), 〈화등교연녀성불기花燈轎蓮女成佛記〉
(《청평산당화본清平山堂話本》) 가 있다. 이들 작품에서의 보완 관계는
작품 전체에는 관여하지 않고 작품의 일부분에서만 '주종보완主從補完'의
특징을 보여주고 있다는 것이다. 비록 작품의 어떤 상황에서는 주요인물
이 오히려 보조인물을 보완하는 경향을 보이지만, 그렇다고 전적으로
보조인물 중심으로 이야기가 진행되지는 않는다. 주요인물도 보조인물
의 행동과 특징을 통해서 자신의 특징과 인물 간의 관계를 드러내지만,

보조인물이 주요인물에 의해서 특징을 드러내는 현상이 더욱 분명하다
고 할 수 있다.

송원화본소설宋元話本小說 작품의 인물 보완 관계에서는 주요인물과
보조인물은 각각 존재함으로써 서로의 존재성을 획득한다. 그리고 이들
은 서로의 특징을 보완하고 부각시킨다. 작품 속에서 이들은 중요인물로
써 줄거리를 이끌어 가거나, 보조인물로써 주요인물을 보조하는 것뿐만
아니라, 이들은 서로 긴밀하게 연결되어 작품의 전체적인 이야기의 진행
과 결과에 관여하고 있다. 그러므로 단순히 인물을 줄거리 구조 속에서
규정되어지는 것보다도 훨씬 복잡하고 미묘하다. 그런 의미에서 본 글에
서 추구하는 인물의 보완 관계 연구는 인물의 일면적인 것에만 치우쳐
인물의 다면성을 보지 못하고, 편향된 시각으로만 고정된 것에서 벗어나
보다 입체적으로 인물의 특징을 살펴볼 수 있는 방안을 제시하고 있다.
이것은 인물의 일방적인 탐구에서 벗어나 상호 작용과 관계를 통해서
인물의 특징을 더욱 부각시킬 수 있는데, 특히 주요인물 간의 상호보완
의 경우에는 대부분 '대립對立'과 '갈등'이 주가 되는 작품에서 보기 드물
게 화합과 조화를 살펴볼 수 있는 시각을 제공하고 있다. 이것은 인물이
사건의 전개와 상황 및 대상에 따라 변화할 수 있음을 시사하고 있는데,
인물이 타자와의 관계를 통해서 다양하게 고찰될 수 있음을 보여주고
있다. 인물 간의 상호보완의 관계는 이전의 인물 연구에서 간혹 언급되
기는 하였지만, 여전히 주목받지 못하였다. 그러나 인물 간의 유기적이
고 상관적인 보완 관계를 통해서 그동안 간과하였던 작품 속의 인물의
성격과 영향 관계를 보다 더 세밀하게 이해할 필요가 있는데, 이러한
과정은 인물의 특징 연구뿐만 아니라 내용 및 주제사상을 다각적으로
고찰하는 데도 중요한 역할을 한다.

제2부

안과 밖
명화본소설明話本小說
인물의 내성內性과 외성外性

제1장

천선遷善과 천악遷惡: '개행천악改行遷惡' 인물

1. 들어가는 말入話: '바름'과 '그름'

소설 작품 속에 등장하는 인물은 다양한 배경아래 복잡한 성격과 행동 방식을 가진다. 중국 고전소설에 있어서도 이러한 현상은 예외가 아니다. 비록 고전소설 속의 인물의 특징이 다채롭고 유동적이기는 하지만, 일반적으로 어떤 일률적이고 고정적인 형태를 가지고 있는 것이 사실이다. 만약 전통적인 소설 작품에서 인물의 성격을 이분법, 즉 '선善'과 '악惡'이라는 두 가지 측면으로 나눈다면, 작품 속의 대표적인 인물은 대부분 이 두 가지 성격 중의 어느 하나에 귀속된다고 할 수 있다. 하지만 소설 작품의 창작과정에서 인물을 '선인善人'과 '악인惡人'의 어느 하나로 명확하게 구분 짓기란 결코 쉽지 않다. 하지만 굳이 작품 속의 인물을 '선善'과 '악惡'의 영역으로 구분해야 한다면, 대중들이 사랑하고 존경해야하며 모범적인 행동의 표본으로 삼아야 할 '선한 사람(선인善人)'이거나, 아니면 비난과 배척하여야하고 자신의 행동에 타산지석으로 삼아야하는 '악한 사람(악인惡人)'으로 양분된다고 할 수 있다. 고전소설의 큰 줄거리에서는 언제나 이러한 '선인善人'과 '악인惡人'이라는 양대 축이 존재하며, 서로를 견제하고 대립하면서 갈등을 조성하고, 이야기를 복잡하게 이어가고 있다.

그러나 단순하고 고정적 시각으로 인물 성격의 유동성과 변화를 인정하지 않고, 어떤 획일적인 특징으로만 귀속시키는 것은 인물의 다양성을 간과하는 것이기도 하다. 이러한 태도는 단지 작품의 전개과정에서 응축되어 있는 인물의 복잡한 특징을 지나치기 쉽고, 결말의 내용에만 치중하여 인물 간의 관계망 속에 억지로 대입하거나 끼워 맞추는 관점에서 벗어나기 힘들다. 그러므로 이러한 경직된 시각은 작품의 줄거리 서사과정에서 희석되어 불투명하고 혹은 확산되어, 인물의 다양한 성격이 상황에 따라 어떻게 변화하는지 자세하게 살펴보는 데에는 여전히 한계를 가진다. 본 글에서는 이러한 '선善'과 '악惡'의 어느 하나에 고정되어 있거나, 적어도 그러한 경향을 보여주는 전형적 성격의 인물을 살피는 것이 아니라, '선善'과 '악惡'의 특성이 상황에 따라 변화하면서 그러한 경향이 인물의 인식과 행동에 어떻게 영향을 미치고 밖으로 표출되는 지를 살펴보는 것이다.

인물의 성격 변화에 관한 고찰은 과거 진행되었던 수많은 소설 작품의 인물 연구에서 부분적으로만 다루어졌거나, 혹은 작품의 주제나 성격을 강조하기 위한 보조적 연구로만 활용되었던 것이 사실이다. 그리하여 인물의 성격 변화를 보여 준다고 하더라도 교훈적인 시사, 즉 '창선징악彰善懲惡', '인과보응因果報應', '사필귀정事必歸正'과 같은 전통적 도덕관념을 선양하기 위한 부속적인 기능을 수행하는 것이 대부분이었다. 그래서 인물의 성격은 대부분이 '악惡'에서 '선善'으로 변하는 과정에 집중되었고, 그 과정을 통하여 작품의 내용과 주제는 자연스럽게 사회정의와 윤리규범을 실현하는 것으로 대변되었고, 인생철리와 도덕정신을 강조하게 경향으로 흘러가게 되었다. 그러다 보니 인물의 성격 변화에 대한 고찰은 주로 '악惡'에서 '선善'으로 변하는 시각에만 치중하거나, '선善'과 '악惡'의 어느 한 부분에 복속시켜 다른 연구의 부차적인 탐색으로 전락하고 말았다. 또한 작품 전체의 전반적인 연구를 부각시키는 보완적 고찰 정도로만 여겨져 제대로 주목받지 못하였다. 지금까지의 연구도 단지 인물의 개인 성격 변화에 중점을 두지 않고, 단순히 인물 연구를 작품 전체 연구의 한 부분으로 제한하거나, 그 자체의 중요성과 가치에 집중하기보다는 작품의 주제를 강조하기 위한 일부 요소로써 언급하고 있을 뿐이다. 간혹 인물의 성격 변화를 제시하고 있다고 하더라도 주로 '개과천선改過遷善'형의 인물을 중심으로 '악성惡性'이 어떻게 '선성善性'으로 바뀌었는가에 집중적으로 조명하고 있으며, 그것을 교화 작용이라는 창작 목적과 윤리 도덕의 강화라는 서술 의도에 편승하여 바라보고 있는 것이 사실이다.

고전 단편소설 작품에서의 인물의 성격 변화 연구는 일부 진행되었지만, 지금까지 어떤 '악성惡性'의 한 개인, 일부 집단의 인물이 어떤 환경에 처하게 되었을 때, 성격이 어떻게 '선성善性'으로 변해왔는가를 중점적으로 다루어 왔고, 연구 방향은 주로 '악성惡性'에서 '선성善性'으로 변화는 과정에 편향되었다. 하지만 인물의 성격은 다양하고 복잡한 형태로 나타나기 때문에 '악성惡性'에서 '선성善性'으로 바뀌는 '개과천선改過遷善'형이 있다면, 반대로 지극한 '선성善性'에서 '악성惡性'으로 변하는 '개선천악改善遷惡' 형태도 존재하며, 혹은 '선성善性'에 근접한 심성이 '행악行惡'의 형태로 전환되는 '개행천악改行遷惡' 형태도 보인다. 그 외에도 '선성善性'이나 '악성惡性'에 속하지 않는 '인정人情'을 가진 이가 '선성善性'과 '악성惡性'의 어느 한 방향으로 변하는 '기선종악棄善從惡', '기악종선棄惡從善'의 형태도 보인다. 인간의 마음은 주어진 환경과 구성된 집단의 영향에 따라 '동시성'과 '점진성'을 내포하기도 하며, 또한 '일회성'과 '중첩성'을 가지기도 한다.[1]

---

1) 조혜란은 논문 〈《옥루몽》 황소저의 성격 변화-악인형 인물의 개과천선 과정 서술과 관련하여〉(《한국고전여성문학연구》 제22집, 2011년)에서 황소저의 '개과천선改過遷善'을 설명하면서, "허물을 뉘우쳐 고치는 것(改過)과 선한 데로 나아가는 것(천선遷

고전소설 작품에서 인물의 특징이 소위 말하는 '악성惡性'에서 '선성善性'으로 바뀌는 형태는 자주 보이지만, 반대로 '선성善性'을 가진 인물이 '악성惡性'으로 변화는 경우는 그리 많지 않다. 그 이유는 내용이 '권선勸善'과 '징악懲惡'이라는 전통적 관념에서 벗어나고, '교화敎化'와 '치세治世'이라는 가치를 반감시키며, 대중의 인물에 대한 흥미를 저하시키고, 저자의 표현 의도와는 먼 것으로 여겨졌기 때문이다. 그렇기 때문에 '개행천악改行遷惡' 현상을 집중적으로 조명한 연구는 더더욱 드물다. 이것은 소설 작품에서 주제, 즉 교화 작용과 계발 의도를 지나치게 강조하면서 연구자들이 그 점에 주력하다보니 다른 부분에 대한 전면적 고찰이 어려워서 파생된 현상이기도 하다. 하지만 인물의 성격 변화가 '악성惡性'에서 '선성善性'으로의 '순방향적'2)인 것도 있지만, '역방향적'이거나 혹은 '쌍방향적'인 것도 있다고 가정한다면, 연구의 시각을 여러 방면으로 확대하는 태도는 소설 작품을 효과적이고 다각적으로 살펴보는 데에 있어서 중요한 의미를 지닌다고 할 수 있다.

善)은 동시적으로 일어날 수도 있고 점진적으로 일어날 수도 있다."는 점과 "한 번의 개과로 삶이 완전히 변화되는 것이 아니라 몇 번의 과정이 중첩되면서 그 이전과는 다른 존재가 되고 다른 삶을 살기도 한다."는 점을 강조하고 있다. 이러한 특징은 '개행천악改行遷惡', '기선종악棄善從惡', '기악종선棄惡從善' 등에서도 보이는데, '개행改行'과 '천악遷惡', '기선棄善'과 '종악從惡', '기악棄惡'과 '종선從善'의 과정에서 '동시성'과 '점진성'을 보이기도 하며, 또한 '일회성'과 '중첩성'을 드러내기도 한다. 자세한 내용은 조혜란, 〈〈옥루몽〉황소저의 성격 변화 -악인형 인물의 개과천선 과정 서술과 관련하여-〉, 《한국고전여성문학연구》제22집, 2011년, 163-164쪽, 169-170쪽을 참조.

2) 많은 고전소설 작품에서 나타나는 이야기 전개 방식은 일반적으로 '발단-전개(갈등)-전환-결말(회복)'의 '해피 엔드happy end'이나 '대단원大團圓'의 '사부범정邪不犯正' 형태를 보인다. 인물의 성격 변화에 있어서는 '악성惡性'에서 '선성善性'으로의 변화가 많이 나타나는데, 이것을 가리켜 인물의 성격 변화 중 '순방향적' 변화라고 하고, 이와는 반대로 '선성善性'에서 '악성惡性'으로의 성격 변화를 가리켜 '역방향적' 변화라고 한다. 또는 '선성善性'과 '악성惡性'이 '순방향'과 '역방향'의 특성이 반복, 중첩되어 나타나는 경우도 있는데 이러한 것을 '쌍방향적' 변화라고 한다.

이에 본 글에서는 화본소설의 대표작이라고 할 수 있는 ≪삼언三言≫을 연구 범위3)로 '선성善性'에서 '악성惡性'으로 변화는 인물을 조사하고, 상황에 따른 인물의 본성과 행동의 차이를 통해서 인물의 성격에 대한 다양한 변화 과정을 고찰하고자 한다. ≪삼언三言≫에서 '선성善性'에서 '악성惡性'으로 변화를 일으키는 인물과 유형 및 구체적인 작품을 살펴보면 다음과 같다.

'선성善性'에서 '악성惡性'으로의 변화 유형

분류	편명	인물	유형			비고
			眞-惡-正	正-惡	平-惡	
喩世明言	〈楊思溫燕山逢故人〉24	韓思厚		○		
	〈月明和尙度柳翠〉29	月明和尙	○			
	〈明悟禪師趕五戒〉30	五戒禪師	○			
	〈汪信之一死救全家〉39	汪信之		○		
		程彪, 程虎			○	
醒世恆言	〈小水灣天狐貽書〉6	野狐				△
	〈張廷秀逃生救父〉20	瑞姐				△
	〈李汧公窮邸遇俠客〉30	房德		○		
警世通言	〈莊子休鼓盆成大道〉2	田氏				
	〈三現身包龍圖斷冤〉13	小孫押司				△
	〈計押番金鰻産禍〉20	周得			○	
	〈況太守斷死孩兒〉35	邵氏	○			
	〈萬秀娘仇報山亭兒〉37	陶鐵僧			○	
계	12		3	4	3	3

○: '선성善性'에서 '악성惡性'으로의 변화가 분명하고 직접적으로 나타나는 경우
△: '선성善性'에서 '악성惡性'으로의 변화가 구체적이지 않고 모호하게 나타나는 경우

---

3) 본 저서 〈제2부 안과 밖: 명화본소설明話本小說 인물의 내성內性과 외성外性〉에서는 명화본소설明話本小說의 가장 대표작이라고 할 수 있는 ≪삼언三言≫을 주요 연구 범위로 정하고 인물의 특징을 고찰하고자 한다. ≪삼언三言≫의 원문은 馮夢龍編, 徐文助校注, 繆天華校閱, ≪喩世明言≫, 臺北: 三民書局, 1998年 ; ≪警世通言≫, 臺北: 三民書局, 1992年 ; ≪醒世桓言≫, 臺北: 三民書局, 1995年을 참고하였다.

   인물의 범위는 작품 속에서 첨예한 대립을 내세우는 주요인물뿐만 아
니라, 극적으로 상반되는 두 인물의 사이에서 변화와 조정의 역할을 하
는 보조인물도 포함한다. 이들은 이야기의 전개와 발전에 중요한 역할을
할 뿐만 아니라, 경우에 따라서는 주요인물보다 더 큰 비중을 차지하기
도 한다.4) 본 연구에서는 이러한 인물 가운데 선한 본성을 가진 인물이
어떻게 악한 성격을 가지게 되고 악한 행동을 행하게 되는지를 주목하고
자 하며, '선善'의 '본성本性'과 '행위行爲'에서 '악惡'의 '본성本性'과 '행위行
爲'로 역행하는 행위,5) 즉 '개행천악改行遷惡'형의 인물을 중심으로 인물
의 성격과 행동의 변화를 다각적으로 살펴보고자 한다.6) 이러한 연구는
소설 작품의 중요한 구성 요소인 인물에 대해서 좀 더 세밀하고 다양하
게 살펴볼 수 있게 할뿐 아니라, 작품 전체의 내용과 표현하고자 하는
주제, 서술 방식의 전개와 구조에 이르기까지 작품의 전반적인 특징을

---

4) 이시찬, 〈전기소설과 화본소설 비교연구--문체와 인물형상을 중심으로〉, ≪中國語文
   論譯叢刊≫第28輯, 2011년 1월, 59-60쪽 참조.
5) 이러한 '본성本性'과 '행위行爲'의 변화를 가져오는 인물의 유형을 '개행천악改行遷惡'이
   라고 정의하고자 한다. 이 유형은 '개과천선改過遷善'과 반대되는 개념이며, '개선천악
   改善遷惡' 혹은 '기선종악棄善從惡'으로도 일컬어지기도 한다. '개선천악改善遷惡'은 '선
   善'에 대한 개념이 모호하고 포괄적이어서 본 연구에서 중심어휘로 사용하기에는 무리
   가 따르고, '기선종악棄善從惡'도 '선善'을 버리고 완전한 '악惡'의 행위로 바뀌는 것을
   암시하고 있어서 '선善'과 '악惡'에 대한 개념과 이론이 한정된 것으로 볼 수 있다. '개행
   천악改行遷惡'은 행위를 고쳐서 '악惡'으로 옮겨가는 과정이 그대로 드러나 있으며, 무
   엇보다도 '선善'에 대한 제한적 의미와 일반적인 의미가 모두 '행동'이라는 점에 함축되
   어 있고, '진인眞人', '정인正人', '평인平人'의 특징을 모두 포함하는 개념이라고 볼 수
   있다. 그러므로 본 연구에서 사용하는 '개행천악改行遷惡'은 선한 행위에서 '악행惡行'
   으로 옮겨가는 과정과 현상을 구체적으로 보여주고 있어서 그 의미와 주제를 직접적
   으로 표현하는데 적절한 개념이라고 할 수 있다.
6) 본 글에서는 소설 작품 속 등장인물이 '선성善性'에서 '악성惡性'으로의 변화하는 과정
   에 따라 '진인-악惡-정正(진眞→악惡→정正)', '정正-악惡(정正→악惡)', '평平-악惡(평平→
   악惡)'의 세 가지 유형으로 나눈다. 세 유형의 표시 형태는 모두 '순방향'을 표현한
   것이며, 상호 왕복이나 교차, 혹은 역으로의 진행을 의미하는 것은 아니다.

폭넓게 이해할 수 있는 방법이라고 생각된다. 또한 인물의 특성을 고찰하면서 그 나타난 현상에 대해서 이해의 폭과 깊이를 확장하여, 인간의 윤리와 가치관, 개인의 생각과 행동이 주어진 환경과 상황에 따라 어떻게 조정되고 변화하는지를 다방면으로 고찰하는데 중요한 자료를 제공할 수 있을 것으로 본다.

2. 선성善性과 악성惡性: '선인善人'과 '악행惡行'의 구분

인간의 '선善'과 '악惡'의 탐구는 철학과 심리학, 종교학과 사회학 등 거의 모든 학문분야에서 다루어지고 있으며, 인간의 본성을 인식하고 난 다음부터 시작하여 끊임없이 제기되고 있는 미명제의 과제이다. '선善'과 '악惡'의 개념은 사회적이나 문화적, 종교적이나 철학적으로 사고하는 것과 문학에서 형상화되는 것과는 또 다른 이해이기 때문에 구별되어 논의될 필요가 있다.7) 만약 이러한 구분에 대한 논의를 접어둔 채, 단지 일반적인 개념을 가지고 본 연구에 적용한다면 논문의 개념과 원리가 모호하게 변질되거나, 구조와 의미의 탐색 자체가 무의미하게 흘러가기 쉽다. 그러므로 이러한 개념에 대한 적용은 신중하면서도 제한적으로 접근할 수밖에 없다. 본 글에서 말하는 '선善'과 '악惡'의 개념은 중국 소설적 의미의 범주에 한정하고자 하며, 소설 작품에 등장하는 인물에 의해 구체적으로 형상화되는 내·외면적 현상으로 제한하고자 한다. 인물이 '선善'와 '악惡'의 형상으로 구현되는 과정에는 '내재된 본성'과 '실제적 행위'가 주요하게 작용한다. 인물의 성격은 개성적 특징을 나타내는 중요한 요소라고 볼 수 있는데, 이것은 두 부분을 포함하고 있다. 먼저

---

7) 박경열, 〈가정소설에 나타난 악인의 유형과 악의 의미〉, ≪문학치료연구≫제5집, 2006년 8월, 101-102쪽.

'실제로 행동하는 어떤 행위(현실적 행위現實的行爲)'이고, 다음으로는 '그런 행위를 유발하게 된 동기(행위적 동기行爲的動機)'이다. 전자는 실천적 행동과 움직임을 표현한 것이라면, 후자는 인물의 내재적 심리와 태도를 표현한 것이라고 볼 수 있다.[8] 이러한 두 가지 요소를 중심으로 소설 작품에 나타난 '선善'와 '악惡'의 의미를 살펴본다면, '선善'이란, 진정한 덕을 가지는 것이며 모든 덕은 올바른 인식에 기초하는 것이므로 '선성善性'은 이러한 올바른 인식을 바탕으로 선한 감정과 정서를 보여주는 것이라고 할 수 있다. '선행善行'과 '선인善人'은 이러한 특징이 외부로 표현되고 구체화되는 행동 양식과 주체라고 할 수 있다.[9] 그렇다면 '악惡'은 어떠한가? '악惡'의 근원, '악惡'의 발생에 대한 지나친 탐색은 그만두더라도 '선善'의 상대적 개념으로 여기고 있는 '악惡'에 대한 어떤 특징을 도출할 필요는 있을 것이다. '악惡'은 도덕적으로 부정적인 것을 가리키며, 옳지 못한 행동을 의미하는데, '악성惡性'은 올바르지 않은 인식에 기초하며 정의롭거나 선하지 못한 일체의 감정과 정서를 일컫는다. 소설 작품 속에서는 '악성惡性'이 '악행惡行'과 '악인惡人'으로 구체화된다고 할 수 있다.

이 두 가지 서로 대응되는 개념은 소설 작품 속에서는 '선인善人'이나

---

8) 劉再復, ≪性格組合論≫, 上海文藝出版社, 1986年, 385쪽을 참고.

9) 철학사전에서는 '선善'과 '악惡'을 "사회의 각종 현상이나 사람의 행위에 대한 도덕적 평가를 가리킨다. '선善'이란 사회가 도덕적 가치로 인정하면서 그것의 확대를 추진하는 것이고, '악惡'은 이것과 정반대의 것이다."라고 정의 내리고 있다. 본 글에서 정의하는 '선善'의 개념은 학문 분야에 따라 상당히 복잡하고 이질적인 다양한 개념과 정의를 모두 일컫는 것은 아니다. 소설 작품에서 인물의 성격을 고찰할 때 적극적으로 수용될 수 있는 개념과 정의에 제한한다. 본 글에서 말하는 '선성善性'과 '선행善行', '악성惡性'과 '악행惡行'은 '선善'과 '악惡'의 개념이 인물의 인성과 행동으로 구체적으로 형상화되는 것을 말한다. 이에 필자가 제시하는 '선성善性'과 '악성惡性'은 다양한 스펙트럼을 통해서 작품 속 인물의 특징을 구분할 수 있는 요소 중의 하나이며, 인물 성격의 분류와 변화를 살펴보는데 중요한 의미를 지니고 있다고 할 수 있다. 철학사전편찬위원회, ≪철학사전≫, 중원문화, 2009년 참고.

'악인惡人'과 같은 독립적이고 실체를 가진 두 인물 내지 두 세력 사이의 대결 구도로 나타난다.[10] 또한 '선善'과 '악惡'은 반드시 '선인善人'과 '악인惡人', 혹은 '선善'의 세력과 '악惡'의 세력 등에 각각 일률적으로 대응되는 것은 아니며, '선善'과 '악惡'이 인물로 실체화된다고 하더라도 그 의미가 인물 자체에 있는지 아니면 그 인물이 실천한 행동에 있는지에 따라 각각 다르게 나타난다. 실제로 ≪삼언三言≫에서의 '선善'과 '악惡'의 표현에는 이러한 특징이 나타나는데, '선善'은 '선인善人'에 치중해있고, '악惡'은 '악행惡行'에 중심을 두고 있다. 이처럼 그 적용과 구현방식이 다른 이유는 '선성善性'의 경우에는 주로 그 일을 행한 주체 즉 '인물'에 집약되어 묘사되고 있고, '악성惡性'의 경우에는 실천한 내용 즉 '행위行爲'에 초점이 맞추어져 기술되는 경향이 강하기 때문이다.

그렇다면 '선행善行'과 '악행惡行'의 대비 방식은 어떠한가? 작품 속에 나타나는 '선성善性'의 구체적 행위인 '선행善行'의 범위는 그 포함 범위가 매우 넓고 다양한 영역을 아우르고 있다. 일반적으로 도덕규범에 관한 것뿐만 아니라, 사회, 국가, 이념 등에 이르기까지 상당히 복잡하기 때문에 그 적용 범위를 규정하기가 매우 어렵다. 그렇다면 '선성善性'과 '악성惡性'의 대비 방식은 어떠한가? '악성惡性'의 경우에는 작품 속에서 몇 가지의 형태와 범주에 속하는 행위인 '악행惡行'을 중심으로 드러나기 때문에 '인물'이 아니라 '행동'에 중심을 두게 된다. 결국 '악성惡性'이 투영된 대상은 단순히 '악惡'의 주체자인 '악인惡人'에만 그치는 것이 아니라, 실제로 그 '악인惡人'이 구체적으로 어떠한 행동을 하였는가에 보다 더 치중하여 그 의미를 부각시킨다고 할 수 있다. 그러므로 소설 작품 속에서 '선善'과 '악惡'의 대비 구조를 살펴보는 데에 있어서는 단순히 형식적 대

10) 조현우, 〈≪謝氏南征記≫의 惡女 형상과 그 소설사적 의미〉, ≪한국고전여성문학연구≫ 제13집, 2006년 11월, 342쪽.

조 방식인 '선행善行'과 '악행惡行' 혹은 '선성善性'과 '악성惡性'의 대립 형태
에서 벗어날 필요가 있다. 오히려 내재적 마음, 즉 심성에 해당되는 '선
성善性'과 이러한 마음의 구체적 발현 형태인 '악행惡行'과의 대응 구조가
인물의 성격 변화를 나타내는데 보다 더 실질적이고 적합하다고 할 수
있다. 이처럼 '선성善性'의 주체인 '선인善人'과 '악성惡性'의 실현 방식인
'악행惡行'의 대립과 연계는 '진행進行'과 '유동流動'의 특징을 보여주기 때
문에 변화과정의 복합적이고 다층적인 형태를 살펴보는 데에 상당히 용
이하다고 할 수 있다.

'선善'과 '악惡'은 요구하는 상태나 환경, 조건에 따라 다르게 나타나는
데, 이러한 '선善'과 '악惡'의 특징은 '바름'과 '그름'이라는 개념으로 응축
할 수 있다. '바름'은 '선善'의 행동, '선善'을 행하는 사람들의 공통적인
특징을 말하는데, '선인善人'에 집중되어 나타난다. '그름'은 '악惡'을 행하
는 사람들과 구체적 행위를 대변하는데, '악행惡行'에 초점이 맞추어져
나타난다고 할 수 있다. '선善'과 '악惡'의 구분과 통합은 인간의 보편적인
특징일 수도 있는데, '바름'과 '그름'은 각각 '선善'과 '악惡'의 한 측면을
담당하면서 인간의 행위의 두 가지 측면을 동시에 보여 주고 있다. '바름'
과 '그름'의 분류와 구분에 있어서는 '바름'의 형태와 정도가 보다 파급적
이고 초월적인가, 혹은 구체적이고 제한적인가에 따라 '진眞', '정正', '평
平'으로 나누어지고, '그름'의 형태와 정도가 보다 강압적이고 지속적인
가, 혹은 파괴적이고 치명적인가에 따라 '패행悖行', '죄과罪過', '과오過誤'
로 나눌 수 있다.

'바름'에 있어서 '선善'의 개념을 대상에 적용하면, '진인眞人', '정인正人',
'평인平人'으로 나뉠 수 있다.11) '진인眞人'은 지극한 도덕규범을 추종하거

---

11) '선善'을 행하는 주체와 그 특징으로 구분하면, '진인眞人(진성眞性)', '정인正人(정성正
性)', '평인平人(평성平性)'으로 나눌 수 있다. '선善'의 행위자가 단독으로 나타나는 경우

나 종교적 귀의歸依를 나타내는 인물을 말한다. 도덕규범을 선양한다고 하더라도 어떤 실리적 목적과 이익만을 쫓는 것이 아니라, 순수한 정신과 이상을 추구하는 경우에 해당된다. 주로 작품 속에서는 자기희생이나 세속 초월, 종교로의 회귀 등으로 나타난다. '진인眞人'은 이념을 중시하기 때문에 세속적인 영리나 자신만의 이익을 바라지 않는다는 점이 '선성善性'의 궁극적인 가치에 근접하다고 할 수 있다. 다음으로는 '정인正人'인데, '정인正人'은 '진인眞人'보다는 보다 사회적 규범이나 이상에 가까운 행위를 하는 자를 말한다. 타인에게 어떤 피해나 해를 가하지 않고, 자신만의 이상과 신념에 따라 행동하는데, 사회의 도덕적 윤리와 가치의 범위 내에서 벗어나지는 않는 인물이다. 예를 들면, 어려운 이웃을 도와준다는 지, 죄인의 누명을 벗겨준다는 지, 잃어버린 물건을 주인에게 돌려준다는 지, 고아를 잘 보살피고 노인을 공경한다는 식의 선행을 실천하는 인물이다. 그리고 어떤 행동을 하고 난 다음에 느끼는 죄의식이나, 수치심은 '선성善性'의 부산물이라고 할 수 있다. 다음으로는 '평인平人'이다. '평인平人'은 일반적인 인물을 일컫는 것인데, 평범하고 보편적인 성격의 소유자이고, 절대적인 종교관이나 자기의지가 강하게 드러나는 것은 아니다. 성격과 감정이 유동적이고 언제든지 '선善'과 '악惡'의 경계에서 어떤 한 쪽으로 옮겨갈 수 있는 인물이다. 하지만 뚜렷하게 어떤 악행을 저지르거나 악한 본성을 가지고 있지는 않다. 중국 소설 작품에서는 어떤 고정화된 형상으로 나타나는 '선인善人'과 '악인惡人'의 경우를 제외하고 대부분의 인물이 여기에 속한다고 할 수 있다. 이러한 인물은 상황에 따라 성격이 가변적이고 의지가 박약하며, 실리적인 조건에 쉽게 동

도 있지만, 간혹 주체와 그 특징이 결합하여 나타나기도 한다. 예를 들면, '진인眞人'의 경우에는 도교와 불교에서 말하는 세속을 초월하여 참된 진리를 깨달은 사람과는 다른 의미로, '진성眞性'을 내포하는 자, 혹은 '진성眞性'을 구체적으로 드러내는 자로 볼 수 있다.

요되는 특징을 가지고 있다. 자기 자신의 행동과 가치관에 확고한 신념과 의지가 없기 때문에, 벌어진 상황에 따라 성격 변화가 가장 크게 일어나기는 하지만, 오히려 성정性情이 보통의 사람들과 가장 흡사하고 비슷한 행동 양식을 가지고 있어서 인간의 한 단면을 대표적으로 그려낸다고도 볼 수 있다.

'그름'의 경우는 어떠한가? 실제로 작품에서는 '악惡'이라고 판단 할 수 있는 그럴 듯한 장치들이 존재하는데,[12] 악행의 형태와 그 정도에 따라 '패행悖行', '죄과罪過', '과오過誤'로 구분할 수 있다. '패행悖行'은 인륜의 도리를 저버린 행위를 말한다. 주로 상대의 생명을 위협하여 극도의 위험에 빠뜨리거나 실제로 생명을 앗아가는 경우를 말하는데, 인간으로서 행할 수 없는 최악의 행동뿐만 아니라 인류와 사회의 도덕적 윤리를 거부하며, 극악한 방식으로 상대에게 해를 가하는 일체의 행태를 말한다. '죄과罪過'는 '패행悖行'보다는 '악惡'의 강도에 있어서는 낮은데, 비록 상대의 생명을 빼앗는 정도는 아니라고 할지라도 육체적, 정신적으로 심각하게 상처를 입히고, 그 의도가 보편적인 윤리와 가치관에 어긋나며, 개인의 행복을 짓밟고 불행을 안겨다 주는 행위이다. '과오過誤'는 '악惡' 정도에 있어서 '죄과罪過'보다도 경미하다. 비록 일시적이고 잠정적인 피해를 주기는 하지만, 이러한 피해가 지속적이고 항구적으로 진행되지는 않는다. 이는 전혀 피해를 받지 않은 경우와는 분명히 다르다고 할 수 있지만, 그렇다고 일생동안 계속해서 삶에 영향을 미치는 정도까지는 이르지 않는다. 이러한 '과오過誤'는 일종의 '실수', '과실', '부주의' 등의 형태로 나타난다고 할 수 있다.

---

12) 여기에는 상대를 모함하는 행위, 살인하는 행위, 사통하는 행위, 사리사욕을 추구하거나 은혜를 배반하는 행위, 음모를 꾸미는 행동 등이 포함된다. 박경열, 〈가정소설에 나타난 악인의 형성조건과 그 의미〉, 《겨레어문학》제39집, 2007년 12월, 118쪽.

  이러한 '선성善性'의 주체와 '악성惡性'의 행동 구분은 개념적 특징에 한정되어 있고, 실제의 인물에 적용하는 데에 있어서는 종종 다르게 표현된다. 그래서 구체적으로 작품 속에 등장하는 인물을 중심으로 '선성善性'의 개념을 적용하여야 하며, 나타나는 과정을 통하여 그 특징을 고찰하는 것이 비교적 타당하다. 그러므로 작품 속의 인물들이 우리가 정의하는 개념과 인식을 제대로 구현하는 것은 아니므로 실제 인물의 분석을 통해서 구분할 필요가 있겠다. '악행惡行'의 경우에도 있어서도 마찬가지이다. '악성惡性'의 개념을 정의하는 것보다 실제로 보여 지는 행동의 구체적인 사례를 통해서 구분할 필요가 있다.

  그렇다면 실제 인물의 성정과 그 행위를 가지고 '선한 사람'과 '악한 사람'으로 나눈다고 할지라도 다양하게 나타나는 현상 중에서 어떤 특징을 기준으로 살펴볼 것인가가 문제가 된다. 본 연구에서는 '선인善人'과 '악인惡人'을 구분하는 특징을 '본성本性'과 '행위行爲'의 측면에 두고 있다. '본성本性'과 '행위行爲', 즉 마음과 실천이 동일한 '선善'의 특징이 나타나는가에 따라 '선인善人'의 범위에 해당되는지가 판단한다. 작품 속에서는 인물은 마음에 있어서는 '선善'의 특징이 보이지만, 실제 행동은 '과오過誤', '죄과罪過', '악행惡行'의 일부 모습으로 나타나는 경우도 종종 있으므로 마음만으로는 '선善'의 범위에 귀속시키지는 않는다. '악인惡人'의 경우에는 '본성本性' 혹은 '행위行爲'가 '악惡'의 특징을 보여주어야 한다. 그러므로 '선善'과 '악惡'의 구분에서 중요한 척도는 바로 '본성本性'고 그것을 어떻게 실현하느냐에 따라 '악행惡行'으로 드러나는가? 혹은 '선행善行'에 귀착되는가가 결정된다. 다시 말해서, '본성本性'이 악한 특징을 보일 때는 당연히 '악행惡行'에 해당되지만, '본성本性'이 선하다고 해서 모두 '선성善性'에 해당되지는 않는다는 것이다. '선성善性'에 있어서는 '본성本性'과 '행위行爲'가 동시에 선할 때만 이라는 기준에 부합해야하기 때문이다. 이러한 기준은 '악성惡性'보다는 비교적 엄격한데, 그것은 '선성善性'의 실현이 '악성惡性'의 실천보다 힘들고, 보편적인 인식에 있어서도 '선善'의 실행에 대한 조건이 보다 더 강조되고 있음을 반증하는 것이기도 하다. 그러므로 동서고금을 막론하고 '악행惡行'에 대해서 상당히 획일적이고 단순한 평가 잣대를 제시하고 있지만, '선善'에 있어서는 보다 엄밀하고 제한적인 기준을 적용하고 있다는 것이 그 이유이다. 이것은 '선성善性'이 '본성本性'과 '행위行爲'가 일치하여야지만 구현할 수 있는 이상적 방식이라는 것에 공통적인 시각을 갖고 있기 때문이다.

중국 고전소설이 당시 사회의 시류와 현상, 일반 대중의 생각과 감정을 반영했다고 한다면, 결국 소설 작품은 보통 사람들의 우여곡절과 인생 경험을 바탕으로 다양한 모습을 부연한 것이라고 볼 수 있다.13) 이것은 소설 작품의 중심이 인물에 있으며, 이 인물이야말로 시대와 장소라는 시간과 공간의 교차점에서 개인의 복잡한 가치관을 사회의 이념과 조율하면서 탄력적으로 구현하고 있다고 해도 과언이 아니다. 특히 이들에게서 보이는 성격 변화야말로 그 당시의 관념과 철학, 개인의 주관과 실천과의 연관관계를 직접적이면서도 구체적으로 보여주는 과정이라고 할 수 있다. 그러므로 작품 속에 묘사되어진 인물을 통해서 다양한 성격 변화 과정을 살펴보는 것은 작품의 전개와 구성을 직접적이면서도 전체적으로 관찰할 수 있는 가장 효과적인 방법일 것이다.

3. 진眞-악惡-정正: 선성善性의 소멸과 회복

'선성善性'에서 '악성惡性'으로의 이행 과정에서 도덕적 윤리 정신과 종교적 이상을 나타내고 있는 유형이 '진眞-악惡-정正'형이다. 이때의 '진眞'

---

13) 樂衡軍, 〈自序〉·≪意志與命運--中國古典小說世界觀綜論≫, 臺北: 大安出版社, 2003년, 15쪽.

은 작품 속에서 '도덕규범의 이상 실현', '숭고한 자기희생 정신', '종교적 회귀와 초월' 등으로 나타나는데, 주로 도덕적 이상과 초월적 '선善'을 추구하는 이념적, 종교적 주제가 강한 작품에서 드러난다. 등장인물 역시 이러한 이념의 계승자이거나 추종자인데, 자신의 뜻을 저버리지 않고 평생을 수절하다가 일순간에 타락의 길로 떨어지는 과부나 일생동안 종교적 수행을 실천하며 세속을 초월하지만, 한순간의 잘못으로 인해서 '악성惡性'을 드러낸 승려나 도사의 경우가 대부분이다. 이들은 지극한 '선성善性'을 추구하는 과정에서 일시적으로 '악행惡行', 혹은 윤리나 계율에 어긋난 행동을 하였다고 하더라도 그러한 행동을 계속적으로 행하는 것은 아니다. 결국에는 다른 이의 질책과 비판을 통해서 자신의 잘못을 뉘우치게 되는데, '악행惡行'을 인식하고 잘못을 깨닫는 순간, 종교적 해탈이나 초월, 또는 자살과 같은 극단적 행동을 보여주고 있다.[14] 등장인물이 이상 실현에 대한 열정과 집념이 분명하고 잘못에 대한 자책과 후회가 강할수록, 그러한 압박과 구속에서 벗어나고자 하는 마음은 또 다른 급진적이고 부정적인 방식으로 나타난다. 이와 같이 과감하고 자해적인 해결 방식은 이미 그들이 추구하고 있는 이상과 정신이 일반 세속의 것과는 많이 다르고, 본질적인 '선善'에 보다 근접하였음을 보여주는 반증하는 것이기도 하다. 이러한 현상이 주로 종교적 관념을 표방한 내용이나 윤리도덕 정신을 강조한 작품에서 많이 나타나는 것도 그러한 이유이다.

---

14) 자신의 이상을 이루기위해서 노력하였지만 실패하였고, 그 원인이 자신의 '악성惡性'에 있다는 것을 인지하였을 때의 정신적 충격은 자신의 생명을 포기할 정도로 치명적으로 작용한다. 본 글에서 예를 든 ≪유세명언喩世明言≫第29卷〈월명화상도류취月明和尙度柳翠〉의 '월명화상月明和尙', ≪유세명언喩世明言≫第30卷〈명오선사간오계明悟禪師趕五戒〉의 '오계선사五戒禪師', ≪경세통언警世通言≫第35卷〈황태수단사해아況太守斷死孩兒〉의 구원길丘元吉 처 '소씨邵氏'가 그러한데, 이들은 자신의 잘못을 깨닫는 순간 현세의 삶을 지속하고자 하는 의지를 상실하게 된다.

'진眞-악惡-정正'의 성격 변화가 구체적으로 나타나는 작품과 인물을 살펴보면, 《유세명언喩世明言》제29권第二十九卷〈월명화상도류취月明和尚度柳翠〉의 '월명화상月明和尚'('과오過誤'), 《유세명언喩世明言》제30권第三十卷〈명오선사간오계明悟禪師趕五戒〉의 '오계선사五戒禪師'('과오過誤'), 《경세통언警世通言》제35권第三十五卷〈황태수단사해아況太守斷死孩兒〉의 구원길丘元吉 처 '소씨邵氏'('과오過誤'→'죄과罪過') 등이 있다. 《유세명언喩世明言》제29권第二十九卷〈월명화상도류취月明和尚度柳翠〉의 월명화상月明和尚과 《유세명언喩世明言》제30권第三十卷〈명오선사간오계明悟禪師趕五戒〉의 오계선사五戒禪師는 욕정을 참지 못하고 '색계色界'를 범하고 난 다음에 스스로 좌화坐化하거나 육신에서 초월하는 형태를 보이고 있고, 《경세통언警世通言》제35권第三十五卷〈황태수단사해아況太守斷死孩兒〉의 소씨邵氏는 정절을 지키지 못한 자신의 도덕적 죄책감으로 인해 생을 마감하는 경우이다.[15]

먼저 《유세명언喩世明言》제29권第二十九卷〈월명화상도류취月明和尚度柳翠〉를 살펴보면, 이 작품은 윤회輪廻와 환생還生, 원한怨恨과 복수復讐를 주제로 두 부분의 이야기로 구성되어 있다. 전반부는 옥통선사玉通禪師가 파계하여 원적하는 과정을 그리고 있고, 후반부는 옥통선사玉通禪師가 유선교柳宣敎의 딸 취취翠翠로 환생하여 유선교柳宣敎에게 복수하는 이야기

---

15) 이 이외에도 《유세명언喩世明言》第38卷〈임효자열성위신任孝子烈性爲神〉의 임규任珪가 있는데, 앞의 세 작품과 다른 점은 '본성本性'과 '행위行爲'에 있어서 모두 '선성善性'에서 '악성惡性'으로의 변화를 보이지 않는다는 것이다. 비록 임규任珪가 아내의 간음과 아버지에 대한 누명, 처가 식구와 주변인들의 무시 등으로 인해 원한에 휩싸여 무고한 장인, 장모, 시녀까지 죽이게 되지만, 그의 비정하고 과격한 행위의 기저에는 지극한 효심과 자신이 멸시당하여 모멸감을 받게 되었을 때 나타나는 극도의 분노가 깔려 있다. 그의 본성은 비록 일시적으로 '악행惡行'의 형태로 나타나기는 하지만, 그러한 '악행惡行'의 근원이 죄에 대한 응징과 '효孝'와 '의義'의 강조에 두고 있으므로, '진眞-악惡-정正' 유형과는 다르다고 할 수 있다.

이다. 이중에서 주인공인 옥통선사玉通禪師의 '진성眞性'이 '악성惡性'으로
이행하는 과정이 전반부에 나타난다. 전반부의 이야기를 좀 더 자세히
살펴보면, 임안부臨安府 부윤府尹인 유선교柳宣敎가 부임했을 때 성남城南
수월사水月寺 죽림봉竹林峰 주지인 옥통선사玉通禪師만 알현하지 않자 유
부윤柳府尹은 화가 나서 잡아들이라고 명령했다. 주위의 만류로 인해 유
부윤柳府尹의 분노는 일시적으로 가라앉았지만, 기분은 썩 좋지 않았다.
그래서 가기歌妓인 오홍련吳紅蓮을 수월사水月寺로 보내서 옥통선사玉通禪
師가 색계를 범하도록 조종하였다. 오홍련吳紅蓮은 유부윤柳府尹의 분부
대로 일을 성사시켰다. 옥통선사玉通禪師가 그 사실을 알고 사세송辭世頌
을 짓고서 원적圓寂하였다. 후반부에는 옥통선사玉通禪師가 취취翠翠로 환
생하고, 그녀는 창기娼妓가 되어 유부윤柳府尹 가문의 문풍을 흐리게 만
드는데, 나중에는 월명화상月明和尙의 가르침으로 그녀의 전생前生의 일
과 유선교柳宣敎와의 원한을 깨닫고 좌화坐化한다.

전반부에 등장하는 옥통선사玉通禪師는 덕망이 높고 자기 절제력이 강
하며 종교적 이상을 몸소 실천하는 인물이다. 그는 다른 외부의 간섭과
유혹에 흔들리지 않고, 오로지 종교적 수행만을 행하는 인물이다. 그가
유부윤柳府尹에게 인사하러 가지 않자, 유부윤柳府尹은 크게 노하여 당장
잡아오라고 호통을 치지만[16], 여러 절의 주지는 52년 동안 절 밖으로
나오지 않았으며, 매번 제자가 나와 응대한다고 변호한다.[17] 옥통선사玉
通禪師가 새로 부임한 부윤府尹을 알현하러 가는 것은 그에게 있어서는
세속의 일과 관계를 짓고, 52년 동안의 수행을 끝내는 것이라고 믿었다.
그는 속세와 결부되지 않는 본연의 의무와 정신에 충실하고자 부윤府尹

[16] 府尹大怒道: "此禿無禮!"遂問五山十刹禪師: "何故此僧不來參接?拿來問罪!"(≪喩世明言≫第二十九卷〈月明和尙度柳翠〉)
[17] 此僧乃古佛出世, 在竹林峰修行已五十二年, 不曾出來. 每遇迎送, 自有徒弟。望相公方便。(≪喩世明言≫第二十九卷〈月明和尙度柳翠〉)

의 부임에도 찾아가지 않았다. 그러나 이러한 그의 집념과 행동은 오히려 화를 불러 일으켜 그가 스스로 색계를 범해서 수십 년간의 수행을 파괴하기 위한 빌미를 제공하게 만든다.

> 장로長老는 처음에는 원치 않았으나, 홍련紅蓮은 그 다음에 여러 차례 애걸하였다. 홍련紅蓮은 가느다란 손으로 바지를 풀고, 장로長老의 음경을 잡아서 끌어내어 손에 넣고 비틀고 움직여 딱딱하게 만들어 자신의 음문과 서로 모이게 하였다. 이때 장로長老의 불심(선심禪心)이 동요되지 않을 수 없었다. 장로長老는 꽃과 옥 같이 아름다운 홍련紅蓮紅蓮의 자태를 보자, 춘심春心이 용솟음치기 시작하였다. 두 사람은 바로 침상(선상禪牀)에서 정을 나누었다. …… 장로長老는 홍련紅蓮을 끌어안고 물었다. "낭자의 성과 이름은 어떻게 되오? 어디에 살고, 무슨 연고로 여기에 온 것이오?" 홍련紅蓮은 대답하였다. "감히 숨기지 않고 바른대로 말하겠습니다. 소첩은 관청의 행수行首 기생입니다. 성은 오가吳家이고 이름은 홍련紅蓮입니다. 성城의 남쪽 신교新橋에 살고 있습니다." 장로長老는 이때 마장魔障(불도의 수행에 방해가 되는 마魔의 장애)에 사로잡혀 마음속으로 크게 기뻐하며 분부하였다. "이 일은 단지 자네와 나만이 아는 일일세. 다른 사람에게 발설하지 말게나."[18]

그의 본성本性과 행위行爲가 모두 지극한 종교적 '진인眞人'의 영역에 속하지만, 그가 파계했을 때는 종교적 구도자의 모습과 철저한 자기 통제자의 모습은 보이지 않고 육욕과 정욕에 빠진 한 남성의 모습을 보여준다. 이 부분은 종교적 '선善'을 추구하는 인물이 엄격한 수행에서 벗어나 어떻게 속세의 욕망과 야합하는 지를 묘사하고 있다. 단 이러한 본성

---

18) 長老初時不肯, 次後三回五次。被紅蓮用尖尖玉手解了紆褲, 一把撮那長老玉莖在手捻動, 弄得硬了, 將自己陰戶相輳, 此時不由長老禪心不動。這長老看了紅蓮如花如玉的身體, 春心蕩漾起來, 兩個就在禪床上兩相歡洽。……長老摟著紅蓮問道: "娘子高姓何名?那里居住?因何到此?"紅蓮曰: "不敢隱諱, 妾乃上廳行首, 姓吳, 小字紅蓮, 在於城中南新橋居住。"長老此時被魔障纏害, 心歡意喜, 吩咐道: "此事只可你知我知, 不可洩於外人。"(≪喩世明言≫第二十九卷〈月明和尚度柳翠〉)

과 행동은 다른 이의 질책과 가르침보다도 스스로 자신의 잘못을 알고 수치심을 느끼게 되어 원적圓寂을 택하면서, 이전의 상태로 회복하려는 '정正'의 심리와 성향으로 나타난다. 이와 같이 일시적으로 욕정을 탐하는 그의 '악성惡性'은 '파계破戒'에 대한 책임으로서 '죽음'이라는 극단적 방식을 통해서 해소하였다면, 자신을 이렇게 만든 유부윤柳府尹에 대한 분노와 원한은 다른 방식으로 해결하고자 하였다. 그래서 그는 다시 유부윤柳府尹 가문의 딸 취취翠翠로 태어나게 되는데, 유부윤柳府尹이 그에게 '욕정欲情'을 촉발하여 '파계破戒'를 이끌어냈듯이, 취취翠翠가 '부덕婦德'과 '여계女誡'를 어겨 가문의 기풍을 어지럽히는 것으로 복수한다. 이러한 '복수'가 자신의 뉘우침과 수치심에 입각하여 '그릇된 욕망'의 형태로 나타나는 것이 일반적인 행동 양식과 다르다. 그는 자신의 파괴적 본능을 취취翠翠에게 전가하는데, 이것은 유부윤柳府尹에 대한 내재된 분노와 원망을 '악행惡行'을 통해 일부 재현했다고 할 수 있다. 환생을 한 취취翠翠가 문풍을 흐리는 것은 어떤 목적을 가지고 있는 것이 아니라 그저 본능에 의해서 행하였을 뿐이라고 하지만, 나중에 월명화상月明和尙의 계도로 인해서 이러한 일련의 일들이 모두 전생前生의 업보와 관련이 있고 유부윤柳府尹에 대한 분노와 복수에 기인한다는 것을 알고서 좌화坐化하게 된다. 이 과정은 자기 자신과 유부윤柳府尹에 대한 원한의 종결과 해소를 보여주는 셈이다. 이처럼 '진眞-악惡-정正'의 과정은 옥통선사玉通禪師가 종교적 이념을 추구하는 상태에서 한순간에 본성과 행동이 바뀌면서 '악행惡行'을 저지르고 결국에는 그것을 뉘우치고 원적圓寂하는 모습을 구체적으로 보여주고 있다. 이와 유사한 경우는 〈월명화상도류취月明和尙度柳翠〉의 다음 편인 〈명오선사간오계明悟禪師趕五戒〉에서도 비슷하게 나타난다.

《유세명언喻世明言》제30권第三十卷〈명오선사간오계明悟禪師趕五戒〉도 《유세명언喻世明言》제29권第二十九卷〈월명화상도류취月明和尙度柳翠〉와 매우 비슷한 줄거리 구조를 가지고 있다. 이 두 편은 서로 대구를 이루고 있는데, 줄거리의 구성면에서 '전생前生'과 '현생現生'의 두 부분으로 나누어져 있고, 내용적인 면에서 주인공이 승려의 신분으로 '파계破戒'와 '환생還生'하는 줄거리를 가지고 있는 것이 특징이다. 또한 나중에 '전생前生'의 업보를 깨닫고 불교에 귀의歸依하게 되면서 '윤회전생輪廻轉生'과 '인과응보因果應報'의 주제를 강조하고 있는 것도 공통점이라고 할 수 있다. 이처럼 두 작품은 ≪유세명언喩世明言≫에서 하나의 조를 이루고 차례로 배열되어 상당히 유사한 구조를 보이고 있지만,19) 약간의 차이점도 존재하는데 〈월명화상도류취月明和尙度柳翠〉의 옥통선사玉通禪師가 '파계破戒' 후에 자신의 잘못에 대해 수치심과 후회를 내비치는 것에 머물지 않고, 자신을 이렇게 만든 이에 대한 복수의 집념이 강화되어 윤회한 '현생現生'에서도 여전히 이어진다는 점이 〈명오선사간오계明悟禪師趕五戒〉의 오계선사五戒禪師와 다르다. 또한 〈월명화상도류취月明和尙度柳翠〉에서는 옥통선사玉通禪師가 월명화상月明和尙의 지적에 있어서 자신의 전생前生을 깨닫고 좌화坐化하는 것인데, 오계선사五戒禪師는 옥통선사玉通禪師에서 보이는 전생前生에서의 분노, 원한 그리고 윤회輪廻에서도 이어지는 복수 과정과 그 과정 뒤에 깨우치는 깨달음보다는 불교의 도리와 정신을 깨닫고 불교로 귀의歸依하는 것으로 종결하고 있다는 점에서도 차이를 보인다. 다시 말해 자신의 전생前生과 업보業報를 깨닫고 바로 세상을 떠나는 것(좌화坐化)이 아니라, 속세에서 '수행修行'과 '인도引導'를 통해 열반涅槃의 세계에 들어가는 점이 다르다고 할 수 있다. 옥통선사玉通禪師의 이야기는 복수와 원한 그리고 깨달음으로 점철되어 있다면, 오계선사五戒禪師의 이야기는 우정, 인도引導 그리고 동반 수도修道로 응축되어 있다고 볼

---

19) 吳學忠、楊兆貴、趙殷尙,〈馮夢龍輯錄話本小說集的編纂方式及其寄意試探--以
≪古今小說≫爲主〉,≪中國語文論叢≫第61輯, 2014년 2월, 268-269쪽 참조.

수 있다. 이 두 작품은 이야기 전개 구조와 내용, 배경의 조성과 갈등의
양상 등이 상당히 유사하고, 세부적 내용에 있어서는 비록 약간의 차이
점이 존재하지만, 모두 '진眞-악惡-정正'의 과정을 분명하게 보여주고 있다.

《유세명언喩世明言》제30권第三十卷〈명오선사간오계明悟禪師趕五戒〉의
줄거리는 크게 두 부분으로 나뉜다. 전반부에는 오계선사五戒禪師의 파계
破戒와 좌화坐化, 명오선사明悟禪師의 원적圓寂에 대한 이야기이고, 후반부
는 오계선사五戒禪師가 소식蘇軾으로 태어나고 명오선사明悟禪師는 승려인
불인佛印으로 환생還生하여 소식蘇軾을 불도佛道에 귀의歸依시키는 내용이
다. 이 중에서 '진眞-악惡-정正'의 형태를 보이는 것은 전반부인데, 오계선
사五戒禪師가 어떻게 '색계色界'를 범하고 원적圓寂하게 되는지의 과정을
묘사하고 있다. 〈명오선사간오계明悟禪師趕五戒〉의 전반부 줄거리를 살펴
보면, 오계선사五戒禪師와 명오선사明悟禪師는 남산정자효광선사南山淨慈
孝光禪寺에서 수행하는 고승高僧이다. 어느 날 오계선사五戒禪師의 행자行
者인 청일淸一이 절간 앞에 버려진 여아를 발견하고 오계선사五戒禪師에
게 알린다. 오계선사五戒禪師는 청일淸一에게 양육을 맡기는데, 시간이 지
나 이 사실을 잊어버리고 만다. 어느 날 눈이 오는 날에 청일淸一이 키우
고 있는 여아(홍련紅蓮)를 생각해 내고 그녀를 데려오라고 한다. 청일淸
一이 홍련紅蓮을 데리고 오자 오계선사五戒禪師는 음욕淫慾이 일어 그녀와
동침하게 된다. 그는 방에다가 음식을 가져다주고 외부에 나가지 못하게
하면서 은밀하게 향락을 즐긴다. 비록 그는 이 사실을 숨기려고 했지만
나중에 명오선사明悟禪師가 알게 되어 연꽃을 빗대어 그의 파계를 질책하
는데, 그는 자신의 잘못을 깨닫고 사세송辭世頌을 짓고서 좌화坐化하게
된다. 이때 명오선사明悟禪師도 오계선사五戒禪師를 위하여 자신도 원적圓
寂한다.

오계선사五戒禪師는 종교적인 '선善'을 수행하는 인물이다. 그는 일체의
외부의 간섭과 속세의 구속에서 벗어나 자신만의 방식으로 수련하고 있

다. 그래서 눈 오는 날 절간 앞에 버려진 여아를 보더라도 동정과 애착을
드러내지 않고, 담담하게 청일淸一에게 맡긴다. 그러나 그가 버려진 여아
가 홍련紅蓮으로 성장하고 그녀를 보는 순간 수십 년간의 수행과 정심淨
心이 흔들리게 되는데, 이러한 혼란과 동요는 내재되어 있는 욕망에 대
한 본성本性과 행위行爲를 자극하게 된다. 이러한 '악성惡性'은 '욕정'을 자
극하고 그것에 집착하게 만든다. 그는 홍련紅蓮과 동침을 하고 난 뒤에
이 사실을 숨기기 위해 나올 때는 방문을 걸어 잠그고, 주변의 행자를
물리치고, 친히 음식을 가져다주는 등, '색욕色慾'을 탐닉한 그의 주도면
밀하고 조심스러운 태도를 보여주고 있다. 이때의 그는 누구보다도 음욕
에 사로 잡혀 있고, 그것에 천착하는 인물로 그려지고 있다.

> 그날 장로長老는 홍련紅蓮과 운우지정雲雨之情을 나누자 마침 오경五更이 되
> 어 날이 점차 밝아 왔다. 장로長老는 '어떻게 하면 그녀를 방안에 숨겨둘까?'
> 하고 좋은 계책計策을 생각하였다. 방안에는 입구가 큰 옷 궤짝이 있었는데,
> 장로長老는 자물쇠를 열고서 궤짝 안의 물건을 모두 치우고 홍련紅蓮에게
> 궤짝 안에 들어가 있게 하였다. 그리고 분부하기를, "음식은 내가 직접 너에
> 게 줄 것이니, 너는 안심하고 참고 기다리면 될 것이다." 홍련紅蓮은 여자아
> 이라 처음으로 장로長老에 의해서 음란하게 정情을 나눈지라, 마음속으로 기
> 뻐하였다. 그녀가 옷 궤짝 안에 숨자 열쇠로 잠갔다. 잠시 후 장로長老는
> 불당에 올라 경전 암송을 끝내고, 다시 방으로 들어와서는 방문을 닫고 궤
> 짝 자물쇠를 열어 홍련紅蓮을 꺼내주었다. 음식을 홍련紅蓮과 나누어 먹고,
> 과일을 궤짝 안에 넣어 주고서 다시 먼저와 같이 자물쇠를 채웠다. 밤이
> 되자 청일淸一을 방으로 불러, 홍련紅蓮을 데리고 방으로 돌아가게 하였다.[20]

---

20) 當日長老與紅蓮雲收雨散, 卻好五更, 天色將明。長老思量一計, 怎生藏他在房中。
房中有口大衣櫥, 長老開了鎖, 將櫥內物件都收拾了, 卻教紅蓮坐在櫥中, 吩咐道:
"飯食我自將來與你喫, 可放心寧耐則個。"紅蓮是女孩兒家, 初被長老淫勾, 心中也
喜, 躲在衣櫥內, 把鎖鎖了。少間, 長老上殿誦經畢, 入房, 閉了房門, 將櫥開了鎖,
放出紅蓮, 把飲食與他喫了, 又放些菓子在櫥內, 依先鎖了。至晚, 清一來房中領紅
蓮回房去了。(≪喻世明言≫第三十卷〈明悟禪師趕五戒〉)

그가 한 번의 실수를 인정하고 뉘우치는 태도를 보이는 것이 아니라, 그것을 숨기고자 하는 행위를 통해서 이미 이전의 수행하고 구도하는 정신의 소유자가 아니라, 색욕에 빠져 자신의 성적 쾌감을 탐하고 죄악을 감추려고 하는 인물로 변질되었음을 보여준다. 그의 심리와 행동은 이미 이전과는 전혀 다른 모습으로 나타나게 되는데, 이때 나타나는 '악성惡性'은 일종의 '죄과罪過'라고 볼 수 있다. 이것은 타인에 대한 공격과 피해보다는 자기 자신에 대한 파괴와 학대로 표현된다고 할 수 있다. 정자효광선사淨慈孝光禪寺의 주지인 오계선사五戒禪師에게 있어서 색계를 범한 것은 불법佛法을 수호해야 되는 승려에게 있어서는 심각한 '죄행罪行'라고 할 수 있다. 비록 이러한 '죄과罪過'가 자기 자신과 홍련紅蓮에게 국한된 것이기는 하지만, 그 '죄과罪過'의 파급은 본인의 좌화坐化뿐만 아니라, 명오선사明悟禪師의 열반涅槃까지 이끌어 낸다. 다른 작품에서 흔히 볼 수 있는 타인에게 폐해를 주는 '악행惡行'이 아니라는 점에서는 극악무도한 '악성惡性'의 범위에는 들지 않지만, 종교적 수행 정신을 어기고 색계를 범한 것 등은 이미 '악성惡性'의 범주에 들어간다고 할 수 있다.

그의 '악성惡性'에 대한 수치심과 안타까움은 바로 사세송辭世頌을 짓고서 좌화坐化하는 장면에서 보다 구체적으로 나타난다. 그는 원적圓寂하면서 자신의 현세現世에서의 잘못을 씻고자 하였고, 그런 마음은 그가 현세現世에서 더럽혀진 오명을 씻고 다시 파계 이전으로 돌아가고자 하는 마음, 파계의 부끄러움과 그 '악惡'의 중압감에서 벗어나고자하는 마음, 자신의 행동에 대한 후회와 분노 등이 복합적으로 나타난 것이라고 볼 수 있다. 스스로 자신의 목숨을 단절시키는 '자해'의 행동은 이전의 악한 행위에 대한 '정화'와 '소멸'을 실현하고자하는 의지가 밖으로 표현된 것이다. 그의 악행은 〈월명화상도류취月明和尙度柳翠〉의 옥통선사玉通禪師와 마찬가지로 타인에게 중대한 '죄과罪過'를 지어 그들의 삶을 방해하고 파괴하는 것이 아니라, 자신의 '죄업罪業'을 인정하고 실수를 만회하는 행위이다. 이러한 과정은 진성'眞性'에서 '악성惡性'으로 다시 '진성眞性'에 근접한 마음으로 회귀하고자 심리, 즉 '정성正性'의 접근 과정을 다각적으로 보여주고 있다.

위의 〈명오선사간오계明悟禪師赶五戒〉와 〈월명화상도류취月明和尚度柳翠〉는 승려의 신분으로 종교적 이상과 이념의 수행과정에서의 '진眞-악惡-정正'의 변화 과정을 나타내고 있는데, 타인과의 관계보다는 자기 자신의 심리와 행동이 중심을 이루면서 본성本性과 행위行爲의 변화 과정을 직접적으로 보여 주고 있다. 물론 이러한 성격 변화 과정에는 자신의 행동을 이끌어내는 주변 인물이 등장하기는 하지만, 이러한 행위의 중심은 여전히 자기 자신에 있으며, 스스로의 반성과 성찰을 통해서 '정성正性'을 회복한다고 할 수 있다. 그렇지만 ≪경세통언警世通言≫제35권第三十五卷〈황태수단사해아況太守斷死孩兒〉의 소씨邵氏는 타인의 의도와 직접적인 영향 관계를 통해서 본성本性과 행위行爲가 변하는 과정을 보여주고 있다는 점에서 앞의 두 작품과 다르다. 소씨邵氏의 가치관과 이념은 엄격한 윤리적인 면에 치중하고 있어서 세속적인 체면과 위신, 도덕적 관념과 사회 규율의 긴장된 관계에서 벗어나기 힘들다. 그러므로 소씨邵氏는 사회적 신분과 이념을 강조하는 요소가 기저에 깔려있으며, 타인과 사회의 압박, 가치와 윤리의 구속 속에서 '진眞-악惡-정正'의 과정을 직접적으로 그려내고 있다.

〈황태수단사해아況太守斷死孩兒〉는 소씨邵氏가 남편을 여의고 10년 동안 정절을 지키다가 지조支助의 농간으로 하인인 득귀得貴와 간음하게 되는데, 나중에는 득귀得貴를 죽이고 스스로 목숨을 끊는 줄거리로 이루어져 있다. 좀 더 구체적인 내용으로 들어가 보면, 구원길丘元吉의 처 소씨邵氏는 남편이 죽고 난 뒤 10년 동안 수절을 한다. 남편과 사별 10주년에 남편의 죽음을 애도하며 그 넋을 기리는 장면을 불량배인 지조支助가 엿보고서 소씨邵氏의 미모에 미혹되어 그녀가 간음하도록 계획을 세운다. 그는 먼저 소씨邵氏의 집에서 일하는 하인인 득귀得貴를 꼬드겨 밤에 벌거벗은 몸으로 잠을 자도록 하고 그 장면을 본 소씨邵氏가 욕망을 주체하지 못해 그와 잠자리를 같이하게 만든다. 득귀得貴는 주인인 소씨 邵氏와 간음하는 것뿐만 아니라, 시녀인 수고秀姑와도 간음하게 된다. 몇 달 후 소씨邵氏는 임신을 하게 되고 득귀得貴는 지조支助에게 낙태하는 약을 부탁하는데, 지조支助는 화가 나서 오히려 순산하는 약을 보내준다. 열 달 후에 소씨邵氏는 남자아이를 낳게 되는데, 아이를 익사시키고 득귀 得貴로 하여금 매장하도록 한다. 하지만 득귀得貴는 지조支助가 대신 그 일을 처리해주겠다는 말만 믿고서 남자아이 시체를 그에게 주는데, 득귀 得貴는 이것을 빌미로 소씨邵氏를 협박한다. 소씨邵氏는 너무나 부끄럽고 참담하여 두문불출하였는데, 때마침 득귀得貴가 방으로 들어오자 소씨邵 氏는 그와 지조支助에 대한 분노가 폭발하여 칼을 휘둘러 득귀得貴를 죽 인다. 그리고 자신은 대들보에 목을 매달아 자진한다. 후에 소주蘇州 태 수太守인 황종況鐘이 부임하여 사건을 전말을 파헤친 후에 지조支助에게 사형을 내린다.

이 작품은 여성의 정절과 그것을 파괴하는 불한당 간에 일어난 사건 을 기술하고 있는 듯하지만, 다른 한편으로는 여성의 욕망을 제대로 인 정받고 인권을 보호받지 못한 전통사회에서 여성으로서 오랫동안 정절 을 지키는 것이 얼마나 어려운 것인지 보여주고 있기도 하다. 이처럼 이 작품에서는 한 여인이 한순간의 실수로 그동안 쌓은 명성과 위신을 무너뜨리게 만드는 장면을 강조하기도 하지만, 다른 한편으로는 한 여인 의 성격이 전후가 어떻게 다르게 변화하는지 그 과정을 구체적으로 보여 주기도 한다. 그녀는 자신이 가지고 있는 두 가지 욕망, 즉 '정貞'과 '음淫' 의 대립, 타자의 시선과 관점으로 확장되어 나타나는 '우優'와 '치恥', 잘못 에 대한 책임과 대상(원인제공자)에 대한 분노가 구체적으로 드러나는 '인내忍耐'와 '살인殺人', '음행淫行'의 잘못을 타인에게 전가되는 '열부烈婦'

와 '악한惡漢'의 대립이 지속적으로 나타나고 있다. 이러한 양자의 대립
은 그것이 내면적으로 잠재된 의식이든 아니면 외부로 표출된 행동이든
고스란히 '선善'과 '악惡'의 대립으로 전화되고 있다.[21] 그녀는 이러한 대
립과정 속에서 '진眞-악惡-정正'으로 이행되는 가장 전형적인 현상을 보여
주고 있다.

소씨邵氏는 남편과 사별한 뒤 외부와 관계를 끊으며 10년 동안 수절한
다. 그녀의 수절은 그 당시 전통사회에서 외압에 의해 강요받았던 것이
아니라 그녀 스스로 자처하는, 자기의지에 의해서 이루어진 것이다.[22]
그렇다면 이러한 자기주도의 수절은 바로 전통사회에서 추구하는 가장
이상적인 정신을 구현하고 체화시키는 것이라고 할 수 있다. 이러한 정

---

21) 조현우는 그의 논문 〈≪사씨남정기謝氏南征記≫의 악녀惡女 형상과 그 소설사적 의미〉
에서 교씨喬氏의 악녀 형상을 '정貞'과 '음淫', 나아가 '선善'과 '악惡'의 대립구조로 세밀
하게 분석하고 있다. 이러한 점은 〈황태수단사해아況太守斷死孩兒〉 소씨邵氏의 경우에
서도 마찬가지인데, 단 ≪사씨남정기謝氏南征記≫에서는 '정貞'과 '음淫'의 대립이 각각
사씨謝氏와 교씨喬氏로 형상화되지만, 〈황태수단사해아況太守斷死孩兒〉는 보다 복잡하
게 나타나고 있다. 먼저, 소씨邵氏에게 있어서는 내재적으로 '정貞'과 '음淫'의 대립이
드러나고 있다. 그녀의 '음행淫行'은 그 의미가 외형적으로 표출되는 사회적인 악행에
있다기보다는 그녀 자신의 내면적 '불선不善' 행위에 있으며, 그것으로 인해 자신의
아이를 죽이고 득귀得貴를 죽이는 행위로 확대되었다고 볼 수 있다. 다음으로 '정貞'과
'음淫'의 대립을 어떤 대상으로 객관화한다면, 정절貞節을 지키려고 했던 소씨邵氏는
'선善'의 한 축을 차지하고, 그녀와 간음하고자 계략을 꾸미는 지조支助는 '악惡'의 현신
現身에 해당될 것이다. 조현우, 〈≪謝氏南征記≫의 惡女 형상과 그 소설사적 의미〉,
≪한국고전여성문학연구≫제13집, 2006년 11월 참조.

22) 話說宣德年間, 南直隷揚州府儀眞縣有一民家, 姓丘名元吉, 家頗饒裕。娶妻邵氏,
姿容出眾, 兼有志節。夫婦甚相愛重, 相處六年, 未曾生育, 不料元吉得病身亡。邵
氏年方二十三歲, 哀痛之極, 立志守寡, 終身永無他適。不覺三年服滿。父母家因其
年少, 去後日長, 勸他改嫁。叔公丘大勝, 也叫阿媽來委曲譬喻他幾番。那邵氏心如
鐵石, 全不轉移。設誓道: "我亡夫在九泉之下, 邵氏若事二姓, 更二夫, 不是刀下亡,
便是繩上死!"眾人見他主意堅執, 誰敢再去強他!……邵氏一口說了滿話, 眾人
中賢愚不等, 也有嘖嘖誇獎他的, 也有似疑不信, 睜著眼看他的。誰知邵氏立心貞
潔, 閨門愈加嚴謹。(≪警世通言≫第三十五卷〈況太守斷死孩兒〉)

신은 윤리도덕에 기초한 '선善'의 현실적 구현이라고 볼 수 있는데, 비록
종교적 이념의 이상 실현이라는 탈세속적인 특징과는 사뭇 다르지만,
사회윤리와 도덕규범의 이상적 가치를 실현하는 부분이 '선善'의 확장이
나 파생이라고 한다면, 모두 '선善'의 큰 범주에 포함된다고 할 수 있다.
이러한 '선善'을 향한 굳건한 지속 의지와 행동은 종종 다른 내·외적
요인과 조건에 의해서 제약을 받거나 제 궤도를 이탈하기도 한다. 소씨
邵氏가 가장 힘들게 억누르고 견제해야만 했던 '음욕淫慾'이 바로 그러하
다. 인간의 욕망 중에서 이상에 대한 추구는 윤리도덕과 사회규범, 혹은
종교적 초월 등으로 나타나는데, 종종 이러한 것은 사회적 이념과 상충
되곤 한다. 특히 '정욕情慾'은 자기 자신의 내면적 의지, 내재적 충동과
밀접한 관계를 가지고 있어서 언제나 외적인 제약과 갈등을 일으킨다.
그러므로 이러한 욕망을 통제하지 못하면 자신의 사회 도덕적 이상을
실현할 수 없게 된다. 사회 윤리와 도덕규범은 철저한 본능의 제어와
절제의 과정을 통해서 실현된다고 할 수 있다. 그렇기 때문에 소씨邵氏는
10년의 긴 시간을 남편과의 정의情義를 생각하며 스스로의 성욕을 억제
하여 자신의 본능을 제한하여 왔지만, 이러한 구속이 무너지는 것은 한
순간인 것이다.

그날 밤 득귀得貴는 하던 대로 문을 열어 두고서 자는 척하면서 기다렸다.
소씨邵氏는 뜻한 바가 있어서 수고秀姑를 따라오지 못하도록 분부하였다. 혼
자서 등을 들어 비추면서, 바로 득귀得貴의 침상으로 갔다. 득귀得貴가 벌거
벗은 채로 반듯하게 누운 것을 보았는데, 그것이 마치 창과 같이 솟아 있자,
춘심春心이 일렁이고, 욕정欲情의 불길이 치솟는 것을 참지 못하였다. 그녀는
스스로 속옷을 벗고 침상으로 올라갔다. 단지 득귀得貴가 놀라서 깰까봐 조
용히 그의 몸 위로 올라가 두 다리를 벌리고 위에서 아래로 눌러 앉았다.
득귀得貴가 갑자기 그녀를 꼭 껴안더니 몸을 뒤집어 운우雲雨의 정을 나누었
다. …… 운우雲雨의 정情을 끝나자, 소씨邵氏는 득귀得貴에게 말하였다. "내
가 10년을 힘들게 수절하였는데, 하루아침에 너 때문에 정조貞操를 잃게 되

었구나. 이것 역시 전생前生에 지은 원한怨恨의 업보業報이니라. 자네는 반드시 함구하고 다른 사람에게 발설하지 말아야 할게야." 득귀得貴는 말하였다. "주인마님의 분부를 어찌 감히 거기겠습니까!" 이날 밤을 시작으로 매일 밤마다 소씨邵氏는 문단속을 한다는 이유로 꼭 득귀得貴와 즐기고 난 후에 돌아왔다. 다시 하녀인 수고秀姑가 알아챌까봐, 오히려 그를 제멋대로 풀어 놓아 수고秀姑까지도 속여서 간음하도록 하였다. 소씨邵氏는 고의로 수고秀姑를 꾸짖으며, 수고秀姑에게 득귀得貴를 안으로 끌어들이게 하여 입막음을 하였다. 이로부터 이들의 관계가 긴밀하여 서로 속이지 아니하였다.23)

그녀는 처음에는 이성적으로 자신의 성욕性慾을 억제하였지만, 득귀得貴가 여러 차례 고의로 양물을 드러내자 그녀의 억제된 욕망이 분출하여 그와 정을 통하게 된다. 이때 그녀의 정절 의지는24) 허물어지고, 오히려 밤마다 득귀得貴를 찾아가 환락을 누리게 된다. 그녀는 여기에서 그치지 않고 자신의 불륜을 입막음하기 위하여 시녀인 수고秀姑를 득귀得貴에게 들여보내 간음하도록 한다. 상대와의 성애性愛의 욕망을 해소하는 과정에서 그녀의 이러한 본성本性과 행위行爲는 이전의 '정조와 행실을 바로 할 것을 다짐하고, 규문閨門을 엄격하게 단속하는 것立心貞潔, 閨門嚴謹.'과는 전혀 다르게 오로지 육욕內慾에 빠진 태도를 보여준다. 숭고한 정신과 이성적인 절제로 정절을 지키는 열녀烈女에서 오히려 육체적 욕정만을

---

23) 其夜得貴依原開門, 假睡而待。邵氏有意, 遂不叫秀姑跟隨。自己持燈來照, 逕到得貴床前, 看得貴赤身仰臥, 那話兒如鎗一般, 禁不住春心蕩漾, 慾火如焚。自解去小衣, 爬上床去。還只怕驚醒了得貴, 悄悄地跨在身上, 從上而壓下, 得貴忽然抱住, 番身轉來, 與之雲雨。……事畢, 邵氏向得貴道: "我苦守十年, 一旦失身於你, 此亦前生冤債, 你須謹口, 莫洩於人, 我自有看你之處。"得貴道: "主母吩咐, 怎敢不依!"自此夜爲始, 每夜邵氏以看門爲由, 必與得貴取樂而後入。又恐秀姑知覺, 倒放個空, 教得貴連秀姑奸騙了。邵氏故意欲責秀姑, 卻教秀姑引進得貴以塞其口。彼此河同水密, 各不相瞞。(≪警世通言≫第三十五卷〈況太守斷死孩兒〉)

24) 那邵氏心如鐵石, 全不轉移。設誓道: "我亡夫在九泉之下, 邵氏若事二姓, 更二夫, 不是刀下亡, 便是繩上死!"(≪警世通言≫第三十五卷〈況太守斷死孩兒〉)

탐닉하는 타락한 여인으로 변모하게 되는 것이다. 이러한 성애性愛에 대한 방종放縱은 몰인정과 파렴치함으로 나타나고, 득귀得貴의 아이를 낳자마자 바로 죽여 버리는 무정함과 대담함으로 이어진다. 비정상적으로 엮이게 된 성적 욕망이 이러한 지경에까지 이르게 되자, 지조支助에 대한 분노와 득귀得貴에 대한 원망으로 득귀得貴를 죽이고 스스로 죽음을 택한다.[25]

'그녀의 불륜'-'수고秀姑의 간음'-'아이의 살해'-'득귀得貴의 살해'-'자진自盡'로 이어지는 일련의 과정에서 그녀의 악한 본성本性과 행위行爲들이 어떻게 변화하는지 보여주고 있다. '자진自盡'은 '진眞-악惡-정正'에서 마지막에 '정正'으로 돌아오는 과정을 보여주고 있는데, 이전의 위신과 명예를 회복할 수 없는 상황에서 불륜에 대한 질책과 도의적 책임에서 회피할 수 있는 것이 바로 스스로 목숨을 끊는 극단적인 행동인 것이다. 그녀의 '자진自盡'이 선한 행동이라기보다는 과오過誤에 대한 후회와 그것을 만회하고 주위의 비판에서 벗어날 수 있는 최소한의 자기 방어라고 할 수 있다. 이러한 극단적 행동은 그녀가 도덕적 자기실현의 실패에 대한 수치심과 죄책감을 모면하면서, 다른 한편으로는 다시 사회 윤리적 이상을 회복하고 이상을 실현하고자 하는 의식의 발로하고 할 수 있다. 그녀의 이러한 '자기파괴' 또는 '자기처벌'의 방식은 자신에 대한 명료한 처벌

---

25) 得貴在街上望見支助去了, 方纔回家, 見秀姑問: "大娘呢?"秀姑指道: "在裡面。"得貴推開房門看主母, 卻說邵氏取床頭解手刀一把, 欲要自刎, 擔手不起。哭了一回, 把刀放在桌上。在腰間解下八尺長的汗巾, 打成結兒, 懸於樑上, 要把頸子套進結去, 心下展轉悽慘, 禁不住嗚嗚咽咽的啼哭。忽見得貴推門而進, 抖然觸起他一點念頭: "當初都是那狗才做圈做套, 來作弄我, 害了我一生名節!"說時遲, 那時快, 只就這點念頭起處, 仇人相見, 分外眼睜。提起解手刀, 望得貴當頭就劈。那刀如風之快, 惱怒中, 氣力倍加, 把得貴腦劈做兩畔, 血流滿地, 登時嗚呼了。邵氏著了忙, 便引頸受套, 兩腳蹬開凳子, 做一個鞦韆把戲。(≪警世通言≫第三十五卷〈況太守斷死孩兒〉)

의식을 드러냄26)과 동시에 자신을 동정하고 용서하고자하는 또 다른 의식의 표현이라고 볼 수 있다. 이러한 본성으로의 회복은 바로 '선善'으로의 '회귀回歸'라고 간주할 수 있다. 사실, '수고秀姑의 간음'을 조장하고, '득귀得貴의 살해'를 감행하는 행위가 그녀의 수치심과 분노, 원망을 개인적으로 만회하고자하는 일종의 노력이라고 할 수 있는데, 이러한 행동이 자신의 의지를 보여주고 이상을 회복하기 위한 자신만의 방식인 점을 감안한다면, '자진自盡'의 행동 역시 '선善'을 이루거나 최소한 그것으로 회귀하고자 하는 의지가 드러난 것이라고 볼 수 있다.

이와 같이 ≪유세명언喻世明言≫제29권第二十九卷〈월명화상도류취月明和尙度柳翠〉, ≪유세명언喻世明言≫제30권第三十卷〈명오선사간오계明悟禪師趕五戒〉, ≪경세통언警世通言≫제35권第三十五卷〈황태수단사해아況太守斷死孩兒〉에서 '진眞-악惡-정正'의 진행과정을 살펴보았다. 앞의 〈월명화상도류취月明和尙度柳翠〉의 월명화상月明和尙과 〈명오선사간오계明悟禪師趕五戒〉의 오계선사五戒禪師는 '색계色戒'의 파계와 '불법佛法'의 회복 과정을 보여주는 것이고, 〈황태수단사해아況太守斷死孩兒〉의 소씨邵氏는 도덕규범에 대한 파괴와 본성의 회복 과정을 보여주고 있다. 이 작품들에서 등장하는 인물은 모두 상당히 중요한 역할을 담당하면서 전체 줄거리를 이끌어

---

26) 정호웅은 그의 논문〈한국소설 속의 자기 처벌자〉에서 한국 현대소설을 대상으로 자기 처벌자에 대해서 논하고 있는데, 저자는 자기 처벌자를 자신을 파괴(자결)하거나, 인간 이하의 자리 또는 고독과 침묵의 세계 또는 고향 상실자의 자리로 추방하는 혹은 그 파괴와 추방의 길로 나아가고자 하는 인물로 정의하고 있다. 또한 이러한 자기 처벌은 의식적 죄의식과 깊이 관련되어 있어서 자신의 죄와 악을 명료하게 의식하며, 죄와 악의 존재인 자신을 처벌해야한다는 것과 처벌과정 또한 분명하게 의식하고 있다고 기술하고 있다. ≪경세통언警世通言≫제35卷〈황태수단사해아況太守斷死孩兒〉의 소씨邵氏의 경우에서도 '자기 처벌자'의 특징을 볼 수 있는데, 그녀의 자진은 '죄罪'와 '악惡'에 대한 의식과 '자기 처벌'을 분명하게 의식한 행동이라고 볼 수 있다. 정호웅, 〈한국 소설 속의 자기 처벌자〉, ≪구보학보≫제7집, 2012년, 190-192쪽 참조.

가고 사건의 발단과 전개에 있어서 주동적인 역할을 하고 있다. 이러한 주요인물이 작품의 도입부에는 종교적 이상과 윤리적 도덕을 선양하는 '선성善性'의 특징을 드러낸다면, 뒷부분에 이르러서는 이것을 파괴하고 '악행惡行'의 길로 들어서면서 종국에는 스스로 '선성善性'을 향한 회복 의지를 표출하는 모습을 그려내고 있다.

4. 정正-악惡: 의義의 변화와 특징

소설 작품 속 인물의 성격 변화 중에서 '정正'에서 '악惡'으로 변화하는 경우가 자주 보이는데, '정正'의 관념은 비록 넓은 의미의 '선善'의 관념에는 포함되지만, '선善'의 세부관념이라고 할 수 있는 '진眞'과는 다른 함의를 내포하고 있다. '진眞'의 관념이 종교적인 이상이나 목표, 혹은 개인의 행복을 넘어서는 윤리 도덕적인 이념이나 의미를 추구하는 형태라고 한다면, '정正'은 현실의 도덕규범을 준수하고 사회적 인식을 공유하며, 인생의 가치를 선양하는 형태라고 할 수 있다. 이러한 개념은 '진眞'에서 보이는 것처럼 종교적이거나 혹은 궁극적인 이상을 실현하고자 무조건적인 자기희생과 극단적인 행동을 강요하지도 않는다. 다만 현실에서 인간의 보편적 가치를 존중하고 그것을 유지하려고 애쓰는 형태로 나타난다. 비록 '정正'이 '진眞'과 같은 위대한 이념이나 희생적 행위는 보이지 않지만, 여전히 '선善'의 보편적 특징을 기초로 하고 있으므로 '바름'의 범위에 포함된다고 할 수 있다. 이렇듯 '선善'의 다른 한 측면이라고 할 수 있는 '정正'은 현실생활과 세속적 가치관과 밀접하게 관련되어 있다. 비록 그 본질은 '선善'을 기초로 하고 있지만, 현실의 장애와 세속의 유혹에 따라 '선성善性'을 드러낼 수도 있고, '악성惡性'을 드러낼 수도 있다. 이들은 '선성善性'을 유지하기에 확고한 도덕적 신념이나 종교적 가치관이 정립되어 있지 않기 때문에 그 본성本性과 행위行爲는 '선善'과 '악惡'의 선상에서 유동성과 가변성을 가진다. 이중에서 비교적 자주 나타나는 성격 변화가 '정正'에서 '악惡'으로 바뀌는 형태이다. '악惡'의 구체적 행위에 있어서도 '패행悖行', '죄과罪過', '과오過誤' 등이 나타나는데, 이러한 악행惡行이 독립적으로 드러나기도 하고, 혹은 동시에 나타나기도 하며, 그 악행惡行의 정도가 점진적으로 확대되어 표출되기도 한다.

≪삼언三言≫에서 인물의 성격 변화가 직·간접적으로 '정正-악惡'의 형태를 보이는 작품은 상당히 많다. 단지 '정正'이라는 개념을 정의하기가 쉽지 않은데, 소설 작품 속에 등장하는 인물의 성격을 중심으로 살펴보면, '정正'의 의미에는 '개인의 보편적 가치 추구', '사회적 윤리 질서 유지', '도덕적 신념의 구현'을 함축한다고 할 수 있다. 이러한 관점에서 대표적인 작품과 인물을 선별하면, ≪유세명언喩世明言≫제24권第二十四卷〈양사온연산봉고인楊思溫燕山逢故人〉의 '한사후韓思厚', ≪유세명언喩世明言≫제39권第三十九卷〈왕신지일사구전가汪信之一死救全家〉의 '왕신지汪信之(왕혁汪革)', ≪성세항언醒世恆言≫제30권第三十卷〈이견공궁저우협객李汧公窮邸遇俠客〉의 '방덕房德', ≪경세통언警世通言≫제2권第二卷〈장자휴고분성대도莊子休鼓盆成大道〉의 '전씨田氏' 등이 있다. '악행惡行'의 정도에 있어서는 '한사후韓思厚'와 '전씨田氏'는 '과오過誤'→'죄과罪過', '방덕房德'은 '과오過誤'→'패행悖行', '왕신지汪信之'는 '과오過誤'라고 할 수 있다. 작품 속 등장인물이 '정正-악惡'으로 변화하는 기저에는 모두 '의義'의 변화가 중요하게 작용하는데, '신의信義'의 변화는 '한사후韓思厚', '은의恩義'의 변화는 '방덕房德', '충의忠義'의 변화는 '왕신지汪信之', 그리고 '절의節義'의 변화는 '전씨田氏'에게서 분명하게 나타나고 있다.

먼저 '신의信義'의 변화 과정을 보면, ≪유세명언喩世明言≫제24권第二十四卷〈양사온연산봉고인楊思溫燕山逢故人〉의 한사후韓思厚가 '신의信義'를 어떻게 저버리고 악한 자로 바뀌는지 구체적으로 보여준다. 그의 신의는 정의낭鄭義娘의 절의에 보응하려는 약속과 믿음의 특징이 강하기 때문에 이미 정의낭鄭義娘에 대한 절의의 정도를 넘어선다고 할 수 있다. 작품의 줄거리를 살펴보면, 한사후韓思厚와 정의낭鄭義娘 부부는 길을 떠났다가 도중에 강도를 만나 한사후韓思厚는 강에 빠지고 정의낭鄭義娘은 도적에 게 잡혀가게 된다. 한사후韓思厚는 다행히 구사일생으로 살아남지만, 정 의낭鄭義娘은 정절貞節을 지키기 위해서 자진하고 만다. 후에 이러한 사 실을 안 한사후韓思厚는 아내의 정절貞節을 기리기 위해 결혼을 하지 않 으며 평생 동안 혼자 살고자 다짐한다. 우연히 의제義弟인 양사온楊思溫 이 연산燕山에서 정의낭鄭義娘의 혼령을 만나게 되고 그 사실을 한사후韓 思厚에게 전한다. 한사후韓思厚는 정의낭鄭義娘의 혼령을 찾아가 고향인 금릉金陵으로 돌아가기를 종용한다. 이때 정의낭鄭義娘은 한사후韓思厚가 '의義'를 저버릴 것 같아서 가지 않으려 하지만, 양사온楊思溫과 다른 이들 의 설득과 한사후韓思厚의 재차 다짐을 듣고서 귀향을 결심하게 된다. 금릉金陵으로 돌아온 한사후韓思厚는 몇 년 동안 정의낭鄭義娘의 넋을 기 리며 그녀의 영혼을 위로하게 되는데, 정작 그녀의 혼을 위로하기 위해 찾아갔던 여도사女道士인 금단金壇과 사랑에 빠지게 되면서 그녀와 재혼 하여 정의낭鄭義娘을 돌보지 않는다. 정의낭鄭義娘은 金壇의 몸에 접신하 여 한사후韓思厚의 부의負義를 질책하지만, 한사후韓思厚는 오히려 도사를 불러 그녀의 위협을 막았을 뿐만 아니라 심지어 그녀의 유골까지 파내어 강가에 버리고 만다. 나중에는 한사후韓思厚와 금단金壇은 모두 강을 지 나던 중에 강물에 빠져 죽는다.

한사후韓思厚는 처음 아내가 정절貞節을 지키기 위해 순절하였다는 소 식을 주의周義를 통해서 듣고 비통해 한다.[27] 자신은 다행히 목숨을 건

---

27) 思厚聽得說, 兩行淚下, 告訴道: "自靖康之冬, 與汝嫂顧船, 將下淮楚。路至旴眙, 不幸箭穿篙手, 刀中梢公, 爾嫂嫂有樂昌破鏡之憂, 兄被縲紲纏身之苦。我被虜執 於野寨, 夜至三鼓, 以苦告得脫, 然亦不知爾嫂嫂存亡。後有僕人周義, 伏在草中, 見爾嫂被虜撒八太尉所逼, 爾嫂義不受辱, 以刀自刎而死。我後奔走行在, 復還舊

졌지만, 아내를 돌보지 못한 죄책감과 무능함을 자책하면서 그녀의 영혼을 기리고자 하였다. 그래서 그는 일생동안 아내에 대한 신의로 결혼을 하지 않기로 맹세한다. 양사온楊思溫이 정의낭鄭義娘의 혼령을 만난 것을 이야기 했을 때만 해도 그는 당장에 달려가 그녀의 혼령을 데려 오고자 하였다. 그리고 실제 정의낭鄭義娘의 혼령을 만났을 때에도 그녀를 고향으로 데려가기 위하여 진심으로 그녀의 정절貞節을 예찬하였다. 이러한 그의 심리는 당시 진심에서 우러나온 것이었고, 아내에 대한 연민과 고마움이 동시에 존재하였으며, 그녀의 숭고한 정신을 높이 샀음을 알 수 있다. 이러한 결심이 결코 거짓이 아닌 것은 수년이 지났어도 결혼하지 않고 홀로 지냈던 그의 경건한 생활을 통해서도 알 수 있다. 이렇게 사랑과 정절에 대한 가치와 의무를 내세우던 그가 여도사 금단女道士 金壇과 재혼하면서 태도가 완전히 바뀌게 된다. 수년 동안 정의낭鄭義娘의 '의義'를 기리고자 하였던 마음은 아랑곳없고, 정의낭鄭義娘의 질책과 호통에 오히려 그녀의 무덤을 파헤쳐 버리는, 이전과는 전혀 다른 악행을 저지르게 된다. 정의낭鄭義娘의 귀향을 설득할 때 그녀는 이미 그의 '의義'를 쉽게 저버리는 습성을 지적하였지만 한사후韓思厚는 있을 수 없는 일이라고 강변하고 자신의 굳은 결심을 내보이려하였다. 그의 이러한 이중적 성격과 편향된 태도는 정의낭鄭義娘으로 하여금 더욱 더 강한 분노와 적개심을 가지게 하였다.

　　사후思厚는 말하였다. "부인이 나를 위하여 정절을 지키다 유명을 달리했으니, 내가 마땅히 종신토록 재가하지 않음으로써 부인의 덕에 보답하고자 하오. 지금 부인의 유골을 옮기려고 하니, 함께 금릉金陵으로 돌아가는 것이 어떻겠소?" …… 사온思溫은 재차 권하며 말하였다. "형수님, 제 말을 들어보세요. 지금의 형님은 예전과 다릅니다. 형수님이 정절을 지키려다가 돌아가

職."(≪喩世明言≫第二十四卷〈楊思溫燕山逢故人〉)

신 것에 깊이 감명 받아 다시 재가하지 않으셨습니다. 지금 형님이 오셔서
형수님을 모시고 가려고 하는데, 어찌 쫓아서 돌아가려고 하지 않으십니까?
원컨대 저의 말에 따라주십시오." 부인이 두 사람을 향하여 말하였다. "도련
님께서 이와 같이 간절히 권하시는 것에 감사합니다. 만약 서방님이 양심을
속이지 않고, 한마디로 맹세한다면 바로 명에 따르겠습니다." 말이 끝나자,
사후思厚는 술을 땅바닥에 뿌리며 맹세하였다. "만약 이 약속을 어긴다면,
길에서 도적을 만나 살육을 면치 못할 것이고, 물길에 큰 풍랑을 만나 배가
뒤집힐 것이오."28)

　　다음날, 사후思厚는 향香과 지전紙錢을 보내어 달교笪橋의 사謝도사를 청하
였다. 각자 자리에 막 앉자, 집안의 사람이 달려와 부인이 또 귀신에 씌었다
고 고하였다. 사후思厚는 다시 도사에게 알려서 함께 집으로 가서 부인을
치료하도록 하였다. 도사는 말하였다. "만약 때 마쳐 화근을 없애려면, 반드
시 연산燕山의 무덤(연산燕山에서 온 정부인鄭夫人의 무덤)을 파혜쳐 그 유골
함을 꺼내어 장강長江에 버려야만 비로소 무사할 수 있습니다." 사후思厚는
단지 도사가 말한 바에 따라서 막일꾼들을 불러 모아 함께 가서 무덤을
파혜쳤다. 정부인鄭夫人의 유골함을 꺼내어 양자강揚子江변에 가서 물속에 던
져 버렸다. 이로부터 유씨劉氏는 평온하였다.29)

　　위의 두 인용문에서는 한사후韓思厚가 어떻게 '정성正性'에서 '악성惡性'
으로 변화하는지 그 과정을 분명하게 보여주고 있다. 그는 고전소설에서

28) 思厚道: "賢妻爲吾守節而亡, 我當終身不娶, 以報賢妻之德。今願遷賢妻之香骨,
共歸金陵可乎?"……思溫再勸道: "嫂嫂聽思溫說, 哥哥今來不比往日, 感嫂嫂貞節
而亡, 決不再娶。今哥哥來取, 安忍不隨回去?願從思溫之言。"夫人向二人道: "謝叔
叔如此苦苦相勸。若我大果不昧心, 願以一言爲誓, 即當從命。"說罷, 思厚以酒灑
地爲誓: "若負前言, 在路盜賊殺戮, 在水巨浪覆舟。"(《喩世明言》第二十四卷〈楊
思溫燕山逢故人〉)
29) 次日, 思厚賣香紙請笪橋謝法官, 方坐下, 家中人來報, 說孺人又中惡。思厚再告法
官同往家中救治, 法官云: "若要除根好時, 須將燕山墳發掘, 取其骨匣, 棄於長江,
方可無事。"思厚只得依從所說, 募土工人等, 同往掘開墳墓, 取出鄭夫人骨匣, 到
揚子江邊, 抛放水中。自此劉氏安然。(《喩世明言》第二十四卷〈楊思溫燕山逢故
人〉)

흔히 보이는 '의義'를 중시하다가 나중에 '의義'를 저버리는(부의한負義漢), '과오過誤'→'죄과罪過'의 전형적인 형태를 보여주고 있다. '신의信義'를 표방하고 그것을 지키기 위해서 노력했던 마음은 개인의 욕망을 추구하면서 어긋나게 되고, 자신의 재혼을 방해하려는 이에게 가장 매정한 방식으로 치명적 상해를 입히고 있는 것이다. 이처럼 '정성正性'을 가진 이가 '악행惡行'을 행하는 과정에서 현실의 욕망에 빠져 '신의信義'를 저버리는 나약한 인간의 단면을 보여주고 있다. '정성正性'의 심리와 감정의 상태에서 '악성惡性'으로의 이행은 순간적으로 일어난다는 것을 알 수 있는데, 이것은 '정성正性'의 심리적 특징이 '진성眞性'보다 확고하지 않으며, 쉽게 동요되기 때문이다. 그가 아내의 정절을 지키기 위해서 진심으로 노력하였지만, 처음의 마음가짐을 지켜내기 힘든데, 그것은 또 다른 자신의 욕망을 억제해야하는 과정이 필연적으로 수반되어야하기 때문이다. 그러므로 '선善'의 이행은 다른 한편으로는 '개인의 행복 추구'라는 관점에 있어서 어느 정도 제약을 가지고 있는지도 모른다. 그렇다하더라도 소설 속에서 나타나는 전통사회의 가치관과 도덕관으로 비추어 볼 때, 한사후韓思厚의 '신의信義'를 배반하는 이러한 행동은 '사회적 윤리'와 '도덕적 가치' 기준에 충분히 위배된다고 할 수 있다. 한사후韓思厚의 '정正-악惡' 성격 변화는 완만하고 유연하게 이루어지는 것이 아니라, 급박하게 일어난다. 이러한 점은 다른 작품에서도 마찬가지인데, 도덕적 윤리관을 유지하는 데는 상당한 시간과 노력이 필요하지만, 그것을 전복시키는 욕망의 확장은 순식간에 일어나며, 오히려 더욱 더 강력하게 작용하고 있는 것이다.

≪유세명언喩世明言≫제24권第二十四卷〈양사온연산봉고인楊思溫燕山逢故人〉의 한사후韓思厚가 정의낭鄭義娘에 대한 '신의信義'와 '정의情義'가 '악성惡性'으로 변하는 양상을 보여주고 있다면, ≪유세명언喩世明言≫제39권第三十九卷〈왕신지일사구전가汪信之一死救全家〉의   왕신지汪信之(왕혁汪

革)는 '충의忠義'가 어떻게 '악성惡性'으로 변하는지 잘 보여주고 있다. 왕
신지汪信之는 술좌석에서 조그마한 문제로 형과 말다툼을 벌이게 되고,
그로 인해 화가 나 다시는 고향으로 돌아오지 않겠다고 다짐하고 떠난
다. 그는 혈혈단신으로 숙송宿松 마지파麻地坡에서 석탄을 이용하여 철을
주조하여 큰 부富를 축적한다. 나중에는 그의 가업이 어업에까지 이르렀
고, 매년 거두어들이는 세금이 매우 많다보니, 그 위세가 대단하였다.
왕신지汪信之는 임안부臨安府에 가서 일을 다 마치고 머무르는데, 조정에
서는 '오랑캐와의 맹약이 잘못되었다.(금로패맹金虜敗盟)'고 전해지면서
전수戰守의 책략을 널리 구하였다. 그는 황제에게 상소를 올려 화친和親
의 잘못됨을 진언하였다. 황제는 그의 글을 보고서 추밀원樞密院으로 보
내어 상의토록 하였다. 그러나 추밀원樞密院에 있는 관원들은 모두 일이
커질까봐 두렵기도 했고, 또한 일개 평민이 올린 내용이라 아무도 전례
를 깨고 그를 천거하려들지 않았다. 단지 나중에 혹시 쓰임이 있을지
몰라 좋은 말로 그를 달래어 임안臨安에 머무르게 하였을 뿐이었다. 그래
서 왕신지汪信之는 임안臨安에 머무르게 되면서 집으로 돌아가지 못했다.
왕신지汪信之가 머무르는 동안 정표程彪, 정호程虎 형제는 그의 집에서 떠
날 때 선물을 적게 준 것에 불만을 품고 그가 반란을 일으키려한다고
모함하였다. 이 사실이 알려지자 왕신지汪信之는 몰래 임안臨安을 탈출하
여 집으로 돌아온다. 집으로 돌아오자 일꾼들과 장정(장객莊客)들을 끌
어 모아 실제로 관군과 대적하고 현령을 잡으려 관청을 점령하는 등 극
도의 반역적인 행동을 한다. 이후에 대규모의 관군과 대치하면서 더 이
상 후퇴할 수 없는 입장이 되자 가족의 안위를 위해 자수한다. 결국 정표
程彪, 정호程虎 형제의 거짓말이 탄로가 나서 그들은 벌을 받게 되고, 왕
신지汪信之는 죽게 된다.

　왕신지汪信之의 '충의忠義'에서 '복수復讐'/'위엄威嚴'→'수치羞恥'/'의욕意
慾'→'포기抛棄'로의 변화과정에서 '과오過誤'의 '악성惡性'을 잘 보여주고

있는데, 그 중에서 '충의忠義'의 변화에서 이와 같은 특징이 잘 드러나 있다. 특히 그가 일시적인 분노로 인하여 곽택郭擇을 죽이고 무리를 이끌어 다시 마지파痲地坡로 돌아가는 도중 이미 많은 장정들이 도망 간 것을 알고 탄식하게 되는데, 이 장면에서 그의 심정 변화가 잘 나타나 있다.

> 왕혁汪革(왕신지汪信之)은 탄식하며 말하였다. "나는 본래 충의忠義의 뜻을 가지고 있었지만, 갑자기 간사한 놈의 모함에 빠져 억울함을 스스로 밝힐 기회가 없었다. 처음에는 현령을 붙잡아 내력을 추궁해서 원수를 갚고 치욕을 씻으려고 하였다. 관청의 창고 재물을 빌어 호걸을 불러 모으고, 장강長江과 회수淮水일대를 자유롭게 누비며, 이와 같은 탐관오리 무리들을 쫓아내는 것으로 세상에 명성을 드높이려고 하였다. 그러한 후에 조정에 나아가 은혜에 보답하고, 나라를 위해 힘쓰고, 만세에 떨칠 공훈을 세우려고 하였다. 지금 나의 뜻을 이루지 못하니, 모든 것이 운명이로구나 ! "[30]

왕신지汪信之는 국가에 대한 충성심을 발휘하고자 자신의 의견을 제시하였지만, 관원들은 그의 의견을 중시하지 않았고 그를 계속 임안臨安에서 기다리게만 하였다. 초기의 '충의忠義'에 충만한 그의 바른 마음('정正')은 국가에 충성하고 '의義'를 행하고자 하는 마음이었다. 그러나 이러한 마음을 알아주기는커녕 오히려 역적으로 몰리게 되자, 바로 악한 마음과 행위가 드러나게 된다. 그래서 그는 관청으로 쳐들어가 현령을 잡으려고 하고, 관원과 대치하여 전쟁을 일으키는 등 조정을 상대로 대항하고자 한다. 이런 과정에서 그의 마음속에는 강한 복수심과 분노만이 자리 잡게 되었다. 이것은 자신의 '충의忠義'를 인정하기는커녕, 오히려 조반造反의 누명으로 그를 핍박하니, 그의 충성심은 도리어 기존의 체제와 사회

---

30) 汪革歎道: "吾素有忠義之志, 忽爲奸人所陷, 無由自明。初意欲擒拿縣尉, 究問根由, 報仇雪恥。因借府庫之資, 招徠豪傑, 跌宕江淮, 驅除這些貪官汚吏, 使威名蓋世。然後就朝廷恩撫, 爲國家出力, 建萬世之功業。今吾志不就, 命也。"(≪喻世明言≫第三十九卷〈汪信之一死救全家〉)

를 파괴하고자 하는 욕망으로 드러나는 것이다. 나중에는 관청에 자수함으로써 격하게 일어난 파괴적 본능을 억제하고 다시 가족의 안위를 생각하며 평정과 이성을 되찾게 된다. 이러한 결말은 앞에서 살펴보았던 '진眞-악惡-정正'의 유형과 비슷하지만, 그의 본성本性과 행위行爲의 동기인 '충의忠義'의 출발점이 '진眞'에서가 아니라, '정正'이라는 점에서 다르다. 그리고 다시 현실로 돌아와서는 종교적이거나 이념적 명분을 위해 스스로 목숨을 끊는 것이 아니라, 가족의 안전과 행복을 걱정하면서 감옥에서 죽음을 맞이한다는 점이 다르다고 할 수 있다. 자칫하면 자수성가한 인물의 치가治家 이야기가 무미건조하게 전개될 수 있었는데, 돌발적인 사건과 그것에 대한 인물의 극적인 반응을 통해 줄거리를 더욱 곡절하게 만들고, 예상치 못한 변화를 부여함으로써 작품에 대한 흥미를 상승시키고 있다.31)

이와 같이 '충의忠義'에 기초한 성격 변화를 나타내는 작품 이외에 '은의恩義'에 기초한 성격 변화를 보여주는 작품이 있다. ≪성세항언醒世恆言≫ 제30권第三十卷〈이견공궁저우협객李汧公窮邸遇俠客〉의 방덕房德은 어떻게 '은의恩義'를 가진 마음에서 돌변하여 은인恩人을 살해하려는 악행을 저지르게 되는지('패행悖行'으로의 이행)를 구체적으로 그려내고 있다. 줄거

---

31) 〈왕신지일사구전가汪信之一死救全家〉의 왕신지汪信之와 같이 '정正'에서 '악惡'으로의 변화가 한 인물에게서 극적이면서 분명하게 나타나게 되는 경우도 많지 않다. 인물의 '선善'과 '악惡'의 두 측면은 언제나 동시에 존재하면서 외부의 영향과 내재적 반응이 어느 쪽으로 좀 더 적극적으로 향하느냐에 따라서 각각 다른 특징을 나타내고 있다. 작품에서 '전적으로 선하거나 혹은 전적으로 악한 인물好人皆好, 壞人全壞'로 설정하는 방식에서 벗어나 다양하고 복잡한 인물형상을 창조하게 되면서 좀 더 현실적이고 인간의 감정 변화를 충실히 드러내는 서사 구조를 가지게 된다. 그러므로 실제적이고 생동적인 인물의 감정과 성격의 변화가 독자의 감정에 복합적으로 작용하여 작품의 내용을 흥미롭게 만들고, 서술 구조를 입체적으로 구성하게 만든다. 상황에 따라 다양하게 반응하는 이러한 인물은 독자의 감정에 직접 투영되기도 하여 줄거리를 확대하고 심화시켜서 작품 내용과 인물을 좀 더 복잡하게 바꾸어 놓았다.

리를 자세히 살펴보면, 당唐나라 천보天寶 연간에 장안長安의 선비 방덕房德은 곤궁하여 실의에 빠졌다. 가을이 되어도 별다른 수가 없자, 부인인 패씨貝氏의 구박을 받고서는 하는 수 없이 이리 저리 돈을 빌리러 나갔다. 운화선사雲華禪寺에 이르러서 한 무리의 도적들에게 잡히고 나중에는 수령으로 추대되어 그 무리에 가담하게 된다. 그날 밤 여러 도적들을 이끌고 부잣집을 털러 나갔다가 관군에게 잡혔다. 기위畿尉 이면李勉은 그가 위풍이 당당하고 풍채가 비범함을 보고 자세히 탐문해보니 도적들의 위협에 어쩔 수없이 무리의 수령이 되었다는 것을 알고, 그의 처지가 불쌍하여 밤에 몰래 석방한다. 방덕房德은 범양范陽의 안록산安祿山을 찾아간다. 한편 이면李勉은 감옥의 방비를 소홀히 한 책임을 물어 파관 면직당하여 평민이 된다. 생계가 막막하여 옛 친구인 안고경顔杲卿이 상산常山에 태수太守로 새로 부임했다는 것을 알고 찾아가는 길에 백향현柏鄕縣을 지날 때 현령인 방덕房德을 만난다. 방덕房德은 은인恩人을 알아보고 관아로 모시고 와서 지극정성으로 대접한다. 이면李勉이 떠나고자 하자, 그는 일전에 베풀어준 은혜에 보답하고자 하였으나, 부인인 패씨貝氏는 매우 인색하여 방덕房德을 오히려 크게 타박하였다. 패씨貝氏는 여기에 그치지 않고, 나아가 이면李勉이 찾아온 것은 이득을 얻기 위함이며, 혹시라도 이전의 일이 탄로 날지 모르니 아예 화근을 없애자고 종용한다. 이때 방덕房德의 하인인 노신路信이 알고 몰래 이면李勉에게 밀통하고, 이면李勉 일행은 밤에 몰래 도망간다. 방덕房德은 이면李勉을 없애기 위하여 검객에게 거짓으로 과거에 자신에게 죄를 뒤집어씌우고 백성들을 가혹하게 고문하였다고 하면서 없애주기를 부탁한다. 한편 이면李勉은 지쳐서 여관에 다다르고, 여관주인이 행동이 이상하여 사정을 묻자 그가 자초지정을 이야기 한다. 이때 갑자기 침상 아래에서 검객이 뛰어나왔는데, 원래 이면李勉을 죽이러 갔다가 그의 사정을 듣게 된 것이었다. 검객은 관아로 돌아가 방덕房德 부부를 죽이고 그 수급을 여관으로 가져와

이면李勉에게 주고는 홀연히 사라져 버렸다. 이면李勉은 나중에 장안長安으로 다시 돌아와 관리가 되었다.

　방덕房德은 이면李勉을 집으로 데리고 와서 그간의 일을 이야기 하는데, 이때까지 그는 이전에 도적의 무리에 가담한 것이 밝혀질까 봐 전전긍긍하는 모습도 보이지만, 그것보다도 자신의 목숨을 구해주고, 그것 때문에 관직을 박탈당한 이면李勉에 대한 고마움과 미안함이 더 깊었다.[32] 그는 이면李勉을 진심으로 대하고자 했지만, 그의 아내 패씨貝氏는 재물을 나누어주는 것이 싫어서 과거의 일이 탄로 날지도 모른다는 말로써 그의 마음을 흔들어 놓는다. 사실 이면李勉을 길에서 만나게 될 때에는 그는 은혜를 갚고자 하는 마음이 강하였지만, 패씨貝氏의 지나친 설복과 과거 행적의 발각, 현 직위를 고수하고자 하는 불안한 마음이 복합적으로 작용하여 그를 없애고자 하는 마음이 자리 잡게 되었다. 그는 일단 이면李勉을 없애려고 마음을 먹자, 상당히 주도면밀하게 계획을 세워서 실행에 옮긴다. 친히 검객을 찾아가 거짓으로 이면李勉을 무고하면서 그의 내재된 의협심을 충동하여 살인하도록 부추긴다.[33] 이때의 방덕房德은 이전의 진심으로 은인을 도와주고자 하는 바른 마음, 즉 '정正'의 심리상태보다는 자신의 신분과 이익을 위하여 화근을 없애려고 하는 '악惡'의 심리상태를 보인다. 그의 이러한 변화에는 그의 우유부단함과 부인 패씨貝氏의 교언巧言이 크게 작용하였다.

---

32) 房德道: "元來恩相因某之故, 累及罷官, 某反苟顔竊祿於此, 深切惶愧！"(≪醒世恆言≫第三十卷〈李汧公窮邸遇俠客〉)

33) 兩下遂對面而坐, 陳顔ㆍ支成站於旁邊. 房德捏出一段假情, 反說: "李勉昔年誣指爲盜, 百般毒刑拷打, 陷於獄中, 幾遍差獄卒王太謀害性命, 皆被人知覺, 不致於死. 幸虧後官審明釋放, 得官此邑. 今又與王太同來挾制, 索詐千金, 意猶未足；又串通家奴, 暗地行刺事露, 適來連此奴挈去, 奔往常山, 要唆顔太守來擺布."把一片說話, 粧點得十分利害. (≪醒世恆言≫第三十卷〈李汧公窮邸遇俠客〉)

방덕房德은 본래 주관이 없는 사람이라, 아내의 한차례 놀랄만한 이야기를 듣고 나니, 점차 의심이 생겨나면서 망설이며 말을 못하였다. 패씨貝氏가 이어서 말하였다. "어쨌거나 이 은혜는 갚을 수 없는 것이에요!" 방덕房德이 말하였다. "어찌하여 갚을 수 없단 말인가?" 패씨貝氏는 말하였다. "만약 지금 보답이 변변치 않으면, 그가 한 순간에 태도를 바꾸어 장차 옛일을 있는 대로 다 털어놓을 건데, 그때는 관직을 박탈당할 뿐만 아니라, 그때 감옥에서 도망친 일과 강도질 한 것을 끄집어내어 바로 목숨조차 부지하기 힘들 거에요. 만약 보답이 후하다면, 일정한 금액을 정해서 시시때때로 요구하지 않겠어요? 만약 지난번에 바친 것과 같이 하는 것은 말할 필요도 없고, 조금이라도 만족하지 못한다면, 예전처럼 옛일을 끄집어낼 건데, 근본적으로 벗어날 수 없어요. 결국 마지막에는 끝장내지 않겠습니까? 예부터 '먼저 손을 쓰는 것이 제일이다.'라는 말이 있듯이, 만약 지금 저의 말에 따르지 않는다면, 바야흐로 일에 때가 되면 후회해도 늦어요!" 방덕房德은 여기까지 듣자, 은근히 고개를 끄덕이는데, 생각이 이미 바뀌었다.[34]

그의 성격이 '정正'에서 '악惡'으로 극단적으로 변하는 과정은 재물과 벼슬에 대한 집착이 낳은 결과라고 할 수 있다. 또한 자신의 확고한 주관이나 가치관이 부재한 것도 큰 원인이라고 할 수 있다. 이렇듯 본성과 행동이 급하게 바뀌는 방덕房德은 시종일관 인색하고 탐욕스러운 부인 패씨貝氏와 대응을 이룬다. 부인 패씨貝氏는 처음부터 후덕함과 인자함과는 거리가 멀다. 그녀는 작품에 등장하는 순간부터 재물에 대한 욕심이 강하고 인색한 성격을 보이고 있는데, 그렇기 때문에 재물을 가져다주지 못하는 남편 방덕房德은 그녀에게 있어서 하찮은 존재에 불과하였다. 이

---

34) 房德原是沒主意的人, 被老婆這班話一聳, 漸生疑惑, 沉吟不語。貝氏又道: "總來這恩是報不得的!" 房德道: "如何報不得?" 貝氏道: "今若報得薄了, 他一時翻過臉來, 將舊事和盤托出, 那時不但官兒了帳, 只怕當做越獄強盜拿去, 性命登時就送。若報得厚了, 他做下額子, 不常來取索。如照舊饋送, 自不必試; 稍不滿欲, 依然揭起舊案, 原走不脫, 可不是到底終須一結。自古道: '先下手爲強,' 今若不依我言, 事到其間, 悔之晚矣!" 房德聞說至此, 暗暗點頭, 心腸已是變了。(《醒世恆言》第三十卷〈李汧公窮邸遇俠客〉)

러한 부인의 멸시와 질책에 익숙해진 방덕房德이 이면李勉에게 후하게
대접하려는 마음도 있더라도 그것은 짧은 시간에 불과하고, 패씨貝氏의
의해 지배당하는 경향이 더 짙어지는 것은 당연하다고 할 수 있다. 결국
그는 이전과 전혀 다른 성격을 보여주고 있는데, 이러한 변화 과정을
통해서 재물과 신분에 대한 나약한 면과 그것을 장악하기 위하여 집착하
는 태도, 그리고 확고하지 못한 윤리도덕 관념이 어떻게 '악성惡性'의 행
동을 유발하는지 구체적으로 보여주고 있다.

　이처럼 방덕房德은 이중적인 인물, 전과 후가 완전히 다른 인물로 그려
지고 있다. 그의 심성의 변화는 다른 고전소설 속 인물과는 다르게 생동
감과 역동성을 보여준다. 이러한 서술 방식은 고전소설 작품에서 흔히
보이는 인물 형상의 고정적인 틀에서 벗어난 창의적 형태라고 볼 수 있
는데, 작품에서 시종일관 '정正'을 보여주는 청렴하고 인자한 이면李勉,[35]
'악惡'을 대변하는 탐욕스럽고 인색한 패씨貝氏, 이와는 달리 '정正-악惡'으
로 극적인 전환을 보이는 방덕房德은 앞의 두 인물이 가진 특징을 공통적
으로 가지고 있으면서 그 가운데에서 갈등하고 방황하는 모습을 잘 드러
내고 있다.[36]

---

35) 이면李勉이 방덕房德을 몰래 석방하면서 그 잘못으로 몰락하게 되어 빈궁하게 되는데,
　　앞으로의 생활을 도모하고자 옛 친구인 안고경顔杲卿을 찾아간다. 그는 이미 방덕房德
　　이 현령이 된 것을 알고, 혹시라도 그에게 누가 될 것 같아, 그곳을 피해서 가는 도중에
　　방덕房德을 만난다. 이면李勉의 심복인 왕태王太가 먼저 알아보고 그에게 알렸지만,
　　그는 방덕房德에게 여전히 아는 체를 하지 않는다. 그러나 방덕房德이 지나치다가 이
　　면李勉을 알아보고 반갑게 맞이한다. 이렇듯 이면李勉은 방덕房德에게 폐를 끼치지
　　않기 위하여 나름대로 주의를 기울이는 인물이다. 하지만 방덕房德은 오히려 자신을
　　협박하려고 온 것으로 여기고 은인恩人을 원수로 갚고자 하였다.
36) 비록 과격하지만 평정을 잃지 않는 협객. 또한 성격의 변화를 보이지만, 그 정도가
　　미약하고, '정正'에서 '악惡'으로 심경과 행동의 변화가 방덕房德에 비해 구체적으로
　　나타나지 않는다. 그는 방덕房德의 거짓말을 믿고 그를 도와주려는 입장에서 이면李勉
　　을 동정하고 방덕房德 부부를 처단하는 것으로 변화하는 과정에서 심정과 태도가 완전

다음으로, '절의節義'에 기초하여 인물의 성격이 '정正'에서 '악惡'으로 바뀌는 과정을 보여주는 대표적인 작품과 인물은 ≪경세통언警世通言≫ 제2권第二卷〈장자휴고분성대도莊子休鼓盆成大道〉의 전씨田氏이다. 〈장자휴고분성대도莊子休鼓盆成大道〉의 전씨田氏는 앞의 세 작품에서 등장하는 인물의 성격 변화와는 다르게 '정正-악惡-정正'의 패턴을 가지고 있다. '진眞-악惡-정正'의 형태를 보이고 있는 ≪경세통언警世通言≫ 제35권第三十五卷〈황태수단사해아況太守斷死孩兒〉의 소씨邵氏와 비슷한 변화 양상과 악행의 변화('과오過誤'→'죄과罪過')를 보이지만, 소씨邵氏가 도덕적 이념과 사회 윤리에 대한 부분이 지속적으로 강조되고 있고(10년의 수절守節), 처음의 성격에서는 '진眞'의 특징이 강한 부분('칩거蟄居'와 '검약儉約')에서 시작되어 나중에는 '악惡'으로의 변화('간음'과 시녀를 끌어들임)가 진행된다고 한다면, 전씨田氏는 같은 사회적 윤리에 대한 부분을 강조하는 것은 동일하지만, '선善'의 본성本性과 행위行爲를 유지하는 정도가 미약하고, 그녀의 '정절貞節'의지가 부분적으로만 제시되고 있어서 소씨邵氏와 전씨田氏가 본성本性과 행위行爲의 강도와 지속 정도에 있어서 현저하게 다르다고 할 수 있다.

≪경세통언警世通言≫ 제2권第二卷〈장자휴고분성대도莊子休鼓盆成大道〉는 장자莊子가 부인 전씨田氏의 정절을 시험한 이야기이다. 어느 날 장자莊子가 산하를 떠돌다 집으로 돌아오는 길에 어느 부인이 무덤 앞에서 부채로 흙을 말리고 있는 것을 보게 된다. 그 연유를 물으니, 남편이 죽으면서 무덤의 흙이 마르면 재가해도 된다고 하였다고 했다. 그래서 빨리 재가하기 위하여 부채로 흙을 말린다고 하였다. 집으로 돌아와 이 이야기를 부인 전씨田氏에게 하니, 부인은 심하게 화를 내며 자신은 두

히 달라지지만, 이것은 사건의 진실을 알고 난 뒤, 전과 후의 태도와 행동이 다르게 나타나는 것이므로 본래의 성격 자체가 변한 것은 아니라고 할 수 있다.

지아비를 섬기지 않겠다고 호언장담한다.[37] 얼마 후 장자莊子가 병사하
게 되는데, 초楚나라 왕손王孫인 준수한 소년이 조문하러 온다. 그는 평
소 장자莊子와 사제지간으로 지냈는데, 지금 스승이 돌아가셨으니, 10일
동안 애도를 표하겠다고 한다. 전씨田氏는 그를 흠모하여 노복을 매파로
삼아 그와 부부의 연을 이룬다. 동방화촉을 밝히던 날 밤, 왕손王孫은
갑자기 심장병이 발작하게 되는데, 산사람이나 죽은 지 얼마 되지 않은
사람의 뇌수만이 치료할 수 있다고 말하였다. 전씨田氏는 대담하게 장자
莊子의 관을 도끼로 부수어 뇌수를 꺼내려 한다. 관을 부수자 장자莊子가
일어나는데, 원래 왕손王孫과 노복은 모두 장자莊子의 분신이었다. 전씨
田氏는 부끄러워서 스스로 목을 매달아 죽고 만다. 장자莊子는 부인의
염殮을 하고 나서, 기와를 악기삼아 두드리면서 관에 기대어 노래를 불
렀다.

이 작품의 주제가 전씨田氏의 정절에 대한 장자莊子의 시험과 견책에
맞혀져 있다면, 정절을 쉽게 져버리는 전씨田氏의 행동에 대해 사회적
지탄과 경각심을 일깨워주는 교훈적 내용을 강조하였다고 할 수 있고,
다른 쪽으로는 장자莊子의 '희처戱妻', '고분鼓盆', '득도得道' 등의 기이한
행적에 대한 신비감과 경외감, 여성문제와 세정윤리世情倫理 등을 보여준
다고 할 수 있다. 그래서 이 작품에 대한 대부분의 연구는 이 몇 가지
점에 착안하여 고찰하고 있고, 서술 과정에서도 그러한 틀과 관점에서
완전히 벗어나지 못하였던 것이 사실이다.[38] 그러나 전통 윤리관 선양宣

37) 田氏口出詈語道: "有志婦人勝如男子. 似你這般沒仁沒義的, 死了一個, 又討一個,
出了一個, 又納一個. 只道別人也是一般見識. 我們婦道家一鞍一馬, 倒是站得腳
頭定的. 怎麼肯把話與他人說, 惹後世恥笑. 你如今又不死, 直恁枉殺了人!"就莊
生手中, 奪過執扇, 扯得粉碎. 莊生道: "不必發怒, 只願得如此平氣甚好!"自此無
話.(≪警世通言≫第二卷〈莊子休鼓盆成大道〉)
38) 陳永昊, 〈在比較中鑒別–評馮夢龍的短篇小說〈莊子休鼓盆成大道〉〉, ≪嘉興師專
學報≫, 1983年 2期; 金榮華, 〈馮夢龍〈莊子休鼓盆成大道〉故事試探〉, ≪黃淮學

揚과 교화敎化의 강조라는 기본적인 얼개에서 벗어나, 전씨田氏의 심리변화에 따른 심성과 행동의 변화에 집중하여 살펴본다면, 이 작품은 전씨田氏의 내·외재적인 면을 다각적으로 드러낸다고 할 수 있을 것이다.

전씨田氏는 장자莊子가 말한 사연(부채로 흙을 말리는 여인)을 이야기할 때 상당히 분노하면서 자신의 정절을 강력하게 주장한다. 이때 그녀의 본성本性과 행위行爲는 충분히 '정正'의 특징을 보여주고 있는 것이라고 볼 수 있다. 그래서 그녀는 장자莊子가 말한 여인의 부도덕함에 대한 분노뿐만 아니라, 여인의 정절을 못미더워하는 장자莊子, 나아가 전통사회에 만연한 여성의 수절의지에 대한 경시 등에 대해서 강한 반항과 거부감을 나타낸다. 하지만 왕손王孫이 오고 난 다음에 그녀의 이러한 정절 의지는 금세 꺾여 버린다. 그녀는 왕손王孫의 사랑을 얻고, 그를 자신의 남편으로 맞이하기 위하여 노복을 이용하고, 심지어 장자莊子의 뇌수를 꺼내는 행위도 마다하지 않는다.

> 전씨田氏는 말하였다. "'충신은 두 임금을 섬기지 않고, 열녀는 두 지아비를 갖지 않는다.'는데, 어찌 좋은 집안의 부녀자가 두 집의 차를 마시고, 두 집의 침상에서 자겠습니까? 만약 불행히도 나에게 그러한 일이 일어나면, 이러한 일은 염치도 없는 일이며, 3, 4년은 혹은 4, 5년은(수년 동안) 말할 필요도 없고, 평생을 살아도 이루어질 수 없는 일입니다. 설령 꿈속에서 일어난 일이라고 할지라도 어느 정도(三分)라도 기개가 있는 법입니다."[39]

刊(哲學社會科學版)≫, 1996年 2期 ; 黎必信, 〈對應敍述與經典重釋--論〈莊子休鼓盆成大道〉的主題建構〉, ≪現代語文(文學研究版)≫, 2009年 第4期 ; 張怡微, 〈論"三言"中的"集體共用型"敍事模式--以〈莊子休鼓盆成大道〉爲例〉, ≪漢語言文學研究≫, 2014年 1期 등.

39) 田氏道: "忠臣不事二君, 烈女不更二夫.' 那見好人家婦女喫兩家茶睡兩家牀?若不幸輪到我身上, 這樣沒廉恥的事, 莫說三年五載, 就是一世也成不得。夢兒裡也還有三分的志氣。"(≪警世通言≫第二卷〈莊子休鼓盆成大道〉)

바로 늙은 노복에게 명하여 왕손王孫을 부축하게 하고, 자신은 장작을 패는 도끼를 찾아서 오른 손으로는 도끼를 들고, 왼손으로는 등불을 가지고 뒤편에 있는 허물어진 집으로 향하였다. 등잔을 관 덮개 위에 두었다. 관 끄트머리(머리)쪽을 똑바로 보더니, 두 손으로 도끼를 들고, 있는 힘껏 내리쳤다. 아녀자의 힘은 경미한데, 어떻게 관을 쪼개어 열 수 있겠는가? 그것에는 이유가 있다. 장주莊周는 생명에는 달관한 사람이라, 과도하게 염斂을 하려고 하지 않았다. 오동나무 관은 세 치의 두께였으니, 한 번의 도끼질로 한 무더기의 나무토막으로 쪼개졌다. 다시 한 번 도끼질을 하자 관 덮개는 바로 찢겨서 벌어졌다.40)

위의 두 인용문을 통해 전과 후가 전혀 다른 그녀의 의지와 행동을 볼 수 있다. 비록 왕손王孫을 살리기 위하여 한 이러한 행동이 과연 악한 행위인가에 대해서는 논란의 여지가 남아있지만, 그녀가 앞서 강하게 주장했던 여인의 수절을 중시하는 도덕적 관념에서 본다면, 이러한 충동적이면서 파괴적인 감정은 '악성惡性'의 범위에 해당한다고 할 수 있다. 그녀는 장자莊子가 말한 부채로 흙을 말리는 여인 못지않게 왕손王孫에게 재가하고 싶은 마음에 장자莊子의 뇌수를 꺼내려고 하는 과정에서, 그녀의 '정성正性'이 돌연히 '악성惡性'으로 변하게 되는 것이며, 이 변화의 중심에는 전씨田氏의 욕망과 사랑이 자리 잡고 있다. 그녀의 이러한 애정 방식이 과연 올바른 것인가는 좀 더 논의가 필요할 것으로 보이지만, 전씨田氏의 행동이 이처럼 극적으로 바뀌는 것은 중국 소설 작품에서 흔하게 나타나는 현상은 아니다. 결국에는 장자莊子의 시험이었음을 알고 수치스러워 자살하고 마는데, 이것은 사회적 윤리와 도덕적 규범을 위배한 것에 대한 죄의식과 자신의 표리부동한 행동에 대한 수치심, 질

40) 即命老蒼頭伏侍王孫, 自己尋了砍柴板斧, 右手提斧, 左手携燈, 往後邊破屋中, 將燈檠放於棺蓋之上。覷定棺頭, 雙手擧斧, 用力劈去。婦人家氣力單微, 如何劈得棺開?有個緣故, 那莊周是達生之人, 不肯厚斂。桐棺三寸, 一斧就劈去了一塊木頭。再一斧去, 棺蓋便裂開了。(《警世通言》第二卷〈莊子休鼓盆成大道〉)

책에 대한 중압감에서의 해방과 잘못을 되돌리고 싶은 욕망의 발원이 복합적으로 드러난 것이라고 할 수 있다. 특히 그의 '선택적 자기희생'은 '악惡'에서 '정正'으로 회귀하고자 하는 의지의 표현이라고 할 수 있다.

이처럼 그녀의 성격이 '정正-악惡-정正'으로 변화하는 것은 작품의 줄거리 전개에 있어서 긴요하게 작용한다. 이러한 구조는 작품의 줄거리를 주도적으로 이끌면서, 반전을 통해 드러내고자 하는 주제를 집중적으로 부각시키고 있다. 사실 이 작품의 줄거리 전개는 장자莊子에 의해서 이끌어지는 것이 아니라, 전씨田氏에 따라 진행된다고 해도 과언이 아니다. 그녀의 본성本性과 행위行爲가 어떻게 변하는지는 보여줌으로써 인물 성격의 가변성을 여실히 드러내고 있다. 이 작품에서 전씨田氏는 장자莊子의 유유자적하고 기인한 행동에 가려져 있는 인물이 아니라, 오히려 장자莊子보다 더 생동적이고 진실한 모습을 보여준다.

이상으로 본성本性과 행위行爲가 '정正-악惡'으로 변하는 인물을 중심으로 그 변화하는 특징을 살펴보았다. 모두 '의義'를 어떻게 지키고자 하였고, 그 '의義'와 욕망의 충돌을 통해 인물의 성격이 어떻게 바뀌는지 보여주고 있다. '악성惡性'은 '의義'의 실현에서 '음욕淫慾'의 종속으로의 전환되어 사회 규범의 제한을 넘거나, 윤리 도덕의 가치를 거부하는 '악행惡行'으로 나타난다. 이러한 인물의 성격과 행동의 변화는 작품의 줄거리를 더욱 굴곡지게 만들고 인물의 다양한 측면을 복합적으로 드러내고 있다. 뿐만 아니라, 작품의 전개가 인물의 역할과 형상에만 한정되지 않고, 작품의 구조와 내용에 적극적으로 반응하고 있음을 보여준다. 획일적이고 고정적인 인물의 성격에서 벗어나 이성과 욕망사이에서 갈등하고 고민하는 인물을 제시함으로써 작품 속의 인물을 생동하고 활약하는 형상으로 이해할 수 있도록 돕고 있다. 이러한 면은 실제 현실 생활의 다양한 인간상을 가장 적절하게 표현해낸 것과 동시에 인간의 내면에 존재하는 '복종服從'과 '거부拒否', '순수純粹'와 '타락墮落', '선성善性'과 '악성惡性'사이에서 서로 갈등하고 충돌하는 과정을 교묘하게 드러낸 것으로 볼 수 있다. 그러므로 인물의 이러한 성격 변화는 인물의 내면에 존재하는 다양하고 복잡한 특징을 구체적으로 살펴볼 수 있는 중요한 방식이라고 할 수 있다.

5. 평平-악惡: 평범한 인물의 부정적 변화

소설 작품 속 인물 중에서 주요인물을 제외하고 대부분이 보조인물과 배경인물로 구성되어 있다. 인물의 성격 변화 유형인 '진眞-악惡-정正'과 '정正-악惡'에서는 보조인물보다는 주요인물을 중심으로 나타나고 있는데, '평平-악惡'의 유형에서는 보조인물이 주를 이룬다. 이들은 작품의 전체 줄거리를 이어나가는데 있어서 주도적인 역할을 하기 보다는 다른 주요인물을 돕거나, 작품의 배경을 제시하거나 혹은 줄거리의 곡절함을 배가시키는 역할을 하고 있다. 그들은 주요인물 위주의 긴장된 관계와 장면 속에서 해학적으로 그려지거나 첨예한 대립 국면에서 완충적인 역할을 수행한다. 이러한 인물의 성격 변화는 일반 독자들에게 친근감과 동질감을 느끼게 하여 작품에 대한 몰입성을 증가시키기도 한다. 작품 속에서 그려지는 평범한 인물은 '선善'이나 '악惡'의 어느 한 방향에 치우치지 않는 '인정人情'과 '정리情理'를 가지고 있는 것이 보통인데, 비록 이들이 선한 감정을 가지고 있다고 하지만 '진성眞性'과 '정성正性'과 같이 확고하고 분명한 인생관을 가지고 있지는 않고, 그렇다고 사회에서 용납하기 힘든 비윤리적 죄악이나 패륜적 악행을 저지르는 경우도 드물다. 이와 같이 현실적 조건에 따라 유동적이고 가변적인 특징을 보여주는 성격을 '평성平性'이라고 볼 수 있는데, 이처럼 일반적인 성격을 소유한 인물은 대개 보편적 인정을 가지고 있는 것이 대부분이다. 하지만 간혹 자신의 처지와 환경의 변화에 따라 사소한 실수나 과오過誤로 인해 이전과는 전혀 다른 성격의 소유자로 바뀌기도 한다. 이러한 변화에는 긍정적인 면('진眞 혹은 '정正')과 부정적인 면('악惡')을 모두 포함하고 있는데, '악惡'으로의 변화는 부정적 면이 구체화된 것이다. '진眞'과 '정正'에서 '악惡'으로 바뀌는 경우처럼 극적인 변화를 보여주기 보다는 이미 '평平'이란 성격 자체에 어느 정도 변화 가능성을 내포하고 있으므로 앞의 두 경우처럼 돌발적이고 극적인 변화를 보이지는 않는다. 이들은 자신의 본성을 잘 유지하고 견고하게 할 수도 있지만, 반대로 급변하는 상황에 의해 주관을 상실하고 현실의 이익과 타협하여 실리만을 쫓는 성격으로 바뀌기도 한다. 그러므로 '평平'의 특징은 다른 성격에서 나타나는, 확고한 신념으로 자신을 통제하고 감정을 억제하는 것과는 거리가 멀다. 이러한 성격의 소유자는 항상 우유부단하며 환경이나 조건에 의해 쉽게 변화하는 특징을 보인다. 그렇지만 이러한 특징으로 인하여 오히려 주요인물사이의 긴장관계를 완화하고, 갈등의 강약을 조절하며 줄거리 전개에 리듬감을 부여한다. 또한 사건 해결의 핵심적 단서를 제공하여 원만한 결과를 이끌어 내기도 하지만, 반대로 사건을 더욱 악화시켜 비극적 전개로 이어지는 데 주도적 역할을 수행하기도 한다.

작품 속에서 이들의 성격 변화는 단지 주요인물의 특징을 보완해주는 정도에 그치는 것이 아니라, 주요인물이 사건을 구성하고 그것에 반응하면서 이야기가 전개될 수 있도록 관건적인 역할을 한다고 할 수 있다. 비록 작품의 도입부에서는 이들의 존재가 미미하게 제시되거나, 주요인물에 비해서 매우 간략하게 언급되고 있지만, 이들의 성격과 행동이 작품 속의 내용과 주제, 배경과 구조와 정교하게 맞물려 이후 사건의 전개와 다른 인물의 행동 변화에 적극적으로 작용하고 있다. 이들의 성격 변화는 비교적 고정적인 성격을 보여주는 주요인물에 비해 상반적 이미지와 독특한 개성을 드러내고 있는데, 이러한 특징은 인물의 다양성과 실제성을 부여하기도 하며, 독자의 일반적인 심리적 요구에도 적극 호응하여 홍미를 지속시키기도 한다. 특히 이들은 작품의 전체 줄거리의 진행에 긴밀하게 관여하고 있어서 이들의 성격 변화를 파악하는 것은 작품을 전반적으로 이해하는데 중요한 요소로 여겨지고 있다.

≪삼언三言≫중에서 인물의 성격 변화가 '평平-악惡'의 유형으로 나타나는 작품과 인물로는 ≪유세명언喩世明言≫제39권第三十九卷〈왕신지왕신지일사구전가死救全家〉의 '정표程彪'와 '정호程虎', ≪경세통언警世通言≫제13권第十三卷〈삼현신포용도단원三現身包龍圖斷冤〉의 '소손압사小孫押司', ≪경세통언警世通言≫제20권第二十卷〈계압번금만산화計押番金鰻産禍〉의 '주득周得(주삼周三)', ≪경세통언警世通言≫제37권第三十七卷〈만수낭구보산정아萬秀娘仇報山亭兒〉의 '도철승陶鐵僧', ≪성세항언醒世恆言≫제20권第二十卷〈장정수도생구부張廷秀逃生救父〉의 '서저瑞姐', ≪성세항언醒世恆言≫제6권第六卷〈소수만천호이서小水灣天狐貽書〉의 '야호野狐' 등이 있다.[41] '진眞-악惡-정正'과 '정正-악惡'의 유형에 해당하는 인물보다 많은 이유는 이들이 주요인물보다는 보조인물이기 때문인데, 보조인물로서 이야기의 전개에 관여하므로 다른 유형에서보다 다양하고 복잡한 형태가 나타난다. 이들의 성격 변화는 '정正-악惡'에서 보이는 '의義'의 변화와 유사한 구조는 보이지 않는다. 그것은 어떤 정신이나 윤리관이 투철하고 명확하여 이념의 갈등에서 성격이 변하기보다는, 실제 생활과 활동을 통해서 자신의 가치관이나 행동이 변하는 경우가 많기 때문이다. 그러므로 사회

41) ≪경세통언警世通言≫第13卷〈삼현신포용도단원三現身包龍圖斷冤〉의 '소손압사小孫押司', ≪성세항언醒世恆言≫第20卷〈장정수도생구부張廷秀逃生救父〉의 '서저瑞姐', ≪성세항언醒世恆言≫第6卷〈소수만천호이서小水灣天狐貽書〉의 '야호野狐' 등은 '평平-악惡'으로 변화하는 과정에서 '악惡'의 성격을 명확하게 드러낸다. 하지만 '평平'의 본성과 행동을 나타내는 것에 있어서는 간략하게 언급되거나 모호하게 묘사되는 경우가 많아 '평平'의 개성을 뚜렷하게 보여주지 못하고 있다. 하지만 '평平'의 본성과 행동의 강약 정도를 떠나서 생각해 본다면, 모두 '평平-악惡'의 변화과정을 보여주고 있다고 할 수 있다.

규범이나 종교 의식, 혹은 도덕관념이 확고한 인물이기보다는 언제든지 현실의 이익과 상황에 따라 적절하게 반응하기 때문에 다른 인물에 비해서 성격 변화가 용이하게 일어난다.

앞에서 열거한 여러 작품 중에서 비교적 '평平-악惡'의 변화 과정을 구체적이고 직접적으로 보여주는 작품과 인물로는 ≪경세통언警世通言≫ 제20권第二十卷〈계압번금만산화計押番金鰻産禍〉의 '주득周得(주삼周三)('과오過誤'→'죄과罪過'/'패행悖行')', ≪경세통언警世通言≫제37권第三十七卷〈만수낭구보산정아萬秀娘仇報山亭兒〉의 '도철승陶鐵僧('과오過誤'→'죄과罪過')', ≪유세명언喩世明言≫제39권第三十九卷〈왕신지일사구전가汪信之一死救全家〉의 '정표程彪와 정호程虎('과오過誤')' 등이 있다.

먼저 ≪경세통언警世通言≫제20권第二十卷〈계압번금만산화計押番金鰻産禍〉의 주득周得(주삼周三)을 살펴보면, 그는 본래 선한 본성本性을 가지고 있었고 근면하고 성실한 사람이었지만, 나중에는 자신을 구제해 준 은인恩人을 살해하는 악행을 저지르고 타락하는 인물로 변한다. 자세한 줄거리를 살펴보면, 계안計安 부부와 딸 경노慶奴는 정강靖康 연간 병오년丙午年에 임안臨安으로 피난을 오게 되는데, 임안臨安에 도착하여 생계를 꾸리기 위하여 주점을 연다. 주점의 심부름꾼으로 주득周得을 고용하는데, 그는 외지인으로 어려서부터 부모 없이 임안臨安 여기저기를 떠돌며 구걸하며 살아왔다. 그는 계안計安의 주점에서 성실하게 생활하였는데[42] 계안計安 부부 몰래 경노慶奴와 정을 통하고 경노慶奴가 임신을 하게 되자, 계안計安은 어쩔 수 없이 그를 사위로 맞이하게 된다. 그러나 계안計安과 주득周得 사이에 불화가 생겨 결국 周得은 쫓겨나게 된다. 후에 경노慶奴는 척청戚青에게 재가하지만 부부가 밤낮으로 싸워서 그녀를 다시 집으로 돌려보내게 된다. 이어서 고우군주부高郵軍主簿인 이유李由의 첩

---

42) 那周三直是勤力, 卻不躲懶。(≪警世通言≫第二十卷〈計押番金鰻産禍〉)

으로 들어가지만, 정실의 구박으로 따로 몰래 나가 살게 된다. 그녀는 또다시 이유李由의 심복인 장빈張彬과 정을 통하게 되었는데, 이유李由의 아들 불랑佛郎에게 발각되자 그를 목 졸라 살해하고 장빈張彬과 멀리 도망간다. 경노慶奴는 여기저기에서 노래를 하며 생계를 유지하는데, 이때 주득周得을 다시 만나게 되어 옛 정을 회복한다. 주득周得은 그녀에게 자신의 과거에 대해서 이야기하는데, 사실 주득周得이 계안計安의 주점에서 쫓겨난 후 이리 저리 떠돌았지만 별다른 생계수단을 찾지 못하고 추위와 굶주림에 떨게 되었고, 계안計安이 이러한 사정을 알고 옛 정을 생각하여 그에게 따뜻한 술을 대접하고 돌려보낸다. 그러나 주득周得은 거리에 나와 '이 추운겨울을 어떻게 날 것인가?'를 생각하다가 몰래 계안計安의 집에 들어가 재물을 훔치기로 작정한다. 그러나 얼떨결에 계안計安 부부를 죽이게 된다. 한편 장빈張彬은 병이 들었으나 경노慶奴와 주득周得이 다시 놀아나는 것을 보고 화병이 나서 죽게 된다. 주득周得은 훔쳐서 가지고 나온 재물을 모두 다 탕진하고 생계가 막막해지자, 경노慶奴는 다시 노래를 하러 다니며 생계를 이어간다. 이때 이유李由이 파견한 사람들에게 잡혀 경노慶奴와 주득周得은 법의 심판을 받게 된다.

  주득周得은 작품의 전반부에 등장하고, 중반부에는 경노慶奴를 중심으로 이야기가 전개되다가 후반부에 이르러서 다시 나타난다. 전반부에 묘사되어 있는 주득周得은 성실하고 근면한 인성을 가졌지만, 후반부에서는 사리사욕과 욕정에 치우친 몰락한 인물로 그려지고 있다. 그의 이러한 전과 후의 다른 모습은 작품 속에서 상당히 구체적으로 묘사되어 있는데, 선한 인물이 실제적으로 환경의 변화에 의해서 어떻게 변모해 가는가를 여실히 보여주고 있다. 사실, 그가 계안計安에게 따뜻한 술을 대접받았을 때만 하여도 그는 마음에는 선한 본성이 남아있었다. 그러나 그가 계안計安의 집에서 나올 때에는 마음의 동요가 일어난다.[43] 살아가기 막막한 현실의 자신을 돌아보는 순간 '보은報恩'보다는 '탐욕貪慾'이 일

어나는 것이다.[44]

    주삼周三은 말하였다. "역시 나의 죄악이로구나! 그가 나를 불러 들여 술까지 주었는데, 알고 보면 그 집안사람들이 나쁜 것이 아니라, 모두 내 스스로가 이러한 고통을 초래한 것이구나." 길을 가면서 생각하였다. '지금과 같은 처지가 되었으니 어찌하면 좋단 말인가? 늦가을이 왔는데, 이번 겨울은 어떻게 보낸단 말인가?' 자고로 사람이 궁지에 몰리면 계책計策이 생겨난다고 하였는데, 갑자기 생각이 떠올랐다. '차라리 밤이 깊을 때까지 기다렸다가 계計어르신집 문을 밀어 놓아두는 것이 낫겠다. 그 노인네 둘은 또한 일찍 잠들기에 나를 막지 못할 것이야. 쓸 만한 물건을 들고 나와 그것으로 겨울을 보내야지.' 가는 길은 조용하여 그다지 시끌벅적하지 않았다. 길을 돌아 나와 잠시 기다렸다가, 문을 밀어 놓고 몸을 비켜 세워 안으로 들어가서 바로 문을 닫았다. …… 부뚜막 가에 가서 더듬어 칼을 손에 쥐고, 컴컴한 곳에서 서 있었다. 계안計安은 아무런 사정도 모른 채 방문을 나와서 살펴보았는데, 주삼周三은 그를 한발자국 지나가게 한 뒤 뒤통수를 내리쳐서 칼로 베었다. 계안計安은 그대로 바로 땅에 쓰러져서 목숨이 황천길로 갔다. 주삼周三은 말하였다. "단지 이 할멈만 남았으니, 차라리 잡아다가 죽여 버리자." 소리를 내지 않고 침상위로 올라가서 휘장을 열어젖히고 압번낭押番娘(계안計安의 부인)을 죽였다. 등불을 켜고 집안의 돈이 되는 것들과 보따리를 모두 챙겨서 가지고 나왔다. 한밤중에 이리저리 허둥대었다. 주삼周三은 보따리를 매고 문을 (밖에서)거꾸로 잡아 당겨 닫았다. 천천히 북관문北關門으로 빠져 나갔다.[45]

---

43) 周三道: "也罪過, 他留我喫酒, 卻不是他家不好, 都是我自討得這場煩惱."(《警世通言》第二十卷〈計押番金鰻産禍〉)

44) 처음에 주득周得은 고아로서 힘든 어린 시절을 보낸다. 다행히 계안計安 부부를 만나 적당한 일자리를 찾게 되자, 성실히 그 일을 하게 된다. 그리고 이어서 계안計安 부부의 사위가 되지만, 계안計安 부부와 뜻이 맞지 않아 쫓겨나게 된다. 그가 구걸하며 저잣거리를 떠돌아다닐 때 계안計安을 다시 만나 술을 대접받는다. 그는 계안計安의 집에서 나오면서 자책과 반성을 하게 된다. 하지만 곧 자신의 처지를 비관하면서 밤에 다시 계안計安의 집으로 들어가게 되고, 단지 재물만 가지고 나오려다가 계안計安 부부를 죽이게 된다.

45) 周三道: "也罪過, 他留我喫酒, 卻不是他家不好, 都是我自討得這場煩惱." 一頭走,

  그의 이러한 극적인 변화는 그가 윤리에 대한 본성과 의지가 굳건하지 못하고 유약하다는 점을 반증하는 것이라고 할 수 있다. 또한 이러한 본성은 평범한 성격이라는 점에서 '진眞'과 '정正'과도 구별된다. 이후 단순히 계안計安 부부의 살인사건이 묻혀 질 수 있는 것을 작품의 후반부에 주득周得이 다시 나타나 새로운 국면으로 전개된다. 이때 만난 경노慶奴 부부는 이전의 상황과는 많이 다르다. 둘 다 살인의 죄를 저질렀고(계안計安 부부: 주득周得, 불랑佛郎: 경노慶奴), 현실적 사욕과 욕망에 물들여진 타락한 (병이 난 장빈張彬을 옆에 두고 경노慶奴와 주득周得이 정을 통하고, 훔쳐온 재물로 방탕하게 생활하는) 형상을 보여주고 있다. 이와 같이 주득周得은 선한 인물에서 재물과 음욕에 어두운 인물로 변화하는 모습을 보여주고 있는데, 이러한 변화는 주득周得이 확고한 신념이나 가치관을 가지고 있는 인물이 아니라, 경제적 궁핍과 현실적 처지에 의해 언제든지 그러한 신념이 바뀔 수 있음을 시사하고 있다고 할 수 있다. 이처럼 작품 속에서 선한 인물과 악한 인물은 일률적으로 선하거나 악한 인물로 영원히 남는 것이 아니라, 상황과 배경에 따라 얼마든지 변할 수 있는 가능성을 보여준다. 주득周得은 비록 주요인물은 아니지만, 주요인물과 호흡을 같이하고 작품의 주제인 '권선징악勸善懲惡', '인과응보因果應報'의 관념을 부각시키는데 주요한 역할을 하고 있다. 그의 등장으로 인해 줄거리는 더욱 흥미진지하게 전개되며, 그로 인해 야기된 반전의 연속과 의외의

一頭想: "如今卻是怎地好?深秋來到, 這一冬如何過得?"自古人極計生, 驀上心來: "不如等到夜深, 撥開計押番門。那老夫妻兩個又睡得早, 不防我。拏些個東西, 把來過冬。"那條路卻靜, 不甚熱鬧。走回來等了一歇, 撥開門閃身入去, 隨手關了。……去那竈頭邊摸著把刀在手, 黑地裡立著。押番不知頭腦, 走出房門看時, 周三讓他過一步, 劈腦後便剁。覺得褙子, 劈然倒地, 命歸泉世。周三道: "只有那婆子, 索性也把來殺了。"不則聲, 走上牀, 揭開帳子, 把押番娘殺了。點起燈來, 把家中有底細軟包裹都收拾了。碌亂了半夜, 周三背了包裹, 倒拽上門。迤邐出北關門。(≪警世通言≫第二十卷〈計押番金鰻產禍〉)

사건 해결은 작품의 재미를 한층 더 증폭시키고 있다.

〈계압번금만산화計押番金鰻産禍〉의 주득周得이외에 이와 비슷한 성격 변화를 보이는 인물로는 ≪경세통언警世通言≫제37권第三十七卷〈만수낭 구보산정아萬秀娘仇報山亭兒〉의 도철승陶鐵僧이 있다. 그는 만원외萬員外의 찻집에서 어려서부터 일하기 시작하여 14, 5년 동안 차 심부름을 하였 다.[46] 어느 날 만원외萬員外가 주렴 뒤에서 몰래 살펴보니, 도철승陶鐵僧 이 4, 50전錢을 주머니에 넣는 것을 목격하게 된다. 만원외萬員外는 도철 승陶鐵僧이 찻집에서 일하는 동안 270관貫을 훔쳤다고 질책하면서 그를 내쫓아버린다. 만원외萬員外는 여기서 그치지 않고 인근의 찻집에도 손 을 써서 그가 다른 찻집에서도 일을 못하게 하였다. 도철승陶鐵僧은 가지 고 있는 얼마 되지 않는 돈이 다 바닥나고, 날씨가 점점 추워지는데, 얇은 의복은 다 헤져서 속살이 보일 정도로 비참한 처지가 되었다. 그는 만원외萬員外의 박정함에 불만을 터트리며, 그를 매우 미워하게 되었 다.[47] 어느 날 길거리를 방황하다가 짐꾼을 통해 만삼원외萬三員外의 딸 만수낭萬秀娘이 남편을 여의고 친정으로 돌아온다는 사실을 알게 된다. 그가 하릴없이 길을 가다가 도적 묘충苗忠과 만나게 되고 그 사실을 알려 준다. 그는 묘충苗忠, 대자초길大字焦吉과 더불어 친정으로 돌아오는 만수

---

46) 家裡一個茶博士, 姓陶, 小名叫做鐵僧, 自從小時縮著角兒, 便在萬員外家中掉盞 子, 養得長成二十餘歲, 是個家生孩兒。(≪警世通言≫第三十七卷〈萬秀娘仇報山 亭兒〉)

47) 心下自道: "萬員外忒恁地毒害! 便做我拿了你三五十錢, 你只不使我便了。'那個 貓兒不偸食', 直吩咐盡一襄陽府開茶坊底教不使我, 致令我而今沒討飯喫處。這一 秋一冬, 卻是怎地計結?做甚麼是得?"正恁地思量, 則見一個男女來行老家中道: "行老, 我問你借一條匾擔。"那個周行老便問道: "你借匾擔做甚麼?"那個哥哥道: "萬 三員外女兒萬秀娘, 死了夫婿, 今日歸來。我問你借匾擔去挑籠仗則個。"陶鐵僧自 道: "我若還不被趕了, 今日我定是同去搬擔, 也有百十錢撰。"當時越思量越煩惱, 轉恨這萬員外。(≪警世通言≫第三十七卷〈萬秀娘仇報山亭兒〉)

낭萬秀娘을 습격하여 동생인 만소원외萬小員外와 노복인 주길周吉을 죽이고 재물을 탈취하고 만수낭萬秀娘을 산채부인山寨夫人으로 삼는다. 후에 대자초길大字焦吉은 만수낭萬秀娘을 다시 장원莊園에 팔아넘기고, 그 장원莊園에서 만수낭萬秀娘은 자진하려 했으나 의협심을 가진 윤종尹宗을 만나게 된다. 윤종尹宗의 도움으로 탈출하지만 다시 붙잡히게 되고, 합가哥의 도움으로 관병이 나타나 도적 일당을 소탕하면서 대자초길大字焦吉, 묘충苗忠, 도철승陶鐵僧 등은 참수를 당한다.

이 작품에서 도철승陶鐵僧은 〈계압번금만산화計押番金鰻産禍〉에서의 주득周得과 비슷한 성격 변화를 보이고 있다. 그는 비록 周得과 같이 선한 본성을 가지고 있는 것은 아니지만, 그렇다고 악한 본성本性을 가지고 있는 것도 아니다. 그는 평범하게 자신의 맡은 일을 하는 인물이다. 그렇기 때문에 14, 5년 동안 한 곳에서 일을 할 수 있었던 것이다. 그러나 조그마한 잘못으로 인하여 찻집에서 쫓겨나고 다른 곳에서도 일할 수 없게 만드는 만원외萬員外의 몰인정함과 주도면밀함에 분노를 느끼면서, 그가 평상시 가지고 있던 평범하고 소박한 마음에는 이내 동요가 일어난다. 결국 그는 묘충苗忠과 작당을 하여 만수낭萬秀娘 일행을 급습하게 되는데, 나중에는 살인에까지 가담하게 된다.

> 만소원외萬小員外와 만수낭萬秀娘은 말하였다. "만약 장사壯士께서 원하신다면 모두 가져가셔도 무방합니다." 대자초길大字焦吉은 바구니를 매고 마침 숲 속으로 들어가려고 하였는데, 만소원외萬小員外가 소리치는 것을 들었다. "철승鐵僧, 알고 보니 네놈이 나를 약탈한 것이구나!" 초길焦吉는 놀라서 짐을 내려놓고 말하였다. "여간내기가 아닌데, 만약 저들을 돌려보낸다면, 다음날 양양부襄陽府에 가서 일러바칠 것인데, 철승鐵僧 한 놈을 잡아가면 우리 두 명은 어떻게 계책計策을 세운단 말인가?" 이들(대자초길大字焦吉, 대관인大官人)은 소원외小員外를 쫓아가서 손으로 칼을 들어올려 "착!"하고 소리를 냈다. 소원외小員外를 보니: 몸은 마치 버들개지마냥 날렸고, 목숨은 연사(연뿌리에서 나는 실)와 같이 곧 끊겨졌네.[48]

도철승陶鐵僧은 원래 나쁜 성격의 소유자는 아니지만, 만원외萬員外의 집요함과 고지식함에 치를 떨면서 악행을 저지르게 된다. 그의 분노는 평범함 본성과 행동 원칙을 가진 인물이 궁지에 몰렸을 때 나타날 수 있는 극악한 형태라고 볼 수 있지만, 이러한 감정이 구체적으로 대자초길大字焦吉 무리와 의기투합하고 살인을 저지르는 데까지 적극 가담하는 것은 전적으로 개인의 본성에 이미 그것에 부합하는 특징을 내재하고 있었기 때문이기도 하다. 도철승陶鐵僧은 비록 사건이 일어날 수 있는 계기와 단서를 제공하고 있지만, 정작 사건이 빠르게 진행될 때에는 뒤로 물러나 있다. 사건이 발생하자 더 이상 그의 의도와 행동은 중요하게 작용하지 않는다. 중·후반부에 갈수록 그가 정면에 등장하지 않고 다른 악인인 묘충苗忠, 대자초길大字焦吉의 악행을 묘사할 때, 추가로 언급되고 있을 따름이다. 하지만 그의 이러한 성격 변화는 작품의 줄거리에 크게 영향을 미치는데, 그의 출현은 작품의 도입부에 있어서 사건을 발생시키고 다음 사건을 이끌어가는 중요한 역할을 담당한다. 그의 이러한 변화는 평범한 인물이 상황과 처지에 따라 불순한 동기가 드러나고 그것이 어떻게 극악한 형태로까지 확장되는지를 명확하게 그려내고 있다.[49]

≪유세명언喩世明言≫제39권第三十九卷〈왕신지일사구전가汪信之一死救全家〉의 정표程彪와 정호程虎 형제도 다른 인물과 마찬가지로 '평平-악惡'

---

48) 那萬小員外和萬秀娘道: "如壯士要時, 都把去不妨。"大字焦吉擔著籠子, 卻待入這林子去, 只聽得萬小員外叫一聲道: "鐵僧, 卻是你來劫我！"嚇得焦吉放了擔子道: "卻不利害, 若放他們去, 明日襄陽府下狀, 捉鐵僧一個去, 我兩個怎地計結?"都趕來看著小員外, 手起刀舉, 道聲: "著！"看小員外時:身如柳絮飄颺, 命似藕絲將斷。(≪警世通言≫第三十七卷〈萬秀娘仇報山亭兒〉)

49) 만원외萬員外의 지독한 처벌과 집착이 오히려 도철승陶鐵僧을 자극하게 되고 이것으로 말미암아 만원외萬員外는 소중한 생명 둘을 잃게 된다. 도철승陶鐵僧의 성격 변화를 통해서 잘못에 대한 '과도한 처벌'이 어떻게 악행惡行을 촉발시키고 비극적 상황을 재현하는지 그 과정을 상세히 보여주고 있다.

의 성격 변화 과정을 보여주고 있다. 하지만 〈계압번금만산화計押番金鰻産禍〉의 주득周得과 〈만수낭구보산정아萬秀娘仇報山亭兒〉의 도철승陶鐵僧의 경우처럼 인륜의 도리를 저버려 패륜의 악행을 저지르거나 혹은 자신의 이익을 위해 남의 생명을 빼앗는 것은 아니다. 그들은 단지 재물에 눈이 어두워 왕신지汪信之가 반란을 일으킨다고 모함하였는데, 이러한 거짓말이 나중에는 엄청난 결과를 불러일으킨다. 비록 그들이 직접적으로 남에게 상해를 입히거나 그것에 해당하는 직접적인 행동을 한 것은 아니지만, 그들의 '과오過誤'는 이미 악한 면모를 충분히 보여주고 있다.

정표程彪와 정호程虎 형제의 출신 내력을 중심으로 작품의 내용을 살펴보면, 강회江淮 선무사宣撫使 황보척皇甫倜은 사방으로 영웅호걸을 불러들였는데, 그 중에서 용맹한 자를 선발하여 후하게 대접하면서 밤낮으로 그들을 훈련시켰다. 이를 '충의군忠義軍'이라고 불렀다. 그는 후에 재상인 탕사湯思의 모함을 받아 면직당하고 유광조劉光祖가 대신 직을 이어 받는다. 유광조劉光祖는 황보척皇甫倜과 달리 유약하고 겁이 많을 뿐만 아니라 전적으로 재상인 탕사湯思에게 아첨하고 있어서 적극적으로 황보척皇甫倜의 뜻을 펴기보다는 소극적으로 대처하였다. 나중에는 '충의군忠義軍'을 해산하여 모두 집으로 돌려보낸다. 여기에 정표程彪, 정호程虎 형제가 있었는데, 그들은 무예가 출중하여 그 재능을 펼치고자 든든한 후원자를 찾았지만 그것 또한 여의치 않았다. 그들은 유광조劉光祖에 의해서 쫓겨나고 평상시 비축하였던 돈은 모두 다 써버리자 하는 수 없이 홍공洪恭을 찾아간다. 홍공洪恭은 그들을 汪信之에게 소개한다. 정표程彪, 정호程虎 형제는 왕신지汪信之를 찾아가고, 왕신지汪信之의 아들인 왕세웅汪世雄에게 무예를 가르친다. 왕신지汪信之가 조정에 충언하는 일로 임안臨安에 오랫동안 머무르게 되고, 정표程彪, 정호程虎 형제는 왕신지汪信之의 귀향을 기다리다가 지쳐서 그냥 떠나고자 한다. 왕세웅汪世雄은 아버지가 멀리 떠나 있어서 자기 마음대로 재물을 나누어 줄 수 없어서 그저 인사치레 정도로 답례를 한다. 정표程彪, 정호程虎 형제는 다시 홍공洪恭을 찾아가 의탁하고자 하나, 홍공洪恭의 부인에게 모욕을 당한다. 그들은 왕세웅汪世雄에게 선물을 적게 받은 것과 홍공洪恭 부인의 멸시를 받은 것에 불만을 품고 왕신지汪信之와 홍공洪恭이 내통하여 반란을 일으키려한다고 모함하였다. 이것으로 인해 관군과 왕신지汪信之가 대처하면서 많은 인명이 희생당하는데, 왕신지汪信之가 자수하면서 정표程彪, 정호程虎 형제의 거짓말이 탄로 나서 처벌을 받는 것으로 이야기는 마무리되고 있다.

이 작품에서 정표程彪, 정호程虎 형제가 어떻게 잘못을 저지르는지 분명하게 묘사되고 있다. 그들은 처음에는 '충의군忠義軍'에 들어갈 정도로 '충성忠誠'과 '의리義理'를 갖춘 인물들이었다. 물론 이것은 든든한 후원자의 지원이 뒷받침되었기 때문이지만, 그 이전에 그들은 조건 없이 나라에 충성하고자 하는 마음가짐이 이미 밑바탕을 이루고 있었다. 이러한 점에서 본다면 그들의 성격이 악한 성격보다는 오히려 평범한 성격을 가지고 있었음을 어렵지 않게 추측할 수 있다. 이렇게 황보척皇甫倜의 후원에 길들여진 그들은 다시 지원자를 찾게 되는데, 왕신지汪信之의 집에서 왕세웅汪世雄을 가르치면서 어느 정도의 대가를 기대하였다. 그들은 이때 아직까지 어떤 악한 본성本性과 행위行爲를 드러내고 있지는 않았지만, 한편으로는 재능의 인정과 경제적 지원 여부에 따라서 언제든지 변화할 수 있는 가능성을 내포하고 있었다. 이 점은 그들이 확고하고 분명한 윤리관과 가치관을 가지고 있는 것이 아니라, 자신의 능력을 인정하고 그것에 걸맞은 경제적 지원과 같은 현실적 대우와 조건에 따라 좌우되는 성격의 소유자임을 암시하는 것이기도 하다. 이러한 '평平'의 성격은 자신에게 돌아갈 재물의 양과 보답이 예상을 빗나가거나 적절하지 못하면 언제든지 악의 속성을 드러낸다. 그들이 예상했던 답례에 대한 희망과 기대는 실제로 왕세웅汪世雄이 건넨 선물을 보고서 여지없이 무너져 버리고, 더불어 홍공洪恭 부인의 모멸적 언사를 듣고 난 뒤 왕신지汪信之와 홍공洪恭에 대한 불만은 더욱 가중되었다. 특히 왕신지汪信之에 대한 분노는 갈수록 거세어져서 그에 대한 원망의 심정을 노골적으로 드러냈다.

> 술을 사서 서로 마시며, 각자 원망의 말을 쏟아냈다. 정호程虎가 말하였다. "왕세웅汪世雄이 3살 먹은 어린애도 아닌데, 설마 100관貫 정도의 돈 조차도 마음대로 쓸 수 없단 말인가? 결국 이렇게 가난한 체하며 구실을 대니, 사람을 하찮게 보는 것이 아니겠습니까!" 정표程彪가 말하였다. "그 애가 비록 경박하지만, 그래도 약간의 안면과 정이 있다네. 원망스러운 왕혁汪革가 특별히 만류하여 우리 뜻대로 가지 못하게 하더니만, 수개월이 지나도 서신조차 보내지 않네. 단지 그가 돌아올 때까지 기다렸다가 우리를 전송한다면, 설마 10년 동안 돌아오지 않는다면, 그를 10년 동안 기다려야 한단 말인가?" 정호程虎가 말하였다. "재력에 기대어 시골 촌구석을 마음대로 하는 이들은 본래부터 재물을 가벼이 여기고 손님을 좋아하는 맹상군孟嘗君은 아니지요. 그 아버지가 먼 곳으로 출타했을 때, 아들이 돈 한 푼 마음대로 손댈 수 없는 것으로 봐서 필경 별 볼일 없는 집안인 것 같군요." …… 정호程虎가 보고 난 다음에 크게 노하였다. "당신네가 부호이기에 특별히 당신에게 몸을 의탁하였다. 많은 금과 비단으로 우리와 친분을 맺는다면 먼 훗날이 지나도 서로 만날 일이 있을 것이다. 또한 우리가 인부로 고용되어 대역을 하러 온 것도 아닌데 언제까지 기다려야 한단 말인가? 오히려 말하기를, '매우 시간이 촉박하여 떠납니다.'나 '후한 선물을 주지 못합니다.'는 것으로 미루어 보면, 생각이 원래부터 가벼운 것입니다.(우리를 하찮게 본 것입니다.)" 정호程虎는 바로 서신을 갈가리 찢어서 태워 없애려고 하였으나, 정표程彪는 그렇게 하지 않으려고 하였고, 원래대로 보관하였다.[50]

---

50) 沽酒對酌, 各出怨望之語. 程虎道: "汪世雄不是個三歲孩兒, 難道百十貫錢鈔, 做不得主?直恁裝窮推故, 將人小覷!" 程彪道: "那孩子雖然輕薄, 也還有些面情. 可恨汪革特地相留, 不將人爲意, 數月之間, 書信也不寄一個. 只說待他回家奉送, 難道十年不回, 也等他十年?" 程虎道: "那些倚著財勢, 橫行鄉曲, 原不是什麼輕財好客的孟嘗君. 只看他老子出外, 兒子就支不動錢鈔, 便是小家樣子." ……程虎看罷, 大怒道: "你是個富家, 特地投奔你一場, 便多將金帛結識我們, 久後也有相逢處. 又不是雇工代役, 算甚日子久近?卻說道, '欲行甚促', '不得厚贈', 主意原自輕了."

그들이 처음에 가졌던 마음과 행동은 그저 평범한 군인, 현실적인 지원에 비교적 만족하는 정도에 그쳤지만, 왕신지汪信之와 홍공洪恭의 처우와 현재의 자신의 처지에 대한 불만이 악한 감정을 자극하여 '모반謀反'을 빌미로 왕신지汪信之와 홍공洪恭의 파멸을 이끌어 내고자 했던 것이다. 이때 그들에게 내재해 있는 심리와 드러난 행동 모두 '악성惡性'으로 굴절되어 표출되고 있다. 비록 다른 작품의 경우처럼 직접적으로 인명을 해하거나 악행을 저지르는 것은 아니지만, 이러한 모략과 결탁을 통해서 왕신지汪信之에게 치명적인 상처를 입힌다. 이와 같이 소극적 감정을 소유한 인물의 편협한 시각과 의도가 구체적으로 어떠한 형태로 표현되며, 어떻게 엄청난 사건으로 확장되어 다른 이들에게 고통과 불행을 안겨주는지를 상세하게 보여주고 있다.

정표程彪, 정호程虎 형제와 같이 이러한 보조인물의 성격과 행동의 변화는 이후 사건을 전개하고 작품의 줄거리가 급속하게 전환시키는데 큰 동력을 제공하고 있다. '악성惡性'의 과정이 구체적인 행동으로 드러나든 그렇지 않든 간에 그들의 언행은 줄거리의 전개와 변화에 긴밀하게 관여한다. 작품에서는 정표程彪, 정호程虎 형제의 성격이 '평平-악惡'으로 변화되는 모습을 그대로 드러내고 있는데, 이러한 과정은 그들의 심리적 특징과 작품 속에서의 역할과 작용을 다각적으로 파악하는데 중요한 역할을 한다. 또한 작품의 주제와 구조를 이해하고 배경과 인물을 복합적으로 연계하여 전체적으로 작품의 예술성을 이해하는데 도움을 주고 있다.

이상으로 '평平-악惡'으로 변하는 인물의 성격 변화를 살펴보았다. 이러한 작품은 성실하고 근면한 인물, 혹은 일반적이고 평범한 인물이 상황에 따라 전혀 다른 형상으로 변하는 과정을 구체적으로 보여주고 있

程虎便要將書扯碎燒毁, 却是程彪不肯, 依舊收藏了。(≪喩世明言≫第三十九卷〈汪信之一死救全家〉)

다. 인물의 본성과 행동이 '선성善性'을 실현하는데 확고하거나 분명하지 않고, 또한 투철한 가치관을 가지지 못한 경우는 언제든지 현실적 어려움과 유혹에 쉽게 미혹될 수 있음을 증명하는 것이기도 하다. 이러한 인물과 이들의 성격 변화는 영웅호한이나 재자가인才子佳人위주의 고전 소설에서보다 오히려 독자들에게 친근감을 가지게 만든다. 상상과 이상 속에서만 존재하는 인물이 아니라, 언제든지 현실의 이익에 쉽게 반응하고 타협하는 평범한 인물이야말로 현실 속에 살아있는 인물인 셈이다. 이 작품은 이러한 인물 형상을 창조함으로써 획일적인 인물 유형에 다양하고 복잡한 개성을 부여하고, 본성本性과 행위行爲의 변화를 통해서 인물의 새로운 면을 부각시키고 있다.

6. 나오는 말篇尾

이상으로 작품 속의 인물이 선한 상태에서 악한 상태로 변화하거나, 혹은 그 이후에 다시 '선성善性'으로 일부 회귀하고자하는 과정을 통해서 어떻게 '선善'에서 '악惡'으로의 전이轉移가 일어나는지 다각도로 살펴보았다. 이러한 변화과정을 통해서 알 수 있는 것은 작품 속 인물이 작품의 어느 한 국면, 어느 한 단계에서 고정되어 있는 것이 아니라 언제든지 바뀔 수 있으며, 이러한 변화가 가능한 인물이야 말로 작품의 줄거리를 좀 더 생동감 있게 전개하고 독자의 감흥을 불러일으킬 수 있다는 것이다. 이러한 인물은 도덕적 의지의 실현이 강력하거나 혹은 정반대의 성격을 가진 인물처럼 전형적이고 획일적인 성격을 가지는 것이 아니라, 오히려 욕망과 타락의 유혹에 있어서 유약하고 갈등하는 한 인간의 모습을 보여주고 있기에, 인물의 심리상태와 성격 변화를 탐구하는 데에 보다 긴요하게 작용한다고 볼 수 있다. 이처럼 선한 인물이 악한惡漢으로 변화하는 것은 악한 인물이 선한 인물로 변화하여 전통적 가치관을 강조하는 전형적 틀에서 벗어나 오히려 현실성을 내포하고, 실제 생활에서의 인간의 다양한 면을 간접적으로 증명하는 것이기도 하다. 그런 점에서 '개과천선改過遷善'과 같은 정형화된 인물 변화 연구보다 인물의 복잡한 심리와 감정의 변화를 심도 있게 살펴볼 수 있고, 나아가 인물에 내재되어 있는 잠재의식과 그것을 통제하는 이성과의 견제와 대치를 통해서 인간의 기저에 존재하는 다양한 요소를 단계적으로 살펴볼 수 있다.

제2장 악선惡善과 선악善惡: '선악병존善惡並存' 인물

인물과 서사 중국 화본소설의 인물 관계와 인물 변화

1. 들어가는 말入話: '선성善性'과 '악성惡性'사이

고전소설 작품에 등장하는 인물은 일반적으로 '선善'과 '악惡'의 특징이 분명한 어느 한쪽의 형상에 속하는 경우가 많다. 이러한 이유는 이야기 전개를 보다 효과적이고 극적으로 조성하기 위함인데, 선과 악의 인물을 극적인 대척점으로 안배하고 일방적인 경향으로 치닫게 하는 것이 기술상 매우 효율적이기 때문이다. 이러한 면에 있어서는 중국 고전소설에서도 예외는 아니다. 중국 고전소설작품 속에 등장하는 인물은 주로 선과 악의 한 축을 담당하곤 하는데, 지극히 선하거나(극선極善) 혹은 선한 경향을 보이거나, 이와 반대로 궁극적으로 악하거나(극악極惡) 혹은 악한 경향으로 나아가는 인물을 각각 배치하고 있다. 이와 같이 양극으로 대립된 인물은 서로 긴장된 관계를 유지하면서 갈등을 고조로 이끌고 경직된 분위기를 조성하는데, 일반적으로 '선인善人'의 승리와 보상, '악인惡人'의 몰락과 처벌을 통해 양자 간의 첨예한 대립을 자연스럽게 해결한다. 양자의 성격이 분명한 대립을 이루는 과정에서 각각 시종일관 한 가지 고정된 형태로 유지되는 경우도 있지만, 악惡에서 선善, 혹은 선善에서 악惡으로 변화하는 경우도 나타난다. 특히 악惡에서 선善으로 변화할

때 이른바 윤리 관념의 강화와 교화 작용의 제고를 위하여 의도된 경우
가 다분히 많다. 주로 '권선징악勸善懲惡', '인과응보因果應報', '사필귀정事
必歸正' 등의 당위성을 강조하면서 도덕적 이념을 선양하는 목적을 가진
다. 선善에서 악惡으로의 변화 역시 독자들로 하여금, '경계'와 '삼가'의
의미를 부각시키는 경우인데, '악유악보惡有惡報', '천도무위天道無違', '득
죄필벌得罪必罰'의 의도를 그대로 반영하고 있다고 할 수 있다. 그러나
작품 속의 어떤 유형의 인물은 이러한 선善과 악惡의 한 축에 일방적으로
귀속되지도 않고, 선善에서 악惡, 혹은 악惡에서 선善으로 전향되지도 않
는다. 이러한 인물은 선하면서도 악한 면을 동시에 가지고 있기(미악병
거美惡幷擧)도 하며, 다른 한편으로는 이 두 가지 면 어디에도 전적으로
귀속되지 않고, 그 경계가 없는 경우(미추민절美醜泯絕)이기도 하다.[1] 이
인물은 노신魯迅이 언급한 진실성과 현실성에 바탕을 둔 '미악병거美惡幷
擧'와 '미추민절美醜泯絕'의 인물과 유사하다고 할 수 있다.[2] 이러한 인물
에 대한 관점은 노신魯迅이 ≪홍루몽紅樓夢≫의 가치를 설명하는 과정에
서 잘 드러나 있는데, "이 작품의 요점은 사실대로 묘사하여 숨겨서 감추
는 것이 없다는 것이다. 이전의 소설에서 서술했던 좋은 사람은 모두
다 좋고, 나쁜 사람은 모두 다 나쁜 것과는 완전히 달랐는데, 그 속에
묘사된 인물은 모두 진실한 인물이었다.其要點在敢於如實描寫, 並無諱飾, 和
從前的小說敍好人完全是好, 壞人完全是壞的, 大不相同, 所以其中所敍的人物, 都是眞
的人物."라고 언급하고 있다. 이러한 견해는 지연재脂硯齋가 ≪홍루
夢≫의 평점評點에서 우씨尤氏에 대해서 말할 때 제시한 설명에도 잘 나
타나 있다. "최근의 야사野史 중에서 가장 유감스럽게 생각하는 것은 악

---

1) 蔣輝, 〈論小說人物多重性格對形式邏輯排中律的反撥〉, ≪西華師範大學學報(哲
學社會科學版)≫, 2008年 第1期, 14-15쪽.
2) 魯迅, ≪漢文學史綱≫·≪中國小說的歷史變遷≫, 臺北: 風雲時代出版社, 1990
年, 51쪽.

인惡人은 줄곧 악하지 않은 이가 없고, 미인美人은 아름답지 않은 이가 없는데, 정리情理에 가깝지 않은 것이 어찌 이와 같은가 ! 最恨近之野史中, 惡則無往不惡, 美則無一不美, 何不近情理之如是耶."(≪지연재중평석두기脂硯齋重評石頭記≫)3) 여기서 가리키는 것은 인물형상을 창조하는 데에 있어서 악인은 줄곧 악의 경향을 띠고, 선인은 줄곧 선의 특징만을 가지는 틀에서 벗어나 인물의 다양한 성격을 구현해야 한다는 것이다. 또한 이것은 인물의 성격이 선과 악의 어떤 한 면에 고정되는 것은 인정과 도리에 어긋나는 것이며, 또한 그렇게 해서는 안 됨을 강조하고 있는 것이기도 하다. 예를 들면, ≪홍루몽紅樓夢≫의 수많은 등장인물 중에서 성격의 복잡성과 다양성, 풍부함을 가지고 있는 대표적인 인물은 '왕희봉王熙鳳'이다. 그녀는 '추함(추醜)'과 '아름다움(미美)'을 동시에 가지고 있으며, '인정'과 '잔혹함', '기민함'과 '음험함'을 동시에 지니고 있는 인물이다.4) 이러한 인물을 E. M. 포스터Edward Morgan Forster 1879~1970는 그의 저서인 ≪小說의 理解≫에서 '입체적 인물'이라고 정의한 바 있다.5) 이와 같이 '정사량부正邪兩賦', '미악병거美惡幷舉'의 인물은 비교적 고정적인 특징을 보여주는 '평면적 인물'과는 달리, '선함'과 '악함', '긍정'과 '부정'의 면을 모두 내포하는 역동적인 인물이라고 할 수 있는데, 서사 전개의 성공과 실패에 있어서 상당히 중요한 역할을 담당하고 있다.

선善과 악惡의 경향이 동시에 나타나는 현상을 '선악병존善惡並存'이라고 한다면, 선과 악의 어떠한 경향도 구체적으로 드러나지 않거나, 단정하기 힘든 현상을 '선악불현善惡不現'이라고 말할 수 있다. '선악불현善惡不

3) 孫遜, 孫菊園, ≪中國古典小說美學資料匯粹≫, 臺北: 大安出版社, 2002年, 132-138쪽.
4) 吳甸起, 〈典型人物的多態性及性格嬗變的時空動態結構〉, ≪靑年敎師≫, 2011年 第2期, 48쪽.
5) E. M. 포스터 著, 李珹鎬 譯, ≪小說의 理解≫, 文藝出版社, 2000년, 76-88쪽.

現' 경향을 가진 인물은 줄거리의 전개와 주제의식의 부각, 사건의 진행과 서술의 안배에 있어서 주요하게 작용하지 않거나 작품 전체에 미치는 영향 또한 상당히 미미한데, 주로 보조인물이나 배경인물인 경우가 많으며 심지어는 신분이나 특징이 밝혀지지 않은 '무명씨無名氏'인 경우도 있다. '선악병존善惡竝存'의 경향을 가진 인물은 주요인물과 보조인물, 혹은 배경인물 등으로 다양하게 분포되어 있으며, '선악불현善惡不現'의 인물보다는 서술의 편폭과 장면의 안배가 넓게 할애되어 있고, 작품의 전개에 중요하게 관여하면서 줄거리를 주도적으로 이끄는 역할을 담당하고 있다. 그러나 중국 고전소설에서는 전통적인 교화관이나 도덕적 가치관을 선양하기 위해서 이러한 인물의 출현과 강조는 극히 제한되었다.6) 선악

---

6) 소설 작품의 '선악善惡'의 대립은 세 가지 측면에서 살펴볼 수 있다. 먼저, 선악善惡의 대립을 사회적, 도덕적 목적성과 결부시켜 그 조성 원인과 의도에서 고찰할 수 있다는 점이다. 이러한 작품에는 도덕적 교화 내용을 직접적이든 간접적이든 일정 정도 함축하고 있다. 이러한 특징은 소설 작품의 작가의 출신과 신분에 기인하는데, 이들은 낮은 벼슬에 있거나 혹은 몰락한 선비, 또는 어떤 일정 정도의 학식을 가진 지식인이라고 볼 수 있다. 이들은 은연중에 자신의 문재文才를 작품을 통해 드러내고자 하였고, 경제적, 사회적 요구에 따라 독자의 흥미와 반응에 편승하여 작품을 계획하고 창작하는 경향을 가지기도 하였다. 하지만 저자 나름대로 대중을 교육하고 계도하고자 하는 교화적 인식과 목적을 어느 정도 가지고 있었음은 분명하다. 이러한 의식을 '선비정신', 혹은 '엘리트 의식'이라고 부를 수도 있겠다. 그들이 의도하든 혹은 그렇지 않든 간에 작품의 전개에 있어서 극명한 '선악대립善惡對立'에 정교하게 맞물린 도덕적 의식의 실현과 표출이 자연스럽게 드러날 수밖에 없었다. 둘째, 선악善惡의 대립이 사회적, 도덕적 관념과 시각을 떠나서 작품 자체의 구성과 수용의 측면에서 살펴볼 필요가 있다는 점이다. 독자의 감성과 인식, 동조와 반감의 표출 과정을 볼 때, 단순하고 극대화된 대립이야말로 독자의 정서에 적극적으로 호응하고 '정화작용'을 일으킨다는 것이다. 셋째, '선악대립善惡對立'을 독자의 수용관점에서도 고찰할 수 있는데, 독자는 진부하지만 나름대로의 분명한 '선악대립善惡對立'과 그에 따른 '인과응보因果應報'를 은연중에 기대하곤 한다. 독자는 비교적 단순하거나 명확하게 제시된 '선악대립善惡對立'을 희망하고, 이러한 요구와 반응에 적절하게 대응하기 위하여 작가는 분명한 '선악대립善惡對立' 구조를 활성화시키기도 한다. 이렇듯 선악善惡의 대립 구조는 작가의 의도적인 이념의 삽입과 작품 자체의 흥미유발, 독자의 반응과 수용을 위해 필요한 조건이라

善惡의 극명한 대립과 '유상유벌有償有罰'을 요구하는 독자의 심리 만족과 흥미 제고의 측면을 반영해야 하는 창작목표에서 벗어난다고 하더라도, 이와 같은 인물이 주요인물 혹은 이것에 준하는 인물로 등장하면서 작품을 총괄하여 이끌어 가기에는 무리가 따르기 때문이다. 하지만 그렇다고 해서 '선성善性'과 '악성惡性'이 병존해 있는 인물이 결코 중요하지 않는 것은 아니며, 등장인물 간의 관계망 속에서 그 역할이 미약하거나 무의미하지도 않다는 점은 분명하다.

만약 소설 작품이 인간사의 한 단면을 직·간접적으로 보여준다고 가정할 때, 등장인물 역시 인간 사회의 여러 군상의 모습을 적절하게 묘사하고 있다고 볼 수 있다. 그렇다면 이렇게 다양한 인물 중에서 '선악병존善惡竝存'의 인물에 대해서 관심을 가질 필요성이 있는가? 소설 작품을 이해하는 측면에서 살펴보자면, 인물의 양면성을 통해서 직접적으로 소설의 주제 의식과 인물의 내외적 특징을 다각도로 살펴볼 수 있다는 이점을 들 수 있다. 또한 이와 같은 과정을 통하여 작품 속 등장인물의 내재적 심리와 인물과 인물 간의 표리적 관계, 줄거리 전개와 진행 방식의 조화, 주제의식과 사상 이념의 부각 등, 다방면으로 고찰할 수 있다는 장점을 들 수 있다. 그러나 '선악병존善惡竝存'의 인물을 탐색하는 궁극적인 지향점은 바로 인간 사회의 여러 형상과 그들이 가지고 있는 다양한 감정과 행동, 복합적인 반응과 양상을 통해 우리의 삶을 돌아볼 수 있다는 데에 있다. 소설 작품은 그 시간적 배경과 공간적 배치가 어떠하든 인간 사회의 다양한 측면을 반영한다. 비록 작품 속에서는 복잡하게 엉기성기 엮여있는 사회 현상을 단순하게 도식화하거나 계량화하는 경우가 대부분이지만, 이것 역시 인간 사회의 일정한 면을 투영하고 있는 것이다. 소설 작품은 등장인물의 많고 적음, 주제 사상의 깊고 얕음, 표

고 볼 수 있다.

현된 내용의 복잡함과 단순함의 정도를 떠나 그 속에 활약하는 인물과 그들이 벌여가는 이야기 그리고 시대와 공간의 유기적 결합을 통하여 인간 사회의 진면모를 진솔하고 곡절하게 그려내고 있다는 것이다.

　현실 사회에서의 인간은 작품 속의 인물과 같이 선과 악의 어떤 한 면에 한정되어 단순하고 획일적인 성격으로 서로 갈등과 대립을 이루는 경우는 드물다. 어쩌면 이러한 선善과 악惡의 어느 한쪽에 치우치지 않는 인물이 오히려 대다수를 차지할 것이다. 그렇기에 이러한 '선악병존善惡竝存'의 인물은 오늘날 우리의 시각으로 보면 가장 자연스럽고 사람다운 인물일 수 있다.[7] 이러한 인물이 등장하는 작품은 '인과응보因果應報'의 수식數式(패턴pattern)에 자연스럽게 호응하는 서사를 이끌어 내기에는 다소 미약하지만, 인물이 가지는 진실성과 보편성에 바탕을 둔 곡절한 이야기는 선악대립의 인물이 주를 이루는 작품 못지않게 극적인 감흥과 심미적 예술성을 보여준다. 또한 소설 작품이 현실의 가상적인 모형을 구성하고 있기 때문에 '선악병존善惡竝存'의 인물 연구는 현재를 살아가는 인간의 본성과 행동에 대해서 심도 있는 논의를 펼칠 수 있는 계기를 제공할 수도 있을 것이다.

2. '선성善性'과 '악성惡性'의 공존共存

　소설 작품에서의 인물 연구는 지금까지 '권선징악勸善懲惡' 혹은 '인과 응보因果應報' 관념과 맞물려 주로 인물 간의 대립과 갈등, 보상과 처벌의

---

7) '선악병존善惡竝存'의 인물은 절대적인 선인이거나 악인의 경우와는 달리 보통 사람의 모습과 감성을 보여준다. 실리적인 이익 앞에서 자신의 안위를 탐하거나, 악인惡人의 적대적인 위협에서 무조건 복종하기도 하며, 반대로 선인善人의 '선성善性'을 선양하거나, 선인善人의 행동을 따르고자 하지만 현실에서는 언제나 '표리부동表裏不同'하는 이중적인 모습이 인간 본연의 모습과 상당히 유사하다.

측면을 중심으로 다루어졌다.[8] 인물의 어떤 한 모습(선하거나 혹은 악한 모습)을 지나치게 강조하다 보니, '선성善性'과 '악성惡性'의 두 대척점을 중심으로 인물과 사건이 맞물려서 전개되어온 것이 사실이다. 하지만, 이러한 획일적이고 양분된 구조는 단순히 이야기를 흥미롭게 만들고 줄거리를 정형화시키는 데 초점이 맞춰져 있어서 인물의 다면적 특성을 이끌어 내기에는 무리가 따른다. 그렇기에 '선악병존善惡竝存'의 인물을 연구하는 과정은 '선악대립善惡對立'의 인물 연구 과정과 상당히 다르게 전개되어야 한다. 선악대립 구조에는 대부분 '선성善性'과 '악성惡性'을 대표하는 각각의 인물이 등장하는데, 이들은 대부분 자신의 본성인 '선성善性' 혹은 '악성惡性'에 따라 행동하고, 명확하게 선인善人과 악인惡人이 구별되는 즉, '선한 이는 모두 선하고, 악한 이는 모두 악하다.好人皆好, 壞人全壞.'의 구조를 가진다. 이들 중에는 중간적 혹은 절충적 성격을 가지고 있는 인물은 드물고, 이야기의 전개과정은 어떤 사건에 있어서 첨예한 대립과

---

8) 한국소설은 주로 '권선징악勸善懲惡' 관념을 중심으로 분석이 이루어져 왔고, 중국소설은 '인과응보因果應報'나 '윤회전생輪廻轉生'의 관념을 중심으로 분석이 이루어져 왔다. '권선징악勸善懲惡' 관념은 유가의 도덕론과 심성론에 바탕을 둔 것이고, '인과응보因果應報'와 '윤회전생輪廻轉生' 관념은 불교의 교리敎理와 진의眞意의 선양宣揚에 중심을 두고 있다. 비록 이 두 개념은 '선善'의 보상과 '악惡'의 처벌에 대한 실현 과정과 정도에 있어서 차이가 있고, 함축하고 있는 의미와 내용이 각각 다르지만, '유상유벌有償有罰'과 '신상필벌信賞必罰'을 추구하는 의도는 같다고 할 수 있다. '권선징악勸善懲惡' 관념으로 작품의 주제와 줄거리를 분석하거나 교화敎化와 관련한 교육적 목적을 강조하거나, 혹은 불교의 '인과응보因果應報' 사상과 연결 지어 그 의의意義에 중점을 둔 논문은 강재철, 〈고전소설의 주제 '권선징악'의 의의〉, ≪국어국문학≫제99권, 1998년 6월 ; 강재철, 〈古小說의 懲惡樣相과 意義〉, ≪東洋學≫第33輯, 2003년 2월 ; 何梅琴, 〈儆戒愚頑 勸善懲惡--≪聊齋志異≫中的民俗描寫〉, ≪平頂山師专学报(哲學社會科學版)≫, 1994年 第3期 ; 陳忻, 〈從女鬼複仇類作品看作者勸善懲惡的矛盾心態〉, ≪涪陵師範學院學報≫, 2003年 第3期 ; 王香蘭, 〈明淸小說序跋中的"勸善懲惡"說〉, ≪麗水師範專科學校學報≫, 2003年 第6期 ; 周佳欣, 〈"勸善懲惡"與"苦盡甘來"--談韓國古典小說的主題思想及情節結構〉, ≪山東師大外國語學院學報≫, 2000年 第1期 등이 있다.

갈등을 일으키고 우여곡절 끝에 선인이 승리하고 악인이 패배하는 구조
로 나타나는 경우가 많다.

　‘선악병존善惡竝存’ 현상에서 ‘선성善性’과 ‘악성惡性’이 공존하는 특징은
분명하지만, 양자가 똑같은 장력과 범위, 행동과 이념을 가지는 것은 아
니다. ≪삼언三言≫의 작품 가운데서 ‘선악병존善惡竝存’은 ‘시간의 흐름
과 변화’, ‘행동과 감정의 표출방식’, ‘이념과 행위의 반응’에 따라 여러
유형으로 나타난다.9) 특히 시간의 선후에 있어서 보다 다양한 특징이
나타나는데, ‘선성善性’과 ‘악성惡性’이 동시에 병렬적으로 나타나는 경우
도 있고, 시간의 순서에 따라 다르게 나타나기도 한다. 시간의 흐름에
따라 선후로 ‘선성善性(선先) ‖ 악성惡性(후後)’, 혹은 ‘악성惡性(선先) ‖ 선성
善性(후後)’으로 나타나기도 한다. 만약 도덕적 관념에 입각하여 궁극적
으로 추구하는 가치가 ‘선성善性’의 확립 내지 선양으로 본다면, ‘악성惡性

---

9) ≪삼언三言≫에서 ‘선성善性’과 ‘악성惡性’이 병존하는 인물과 구체적인 작품을 살펴보
면 다음과 같다.

‘선성善性’과 ‘악성惡性’의 병존竝存 유형

분류	편명	인물	유형			비고
			逸脱과 回歸	不同과 竝存	내재된 善性과 惡性	
喩世明言	〈史弘肇龍虎君臣會〉15	史弘肇 郭威	○			
	〈臨安里錢婆留發跡〉21	錢鏐	○			
醒世恆言	〈李玉英獄中訟冤〉27	焦榕		○		
	〈白玉孃忍苦成夫〉19	程萬里			○	
	〈盧太學詩酒傲公侯〉29	汪岑			○	
警世通言	〈范鰍兒雙鏡重圓〉12	范鰍兒 (范希周)	○			
	〈三現身包龍圖斷冤〉13	王興		○		
	〈喬彦傑一妾破家〉33	王酒酒		○		
계	8		3	3	2	

∥선성善性'을 '순방향'으로 볼 수 있고, '선성善性∥악성惡性'을 '역방향'으로 볼 수 있다.

'선악병존善惡竝存'의 내적 흐름에서 '순방향'과 '역방향'은 '개과천선改過遷善'과 '개행천악改行遷惡'의 특징과 비슷하지만 자세히 살펴보면 상당히 다르다. '개과천선改過遷善'과 '개행천악改行遷惡'을 특징짓는 요소는 바로 인물의 내적 '본성本性'와 외적 '행위行爲'라고 할 수 있다. '개과천선改過遷善'은 처음에는 '악성惡性'을 가지고 있다가 나중에는 '선성善性'으로 돌아오는 것인데, 여기에는 지난날의 행동에 대한 '구체적인 반성'과 '적극적인 성찰'이 반드시 수반된다. 그리하여 과거의 잘못에 대한 후회와 회고의 심정이 구체적으로 기술되며, 혹은 그것에 대한 참회의 감정이 이야기의 중간에 분명하게 드러나기도 한다. '개행천악改行遷惡'은 처음에는 선한 본성을 가지고 있었지만, 나중에는 악한 본성이 나타나 행동으로 이어지는 경우를 말한다. 이러한 경우에는 악행惡行을 저지르기 위한 모의나 실제적인 행위가 드러나고, 악행의 강도에 따라 확연한 제재와 잔혹한 징벌이 수반되는데, 이때 대부분 법치法治의 명분을 빌려 강력한 처벌이 이루어진다.

'선악병존善惡竝存'은 처음부터 어떠한 '선성善性'과 '악성惡性'의 특징이 구분되어 나타나지 않거나, 혹은 '개과천선改過遷善'과 유사하게 나타나는 경우가 있지만, '악성惡性'에 대한 구체적인 후회와 반성이 없고, '선성善性'이 보인다고해도 그것에 대한 기대와 표방의 서술이 드러나지 않는다. 또한 '개행천악改行遷惡'과 같이 등장인물의 본성과 행동이 궁극적으로 악행으로 치닫는다고 하여도 강력한 법적 징벌이 나타나지 않거나, 혹은 처벌이 어느 정도 수반된다고 하더라도 그 징치 의지가 상당히 희석되어 표출된다는 것이다. '선악병존善惡竝存'은 분명한 선善의 의지가 있거나 혹은 없는 선행善行이거나, 분명한 악惡의 의지가 있거나 없는 악행惡行을 모두 포함한다고 볼 수 있다. 또한 실리적 상황에 따라 '선성善性'과

'악성惡性'의 경계가 허물어지고 자신에게 유리한 쪽으로 행동하는 경향을 지닌다. 비록 '선성善性'과 '악성惡性'이 병존하는 과정에서 양자의 특징이 동시에 나타나거나, 혹은 선후로 드러나거나, 또는 도치되어 그려진다고 할지라도, 그것이 인물의 반성과 성찰을 불러일으켜 결국에는 인성의 전환으로 이어지지는 않는다. 악행惡行에 대해서도 치밀하고 확실한 처벌이 이행되는 것은 아니므로, '개과천선改過遷善'과 '개행천악改行遷惡'과는 차별성을 지닌다.

　본 글은 ≪삼언三言≫의 작품을 주요 연구 대상으로 삼아 그 속에서 등장하는 인물 가운데서 '선성善性'과 '악성惡性'을 동시에 가진 '선악병존善惡竝存' 인물 유형을 중심으로 이들의 선善과 악惡의 특징이 어떠하며, 전체 줄거리와 어떻게 연계되어 전개되고 있는지 살펴보고자 한다. 나아가 이러한 인물의 등장이 작품의 서술 구조와 결합되어 어떻게 효과적으로 활용되고 있는지, 작품 전체의 주제 사상을 제시하는 데에 어떻게 운용되고 있는지 고찰하고자 한다. 이러한 연구 과정은 그동안 주목 받지 못했던 작중 인물에 대해서 다시 한 번 고찰할 기회를 가지게 하며, 여러 인물의 특징을 다각도로 분석하는데 중요하게 작용함으로써 등장인물의 성격을 보다 폭 넓게 이해할 수 있도록 한다.

3. '일탈逸脫'과 '회귀回歸': 시간에 의한 순차적 변화

　'선악병존善惡竝存' 유형 중에서 시간의 흐름에 따라 '공존'의 특징이 나타나는 경우가 있는데, 인물의 본성本性과 행위行爲의 연계과정을 중심으로 살펴보면, '일탈逸脫'과 '회귀回歸'의 현상이 공통적으로 보이고 있다. 작품의 도입부분에는 인물의 '불선不善'행위, 즉 '시용恃勇', '반항反抗', '일탈逸脫' 등의 행동이 나타나고, 이후에 자신의 능력을 발휘하는 과정에서 선한 행위, 즉 '중의重義', '행협行俠', '충성忠誠' 등이 나타난다. 이러한 형

태를 보이는 구체적인 작품은 ≪유세명언喩世明言≫제15권第十五卷〈사홍
조용호군신회史弘肇龍虎君臣會〉, ≪유세명언喩世明言≫제21권第二十一卷〈임
안리전파류발적臨安里錢婆留發跡〉, ≪경세통언警世通言≫제12권第十二卷〈범
추아쌍경중원范鰍兒雙鏡重圓〉 등이 있다.

먼저 ≪유세명언喩世明言≫제15권第十五卷〈사홍조용호군신회史弘肇龍虎
君臣會〉를 살펴보면, 이 작품에서는 두 명의 '선악병존善惡竝存'의 인물이
등장하는데, 이들은 사건을 전개하고 주제를 드러내는 데 주요한 역할을
할 뿐 아니라, 작품의 장면 전환과 그에 따른 줄거리를 이끌어가는 데에
있어서 중요한 의미를 지닌다. 작품의 주요인물인 '사홍조史弘肇'와 '곽위
郭威'가 그러한데, 작품의 전반부는 사홍조史弘肇와 곽위郭威의 불선不善
행위를 중심으로 묘사되어 있고, 중반부는 사홍조史弘肇와 곽위郭威의 출
세와 양명의 과정을 중심으로 서술되어 있다. 중반부에서도 앞부분은
사홍조史弘肇를 중심으로 전개되고, 뒷부분은 곽위郭威를 중심으로 전개
되고 있다. 작품의 후반부는 사홍조史弘肇와 곽위郭威의 성공으로 결말을
맺고 있는데, 서술의 시각은 곽위郭威에게 맞춰져 있다.

이들은 부령공符令公과 유지원劉知遠의 인정을 받고서 '입신양명立身揚
名'의 길로 들어서기 전에 의기투합하여 나쁜 행동을 저지르는데, 작품에
서는 이들의 일탈행동과 죄악행위에 대해서 상당히 구체적으로 묘사하
고 있다. 이러한 행위 대부분은 작품의 전반부에만 드러나 있는데, 시기
적으로 보면 사홍조史弘肇가 염월영閻越英과 결혼하기 전과 결혼 직후,
곽위郭威가 사홍조史弘肇에게 의탁하고 시부인柴夫人과 결혼하고 난 직후
의 장면에서 집중적으로 보인다. 먼저 구체적인 악행惡行의 내용을 살펴
보면 다음과 같다.

   (1) 사홍조史弘肇는 염초량閻招亮의 술대접에 감사하여 염초량閻招亮에게 술
      을 대접하기로 하지만, 술값을 내지 못해 외상으로 미룸. 술값을 받으
      러 온 술심부름꾼에게 호통을 치고 내쫓음

(2) 사홍조史弘肇는 술값을 갚기 위하여 영문營門 앞에서 죽을 파는 왕공王公의 집에 가서 솥을 훔침

(3) 곽위郭威는 반팔낭자潘八娘子의 釵子를 훔치지만, 반팔낭자潘八娘子는 그를 관청으로 넘기지 않고 집에 머무르게 함. 그가 와사瓦舍에 가서 구경하다가 구란構欄의 제자를 때려죽이고 도망감

(4) 곽위郭威는 사홍조史弘肇에게 의탁하고, 사홍조史弘肇와 곽위郭威는 효의점孝義店에서 날마다 도박을 하고 도둑질을 일삼음. 조금이라도 이들의 눈에 잘못보이면 소란을 일으키며 마을 사람들을 가만두지 않음

(5) 시부인柴夫人이 시장을 연다(매시買市)는 소식을 듣고, 이 기회에 술 마실 돈이나 벌어볼까 궁리하다가 개고기를 팔려고 계획함. 그들이 이미 마을의 여러 집에서 개를 훔쳐서 잡아먹었기에 개를 구할 수가 없자, 마침 왕보정王保正 집에 큰개가 있다는 것을 알고 개를 훔치기로 작정함. 개를 잡으려고 하는 순간, 왕보정王保正이 개를 잡지 못하도록 부탁함. 그들은 왕보정王保正과 가격을 흥정하고, 왕보정王保正에게 돈을 받음. 다른 곳으로 가서 개를 훔치고, 삶아서 개고기를 팔 준비를 함10)

사홍조史弘肇와 곽위郭威는 '날마다 무위도식하며 도박과 술에 빠져, 남의 닭과 개를 훔쳐서日逐趁賭, 偸雞盜狗.' 술값을 조달하고, 사람들에게 행패를 부리는 등 저잣거리의 무뢰배와 같은 행동을 일삼았다. 사람들은 그들의 눈치를 살피며 전전긍긍하는 처지였다. 이러한 그들의 불선不善 행위는 왕보정王保正의 개를 훔치는 과정에서 보다 구체적으로 드러난다. 그들은 몰래 왕보정王保正의 개를 훔치려다가 왕보정王保正에게 들키

10) 郭大郎兄弟兩人聽得說, 商量道: "我們何自撰幾錢買酒吃?明朝賣甚的好?"史弘肇道: "只是賣狗肉。"問人借個盤子, 和架子、砧刀, 那裡去偸隻狗子, 把來打殺了, 煮熟去賣, 卻不須去上行。"郭大郎道: "只是坊佐人家, 沒這狗子；尋常被我們偸去煮吃盡了, 近來都不養狗了。"史弘肇道: "村東王保正家, 有隻好大狗子, 我們便去對付休。"兩個逕來王保正門首, 一個引那狗子, 一個把條棒, 等他出來, 要一棒捍殺打將去。王保正看見了, 便把三百錢出來道: "且饒我這狗子, 二位自去買碗酒喫。"史弘肇道: "王保正, 你好不近道理！偌大一隻狗子, 怎地只把三百錢出來?須饒我。"郭大郎道: "看老人家面上, 胡亂拿去罷。"兩個連夜又去別處偸得一隻狗子, 摓剝乾淨了, 煮得稀爛。(《喻世明言》第十五卷〈史弘肇龍虎君臣會〉)

자, 왕보정王保正은 300전錢을 그들에게 주면서 개를 놓아 달라고 사정한다. 이때 사홍조史弘肇와 곽위郭威는 개고기의 시세를 논하며 더 많은 돈을 요구한다. 결국 둘은 왕보정王保正의 간청에 300전錢만 받고 돌아가지만, 결국 다른 곳에서 개를 훔쳐서 시장에 개고기를 팔게 된다. 그들은 왕보정王保正의 개를 훔치는 도둑이지만, 오히려 당당하게 더 많은 돈을 요구하고, 다시 이웃집의 개를 훔쳐 시장에 내다파는 악행은 그들의 '후안무치厚顔無恥'의 뻔뻔함과 '패악무도悖惡無道'의 흉악성을 분명하게 보여주고 있다. 작품의 중・후반부에 이르러서는 이들의 행동이 급변하여 불의를 참지 못하고 악인에 대항하고, 용감하게 적을 패배시키는 등의 영웅적 기질이 점차적으로 부각된다. 중반부에는 곽위郭威의 등용 과정이 중심으로 기술되어 있고, 후반부는 사홍조史弘肇와 곽위郭威가 적을 물리친 장수로서 크게 성공한 내용이 묘사되어 있다.[11] 보다 자세한 선행의 내용을 살펴보면 다음과 같다.

(1) 영공부서令公部署의 이패우李霸遇는 물고기를 잡아 오는 어부를 보면 고의로 주점으로 불러들여 물고기를 걸고 도박을 하게 하여 어부의 물고기를 갈취함. 곽위郭威는 이 일을 알고 이패우李霸遇와 갈등을 일으키자 그와 겨루어 그를 패배시킴

(2) 상아내尚衙內는 민간의 여인을 강매하였는데, 곽위郭威는 불의를 참지 못하고 의로움을 발휘해 상아내尚衙內를 죽임

(3) 사홍조史弘肇와 곽위郭威가 유지원劉知遠을 보좌하여 계단契丹을 쫓아내고 나라에 큰 공을 세움

---

11) 특히 후반부에는 사홍조史弘肇와 곽위郭威의 성공과 영광을 상세하게 묘사하고 있는데, 세부적인 내용을 살펴보면, 사홍조史弘肇와 곽위郭威가 유지원劉知遠에게 기탁하여 그의 아장牙將(경계를 맡은 군대의 우두머리)이 된다. 그때 계단契丹이 석진石晉을 멸하자, 유지원劉知遠은 군대를 일으켜 하남河南으로 진격하고, 사홍조史弘肇와 곽위郭威를 선봉으로 내세워 계단契丹을 쫓아낸다. 그는 진晉을 대신하여 황제皇帝가 되는데, 국호國號를 후한後漢으로 정한다. 사홍조史弘肇는 단單, 활滑, 송宋, 변汴의 사진령공四鎮令公이 된다. 사홍조史弘肇와 곽위郭威는 온갖 부귀영화를 누리게 된다.

사홍조史弘肇와 곽위郭威가 아직 성공하기 전에 벌였던 일종의 불선不善 행위에는 도박, 살인, 도둑질, 협박, 위협 등의 악행이 모두 포함되어 있다. 이러한 행동을 살펴보면, 시정의 부랑배나 협잡꾼, 도적떼의 행동과 별반 다르지 않다. 그러나 이들이 다른 사회 범죄자들과 다른 이유는 이러한 일탈 행위가 자신의 명분이나 안위, 욕심이나 이익을 위하여 타인에게 고통을 주는 데에 있는 것이 아니라, 단지 술을 좋아하는 일념에서 비롯된 것이기 때문이다. 이러한 행위는 모두 술값을 마련하기 위하여 어쩔 수 없이 저지른 일로서 일의 경중과 선악을 살피지 않는 그들의 맹목적인 성향을 보여주고 있다. 이들은 불의를 보면 참지 못하는 공격적이고 과격한 성향을 가지고 있지만, 그렇다고 선량한 사람들에게 아낌없는 동정과 도움을 주지도 않는다. 단지 자신들의 가치관과 실리적 기준에 어긋나는 악인惡人과 일에 맞닥뜨리면, 앞뒤 상황을 가리지 않고 뛰어들어 해결하려는 저돌적인 성격을 가지고 있을 뿐이다. 이런 경향은 극악極惡(혹은 악성惡性)에서 극선極善으로 선회하는 '개과천선改過遷善'의 형태와 크게 다르다고 할 수 있다. 이들은 악행惡行을 저지르고도 전혀 그것에 대한 죄의식이나 심리적 가책을 느끼지 못한다. 이것은 그들이 성공하고 난 뒤에도 역시 마찬가지인데, 과거의 일탈逸脫과 불선不善 행위에 대한 일종의 반성이나 후회, 성찰이나 부끄러움은 보이지 않는다.

이와 같이 작품의 전과 후에 나타나는 상반된 성격과 행동은 '극악極惡(혹은 악성惡性)'에서 '극선極善' 혹은 '선성善性'에서 '극선極善'으로 이동하는 영웅적 인물의 성공 과정과는 사뭇 다르다. 이들의 복잡하고 비전형적인 면은 고전적 영웅인물의 고정되거나 틀에 맞혀진 형태에서 벗어나, 대립과 갈등, 도전과 충돌, 반항과 일탈의 과정을 통해 인물의 다면성을 보다 입체적으로 보여주고 있다.

≪유세명언喩世明言≫제15권第十五卷〈사홍조용호군신회史弘肇龍虎君臣會〉의 '사홍조史弘肇'와 '곽위郭威'와 마찬가지로 ≪유세명언喩世明言≫제

21권第二十一卷〈임안리전파류발적臨安里錢婆留發跡〉의 '전류錢鏐'도 성공하
기 전과 후가 확연하게 다른 모순된 성격과 행동을 보여주고 있다. 작품
의 구체적인 줄거리를 살펴보면, 항주杭州 임안현臨安縣의 전공錢公 집안
에 아들이 태어났는데, 그는 아이가 태어나기 전에 큰 도마뱀과 불꽃을
보고서 불길하다고 생각하여 아들을 익사시켜 죽이려고 하였다. 다행히
왕파王婆의 도움으로 살아나고, 그녀가 거두어 키우게 되는데, 이름을
'파류婆留'라고 지었다. 그가 17, 8세가 되자, 독서나 농상農商에는 뜻을
두지 않고, 도둑질하고 술 마시고 도박을 일삼았다. 녹사錄事 종기鍾起의
아들 종명鍾明, 종량鍾亮과 어울려 같이 도박을 하였는데, 돈을 다 잃었
다. 그는 사염私鹽을 파는 고삼랑顧三郞에게 빌린 돈을 갚지 못하자 그의
무리와 더불어 왕절사王節使의 배에 들어가 재물을 훔치게 된다. 후에
그는 종명鍾明, 종량鍾亮과 결의하여 의형제를 맺고, 항상 같이 어울려
다니며 술 마시고 사람을 때리기를 일삼아 도박장에서는 '전당삼호錢塘三
虎'라고 악명이 높았다. 종기鍾起는 두 아들의 행실이 이러하자, 두 아들
을 집 밖으로 나가지 못하게 엄금하였다. 파류婆留는 종명鍾明, 종량鍾亮
과 어울리지 못하자, 다시 고삼랑顧三郞과 친하게 지내면서, 몰래 소금을
훔쳐내어 팔아서 이익을 챙겼다. 종명鍾明이 우연히 소금도둑의 명단에
파류婆留가 있는 것을 알고 그에게 알려주어 체포를 면하게 하였다. 후에
황소黃巢의 난이 일어나고, 전파류錢婆留는 이름을 바꾸어 '전류錢鏐'라고
하고, 종명鍾明, 종량鍾亮과 더불어 항주자사 동창杭州刺史 董昌에게 기탁
해 힘을 보태었다. 전류錢鏐는 300명의 군대를 이끌고, 황소黃巢의 수만
대군을 대항하여 항주杭州를 지켰다. 동창董昌과 유한굉劉漢宏은 결탁하
여 전류錢鏐를 모함하였고, 오히려 전류錢鏐는 기지로 월주越州를 소란케
하였다. 항주杭州로 전류錢鏐를 쫓아온 유한굉劉漢宏은 전류錢鏐의 계책計
策으로 인해 전장에서 죽었다. 동창董昌은 후에 반란을 일으키고 스스로
를 월왕越王이라고 칭하였는데, 전류錢鏐에 의해서 평정되었다. 전류錢鏐

는 공로가 인정되어 관직이 오르고 열 네 개의 주州를 다스리게 되었다.

전류錢鏐는 성공하기 전에는 술과 도박을 일삼고 도둑질하며, 금전을 탐하고 폭력을 휘두르며, 관청 몰래 소금을 파는 행위를 저지르는 등 일반적인 영웅적 인물에게서는 볼 수 없는 행동을 보이고 있다. 그의 악행을 자세히 살펴보면 다음과 같다.

> (1) 공부에 뜻을 두지 않았고, 그렇다고 해서 농상農商에 흥미가 있는 것
>   도 아니었으며, 오로지 마을에서 나쁜 일만 일삼음. 습관적으로 도둑
>   질을 하여 술 마시고 도박하는 데만 익숙해져 있음. 집안에 있는 크
>   고 작은 물건들을 대부분 도박으로 탕진함. 부모가 충고할라치면, 화
>   를 내며 며칠씩 집으로 들어오지 않아 아무도 그를 제재하지 못해
>   그대로 내버려 둠12)
> (2) 사염私鹽을 파는 고삼랑顧三郎의 무리와 어울려 왕절사王節使의 배에 들
>   어가 재물을 훔침13)
> (3) 녹사錄事 종기鍾起의 아들 종명鍾明, 종량鍾亮과 결의하여 의형제를 맺
>   고, 어울려 다니며 술 마시고 사람을 때리기를 좋아해서 술과 도박장
>   에서는 '전당삼호錢塘三虎'라고 불림14)
> (4) 고삼랑顧三郎 일당들과 다시 친하게 지내면서, 여러 차례 소금을 훔쳐

---

12) 生得身長力大, 腰闊膀開, 十八般武藝, 不學自高。雖曾進學堂讀書, 粗曉文義, 便
    抛開了, 不肯專心, 又不肯做農商經紀。在里中不幹好事, 慣一偸雞打狗, 吃酒賭
    錢。家中也有些小家私, 都被他賭博, 消費得七八了。爹娘若說他不是, 他就謷著氣,
    三兩日出去不歸。因是管轄他不下, 只得由他。(≪喩世明言≫第二十一卷〈臨安里
    錢婆留發跡〉)

13) 顧三郎道: "不瞞你說, 兩日不曾做得生意, 手頭艱難。聞知有個王節使的家小船,
    今夜泊在天目山下, 明早要進香。此人巨富, 船中必然廣有金帛, 弟兄們欲待借他
    些使用。只是他手下有兩個蒼頭, 叫做張龍, 趙虎, 大有本事, 沒人對付得他。正思
    想大郎了得, 天幸適纔相遇, 此乃天使其便, 大膽相邀至此。"婆留道: "做官的貪贓
    枉法得來的錢鈔, 此乃不義之財, 取之無礙。"(≪喩世明言≫第二十一卷〈臨安里錢
    婆留發跡〉)

14) 自此日爲始, 三個人時常相聚。因是吃酒打人, 飲博場中出了個大名, 號爲"錢塘三
    虎"。(≪喩世明言≫第二十一卷〈臨安里錢婆留發跡〉)

내어 팔아서 이득을 챙김15)

이러한 불선不善 행위는 이후 종명鍾明, 종량鍾亮과 더불어 황소黃巢의
난을 평정하기 위하여 동창董昌에게 기탁하여 공을 세우면서부터 완전히
달라진다.

    (1) 전류錢鏐는 300명의 군대를 이끌고, 황소黃巢의 수만 대군을 대항함
    (2) 전류錢鏐는 동창董昌과 유한굉劉漢宏의 모함에 오히려 기지를 발휘하여
        항주杭州까지 쫓아온 유한굉劉漢宏을 죽게 만듦
    (3) 전류錢鏐는 반란을 일으킨 동창董昌을 평정함

이와 같이 전류錢鏐는 성공하기 전과 후가 다르게 묘사되어 있는데,
후반부에 이르러 의리義理와 충성忠誠, 지모智謀와 기지機智를 발휘하는
등 이전의 악한 행위와 다른 마음가짐과 행적을 보이고 있다. 이처럼
성공하기 전에는 인륜人倫을 저버리는 행위(패륜, 불효, 살인 등)나 사회
적 도덕관념에 현저하게 위배되는 죄악(강도, 교사, 모함 등)을 제외한
대부분의 불선不善 행위가 나타난다. 이것은 전류錢鏐의 특별한 존재감을
드러내기 위하여 그가 보통 사람들과 같지 않다는 점을 은연중에 강조하
는 목적을 내포하고 있지만, 그렇다고 해도 이렇게 전과 후가 상반되는
행적을 통해서 그의 특징을 부각시키는 방식은 상당히 특별하다고 할
수 있다. 영웅적 인물의 전형적인 성장 과정에서 벗어나 돌발적이고 치
기 어린 모습을 통해서 전후 성격의 극적인 변화를 명확하게 보여주고
있고, 인물의 윤곽을 더욱 명료하게 그려내고 있다.
  위의 두 작품과 마찬가지로 ≪경세통언警世通言≫제12권第十二卷〈범추

---

15) 再說錢婆留與二鍾疏了, 少不得又與顧三郎這夥親密, 時常同去販鹽爲盜, 此等不
    法之事, 也不知做下幾十遭。(≪喻世明言≫第二十一卷〈臨安里錢婆留發跡〉)

아쌍경중원_{雙鑄兒雙鏡重圓})의 '범추아'_{范鑄兒}(범희주_{范希周})'도 '선악병존_善_{惡竝存}'의 특징을 보여주고 있다. 하지만 ≪유세명언喩世明言≫제15권第十五卷〈사홍조용호군신회史弘肇龍虎君臣會〉의 '사홍조史弘肇'와 '곽위郭威', ≪유세명언喩世明言≫제21권第二十一卷〈임안리전파류발적臨安里錢婆留發跡〉의 '전류錢鏐'와는 달리, 성공 이전의 불선不善 행위가 확실하게 드러나 있지 않다. 그가 속해 있는 집단(도적의 무리)의 특징과 기타(강도, 약탈)의 활동을 살펴보면, 그가 적극적으로 죄악행위에 가담하거나 주도하지는 않았다 하더라도 무리의 행동에 동조하거나 악행을 방임한 것만으로도 충분한 '악성惡性'을 보여준다고 할 수 있겠다. 비록 그의 이러한 소극적 참여는 사홍조史弘肇와 곽위郭威, 전류錢鏐가 성공하기 이전의 불선不善 행위에 비해서 그 정도는 약하지만, 여전히 불선不善 행위의 범위에 포함된다고 볼 수 있다.

먼저, 작품의 내용을 살펴보면, 남송南宋 건염建炎 연간에 여충후呂忠詡는 복주福州 세금 감사의 직을 제수 받아서 부임하는 도중에 건주建州의 도적무리에 의해서 모든 재산을 강탈당하고 가족들은 뿔뿔이 흩어진다. 그의 딸인 순가順哥는 도적의 우두머리인 범여위范汝爲에게 납치당해 그의 조카인 범추아范鑄兒와 조상대대로 전해오는 '원앙보경鴛鴦寶鏡'을 납폐納幣로 강제로 혼인하게 된다. 한세충韓世忠은 범여위范汝爲를 토벌하기 위해 여충후呂忠詡를 막료로 둔다. 건주建州가 포위당하자 범추아范鑄兒와 순가順哥는 '원앙보경鴛鴦寶鏡'을 서로 나누어 가지고 헤어진다. 성城이 함락되고 범추아范鑄兒가 실종되자 순가順哥는 스스로 목숨을 끊으려다가 아버지에 의해서 구출된다. 12년 후 여충후呂忠詡은 벼슬이 도통제都統制에 이르고 봉주封州를 지키는 소임을 맡게 된다. 광주廣州 지사指使인 하승신賀承信이 공문을 전달하러 온 것을 보고 순가順哥는 그가 범추아范鑄兒임을 알게 된다. 한세충韓世忠 군대가 성城을 함락했을 때, 다행히 목숨을 건져 이름을 '하승신賀承信'으로 바꾸고 동정호洞庭湖의 역적인 양요楊

△를 토벌하는데 공을 세워 벼슬이 광주廣州 지사指使에 이른 것이다. 부부는 다시 만나게 되고 서로 나누어 가진 '원앙보경鴛鴦寶鏡'은 하나가 된다. 이로써 범추아范鰍兒와 순가順哥 부부는 다시 만나게 되었다.

이 작품에서 범추아范鰍兒(범희주范希周)는 범여위范汝爲의 무리에 가담하게 되는데, 그의 '선악병존善惡竝存'의 특징을 이해하기 위해서는 먼저 그가 가담한 무리에 대해서 살펴볼 필요가 있다. 범여위范汝爲 무리가 단순히 자신의 이익과 목적을 위하여 어떠한 짓도 서슴지 않는 '도당徒黨'에 불가한지, 아니면 충忠과 의義를 실현하기 위해 모인 '의당義黨'인지 그 특징에 대한 분석이 선행되어야 할 것이다. 작품에서는 무리의 탄생 배경에 대해서 큰 편폭을 할애하고 있지 않지만, 자세히 살펴보면,[16] 범여위范汝爲의 무리는 겉으로는 백성을 구한다는 명목을 표방했지만, 실은 군대를 만들고 양민의 재산을 약탈하고 살인을 저지르는 도적의 무리였다. 범추아范鰍兒는 범여위范汝爲가 종친인 관계로 장수에 임명되고, 만약 거절하면 참수를 당하는 위협을 받게 된다.[17] 이러한 상황에서 그는 어쩔 수 없이 도적 행위에 가담할 수밖에 없었는데, 비록 그의 행동이 적극적이지 않다고 하더라도 범여위范汝爲의 무리에 가담하는 행위는

---

16) 자세한 내용을 살펴보면 다음과 같다. 건주建州에 기근이 들어 세금을 납부할 수 없고, 나라에서는 군대를 일으키기 위하여 곡식과 수레를 요구하다 보니, 관리들은 세금을 징수하기 위하여 백성을 핍박하고, 이에 참지 못한 백성들은 산으로 들로 숨어들어 도적이 되었다. 이때 범여위范汝爲가 우두머리로 나타났는데, 의義를 표방하고 도탄에 빠진 백성을 구한다는 기치를 내 걸었다. 이때 수많은 군소 도적 무리들이 몰려들어 그 수가 10여 만에 이르렀다. 建州饑荒, 斗米千錢, 民不聊生。卻爲國家正値用兵之際, 糧餉要緊, 官府只顧催征上供, 顧不得民窮財盡。常言: '巧媳婦煮不得沒米粥。' 百姓旣沒有錢糧交納, 又被官府鞭答逼勒, 禁受不過, 三三兩兩, 逃入山間, 相聚爲盜。'蛇無頭而不行', 就有個艸頭天子出來, 此人姓范名汝爲, 仗義執言, 救民水火。群盜從之如流, 嘯聚至十餘萬。(《警世通言》第十二卷〈范鰍兒雙鏡重圓〉)
17) 原是讀書君子, 功名未就, 被范汝爲所逼, 凡族人不肯從他爲亂者, 先將斬首示衆。希周貪了性命, 不得已而從之。(《警世通言》第十二卷〈范鰍兒雙鏡重圓〉)

그 자체만으로 이미 넓은 의미의 불선不善 행위에 포함된다고 볼 수 있을 것이다. 그렇다면 그의 구체적인 불선不善 행위는 어떠한가?

> (1) 범어위范汝爲는 굶주린 양민을 선동하여 역적의 도당으로 만들게 하였는데, 범추아范鰍兒은 그의 무리에 가담하여 기회를 틈타 도둑질을 일삼았고, 병사들을 이끌고 재물을 약탈함18)

이와는 반대로 선한 행위도 나타난다.

> (1) 도적의 무리에 있었지만, 사람 구하는 것을 목적으로 하고 재물을 약탈하려 하지 않음19)
> (2) 부인 순가順哥의 지조와 절개의 뜻을 알고, 종신토록 다른 여인과 결혼하지 않겠다고 맹세함20)
> (3) 악소보岳少保의 부하로 들어가 동정호洞庭湖의 양요楊么를 토벌하는데 선봉에 서서 공을 세움21)

작품에서는 범추아范鰍兒의 선한 행위가 강조되고 있으며, 그의 불선不善 행위에 대해서는 모호하고 간략하게 묘사되어 있다. 이러한 점은 앞의 '선악병존善惡竝存'의 인물 경향과는 다른데, 서술과정에서 사홍조史弘肇와 곽위郭威, 전류錢鏐는 크게 성공하기 전의 불선不善 행위가 분명하게

---

18) 無非是: 風高放火, 月黑殺人, 無糧同餓, 得肉均分。官兵抵當不住, 連敗數陣。范汝爲遂據了建州城, 自稱元帥, 分兵四出抄掠。范氏門中子弟, 都受僞號, 做領兵官將。(≪警世通言≫第十二卷〈范鰍兒雙鏡重圓〉)
19) 雖在賊中, 專以方便救人爲務, 不做劫掠勾當。(≪警世通言≫第十二卷〈范鰍兒雙鏡重圓〉)
20) 希周道: "承娘子志節自許, 吾死亦瞑目。萬一爲漏網之魚, 苟延殘喘, 亦誓願終身不娶, 以答娘子今日之心。"(≪警世通言≫第十二卷〈范鰍兒雙鏡重圓〉)
21) 岳少保親選小將爲前鋒, 每戰當先, 遂平么賊。岳少保薦小將之功, 得受軍職, 累任至廣州指使。(≪警世通言≫第十二卷〈范鰍兒雙鏡重圓〉)

드러나는 것에 비해서 범추아范鰍兒는 그다지 명확하지 않다. 하지만 분명한 것은 그의 의지가 어떠하든 그는 도적의 무리에 가담하였고 그 도적떼의 장수로서 약탈을 감행했다는 점이다. 이 부분에 대해서 작품의 서술자는 그의 행위를 옹호하고 그의 불선不善 행위에 대해서 상당히 관용적인 태도를 보이고 있는데, 그의 이러한 약점을 여러 차례 변호하는 서술을 통해서도 분명히 알 수 있다. 작품의 서술 시각은 그가 이전의 악행에 가담했다는 사실보다는 이후에 도적 무리를 토벌하는 과정에서 그가 어떻게 살아남았고, 다시 나라를 위해 어떻게 공을 세우고 벼슬을 얻게 되었으며, 부인인 여순가呂順哥와 어떻게 재회하는 지에 초점이 맞춰져 있다. 비록 이전의 불선不善 행위에 대해서 구체적이고 적극적인 언급을 하고 있지는 않지만, 여러 가지 상황과 묘사를 통하여 그가 이미 불선不善 행위에 가담하였고('악惡'), 또한 그 행위에 대해서 약간의 죄책감을 가지고 있음('선善')을 알 수 있다. 그의 이러한 자책감은 범추아范鰍兒가 범여위范汝爲와 그의 도당徒黨에 대해서 언급할 때에 '적賊' 어휘를 일곱 차례나 사용하고 있는 것으로 보아도 충분히 알 수 있다.[22]

앞에서 언급한 두 작품과의 차이점은 사홍조史弘肇와 곽위郭威, 전류錢鏐의 경우에는 이전의 불선不善 행위에 대해서 전혀 반성을 보이지 않는다는 점인데 반해, 그는 어느 정도 죄책감과 그에 따른 '자기변명'을 보이고 있다는 것이다. 그는 산채山寨로 잡혀 온 순가順哥를 만날 때에부터 이미 자신의 잘못에 대해서 말하고 있으며, 나중에 여충후呂忠詡을 만나서 과거의 행적을 이야기할 때에도 범여위范汝爲의 죄상을 드러내면서

---

22) 작품에서의 '적賊' 어휘의 출현은 상당히 빈번하게 나타나는데, 모두 21차례 보인다. 입화入話에서 2번, 정화正話인 본 내용에서는 19번이 나타난다. 이 중에서 범추아范鰍兒가 범여위范汝爲 무리에 대해 말할 때는 7번, 순가順哥는 3번, 서술자나 기타 인물이 범여위范汝爲의 도당徒黨에 대해 언급할 때는 7번이 나타난다. 그리고 범추아范鰍兒가 양요楊么의 토벌에 대해서 언급할 때는 2번이 나타난다.

자신에 대해서는 불가피한 경우였다고 스스로 변호하고 있다.[23] 비록 악행에 대한 면책의 심리와 회피의 의도가 보이기는 하지만, 그렇다고 이전의 행위에 대해서 철저하고 적극적인 회의와 반성의 태도를 보이는 것은 아니다. 그의 이러한 '선악병존善惡竝存'의 특징은 비록 사홍조史弘肇와 곽위郭威, 전류錢鏐에 비해서 불선不善 행위에 대한 '자각의식'을 보인다고 하더라도, '개과천선改過遷善'의 경우와는 확연히 다르며, 여전히 그의 선한 면(본성과 행위)과 악한 면(행위)이 공존해 있다고 볼 수 있다. 그의 성공 이전과 이후의 변화는 극적인 전환보다는 순차적 전환이 나타나고 있다.

이상과 같이 '선악병존善惡竝存'의 특징을 가지고 있는 인물을 살펴보았는데, 이러한 인물은 성공하기 전후에 서로 다른 성격과 행동을 보인다. 이러한 모습을 통해서 시대적 환경과 현실적 상황에서 고정되고 일관된 인물이 아니라, 시간의 흐름과 상황의 변화에 따라 조율되는 인물을 다각적으로 살펴볼 수 있는 것이다. 인물묘사의 수사학적인 측면에 있어서도 단순하고 고정적인 인물 형상보다는 전과 후로 따로 나타나는 형상을 통해서 유동적이고 개성 있는 인물 형상을 그려냄으로써 작품의 예술성을 증폭시키고 있다. 이에 사홍조史弘肇와 곽위郭威, 전류錢鏐, 범추아范鰍兒는 선과 악의 행위가 공존하는 인물이고, 이러한 인물들은 작품에 활동성과 생동감을 부여하여 내용을 더욱 더 풍부하게 만들며, 작품의 주제를 이끌고 드러내는 데에 중요한 영향을 미치고 있다.

---

23) 宗人范汝爲煽誘饑民, 據城爲叛, 小將陷於賊中, 實非得已。(≪警世通言≫第十二卷〈范鰍兒雙鏡重圓〉)

4. '부동不同'과 '병존竝存': 실리적 행동과 이기적 감정

≪삼언三言≫의 '선악병존善惡竝存' 인물 유형에서 실리적이고 개성적인 특징을 나타내는 인물이 보이는데, 이들은 앞서 살펴보았던 시간에 의해 순차적인 변화를 가져오는 주요인물들과는 달리, 보조인물, 혹은 배경인물의 역할을 맡고 있다. 이들은 작품에서 스토리를 구성하거나 개편하고, 주제를 강조하는 역할은 하고 있지는 않지만, 장면의 전환이나 사건의 급변, 사건 해결의 동기 제공 등 작품의 매 단계에서 없어서는 안 될 중요한 부분을 담당하고 있다. 그리고 엄숙하고 경직된 장면에서 해학적인 분위기를 조성하여 긴장감을 완화하고, 인물 간의 대립과 화해의 강도를 조절하는 기능을 수행하기도 한다. 마치 이들은 주요인물들이 이끄는 큰 수레바퀴와 같은 중심축에서 방향을 전환하고 속도를 조절하며, 굴곡에 따라 완충과 강약을 제어하는 기어나 방향키와 같아서, 줄거리의 전개(운행) 과정을 적절하게 조정해 나가는데 중요하게 작용하고 있다.

이들이 가지는 공통적인 특징은 언제든지 현실적인 상황에 따라 선과 악이 유동한다는 것이다. 또한 이들이 악한 행위나 성격을 보인다고 해도 그것에 대한 어떠한 구체적인 처벌이 반드시 내려지지는 않는다. 이들은 자신의 이익에 따라 행동하면서도 적극적인 선한 행위나 혹은 궁극적인 악한 행위를 행하지 않기 때문에 선과 악의 행위 중에서 그 어느 것에도 편협하게 치우치지 않는 경향을 보인다. 이러한 점은 다른 '선악병존善惡竝存'의 인물 유형과는 상당한 차이를 보이는 부분인데, 이들의 모호하면서도 가변적인 성격은 명확하고 고정적 특징을 보여 주는 인물과는 달리, 한편으로는 인정과 감성을 가지고 있는 평범하면서도 일반적인 경향을 보여주는 것이지만, 다른 한편으로는 겉과 속이 다르고, 자기중심적이고 이기적인 특성을 내비치는 것이기도 하다. 이러한 유형의

작품은 ≪경세통언警世通言≫제13권第十三卷〈삼현신포용도단원三現身包龍
圖斷冤〉, ≪경세통언警世通言≫제33권第三十三卷〈교언걸일첩파가喬彦傑一妾
破家〉, ≪성세항언醒世恆言≫제27권第二十七卷〈이옥영옥중송원李玉英獄中訟
冤〉 등이 있다.

먼저 ≪경세통언警世通言≫제13권第十三卷〈삼현신포용도단원三現身包龍
圖斷冤〉을 살펴보면, 이 작품에서 사건 해결의 역할을 쥐고 있는 '왕흥王
興'이라는 인물이 등장하는데, 그는 독자의 입장에서 보면, 그다지 환영
받지 못하는 인물이다. 하지만 그의 고발로 인해 묻힐 수 있었던 사건의
전모가 밝혀지게 된다. 그는 단지 약간의 신고 포상금이나 도박할 돈
몇 푼을 바라는 정도였을 뿐인데, 오히려 이러한 행동이 억울하게 죽은
대손압사大孫押司의 원한을 풀어주는 계기가 된다. 구체적인 전개 과정은
대손압사大孫押司가 죽고 난 다음에 처참한 모습으로 영아迎兒에게 나타
나는 장면부터 시작된다. 왕흥王興의 악한 행동을 살펴보면 다음과 같다.

(1) 술에 찌들어 있고, 도박을 일삼음[24]
(2) 영아迎兒와 결혼하고 난 뒤 가산을 모두 탕진함[25]
(3) 술에 취하면 행패를 부리고 영아迎兒를 구박함[26]
(4) 영아迎兒에게 억지로 돈을 구해오라고 협박하고, 꾸어 온 돈은 도박으
로 다 써버림[27]

---

24) 那廝性王名興, 渾名喚做王酒酒, 又喫酒, 又要賭。(≪警世通言≫第十三卷〈三現身
包龍圖斷冤〉)

25) 迎兒嫁將去, 那得三個月, 把房臥都費盡了。(≪警世通言≫第十三卷〈三現身包龍
圖斷冤〉)

26) 那廝喫得醉, 走來家把迎兒幾罵道: "打脊賤人! 見我恁般苦, 不去問你使頭借三
五百錢來做盤纏?"(≪警世通言≫第十三卷〈三現身包龍圖斷冤〉)

27) 迎兒告媽媽: "實不敢瞞, 迎兒嫁那廝不著, 又喫酒, 又要賭。如今未得三個月, 有些
房臥, 都使盡了。沒計奈何, 告媽媽借換得三五百錢, 把來做盤纏。"／王興那廝喫得
酒醉, 走來看著也兒道: "打脊賤人! 你見恁般苦, 不去再告使頭則個?"迎兒道: "我

압사낭押司娘은 하녀 영아迎兒가 대손압사大孫押司의 혼령을 봤다고 말
하자, 뭔가 걸리는 것이 있는 듯 재빨리 영아迎兒를 시집보내려고 한다.
영아迎兒는 영문도 모른 채 왕흥王興에게 시집을 가게 되는데, 압사낭押司
娘은 왕흥王興의 사람 됨됨이를 전혀 고려하지 않고 영아迎兒를 집에서
빨리 내보낼 생각으로 아무렇게나 맺어준다. 왕흥王興은 생각이나 행동,
성격이나 인성 등 여러 면에서 부족한 인물이다. 그는 영아迎兒가 시집오
면서 가지고 온 재물을 석 달 만에 모두 다 써버리고, 술과 도박으로
허송세월을 보낸다. 집안에 돈이 떨어지자, 영아迎兒를 협박해서 압사낭
押司娘에게 돈을 꾸어오라고 내쫓는다. 영아迎兒가 겨우 꾸어 온 돈은 다
시 술과 도박으로 다 써버린다. 이렇듯 무의미하고 무능한 생활을 하던
그가 영아迎兒가 대손압사大孫押司에게서 받은 은자(두 번째 만남), 쪽지
(세 번째 만남)를 받고서는 대손압사大孫押司의 죽음에 의심이 들어, 전에
없던 기지를 발휘하게 된다. 그의 영민하고 주도면밀한 행위를 살펴보면
다음과 같다.

(1) 영아迎兒에게 받은 은자(대손압사大孫押司가 영아迎兒에게 줌)를 탕진
하지 않고, 옷과 선물을 마련하여 압사낭押司娘을 찾아감28)
(2) 영아迎兒는 동악묘東嶽廟에서 대손압사大孫押司가 전해준 쪽지를 왕흥王
興에게 전달하는데, 그는 바로 관가로 가서 알리지 않음. 마침 포증包
拯이 꿈속에서 본 대련對聯의 뜻을 알 수 없자, 방榜을 써 붙여 해답을
널리 구함. 왕흥王興은 그가 가지고 있는 쪽지의 대련對聯 문구와 같음
을 알고 매우 놀람. 포증包拯이 문구 해석에 상금을 내걸자, 포증包拯
에게 쪽지를 얻게 된 전후 사정을 말함29)

前番去, 借得一兩銀子, 喫盡千言萬語。如今卻教我又怎地去?"王興罵道: "打脊賤
人！你若不去時, 打折你一隻脚！"(《警世通言》第十三卷〈三現身包龍圖斷冤〉)
28) 兩人打扮身上乾淨, 走來孫押司家。押司娘看見他夫妻二人, 身上乾淨, 又送盒子
來, 便道: "你那得錢鈔?"工興道: "昨日得押司一件文字, 撰得有二兩銀子, 送些盒
子來。如今也不喫酒, 也不賭錢了。"(《警世通言》第十三卷〈三現身包龍圖斷冤〉)

왕흥王興은 영아迎兒가 대손압사大孫押司에게서 받은 은자를 술값과 도박으로 방탕하게 쓰지 않는다. 그는 오히려 대손압사大孫押司가 두 차례 나타난 일이 예사롭지 않게 여기고, 그가 억울하게 죽었음을 어렴풋이 감지하지만, 구체적인 물증이 없었다. 그는 압사낭押司娘의 동정을 살피기 위해 옷을 잘 차려입고 선물을 사서 그녀를 찾아간다. 이어서 영아迎兒가 동악묘東嶽廟에서 대손압사大孫押司에게서 쪽지를 받게 되자, 당장 나서지 않고 여러 가지 정황을 탐색하는데, 포증包拯이 방문과 상금을 내걸자 비로소 그를 찾아가 쪽지를 얻게 된 과정을 이야기한다. 이러한 신중하고 조심스러운 행동은 비록 명확한 선한 행위라고 단정 지을 수는 없지만, 대손압사大孫押司의 죽음에 대한 의문을 가지고, 나름대로 사건의 진실을 밝히는데 집중하는 태도는 선한 행위의 포괄적 범위에 포함할 수 있겠다.

그의 '선악병존善惡竝存'의 특징은 영아迎兒가 대손압사大孫押司에게 받은 은자를 다시 건네받는 순간에 더욱 분명해진다. 이전의 방탕하고 폭력적인 면과는 다르게, 매우 신중하고 조심성을 가진 성격으로 바뀐다. 또한 그의 아내인 영아迎兒에 대해서도 더 이상 돈을 꾸어오라고 구박하지 않고 오히려 영아迎兒의 말을 믿고 동참하면서 사건 해결의 실마리를 찾고자 하였다. 그의 이러한 행동의 '급변'에는 포상금에 대한 유혹보다도 대손압사大孫押司의 죽음을 밝히고자 하는 마음, 혹은 그의 죽음에 대한 의구심이 무엇보다 강렬했고, 사건의 중대성과 동시에 자신의 안위를

---

29) 工興稟道: "……小人的妻子, 初次在孫家籠下, 看見先押司現身, 項上套著井欄, 披髮吐舌, 眼中流血, 叫道: "迎兒, 可與你爹爹做主." 第二次夜間到孫家門首, 又遇見先押司, 舒角幞頭, 緋袍角帶, 把一包碎銀, 與小人的妻子。第三遍岳廟裡速報司判官出現, 將這一幅紙與小人的妻子, 又囑咐與他申冤。那判官爺的模樣, 就是大孫押司, 原是小人妻子舊日的家長。"(≪警世通言≫第十三卷〈三現身包龍圖斷冤〉)

걱정하는 조심성이 공존하였기 때문에 일어난 현상이라고 볼 수 있다. 비록 그가 다른 인물에서 나타나는 구체적이고 극명한 선행, 즉 '희생犧牲'이나 '보은報恩', '장의仗義'나 '수신守信' 등과 같은 도덕적 이념과 실천은 나타나지는 않지만, 현실적인 이익과 상황, 자신의 행복과 안위에 따라 '선성善性'과 '악성惡性'이 동시에 존재하면서, 양자가 서로 조율되는 역동적인 모습은 엿볼 수 있다.

≪경세통언警世通言≫제33권第三十三卷〈교언걸일첩파가喬彦傑一妾破家〉의 '왕주주王酒酒' 역시 '왕흥王興'과 마찬가지로 '선악병존善惡竝存'의 대표적인 인물이다. 그는 미해결로 묻힐 수 있었던 사건을 해결하는 데 핵심적인 역할을 담당하고 있다. 그러나 이러한 사건해결은 아이로니컬하게도 예측하지 못한 결과를 불러일으켜 한 일가족을 몰락하게 만든다. 그의 이러한 협박('악성惡性')과 폭로('선성善性')의 이중성은 현실적 이익에 쉽게 영합하고 시세에 이기적으로 대처하는 그의 성격을 잘 보여주고 있다.

작품의 줄거리를 간단하게 살펴보면, 항주杭州 상인인 교준喬俊은 몸이 건장하고 색을 탐하는 것을 좋아하여 몰래 주향향周香香을 첩으로 들인다. 아내인 고씨高氏는 첩을 집안에 들일 수 없다고 하여 따로 분가하여 살게 한다. 교준喬俊은 행상을 떠나서 기녀와 즐기느라 고향으로 돌아오지 않자, 주씨周氏는 동소이董小二를 고용하여 집안일을 돕게 한다. 주씨周氏는 동소이董小二를 꼬드겨 간음하게 되고 이 사실을 알게 된 고씨高氏는 이들을 집안으로 불러들이는데, 董小二는 다시 高氏의 딸인 옥수玉秀를 범한다. 고씨高氏는 격분하여 주씨周氏와 함께 동소이董小二를 죽이고 시신은 홍삼洪三을 통해 처리하게 한다.

왕주주王酒酒는 작품의 후반부에 이르러서야 비로소 등장하는데, 그는 정오낭程五娘(정씨程氏)의 부탁을 받고 남편(진문陳文)의 시신을 수습하는 중에 죽은 사람이 陳文이 아니라, 바로 교가喬家의 동소이董小二임을 알게 된다. 그는 동소이董小二와 교가喬家의 여인들 사이에서 부정한 일이 있었음을 짐작하고, 고씨高氏를 찾아가 이 단서를 빌미로 그녀를 협박해서 돈을 뜯어내려고 한다.[30] 왕주주王酒酒의 악한 행위를 살펴보면 다음과 같다.

> (1) 마을의 부랑배로 저잣거리에서 하릴없이 빈둥거리며 놀러 다니다가 틈나는 대로 남을 조롱하고 도박으로 속여서 재물을 빼앗음. 사람들은 그를 무뢰한에다가 건달이라 여기고 아무도 상대하지 않음[31]
> (2) 신교하新橋河에 뜬 시신이 동소이董小二임을 알게 된 후에 고씨高氏를 찾아가 사실을 폭로할 것을 빌미로 금전을 요구함[32]

왕주주王酒酒는 평상시 행실이 바르지 못하고 모든 사람들이 미워하는 대상이다. 그는 교가喬家에서 동소이董小二를 죽인 것보다는 이 일을 가지고 돈을 어떻게 뜯어낼까하는 것에 더 관심을 가졌다. 그는 자신의 이득과 안위를 다른 것보다 앞세우며, 도덕적 가치와 사회의 통념을 가지고 행동하지 않는다. 그러므로 그는 고씨高氏가 돈만 준다면 정오낭程五娘이 부패한 시신을 남편으로 오해하도록 함구하고, 그대로 매장하도

---

30) 왕주주王酒酒는 마을에서 수시로 남을 속여 함부로 재물을 빼앗는 파렴치한 인물이다. 돈이 되는 일이라면 무엇이든지 거침없이 하는데, 마침 정오낭程五娘이 돈을 내걸고 남편의 시신을 수습할 사람을 찾자, 그는 거리낌 없이 나선다. 시신을 수습하다가 살펴보니, 물에 뜬 시신이 진문陳文이 아니라, 동소이董小二임을 알게 되었고, 정오낭程五娘에게는 이 사실을 감춘다. 그는 속으로 교가喬家에서 죽인 것이 분명하다고 생각하고서 바로 고씨高氏를 찾아가 사실을 폭로한다고 협박한다. 그는 그녀에게서 돈 꽤나 뜯어내고자 하였는데, 기대한 것과는 달리 오히려 고씨高氏에게 한바탕 욕지거리만 듣고 나온다.

31) 當時有一個破落戶, 叫做王酒酒, 專一在街市上幫閒打哄, 賭騙人財, 這廝是個潑皮, 沒人家理他。(≪警世通言≫第三十三卷〈喬彦傑一妾破家〉)

32) 王酒酒道："大娘子, 你不要賴！瞞了別人, 不要瞞我。你今送我些錢鈔買求我, 我便任那婦人錯認了去。你若白賴不與我, 我就去本府首告, 叫你喫一場人命官司。"(≪警世通言≫第三十三卷〈喬彦傑一妾破家〉)

록 묵인하려고 한다. 이러한 그의 모습은 그가 자신의 실리를 위하여 타인의 상황이나 처지를 아무렇지 않게 생각하고, 남의 약점을 잡아 그것으로 자신의 배를 불리려는 행태를 잘 보여주고 있다. 그의 이와 같은 교활하면서 이기적인 불선不善 행위에는 남을 위한 배려와 인내심, 진실을 밝히고자 하는 진정성이 전혀 나타나지 않으며, 오로지 현실적인 이익과 자신의 욕구에만 충실한 그의 본성을 적확하게 보여주고 있다. 그가 고씨高氏에게서 돈을 받지 못했을 뿐만 아니라, 오히려 욕지거리나 듣자 크게 분노하여 바로 안무사安撫司에 가서 고발한다. 이때의 행위는 그가 불의를 참지 못하고 진실을 밝혀내기 위함이기보다는 고씨高氏에게 심하게 모멸을 당하자, 그것에 대한 공격적인 반항과 철저한 복수의 심리가 크게 작용하였다고 볼 수 있다.

왕주주王酒酒가 안무상공安撫相公에게 모든 사실을 폭로한 일[33]로 인하여 고씨高氏, 주씨周氏, 옥수玉秀, 홍삼洪三이 잡혀가서 고문과 옥살이로 죽게 되고, 타향에서 가진 돈이 다 떨어져 고향으로 돌아온 교준喬俊은 이 사실을 알고 물에 투신하여 죽고 만다. 왕주주王酒酒가 비록 살인사건의 전모를 밝혀냈지만, 그로 인해 사건 당사자뿐만 아니라 무고한 사람까지 목숨을 잃게 된 것이다. 그러나 작품에서는 왕주주王酒酒에 대한 어떠한 처벌과 책망은 보이지 않는다. 또한 그의 행위에 대해서 지극히 칭찬 일색으로 일관하거나, 이와는 반대로 지나치게 비난하거나 폄하하는 서술도 보이지 않는다. 사건의 진실을 폭로하는 행위 자체는 단순히 그 실제적 당위성으로만 본다면, 사회 질서와 규범의 준수('법치法治')를

---

33) 王酒酒跪在廳下, 告道: "小人姓王名青, 錢塘縣人, 今來首告。鄰居有一喬俊, 出外爲商未回。其妻高氏, 與妾周氏, 一女玉秀, 與家中一僱工人董小二有奸情。不知怎的緣故, 把董小二謀死, 丟在新橋河裡, 如今泛起。小人去與高氏言說, 反被本婦百般辱罵。他家有個酒大工, 叫做洪三, 敢是同心謀害的。小人不甘, 因此叫屈。望相公明鏡昭察!"(《警世通言》第三十三卷〈喬彦傑一妾破家〉)

위하여 마땅히 필요한 일일 것이다. 하지만 '인정人情(인치人治)'의 입장
에서 본다면 그의 무정하고 사심에 치중한 행위는 오히려 인성을 저버린
경우에 해당된다고 볼 수 있다.

비록 그의 폭로 행위는 정의의 실현이나 불의에 대항하는 어떤 거창
한 이념을 기반으로 하지 않고, 사사로운 감정과 노기에 치우친 것이기
는 하지만, 만약 이러한 행위를 선성의 포괄적 범위에서 이해한다면, 그
의 행위에는 여전히 일부이지만 '선성善性'이 공존하고 있음을 알 수 있
다. 이러한 '악성惡性'과 '선성善性'의 이중성은 자신의 현실적 이익에 따
라 적절하게 변형되어 표현되고 있다. 왕주주王酒酒는 왕흥王興(≪경세통
언警世通言≫제13第十三卷〈삼현신포용도단원三現身包龍圖斷冤〉)보다는   더
현실적이고 자신의 이익을 위하여 '악성惡性'과 '선성善性'을 적절하게 이
용하고 있는데, 이러한 면은 고정적 성격의 인물에서는 볼 수 없는 특징
임에는 분명하다. 왕주주王酒酒와 같은 인물은 일반적인 성격과 행동을
가진 인물이 실리적 상황에 처했을 때, 어떻게 교묘하게 변질되고 왜곡
되는지 생동감 있게 보여주고 있다.

앞에서 살펴 본 '왕흥王興', '왕주주王酒酒'와는 달리 ≪성세항언醒世恆言≫
제27권第二十七卷〈이옥영옥중송원李玉英獄中訟冤〉의 '초용焦榕'은 '초씨焦氏'
의 오빠로서 작품의 전개와 주제의 강조에 있어서 그 영향이 미미하다.
그는 다른 '선악병존善惡竝存'의 인물과는 다르게 작품의 전반부에 잠깐
등장할 뿐, 작품의 전체적인 서술에 크게 관여하지 않는다. 일반적인
'선악병존善惡竝存' 인물의 경우에는 처음에서는 '악성惡性'이, 나중에는
'선성善性'이 나타나는 경우가 많다. 그러나 초용焦榕은 '선성善性'과 '악성
惡性'이 동시에 나타나고, 주어진 환경과 실리적 상황에 따라 급변하는
모습을 분명하게 보여주고 있다. 이러한 면은 한편으로는 초씨焦氏가 대
면하고 있는 엄숙하고 심각한 현실에서 해학적이고 수의적隨意的 장면을
조성하여 상황에 대한 중압감을 줄이고, 긴장된 분위기에서 벗어나는

작용을 하기도 한다. 초용焦榕은 나중에 초씨焦氏와 더불어 법의 심판을 받아 죽게 되는데, 이러한 부분은 왕흥王興, 왕주주王酒酒의 결말과는 다른 상황으로 연출된다고 할 수 있다. 이것은 초용焦榕이 구체적인 악행惡行을 저질렀다기보다는 초씨焦氏와 더불어 죄악에 대한 강한 처벌성과 그 여죄의 파급성을 보여주기 위해 설정된 일종의 의도이기도 하다.

그의 등장은 일부(전반부)에 한정되어 나타나는데, 초씨焦氏(이웅李雄의 후처)가 승조承祖를 심하게 매질한 것을 마침 이웅李雄이 보고서 불같이 화를 내자, 초용焦榕은 초씨焦氏의 보호자로서 찾아와 그녀의 행동을 타이른다. 이때 전처의 자식을 잘 키워서 효도를 받을 수 있는 방법과 전처의 자식을 교묘하게 없앨 수 있는 계책計策을 동시에 알려준다. 그의 '권선행위勸善行爲'는 다음과 같다.

> (1) 전처의 자식들을 사랑하고 잘 보살펴서 바른 사람으로 성장하게 한다면, 나중에 공경을 받을 것이라고 타이름[34]

그러나 초용焦榕의 이러한 충고에 대해서 초씨焦氏는 고개를 저으며 "그런 일을 단연코 있을 수 없을 것!這是斷然不成!"이라고 하면서 완강히 제안을 거부한다. 이에 초용焦榕은 반대로 전처의 자식들을 없앨 수 있는 묘책을 알려준다. 그가 제시한 방법은 '음사양권陰唆陽勸'인데, 앞에서는 권하는 척하지만 뒤에서는 충동질하는 방식이다. 그의 악행은 바로 '음사양권陰唆陽勸'의 구체적인 방안을 알려주는 데에 드러난다.

---

34) 焦榕道: "大抵小兒女, 料沒甚大過失, 況婢僕都是他舊人, 與你恩義尙疏, 稍加責罰, 此輩就到家主面前輕事重報, 說你怎地凌虐, 妹夫必然着意防範, 何緣除得?他存了這片疑心, 就是生病死了, 還要疑你有甚緣故, 可不是無絲線! 你若將他容得, 落得做好人, 撫養大了, 不怕不孝順你。(≪醒世恆言≫第二十七卷〈李玉英獄中訟冤〉)

(1) 전처의 자식을 없앨 수 있는 구체적이고 치밀한 방법을 제시함

   1) 전처의 자식들을 친히 낳은 것처럼 살갑게 대하고, 비녀와 노복들에게 자주 은혜를 베풀어 자신의 심복으로 만들 것. 이들 중에서 따르지 않거나 입바른 소리를 하는 자가 있다면 몰래 탐문하여 바로 내쫓을 것

   2) 1, 2년 후에는 이웅李雄은 초씨焦氏를 믿을 것이고, 비녀와 노복들도 초씨焦氏의 심복이 될 것이니 이웅李雄에게 좋은 말만 해줄 것임. 이때쯤 아이를 낳는다면 이웅李雄이 자식 사랑을 나누어줄 것인데, 이때 아들(승조承祖)를 제거하면 아무도 초씨焦氏의 짓으로 의심하지 않을 것임

   3) 전처의 딸들은 나이가 차면 어린 하인들에게 시켜 그녀들과 몰래 정을 통했다고 꾸민다면, 이웅李雄은 체면을 생각해서 그녀들을 자진하게 만들 것임[35]

초용焦榕은 원래 성실하고 바른 마음가짐을 가진 이는 아니고, 각 관아를 돌아다니면서 일거리나 찾아 살아가는 이로, 시세와 영리에 밝은 교활한 인물이다.[36] 초씨焦氏에게 선행을 권하는 것은 실질적으로 여동생이 전처의 자식들을 잘 키워서 후에 효도를 받기 위한 의도된 계획이었다. 만약 지금 그러한 양육의 인내를 감수하지 못한다면, 계책計策을 세우고 때를 기다려 전처의 소생들을 하나씩 없애는 길밖에 없다고 말한다. 그는 초씨焦氏에게 전처의 자식을 교묘하게 제거하고, 이웅李雄을 속

---

35) 焦榕道: "畢竟容不得, 須依我說話。今後將他如親生看待, 婢僕們施些小惠, 結爲心腹, 暗地察訪。內中倘有無心向你, 並口嘴不好的, 便趕逐出去。如此過了一年兩載, 妹夫信得你真了, 婢僕又皆是心腹, 你也必然生下子女, 分了其愛。那時覷個機會, 先除卻這孩子, 料不疑慮到你。那幾個丫頭, 等待年長, 叮囑童僕們一齊駕起風波, 只說有私情勾當。妹夫是有官職的, 怕人恥笑, 自然逼其自盡。是恁樣陰唆陽勸做去, 豈不省了目下受氣?又見得你是好人。"焦氏聽了這片言語, 不勝喜歡道: "哥哥言之有理！是我錯埋怨你了。今番回去, 依此而行。倘到緊要處, 再來與哥哥商量。"(《醒世恆言》第二十七卷〈李玉英獄中訟冤〉)

36) 專在各衙門打幹, 是一個油裡滑的光棍。(《醒世恆言》第二十七卷〈李玉英獄中訟冤〉)

여 그의 신임을 얻으려는 방법을 제시한 것도 모두 초씨焦氏가 가졌던
실제적 이익분배의 생각37)을 자극하는 데에 있었다. 그의 가치관 역시
초씨焦氏와 다르지 않고 실제적으로 자신의 탐욕을 우선시하는 생각이
지배적이었다.

이와 같이 '권선행위勸善行爲'와 '권악행위勸惡行爲'가 동시에 나타나는
인물은 고전소설 작품에서 상당히 드문 형상이다. 그의 '선악병존善惡竝
存' 행위의 기저에는 불의와 쉽게 타협하고, 요행수를 바라는 심리가 자
리 잡고 있기 때문이다. 그러나 이러한 인물은 현실사회에서 흔히 볼
수 있는 인물이라고 할 수 있는데, 윤리 도덕관념으로 확고하게 무장한
영웅인물보다는 유동적 가치관과 실리적 의식을 가진 초용焦榕이야말로
세속적이면서도 보편적인 인물 특성을 그대로 보여주고 있다.

초용焦榕의 '권악행위勸惡行爲'는 누이동생인 초씨焦氏가 이웅李雄을 속
이고 전처의 자식인 옥영玉英, 승조承祖, 도영桃英, 월영月英을 제거하려는
데 크게 영향을 미치고, 그로 인해 한 가족이 거의 멸문滅門에 이르게
하는데 중요하게 작용한다. 비록 초용焦榕이 '선악병존善惡竝存'의 구체적
인 형상인 것은 분명하지만, 작품의 전개상 전면에 나타나지는 않고 단
지 초씨焦氏가 악행을 저지르는데 보조적인 역할을 하고 있을 뿐이다.
그가 초씨焦氏에게 전처의 소생을 제거할 '계책計策'을 알려주었다는 것뿐
이지, 실제로 어떤 구체적인 악행을 저지른 것은 아니다. 그럼에도 불구
하고 나중에 초씨焦氏와 함께 참수를 당하는 것은 다소 지나친 징벌일
수도 있지만, 이러한 결말은 작품의 '권선징악勸善懲惡'의 주제를 강조하
면서, 악인을 '일망타진一網打盡'하기 위한 일종의 방안으로 볼 수 있다.
또한 초씨焦氏와 더불어 죄악에 대한 심각성과 강한 교훈성을 직접적으

37) 王昱, ≪人性說明書--馮夢龍警世三言裡的人性眞相≫, 臺北: 智言館文化有限公
司, 2006年, 19쪽.

로 보여주는 것이기도 하다. 하지만 전적으로 '권선징악勸善懲惡'과 '인과
응보因果應報' 관념을 강조하는 다른 작품 속의 악인과는 엄연한 차이를
이룬다.

　이상으로 '선악병존善惡竝存'의 인물 유형 중에서 실리적 상황에 따라
'선성善性'과 '악성惡性'이 공존하는 인물을 살펴보았다. 이러한 인물은 작
품에서 보조인물의 역할을 수행하고 있는데, 줄거리 전개상 중요한 역할
을 담당하는 주요인물과는 차이를 보인다. 하지만 이들은 매 장면에서
사건의 단서와 해결의 실마리를 제공하거나, 장면을 극적으로 전환하는
주요한 기능을 하고 있다. 이들의 '선악병존善惡竝存' 양상은 '악성惡性'과
'선성善性'이 순차적으로 나타나기도 하며, 때로는 동시에 나타나기도 한
다. 이들의 '악성惡性'은 분명하게 나타나지만, '선성善性'은 '악성惡性'에
비해서 그다지 분명하게 드러나지 않는다. 하지만, '선성善性'의 포괄적
시각으로 본다면, 사건의 진상을 알리거나 사건을 해결하는 데 도움을
준 것만 가지고도 충분히 선한 동기가 있어 보인다. 다만 이러한 동기
이면에는 '의심'과 '회의', '긴장'과 '폭로', '분노'와 '복수'와 같은 다양하고
복잡한 감정들을 수반하고 있어서 분명하고 확고한 선행으로 보기 힘든
면도 있지만, 그들의 '폭로'와 '계도'의 행위 자체는 여전히 선행의 포괄
적 범주 안에 든다고 말할 수 있겠다.

　'선악병존善惡竝存'의 인물 중에서 '왕흥王興'과 '왕주주王酒酒'는 '선악병
존善惡竝存'의 양상이 '악성惡性'→'선성善性'의 이동성을 나타나는 것에 비
해서, '초용焦榕'은 '권선勸善'∥'권악權惡' 행위가 거의 동시에 나타나는 병
렬성을 보이고 있다. 이것은 인물의 감정과 심리의 변화로 인해 '악성惡
性'과 '선성善性'이 순차적으로 나타나거나 혹은 변화하는 것이 아니라,
이미 두 가지의 감정이 복잡하게 얽혀 있는 상태에서, 보다 실리적이고
이기적 처세에 따라 '선성善性' 혹은 '악성惡性'이 우선적으로 드러나기 때
문이다. 그렇기 때문에 이러한 현상은 '악성惡性'과 '선성善性'의 '전환轉換'

과 '변화變化'보다는 '공존共存'과 '병렬竝列'의 특징이 보다 뚜렷하다고 볼 수 있다.

5. 내재된 '선성善性'과 '악성惡性': 상반된 이념과 모순적 행위

《삼언三言》의 '선악병존善惡竝存' 인물 유형 중에서 사건 전후로 모순적 행위를 나타내는 인물이 있는데, 이들은 '선善'에서 '악惡'으로, 혹은 '악惡'에서 '선善'으로 변화하는 특징을 보이고 있다. 이러한 행동의 변화는 인물이 가지고 있는 신념의 전환이 가장 큰 영향을 미쳤다고 볼 수 있다. 이들은 작품의 줄거리 전개에 중심적으로 관여하는 주요인물인 경우가 많다. 이들의 심리와 행동의 변화로 줄거리는 더욱 굴곡지고 내용과 구성은 다채롭게 변화하게 되는데, 줄거리는 인물의 심리와 구체적인 행동과 맞물려 전과 후가 사뭇 다른 전개 양상으로 진행되고 있다. 특히 외부의 자극이나 내적 가치관의 변화에 따라 성격과 행동에 있어서 극적인 전도가 일어나는데, 이러한 현상의 기저에는 개인의 다양한 감정과 정서가 상황에 따라 복합적으로 반응하기 때문이다. 이러한 유형의 대표적인 작품은 《성세항언醒世恆言》제19권第十九卷〈백옥양인고성부白玉孃忍苦成夫〉, 《성세항언醒世恆言》제29권第二十九卷〈노태학시주오공후盧太學詩酒傲公侯〉 등이 있다.

먼저 《성세항언醒世恆言》제19권第十九卷〈백옥양인고성부白玉孃忍苦成夫〉를 살펴보면, '선성善性'과 '악성惡性'이 동시에 내재해 있는 인물은 '정만리程萬里'이다. 그는 이 작품에서 주요인물로서 '백옥양白玉孃'과 더불어 줄거리를 전개해 나가는 데 주도적인 역할을 하고 있다. 그는 국자생원國子生員으로 원병元兵이 날로 강성해지자 매우 걱정스러워 직언을 하는데, 그 일로 인해 화가 미칠까 두려워 몰래 경도京都를 벗어나 강릉부江陵府로 가려다가 원나라 장수 장맹張猛에게 포로로 잡혀 하인이 된다. 장맹

張猛은 백옥양白玉孃을 그와 맺어주는데, 부부는 서로 아끼고 사랑하였다. 백옥양白玉孃은 여러 번 남편에게 남쪽으로 도망가라고 권하고, 정만리程萬里는 장맹張猛이 자신을 시험하는 것이라고 생각하고 그 말을 듣지 않고 두 번이나 그 사실을 장맹張猛에게 알린다. 이로 인해 장맹張猛은 화가 나서 백옥양白玉孃을 팔아버리라고 분부하고, 부부는 각각 신발 한 쪽을 증표로 헤어지게 된다. 후에 정만리程萬里는 장맹張猛에게서 도망쳐서 관직을 얻게 되고, 백옥양白玉孃은 우여곡절 끝에 담화암曇花庵의 비구니가 된다. 20년 후에 부부는 다시 만난다.

정만리程萬里의 '선악병존善惡竝存'의 경향은 '선善'과 '악惡'이 순차적으로 나타나는 것보다 동시에 내재해 있는 경우인데, 상황에 따라 각각의 특성이 드러나는 정도가 다르다. 그의 이러한 면은 인물의 형상을 창조하는 면에서 요긴하게 작용하여 생동감을 부여하고 작품에 대한 공감과 사실적 느낌을 배가시킨다. 정만리程萬里는 전반부에서는 '악성惡性' 행위가 비교적 구체적으로 나타나고, 후반부에는 '선성善性' 행위가 분명하게 드러난다. 그의 불선不善 행위는 살펴보면, 다음과 같다.

(1) 백옥양白玉孃의 충고를 듣지 않고 그녀를 의도를 의심하여 장맹張猛에게 사실을 고함[38]
(2) 백옥양白玉孃의 두 번째 권고에도 그녀의 말을 믿지 못하고 다시 장맹張猛에게 고함[39]

---

38) 梳洗已過, 請出張萬戶到廳上坐下, 說道: "稟老爹, 夜來妻子忽勸小人逃走。小人想來, 當初被游兵捉住, 蒙老爹救了性命, 留作家丁。如今又配了妻子。這般恩德, 未有寸報。況且小人父母已死, 親戚又無, 只此便是家了, 還敎小人逃到那裡去? 小人昨夜已把他埋怨一番, 恐怕他自己情虛, 反來造言累害小人, 故此特稟知老爹。" (≪醒世恆言≫第十九卷〈白玉孃忍苦成夫〉)

39) 到明早, 程萬里又來稟知張萬戶。張萬戶聽了, 暴躁如雷, 連喊道: "這賤婢如此可恨, 快拿來敲死了罷!" (≪醒世恆言≫第十九卷〈白玉孃忍苦成夫〉)

정만리程萬里는 본래 '악성惡性'을 가진 인물은 아니다. 장맹張猛의 수하
에 있으면서 목숨을 지키기 위해 애쓰는 자기 보호 본능이 강할 뿐이다.
그렇기 때문에 장맹張猛이 그에게 맺어준 백옥양白玉孃을 믿지 못하고 그
녀의 충고를 진심으로 받아들이지 못하며, 지나친 두려움과 조심성이
앞서는 결점을 가지고 있다. 비록 그가 건장하고 훤칠한 신체를 가지고
있지만, 오히려 마음속의 의지와 감정은 상당히 왜소하고 위축되었다고
할 수 있다. 그는 자신의 목숨과 안전을 지키기에 급급하지만 그의 본성
이 악한 것이 아니기 때문에 백옥양白玉孃의 충고를 장맹張猛에 고자질하
면서도 일편 자신의 행동을 후회하기도 한다. 그가 백옥양白玉孃의 위험
에 처해지는 것을 볼 때에는 후회와 참회의 감정이 일부 드러나고 있다.

(1) 백옥양白玉孃을 매달아 매질하려는 장면을 보고 마음속으로 후회함[40]
(2) 백옥양白玉孃이 팔려가는 것을 알고 비로소 그녀의 충고가 진심이었
    음을 알고 자신의 잘못을 뉘우침[41]
(3) 백옥양白玉孃의 희생을 알고 20년 동안 결혼하지 않고 백옥양白玉孃의
    은혜를 생각함[42]

정만리程萬里가 백옥양白玉孃의 권고를 불신하고 장맹張猛에게 고자질
할 때는 자신의 목숨만을 생각하였는데, 백옥양白玉孃의 충고를 받아들
이지 못하는 정도의 속 좁은 태도와 과민함은 그의 행위를 더욱 소극적

---

40) 程萬里在旁邊, 見張萬戶發怒, 要吊打妻子, 心中懊悔道: "原來他是眞心, 到是我
    害他了！"又不好過來討饒。(≪醒世恆言≫第十九卷〈白玉孃忍苦成夫〉)
41) 程萬里見說要賣他妻子, 方纔明白渾家果是一片眞心, 懊悔失言。便道: "老爹如今
    警戒兩番, 下次諒必不敢。總再說, 小人也斷然不聽。若把他賣了, 只怕人說小人薄
    情, 做親纔六日, 就把妻子來賣。"(≪醒世恆言≫第十九卷〈白玉孃忍苦成夫〉)
42) 且說程萬里自從到任以來, 日夜想念玉孃恩義, 不肯再娶。但南北分爭, 無由訪覓。
    時光迅速, 歲月如流, 不覺又是二十餘年。(≪醒世恆言≫第十九卷〈白玉孃忍苦成
    夫〉)

이고 편향적으로 몰아간다. 그의 마음속의 이러한 의심과 불안, 걱정과 공포, 무력감과 주저함은 그의 유약한 마음을 보여주기에 충분하다. 그렇다면 그의 이러한 우유부단하고 지나친 조심성, 죽음에 대한 강한 두려움과 남을 불신하는 경직된 심성이 과연 '악성惡性'을 가졌다고 볼 수 있는가? 비록 그의 본성이 악행을 저지르는 정도에 이른 것은 아니지만, 백옥양白玉孃의 정만리程萬里에 대한 굳은 신뢰감과 그녀의 장맹張猛에 대한 대담함, 직언하려는 의지에 때한 진정성과 자신의 몸을 돌보지 않는 불굴성을 비교하면 자신의 처지를 먼저 걱정하는 것은 분명 이기적인 행위라고 볼 수 있다. 때로는 이런 이기적 행위가 '악성惡性'으로 표출되기도 하는데, 타인의 생명과 안전을 담보로 자신의 목숨을 구걸하는 경우에는 더욱 그러하다. 백옥양白玉孃의 목숨을 내 건 충고를 받아들이지 못하고 장맹張猛에게 일러바쳐 오히려 그녀의 생명을 위험하게 만드는 행위는 악의 특징을 충분히 가지고 있다고 할 수 있다. 그가 잠시나마 백옥양白玉孃의 고통을 보고난 후 자신의 행동을 후회하지만, 이내 의심이 생겨 다시 장맹張猛에게 고발하는 행위는 그의 이러한 악한 면을 여실히 보여주고 있다. 이러한 면은 그가 단순히 소심하고 의심이 많으며 자신의 목숨을 지키기 위한 어쩔 수 없는 행동이었다고 치부하기에는 여전히 설득력이 부족하다.

작품에서는 정만리程萬里의 '악성惡性'과 '선성善性'이 수시로 교차되면서 상황에 따라 유동적으로 나타나고 있다. 백옥양白玉孃의 잘못을 장맹張猛에게 처음으로 고발하는 데서 그의 '악성惡性'을 엿볼 수 있고, 이 일로 인하여 그녀가 처벌을 받으려는 순간, 자신의 행동을 후회하는데, 이때는 자신의 행동을 뉘우치는 '선성善性'이 발휘된다. 하지만, 백옥양白玉孃이 그에게 도망갈 것을 다시 충고하자 그의 마음속에 백옥양白玉孃을 믿지 못하는 마음이 생겨나게 되어 다시 장맹張猛에게 고발한다. 이 때 다시 그의 '악성惡性'이 드러난다. 나중에 백옥양白玉孃이 팔려가는 모습을 보고 비로소 그녀의 진심을 알아차려 자신의 행동을 후회하고, 이후 다시 재혼하지 않는 부분은 그의 '선성善性'을 구체적으로 보여준다고 할 수 있다. 이와 같이 그의 성격은 '악성惡性'과 '선성善性'이 순차적으로 나타나고 변화하는 것 같이 보이지만, 사실은 이러한 양면성이 동시에 내재해 있어서 상황에 따라 어느 한 면이 크게 부각되었다고 보는 편이 비교적 타당할 것이다. 정만리程萬里의 '선악병존善惡竝存'의 특징은 다른 인물에서 볼 수 없는 자기 자신의 결점에서 비롯되었다고 볼 수 있는데, 이것은 장맹張猛에 대한 구명의 심리, 백옥양白玉孃의 진의眞意에 대한 의심, 자신의 불신不信 행위에 대한 후회를 통해서 더욱 분명하게 드러나고 있다.

≪성세항언醒世恆言≫제19권第十九卷〈백옥양인고성부白玉孃忍苦成夫〉의 '정만리程萬里'가 '악성惡性∥선성善性'의 특징을 가진다면, ≪성세항언醒世恆言≫제29권第二十九卷〈노태학시주오공후盧太學詩酒傲公侯〉의 '왕잠汪岑'은 '선성∥악성'의 특징을 보이고 있다. 이 작품의 주요인물은 '노남盧柟'이다. 그와 첨예하게 갈등 관계를 가지고 있는 이는 왕잠汪岑인데, 그는 노남盧柟에게 모멸을 당했다고 생각하고 집요하게 그가 파멸하도록 훼방을 놓는다. 이러한 전개 과정에서 그의 '선성善性'과 '악성惡性'이 동시에 나타나고 있는데, 정만리程萬里보다 '선악병존善惡竝存'의 특징이 확연하게 드러나고 있다.

먼저 전체적인 줄거리를 살펴보면, 노남盧柟은 집안에 재산이 많아 거의 왕후王侯와 비견할 만 하였다. 과거시험에 여러 번 응시하였으나 번번이 낙방하여 뜻을 접고 술과 함께 유유자적하게 지냈다. 준현濬縣의 현령인 왕잠汪岑이 새로 부임하고 노남盧柟의 명성을 듣고서 그와 교제를 나누려고 하였다. 그러나 노남盧柟은 '상매지약賞梅之約', '유춘지약遊春之約', '상목단지약賞牧丹之約', '상연지약賞蓮之約', '상월지약賞月之約', '상계화지약賞桂花之約', '상국화지약賞菊花之約'을 했지만, 막상 그 때가 되었을 때

병이나 혹은 다른 일을 핑계로 약속을 모두 어겼다. 이에 왕잠汪岑은 크게 분노하여 노남盧柟을 모해하기로 하였다. 마침 노남盧柟의 하인 노재盧才가 돈을 빌려주는 과정에서 뉴성鈕成을 때려죽이고 도망가자, 왕잠汪岑은 이 살인 사건을 노남盧柟에게 연루시켜 사형을 내린다. 곤장을 맞고 감옥에 갇히게 된 노남盧柟은 일의 전후 사정을 알리기 위해 상부에 편지를 써서 도움을 청하고, 상사上司가 이 일에 개입하게 된다. 노남盧柟에게 억울하게 누명을 씌운 왕잠汪岑은 처벌이 두려워 옥졸을 시켜 몰래 노남盧柟을 해치도록 하였지만, 그것도 여의치 않았다. 순포현승巡捕縣丞 동신董紳이 노남盧柟이 억울하게 옥살이를 하고 있다고 생각하고 면밀히 조사하여 상부에 보고하였지만, 왕잠汪岑은 그의 억울함을 풀어주려는 동신董紳을 미워하여 동신董紳의 풍류사건을 지목하여 상부에 보고하고 그를 파관면직되도록 조종하였다. 순안어사巡按御史 번모樊某가 다시 노남盧柟의 억울함을 풀어주려다가 왕잠汪岑에 의해 뇌물죄에 연루되어 벼슬을 잃게 되자, 아무도 그를 도와주려 하지 않았다. 이렇게 옥살이를 10여 년을 하고 난 뒤에 현령 육광조陸光祖가 새로 부임해서 그의 억울함을 알고 노재盧才를 잡아들여 사건을 새로 조사하여 노남盧柟을 석방하였다. 후에 왕잠汪岑은 이 일의 진상이 밝혀져 파관면직되고, 노남盧柟의 집안은 갈수록 몰락하였다. 후에 노남盧柟은 맨발의 도사를 따라 은거하였다.

이 작품에서 왕잠汪岑은 본래 지극히 선하거나 악한 본성을 가진 인물은 아니다. 준현濬縣에 새로 부임하였을 때만 하여도 그는 나쁜 마음을 가지고 있지 않았다. 비록 그가 젊은 나이에 과거에 급제하여 벼슬살이를 시작하였고, 매우 욕심이 많고 의심과 시샘을 자주 하며, 각박하고 박정하다43)고 하더라도, 이러한 성격은 어린 나이에 과거에 급제한 인

---

43) 왕잠汪岑의 이전 성격과 행동이 어떠했는지 자세하게 드러나지는 않는다. 특히 '선행善行'에 대해서는 작품에서는 어떠한 언급도 보이지 않는데, 아마도 작품의 주요인물

생 경험에서 비롯되었다고 볼 수 있으며, 자만심과 명예욕이 강한 특징 역시 이런 경력에서 기인한다고 볼 수 있다. 작품에서는 단지 이러한 행동의 설명만 간혹 드러날 뿐, 이전의 생활에서의 '악성惡性'에 대한 언급은 분명하게 보이지는 않는다.44) 작품 속에 나타난 구체적인 내용을 통해 그의 선한 동기를 살펴보면 다음과 같다.

> (1) 그가 노남盧柟과 교제를 하기 위해 4~5차례 노남盧柟을 초청하여도 오지 않자, 수고롭게도 친히 방문하려고 함(매화지약梅花之約)
> (2) 왕잠汪岑이 공무로 매화지약梅花之約를 놓치자, 기분이 좋지 않아 다시 만날 약속(유춘지약遊春之約, 상목단지약賞牧丹之約, 상연지약賞蓮之約, 상중추월지약賞中秋月之約, 상계화지약賞桂花之約, 국화지약菊花之約)을 하지만, 노남盧柟은 왕잠汪岑과의 여러 차례 약속을 어김. 그러나 왕잠汪岑은 그를 만나기 위해 인내함

왕잠汪岑은 술을 매우 좋아하였고, 그와 대적할 만한 사람을 찾지 못하였는데, 준현濬縣에 부임하니 사람들이 노남盧柟을 높이 치켜세웠다. 노남盧柟은 '교우관계가 상당히 넓고交遊甚廣', '집에 아름다운 정원을 가지고 있고聞得邑中園亭, 推他家爲最.', '주량 또한 으뜸酒量又推尊第一'이라고 추천하였기에 그를 찾아간다.45) 이때까지만 하여도 그는 노남盧柟과 친하

인 노남盧柟과 대립하는 악역으로서 악한 면을 강하게 부각시키기 위하여 젊었을 때부터 '불선不善함'을 가지고 있었음을 강조한 것으로 보인다. 그리하여 왕잠汪岑에게 당하는 노남盧柟의 처지와 인생 역정을 통해 독자의 동정심을 유발하고 연민의 정을 이끌어 내고자 하는 의도가 다분히 내포되어 있다고 볼 수 있다. 왕잠汪岑의 성격에 대한 원문을 살펴보면 다음과 같다. '濬縣知縣姓汪名岑, 少年連第, 貪婪無比, 性復猜刻, 又酷好杯中之物.'(≪醒世恆言≫第二十九卷〈盧太學詩酒傲公侯〉)

44) 這盧柟已是個淸奇古怪的主兒, 撞著知縣又是個耐煩瑣碎的冤家。請人請到四五次不來, 也索罷了, 偏生只管去纏帳。見盧柟決不肯來, 卻到情願自去就敎。又恐盧柟他出, 先差人將帖子訂期。(≪醒世恆言≫第二十九卷〈盧太學詩酒傲公侯〉)

45) 自到濬縣, 不曾遇著對手。平昔也曉得盧柟是個才子, 當今推重, 交遊甚廣, 又聞得

게 지내고 술로 교제하고자 하는 마음만 있었을 뿐 그를 해하려는 생각은 추호도 없었다. 그와 노남盧柟은 '사교社交', '애주愛酒', '선음善飲'에 있어서 서로 공통점을 가진다. 노남盧柟이 벼슬아치를 비속하다고 여기고, 자신을 대하는 태도가 유쾌하거나 적극적이지 않더라도 그는 모든 것을 견뎌냈다. 이와 같이 '주우酒友'를 찾고자 하는 그의 노력을 통해서 그의 성격에 내재해 있는 선한 동기와 인내심을 엿볼 수 있다. 그러나 매번 노남盧柟과의 약속이 이루어지지 않자, 이러한 '긍정'과 '호의'의 감정이 도리어 강한 '분노'와 '원한'으로 치환되어 노남盧柟을 철저하게 파멸시키고자 하는 복수의 마음이 생겨나게 된다.

> (1) 왕잠汪岑은 노남盧柟의 하인 노재盧才가 뉴성鈕成을 때려죽이고 도망가자, 이 사건으로 노남盧柟을 모함하여 사형을 내림
> (2) 왕잠汪岑은 옥졸을 시켜 노남盧柟을 핍박하고 몰래 죽이도록 사주함
> (3) 노남盧柟의 억울한 옥살이를 풀어주려고 한 순포현승巡捕縣丞 동신董紳을 미워하여, 동신董紳의 풍류사건을 들먹여 그를 파관면직시킴
> (4) 순안어사巡按御史 번모樊某가 노남盧柟의 억울함을 풀어주려다가 왕잠汪岑에 의해 뇌물죄에 연루되어 다시 파관면직됨

왕잠汪岑의 노남盧柟에 대한 분노는 이전의 관심과 열정이 무색할 정도로 치밀하고 집요하다. 그는 자신의 자존심과 위신에 상처받은 것에 대해서 심각하게 여기고 있다. 노남盧柟의 불성실한 행위와 태도 때문에 그의 마음에 급격한 동요가 일어나는데, 그의 이러한 변화는 단지 '교우交友'와 '애주愛酒'를 중심으로 여기는 마음과 명예와 자존심을 지키려는 심리가 서로 유기적으로 맞물려 있다가 어느 순간 이러한 '평행력'이 위협 받고, 인내심이 임계점에 다다랐을 때 순식간에 자제력을 잃으면서

邑中園亭, 推他家爲最, 酒量又推尊第一。因這三件, 有心要結識他, 做個相知。差人去請來相會。(《醒世恆言》第二十九卷〈盧太學詩酒傲公侯〉)

나타나는 현상이다. 그리하여 노남盧枏을 억울하게 살인 사건에 옭아매어 죽이려고 하였고, 노남盧枏이 억울함을 호소하여도 오히려 매질을 가하고 옥졸을 시켜 몰래 해치도록 계획을 꾸미게 된 것이다. 노남盧枏이 지인을 동원하여 구명을 벌일 때마다, 왕잠汪岑은 자신의 치부가 드러나고 명예가 훼손될까봐 적극적으로 나서서 막았으며, 노남盧枏의 석방을 청원한 관리까지 누명과 결점을 빌미로 파면시키는 주도면밀한 계략을 꾸미게 된다. 이러한 선성에서 악성으로의 변화는 순차적 이행이 아니라 아주 짧은 순간에 이루어지는데, 이것은 이 두 가지 상반된 감정이 거의 동시에 내재해 있기 때문이다. 왕잠汪岑은 이후 파관면직되었는데, 이것은 그의 악행에 대한 일종의 처벌로 볼 수 있다. 그렇지만 '선성善性'이 '행악行惡'의 형태로 전환되는 '개행천악改行遷惡'의 유형에서 흔히 나타나는 '악유악보惡有惡報'식의 관념을 지나치게 강조하는 것과는 다르다고 볼 수 있다.

이와 같이 '선악병존善惡竝存'의 인물 유형 중에서 '내재형' 인물인 ≪성세항언醒世恆言≫제19권第十九卷〈백옥양인고성부白玉孃忍苦成夫〉의 '정만리程萬里'와 ≪성세항언醒世恆言≫제29권第二十九卷〈노태학시주오공후盧太學詩酒傲公侯〉의 '왕잠汪岑'을 살펴보았다. 이들의 성격에는 본래부터 '악성惡性'과 '선성善性'이 양립하여 상황에 따라 그 어느 한 쪽이 우선하는 것이 아니라, 상황과 줄거리의 전개 양상에 따라 급변하면서 언제든지 어느 한 쪽으로 바뀔 수 있는 특징을 가지고 있다. 다시 말해서 '선성善性'과 '악성惡性'이 동일한 길항으로 존재하는 이중적이고 독립적인 특징보다, 양자가 장력에 의해 유동적으로 움직인다고 볼 수 있다. '선성善性'과 '악성惡性'이 양립하는 경우에는 다른 한 쪽이 소멸되거나 희미해지고 반대편의 한 쪽이 부상하는 경향을 보이는데 반해, '선성善性'과 '악성惡性'이 내재된 경우에는 '선성善性'과 '악성惡性'을 모두 갖추고 있으면서 상황에 따라 점유의 위치가 바뀌며 상대적으로 부침浮沈을 반복한다. 그러므로 상황의 변화에 따라 성격과 태도에 극적인 전환이 일어나는데, 이러한 현상에는 복잡하게 얽혀있는 내면적 감정과 동요가 도화선이 되고 있다. 작품 속의 '정만리程萬里'와 '왕잠汪岑' 역시 '호의와 증오', '아집과 집착', '체면과 명예' 등에 대한 복잡한 감정이 적극적으로 개입되어 '본성本性'과 '행위行爲'의 변화를 조장하면서 '선성善性'과 '악성惡性'의 병존 현상을 보다 구체적으로 드러내고 있다.

6. 나오는 말篇尾

본 글에서는 《삼언三言》의 작품 가운데서 '선악병존善惡竝存'의 인물을 '시간의 흐름과 변화', '행동과 감정의 표출방식', '이념과 행위의 반응'에 따라 세 유형으로 나누어 고찰하였다.

먼저, 시간의 선후에 의해서 '선악병존善惡竝存' 현상이 두드러지는 경우에는 '일탈逸脫'과 '회귀回歸'의 특징이 공통적으로 보이고 있는데, 등장인물은 성공하기 전후에 서로 다른 성격과 행동을 보이고 있다. 작품의 도입부분에는 불선不善 행위, 즉 '시용恃勇', '반항反抗', '일탈逸脫' 등의 행동이 나타나고, 이후에 자신의 능력을 발휘하는 과정에서 선한 행위, 즉 '중의重義', '행협行俠', '충성忠誠' 등이 나타난다.

다음으로 실리적 상황에 따라 '선성善性'과 '악성惡性'이 공존하는 인물을 살펴보다. 이들의 '선악병존善惡竝存' 양상은 '악성惡性'과 '선성善性'이 순차적으로 나타나기도 하며, 때로는 동시에 나타나기도 한다. 이들의 '악성惡性'은 분명하게 나타나지만, '선성善性'은 '악성惡性'에 비해서 그다지 분명하지 드러나지 않는다. 이들의 모호하면서도 유동적인 성격은 명확하고 고정적 특징을 보여 주는 인물과는 달리, 겉과 속이 다르고 쉽게 부화뇌동하며, 자기중심적이고 이기적인 특성을 가지고 있다.

마지막으로 사건 전후로 모순적 행위를 보이는 인물이 있는데, 이들은 '선善'에서 '악惡'으로, 혹은 '악惡'에서 '선善'으로 이동하는 특징을 보이고 있다. 이러한 행동의 변화에는 인물이 가지고 있는 신념의 전환이 가장 큰 영향을 미쳤다고 볼 수 있는데, 생각의 변화로 인해 실제적으로 행동의 다름을 이끌어 내고 있다. 특히 외부의 자극이나, 가치관의 변화에 따라 성격과 행동에 있어서 극적인 전도가 일어나는데, 이러한 현상의 기저에는 개인의 다양한 감정이 투입되고, 이러한 정서들이 상황에 따라 복합적으로 작용하기 때문이다.

이상과 같은 고찰을 통해서 '선악병존善惡並存'의 인물은 인물의 획일적인 특징만을 드러내는 것이 아니라, 보다 다양하게 변할 수 있는 가능성을 보여주고 있다. 이러한 '선악善惡'의 병렬과 길항 작용을 밝혀내는 과정은 일반적인 소설 작품에서 자주 보이는 대립의 양 극점이나 두 중심축에 집중하는 시각에서 벗어나, 그 가운데 존재하고 생활하는 수많은 인물의 다면적 성격을 살펴보는 측면에 있어 중요한 의미를 지닌다. 인물묘사의 수사학적인 측면에 있어서도 단순하고 고정적인 인물 형상보다는 내·외적으로 갈등하고 변화하는 형상을 통해서 역동적이고 개성 있는 인물의 특징을 보여주고 있다. 이와 같은 일련의 분석 과정을 통해 그동안 간과했던 인물에 대해서 폭 넓은 시각으로 살펴볼 수 있으며, 나아가 작품의 서술구조와 내용, 주제사상과 예술적 성과를 유기적으로 연계시켜 작품을 종합적으로 이해하는 데 중요한 작용을 하고 있다.

제**3**장 　악인惡人과 악성惡性:
　　　　　〈송사공대뇨금혼장宋四公大鬧禁魂張〉의 악인惡人

1. 들어가는 말入話: 왜 악인惡人을 주목해야 하는가?

　고전소설 작품은 선한 인물과 악한 인물이 서로 대립과 화해, 절충과
보완의 과정을 구성하며 스토리를 전개하고 있다. 모든 작품에는 반드시
주인공이 등장하고 그 주인공은 대부분 선한 행위를 하는 이, 혹은 의로
운 일을 하는 이로 대변된다. 이와 반대로 이러한 인물에게 직·간접적으
로 악행을 일삼는 악한 인물도 등장한다. 일반적으로 선한 인물을 중심
으로 '선인善人'이 '악인惡人'을 물리치는, 혹은 이와 유사한 구조로 이루
어지는 전개 방식이 오랫동안 고정된 형태로 정착되어 왔다. 특히 고전
소설에서의 이러한 '선善' 혹은 '정의正義'가 '악惡' 혹은 '불의不義'에 맞서
승리하는 공식은 서사 전개 과정에서 마치 불문율처럼 여겨져 거의 모든
작품에서 '해피 엔드happy end'로 끝나거나 그것과 유사한 줄거리로 마무
리되고 있다. 즉 주인공(선인善人)이 고통과 고난을 당하더라도 나중에
는 이를 극복하고 초월하여, 그것에 걸맞은 보상을 받는 것으로 마무리
짓고 있는 작품이 대부분인 셈이다. 고전소설에는 이처럼 '권선징악勸善
懲惡'의 개념아래 선인善人의 승리와 악인惡人의 패배라는 '플롯' 개념과
독자에게 교화를 강조하는 '텍스트 효과'의 개념이 내재되어 있는데,1)

중국 고전소설의 흐름에서도 이와 같은 특성은 자연스럽게 보인다. 특히 기존의 사회적 가치관에 대한 저항과 풍자, 위선적 도덕관에 대한 일탈과 왜곡을 하나의 전형적인 특징으로 여기는 백화소설에서 이러한 현상은 보편적으로 나타난다. 그렇기 때문에 통속성과 대중성, 오락성과 유희성을 골고루 갖추고 있고, 시민이나 대중의 요구를 비교적 직접적으로 반영하고 있다고 여겨지는 화본소설에서도 '선인善人 승리'의 공식을 벗어난 작품을 찾기는 매우 힘들다. 사실 화본소설의 작품에는 악인惡人(악행惡行을 행하거나 선인善人과 갈등을 조성하는 인물)이 등장하지만, 이러한 악인惡人이 주인공으로 분장하여 악행에 대한 처벌을 받지 않는 작품은 전무하다고 보아도 무방하다.[2]

그렇기에 중국 소설에서 '악인惡人(무뢰한, 시정잡배)'이 '주인공'으로 '개과천선改過遷善'이나 '입신양명立身揚名'의 과정을 거치지 않고 이야기의 중심이 되어 '승리'하는 내용에 대한 연구는 없을 뿐만 아니라, 줄거리를 긴밀하게 이끌어가는 주요인물은 아닐지라도 작품의 구성원으로서의 고찰도 많지 않다.[3] 악인惡人에 대한 단독적인 연구는 한국의 고전소설

---

1) 조현우, 〈古小說의 惡과 惡人 형상에 대한 문화사적 접근─초기소설과 영웅소설을 중심으로〉, ≪우리말 글≫第41卷, 2007년, 193쪽 참조.

2) 악행惡行에 대한 처벌이 바로 나타나거나 혹은 당장 나타나는 것은 아니더라도 나중에 어떤 식으로든 그것에 상응한 징벌이 내려지는 것으로 이야기를 마무리 짓는 경우가 대부분이다.

3) '악인惡人 연구'는 적어도 악인惡人이 중심이 된 연구를 말한다. 인물 연구에서 부수적으로 악인惡人에 대해 언급하는 정도가 아니라, 악인惡人에 대한 독립된 주제이거나 단독으로 진행된 연구를 말하며, '선인善人'의 부수적 조성으로서의 인물 연구를 말하는 것은 아니다. 악인惡人에 대한 독립적인 연구는 일반적으로 장편 백화소설을 중심으로 이루어져 왔는데, 대표적인 악인惡人이라고 할 수 있는 ≪금병매金瓶梅≫의 서문경西門慶, ≪성세인연전醒世姻緣傳≫의 조원晁源, ≪기로등岐路燈≫의 하정夏鼎(개과천선改過遷善) 등에 대한 연구가 보이고 있고, 간혹 중국 고전소설 전반에 걸쳐 악인惡人에 대한 고찰이 나타나고 있지만 소수에 불과하다. 그러나 악인惡人에 대한 '승리' 내지 '면죄'에 대한 연구는 거의 전무하다고 할 수 있다. 장편 백화소설에 나타나는

연구에서는 간혹 보이는데, 악인惡人을 중심으로 선인善人인 주인공의 대립적 인물로서 그 성격과 행동, 심리와 인식의 특징을 고찰하거나,[4] 혹은 악인惡人의 성정性情과 태도의 변화 과정(개과천선改過遷善)을 분석한 논문 정도가 보이고 있다.[5] 이렇듯 중국 고전소설의 악인惡人에 대한 연구는 충분히 이루어지지 않았고, '악인惡人'에 대해 깊이 생각해볼 시도도 제대로 이루어지지 않았다. 그렇다면 우리는 '왜 악인惡人에 대하여 주목해야 하는가?' 이 문제에 대한 답을 구하기 전에 먼저 선행되어야 할 과제가 있는데, 바로 '악인惡人'에 대한 정의를 살펴보는 것이다.

김열규는 '악한惡漢'을 '영웅적 악한Heroic Villain'과 '피카로Picaro'로 나누어 정의하고 있는데, '반체제적 인물Anti-hero'들의 반발과 저항이 적극적일 때 'Heroic Villain'이라고 하고 소극적일 때 'Picaro'라고 하였다. 전자는 자신의 사회적 존재에 대한 공증을 쟁취하고자 할 뿐 아니라 나아가 기존 사회체제 및 관습적 개념이나 행동 규범을 전복하고자 하는 반체제

악인惡人에 대한 연구는 朱繼琢, 何煥群, 〈論"混帳惡人"西門慶的形象〉, ≪廣東民族學院學報(社會科學版)≫, 1991年 1期 ; 정재량, 〈≪醒世姻緣傳≫人物 硏究〉, ≪中國學論叢≫第8輯, 1999年 ; 蒲澤, 〈醒世姻緣傳≫中晁源的原型人物考〉, ≪蒲松齡硏究≫, 2009年 第3期 ; 肖俊卿, 〈論≪歧路燈≫中的人物形象--夏鼎〉, ≪鄭州航空工業管理學院學報(社會科學版)≫, 2007年 第2期 ; 師林, 〈"好人變壞"與"壞人變好"--對中國現當代小說中情節模式的一種考察〉, ≪名作欣賞≫, 2010年 6月 등이 있다.

4) 조현우, 〈≪謝氏南征記≫의 악녀 형상과 그 소설사적 의미〉, ≪한국고전여성문학연구≫제13집, 2006년 11월 ; 박경열, 〈가정소설에 나타난 악인의 유형과 악의 의미〉, ≪문학치료연구≫제5집, 2006년 8월 ; 〈가정소설에 나타난 악인의 형성조건과 그 의미〉, ≪겨레어문학≫제39집, 2007년 12월.

5) 강재철, 〈古小說의 懲惡樣相과 意義〉, ≪東洋學≫第33輯, 2003년 2월 ; 조혜란, 〈≪옥루몽≫황소저의 성격 변화 –악인형 인물의 개과천선 과정 서술과 관련하여〉, ≪한국고전여성문학연구≫제22집, 2011년 ; 김수연, 〈≪창선감의록≫의 '개과천선'과 악녀惡女 무후無後〉, ≪한국고전여성문학연구≫제25집, 2012년 ; 박길희, 〈≪창선감의록≫에 나타난 심씨의 형상과 사회적 현실〉, ≪남도문화연구≫제25권, 2013년 12월 등.

정신의 소유자를 말한다. 이에 비해 후자는 기성윤리나 행동관습으로
볼 때 예외적이고 이단적인 행동을 취하지만 도전적인 데까지는 이르지
못하고 있는데, 넓은 의미에서 범법자이고 패륜아를 일컫는다.6) 김열규
은 '악한惡漢 소설'의 특징을 고찰하면서 '악한惡漢'의 정의에 대해서 언급
하고 있다. 그는 '악한惡漢 소설'이라는 용어의 유래와 악한 소설에 등장
하는 주인공의 특징을 주목하고 있다. 그의 주장에 따르면 우선 '악한惡
漢 소설' 혹은 '악인형惡人型 소설'이라는 용어는 서구의 '피카레스크 소설
picaresque novel'에서 온 것으로 이해하고 있다. 피카레스크 소설의 특징
이 악인형惡人型 인물, 즉 피카로picaro나 피카라picara에 있다고 보고
'악한惡漢'의 성격을 규정하는데, 비록 중국 고전소설에 등장하는 악인惡
人의 정의에 완전히 들어맞는 것은 아니지만, 그의 악한惡漢에 대한 정의
는 본 글에서 정의하는 '악인惡人'의 개념에 유용하게 사용될 수 있다고
본다.7) 피카로가 문학 작품에서는 흔히 '버릇없고 난폭하며, 교활하고
무책임하고 일정한 직업이 없이 떠돌아다니며 불법적인 수단으로 사회
에 기생하는 인물', '저열한 삶의 현장에서 생존을 위해 몸부림치는 하층
민이며, 부도덕하고 교활한 기지로 사회에 기생하면서 기존의 가치에
도전하는 인물'8)이라고 한다면 본 연구에서 제시하고 있는 '악인惡人' 역
시 이와 유사한 성격을 갖는다고 할 수 있다.

'악인惡人'의 정의가 이와 같다면, 우리는 왜 '범법자'이면서 '패륜아'인
악인惡人을 주목해야 하는가? 악인惡人의 등장은 작품에 있어서 단조로
운 이야기 구조에서 탈피하여 극적인 전개와 서술을 가능하게 하며, 작

6) 김열규, 〈李朝小說에 있어서의 惡人型의 檢討〉, ≪古典文學硏究≫, 1971년 제1권,
   5-6쪽.
7) 김한식, 〈1970년대 후반 '악한 소설'의 성격 연구〉, ≪상허학보≫第10卷, 2003년,
   179-180쪽 참조.
8) 김춘진, ≪스페인 피카레스크 소설≫, 서울: 아르케, 1999년, 62-63쪽.

품에 대한 흥미를 제고시키고 주제 사상을 효과적으로 전달하게 한다. 이러한 측면이외에도 사회적 작용과 인간적 정서에 있어서는 적을 알면 적을 쉽게 대적할 수 있다는 '지피지기형知彼知己形型'의 목적을 가지고 있거나, 갈등의 대척점에 있으면서 선善의 승리 및 가치를 선양하기 위한 '영웅승리형英雄勝利型'을 강조하기 위해서거나, 혹은 악인惡人에 대한 증오와 파멸에 대한 서정적 카타르시스를 보여주기 위한 의도를 가지고 있기도 하다. 비록 이러한 면이 전혀 없는 것은 아니지만, 무엇보다도 이러한 악인惡人에 대해서 끌리는 이유는 실재 우리의 모습과 상당히 닮아있다는 점이다. 악인惡人은 인간의 '악성惡性'에 대한 원초적 욕망을 투영하는 것이면서도 그것에 대한 복잡한 감정을 고스란히 밖으로 드러내는 과정을 직접적으로 보여주기 때문이다.

그렇다면 본 연구에서 시도하고 있는 악인惡人에 대한 재탐색, 나아가 '악인惡人 승리'형에 대한 고찰은 과연 어떤 가치를 지니고 있고, 작품 전체의 이해와 분석에 어떤 도움을 주는가? 이러한 궁금증을 해결하기 위해서는 단순히 악인惡人의 성격과 행동을 분석하는 것에서 벗어나 좀 더 깊은 관찰이 필요하다. 이것은 소설 작품의 구조적 부분과 내용, 수사적 의미뿐만 아니라, 나아가 인간 존재에 대한 인식과 성찰, 본성과 감정에 기인하는 욕망의 여러 형상을 살펴보면서 당시 사회적 이념과 가치관에 대한 전반적 고찰이 수반되어야 한다고 할 수 있다.

먼저, 악인惡人에 대한 연구 가치를 소설 작품 자체의 구조와 내용에 중점을 둔다면, 악인惡人은 등장인물의 다양한 유형을 구현한다는 점에서 중요한 의미를 지닌다. 선인善人 위주의 고정적인 패턴에서 벗어나 그 반대의 경우인 악인惡人의 입장에서 살펴보는 시각이 필요하다. 이러한 관점은 일방적인 것에서가 아니라, 양방적인 것, 혹은 역방적인 것으로부터 고찰이 가능하게 되어 작품 속에 등장하는 다양한 인물에 대한 입체적이면서도 다각적인 고찰이 가능하게 된다. 이것은 작품의 인물을

이해하는 지름길일 뿐만 아니라, 나아가 작품의 구성을 통찰하고 줄거리
와 갈등 주제를 상세히 파악하는데 중요하게 작용한다. 이러한 연구는
나아가 작품과 주제 연구로 확대될 수 있고, 인간의 다양한 모습과 행동
연구에도 큰 도움을 줄 수 있다.

둘째, 소설의 수사적 의미에 둔다면, 악인惡人의 심각한 악행의 과정을
해학적으로 표현하여 구체적인 악행에 대한 심각성을 완화하고 희화적
으로 표현하고 있는 수사적 기교를 살펴볼 수 있다. 이러한 서사 예술을
통해서 심각한 범죄의 엄밀성과 경직된 분위기에서 벗어나 사건을 희화
적으로 묘사할 수 있고, 지속적인 긴장감을 완화할 수 있게 만든다. 긴장
된 국면을 완화하는 과정에서 원초적 이기심에 해학적 코드를 삽입하여
마음속에 존재하고 있는 기존의 질서와 법규에 대항하는 소극적 감정을
불러일으키기도 한다. 이러한 연구는 독자로 하여금 선에 대한 강요와
압박감에서 벗어나 좀 더 자유롭게 사유할 수 있게 하며, 작품에 대한
흥미를 고취하여 이야기 전개에 좀 더 몰입할 수 있도록 한다.

셋째, 인간 존재에 대한 인식과 성찰에 그 의의를 둔다면, 인간 존재에
대한 심도 있는 주제의식을 부여한다. 악인惡人이 단지 선인善人을 부각
시키기 위한 부수적 존재가 아니라, 그 자체로 존재감을 가지고 있다고
볼 때,[9] 이러한 과정을 통해서 인간 존재의 인식과 가치를 깊이 살펴볼
수 있으며, 악인惡人의 단독적이고 독립적인 존재로서 그 면모를 자세히
고찰할 수 있다.

다음으로 악인惡人에 대한 연구가 작품의 이해에 있어서 어떤 효과가
있는지 살펴보면, 첫째, 악인惡人은 인간 욕망의 발현을 다각적으로 고찰
하는데 중요한 자료를 제시한다. 악인惡人의 심리와 행동은 인간에게 내

---

9) 김열규, 〈李朝小說에 있어서의 惡人型의 檢討〉, ≪古典文學研究≫, 1971년 제1권,
14쪽.

재해 있는 다양한 감정 중에서 파괴와 충동의 욕망이 어떻게 악의 형태로 발현되는지 구체적으로 보여준다. 인간의 원초적 욕망의 출현과 변형을 통해서 인간 본성과 욕망에 대해서 보다 더 깊이 살펴볼 수 있으며, 그것에 기반을 둔 인간의 이기심과 공격성에 대한 '원초적 끌림'에 대해서도 폭넓게 이해할 수 있다.[10]

둘째, 악인惡人은 직접적이든 간접적이든 그 시대의 작가와 시대적 가치관을 반영한다. 악인惡人에 대한 '호감好感'과 '오감惡感'은 인간 본성에 내재해 있는 다양한 감정을 투영한 것이라고 볼 수 있다.[11] 그러므로 악인惡人의 연구를 통해서 시대와 작가의 내면적 본질을 고찰할 수 있게 해주며, 그 당시 대중의 가치관과 그것을 직접적으로 내비치고자 했던 작가의 가치관을 동시에 살펴볼 수 있다. 그 자체로 독자성을 지니면서도 끊임없이 사회와 타자와의 관계를 이어오고 있는 인물의 존재는 특수한 서사 형식(악惡의 구현)과 사회적 이해의 관계(악惡의 용인), 타자와의 긴밀함(악행惡行의 동조)을 정확하게 보여주고 있다.

셋째, 악인惡人은 도덕적 가치관의 '파기'를 상징하는데, 실제적으로 현실 세계에서는 악인惡人 반드시 그에 상응하는 징벌을 받지 않는다는 현실적 괴리감을 보여준다. 소설 작품에서의 사건과 현실 사회에서 일어나는 사건과의 차이와 간극을 악인惡人의 연구를 통해 직·간접적으로 살펴볼 수 있다.

그렇다면 중국 고전소설에서 악인惡人이 주요인물로서 징벌을 받지 않는 작품은 없는가? 중국 고전소설 중에서 비교적 통속적이면서 다양한 인물군을 묘사하고 있다고 판단되는 백화소설에서도 이러한 유형의

---

10) 이정원, 〈해학적 악인 캐릭터 디자인을 위한 서사적 접근〉, 《古小說硏究》제23집, 2007년, 168-170쪽 참조.

11) 강경구, 〈중국현대소설에 나타난 악인연구--老舍의 《四世同堂》과 巴金의 《家》를 중심으로〉, 《中國現代文學》第23號, 2002년, 199-200쪽 참조.

작품은 거의 보이지 않는다. 단지 통치 계층의 이데올로기가 반영되어 도적과 반란 행위가 본래의 의도와 가치를 떠나서 그 행위의 불손함과 불경함으로 인해 악행으로 단정 짓는 작품은 일부 보인다. 예를 들어, ≪대송선화유사大宋宣和遺事≫의 송강宋江과 36인, ≪경세통언警世通言≫ 제12권第十二卷〈범추아쌍경중원范鰍兒雙鏡重圓〉의 범추아范鰍兒가 있지만12) 이들을 본 연구에서 규정하는 악인惡人으로 보기에는 무리가 따른다. 비록 이들의 행동이 통치 계층의 이념과 정신에는 위배되지만, 인류의 보편적 정서와 행동과는 배치되지 않는다. 그렇다면 주요인물이 아닌 보조인물인 경우는 어떠한가? 소설 작품에서 악인惡人의 형상으로 나타나기는 하지만 선인善人의 상대적 인물로 등장하며, 악행惡行의 정도에 따라 이후에 그에 따른 징벌을 받는 구조가 대부분이다. 이처럼 악인惡人이 주인공 또는 주요인물군에 속한 작품은 매우 드물며, 이들의 성공담을 이야기로 구성한 작품은 더더욱 드물다. 그러나 악인惡人이 줄거리의 주인공이고, 악행을 저지르고도 그것에 대한 처벌을 받지 않고 오히려 유유자적하게 지내는 내용의 화본소설 작품이 있다. 바로 풍몽룡馮夢龍 (1574~1646)의 ≪유세명언喩世明言≫제36권第三十六卷에 실려 있는 〈송사공대뇨금혼장宋四公大鬧禁魂張〉이다. 이 작품은 도적인 송사공宋四公을 비롯한 4인의 악행을 묘사하고 있는데, 그들은 겁탈, 탈취, 모략, 누명 등 다양한 방식으로 자신의 기지를 내세워 관부官府와 부자를 압박하고 결국에는 법망에서 벗어나 자유롭게 생활한다. 작품에는 그들의 추악한 행위가 과장되면서도 낭만적으로 그려지고 있는데,13) 그들에 비해 정당하게 법을 집행하는 인물은 오히려 피해를 당하거나 죄를 뒤집어써서

12) 김은혜, ≪話本小說에 나타난 宋代 庶民의 政治文化 硏究≫, 숙명여자대학교 석사논문, 2009년, 106쪽.

13) 繆咏禾, ≪馮夢龍和三言≫, 臺北: 萬卷樓, 1993年, 82-83쪽.

감옥에서 죽게 되면서 전형적인 '사필귀정事必歸正'의 틀에서 벗어나 '새
드 엔드sad end'의 결말을 보여 준다.

〈송사공대뇨금혼장宋四公大鬧禁魂張〉에서의 악인惡人에 대한 탐색은 다
른 작품에서의 악인惡人에 대한 연구보다 좀 더 다양하고 심도 깊은 분석
을 진행할 수 있다. 이 작품은 상당히 독특한 내용을 가지고 있으며,
악인惡人이 징치되거나 실패하는 전통적 이야기 구조를 벗어났으며, 기
존의 인물 구성에서도 탈피한 작품이다. 그렇기에 소설 구조와 내용 및
의미뿐만 아니라, 인간 존재와 인식, 당시 대중의 심리와 영향, 작가와
독자, 시대와 사회에 대한 시각 등 다양한 방면에서의 고찰이 가능하다.
이에 본 연구는 이러한 연구 방면에 기초로 두어 〈송사공대뇨금혼장宋四
公大鬧禁魂張〉에서 나타나는 악인惡人의 특징과 악惡의 의미에 대해서 다
각적으로 살펴보고자 한다. 이러한 분석이 작품의 이해에 어떻게 작용하
며, 악인惡人의 새로운 의미와 역할을 찾아내는 데에 어떠한 시각을 부여
하는지 어느 정도의 해답을 제시하리라고 본다. 이러한 고찰은 당연히
징치의 대상으로만 여겼던 악인惡人에 대해서 새로운 시각과 지평을 열
어줄 것으로 기대하며, 이로 인해 우리가 악인惡人에게 가졌던 왜곡되고
편협한 인식에서 탈피할 수 있는 계기를 제공할 것으로 보인다.

2. 악인惡人의 특징

먼저 〈송사공대뇨금혼장宋四公大鬧禁魂張〉의 전체적인 구조를 살펴보
면, 화본소설의 전형적인 형식을 가지고 있는데, '입화入話'-'정화正話'-'편
미篇尾'로 구성되어 있다. 입화入話는 석숭石崇이 늙은 용왕을 구해주고
큰 부富를 얻었다는 내용厚報重恩과 왕개王愷와 재력 다툼을 벌이고 결국
참수당하는 내용因富得禍으로 구성되어 있다. 정화正話는 작품의 본 이야
기로서 크게 전·중·후반부로 나뉘어져 있는데, 전반부는 송사공宋四公

이 장부張富의 재물을 훔치고 달아난 사건을 중심으로 전개되고 있다. 중반부는 조정趙正이 스승인 송사공宋四公에게 자신의 재능을 인정받기 위해 그를 세 차례나 속여 재물을 훔치는 부분과 송사공宋四公이 조정趙正을 제거하려하면서 서로의 갈등이 최고조에 달했다가 나중에는 점차 해소되는 이야기가 중심을 이루고 있다. 후반부는 송사공宋四公이 조정趙正과 다른 제자와 합심하여 관원을 속이고 어려움에 빠트리면서 동경東京을 한바탕 소란스럽게 하는 과정을 보여 주고 있다. 서술의 편폭은 중반부가 가장 길고, 그 다음이 후반부이며, 전반부가 가장 짧다. 각 부분 있어서는 인물의 비중에 따라 서술 시각도 다른데, 전반부에는 송사공宋四公에 편중되어 있고, 중반부는 조정趙正에 치중하고 있다. 후반부는 여러 인물로 분산되어 있지만, 시각은 여전히 송사공宋四公과 조정趙正을 중심으로 진행되고 있다.14) 소설 미학적 관점(설화인說話人의 예술관藝術觀)에서 살펴보면, 서술 내용과 구조에서 '이理', '세細', '기奇', '취趣', '미味'의 특색을 보이고 있고,15) 이야기의 전개 과정에서는 '곡절曲折', '이기離奇', '생동生動', '열뇨熱鬧'의 특징을 보이고 있다.16) 이러한 다양한 특성에서 분명하면서도 포괄적으로 나타나는 특징이 바로 '기奇'라고 할 수 있다. '기奇'는 〈송사공대뇨금혼장宋四公大鬧禁魂張〉이 악인惡人이 등장

14) 《유세명언喩世明言》第36卷〈송사공대뇨금혼장宋四公大鬧禁魂張〉의 원본은 송원화본宋元話本인 〈호아조정好兒趙正〉인데, 명明 조률晁瑮 1507~1560의 《보문당서목寶文堂書目》에는 〈조정후흥趙正侯興〉으로 기록되어 있다. 이들 편명에서 알 수 있듯이 이전 작품의 주인공은 '조정趙正'이고, 그의 교활하고 영민한 성격과 신출귀몰한 기예를 중심으로 묘사하고 있다. 명明 풍몽룡馮夢龍(1574~1646)에 이르러 원본을 개편하면서 주요인물을 '송사공宋四公', '조정趙正', '후흥侯興', '왕수王秀'로 확대하였다. 〈송사공대뇨금혼장宋四公大鬧禁魂張〉의 출전과 개편에 관한 부분은 譚正璧, 《三言兩拍資料》, 上海古籍出版社, 1985年, 212-213쪽을 참조.

15) 周峰, 李偉, 〈說書人的審美觀與"宋四公"〉, 《江西教育學院學報》第25卷第6期, 2004年 12月.

16) 周先愼, 《古典小說鑑賞》, 北京大學出版社, 1992年, 125쪽 참조.

하는 다른 소설 작품과 분명히 구별되는 요소인데, 이점은 작품의 내용에 있어서 보다 구체적으로 재현된다.17)

작품의 내용을 자세히 살펴보면, 동경東京 개봉부開封府에서 대대로 전당포업으로 부富를 축적한 장부張富(장원외張員外)는 돈을 쓰는 것에 대해서 매우 인색하였다. 어느 날 장원외張員外가게에서 일하던 두 주관主管(점원)이 거지가 동냥하러 온 것을 보고, 장원외張員外가 자리에 없는 틈에 양문兩文을 거지의 조리笊籬에 던져 주었다. 장원외張員外는 몰래 이것을 보게 되었고 두 주관主管이 준 돈을 빼앗는 것은 물론이고 문 앞에서 사람을 시켜 거지를 두들겨 팼는데, 사람들이 그 광경을 보았지만 아무도 변호해 주지 않았다. 장원외張員外 하인들에게 얻어맞은 거지는 감히 그와 대놓고 싸우지는 못하고, 문 앞에서 손가락질하며 욕지거리를 할 뿐이었다. 마침 지나가던 송사공宋四公이 장원외張員外의 처사가 지나치다고 생각하고 거지에게 돈을 주면서 달래주었다.

송사공宋四公은 밤(삼경三更)에 몰래 장원외張員外의 전당포로 들어가게 되는데, 그때 그를 자신의 정부로 잘못 알고 있었던 여인과 맞닥뜨리게 되고 그녀를 통해 보물창고의 함정 장치(기관機關)와 구조를 알아내고, 비정하게 그녀를 죽여 버린다. 함정 장치를 무사히 통과하고 나서 창고로 들어간 송사공宋四公은 5만관貫의 재물을 훔치고 자신의 소행임을 암시하는 구절을 남기고는 고향인 정주鄭州로 도망갔다.

한편 장원외張員外는 바로 다음날 돈이 사라진 것을 관가에 알리고,

---

17) 중국의 저명한 문학가인 鄭振鐸는 훌륭한 화본소설의 줄거리에는 '기奇'가 있어야 함을 강조하고 있는데, 그는 〈論元刊全相平話五種〉(《鄭振鐸古典文學論文集》, 上海古籍出版社, 1984年)에서 화본소설에는 '이기離奇'와 '격앙激昂', '기이奇異'와 '경해驚駭가 있어야 독자를 '청문聽聞'을 이끌어 낼 수 있다고 말하고 있다. 이러한 견해는 〈송사공대뇨금혼장宋四公大鬧禁魂張〉에서도 예외가 아니다. 鄭振鐸, 《鄭振鐸古典文學論文集》, 上海古籍出版社, 1984年. 410쪽 참조.

개봉부開封府의 노련한 주선周宣는 벽에 쓰인 시를 통해 이것이 '송사공宋四公'의 소행임을 밝혀낸다. 등대윤滕大尹은 포교인 왕준王遵을 즉시 정주鄭州로 파견하여 잡아들이도록 명령하였다. 왕준王遵 일행은 송사공宋四公이 있는 주점에 갔지만, 송사공宋四公은 보기 좋게 이들을 농락하고 교묘하게 도망쳤다. 송사공宋四公은 모현謨縣에 있는 제자인 조정趙正에게 의탁하기로 하였는데, 가는 길에 주점에서 조정趙正을 만난다. 조정趙正은 마침 자신의 활동 무대를 동경東京으로 옮겨 보고자하는 생각을 가지고 있었는데, 송사공宋四公의 반대에 부딪쳤다. 송사공宋四公은 조정趙正에게 내기를 걸어 조정趙正이 자신에게서 장원외張員外의 재물을 훔칠 수만 있다면, 동경東京에 가도 된다고 허락하였다. 조정趙正은 계책計策을 써서 세 차례나 그를 속이고, 두 차례나 송사공宋四公의 재물을 훔쳤다. 송사공宋四公은 내기에 졌음을 인정하고 조정趙正에게 東京에 있는 다른 제자인 후흥侯興에게 의탁하게 하였다. 조정趙正은 도중에 송사공宋四公의 서신을 몰래 뜯어보고서 송사공宋四公이 후흥侯興을 통해 자신을 없애려고 하는 것을 알게 되었다. 하지만 그는 굴하지 않고 오히려 대담하게 후흥侯興을 찾아가 보려고 한다. 그는 후흥侯興이 연 주점에 도착하였고, 후흥侯興 부부는 조정趙正을 해치려하였으나, 오히려 조정趙正에게 골탕을 먹고 잘못하여 자신의 아이를 죽이게 된다. 후흥侯興은 화가 나서 조정趙正을 쫓아가고 도중에 송사공宋四公과 만나게 되면서 서로 화해하게 된다.

조정趙正은 송사공宋四公의 또 다른 제자인 왕수王秀와 부인을 농락하고, 자신의 기예技藝와 지략智略을 드러내었다. 그 후에 조정趙正은 굴을 파고 전대왕부錢大王府로 들어가 3만관貫의 돈과 '암화반용양지백옥대暗花盤龍羊脂白玉帶(이후 옥대玉帶라고 칭함)'를 훔친다. 범인을 잡으려고 온 마한馬翰을 교묘하게 속이자, 개봉부開封府의 등대윤滕大尹은 현상금을 걸고 그를 잡아들이도록 명령하였다. 조정趙正과 송사공宋四公 등은 다시 계책計策을 내어 전대왕부錢大王府에서 훔친 옥대玉帶를 장원외張員外의 창고로 옮겨놓아 장물을 가진 죄를 뒤집어씌우고, 또한 장원외張員外에게서 훔친 재물을 마한馬翰, 왕준王遵의 집에 옮겨 놓고 그들과 식솔들에게 재물을 훔친 누명을 씌웠다. 장원외張員外는 집안의 재산을 팔아 전대왕錢大王의 옥대玉帶에 대해 변상하여 속죄하였는데, 악착같이 모은 재물을 써버리자 화가 나고 억울함을 참지 못해 결국 창고에서 스스로 목을 매어 죽는다.18) 마한馬翰과 왕준王遵도 심문을 견디지 못해 모두 감옥에서 죽었다. 이들의 신출귀몰한 도적 행위는 한동안 동경東京을 떠들썩하게 만들었고, 집집마다 편안하게 지내지 못했다. 후에 포상공包相公이 부윤府尹으로 부임하자 그들은 포상공包相公을 두려워하여 각지로 흩어졌고 동경東京은 비로소 안정을 찾았다.

〈송사공대뇨금혼장宋四公大鬧禁魂張〉은 그 편명에서도 알 수 있듯이, '송사공宋四公이 소란을 일으켜 구두쇠 장원외張員外(금혼장禁魂張)를 크게 혼내주다.'처럼 주인공을 송사공宋四公으로 설정하고 있다. 하지만 실제 내용은 송사공宋四公(사부)을 중심으로 제자인 조정趙正, 후흥侯興, 왕수王秀가 한바탕 크게 소란을 일으킨 사건을 집중적으로 묘사하고 있다. 명明 풍몽룡馮夢龍(1574~1646)은 송원화본宋元話本인 〈호아조정好兒趙正〉을 개편하면서, 조정趙正 중심이었던 사건을 송사공宋四公을 주축으로 확대하고, 전편前篇에는 없던 '큰 소동'의 사건을 연속적으로 배치하면서 엄숙하고 긴장된 분위기에서 해학적이고 희화된 줄거리를 전개하고 있

---

18) 장원외張員外는 한 푼이라도 쓰지 않고 악착 같이 돈을 모으는 인물이다. 그는 말끝마다 돈을 '아아我兒'이라고 하며 궤짝에 넣고서 절대 꺼내지 않을 정도로 매우 인색하다. 전대왕錢大王의 옥대玉帶에 대한 변상은 금액의 많고 적음을 떠나 그에게 큰 충격을 주었다. 그의 전 재산에서 변상 금액을 제외하고도 충분한 재산이 남아 있음에도 불구하고 그의 마음속에서는 이러한 재산의 손실을 용납할 수 없었다. 결국 그의 이러한 집착이 스스로 목숨을 끊게 만드는 결과를 가져왔다. 陳永正, ≪三言二拍的世界≫, 臺北: 遠流出版事業股份有限公司, 1994年, 237-239쪽 참조.

다.[19] 인물의 출현에 있어서도 20여 명의 적지 않은 인물들이 등장하는데, 작품에서의 신분과 역할의 특징을 나누어 살펴보면 다음과 같다.

주요인물		보조인물			배경인물		
惡人(主)	惡人(副)	官府	王府	富者	부녀, 아이	관원	하층민
宋四公	侯興	滕大尹	錢大王	張富	婦女	公人	店小二
趙正	王秀	王遵			侯興老婆		乞丐
		馬翰			侯興兒子		
		李順			王秀老婆		
		周宣			馬翰婆娘		
					馬翰孩子		
					王遵妻小		

작품에서의 줄거리를 이끌어 가는 중요 인물은 여전히 '송사공宋四公'과 그의 제자인 '조정趙正'이다. 이 두 인물을 중심으로 여러 보조인물과 주변 인물(배경인물)이 배치되고 서로 유기적으로 관계망을 형성하면서 줄거리를 전개하고 있다. 주요인물이라고 할 수 있는 '송사공宋四公'과 '조정趙正'의 성격 특징을 중점적으로 살펴보면, 송사공宋四公은 때로는 동정심을 발휘하여 약자를 도와주기는 하지만, 대부분 남의 재물을 훔치거나 주색에 빠져있으며 자신의 이익과 안위를 위해서 신의를 쉽게 저버리고 살인을 일삼는다. 송사공宋四公이 훔친 재물과 그 재물을 향유하는 것에 관심을 보인다면, 조정趙正은 재물을 훔치는 행위 자체에 흥미를 가지고 있으며, 남을 쉽게 믿지 못하여 항상 의심하고, 자신의 안전을 위하여 지나치게 주도면밀하면서 자신의 능력에 대한 과시와 더불어 그

---

19) 趙修霈, 〈論馮夢龍"三言"中的"鬧"〉, ≪臺中教育大學學報(人文藝術類)≫21卷1期, 2007年 6月, 90쪽 참조.

러한 능력을 남에게서 인정받기를 갈망하고 있다. 이들은 비록 훔치는
일에 대한 재능과 신중함을 모두 갖추고 있지만, 이러한 기예를 펼칠
때의 노련함과 신중함, 자만심과 치기어린 행동에서 서로 묘한 대조를
이루고 있다. 이렇게 서로 비슷하면서 다르게 대응하는 두 인물의 성격
에서 나타나는 공통된 특징은 '기이奇異', '해학諧謔', '지모智謀', '비정非情',
'협의俠義' 등이다.[20] 이러한 특징은 각각 개별적으로 등장하기도 하지
만, 때로는 다른 특징과 서로 엮여져 순차적으로 나타나거나 혹은 동시
에 나타나기도 한다. 예를 들면 해학諧謔+지모智謀, 지모智謀+비정非情,
지모智謀→비정非情, 지모智謀→기이奇異 등이 그러하다. 이러한 경우는
비록 어떤 하나의 묘사, 혹은 연속된 서술에서 여러 특징이 동시에 나타
나고 있지만, 이야기 전개를 중심으로 비교적 명확하게 드러난 특징을
중심으로 분류하자면, '기이奇異와 괴벽怪僻', '유머humor와 해학諧謔', '지
략智略과 계책計策' 등으로 나눌 수 있겠다.

1) 기이奇異와 괴벽怪僻: 독특하고 개성 있는 성격

 작품에서 대표적인 악인惡人인 송사공宋四公과 조정趙正은 일반적인 혹
은 보편적이라고 말할 수 있는 성격을 가지고 있지는 않으며, 어떤 가치
관이 일정하게 지속되거나 균일한 형태로 나타나지 않는다. 밖으로 드러
나는 그들의 행동은 상당히 돌발적이고 예측불가하다. 이들의 행위, 즉
물건을 훔치거나 살인하는 것, 술에 빠져있거나 여색을 탐하는 것, 남에

---

20) 송사공宋四公과 조정趙正의 성격에서 나타나는 특징으로는 '기이奇異', '해학諧謔', '지모
智謀', '비정非情', '협의俠義' 등이 있다. 이 중에서 '비정非情'과 '협의俠義'는 다른 세
가지 특징보다 나타나는 경우가 적다. 설령 나타난다고 하더라도 어떤 상황이나 장면
에 한정되어 드러나는 경우가 대부분이어서 그 정도와 빈도수에 있어서 다른 세 가지
특징보다 미약하다고 할 수 있다. 본 글에서는 '기이奇異', '해학諧謔', '지모智謀'의 세
가지 특징을 중심으로 두 인물의 성격을 살펴보고자 한다.

게 누명을 씌워서 패가망신 시키거나, 엄중하고 위엄을 갖춘 관부官府를 쉽게 농락하는 것 등은 그 자체만으로도 일반적인 사람들이 생각지도 못하는 괴벽한 행동이지만, 이러한 행위를 유발하는 심리 저변에 깔려 있는 사고 역시 평범하지 않다. 그들은 일반적이지 않은 의식 체계를 가지고 있기 때문에 그런 그들의 행동이 때로는 엉뚱하게 보이기도 하고 특이하면서도 충격적으로 비춰지기도 한다.

두 인물의 기이한 면을 살펴보면, 이들에게서 나타나는 행동은 일반 대중이 쉽게 이해하기 힘든 부분이 있다. 먼저 송사공宋四公의 경우를 살펴보면, 송사공宋四公은 밤에 몰래 장원외張員外의 전당포로 들어가서 5만관貫의 재물을 훔치고 벽에다가 자신의 소행임을 암시하는 글을 적고서 보란 듯이 창고 문을 열어두고 나온다.

> 송나라의 소요유逍遙遊를 즐기는 사내는 온 세상에 이름을 드높이네.
> 일찍이 태평정太平鼎을 진상하니, 곳곳에서 명성이 울려 퍼지네.21)

송사공宋四公은 장원외張員外의 재물을 훔치고서 자신의 능력을 과시하듯 벽에 알 듯 모를 듯한 네 구절을 적는다. 이 구절에서 매 구의 첫 번째 글자를 이으면, '송사공宋四公이 다녀갔다.宋四曾到'로 장원외張員外의 재물을 훔쳐간 이가 자신임을 밝히는데, 자신을 잡기위해 혈안이 되어 있는 관부官府를 조롱하는 듯 비웃고 있다. 그의 이러한 행동은 자신의 존재를 감추어야하고 은밀하게 움직여야하는 도둑으로서는 다분히 비정 상적이다. 남의 재물을 훔치는 일은 비밀리에 이루어져야 하고 그 주체 인 도둑은 오히려 이 일을 숨기려고 하는 것이 정상적인 행동 방식인데, 그는 자신이 행한 일이라고 떳떳하게 드러내놓고 잡을 수 있으면 잡으라

---

21) 宋國逍遙漢, 四海盡留名。曾上太平鼎, 到處有名聲。(≪喻世明言≫第三十六卷〈宋四公大鬧禁魂張〉)

고 공개적으로 도전장을 내밀고 있다. 이러한 심리는 장원외張員外의 보물 창고 문을 열어두는 행동에서 더욱 구체화되는데, 자신이 벌인 짓임을 모두가 알 수 있도록 대외적으로 선포하고 있는 셈이다. 하지만 정확하게 자신이 누구인지, 왜 이런 일을 벌이는지에 대해서는 직접적으로 말하지 않는다. 이러한 수수께끼 같은 표현은 직설적이지 않으면서도 어떤 행동과 주체에 대해서 누구인지 분명하게 암시를 주고 있다. 이러한 행동은 한편으로는 자신의 수단과 능력을 드러내놓고 과시하면서도 다른 한편으로는 관부官府의 무능함과 옹졸함을 공개적으로 지적하고 그들 조직의 허술함과 조잡함을 신랄하게 비판한 것이라고 볼 수 있다. 이러한 비판에는 관부官府에 대한 극도의 불신과 혐오뿐만 아니라, 정면으로 대항하고자 하는 강한 적개심과 공격성이 자리 잡고 있다. 이와 같은 내면 심리의 공개적 과시는 그의 마음속에 내재하고 있는 특정한 감정이 우쭐대고 자만적인 괴벽한 행동으로 드러났다고 할 수 있는데, 그의 이러한 감정과 행동은 작품의 종반부에 이르기까지 시종일관 유지되고 있다.

그의 이러한 태도는 조정趙正에게서도 비슷하게 나타난다. 조정趙正은 동경東京으로 가서 돈이 될 만한 일을 찾아서 한바탕 즐겨보려고 하였지만, 스승인 송사공宋四公은 달가워하지 않는다. 조정趙正이 동경으로 가는 것을 막을 생각으로 송사공宋四公은 자신의 봇짐을 훔칠 수 있는지 시험한다. 조정趙正은 지모智謀를 발휘하여 그의 봇짐을 훔친다. 송사공宋四公은 하는 수없이 그를 다른 제자인 후흥侯興에게 의탁하도록 서신을 써준다. 그런데 편지에는 조정趙正이 무례하게도 자신을 여러 차례 골탕 먹였으니, 이후 우리의 일에 후환이 될까 두려우니 반드시 없애달라는 내용이 쓰여 있었다.[22] 조정趙正은 편지를 훔쳐보고서 자신을 죽여 만두

---

22) 師父信上賢師弟二郎, 二娘子: 別後安樂否? 今有姑蘇賊人趙正, 欲來京做買賣, 我

의 소로 써달라는 말에 경악하면서도 오히려 대담하게 변하卞河에서 인육만두를 팔고 있는 후흥侯興을 찾아간다.

> 조정趙正은 편지를 보고 나서 혀가 쑥 나와 오그라지지 않을 정도였다. "다른 사람은 곧 두려워 감히 가지 않겠지만, 나는 한 번 가서 그들이 나를 어떻게 대하는지 보자! 나도 다른 방도가 있으니까." 다시 편지를 접어서 원래대로 봉하였다.23)

조정趙正은 자신을 죽이려고 하는 생각에 전혀 위축되지 않고 당당하게 그들의 소굴로 찾아간다. 이러한 그의 행동은 평범한 인물에서 나타나는 특징이라고 보기 어렵다. 그는 자신의 능력에 대단한 자부심을 가지고 있었고, 비록 그를 죽이려고 한다고 해도 얼마든지 그러한 계략에서 벗어날 수 있다는 치기어린 자만심을 가지고 있었다. 이러한 생각은 자신의 수완에 대한 지나친 오만과 경험부족에서 비롯된 것일 수도 있으며, 같은 업을 가지고 있는 이에게 자신의 우월함을 드러내고 또한 그것을 인정받고자 하는 강한 승부욕의 발로이기도 하다. 이러한 특징은 어떤 위험에 처해도 전혀 개의치 않고 자신의 의지를 굳게 밀고 나가고자 하는 강한 성격을 보여준다. 생명이 위급할 수도 있는 상황에서도 오히려 태연하게 그러한 위험에 자발적으로 마닥뜨린다는 것은 결코 그가 보편적이거나 일반적인 성향의 소유자가 아님을 반증하는 것이기도 하다. 이러한 기이한 성격은 관부官府의 엄격하고 삼엄한 경비와 포위망을

特地使他來投奔你。這漢與行院無情，一身線道，堪作你家行貨使用。我吃他三次無禮，可千萬剗除此人，免爲我們行院後患。(≪喩世明言≫第三十六卷〈宋四公大鬧禁魂張〉)

23) 趙正看罷了書，伸著舌頭縮不上。'別人便怕了，不敢去；我且看他，如何對副我！我自別有道理。'再把那書摺疊，一似原先封了。(≪喩世明言≫第三十六卷〈宋四公大鬧禁魂張〉)

뚫고 유유자적하게 재물을 훔치고 다시 갖다놓으며 관부官府를 마음대로 농락하는 행동의 중요한 심리적 원천이라고 할 수 있다.

이처럼 송사공宋四公과 조정趙正의 성격은 기이하고 괴벽한 특징을 가지고 있다. 그들이 특별하고 개성 있는 성격을 가지고 있기 때문에 이후 벌어지는 사건에 있어서 일반 대중들은 감히 상상할 수 없는 여러 행위들을 아무런 거리낌 없이 자유롭게 벌이게 된다. 그렇기 때문에 위급한 상황에서도 두려움을 느껴서 상황을 회피하기 보다는 그러한 현실을 즐기고 정면으로 맞선다. 그들의 돌발적이면서 공격적이고, 느슨하면서도 치밀한 행동의 이면에는 이와 같이 기이한 성격이 자리 잡고 있는데, 이러한 심리 저변에 깔려 있는 성격을 이해한다면 그들의 심리 상태와 행동의 특성을 보다 깊이 알 수 있을 것이다.

2) 유머humor와 해학諧謔: 긴장과 대결 과정에서의 극적인 전환

작품에서 묘사된 인물의 특징을 살펴보면, 송사공宋四公과 조정趙正의 성격 기저에는 '유머러스함'과 '해학적인 면'이 내재하고 있음을 어렵지 않게 발견할 수 있다. 작품에서 이러한 '유머'와 '해학'적인 특징은 개별적이면서 하나의 독립적인 형태로 표출되는 것보다 다른 특징과 결합하여 나타나는 경우가 많다. 작품 속에서는 이 두 가지의 특징이 상당히 유기적으로 연결되어 묘사되고 있는데, 자세히 살펴보면 두 가지 특징이 서술의 '강약强弱'과 묘사의 '비중比重', 표현의 '선후先後'와 영향의 '유무有無'에 의해 다르게 나타난다. 어느 특징이 강하거나 먼저 나타나고, 어느 특징이 약하거나 나중에 나타나느냐에 따라 어떤 특징으로 귀속되느냐가 결정된다. 작품 속에서의 해학적인 장면에는 필수적으로 '지모智謀'나 '지략智略', 혹은 '계책計策', '계략計略'이 드러난다. 단순히 재미를 위해서 유머러스함을 강조하거나 해학적인 면을 부각시키는 것이 아니라, 인물과 인물의 구체적이고 직접적인 행동과 반응을 통해서 해학적인 면모가 드러나게 된다는 것이다. 그렇기 때문에 해학적인 특징에서 보여 지는 '지모智謀'와 개별적으로 나타나는 '지략智略'은 서로 유사하지만, 묘사의 중심이 어느 쪽에 치우치느냐에 따라 다르다고 할 수 있다. 작품에서 나타나는 묘사를 통해서 어떤 특징을 드러내는 서사의 '강약'과 '비중', 나타나는 순서의 '선후'를 떠나서 단순하게 '지모智謀', '지략智略', '계책計策' 등의 특징만 가지고 살펴본다면, 서로 비슷한 '지모智謀'의 특징을 가지고 있다고 할지라도 인물의 '생존'과 '활동'에 얼마나 직접적으로 영향을 미치나에 따라 다르게 나타난다. 만약 '지모智謀'의 특징이 생존과 이후 행하게 될 행동에서 중요하게 작용한다면 '해학'의 특징보다는 '지략智略'의 특징이 보다 강조된다. 그렇기 때문에 '지모智謀'가 내재된 '해학'과 단순한 '지략智略'의 구별은 '해학'과 '지략智略'중에서 어떤 특징이 보다 더 구체적인가에 달려있고, 생존과 존립, 생활과 활동에 어떤 특징이 보다 중요하게 작용하는가에 따라 달라진다고 할 수 있다. 작품에서 '유머humor'와 '해학諧謔'적인 특징은 조정趙正과 송사공宋四公, 조정趙正과 왕수王秀 부부, 조정趙正과 마한馬翰의 관계와 얽힌 사건에서 잘 드러나 있다.

먼저 조정趙正과 송사공宋四公의 대결(내기)을 살펴보면, 송사공宋四公은 조정趙正에게 자신에게서 장원외張員外의 재물을 훔칠 수 있는지 내기를 건다. 결국 조정趙正은 그를 속이고, 재물을 훔친다. 이 해학적인 대결 장면에는 송사공宋四公을 세 번 속이는 과정이 나타난다. 이 시도에서 조정趙正의 온갖 지모智謀가 드러나는데, 조정趙正의 생존과 이후 활동에 직접적으로 영향을 주지 않으면서 단지 희화적으로만 묘사되고 있다. 조정趙正은 송사공宋四公을 여관, 부둣가, 주점에서 순차적으로 속이고 있다. 이 과정에서 속이는 쪽과 속임을 당하는 쪽의 반응이 대조적으로 그려지고 있어 서사의 전개가 자못 흥미롭다.

송사공宋四公이 말하였다. "자네, 내가 하나 물어보겠네. 창문과 방문을 열었던 흔적이 없었는데, 자네는 도대체 어디로 들어와서 내 봇짐을 가져갔는가?" 조정趙正은 말하였다. "사부님께 사실대로 말씀드립니다. 방안의 침상 앞쪽에 검은 기름종이를 바른 격자창에 습자지를 붙였습니다. 제가 먼저 지붕 위에 올라간 틈에 늙은 쥐를 흉내 내어 지붕의 먼지를 떨어드렸습니다. 그런데 그것이 바로 약 가루였습니다. 사부님의 눈과 콧속으로 뿌려지게 하여 몇 차례 재채기를 하도록 한 것입니다. 나중의 고양이 오줌은 실은 바로 저의 오줌입니다." 송사공宋四公이 말하였다. "이런 짐승 같은 놈, 진짜 못됐구나 ! "24)

나루터에 이르러 나룻배를 보니 강 건너편에 있었다. 기다리는 것도 지치고 배 또한 고파서 땅 바닥에 앉았다. 재물 보따리를 눈앞에다 두고 구운 고기를 싼 것을 펼쳐서 증편을 갈라서 기름기가 적은 (잿불에)구운 고기 네다섯 점을 산초열매와 소금을 볶은 가루에 찍어서 둘둘 말았다. 두 번정도 썹었을 때, 단지 하늘은 아래에 있는 듯하고, 땅은 위에 있는 것 같았는데, 바로 쓰러졌다. 송사공宋四公은 아속 차림을 한 한 사내가 눈앞에서 보따리를 가지고 가는 것을 볼뿐이었다. 송사공宋四公은 눈을 뻔히 뜨고서 그 사내가 가지고 가는 것을 보았는데, 소리치려고해도 할 수 없었고, 달려가려고 해도 그럴 수 없었다. 단지 그가 하는 대로 지켜볼 수밖에 없었다. 그 아속 복장을 한 사내는 봇짐을 가지고 먼저 강을 건너갔다.25)

송사공宋四公은 잠시 주점 안으로 들어갔다. 술이나 한 잔 하면서 근심이나 없애고 우울함을 털어버리고자 하였다. 술 심부름꾼이 인사를 하고 술상

---

24) 宋四公道: "二哥, 我問你則個, 壁落共門都不曾動, 你卻是從那裡來, 討了我的包兒?" 趙正道: "實瞞不得師父, 房裡床面前一帶黑油紙檻窗, 把那學書紙糊著。吃我先在屋上, 學一和老鼠 ; 脫下來鼻塵, 便是我的作怪藥, 撒在你眼裡鼻裡, 教你打幾個噴涕 ; 後面貓尿, 便是我的尿。"宋四公道: "畜生, 你好沒道理 ! "(≪喩世明言≫第三十六卷〈宋四公大鬧禁魂張〉)

25) 到渡頭看那渡船, 卻在對岸, 等不來, 肚裡又飢, 坐在地上, 放細軟包兒在面前, 解開燘肉裹兒, 擘開一個蒸餅餌, 把四五塊肥底燘肉多蘸些椒鹽, 捲做一捲, 嚼得兩口, 只見天在下, 地在上, 就那裡倒了。宋四公只見一個丞局扮的人, 就面前把了細軟包兒去。宋四公眼睜睜地見他把去, 叫又不得, 趕又不得, 只得由他。那個丞局拏了包兒, 先過渡去了。(≪喩世明言≫第三十六卷〈宋四公大鬧禁魂張〉)

을 차려왔다. 한잔 두잔, 술이 세잔에 이르고, 송사공宋四公은 울적하여 술을 마시고 있는데, 바깥에서 한 여인이 주점 안으로 들어왔다. …… 그 여인이 주점 안으로 들어오자 송사공宋四公에게 인사를 하고, 손뼉을 치면서 노래 한 곡을 불렀다. 송사공宋四公이 자세히 보니, 낯이 익은 것 같았다. 이 여인 은 주점에서 노래로 돈벌이를 하는 가기歌妓였는데, 그녀를 불러서 앉게 하 였다. 여인은 송사공宋四公 앞에 앉았고, 술집 심부름꾼에게 술잔을 갖다달 라고 하여 한잔을 마셨다.26)

먼저 여관에서 조정趙正은 송사공宋四公에게 지붕 위에서 쥐들의 소란 스러움을 틈타 먼지를 가장해 수면약을 뿌리고, 자신의 오줌을 지붕 위 의 쥐들을 쫓는 고양이의 오줌으로 여기게 하였다. 다음으로 부둣가에서 배를 기다리던 송사공宋四公은 배가 고파서 봇짐 안에 있는 떡과 육포를 먹었는데, 이 음식은 조정趙正이 미리 음식에다가 약을 넣은 것이었다. 송사공宋四公은 두 눈을 뜨고서 어떤 아속 복장의 사내가 봇짐을 가져가 는 것을 보기만 하였다. 끝으로 사내에게 봇짐을 빼앗기고 우울한 송사 공宋四公은 주점에서 술을 마시는데, 한 여인이 나타나고, 그는 그녀가 주점에서 노래를 부르며 손님에게 응대하는 창기娼妓쯤으로 여겨 희롱한 다. 그러나 그녀의 음부를 더듬는 순간 그녀는 여자가 아니라 남자임을 알게 되고, 조정趙正이 자신이 변장한 것임을 밝히자 그는 매우 놀란다.

이들의 대결에서는 첨예한 긴장감과 갈등을 보여주는 것이 아니라, 오히려 느슨하고 여유롭게 관조할 수 있는 분위기를 조성하고 있다. 누 구도 예상치 못하는 조정趙正의 뛰어난 기지와 주도면밀함에 감탄하게 되고, 그의 뛰어난 변장술에 탄복하게 만든다. 특히 마지막에 조정趙正의

26) 宋四公且入酒店裡去, 買些酒消愁解悶則個。酒保唱了喏, 排下酒來。一盃兩盞, 酒至三盃, 宋四公正悶裡吃酒, 只見外面一個婦女入酒店來: ……那個婦女入著酒店, 與宋四公道個萬福, 拍手唱一隻曲兒。宋四公仔細看時, 有些個面熟, 道這婦女是酒店擦卓兒的, 請小娘子坐則個。婦女在宋四公根底坐定, 敎量酒添隻盞兒來, 吃了一盞酒。(≪喩世明言≫第三十六卷〈宋四公大鬧禁魂張〉)

여장 변장에 송사공宋四公조차도 깜박 속아 넘어간다. 이러한 일련의 과정 중에서 해학미의 극치라고 할 수 있는 부분은 아무래도 송사공宋四公이 조정趙正을 창기娼妓로 여기고 가슴을 안는 장면이다. 이 장면에서 조정趙正은 너무나도 능청스럽게 여인흉내를 내고 있는데, 송사공宋四公이 그의 가슴과 양물을 만질 때도 놀라거나 당황하지 않고 태연스럽게 행동한다. 의외의 반전을 보여 주는 이 장면에서 조정趙正의 능청스럽고 뻔뻔함과 송사공宋四公의 놀람과 당황함은 분명한 대조를 이루고 있고, 각기 다른 반응과 심리 상태는 극도의 해학미를 느끼게 해준다. 특히 사실을 알게 된 송사공宋四公이 조정趙正에게 퍼붓는 욕지거리는 이러한 '유머'의 강도를 수직으로 상승시키고 최고조로 치닫게 만든다. 이처럼 조정趙正과 송사공宋四公의 대결은 생존을 걸고 치밀하게 전개되어 서로 적개심을 불러일으키는 과정이 아니라, 장난스럽고 유희적인 놀이처럼 가벼운 승부 내기로 보인다.

이와 같이 조정趙正과 송사공宋四公의 흥미로운 대결에서는 조정趙正은 공격, 송사공宋四公은 수비의 역할을 담당한다. 조정趙正은 어떻게 해서든 송사공宋四公의 봇짐을 탈취해야하는데, 단 공개적으로 협박하거나 강압적으로 강탈하는 것이 아닌 자연스레 본인이 알지 못하는 사이에 가져와야 한다. 송사공宋四公은 이 봇짐을 뺏기지 않기 위하여 자신의 명예를 걸고 최선을 다하여 지키려고 한다. 이 봇짐은 훔쳐내는 것은 결코 쉬운 일이 아니다. 이 봇짐은 송사공宋四公이 장원외張員外 창고에서 훔쳐온 재물로서 송사공宋四公이 머리맡에 두고 베개로 삼을 정도로 신중히 보관하고 있는 물건이다.[27] 사실 이 봇짐은 단순히 장원외張員外

---

27) 宋四公道: "二哥, 你不信我口, 要去東京時, 我不見覓得禁魂張員外的一包兒細軟, 我將歸客店裡去, 安在頭邊, 枕著頭; 你覓得我的時, 你便去上東京。"趙正道: "師父, 恁地時不妨。"(《喩世明言》第三十六卷〈宋四公大鬧禁魂張〉)

창고에서 훔쳐온 재물이라는 것을 넘어서 제자 조정趙正에 대한 송사공宋四公의 '자존'과 '위엄'의 상징이라고 할 수 있다.[28] 이러한 '지키기'와 '뺏기'의 과정에서 자연히 어떻게 '속이고', 어떻게 '당하는지'가 나타나고 이러한 부분을 다각적으로 묘사하는 과정에서 해학적으로 그려지고 있는 것이다.

조정趙正의 이러한 장난기는 송사공宋四公의 제자인 왕수王秀 부부와 관원인 마한馬翰를 속이는 장면에서도 여지없이 발휘된다. 조정趙正은 동경東京의 왕수王秀 부부를 골탕 먹이기 위하여 미곡상에서 흑미를 한줌 쥐고 담장에 뻗어 있는 잎사귀와 함께 입에 넣은 뒤 왕수王秀의 머리에 뿜고서 개미라고 속인다. 그가 두건을 바꿔 쓰기 위해 안으로 들어간 틈에 가게에 들어가 금사관金絲罐을 훔치고 나중에 왕수王秀 부인만 있을 때에 가서 의복과 바꾼다. 왕수王秀는 스승인 송사공宋四公을 만나고 그 자리에서 어떤 젊은이에게 당한 일을 고하면서 불평을 토로하는데, 송사공宋四公은 이 모든 사실을 알고 있으면서도 짐짓 모른 체하며 그 젊은이를 욕한다. 하지만 송사공宋四公의 친척이라고 소개한 조정趙正은 옆에서 이들의 대화를 듣고 있으면서 속으로 웃고 있을 따름이었다.

다음은 마한馬翰의 면전에서 대담하게 그를 농락하는 장면인데, 조정趙正의 돌발적인 행동과 의외의 폭로에서 극도의 해학미를 느낄 수 있다.

> 마馬포교는 명령을 받들어 여러 관원의 처소에 분부해두고, 자신은 대상국사大相國寺앞으로 갔다. 등에는 띠를 매고, 전정磚頂 두건(두건의 일종)을 하고, 자주색 적삼을 입은 한 사내가 와서 말하였다. "나리, 차 한 잔을 올리겠습니다." 함께 찻집으로 들어와서 심부름꾼에게 차를 끓이게 하였다. 자주색 적삼을 입은 이는 품에서 잣, 호두 알맹이 꾸러미를 꺼내서 두 잔에 쏟아 내었다. 마馬포교 물었다. "그대의 존함이 어떻게 되는지요?" "저는 성

---

28) 宋四公見天色晚, 自思量道: "趙正這漢手高, 我做他師父, 若還真個喫他覓了這般 細軟, 好喫人笑！不如早睡。"(≪喩世明言≫第三十六卷〈宋四公大鬧禁魂張〉)

은 조趙이고 이름은 정正입니다. 어제 밤에 전대왕부錢大王府에서 재물을 훔친 자가 바로 소생입니다." 마馬포교는 듣고 나서 등에서 진땀이 났지만, 다른 관원들을 기다렸다가 그를 잡으려고 하였다. 차를 마시자 단지 하늘이 아래에 있고, 땅이 위에 있는 것처럼 보였는데, 다 마시고 난 뒤 쓰러졌다. 조정趙正은 말하였다. "포교 나리께서 취했구면." 그를 부축하면서, 장난칠 요량으로 가위로 관찰의 옷소매 절반을 잘라서 자신의 소매 안에 넣고 찻값을 치렀다. 차 심부름꾼에게 "내가 가서 포교를 부축할 사람을 불러 오겠네"라고 말하고 혼자 떠났다.[29]

왕수王秀까지 가담한 송사공宋四公 일당은 전대왕부錢大王府에 들어가 3만관貫의 돈과 옥대玉帶를 훔친다. 전대왕부錢大王府의 전갈을 받은 등대윤滕大尹은 마한馬翰에게 삼일의 기한을 주고 송사공宋四公 일당을 잡아들이라고 명령한다. 마한馬翰은 대상국사大相國寺 앞의 한 여관에 머물고 있었는데, 어떤 사내가 다가와 차를 권한다. 마한馬翰은 사내의 성명을 묻자, 사내는 당신들이 잡으려고 혈안이 되어 있는 조정趙正이라고 대답한다. 순간 이들 사이에는 긴장감이 흐르면서 파국으로 치달을 것 같지만, 이러한 예상은 보기 좋게 빗나간다. 그는 술에 취한 듯 쓰러지는데, 이것은 조정趙正이 미리 찻잔에 약을 탔기 때문이다. 그는 쓰러진 마한馬翰의 소매를 장난스럽게 잘라서 옷 속에 감추고 유유히 떠나간다. 그는 마한馬翰의 면전에서 떳떳하게 자신의 정체를 밝히는 순간은 일촉즉발의 위기감이 느껴지지만, 마한馬翰 쪽의 무너짐(패배)으로 인해 극도의 긴

---

29) 馬觀察馬翰得了臺旨, 分付眾做公的落宿, 自歸到大相國寺前, 只見一個人背繫帶磚頂頭巾, 也著上一領紫衫, 道: "觀察拜茶."同入茶坊裡, 上竈點茶來。那著紫衫的人懷裡取出一裹松子胡桃仁, 傾在兩盞茶裡。觀察問道: "尊官高姓?"那個人道: "姓趙, 名正, 昨夜錢府做賊的便是小子."馬觀察聽得, 脊背汗流, 卻待等眾做公的過捉他。吃了盞茶, 只見天在下, 地在上, 吃擺翻了。趙正道: "觀察醉也."扶住他, 取出一件作怪動使剪子, 剪下觀察一半衫袖, 安在袖裡, 還了茶錢。分付茶博士道: "我去叫人來扶觀察."趙正自去。(《喩世明言》第三十六卷〈宋四公大鬧禁魂張〉)

장감이 어이없는 와해되면서 허탈감을 동시에 안겨주고 있다. 이러한 전개과정에서 예상외의 반전과 위기 극복을 통해서 의외의 재미를 연출하고 있다. 조정趙正과 마한馬翰의 대치는 상당히 역설적으로 전개되는데, 두려움을 느끼는 쪽은 조정趙正이 아니라 오히려 마한馬翰이다. 마한馬翰과 관원들은 도적을 잡기위해 온 신경을 집중하고 있고, 도적에게 준엄하고 위협적인 태도로 압박하여 그들로 하여금 두려움을 느끼도록 해야 하는데, 오히려 조정趙正의 대담한 폭로에 놀라고 당황한 이는 마한馬翰인 것이다. 소위 주객이 전도된 이러한 상황은 조정趙正의 유능함과 관부官府의 무능함이 극적인 대조를 보여주고 있고, 조정趙正이 관부官府를 쉽게 농락하는 과정을 통해서 조롱과 풍자의 해학미를 느끼게 한다.

이처럼 조정趙正이 송사공宋四公, 왕수王秀 부부, 마한馬翰을 속이는 과정에서 의외의 반전과 결과를 이끌어내고 있는데, 이러한 갈등과 긴장의 장면을 오히려 재미있게 그려내고 있다. 물론 이러한 과정의 기반에는 조정趙正의 '지모智謀' 능력이 중요하게 작용하고는 있지만, 이러한 '지모智謀'는 그의 생존과 존립에 크게 영향을 주지 않으므로 '지략智略'과는 구별된다고 할 수 있다. 사실 조정趙正의 이러한 돌발적이고 예측 불가한 행동은 사전에 미리 철두철미하게 계산되어 행동되어지는 것은 아니다. 또한 자신의 물질적 이익과 연결 지어 의도적으로 벌이는 행동도 아니다. 뿐만 아니라 위대한 명성을 드높이는 것이나 재물의 과도한 축적과도 상관이 없다. 그는 단지 이들을 상대로 자신의 재능을 뽐내면서 한편으로 한바탕 재미를 보고자 하는 심정으로 이러한 '놀이'에 적극 참여했을 뿐이다. 그는 이러한 게임의 과정을 통하여 '긴장'과 '대결', '압박'과 '공포'의 장면을 '완화'와 '화해', '해소'와 '소멸'의 장면으로 전환시키고 있으며, 이러한 변화를 통해서 독자들에게 상당한 재미와 감흥을 불러일으키고 있다. 이것으로 조정趙正의 성격이 도둑으로서 어떤 일률적이고 고정적인 형상을 가지고 있는 것이 아니라, 오히려 장난스럽고 해학적인 면모를 가지고 있음을 알 수 있다. 그의 이러한 성격은 주변 인물과의 관계뿐만 아니라 어떤 일에 임하는 태도와 구체적인 행동을 통해서도 잘 나타나 있다.

3) 지략智略과 계책計策: '지智', '약략略', '기技'의 겸비

작품에서 등장하는 송사공宋四公과 조정趙正의 특징 중에서 비교적 분명하고 직접적으로 나타나는 점은 '지략智略'과 '계책計策'이다. 이 '지략智略'과 '계책計策'에는 크게 두 가지의 내용을 포함하고 있다. 하나는 '지智'이며 다른 하나는 '책策' 또는 '약략略'이다. '지智'는 인물의 내적 심리적 성분, 즉 사상, 이념, 생각, 감정 등과 연결되어 있고, '책策' 또는 '약략略'은 인물의 외적 행동의 성분, 즉 실행, 반응, 응대, 기술 등과 관계되고 있다. 작품에서의 '지智'는 단순히 존재 그 자체만으로 드러나기가 쉽지 않기 때문에 '책策' 또는 '약략略'이 동원되고, '기技'를 통해서 보다 구체적으로 실현된다. 그러므로 이 '지략智略'은 심리의 '지智'와 행동의 '책策', 기예技藝의 '기技'와 긴밀하게 연결되어 인물의 특징이 밖으로 표출되고 있다고 보아도 무방하다.

송사공宋四公과 조정趙正은 보통 사람들과 다른 차별성을 가지고 있고, 우둔하고 어리석게 묘사되어 있는 관부官府와는 명확한 대비를 이룬다. 또한 후흥侯興이나 왕수王秀와 같이 다른 도적보다도 월등한 수완을 가지고 있기도 하다. 그런데 작품의 서사과정에서는 이러한 '지략智略'과 '계책計策'이 '지모智謀'와 혼용되어 나타난다. 넓은 의미에서 이 두 가지 영역은 '지智'의 범위에 포함된다고 할 수 있다. 그러나 '지모智謀'는 어떤 목적이나 염원을 이루기 위하여 주인공의 생활과 활동에 크게 영향을 주지 않는 범위 내에서 이루어지는 행위이다. 반면에 '지략智略'은 '계책計策'이나 '책략策略'의 의미를 가지고 있으며, 어떤 목적과 이상을 이루기 위하여 긍·부정적 수단을 총동원하는데, 그 안에는 강력한 실현의지와 행위의 가치와 판단 기준이 내재해 있다. 이러한 행동은 자신의 생활과 활동, 이익과 신념에 크게 영향을 주는 상황에서 종종 나타난다.

'지모智謀'는 작품의 전・중・후반부에서 비중과 강도의 차이가 있지만 모두 나타나는데, 대부분 다른 성격 특징과 결합되어 동시에 혹은 순차적으로 드러나거나, 또는 다른 성격 특징을 보완하는 목적으로 나타나는 경우가 대부분이다. 예를 들면, 송사공宋四公이 장원외張員外의 보물 창고에 들어가기 전에 약을 넣은 떡을 준비해서 개를 죽이고, 정부情夫를 기다리는 여인을 위협하여 기관과 집안 구조를 알아내고서 죽여 버리는 행위(지모智謀→비정非情), 조정趙正이 송사공宋四公을 세 번 속이는 행위(기이奇異+지모智謀), 조정趙正이 후흥侯興과 왕수王秀를 속이고 골탕 먹이는 행위(해학諧謔) 지모智謀) 등에서 '지략智略'과 '계책計策'의 요소가 전혀 없지는 않으나, '지모智謀'의 특징이 보다 강하다고 할 수 있다. 이때의 지모智謀는 어떤 일을 도모하기 위하여 지식과 지혜를 동원하지만 생사나 존립에 심각하게 영향을 끼치지 않으므로 단순히 '지智'의 적용과 실현의 의미를 가진다. '지략智略'은 생존에 있어서 상당히 중요하고 긴박한 순간에 나타난다. 이후 개인의 이념과 가치관에 큰 영향을 끼치므로 '지모智謀'와는 구별된다고 할 수 있다. 송사공宋四公과 조정趙正의 '지략智略'이 가장 뚜렷하게 나타나는 부분은 그들이 자신을 잡아들이기 위하여 혈안이 되어 있는 관부官府를 골탕 먹이는 장면인데, 바로 장원외張員外의 보물 창고에서 훔쳐온 금전과 전대왕부錢大王府에서 훔친 금전과 옥대玉帶를 맞바꾸어 몰래 장원외張員外의 보물 창고와 왕준王遵과 마한馬翰의 집에 갖다놓아 누명을 씌우는 것이다. 이 일 때문에 장원외張員外가 자살하게 되고, 왕준王遵과 마한馬翰에게 감옥에서 죽게 되는데, 이 장면에서 그들의 '지략智略'과 '계책計策'이 여지없이 효력을 발휘하고 있다.

개봉부開封府의 등대윤滕大尹은 왕준王遵의 건의를 받아들여 방문榜文을 내걸고 현상금을 올려서 송사공宋四公 일당을 잡아들이도록 명령하였다. 송사공宋四公과 조정趙正 등은 방문榜文을 보고서 장원외張員外가 현상금에 적게 보탠 것에 대한 불만을 느낀다. 현상금을 올리고 자신들을 압박하는 왕준王遵과 마한馬翰에 대한 분노를 가지고 있고, 앞으로의 생활과 활동(도둑질)에 심각한 위협을 감지하면서 이들에게 복수하기로 마음먹는다. 이에 훔친 재물을 몰래 바꾸어 갖다놓아 장원외張員外와 마한馬翰, 왕준王遵에게 장물 보관과 재물을 훔친 누명을 뒤집어씌운다.

> 그때 전대왕부錢大王府 앞에 방문을 보려는 사람이 인산인해人山人海를 이루었다. 송사공宋四公은 방문을 보고 조정趙正을 찾아가 상의하였다. 조정趙正이 말하였다. "왕준王遵과 마한馬翰은 일전에 우리와 아무런 원한도 없으면서 상금을 기어이 올리게 해서 우리를 체포하려고 하는데, 참을 수가 없구먼. 또한 인색한 장원외張員外도 다른 이는 현상금을 1000관貫을 내놓았는데, 자신은 어떻게 500관貫만 내 놓을 수 있지? 우리가 어떻게 골탕을 먹여 화풀이를 좀 할까요?" 송사공宋四公은 또한 지난번에 왕준王遵이 관원을 이끌고 와 자신을 잡으러 온 것을 원망하였고, 또한 마한馬翰이 상관에게 조정趙正이 자신의 제자라고 알린 것에도 분노하였다. 바로 두 사람은 머리를 맞대고 상의하여 계책計策 하나를 생각해냈다. 모두가 이구동성으로 "기발하구나!" 라고 말하였다. 조정趙正은 바로 전대왕부錢大王府에서 훔쳐온 암화반용양지백옥暗花盤龍羊脂白玉를 송사공宋四公에게 전해주었고, 송사공宋四公은 구두쇠 장원외張員外 집에서 훔쳐온 금은보화 꾸러미에서 몇 가지 유명한 보물을 찾아내어 조정趙正에게 건네주었다. 두 사람은 흩어져 각각 계획을 실행하러 갔다.[30]

---

30) 那時府前看榜的人山人海, 宋四公也看了榜, 去尋趙正來商議。趙正道: "可奈王遵、馬翰日前無怨, 定要加添賞錢, 緝獲我們；又可奈張員外慳吝, 別的都出一千貫, 偏你只出五百貫, 把我們看得恁賤！我們如何去蒿惱他一番, 纔出得氣。"宋四公也怪前番王七殿直領人來拿他, 又怪馬觀察當官稟出趙正是他徒弟。當下兩人你商我量, 定下一條計策, 齊聲道: "妙哉！"趙正便將錢大王府中這條暗花盤龍羊脂白玉帶遞與宋四公, 四公將禁魂張員外家金珠一包就中檢出幾件有名的寶物, 遞與趙正。兩下分別各自去行事。(≪喻世明言≫第三十六卷〈宋四公大鬧禁魂張〉)

이 '묘책妙策'은 송사공宋四公과 조정趙正이 구상해 낸 것인데, 이 계책計策은 이후에 여러 명의 생명과 재산을 앗아가게 만드는 결과를 초래한다. 반면에 이일을 계기로 조리笊籬를 든 사내(거지)와 왕수王秀는 의외의 수익(현상금)을 얻게 된다. 그들의 이러한 계책計策이 이후 치밀한 안배를 거쳐서 어떻게 구체적인 실행되는지 순서대로 살펴보면 다음과 같다.

(1) 송사공宋四公이 조리笊籬를 든 사내(거지)에게 도움을 요청

(2) 후흥侯興에게 내관內官으로 변장하게 하여 옥대玉帶를 가지고 장원외張員外의 전당포로 가서 저당을 잡히고 300관貫을 받아옴

(3) 조리笊籬를 든 사내(거지)가 관부官府에 가서 고발함(장원외張員外가 옥대玉帶를 북쪽의 손님에게 팔면서 1500량兩을 불렀다고 함)

(4) 관원들이 재빨리 장원외張員外 집에 들이닥쳐 창고를 수색하여 옥대玉帶를 찾아냄

(5) 장원외張員外와 두 주관主管은 영문도 모르는 채 관원들에 의해 전대왕부錢大王府로 끌려감

(6) 전대왕錢大王은 물건을 보고 진품임을 알고 조리笊籬를 든 사내(거지)에게 1000관貫의 상금을 줌

(7) 장원외張員外는 등대윤滕大尹에게로 압송되고, 고문을 견디다 못해 3일 기한을 달라고 하여 장물을 맡긴 이를 찾겠다고 함

(8) 이때 한 노인이 장원외張員外에게 나타나 왕준王遵과 마한馬翰이 그의 재물을 훔쳤다고 일러줌

(9) 왕준王遵, 마한馬翰의 집을 샅샅이 뒤져 장물을 찾아냄

(10) 왕준王遵과 마한馬翰은 송사공宋四公 일당을 잡기위하여 다른 지역으로 가 있다가 가족이 송사에 휘말렸다는 소식을 듣고 급히 집으로 돌아옴

(11) 등대윤滕大尹은 왕준王遵과 마한馬翰을 포박하고 심문함

(12) 장원외張員外는 전대왕부錢大王府의 옥대玉帶를 배상해주고, 두 주관主管은 풀려남

(13) 장원외張員外는 집으로 돌아와서 생각해보니 기가 막히고 억울해서 창고에서 목을 매고 자진함

(14) 왕준王遵, 마한馬翰은 옥중에서 죽음

이러한 일련의 과정을 통해서 송사공宋四公과 조정趙正의 계책計策이 적절한 시기에 교묘히 배치되어 사건 진행을 이끌고 있음을 알 수 있다. 이들의 목적은 등대윤滕大尹과 전대왕錢大王과 같이 최고의 권력과 위세를 가지고 있는 통치자들에게 해를 입히는 것이 아니라, 자신들과 비슷한 신분과 계층에 있는 장원외張員外와 왕준王遵, 마한馬翰에 대한 직접적인 복수이다. 송사공宋四公과 조정趙正은 장원외張員外가 거지에게 몰인정하게 대하는 모습과 자신들에게 건 현상금에 적게 보탠 것에 대해서 돈만 아는 '인색귀吝嗇鬼'라고 여기고 골탕을 먹이고자 하였다. 왕준王遵와 마한馬翰은 자신들을 잡으러 온 포교이고, 등대윤滕大尹에게 간언하여 현상금을 올렸으므로 이들 역시 분노의 표출 대상이었다. 그들은 왕래를 했던 모든 인적 관계망을 활용해서 정보와 지략智略을 동원하여 자신들의 목적을 이루고자 하였다.

송사공宋四公은 먼저 후흥侯興을 내관內官으로 변장하게 하여 옥대玉帶를 장원張員外의 전당포에 가져가 저당 잡히게 한다. 이 옥대玉帶는 가격으로 판단할 수 없는 가치를 가지지만, 장원외張員外가 담보하는 것이 중요하므로 그의 금전 욕심을 자극해 300관貫을 제시하고, 만약 받아들여지지 않으면 다시 금액이 더 내려가더라도 그가 받아들일 수 있도록 해야 한다는 부탁까지 해두었다. 이 옥대玉帶가 궁중에서 나온 비상한 물건임을 암시하기 위하여 후흥侯興은 평민이나 상인이 아니라 내관으로 변장하게하고, 이후 송사공宋四公이 도와주었던 사내(거지)를 끌어들여 장원외張員外가 옥대玉帶를 가지고 있다는 정보를 흘리게 만든다. 등대윤滕大尹에게 옥대玉帶를 맡긴 내관內官을 찾기 위해 삼일의 말미를 받은 장원외張員外가 포교와 나왔을 때 왕수王秀가 기적적으로 등장하여 그에게 도움을 준다고 하면서 접근하고, 왕준王遵와 마한馬翰이 장물을 가지고 있다는 거짓 정보를 흘린다. 이들의 계책計策은 모든 상황을 고려하여 조직적이면서도 치밀하게 진행되고 있다.

　이러한 특징은 송사공宋四公과 조정趙正이 가지는 성격 중에서 중요한 부분을 차지한다. 비록 '지략智略'과 '계책計策'은 내재적 성격과 구체적 행동, 뛰어난 기예가 서로 맞물려 유기적으로 반응하기 때문에, 일반적으로 외재적 상황에 치우쳐 나타나는 행동의 양상 혹은 행동의 표현이라고 보기 쉬운데, 이러한 행동을 이끌어 내는 성격의 기저에는 내재된 성격이 보다 적극적으로 작용한다고 볼 수 있다. 이러한 '지략智略'의 특징은 주위의 모든 인적 관계망과 정보를 면밀히 분석하여 목적을 달성하는데 적극적으로 활용한다는 점이다. 그들이 단순히 재물을 탈취하기 위하여 대담하게 행동하거나 교묘하게 재물을 훔치는 기술만 가지고 있는 것이 아니라, 이러한 행위를 뒷받침하는 세밀하고 주도면밀함, 복잡하고 분석적인 성격도 크게 한몫했음을 알 수 있다. 그렇기 때문에 이들은 단순히 솜씨만 뛰어난 '기예가技藝家'가 아니라, '지智'와 '약略', 그리고 '기技'를 모두 가지고 있는 '지략가智略家'인 셈이다.

3. 악惡의 의미

　일반적으로 문학 작품에서 '악惡'이 가지는 의미는 상당히 복잡하다. 장르와 형식, 시대와 사회, 주제와 내용, 작가와 독자 등에 따라 다양하게 정의되어지고 구별된다고 할 수 있다. 특히 고전소설 작품에서 나타나는 '악惡'의 의미는 현대 소설에서 나타나는 것처럼 사회적 배경, 독자의 반응, 작가의 심리관이 얽혀 경향과 사상이 복잡하게 나타나는 것보다는 덜 하지만, 여전히 간단치 않은 내용과 의미를 가지고 있다. 소설 작품에서의 '악惡'은 주로 '악인惡人'의 형상과 행동, 심리와 반응을 통해서 구체화된다. 이것은 '악인惡人'에 의해서 나타나는 악惡의 의미가 매 작품 마다 다르게 나타나고, 설령 비슷한 형상이나 행위를 보인다고 하여도 작품의 주제와 의도에 따라서 다르게 인식되는 것과 같은 이유이다. 그러므로 소설 작품에서 고정적인 형태의 '악惡'의 경향을 도출하기가 힘들기 때문에 '악惡'의 의미는 각 분야에서 집중하고 있는 함의를 통합, 귀결하여 악惡의 포괄적 의미를 파악하기 보다는, '악인형惡人型 인간'을 통해서 실제로 나타나는 악인惡人의 행동과 심리의 과정을 고찰하여 '악惡'의 '지향성'을 살필 수밖에 없다. 이와 같이 '악인형惡人型 인간'이 중심이 되어 줄거리와 사건을 전개해 나가는 일련의 소설 작품을 일컬어 '악인형惡人型 소설'이라고 하는데, 악인형惡人型 소설의 개념과 의미는 작품 속의 악의 의미를 고찰하는데 중요한 자료를 제시한다.[31]

악인형惡人型 소설에서는 악인惡人의 성격이나 행동의 양상을 통해서 악 혹은 악인惡人이 작품 속에서 어떤 의미를 가지고 있는지 연구한다. 이러한 연구는 모두 일정한 기초 배경을 토대로 진행되고 있으며, 연구 방향이 어떤 부분에 치우치는가에 따라 상이하게 나타난다. 예를 들면, 소설 작품의 구조, 소설 내용의 전개, 소설 주제 등 소설 작품의 스토리 전개에 대한 경향, 서사 전개의 목적, 수사 기교의 운용, 서사 갈래의 유형 등 작품 서사에 대한 경향, 시대적 상황과 사회적 현상의 투영 등 소설 작품의 사회적 의미에 집중된 것뿐만 아니라, 개인 존재감의 발현, 원초적 욕망의 끌림 등을 부각시키는 존재론적인 경향 등으로 표현될 수 있다. 비록 이러한 관점은 모두 소설 작품과 내용, 시대와 사회, 서사와 수사, 개인과 존재에 국한되어 있어 서로 다르게 보일 수 있지만, 자세히 살펴보면 이들의 관점과 시각은 각각 독립적으로 나타나는 경우보다 서로 긴밀하게 연결되어 드러나고 있음을 쉽게 발견할 수 있다.

---

31) 악인형惡人型 소설의 개념과 의미, 작품의 적용과 분석은 김춘진, 《스페인 피카레스크 소설》, 서울: 아르케, 1999년 ; 김한식, 〈1970년대 후반 '악한 소설'의 성격 연구〉, 《상허학보》第10卷, 2003년을 참고.

가령, 당시 사회와 시대를 반영하는 관점은 시대를 살아가고 그 시대를 움직이는 이들(독자)과 긴밀하게 연계되어 있고, 이들의 심리 상태와 반응은 작가의 작품 창작에 영향을 미치고, 이러한 경향은 작품 속의 서사에 투영되면서 인간 존재에 대한 의미를 재고하게 만든다. 이러한 관점들은 독립적으로 존재하고 다른 관점과의 연계를 지양하는 것이 아니라, 서로 적절하게 호응하면서 관계를 맺으며 전개되고 있는 것이다. 그러므로 이러한 특징들을 작가와 작품, 시대와 사회, 개인과 존재 등으로 따로 나누어 살펴보는 것보다 연계하여 종합적으로 살펴보는 시각이 무엇보다도 필요하다.

작품 속의 악인惡人을 단지 선인善人과의 대척점에 서있는 대조적 관점에만 살펴보거나, 혹은 악인惡人을 단지 보조인물 정도로 여겨 본래의 개성을 제한하거나, 호감好感과 오감惡感의 정서를 악인惡人에게 투영하여 독자의 감정을 단일화시키는 시각으로부터 초월할 필요가 있다. 이 작품에서 '악惡'의 승리 내지 긍정, '악惡'의 강조와 부각을 통해서 '악惡'의 의미를 살펴보는 것은, 악인惡人을 '선善/악惡', 혹은 '정正/부覇'의 경직된 관점에서 탈피하고, '응보應報'와 '징악懲惡'의 고정된 테두리에서 벗어남을 보여 주기 위함이다. '악惡'의 의미, 보다 직접적으로 말하면, 작품 속에 나타나는 '악인惡人'을 통한 '악惡'의 의미는 악인惡人이 주요인물로서 작품의 전면에 등장하고 그 행위가 구체적으로 부각되는 데에 중점을 두고 있다. 연구 과정에서 악의 의미를 살펴보는 것은 악을 긍정하거나 혹은 부정하거나, 또는 옹호하거나 혹은 폄하하는 단순화 된 잣대로 보는 것이 아니라, 그 자체의 내용과 의미에 천착하여 고찰하는 것을 말한다. 악이 가지는 의미를 고찰하기 위해서는 작품과 독자, 작가의 유기적 연관성을 주목해야 한다. 특히 작가는 독자를 독서의 주체이자 중요한 대상으로 보고, 독자에 대한 심리와 의도를 작품에 반영하는데, 이러한 과정을 통해 독자와 작가의 복잡하면서도 긴밀한 협조와 관계를 드러낸다고 할 수 있다. 그렇기 때문에 작품에서 악의 특징은 작가와 작품, 독자가 상관되어 있다는 점에 기초하게 되는데, 주로 작품 속의 인물(악인惡人)을 통해서 구체화된다.

악인惡人을 통한 악의 의미를 파악하는데 있어서 송사공宋四公과 조정趙正과 같은 주요인물이 중심을 이루고 있지만, 비단 주요 악인惡人을 통해서뿐만 아니라, 다른 주변 인물의 부정적 행동을 통해서도 이러한 점은 쉽게 드러난다. 이것은 악의 의미가 단순히 몇몇 악인惡人에게만 한정되는 것이 아니라, 이들과 긴밀하게 연계되어 있는 주변 인물과 특징, 특히 장원외張員外의 인색함, 등대윤滕大尹의 무능과 무지 등과도 밀접하게 관련되어 있다는 것을 보여준다. 그러므로 악인惡人으로 정의 내려진 이외의 인물을 통해서도 악의 의미를 폭넓게 관찰할 수 있다.[32]

작품 속의 인물은 존재적 특징과 개인적 관념이 강하게 나타나는데, 개인과 인간적 측면이외에도 사회적 측면으로 확대하여 고찰할 수 있다. 이러한 점을 중심으로 '악惡'의 의미를 살펴보면, 첫째, 개인적 심리의 표현이라고 할 수 있다. 시대적 반항이나 낭만적 충동, 혹은 반정부적 자의식이 그러한 경우이다. 둘째, 인간 욕망의 발현으로 이성의 상실, 원초적 본능으로의 끌림, 충동과 폭력의 표면화 등으로 볼 수 있다. 셋째, 실질적인 현실 상황의 표현으로 실제 사회 현상의 출현, 현실 사회의 본질에 대한 직시로 말할 수 있겠다.

---

32) 장원외張員外의 부富에 대한 지나친 집착과 등대윤滕大尹의 무능함 자체만으로 그들을 악인惡人으로 보기에는 무리인데, 이것은 송사공宋四公 일당의 행위를 통해서 그들의 치부恥部가 은연중에 드러난 것이기 때문이다. 그들이 독립적이고 비도덕적으로 악행惡行을 저지른 것이 아니기 때문에 그들의 행동 을 악인惡人, 나아가 사회 전반에 만연해있는 총제적인 악惡의 모습으로 간주하기는 어렵다.

1) 반항 심리의 표현: '저항적 자의식'

악인惡人이 정면으로 등장하고 그 행위가 부각되는 데에는 악인惡人에 대한 독자, 혹은 저자의 개인적 심리의 표현을 전제로 한다. 이러한 것은 주로 작품 속 인물의 언어와 행동, 그리고 전체적인 서사 과정을 통해 나타나고 있는데, 간접적이고 이차적으로 경우가 많다. 이러한 개인의 심리적 표현은 주로 그 당시 시대와 사회, 좀 더 구체적으로 말하자면, 통치자와 집정자에 대한 반항과 불만으로 나타난다. 이러한 충동은 현실에서는 이루어질 수 없거나 언급조차 힘든 '낭만적 이상'이라고 할 수 있지만, 악인惡人의 등장을 통해서 당시 대중(독자)들이 가지고 있던 '심리적 충동'을 적절하게 그려내고 있는 것이다. 작품에서는 이러한 내용이 그 당시 시대와 사회에 대한 개인적 혹은 계층적(집단적) 반항 정신, 기존의 사회 질서에 대한 반감과 거부, 통치자나 권력자를 불신하는 저항적 자의식으로 드러나는데,[33] 작품에서는 크게 두 가지의 형태로 나타나고 있다. 하나는 '견의용위見義勇爲(정의를 보고 용감하게 뛰어드는 것)', '제약부경濟弱扶傾(약한 자를 도와주고 기우는 자를 붙잡아 주는 것)', '노견불평路見不平, 발도상조拔刀相助(억울한 일을 보면 의롭게 칼을 뽑아 도와주는 것)', '행협장의行俠仗義, 체천행도替天行道(불의에 참지 못하고 의를 드러내어 하늘을 대신하여 도를 행하는 것)'식의 정의 실현을 협의俠義 행위로 포장되어 저항의 감정을 드러낸다. 다른 하나는 우둔한 관리를 직·간접적으로 비평하고 조롱하는 형태를 통해 반항과 풍자의식을 보여 주고 있다.

우선, 협의俠義를 통한 저항의식을 살펴보면, 송사공宋四公이 장원외張

---

33) 김은혜, 《話本小說에 나타난 宋代 庶民의 政治文化 硏究》, 숙명여자대학교 석사 논문, 2009년, 106-109쪽 참조.

員外에게 구타와 멸시를 받은 거지를 불쌍히 여기고 그에게 은자를 주어서 달래준 것(제약부경濟弱扶傾)뿐만 아니라, 야밤에 구두쇠인 장원외張員外의 집에 침입하여 재물을 훔쳐서 그를 곤혹케 하고發刀不平, 장원외張員外의 재물 창고에 전대왕부錢大王府의 옥대玉帶를 갖다놓아서 장원외張員外가 어절 수 없이 가산家産을 털어 배상하고 결국에는 자살로 몰아가는 替天行道 경우이다.

> 손에 조리笊籬를 쥐고 있는 이 사내는 얻어맞았지만 감히 그(장원외張員外)와 싸울 수가 없어서 문 앞에서 손가락질하며 욕할 뿐이었다. 그때 한 사람이 불렀다. "자네, 와보게, 내가 자네에게 몇 마디 하겠네." 조리笊籬를 쥐고 있는 사내가 고개를 돌려서 살펴보니, 그 사람은 옥졸같이 차려입은 늙은이였다. 두 사람은 인사를 나누었다. 늙은이가 말하였다. "자네, 이 구두쇠 장원외張員外의 처사가 도리에 맞지 않으니, 그와 다툴 필요가 없네. 내가 자네에게 두 냥의 은자를 줄 테니, 일전으로 생무우를 판다면 그것 역시 어엿한 장사군이라고 볼 수 있다네." 조리笊籬를 쥐고 있던 사내가 은자를 얻자, 공손히 인사를 하고 떠났다. 그 다음은 말할 필요가 없다.[34)]

위의 장면은 송사공宋四公과 사내(거지)의 첫 대면인데, 그의 협의俠義 행위는 고전 소설에서 자주 보이는 호걸과 협객의 행동과는 많은 차이를 보인다. 그는 장원외張員外의 후안무치한 행동과 수하의 복종으로 무력을 행사하는 것에 맞서서 같은 방식이나 유사한 행동으로 그들과 대적하지는 않는다. 그는 장원외張員外 무리들에 대한 직접적인 반항과 대처는 일단 접어두고, 먼저 사내를 달래는 것(안정)으로부터 시작한다. 그는

---

34) 那捉笊籬的哥哥吃打了, 又不敢和他爭, 在門前指著了罵。只見一個人叫道: "哥哥, 你來我與你說句話。"捉笊籬的回過頭來, 看那個人, 卻是獄院子打扮一個老兒。兩個唱了喏。老兒道: "哥哥, 這禁魂張員外, 不近道理, 不要共他爭。我與你二兩銀子, 你一文價賣生蘿蔔, 也是經紀人。"捉笊籬的得了銀子, 唱喏自去, 不在話下。(≪喩世明言≫第三十六卷〈宋四公大鬧禁魂張〉)

이 사건의 발단이 몇 푼 안 되는 돈에 있음을 알고, 거지에게 조차 인색하고 박정하게 대하는 장원외張員外에 대해서는 심한 분노를 느끼지만, 그에 대한 복수는 차후로 접어두고, 먼저 거지에게 약간의 은자를 주어 그가 생계를 도모하는 방법을 취한다. 후에 이러한 선행은 다른 방식으로 보상을 받게 되지만, 그는 일단 거지에게 그가 할 수 있는 가장 현명한 방식으로 돕는다. 이러한 과정을 보면 그의 솜씨나 능력이 비범함을 알 수 있는데,35) 그의 장원외張員外에 대한 협의俠義 행위는 적대적이고 과격하기 보다는 침착하면서도 체계적인 면모를 보여주고 있다.

비록 위 장면에 있어서 송사공宋四公의 출신 내력에 대해서는 구체적으로 언급하지 않고 있지만, 그는 재물의 위세에 눌려 굴복하고 불의를 보더라도 약한 자를 도와주지 않는 겁 많고 무관심한 대중보다는 재력가의 전횡專橫과 무고誣告에 우회적으로 대항하는 모습을 보여주고 있다. 그의 이러한 특징은 작품의 중·후반부에 전개되는 과정에서 복수 심리로 변질되고 이기적 자만심으로 왜곡되어 나타나는데, 그의 처음 행동을 통해 독자는 일종의 대리 만족과 저항 정신의 잔영을 느낀다. 그는 이 사건을 계기로 자신만의 방식으로 불의에 반항하면서 의롭지 못한 이를 징치하는 행동을 보여주고 그러한 행동은 독자에게 일종의 카타르시스를 안겨준다.

그 다음으로 집정자와 권력자의 무능을 폄하고 어리석음을 비평하는 것을 통해 나타난 반항의식을 살펴보면, 이러한 의식이 직접적으로 표출되기 보다는 행동과 언사를 통해 간접적으로 나타나는데, 작품에서 크게 두 부분에서 보여 진다. 바로 권력자(관리)의 '무능無能'과 '무지無知'이다.

먼저, 권력자(관리)의 무능을 살펴보면, 송사공宋四公이 장원외張員外

35) 周先愼, 《古典小說鑑賞》, 北京大學出版社, 1992年, 116-117쪽 참조.

의 재물을 훔치고, 나중에 조정趙正과 협력하여 전대왕錢大王의 금전과
옥대玉帶를 훔치는 지경에까지 이르자, 전대왕錢大王과 등대윤滕大尹은 현
상금을 주게 하여 그들을 잡아들이도록 종용한다. 등대윤滕大尹은 마한馬
翰에게 송사공宋四公 일당을 포박하기를 압박하며 단지 3일간의 기한을
준다. 등대윤滕大尹은 범인 포박을 단지 부하에게만 일임하며 정작 자신
은 사건해결에 대한 어떠한 능력과 행동을 보이지 않는다.

> 다음 날, 전대왕錢大王은 서찰을 밀봉해서 등대윤滕大尹에게 전해주었다.
> 대윤大尹은 서신을 보고서 크게 노하며, "황제가 계신 이곳(경도京都)에서 이
> 런 도적이 있다니!" 곧바로 포교 마한馬翰을 파견하여 3일내에 전대왕부錢
> 大王府에 몰래 들어가 나쁜 짓을 한 도적을 잡도록 명하였다.[36]

　등대윤滕大尹은 전대왕부錢大王府에 도둑이 들고, 그 도둑이 송사공宋四
公 일당임을 알자, 분노하여 포교 마한馬翰에게 범인을 잡도록 명령한다.
등대윤滕大尹은 전대왕錢大王의 동정을 살필 수밖에 없는데, 이는 전대왕
錢大王이 막강한 권력의 소유자이고 자신의 입신에도 크게 영향을 미치
기 때문이다. 그는 장원외張員外가 송사공宋四公에게 재물을 털렸다고 했
을 때만 하여도 이렇게까지 분노하지 않고, 단지 보통 도적의 소행정도
로만 여겼다. 그러나 전대왕부錢大王府에까지 들어가서 재물을 훔치자 사
건에 대한 생각은 이내 달라진다. 그는 단지 송사공宋四公의 대담한 도적
행위에 대해서 분노하는 것뿐만 아니라, 감히 전대왕부錢大王府에 들어가
서 옥대玉帶를 훔쳤다는 행동에 격노하는 것이다. 혹시라도 이번 사건이
자신의 입신양명에 누가 될까봐 전전긍긍하는 모습을 보이고 있다. 그리

---

36) 明日, 錢大王寫封簡子與滕大尹。大尹看了, 大怒道: "帝輦之下, 有這般賊人!" 即
　　時差緝捕使臣馬翰, 限三日內要捉錢府做不是的賊人。(≪喩世明言≫第三十六卷〈宋
　　四公大鬧禁魂張〉)

하여 그는 이전 장원외張員外의 경우와는 달리 엄중하게 대처하라고 지
시하며, 3일 안에 범인을 잡도록 명령한다. 이 과정에서 직접적인 사건
해결을 위해 도움을 주기 보다는 단지 책임을 회피하고 수하를 압박하기
만 하는 그의 무능함을 엿볼 수 있다.

다음으로, 권력자(관리)의 무지의 측면에서 살펴보면, 송사공宋四公과
조정趙正 등이 협력하여 전대왕부錢大王府에서 훔친 옥대玉帶를 장원외張
員外의 창고로 옮겨놓아 그에게 장물을 가진 죄를 씌우고, 장원외張員外
에게서 훔친 재물을 왕준王遵, 마한馬翰의 집에 옮겨 놓아 도둑의 누명을
씌워서 결국 억울하게 죽게 만든다. 이처럼 사건을 해결해야 하는 책임
이 있는 등대윤滕大尹은 범인 색출에 대해서 무지하여 사건의 앞 뒤 정황
과 수집한 증거를 제대로 조사하지 않고 혐의자에게 가혹한 심문부터
해서 억지 자백을 강요한다. 선불리 사건의 범인을 단정하여 자신의 안
위와 체면만을 중시하고, 사건을 재빨리 종결하고자 하는 등의 우둔하고
이기적인 모습을 보여주고 있다.

> 등대윤滕大尹은 이유곡직을 불문하고 형벌을 가하였다. 살이 문드러지도
> 록 때려서 장부張富(장원외張員外)의 장물에 대해서 자백하게 하려 하였지만,
> 두 사람이 어찌 죄를 인정하겠는가? 대윤大尹은 감옥에 있는 두 집의 부인을
> 끌어내도록 하여 서로 마주보게 하였는데, 죄를 해명할 방도가 없으니, 대
> 윤大尹조차도 우물쭈물하며 결단을 내리지 못하고 모두 감옥에 가두어 감시
> 하게 하였다. 다음 날 다시 장부張富를 포박하여 관부官府로 데려왔다. 그에
> 게 자신의 재산으로 전대왕부錢大王府에서 잃어버린 물건을 배상하도록 권하
> 고 남은 재산은 돌려준다고 하였다. 장부張富는 관부官府가 강제로 협박하여
> 어쩔 수 없이 이 조건을 받아들였다.[37]

---

37) 滕大尹不由分說, 用起刑法, 打得希爛, 要他招承張富贓物, 二人那肯招認?大尹教
監中放出兩家的老婆來, 都面面相覷, 沒處分辯, 連大尹也委決不下, 都發監候。次
日又拘張富到官, 勸他且將己財賠了錢大王府中失物, 待從容退贓還你。張富被官
府逼勒不過, 只得承認了。(≪喩世明言≫第三十六卷〈宋四公大鬧禁魂張〉)

등대윤滕大尹은 단지 사건의 조속한 해결에만 몰두하고 있어서 사건의 정확한 동기나 과정을 자세히 살펴보지 않았다. 이 과정에 무고한 이가 생길 수 있다는 것을 간과하고 있으며, 그의 안중에는 두 포교의 무죄에 대해서도 신중하게 고려하지 않는다. 그래서 그는 왕준王遵와 마한馬翰을 잡자마자 바로 고문을 해서 사실을 밝혀내고자 한다. 그러나 왕준王遵와 마한馬翰이 순순히 죄를 인정하지 않자, 가족들과 대면하게 하여 범행을 실토하도록 압력을 가하지만 그것도 여의치 않다. 그는 사건의 전후 상황과 증거를 면밀히 검토하여 범인을 잡으려고 하는 것이 아니라, 일단 가혹하게 고문을 해서 빨리 사건을 마무리할 생각뿐이다. 그렇기 때문에 장원외張員外에 대해서도 사건의 조속한 해결을 위하여 전대왕부錢大王府의 보물을 배상하도록 먼저 제안하는 것이다. 이러한 일련의 과정을 통해서 등대윤滕大尹은 자신의 신분과 위신만을 생각하면서 주어진 단서조차도 자세히 들여다보지 않고 섣불리 판결을 내려 억울한 이를 죽게 만드는 무지함을 적확하게 보여 주고 있다.

이처럼 작품에서는 등대윤滕大尹의 무능과 무지의 모습을 직접적으로 비평하는 것이 아니라, 사건의 진행 과정을 통해서 은연중에 나타내고 있다. 송사공宋四公 일당은 이러한 관부官府(등대윤滕大尹)와 대립하면서 한편으로 자신들의 영악함과 교활함을 보여주고 있지만, 다른 한편으로는 관부官府의 어리석음과 무능을 빗대어서 해학적으로 그들을 풍자하고 있다.[38] 이러한 과정을 통해서 독자는 무능한 관리를 과감하게 조롱하

---

38) 周先慎은 그의 저서 ≪古典小說鑑賞≫의 〈月黑風寒壯士心~〈宋四公大鬧禁魂張〉〉에서 〈송사공대뇨금혼장宋四公大鬧禁魂張〉의 전개 과정에서는 두 개의 집단이 서로 첨예하게 대립하고 있다고 주장하고 있다. 그의 견해에 따르면, 한 쪽은 통치 집단, 다른 한 쪽은 비통치 집단으로 상정하고, 통치 집단의 이기심과 잔인함, 부패함과 무능함, 궁색한 대비와 속수무책의 특징을 들어 비판하고 있다. 비통치 집단은 이와는 반대로 기지와 용기, 비범함과 떳떳함, 주동적과 승리감을 들어 행위의 정당성과 의의를 찬양하고 있다. 그는 관부官府를 반드시 비평해야할 대상으로 보고 있고, 송사공宋四

면서 통쾌함을 느끼고, 그러한 관부官府를 제 맘대로 농락하는 송사공宋
四公의 행동에 찬탄하게 된다.[39] 한편으로는 송사공宋四公 일당이 관부官
府에 굴복하지 않도록 바라며, 오히려 청관淸官(포용도상공包龍圖相公)이
나와서 사회에 대한 정의를 실행하기 전에 적극적으로 관부官府를 상대
하는 위협적인 존재가 되기를 바랄지도 모른다. 그렇기에 작품의 끝부분
에는 그들의 행동에 대한 치죄와 징계가 구체적으로 나타나는 것이 아니
라, 오히려 법 집행의 회피와 중재의 방식各散去訖, 地方始得寧靜.으로 끝을
맺고 있다. 이러한 과정은 당시 시대와 사회, 권력과 집단, 규범과 억압
속에 감춰진 반감과 거부의 속성이 풍자와 비평의 방식으로 표출되고
있음을 보여주는데, 독자는 그러한 현상을 자신의 현실적 경험과 연계하
면서 그 속에서 공감을 느끼고 있다.

2) 욕망의 발현: '원초적 욕망'으로의 끌림

인간은 자신의 마음속에 억제하고 있는 욕망의 편린들을 어떤 상황이
나 환경에 따라 자신만의 방식으로 분출하고자 한다. 이러한 욕망의 발
현은 때로는 긍정적인 방식으로 나타나기도 하지만, 비정상적으로 왜곡
되고 충동적으로 나타나기도 한다. 원초적 욕망에 치우쳐 비이성적 행동
을 보이거나, 혹은 이러한 행동이 파괴와 폭력으로 변질되어 표면화되는
현상을 쉽게 찾아볼 수 있다. 이러한 인간의 욕망의 발현을 간접적으로
구현할 수 있는 공간이 바로 소설 작품이다. 독자는 소설 작품을 통해서

公 일당은 '의적義賊'으로서 의로움을 선양하는 단체로 정의내리고 있다. 그는 선善/악
惡, 관官/민民의 이분화된 시각에 지나치게 치중하고 있는데, 비록 이 두 집단이 어느
정도 대립을 보이고 있기는 하나, 반드시 이러한 획일화된 대립 구도에만 입각하여
분석할 필요는 없다. 周先愼, ≪古典小說鑑賞≫, 北京大學出版社, 1992年, 122쪽
참조.

39) 溫孟孚, ≪"三言"話本與擬話本硏究≫, 北京: 中國社會科學出版社, 2005年, 36쪽
참조.

마음속에 내재해 있는 원초적 욕망, 이기적 충동, 악성의 응축 등을 표현하려고 하고, 작가는 이러한 요소를 작품 속의 적재적소에 펼쳐놓아 독자가 쉽게 감응할 수 있도록 배치한다. 독자는 이러한 요소에 반응하여 간접적이나마 욕망의 분출과 방종을 경험하게 되고 작품의 재미와 활력을 느끼게 되는데, 작가는 이러한 요소를 조정하고 안배하여 독자의 관심과 흥미를 증폭시켜 작품에 더욱 몰입하도록 이끈다.

독자의 이러한 욕망의 발로는 소설 작품 속에서는 주로 어떤 대상, 즉 '악한惡漢 인물'을 통해서 적극적으로 전개된다. 특히 당시 사회 규범의 제한과 속박이 엄격하고, 계층적 갈등과 불신不信이 강할수록 이러한 욕망은 한층 더 응축되어 있다가 집중적으로 분출된다. 이 작품에서도 이러한 경우가 나타나는데, 독자는 송사공宋四公 일당의 진중하지 못하고 해학적인 인생 태도, 욕정적이며 유흥적인 심리 경향, 파괴적이고 폭력적인 행동 방식 등, 송사공宋四公 일당의 '반항反抗'과 '불패不敗'에 자연스럽게 끌리게 되면서, 자기 안에 있는 '악惡의 카리스마'를 발견할 수 있다.[40] 실제로 송사공宋四公과 조정趙正의 대담하고 능수능란한 도적 행위와 비정하고 파괴적인 행동에서 독자는 일탈의 감정과 폭력적 공격성에 대한 대리만족을 느낀다. 송사공宋四公, 조정趙正과 같은 소위 '해학적 악인惡人'이 이렇게 생명력을 얻는 것은 작품에서 이들이 악인惡人으로 단정되면서도 그 악성惡性의 구현과정에서 욕망에 대한 솔직하고 당당한 태도를 보이기 때문이다.[41] 그리하여 관리를 희롱하면 할수록 더욱 더 자신의 응집된 불만과 억압된 감정이 해소되고, 이러한 과정을 통해 자신의 존재감을 인식하고 구속에서의 벗어나는 감정의 자율성을 느낀다.

---

40) 이정원, 〈해학적 악인 캐릭터 디자인을 위한 서사적 접근〉, 《古小說硏究》제23집, 2007년, 159쪽 참조.
41) 앞의 글, 168쪽 참조.

때로는 이러한 것이 이성의 상실, 원초적 본능으로의 끌림, 충동과 폭력의 내면화로 명료화된다. 이렇듯 작품 속의 악인惡人을 통해서 나타나는 감정과 표현은 인간의 원초적 욕망과 밀접한 관련이 있고, 이것을 억압하고 제한하는 일단의 제약과 관습, 집단과 사회, 감정과 행동은 이성과 규범의 이탈('도적 행위'), 원초적 본능으로의 끌림('성적 유희'), 잔인한 반인륜적인 충동과 폭력의 표면화('식인 행위')를 통해 다각적으로 발현된다.

작품의 전개는 송사공宋四公의 '도적 행위'에 관한 묘사로 시작되는데, 이러한 반사회적 행동은 전통사회에서는 상당히 엄중하게 제한하는 부분이다. 비록 이러한 행동이 전통적 윤리관에는 위배가 될지언정 민중의 감정적 측면에서 보면 오히려 엄격한 관습과 규범의 해방을 통해서 억눌린 감정이 표출할 수 있는 출구가 될 수 있다. 특히 재물을 악착같이 모으고 베풀 줄 모르는 자(장원외張員外), 권력과 위세, 재산을 동시에 가지고 있는 자(전대왕錢大王)의 재물을 탈취하는 것은 단순히 재물의 획득으로 인해 물질적인 부유함에 대한 동경이 아니라, 금기와 억제에 대한 반기의 심리와 행동, 그 자체에 깊은 '동화同化'의 감성을 가지게 되는 것이다.

> 송사공宋四公은 열쇠로 한번 맞추어 자물쇠를 열고, 보물창고로 걸어들어 갔다. 문에 들어가니, 한 종이사람의 손에 은구슬이 받쳐져 있었다. 송사공 宋四公은 손으로 은구슬을 잡고 발로는 여러 기축(기관機關의 중요한 발판)을 밟고서 5만관貫이 자물쇠로 채워져 있는 장물을 찾았다. 모두 상등 금구슬 이었고, 한 곳에다가 꾸러미로 쌌다.[42]
>
> 왕수王秀는 말하였다. "저기 백호교白虎橋 아래 보이는 대저택이 바로 전대

---

42) (宋四公)把鑰匙一闘, 闘開了鎖, 走入土庫裡面去。入得門, 一個紙人手裡, 托著個 銀毬。宋四公先拏了銀毬, 把腳踏過許多關板子, 覓了他五萬貫鎖贓物, 都是上等 金珠, 包裹做一處。(《喻世明言》第三十六卷〈宋四公大鬧禁魂張〉)

왕부錢大王府입니다. 한 몫 크게 챙기기 쉽지요." 조정趙正이 말하였다. "우리들은 밤늦게 착수합시다." 왕수王秀가 말하였다. "그것도 괜찮군." 북이 세차례 울리기(삼경三更) 전후로 조정趙正은 굴을 파서 전대왕부錢大王府의 보물 창고로 들어가 감춰둬 있는 3만관貫의 돈과 암화반용양지백옥대暗花盤龍羊脂白玉帶를 훔쳤다.[43]

이들의 도적 행위가 비록 훔친 재물을 일반 백성에게 나누어주는 베풂의 과정이 없다고 하더라도 백성이 감히 제대로 쳐다보지도 못하는 권력가와 재력가의 재물을 훔치는 행위를 통해서 일종의 심리적 쾌감을 느낀다. 그들이 사회적으로 구속받고 처벌받아야하는 범죄자라고 할 수 있지만, 여전히 그들의 과감한 행위에 대해서 비판과 질책보다는 오히려 행위에 대한 환희와 지원의 감정이 작동한다. 작가 역시 그들의 도적 행위에 대해서 방관자의 관점을 유지하고 있다. 비록 그들이 어떤 이념이나 신의를 위해서 재물을 훔치는 것은 아니지만, 그들의 이러한 행동은 독자들로 하여금 마음속에 내재해 있는 일종의 반항정신을 승화시키고 기탁하기에 충분하다. 그들이 권력자를 골탕 먹일수록 독자는 일종의 희열을 느끼게 된다.

작품 속에 나타난 악惡의 의미가 사회적 관습과 억압으로부터의 해소라는 측면이외에도 원초적 욕망으로의 끌림의 의미를 가지고 있기도 하다.

송사공宋四公은 그녀를 안기도 하고 잡기도 하면서 어루만지면서 손을 젖가슴에 가져다가 쓰다듬었다. "낭자, 가슴이 없군." 다시 그녀의 음문陰門을 더듬었는데, 단지 뻣뻣하게 서 있는 긴 물건이 있을 뿐이었다. 송사공宋四公은 "으악, 너는 누구냐?" 여인 분장을 한 사람이 두 손을 겹쳐 모아 가슴에 대고 예를 차리며, "노인장께 아룁니다. 저는 노래를 파는 기녀妓女가 아니

---

43) 王秀道: "你見白虎橋下大宅子, 便是錢大王府, 好一拳財." 趙正道: "我們晚些下手." 王秀道: "也好." 到三鼓前後, 趙正打個地洞, 去錢大王土庫偷了三萬貫錢正贓, 一條暗花盤龍羊脂白玉帶.(《喩世明言》第三十六卷〈宋四公大鬧禁魂張〉)

라, 바로 소주蘇州 평강부平江府의 조정趙正입니다." 송사공宋四公은 말하였다. "이런 때려죽일 놈! 내가 네놈 사부인데, 나에게 네놈 물건을 만지게 하다니! 포졸로 변장했던 놈이 네놈이었구나."44)

이 부분에서는 송사공宋四公이 제자 조정趙正을 여인(가녀歌女)로 생각하고 그녀를 희롱하는 장면인데, 성적 유희의 묘사가 대단히 노골적으로 드러나 있다. 조정趙正의 여성성과 남성성을 상징하는 음부陰部를 대담하게 묘사하고 있는데, 이렇게 공개적인 장소에서 여인을 희롱하는 장면은 화본소설에서는 자주 나타나지 않는다. 성적 표현과 성행위는 대부분 은밀한 사적 공간이나 비밀스러운 장소에서 이루어지며, 남녀의 성희 장면도 극도의 압축이나 축약의 형태로 기술하기 때문에 독자의 상상력을 자극할 뿐이다. 이러한 성애 장면의 노출과 강조는 전통적인 소설에서 상당히 경계시하고 제한하는 부분이기도 하다. 그럼에도 불구하고 이러한 장면을 직접적으로 드러내는 것은 독자의 요구와 작가의 수용적 태도가 맞물려 있기 때문이다. 그래서 작품의 전개상 그다지 중요하거나 필요한 부분이 아닌데도 불구하고 작가는 이 부분을 통해서 독자의 성적인 심리를 만족시키는 것이다. 이것은 그렇게 '해서는 안 되는' 금지의 이성과 '본능에 따라 종횡하는' 해방의 욕망이 서로 경계를 넘어서 드러난 부분이라고 할 수 있다. 비록 작품에서 이러한 장면을 삽입하여 '통속적', '향략적', '자극적'이라는 폄하된 시각을 피할 수는 없다고 하더라도 독자들로 하여금 평소 이룰 수 없었던 희망이나 성적인 욕구를 간접적으로 체험하게 하여 독자의 흥미를 상승시키는 역할을 한다. 그러므로 송사공

---

44) 宋四公把那婦女抱一抱, 撮一撮, 拍拍惜惜, 把手去摸那胸前道: "小娘子, 沒有妳兒。"又去摸他陰門, 只見纍纍垂垂一條價。宋四公道: "熱牢, 你是兀誰?" 那個粧做婦女打扮的, 又手不離方寸道: "告公公, 我不是擦卓兒頂老, 我便是蘇州平江府趙正。"宋四公道: "打脊的檢才! 我是你師父, 卻敎我摸你爺頭! 原來卻纏丞局便是你。"(≪喩世明言≫第三十六卷〈宋四公大鬧禁魂張〉)

宋四公과 조정趙正이 기존의 방식에서 벗어나 타락하고 저급하다고 판단
되는 행동을 보여줌으로써 독자의 억눌린 감정을 분출할 수 있게 되고,
또한 이러한 욕망의 방출을 통하여 일종의 카타르시스를 느끼게 된다.
  작품 속에 나타난 악惡의 의미가 '원초적 욕망으로의 끌림'이외에도
끔찍하고 잔인한 반인륜적 행위의 충동과 폭력의 표면화의 특징을 가지
기도 한다. 작품에서는 파격적이면서도 혐오스러운 장면이 등장하는데,
바로 '식인'에 대한 묘사이다. 작품의 중반부에 이르러 후흥侯興이 운영
하는 가게가 나오는데, 이 가게는 '인육만두'를 파는 곳이다. 이 인육의
출처는 지나가는 나그네에게 약을 먹여 재물을 빼앗고, 죽여서 만두소로
만드는 것이다. 조정趙正은 이러한 사실을 이미 알고 있고, 자신이 인육
만두의 재료가 될 수도 있는 상황에서 거리낌 없이 당당히 가게로 들어
간다. 그의 이러한 대담함과 용기에 대해서 서술자는 담담하게 묘사하고
있는데, 작품의 서사 시각에 있어서도 식인 행위를 아무렇지 않게 보는
관점은 일관되게 보인다.

  송사공宋四公은 말하였다. "자네가 지금 동경으로 가고자 하니, 내가 자네
  에게 편지를 한통 써 줄 테니, 가서 그 사람을 만나보게. 그 사람 역시 나의
  제자라네. 그의 집은 변하汴河 언덕에 있고, 인육만두를 팔고 있다네. 성은
  후侯이고 이름은 흥興이라네, 항렬이 둘째라 후이가侯二哥라고 부른다네." 조
  정趙正을 말하였다. "사부님, 감사합니다." 앞에 있는 찻집으로 가서 송사공
  宋四公은 편지를 썼다. 조정趙正에게 분부해두고 서로 헤어져 흩어졌다. 송사
  공宋四公는 혼자 모현謨縣에 머물렀다.[45]

  (조정趙正은)두 젓가락으로 만두를 옆으로 떼어놓고, 만두소를 헤집어서

---

45) 宋四公道: "你而今要上京去, 我與你一封書, 去見個人, 也是我師弟。他家住汴河
  岸上, 賣人肉饅頭。姓侯, 名興, 排行第二, 便是侯二哥。"趙正道: "謝師父。"到前面
  茶坊裡, 宋四公寫了書, 吩咐趙正, 相別自去。宋四公自在謨縣。(《喩世明言》第三
  十六卷〈宋四公大鬧禁魂張〉)

살펴보았다. "아주머니, 저의 할아버지께서, "변하汴河 언덕에 있는 만두집에 가서 사 먹지 말아라. 그곳은 모두 인육으로 만든다."라고 말씀하셨습니다. 아주머니, 한번 보세요. 이 덩어리에 손톱이 있는데, 바로 사람의 손톱입니다. 이 고기껍질에는 짧은 털이 많이 있는데, 아마 사람의 것 같은데요." 후홍侯興의 아내가 말하였다. "나리, 농담하지 마세요. 어디서 그런 말을 들었어요!"46)

조정趙正은 방안에서 썩은 냄새를 한차례 맡고서 여기 저기 찾아보니, 침상 아래에 큰 항아리가 있었다. 손을 넣어 살펴보니 사람 머리가 하나 있었다. 다시 더듬어 보니 팔 하나가 다리와 함께 있었다. 조정趙正은 뒷문 옆에 옮겨놓고, 모두 밧줄로 묶어서 뒷문 담장 위에 걸어 두었다.47)

이 부분은 다른 작품에서 볼 수 없는 상당히 충격적이고 섬뜩한 장면이다. 이러한 장면의 묘사가 오히려 독자의 오감五感을 자극하게 되는데, 마음속에 내재해 있는 폭력적이고 변태적인 심리와 결합되면서 정해진 틀에서 벗어나고자 하는 일탈과 파괴적 본능을 개방하도록 촉진하고 있다. 그렇기 때문에 이러한 묘사를 통하여 내재된 '비인간적 행위로의 끌림' 요구가 보다 구체적으로 감지되는 것이다. 작품에서는 인륜과 사회적 금지의 행위와 징치의 행동이 나타나지만, 여전히 자극적이고 원초적인 폭력성을 투영하게 되는데, 독자는 이러한 묘사를 통해서 욕망의 발현을 이룰 수 있고, 또한 억압된 욕망을 간접적이나마 해소할 수 있는 셈이다.

---

46) 將兩隻筋一撥, 撥開饅頭餡, 看了一看, 便道: "嫂嫂, 我爺說與我道: "莫去汴河岸上買饅頭喫, 那裡都是人肉的。"嫂嫂, 你看這一塊有指甲, 便是人的指頭, 這一塊皮上許多短毛兒, 須是人的不便處。"侯興老婆道: "官人休耍, 那得這話來!"(≪喩世明言≫第三十六卷〈宋四公大鬧禁魂張〉)

47) 趙正只聞得房裡一陣臭氣, 尋來尋去, 床底下一個大缸。探手打一摸, 一顆人頭；又打一摸, 一隻人手共人腳。趙正搬出後門頭, 都把索子縛了, 掛在後門屋簷上。(≪喩世明言≫第三十六卷〈宋四公大鬧禁魂張〉)

3) 현실 세계의 투영: 현실 사회의 부정적 모습

전통적인 소설 작품에서는 도입과 전개가 어떠하든 결말은 '해피 엔드 happy end'이거나 '인과응보因果應報'로 귀결되면서 의도적인 교화를 강조한다. 이러한 교훈적 관념에는 작가가 가지고 있는 일종의 '선비정신' 혹은 '엘리트 의식'에 입각한 관점을 투영하기도 하는데, 이러한 의도가 아니더라도 독자는 이야기 전개 과정에서 행복하고 분명한 결말을 원하는 경우가 많다. 이와 같은 이야기 전개 공식에서 위배된, 악인惡人이 승리하거나 최소한 악인惡人이 처벌을 받지 않는 내용에 있어서 독자는 생경함과 어색함을 느끼면서 오히려 그 속에서 재미와 흥미를 느낀다. 일반적으로 독자는 '양가성兩價性'의 심리를 가지고 있다. 어떤 체재나 방식에 순종하면서 편안함을 갈구하면서도 동시에 그것에 벗어나고자 하는 일탈의 욕구가 동시에 존재하기 마련이다. 그렇기에 작품의 교화적인 내용뿐만 아니라 비교화적인 내용에 있어서도 비슷하게 반응한다. 이러한 점은 이상 세계와 현실 세계가 가지는 거리만큼이나 차이를 보일 수도 그렇지 않을 수도 있는데, 상상 속에 존재하고 싶은 낭만성과 현실을 치열하게 직시하는 현실성이 혼재하는 다변적 가치관을 가진다. 이것은 현실이 이상적이지 않기 때문에 이것에서 탈피하여 상상을 통해서 정신적 만족을 얻을 수도 있고, 현실의 실제 모습을 밝히는 것을 통해서 심리적 갈등의 해소를 가져올 수도 있다. 이러한 경우처럼 〈송사공대뇨 금혼장宋四公大鬧禁魂張〉의 송사공宋四公과 조정趙正의 행위(악행惡行)는 앞으로 일어날 수 있는 개연성蓋然性을 제시하기도 하고, 실제 일어나고 있는 진행형을 보여주기도 하는데, 이상 사회의 갈망과 현실 사회의 현상을 함축하여 묘사하고 있다. 그렇다면 작품에서는 실제적 현실 세계의 부정적 모습이 어떻게 반영되고 있는가? 첫째, 권력자의 유·무형의 폭력이고, 둘째, '악인惡人에 대해 무구속, 무처벌이라고 볼 수 있다. 이러한 점은 모두 전통적 윤리관과 교화관에 어긋나지만 여전히 현실 사회에 존재하고 있는 현상이며, 오히려 작품 속 공간에서보다 더 보편적으로 일어나고 있는 일이라고 할 수 있다.

현실 세계의 부정적 모습은 먼저, 주변 인물의 유·무형적 폭력 행위를 통해서 그대로 재현하고 있는데, 이 작품에서는 장원외張員外가 거지를 멸시하여 이전의 일까지 오해하고 확대 해석하여 꾸짖고(무형적 폭력), 하인을 시켜 과도한 폭력을 행사하는 부분(유형적 폭력)에서 잘 나타나 있다.

> 주관主管은 장원외張員外가 문 앞에 없는 것을 보고, 양문兩文의 돈을 거지의 조리笊籬 안에 던져 주었다. 장원외張員外는 마침 수과심水瓜心(목과심木瓜心) 포로 만든 가리개(포렴) 뒤에 보고 있다가 달려 나와서 말하였다. "잘한다! 주관主管! 자네 지금 뭐하고 있는 건가? 양문兩文을 거지에게 줘? 하루에 양문兩文씩이면 천일이면 양관兩貫이야." 큰 걸음으로 앞으로 가더니, 재빨리 조리笊籬를 낚아채고는 조리笊籬에 있는 돈을 빼앗아 모두 자신의 돈 꾸러미에 쏟아 넣었다. 여러 하인을 시켜서 거지를 때리게 하였다. 길가는 사람들은 그 광경을 보았지만, 화내지 않았다.[48]

작품에서 장원외張員外는 재력자의 부류에 속한다. 비록 그가 신분에 있어서는 등대윤滕大尹이나 전대왕錢大王에 비해서는 훨씬 미치지 못하지만, 일반 백성과는 다른 권력과 재산을 가지고 있다. 그는 거지가 이전부터 돈을 몰래 얻었다고 생각하고 가진 돈을 모두 빼앗는 것은 물론이고 하인을 시켜 두들겨 팬다. 하지만 주위에 보고 있던 사람들은 아무도 나서서 말리거나 변호해 주지 않는다. 장원외張員外가 많은 재산을 가지

---

48) 主管見員外不在門前, 把兩文撒在他笊籬裡。張員外恰在水瓜心布簾後望見, 走將出來道: "好也, 主管! 你做甚麼, 把兩文撒與他? 一日兩文, 千日便兩貫。"大步向前, 趕上捉笊籬的, 打一奪把他一笊籬錢都傾在錢堆裡, 卻教眾當直打他一頓。路行人看見也不忿。(《喻世明言》第三十六卷〈宋四公大鬧禁魂張〉)

고 있다고 여겼기에 함부로 그를 건드리지 못했다. 특히 서민들에게 있
어서는 장원외張員外와 같은 사람은 일반 사람들의 부러움과 두려움을
동시에 받는다고 할 수 있다. 그래서 억울하게 누명을 쓰고 있는 거지에
게 아무도 나서서 도움을 주지 않았는데, 이 부분에서는 거지에 대한
비정함과 무관심이 그대로 나타났다고 할 수 있다. 사실 이러한 모습은
현실 세계에서 자주 일어나는 일이고 오히려 보편적인 현상이라고 할
수 있는데, 현실의 모습을 그대로 반영하고 있다고 해도 과언이 아니다.

이러한 재력자의 유·무형의 폭력이외에 '악인惡人'에 대해 어떠한 구
속이나 처벌을 하지 못하는 실제적 상황 역시 현실 세계의 모습을 그린
것이라고 할 수 있다. 특히 도둑인 송사공宋四公 일당이 관부官府의 압박
에도 아랑곳하지 않고 제멋대로 활개 치는 부분은 이러한 부정적 현실을
분명하게 보여주고 있다.

> 이 도적 무리들은 공공연하게 동경東京에서 나쁜 짓을 일삼았는데, 좋은
> 술이나 마시러 다니고, 이름 있는 창기娼妓와 놀아났지만, 아무도 어찌하지
> 못하였다. 그 때 동경東京은 상당히 시끄럽고 어지러웠는데, 집집마다 평안
> 하지 못하였다. 포상공包相公이 부윤府尹으로 부임해서야 겨우 이 도적들은
> 두려워서 각자 뿔뿔이 흩어졌다. 이 지역이 비로소 평안해지기 시작하였다.
> 시가 이를 증명한다. 시에서 읊조리기를: 단지 탐심과 인색함으로 인해 나
> 쁜 재앙을 불러일으키고, 동경으로 도적을 끌어들여 날뛰게 만들었네. 다행
> 이도 용도龍圖 포대윤包大尹 덕분에 관리가 훌륭하면 백성은 저절로 평안해진
> 다는 것을 알게 되었네.[49]

이 작품에서 가장 파격적인 내용은 신출귀몰한 도적행위나 자극적인

---

49) 這一班賊盜, 公然在東京做歹事, 飲美酒, 宿名娼, 沒人奈何得他。那時節東京擾
亂, 家家戶戶, 不得太平。直待包龍圖相公做了府尹, 這一班賊盜, 方纔懼怕, 各散
去訖, 地方始得寧靜。有詩爲證, 詩云:只因貪吝惹非殃, 引到東京盜賊狂。虧殺龍圖
包大尹, 始知官好自民安。(≪喩世明言≫第三十六卷〈宋四公大鬧禁魂張〉)

성적유희, 혹은 혐오스러운 식인행위보다는 이러한 패악행위를 일삼는 이들이 결국에는 어떠한 처벌을 받지 않는다는 데에 있다. 이러한 결말은 화본소설에서 상당히 보기 드문 경우에 해당된다. 편미篇尾의 시에서도 '악인惡人은 필히 처벌 받는다'는 '인과응보因果應報'나 '사필귀정事必歸正'의 주제를 선양하는 것이 아니라, 장원외張員外의 박정함과 청관淸官인 포상공包相公의 등장에 서술 시각이 맞춰져 있다. 여전히 장원외張員外의 인색함과 포상공包相公의 치세가 중심이 되어 그려지고 있는 것이다. 의로운 일을 하는 경우가 아닌 순순히 자신만의 이익을 중시하는 이들이 어떠한 처벌을 받지 않는 경우를 악인惡人의 '활보', '개방'이라고 할 수 있는데, 이것은 실질적으로 악인惡人이 관부官府에 대한 '희롱' 혹은 '승리'라고 보아도 무방하다. 이들은 포상공包相公의 등장으로 인해 자발적으로 흩어지는 형세를 취하고 있는데, 이들을 제지하고 통제할 수 있는 사람은 포상공包相公을 제외하고는 없기 때문이다.

이 작품은 일반적인 고전소설 작품에서 흔히 등장하는 전통적 교화관에 입각하여 '권선징악勸善懲惡'의 이념을 강조하는 것이 아니라, 오히려 현실의 상황을 그대로 전개하면서 실질적인 개연성을 보여주고 있다. 그렇기 때문에 현실에서는 악인惡人이지만 오히려 처벌 받지 않는 경우가 보이는데, 관부官府에 대한 반감도 이러한 정의의 실현이 이루어지지 않는다는 인식에 기인한다.50) 하지만 어떤 시대와 사회이든 법의 구속망을 벗어날 수 있는 경우도 많고, 실제로 법의 통제력이 미치지 못하는 부분도 여전히 존재한다. 이러한 상황으로 볼 때, 송사공宋四公 일당같이

---

50) 일반 대중의 인식에 있어서도 법집행에 대한 불신不信과 반감反感은 무의식적으로 내재해 있기 때문에, 도적이 승리하는 경우가 일부라고 할지라도 빈번하게 나타난다고 여긴다. 그렇기 때문에 상당히 많은 수의 법집행이 이루어진다고 해도 이루어지지 않는 예외 현상에 보다 주목하게 되며, 그것을 통해 법집행이 제대로 이루어지지 않고 있다고 전체를 일견하는 관점이 자연스럽게 생겨나게 된다.

악인惡人이 처벌을 받지 않는 경우는 전통적인 소설에서는 볼 수 없는 내용이지만, 오히려 현실 세계에서는 빈번히 일어나는 현상이라고 볼 수 있다. 정확한 법집행은 소설 작품에서만 가능한 일이고, 실제로는 그렇지 못한 경우도 자주 나타나기 때문에 독자와 작가는 이상 세계가 아니라, 현실 세계에서 출현하는 실재적 상황을 소설 속의 묘사를 통해서 구체적으로 재현하고 있는 것이다.

4. 나오는 말篇尾

이상으로 ≪유세명언喩世明言≫제36권第三十六卷〈송사공대뇨금혼장宋四公大鬧禁魂張〉에서 나타나는 악인惡人의 특징과 악惡의 의미를 살펴보았다. 작품에서 악인惡人은 송사공宋四公, 조정趙正, 후흥侯興 부부, 왕수王秀 등인데, 이중에서 대표적인 인물은 송사공宋四公과 조정趙正이다. 이들은 모두 교활하며 의리와 도의가 없다. 이들이 비록 훔치는 일에 대한 재능과 신중함을 모두 갖추고 있지만, 이러한 기예를 펼칠 때의 노련함과 자만심의 표현 과정에서 서로 대조를 이루고 있다. 이렇게 서로 비슷하면서 다르게 대응하는 두 인물의 성격에서 나타나는 공통된 특징은 '기이奇異', '해학諧謔', '지모智謀', '비정非情', '협의俠義' 등이다. 이러한 특징은 각각 개별적으로 등장하기도 하지만, 때로는 다른 특징과 서로 엮여져서 순차적이거나 혹은 동시에 나타나기도 한다. 비록 어떤 하나의 묘사, 혹은 연속된 서술에서 여러 특징이 동시에 나타나고 있지만, 줄거리 전개를 중심으로 비교적 명확하게 드러난 특징을 위주로 살펴보면, '기이奇異와 괴벽怪僻', '유머humor와 해학諧謔', '지략智略과 계책計策' 등으로 구분할 수 있겠다.

작품에서 악惡의 특징은 작가와 작품, 독자가 상관되어 있다는 점에 기초하게 되는데, 주로 작품 속의 인물(악인惡人)을 통해서 구체화된다.

악인惡人을 통한 악의 의미를 파악하는데 있어서 송사공宋四公과 조정趙正과 같은 주요인물이 중심을 이루고 있지만, 비단 주요 악인惡人을 통해서뿐만 아니라, 다른 주변 인물의 부정적 행동을 통해서도 이러한 점은 쉽게 드러난다. 이것은 악의 의미가 단순히 몇몇 악인惡人에게만 한정되는 것이 아니라, 이들과 긴밀하게 연계되어 있는 주변 인물과 행동과도 밀접하게 관련되어 있기 때문이다. 작품 속의 인물은 존재적 특징과 개인적 관념이 강하게 나타나는데, 이러한 점을 중심으로 '악惡'의 의미를 살펴보면, 첫째, 개인적 심리의 표현이라고 할 수 있다. 시대적 반항이나 낭만적 충동, 혹은 반정부적 자의식이 그러한 경우이다. 둘째, 인간 욕망의 발현으로 이성의 상실, 원초적 본능으로의 끌림, 충동과 폭력의 표면화 등으로 볼 수 있다. 셋째, 실질적 상황의 표현으로 실제 사회 현상의 출현, 현실 사회의 직시로 말할 수 있겠다.

이 작품은 상당히 독특한 내용을 가지고 있으며, 악인惡人이 징치되거나 실패하는 전통적 이야기 구조를 벗어났으며, 기존의 인물 구성에서도 탈피한 작품이다. 그렇기에 소설 구조와 내용 및 의미뿐만 아니라, 인간 존재와 인식, 당시 대중의 심리와 영향, 작가와 독자, 시대와 사회에 대한 시각 등 다양한 방면에서의 이전의 작품과는 다른 특징을 보이고 있다. 본 연구는 〈송사공대뇨금혼장宋四公大鬧禁魂張〉에서 나타나는 악인惡人의 성격과 악惡의 의미에 대해서 다각적으로 분석하였는데, 이것은 작품의 인물을 이해하는 지름길일 뿐만 아니라, 나아가 작품의 구성을 통찰하고 줄거리와 갈등 주제를 상세히 파악하는데 중요하게 작용한다. 뿐만 아니라 악인惡人을 단독적이고 독립적인 존재로서 그 면모를 자세히 살펴볼 수 있게 만든다. 이러한 연구는 독자뿐만 아니라 우리들로 하여금 선善에 대한 강요와 압박감에서 벗어나 좀 더 자유롭게 사유할 수 있게 만들며, 악인惡人과 악惡의 의미에 대해 좀 더 다양하고 심도 깊은 시각으로 살펴볼 수 있게 만든다.

끝내며(책으로 엮으며)

찌르르, 찌르르....

새벽부터 집 앞 소나무에 박새 한 마리가 연신 울어대며 잠을 깨운다. 이제는 새벽 6시 알람을 맞춰놓지 않더라도 저절로 눈이 뜨여 자리에서 일어난다. 곤히 잠든 아이들을 한 번 쓱 훑어보고는 이불을 덮어주고 조용히 방문을 닫는다.

한 낮에는 30도에 가까운 한여름 같은 날씨지만, 아침저녁으로는 그래도 선선한 바람이 불어온다. 이 시간만큼은 어느 누구에게도 방해받지 않고 오직 나만을 위해서 여유를 부릴 수 있다. 커피포트에 물을 끓이고 차 티백을 머그잔에 담그며, 깊이 허브향을 들이킨다. 드디어 오늘, 오랜 숙제 하나를 해결해야겠다.

이 책은 2년 전 출간되었던 ≪접속과 단절: 중국 화본소설의 인간과 귀혼≫의 후속편이다. 당시 나는 전작前作에 이어 연속으로 책을 출간하려고 하였으나, ≪접속과 단절: 중국 화본소설의 인간과 귀혼≫을 출판하는 과정에서 내 나름대로 너무 많은 시간과 노력을 쏟아 부어 잠시 멈춤의 시간을 가질 수 밖에 없었다. 그러나 그런 휴식이 2년이나 이어진 것은 수업 준비와 강의, 학교 행정과 업무, 이런 저런 일도 있었지만 무엇보다도 나의 게으름과 우유부단함이 크게 한몫 했다고 할 수 있다. 이렇게 2년 동안 늘 마음속의 숙제로 남아 있던 이 책의 출간은 정말 우연한 계기로 탄력을 받게 되었다.

　그 날에 무슨 일이 있었는지 기억은 잘 나지 않았지만, 학교로 출근하면서도 줄곧 이 책의 완성을 생각하게 되었다. 굳이 그 이유를 찾자면 아침 부엌 창문으로 본 고령의 느티나무 때문인지도 모르겠다. 이 느티나무는 아파트 단지가 새로 생기고 난 다음 멀리 충북忠北 단양丹陽에서 직접 옮겨 심은 700살하고도 여덟 살이 넘는 나무이다. 내가 살고 있는 이곳에는 모두 500살이 넘는 느티나무가 세 그루나 있었지만 모두 고사枯死하고 제일 고령의, 제일 건강한 이 느티나무만 살아남았다. 사실 해마다 늦봄이 되면 가슴 한쪽에 스멀스멀 불안감이 밀려온다. '올해도 이 느티나무가 잎을 피울 수 있을까?' 걱정과 기대가 뒤엉켜 한동안 마음이 영 불편하다. 분수 정원 옆의 열 그루나 되는 키 큰 단풍나무는 봄에 제일 먼저 새 잎을 틔우고 무성하게 여름을 맞이한다. 그런데 올해 이 느티나무는 어찌된 일인지 3월이 다 지나가도 잎을 틔우지 못했다. 나는 창밖으로 매일 느티나무를 보면서 '언제쯤 잎을 피울까?', '지난겨울 잘 견뎌냈을까?', '혹시 죽은 것은 아닐까?' 등등 나름대로 온갖 생각의 가지를 뻗으며 애처로운 눈으로 바라보았다.

　사실 고등학교 시절 처음으로 아파트란 곳으로 이사 왔을 때, 아파트 정문 앞에는 몇 백 년이나 됨직한 큰 느티나무가 한 그루가 있었다. 그 나무는 마을을 지키는 당산나무처럼 웅장하게 턱 버티고 있었다. 나는 새로 지은 높다란 콘크리트 건물보다 이 느티나무가 신기하기도 하고 성스럽기도 해서 학교에서 집으로 올 때마다 일부러 여러 번 둘러보고 오곤 했다. 얼마 지나지 않아 아파트 앞으로 큰 도로가 나게 되어 이 나무를 베거나 옮겨야만 했다. 만약 이곳 토박이가 여럿 살고 있었다면

이 거대한 이주공사를 결사반대했을 것 같은데, 이미 이곳의 원 주민들은 모두 토지보상을 받고 떠난 뒤여서 아무도 반대하는 이가 없었다. 그러다가 우리 아파트에서 겨우 나서서 이 수 백 살의 느티나무를 아파트 안으로 옮겨 심게 되었다. 하지만 옮겨 심고 나서 상태가 나빠졌다. 수액을 놓고, 영양제를 뿌리고, 심지어 잔가지를 자르고 토양을 바꾸어도 시름시름 앓다가 결국 그 이듬해 고사枯死하고 말았다. 그 후에 이 나무를 한 동안 뽑지 않고 있다가 능소화를 심어서 받침목으로 삼았다. 나는 이후 수령이 높은 나무, 심지어 수 천 년을 살아온 노목老木을 볼 때마다 이전의 기억이 떠올라 긴 시간 동안 살아온 그 생명력에 감탄하면서 한편으로는 죽음에 보다 가까워진 것 같은 불안감이 동시에 밀려오곤 했다.

나는 예쁘고 가지런하게 잘 꾸며진 정원보다 이런 나무에 더욱 애착이 간다. 미국의 자연주의자 할 보런드Harold Glen Borland 1900~1978가 '인내를 알고 싶다면 나무를 벗으로 삼아라.'라고 말한 것처럼, 700년 동안 세상을 오롯이 참고 견디었을 창밖의 나무가 더욱 존경스럽고 경이롭다. 어느 날 아침 우연히 밖을 내다보니, 드디어 잎을 피워내는 게 보였다. 촘촘하게 벋은 가지 사이로 작고 여린 잎사귀, 아, 얼마나 놀랍고 감동적인 순간인가! 나도 모르게 안도감이 밀려와 저절로 크게 소리쳤다. 이 나무가 오랜 시간동안 묵묵히 견디며 했던 일, 오직 자신만이 할 수 있는 일, 겨우내 잠들어 있던 생명을 일깨워 밖으로 힘차게 밀어내는 그 모습에 눈물겨웠다. 그 때 나도 가슴 속 깊은 곳에서, 뭔가 나에게 주어진 그 어떤 일을 해야겠다는 격앙된 충동이 일었다. 드디어 이 책의 출간에 집중하게 될 원동력을 얻게 된 것이다.

먼저 출간한 책은 중국 화본소설에서의 '인간'과 '귀혼'을 주요한 테마로 정했다. 그러나 이 책은 주제를 '귀혼'에서 '인간'으로 옮겨, '인간'과 '인간'을 주요한 관심사로 삼고서 중국 화본소설 속의 인물 간의 관계와 인물의 변화에 대해서 집중적으로 연구하였다. 실제로 이 연구를 본격적으로 시작한 것은 몇 년 전부터이다. 그때 나는 다른 연구 주제를 생각하고서 관련 자료를 폭넓게 조사하고 있었다. '인물 연구'는 중국소설 뿐만 아니라 일반적인 문학 연구에서 아주 중요한 부분이기는 하지만 그렇다고 누구나 공감하면서 기꺼이 하고자하는 연구 영역은 아니다. 나 역시 그러했다. 중국소설 연구에서 '인물 연구'는 작품의 주제, 내용과 더불어 어렵지 않게 연구를 시작할 수 있고, 또 결과를 분명하게 도출할 수 있는 주제이기에 그다지 참신하거나 독창적인 의미가 없다고 보는 것이 대부분의 견해이다.

나는 이러한 경향을 잘 알고 있기에, 보통의 인물 연구에서 벗어나 다른 주제를 탐색하는 과정에서 인물의 성격 변화에 관심을 가지기 시작했다. 인물의 성격 변화 연구를 진행하면서, 인물의 유형 중에서 소위 말하는 '악당'에 주목하기 시작했다. 중국소설에서는 다수의 작품이 권선징악勸善懲惡을 강조하기 때문에 '악당'은 반드시 그 응징의 대가를 받는다는 것이 불변의 진리처럼 여겨진다. 그러나 이러한 '악당' 중에서 법이나 하늘의 심판을 받지 않고, 유유자적하며 평안하게 살아가는 모습에서 나름대로 '강한 끌림'을 느꼈다. 그래서 이 책 마지막 장인 〈악인惡人과 악성惡性: 〈송사공대뇨금혼장宋四公大鬧禁魂張〉의 악인惡人〉의 글이 먼저 완성되었다. 그 이후에 바람직한 인물 변화 양상으로 선양되는 '개과천선改過遷善'이 아니라, 선한 사람이 어떻게 악한 사람으로 바뀌는 '개행천악改行遷惡'에 주목했다. '개과천선改過遷善'은 누구든지 그렇게 되기를 간절히 바라는 희망사항이고, 이것은 우리들의 이상 속에서만 존재하는 것인지도 모르겠다. '악당'이 반드시 벌을 받는다는 것도 그렇게 믿고서 현실의 불합리함을 스스로 위로하는 것일 수도, 또한 이러한 '악당'을 통해서 우리들 마음속에 내재된 정제되지 않은 '악행惡行'에 대한 유혹을 구체적으로 드러내는 것일 수도 있다. 그렇게 시작된 인물 변화 연구는 인물과 인물 간의 관계 연구로 확장되었다.

　동서고금을 막론하고 지금까지의 소설 속 인물 연구는 작품의 주제나 내용의 부속적인 차원에서 진행된 것이 사실이다. 또한 이러한 인물 연구에서도 보조인물, 배경인물은 철저히 배제되었고 주요인물 위주로 연구되었다. 사실 나는 주요인물보다는 보조인물, 배경인물에 더욱 관심이 간다. 이들은 주요인물의 비중에는 훨씬 미치지 못하지만 그들 나름대로의 빛을 발하고 있다. 주요인물 역시 작품의 주제와 내용의 일부로서 살펴보는 것이 아니라, 독립된 존재로서 살펴볼 필요성이 있다.
　보통 소설 작품 속의 인물 연구라고 했을 때, 여전히 기존 연구의 틀에 대한 선입관先入觀을 가지게 된다. 비록 내가 고찰하는 인물에 대한 탐색이 어느 정도 설득력을 가지고 있는지는 모르겠지만, 적어도 인물 연구에 있어서 기존 연구의 선입관先入觀에서 벗어나, 심도 깊은 논의는 이끌어 낼 수 있다고 생각한다. 새로운 시각으로 기왕旣往의 연구를 참신하게 살펴보는 것, 다양한 분석의 가능성을 열어 두고 연구 주제를 확장하는 것, 선행된 연구에서 더 나아가 또 다른 해석을 부여할 수 있는 것이 중국 소설 연구를 새롭게 발전시키고 계속해서 이어가는 방식이라고 믿고 있다. 그런 의미에서 본다면, 이 책은 다시 한 번 인물 연구에 대한 새로운 시각을 제시하고 관련 연구를 포용하여 잘 녹여낸 의의를 가진다고 할 수 있겠다.

　700살이 넘은 느티나무가 오늘 따라 세찬 바람에 크게 흔들린다. 하지만 꿋꿋하게 자신의 뿌리와 가지를 힘차게 뻗고 있는 그 자태가 더욱 우람차다. 이 나무가 긴 인고忍苦의 시간을 견디며 해마다 새로운 잎을 완성하듯,

나 또한 학문에 대한 열정과 노력, 이해와 성찰, 겸손과 포용을 가지고 내가 할 수 있는 일, 내가 해야만 하는 일에 최선을 다하려고 한다.

오늘은 이 느티나무 아래에서 오랫동안 서 있고 싶어진다.

2018년 立秋즈음 가재울에서
지은이 씀

* 어려운 출판 상황에서도 기꺼이 출판을 허락해주신 하운근 대표님과 정성스럽게 다듬어서 아름다운 책으로 만들어주신 학고방 출판사 식구들에게 진심으로 감사의 인사를 전합니다.

원전자료

馮夢龍編, 徐文助校注, 繆天華校閱, ≪喻世明言≫, 臺北: 三民書局, 1998年.

馮夢龍編, 徐文助校訂, 繆天華校閱, ≪警世通言≫, 臺北: 三民書局, 1992年.

馮夢龍編, 廖吉郎校訂, 繆天華校閱, ≪醒世恒言≫, 臺北: 三民書局, 1995年.

洪楩編輯, 石昌渝校點, ≪清平山堂話本≫, 南京: 江蘇古籍出版社, 1994年.

熊龍峰等刊行, 石昌渝校點, ≪熊龍峰刊行小說≫, 南京: 江蘇古籍出版社, 1994年.

無名氏原著, 程毅中, 程有慶校點, ≪京本通俗小說≫, 南京: 江蘇古籍出版社,
　　　　1994年.

程毅中輯注, ≪宋元小說家話本集≫, 濟南: 齊魯書社, 2000年.

국내외저서

鄭振鐸, ≪鄭振鐸古典文學論文集≫, 上海古籍出版社, 1984年.

譚正璧, ≪三言兩拍資料≫, 上海古籍出版社, 1985年.

劉再復, ≪性格組合論≫, 上海文藝出版社, 1986年.

魯迅, ≪漢文學史綱≫·≪中國小說的歷史變遷≫, 臺北: 風雲時代出版社, 1990年.

周先愼, ≪古典小說鑑賞≫, 北京大學出版社, 1992年.

周啟志, 羊列容, 謝昕, ≪中國通俗小說理論綱要≫, 臺北: 文津出版社有限公司,
　　　　1992年.

繆咏禾, ≪馮夢龍和三言≫, 臺北: 萬卷樓, 1993年.

陳永正, ≪三言二拍的世界≫, 臺北: 遠流出版事業股份有限公司, 1994年.

佛斯特著, 李文彬譯, ≪小說面面觀≫, 臺北: 志文出版社, 1995年.

成偉鈞, 唐仲揚, 向宏業 主編, ≪修辭通鑑≫, 臺北: 建宏出版社, 1996年.

劉世劍, ≪小說敍事藝術≫, 吉林大學出版社, 1999年.

馬振方, ≪小說藝術論≫, 北京大學出版社, 2000年.

黃慶萱, ≪修辭學≫, 臺北: 三民書局, 2000年.

金明求, ≪虛實空間的移轉與流動--宋元話本小說的空間探討≫, 臺北: 大安出版
　　　　社, 2002年.

孫遜, 孫菊園, ≪中國古典小說美學資料匯粹≫, 臺北: 大安出版社, 2002年.
王平, ≪中國古代小說敍事硏究≫, 河北人民出版社, 2003年.
樂蘅軍, ≪意志與命運--中國古典小說世界觀綜論≫, 臺北: 大安出版社, 2003年.
溫孟孚, ≪"三言"話本與擬話本硏究≫, 北京: 中國社會科學出版社, 2005年.
王昱, ≪人性說明書--馮夢龍警世三言裡的人性眞相≫, 臺北: 智言館文化有限公
　　　司, 2006年.
金明求, ≪宋元明話本小說「入話」之敍事硏究≫, 臺北: 大安出版社, 2009年.

E. M. 포스터 著, 李珹鎬 譯, ≪小說의 理解≫, 文藝出版社, 2000년.
張國風 지음, 이등연, 정영호 옮김, ≪중국고전소설사의 이해≫, 전남대학교출판부,
　　　2011년.
철학사전편찬위원회, ≪철학사전≫, 중원문화, 2009년.
김춘진, ≪스페인 피카레스크 소설≫, 서울: 아르케, 1999년.
김은혜, ≪話本小說에 나타난 宋代 庶民의 政治文化 硏究≫, 숙명여자대학교 석사
　　　논문, 2009년.

국내외논문

劍鋒, 〈從矛盾衝突中刻畫人物性格--再論≪三國演義≫的藝術成就〉, ≪海南大學
　　　學報(社會科學版)≫, 1983年 第1期.
陳永昊, 〈在比較中鑒別--評馮夢龍的短篇小說〈莊子休鼓盆成大道〉〉, ≪嘉興師專
　　　學報≫, 1983年 2期.
朱繼琢, 何煥群, 〈論"混帳惡人"西門慶的形象〉, ≪廣東民族學院學報(社會科學
　　　版)≫, 1991年 1期.
何梅琴, 〈儆戒愚頑　勸善懲惡--≪聊齋志異≫中的民俗描寫〉, ≪平頂山師專學報
　　　(哲學社會科學版)≫, 1994年 第3期.
金榮華, 〈馮夢龍〈莊子休鼓盆成大道〉故事試探〉, ≪黃淮學刊(哲學社會科學版)≫, 1996
　　　年 2期.
常輔相, 〈淺談≪紅樓夢≫人物性格的對照方式〉, ≪學術交流≫, 1996年 第4期.
丁謙, 〈西方文學中的伴生對偶原型〉, ≪內蒙古大學學報(人文社會科學版)≫, 1998年
　　　第5期.
褚燕, 〈中國古典通俗小說"人物對"現象文化心理分析〉, ≪荊門職業技術學院學報≫,

1999年 第1期.

李光, 陳宗榮, 〈論≪聊齋志異≫人物塑造中的對照意識〉, ≪蒲松齡研究≫, 1999年 第3期.

李光, 陳宗榮, 〈論≪聊齋志異≫人物塑造中的對照意識(續)〉, ≪蒲松齡研究≫, 2000年 第1期.

周佳欣, 〈"勸善懲惡"與"苦盡甘來"--談韓國古典小說的主題思想及情節結構〉, ≪山東師大外國語學院學報≫, 2000年 第1期.

閔虹, 〈中國古典小說塑造人物的運作方法〉, ≪殷都學刊≫, 2001年.

楊彩翔, 〈古典小說塑造人物的幾種方法〉, ≪語文學刊≫, 2001年 第2期.

梅斌, 〈略論中國古典小說人物形象的塑造〉, ≪學術交流≫, 2001年 11月.

陳茹, 〈〈孔雀東南飛〉人物性格衝突及劉蘭芝性格二重性〉, ≪蕪湖職業技術學院學報≫, 2003年 第2期.

陳忻, 〈從女鬼複仇類作品看作者勸善懲惡的矛盾心態〉, ≪涪陵師範學院學報≫, 2003年 第3期.

王香蘭, 〈明清小說序跋中的"勸善懲惡"說〉, ≪麗水師範專科學校學報≫, 2003年 第6期.

周峰, 李偉, 〈說書人的審美觀與"宋四公"〉, ≪江西教育學院學報≫第25卷第6期, 2004年 12月.

肖燕憐, 〈人物隨世運 無日不趨新--〈快嘴李翠蓮記〉言語衝突淺析〉, ≪新疆財經學院學報≫, 2005年 第3期.

肖俊卿, 〈論≪歧路燈≫中的人物形象--夏鼎〉, ≪鄭州航空工業管理學院學報(社會科學版)≫, 2007年 第2期.

趙修霈, 〈論馮夢龍"三言"中的"鬧"〉, ≪臺中教育大學學報(人文藝術類)≫21卷1期, 2007年 6月.

蔣輝, 〈論小說人物多重性格對形式邏輯排中律的反撥〉, ≪西華師範大學學報(哲學社會科學版)≫, 2008年 第1期.

蔡維芳, 〈矛盾衝突與人物性格〉, ≪文學教育≫, 2008年 第10期.

蒲澤, 〈≪醒世姻緣傳≫中晁源的原型人物考〉, ≪蒲松齡研究≫, 2009年 第3期.

黎必信, 〈對應敍述與經典重釋--論〈莊子休鼓盆成大道〉的主題建構〉, ≪現代語文(文學研究版)≫, 2009年 第4期.

張國風, 〈古代小說、戲曲對輔助人物的利用〉, ≪文史知識≫, 2009年 第12期.

辛穎, 〈論文學作品中的人物性格對照的三種方式及其作用〉, ≪職大學報≫, 2010

年 第1期.

孫桂平, 〈論≪牡丹亭≫的人物格局和矛盾衝突設置〉, ≪溫州大學學報(社會科學版)≫, 2010年 第2期.

師林, 〈"好人變壞"與"壞人變好"--對中國現當代小說中情節模式的一種考察〉, ≪名作欣賞≫, 2010年 6月.

張華, 〈在矛盾衝突中展示人物性格〉, ≪文學教育≫, 2010年 第3期.

吳甸起, 〈典型人物的多態性及性格嬗變的時空動態結構〉, ≪靑年敎師≫, 2011年 第2期.

弓衛紅, 〈淺論關漢卿劇作的戲劇衝突與人物性格〉, ≪大舞台≫, 2011年 第6期.

李樹民, 〈從"同在性"到"連續性"--試論明淸長篇小說人物性格呈現方式的嬗變〉, ≪甘肅社會科學≫, 2012年 第6期.

張怡微, 〈論"三言"中的"集體共用型"敘事模式--以〈莊子休鼓盆成大道〉爲例〉, ≪漢語言文學硏究≫, 2014年 1期.

김열규, 〈李朝小說에 있어서의 惡人型의 檢討〉, ≪古典文學硏究≫, 1971년 제1권.

김귀석, 〈古小說에 登場한 補助人物 硏究--門客, 侍婢 等을 중심으로〉, ≪人文科學硏究≫ 第19輯, 1997년.

정재량, 〈≪醒世姻緣傳≫人物 硏究〉, ≪中國學論叢≫第8輯, 1999년.

박경열, 〈가정소설에 나타난 악인의 유형과 악의 의미〉, ≪문학치료연구≫제5집, 2006년 8월.

조현우, 〈≪謝氏南征記≫의 惡女 형상과 그 소설사적 의미〉, ≪한국고전여성문학연구≫제13집, 2006년 11월.

박경열, 〈가정소설에 나타난 악인(惡人)의 형성조건과 그 의미〉, ≪겨레어문학≫제39집, 2007년 12월.

이시찬, 〈전기소설과 화본소설 비교연구--문체와 인물형상을 중심으로〉, ≪中國語文論譯叢刊≫第28輯, 2011년 1월.

정호웅, 〈한국 소설 속의 자기 처벌자〉, ≪구보학보≫제7집, 2012년.

강재철, 〈고전소설의 주제 '권선징악'의 의의〉, ≪국어국문학≫제99권, 1998년6월.

강재철, 〈古小說의 懲惡樣相과 意義〉, ≪東洋學≫第33輯, 2003년2월.

김한식, 〈1970년대 후반 '악한 소설'의 성격 연구〉, ≪상허학보≫第10卷, 2003년.

이정원, 〈해학적 악인 캐릭터 디자인을 위한 서사적 접근〉, ≪古小說硏究≫제23집, 2007년.

강경구, 〈중국현대소설에 나타난 악인연구--老舍의 ≪四世同堂≫과 巴金의 ≪家≫를 중심으로〉, ≪中國現代文學≫第23號, 2002년.

조현우, 〈古小說의 惡과 惡人 형상에 대한 문화사적 접근--초기소설과 영웅소설을 중심으로〉, ≪우리말 글≫第41卷, 2007년.

조혜란, 〈≪옥루몽≫황소저의 성격 변화 --악인형 인물의 개과천선 과정 서술과 관련하여〉, ≪한국고전여성문학연구≫제22집, 2011년.

김수연, 〈≪창선감의록≫의 '개과천선'과 악녀(惡女) 무후(無後)〉, ≪한국고전여성문학연구≫제25집, 2012년.

박길희,〈≪창선감의록≫에 나타난 심씨의 형상과 사회적 현실〉, ≪남도문화연구≫제25권, 2013년 12월.

吳學忠, 楊兆貴, 趙殷尙, 〈馮夢龍輯錄話本小說集的編纂方式及其寄意試探–以≪古今小說≫爲主〉, ≪中國語文論叢≫第61輯, 2014년 2월.

찾아보기

● 저자 소개 ●

김명구金明求

부산대 중어중문학과를 졸업하고, 대만국립정치대 중문과에서 석사학위, 대만국립사범대 중문과에서 박사학위를 취득했다. 현재 명지대 중문과 교수로 재직 중이다. 중국 고전소설과 문화에 폭넓은 관심을 가지고 있으며, 다양한 인접 학문과 이론을 접목해 중국소설과 문화 관련 연구를 진행하고 있다. 주요 저작으로는『虛實空間的移轉與流動--宋元話本小說的空間探討』(臺灣, 大安出版社, 2004),『宋元明話本小說「入話」之敘事硏究』(臺灣, 大安出版社, 2009),『접속과 단절: 중국 화본소설의 인간과 귀혼』(학고방, 2016)이 있다. 논문으로는「「典雅化」的敘事趨向: 明話本小說「入話故事」之「簡敍」、「略敍」、「鋪敍」敍事藝術」,「같음과 다름: ≪聊齋志異≫의 〈曾友于〉 '재창작' 연구」,「宋元話本小說 '篇尾'의 '修辭格' 운용 방식 연구」,「接受'與'排斥--以'中等不一致效應'探究宋元話本小說'夢敍事'」,「같지만 다른 이야기--≪醒夢騈言≫의 ≪聊齋志異≫에 대한 답습과 변용」 등 다수가 있다.

인물과 서사

중국 화본소설의 인물 관계와 인물 변화

초판 인쇄 2018년 10월 1일
초판 발행 2018년 10월 15일

저   자 | 김 명 구
펴 낸 이 | 하 운 근
펴 낸 곳 | 學古房

주   소 | 경기도 고양시 덕양구 통일로 140 삼송테크노밸리 A동 B224
전   화 | (02)353-9908 편집부(02)356-9903
팩   스 | (02)6959-8234
홈페이지 | http://hakgobang.co.kr
전자우편 | hakgobang@naver.com, hakgobang@chol.com
등록번호 | 제311-1994-000001호

ISBN   978-89-6071-778-7   93820

값 : 30,000원

■ 파본은 교환해 드립니다.